The Green Fairy Book

앤드류 랭의

요정이야기

고르곤졸라가 용을 타고 날아오르는 장면
《얼음의 마음》 중에서

The Green Fairy Book

앤드류 랭의

요정이야기

앤드류 랭 엮음

박윤기 옮김

KM 경문사

스텔라 마가렛 알레인에게 그린 동화집을 바침

애독자 여러분께

이 책은 색상으로 표현된 요정이야기 중 셋째 모음집으로 아마도 마지막이 될 것입니다. 첫째는 블루동화집이었고, 그 다음에는 아이들과 독자들의 요청에 따라 레드동화집을 내었습니다. 그 후 더 많은 요청이 있어서 이제 그린동화집을 엮어내게 되었습니다. 이 모음집에 담긴 이야기들은 여러 나라에서 가져온 것인데, 프랑스, 독일, 러시아, 이탈리아, 스코틀랜드, 영국에서 가져 왔으며, 중국의 이야기도 하나 있습니다. 하지만 나라가 이렇게 다른 것은 사소한 차이이며 모두 다 요정이야기를 좋아한다는 공통점이 있습니다. 그 이유는 의심할 여지없이 사람들의 마음속에는 누구나 아주 오래전의 어린아이와 같은 심성이 있다는 것과 그들이 신문이나 교훈서, 그리고 소설이나 긴 시를 쓰기 이전에 여러분이 동화책을 읽을 때와 마찬가지로 서로에게 이야기를 해 왔기 때문입니다. 그들은 마녀들이 사람들을 짐승으로 변하게 하거나 짐승들이 말을 한다고 믿었고, 마법의 반지를 끼면 다른 사람들 눈에 보이지 않는다거나 하는 신기한 이야기들을 모두 믿었습니다. 그러다가 세상이 변하면서 기록되지 않은 요정이야기들은 사람들의 기억에서 잊혀갔습니다. 그러나 할머니들은 그것들을 기억하고 있다가 어린손자들에게 말해 주었습니다. 그리고 세월이 지나 이야기를 전해들은 손자들이 할머니들이 되고, 그들은 다시 또 그 이야기들을 전해주었습니다. 이처럼 요정들의 이야기들은 읽고 쓰기보다 더 오래된 것이고,

그림그리기보다는 훨씬 더 오래된 것입니다. 지금까지 쓰인 것 중에서 가장 오래된 요정이야기는 대략 3500년 전인 요셉이 살았던 시기에 쓰인 것들입니다. 그 외의 다른 이야기들은 대략 3000년 전 쯤에 그리스의 호머가 알고 있던 것으로, 그는 그것들을 한데 엮어서 《오디세이》라는 서사시를 완성하였습니다. 이 책은 언젠가 꼭 읽어보기 바랍니다. 이곳에서는 인간을 돼지로 변모시키는 마녀나 바보 같은 거인의 눈을 도려내는 인간과 머리에 쓰면 눈에 보이지 않는 모자와 신으면 빠르게 걸을 수 있는 신발이 나오는데, 이는 《거인 살해자 잭》에서 고스란히 되풀이 되는 내용입니다. 이와 같은 요정이야기는 세상에서 가장 오래된 이야기이며, 어린아이와 같은 마음을 가진 사람들이 만들었기 때문에 아이들뿐만 아니라 한 때 아이들이던 어른들 스스로에게도 여전히 재미를 줍니다.

일부 이야기들은 재미를 위해 만들었지만, 선행을 가르치기 위해 만든 것들도 있습니다. 이 이야기들 속에는 짐승들에게 친절하거나 사람들에게 공손하며 관대하면서도 용기가 있는 소년이 여러 가지 난관을 이겨낸 후에 멋진 영웅이 되어가는 과정이 담겨 있는데, 그러한 이야기는 분명 그것을 듣는 사람들이 친절하면서도 욕심을 버리고 예의를 지키되 담력을 쌓도록 하기 위해 고안된 것입니다. 하지만 그럼에도 결국 우리는 그러한 이야기를 읽을 때는 교훈보다는 재미를 더 먼저 생각한다고 할 수 있습니다. 이것은 그러한 이야기들이 지니고 있는 도덕성때문입니다. 지금도 여전히 그러한 이야기들이 아이들에게 좋지 않다고 말하는 사람들이 있습니다. 그들은 이러한 이야기들이 사실이 아니고 실제로 마녀는 존재하지 않으며 말을 하는 짐승도 없다고 말합니다. 무엇보다도 그런 이야기 속에는 사람들의 죽음, 특히 사악한 거인들의 죽음이 나오기 때문에 정서적으로 해롭다고 주장합니다. 그러나 그 이야기들을 읽어본 여러분은 그 속에서 어떤 것이 진실이고 또 어떤 것이 거짓인지를 잘 알 수 있을 것입니다. 그리고 필자는 단지 잭이 거인을 죽였기 때문에 아주 키가 큰 사람을 죽였다거나, 특히 요정이야기에서 계모가 종종 고약하게 나온다고 해서 실제 계모에게 못되게 군 아이들이 있다는 말을 들어 본 적은 없습니다. 요정이야기에서 등장하는 무서운 괴물들이 지금 여러분을 위협하지는 않습니다. 그 이유는 괴물이 아주 먼 옛날에는 어땠는지 모르지만 이제는 더 이상 세상에 떠돌아다니지 않기 때문입니다. 괴물들의 모습은 화석으로 확인할 수 있는데, 아마 여러분은 곳곳에 있는 박물관에서 그것들의 잔해를 보았을 것입니다. 그러므로 여러분이 마법사나 여러 가지 용들을 두려워할 필요는 없습니다. 더군다나 그것들의 힘이 아무리 강하다 하더라도 용기 있는 소년과 소녀들은 항상 그것들을 이겨왔으니까요..

이 책에서 《반쪽이 병아리》와 같은 일부 이야기들은 아주 어린아이들을 위한 것이지만, 나머지 것들은 더 큰 아이들을 위한 것입니다. 《얼음의 마음》과 같은 좀더 긴 이야기들은 약 200년 전에 오느와 부인과 꼼뜨 드 까이뤼즈와 같은 명민한 작가들에 의해 창안된 것들과는 성격이 다른 작품입니다. 오늘날에는 정말로 좋은 요정이야기를 쓸 수 있는 사람들이 많지 않거나 어쩌면 한 명도 없을 수도 있는데, 그 이유는 그들 스스로가 자신들이 쓰는 이야기에 대한 확신이 부족하기도 하고, 혹은 하늘이 내려준 재능보다도 더 지혜롭게 보이고 싶어 하는 욕심이 앞서기 때문이기도 합니다.

따라서 이 책을 펴낸 목적은 현재를 살아가고 있는 사람들에게 지나간 옛 이야기들을 접하게 하려는 것인데, 모쪼록 흥미를 갖게 되길 바라면서 늙은 아낙들이 하는 이야기를 듣고 이야기를 엮은 그림형제로부터 프랑스인들의 이야기를 들려준 세빌로와 샤흘르 마헬르와 삽화를 그려준 포드 씨 그리고 불어, 독일어, 그리고 그 밖의 다른 언어로 된 이야기들을 번역해 준 많은 여성들, 이를테면 브랙클리, 앨머 알레인, 엘리노어 셀라, 메이 셀라, 라이트, 그리고 랭 부인에게 감사의 말씀을 전하고자 합니다.

다음에 출판하게 될 책에서는 더 이상 요정이야기를 다루지는 않을 것입니다. 어떤 내용이 될 것인가는 아직 밝힐 수는 없지만, 분명한 것은 절대로 무덤덤한 이야기가 아니라는 점을 약속드립니다. 이상 인사를 마치면서 당부하고 싶은 것은 이 요정이야기를 다 읽고 나면 책이 없는 아이들에게 빌려주거나, 아니면 즐겁게 시간을 보낼 수 있는 방식으로 여러분 스스로가 나름대로 독창적인 화법으로 이야기를 해 주길 바랍니다.

앤드류 랭

옮긴이의 말

본서의 편저자인 앤드류 랭(1844-1912)은 시인, 소설가, 그리고 문학비평가로서 여행기, 역사, 신화와 인류학에 관한 수많은 저술활동을 한 것으로 유명하다. 그는 뛰어난 학자이자 저술가로 1902년에는 ≪브리태니커 백과사전≫에 심리학 분야를 맡아 글을 쓰기도 했고, 그의 ≪신화의 형성≫(1898), ≪마법과 종교≫(1901), ≪꿈과 유령에 관한 이야기≫(1897) 등은 심리학을 연구하는 학생들에게는 지금도 매우 귀중한 저서로 평가를 받고 있다. 특히 ≪잔 다르크의 이야기≫(1906)는 심리학적 현상으로 잔 다르크를 조명한 독특한 연구서이기도 하다. 그 밖의 앤드류 랭의 저서와 작품은 그 범위와 주제의 다양성은 물론 독창적이어서 학문적으로서도 높은 가치를 지닌 것으로 평가하고 있다. 또한 그는 고대사회의 신화를 민담과 심리학적 현상으로 관련시켜 설명한 최초의 전문적인 학자이기도 했다. 하지만 아이러니컬하게도 그는 전문적인 작가로서보다는 자기가 직접 쓰지 않은 작품들을 편집 발간한 것으로 오늘날 더 유명하다. 스코틀랜드 출신으로 자기가 성장한 지역이나 영국의 역사 및 일반적인 민속학 연구에 큰 관심을 가졌을 뿐만 아니라 자국에 국한되지 않고 전 세계의 민담, 전설, 그리고 동화에 이르기까지 폭넓은 분야에 관심을 가졌다. 그러한 관심은 자료들을 수집을 하거나 발굴하여 출판 하는 것으로 이어졌다. 그렇게 해서 나오게 된 출판물은 유고집까지 포함 160여 편에 이른다. 앤드류 랭은 무엇보다도 전 세계의 아름다운 이야기를 방대하게 수집한 요정이야기 편집자로 그 명성이 드높다고 할 수 있다. 그리고 그 중심에는 전체 13권으로 완성해 놓은 색상별 요정시리즈가 있다. 물론 그는 자신이 직접 요정이야기를 창작한 작가이기도 하다. 그의 대표적인 작품으로는 리처드 도일이 삽화를 그려 넣고 윌리엄 알링햄의 시가 수록된 ≪이름 없는 왕자≫(1884)를 비롯해 ≪왕자 프리기오≫(1889), ≪요정왕궁의 이야기≫(1906) 등이 있다. 그러나 색상별 요정시리즈엔 자신의 작품을 싣지는 않았는데, 그것은 그의 겸손한 자세와 더불어 여러 세기에 걸쳐 구전되거나 전래되어 내려온 그간의 많은 이야기들은 단순히 오락물이상의 문화적인 의미가 담겨 있기 때문에 자신의 단순한 창작물보다 그 가치가 더욱 높다는 신념 때문이기도 하다. 어쨌든 전체 12권으로 이루어진 그의 요정이야기 시리즈는 1889년 ≪블루 요정이야기≫의 출간으로 시작되었고, 이 모음집에는 켈트족부터 노르웨이나 프랑스 그리고 독일인들의 이야기가 37편에 걸쳐 수록되어 있다. 이 책에는 우리에게도 친숙한 <잠자는 숲 속의 미녀>, <미녀와 야수>, <푸른 수염>등이 포함되어 있다. 이때부터 그는 스코틀랜드 지역이나 영국을 중심으로 유럽전역을 거쳐 멀리 아시아나 남미 등 실로 전 세계에 널리 퍼져있는 이야기들을 한데모아 편찬하는 여정에 들어서게 된다. 이렇게 해서 1890년의 ≪레드 요정이야기≫, ≪그린 요정이야기≫(1892), ≪옐로우 요정이야기≫(1894)순으로 이어진 시리즈는 1910년 ≪라일락 요정이야기≫로서 완성이 된다. 앤드류 랭은 바로 이러한 업적 때문에 서양에서는 그리스의 이솝이나 프랑스의 페로, 덴마크의 안데르센, 그리고 독일의 그림형제에 버금가는 명성을 떨치고 있다. 하지만 우리나라엔 스스로 요정이야기 작가나 혹은 전 세계의 요정이야기를 그 누구보다도 광범위하게 수집 편집한 앤드류 랭과 그의 업적이 아직까지는 잘 알려지지 않은 것이 현실이다. 이에 역자는 그의 요정이야기 시리즈 중에서도 우리나라엔 한 번도 소개된 적이 없는 이야기가 가장 많이 수록된 ≪그린 요정이야기≫를 선정해 번역하게 되었다. 그런데 이 책에 소개되고 있는 이야기들의 가장 큰 특징은 독자들의 대상이 상당히 다양하다는 것이다. 이 책은 영국(스코틀랜드), 러시아, 독일, 이탈리아의 민담이나 요정이야기 이외에도 아시아권에서 중국의 이야기가 실려 있는 것이 흥미로운데, 스페인의 전설인 <반쪽이 병아리> 등이 아주 어린 아이들을 대상으로 한 이야기라고 한다면 <얼음의 마음>, <페더헤드 왕자와 셀런딘 공주>, <비비엔 왕자와 플라시다 공주> 등은 그 분량과 내용면에서 그 보다는 훨씬 더 큰 어린이 혹은 어른을 위한 것이라고 할 수 있다. 따라서 이 책은 남녀노소 누구나 취향이나 이해력에 따라 이야기를 선별해서 읽을 수 있는 장점이 있다. 앤드류 랭은 편저자 서문에서 이 세상 모든 사람들은 인종이나 나라 그리고 나이에 상관없이 하나의 공통점이 있다고 말하고 있는데, 그것은 누구나 마음속으로는 어린아이와 같다는 것이고, 신문이나 교훈서 그리고 소설 등을 접하기 전부터 요정에 관한 이야기를 즐겨왔다는 것이다. 그는 또한 요정이야기들이 일부는 선행을 가르치기 위해, 또 일부는 욕심을 버리고 예의를 지키는 것이 필요하다는 교훈 등을 가르치기 위해 고안된 것이라는 점을 인정하면서도 가장 중요한 이유로 오락을 강조한다. 역자 역시 이야기의 중심은 그것이 요정이야기이든 아니면 시든 소설이든 즐거움을 주는 것이라고 생각한다. 그런 의미에서 앤드류 랭의 ≪그린 요정이야기≫는 동화가 주는 교훈은 물론 충분히 오락적인 기능이 있고, 이야기 한편 한편을 읽으면서는 이제까지 경험해 보지 못한 눈부신 즐거움을 누리리라 확신한다.

박윤기

실린 순서

파랑새 The Blue Bird

아주 오랜 옛날, 말로는 다 표현할 수 없을 만큼 부자인 국왕이 살고 있었다. 그는 드넓은 땅과 금은보화로 넘쳐나는 수많은 주머니들을 갖고 있었다. 그러나 왕은 왕비가 죽은 후로는 그 많은 재산에는 전혀 관심을 두지 않았다. 그는 왕비를 잃은 슬픔 때문에 작은 방에 들어가 문을 잠그고는 이리 저리 다니면서 닥치는 대로 머리를 쥐어박았다. 충성스런 신하들은 국왕이 크게 다치지나 않을까 걱정을 하였다. 그래서 그들은 벽과 벽걸이 융단 사이에다가 깃털이불을 걸어놓았다. 그렇게 하자 국왕은 마음이 풀릴 때까지 머리를 부딪쳐도 크게 다칠 염려가 없었다. 신하들은 앞 다투어 국왕을 찾아와 제각각 위로가 될 만한 이야기를

했다. 그런데 어떤 이야기는 오히려 근심을 부추기는 것이었고, 또 어떤 것들은 그를 더욱 침울하게 하였다. 그 중에는 간혹 다정한 말과 유쾌한 이야기가 있기는 했지만, 그의 마음을 끌만 한 것은 아무것도 없었다. 실제로 국왕은 신하들이 하는 말을 듣지 않는 듯 했다. 그러는 사이 검은 망토로 온 몸을 감싼 어떤 여인이 찾아왔는데, 그녀 또한 몹시 큰 슬픔에 잠겨 있었다. 그녀가 훌쩍이며 울음을 그치지 않자, 이제는 오히려 국왕이 관심을 쏟는 처지가 되었다. 그녀는 국왕의 슬픔을 위로하기보다는 자신도 마음씨 착한 남편을 얼마 전에 잃은 처지라서 그저 그와 함께 동병상련의 눈물을 흘리며 마음껏 울기 위해 왔다고 했다. 그 말을 들은 왕은 어쩌면 여인이 자신의 심정을 가장 잘 알 수도 있을 것이라 생각해 아내를 잃은 비통함을 마음껏 토로했다. 국왕은 자기보다 먼저 세상을 떠난 왕비의 훌륭한 품행에 관해서 자신처럼 슬픔에 잠긴 여인에게 오랫동안 이야기했다. 그 말을 듣고 나자 이번에는 여인이 사별한 남편의 미덕에 관해 세세하게 말해주었다. 그렇게 시간이 평온하게 흘러가자 왕은 깃털이불에 머리를 부딪치는 행동을 하지않게 되었다. 여인도 파란색 눈동자에서 흘러내리는 눈물을 전처럼 자주 닦아낼 필요가 없게 되었다. 그들은 차츰차츰 왕이 관심을 갖고 있던 다른 일들에 대해서도 이야기를 나누게 되었다. 그리고 얼마 후 국왕이 슬픔에 찬 그 여인과 재혼을 할 것이라는 소문이 돌자 왕국의 사람들은 모두 놀랐다.

그런데 국왕에게는 이제 막 열다섯 살이 된 딸이 하나 있었다. 딸의 이름은 피오델리사였는데, 이 세상 누구보다도 더 예쁘고 매력적일뿐만 아니라 항상 쾌활하고 명랑했다. 새 왕비가 된 여인에게도 딸이 있었고, 그녀는 결혼을 하자마자 자신의 딸을 궁전으로 불러 들였다. 투리텔라라는 이름의 딸은 대모인 요정 마질라가 키웠는데, 투리텔라는 대모의 온갖 노력에도 불구하고 아름답다거나 우아함과는 완전히 거리가 멀었다. 왕비는 투리텔라가 피오델리사와 비교하면 성격도 못되고 외모도 부족하다는 것을 알고는 깊은 절망에 빠졌다. 새 왕비는 국왕이 친딸에게서 마음을 돌려 투리텔라를 더 좋아하게 만들려는 욕심이 생겨 자기가 할 수 있는 일은 빼놓지 않고 다 했다. 어느 날 국왕은 피오델리사와 투리텔라가 결혼할 때가 되었으므로 궁전을 찾는 왕자 중에서 적합한 짝을 골라주겠다고 말했다. 그 말을 듣고 왕비가 말했다.

"내 딸이 먼저 결혼을 해야 되요. 그 애가 폐하의 딸보다 나이도 많을뿐만 아니라, 훨씬 더 매력적이기도 하니까요!"

말다툼을 하고 싶지 않았던 왕은, "그래요. 난 상관하지 않을 테니까, 당신이 알아서 결정하도록 하시오."라고 말했다.

얼마후 인근나라에서 가장 잘 생기고 위엄을 갖춘, 멋쟁이란 이름의 차밍 왕이 국왕을 방문하러 온다는 소식이 왕국에 퍼졌다. 그 소식을 들은 왕비는 곧바로 자신의 전속 보석상, 재단사, 직조공, 그리고 자수전문가를 총 동원해서 투리텔라를 위한 화려한 드레스와 장신구를 만들게 했다. 그러나 왕비는 국왕에게 피오델리사에게는 새 드레스가 필요하지 않을 것 같다고 말했다. 차밍 왕이 도착하기 전날 밤 왕비는 시녀를 매수해서 피오델리사의 드레스와 보석을 모두 다 훔쳐내도록 했다. 그 결과 날이 밝았을 때 피오델리사는 신분에 어울리는 드레스는 물론 치장용 리본 하나 찾을 수가 없었다.

피오델리사는 자기를 곤경에 빠트린 사람이 누구인지를 재빨리 눈치 채고는 불평을 참으며 곧바로 상인들에게 달려가서 예쁜 드레스와 장신구를 구입하려 했다. 하지만 상인들은 그녀에게 물건을 하나도 팔지 말라는 왕비의 명령을 따를 수밖에 없다고 말했다. 그래서 공주는 전날부터 입고 있던 흰 프록코트 이외는 더 이상 입을 옷이 없었다. 차밍 왕이 도착하자 그녀는 어쩔 수 없이 그 옷을 입고서 아래층으로 내려갔고, 사람들의 눈에 띄지 않길 바라면서 구석진 곳에 조용히 앉았다. 왕비는 최대한 예의를 갖춰 손님을 맞이하면서 호사스런 옷차림을 한 자기의 친딸을 차밍 왕에게 소개했다. 그러나 과도한 장식은 오히려 투리텔라의 추함을 더 드러내 보일 뿐이었다. 그 때문에 차밍 왕은 투리텔라를 한 번 흘끗 보고는 곧 바로 고개를 다른 방향으로 돌렸다. 하지만 왕비는 그가 수줍음 때문에 투리텔라를 똑바로 볼 수 없어 그

러는 것으로 생각했다. 차밍 왕은 피오델리사라는 이름의 다른 공주가 있지 않느냐고 물었다.

"있긴 있지요.. 단정치 못한 옷차림 때문에 눈에 띄기를 꺼려하는 그 애가 저기 있긴 하네요.." 투리텔라는 손가락으로 그녀를 가리키며 말했다.

이 말을 들은 피오델리사는 얼굴을 붉혔는데, 그 모습이 너무도 여리고 사랑스러워 보여 왕은 많이 놀랐다. 그는 자리에서 일어나 그녀에게 허리를 낮게 숙여 인사를 하며 말했다.

"아가씨, 그대의 뛰어난 아름다움에 찬사를 보낼 말이 떠오르지 않습니다."

"전하, 전 평소엔 이처럼 구겨지고 단정하지 못한 드레스를 입지 않습니다. 부디 저의 이런 모습을 더 이상 보지 않으셨으면 합니다." 피오델리사는 대답했다.

"세상에! 이렇듯 눈부시게 아름다운 공주를 보니 다른 것은 아무것도 눈에 들어오지 않습니다.” 차밍 왕은 큰소리로 말했다.

그러자 왕비가 거칠게 말하며 끼어들었다.

“차밍 왕이시여, 피오델리사는 주제넘은 짓을 하고 있소. 더 이상 치근대지 못하게 하시지요..”

차밍 왕은 그녀가 귀한 대접을 받지 못한다는 사실을 알게 되었지만, 그것이 문제될 것은 전혀 없었다. 그는 피오델리사를 마음속 깊이 찬미하면서 무려 3시간 동안 쉬지 않고 그녀와 이야기를 나누었다.

차밍 왕이 피오델리사를 무척이나 좋아하는 모습을 보자 왕비와 투리텔라는 절망에 빠졌다. 그들은 국왕에게 불평을 쏟아내었다. 국왕은 간청과 성화를 못 견디어 결국 차밍 왕이 머무는 동안 공주를 눈에 띠지 않는 곳에 떼어 놓도록 하자는 그들의 말에 동의하고 말았다. 그래서 그날 밤, 공주는 방으로 가던 중 복면을 한 네 명의 괴한들에게 붙잡혀 높은 성탑의 꼭대기 층으로 끌려갔다. 그곳에 갇힌 그녀는 깊은 시름에 빠졌다. 그녀는 차밍 왕이 자신을 사랑할 수도 있다는 왕비의 걱정 때문에 갇히게 되었다는 것을 어렵지 않게 추측할 수 있었다. 그런 생각이 들자 피오델리사는 크게 실망하였다. 공주는 이미 차밍 왕을 많이 좋아해서 신부가 되길 바랐기 때문이었다. 공주에게 일어난 일을 전혀 모르고 있던 차밍 왕은 피오델리사를 다시 만나길 간절히 기대하고 있었다. 그는 자기를 시중드는 신하들에게 그녀에 관한 이야기를 듣고싶어 했다. 하지만 왕비의 명을 받은 신하들은 그녀가 주제넘으며 변덕스러울 뿐만 아니라 성격이 괴팍하다는 말 이외에는 도무지 장점에 관해서는 한 마디도 하지 않았다. 그들은 그녀가 시녀들을 괴롭히기를 즐기며 부왕이 많은 돈을 주는데도 비천한 성격 탓으로 한 푼도 쓰지 않으며 가난한 시골뜨기처럼 옷을 입고 나다니고 있다고 비난했다. 그 말을 들은 왕은 너무도 당혹스러워 더 이상 말을 하지 못했다.

“물론 그녀가 형편없는 옷을 입고 있는 것은 사실이지만, 그러한 행색을 그렇게까지 부끄러워한 것을 보면 그 옷차림이 평소 습관은 아니라고 할 수 있어. 그처럼 사랑스런 얼굴을 한 공주가 저들이 말하는 것처럼 성격이 못되거나 천박할리가 없어. 거짓말이야. 왕비가 자신의 못생긴 친딸을 챙기느라 그녀를 질투해서 못된 소문을 퍼트리고 있는 것이 분명해." 차밍 왕은 생각했다.

신하들은 자신들의 말이 차밍 왕에게 통하지 않는다는 것을 알게 되었다. 그러자 그 중에서 약삭빠른 한 명은 남들이 듣지 않는 틈을 타서 피오델리사에 대한 찬사를 늘어놓았다.

그 말을 들은 차밍 왕은 말할 수 없이 기분이 좋아졌다. 왕은 약삭빠른 신하가 하는 말에 흥미를 느꼈고, 그가 공주에 대해서 극찬을 아끼지 않는다는 것을 알 수 있었다. 한편 왕비는 염탐꾼을 통해서 이러한 사실을 보고받자 최악의 경우를 생각할 수밖에 없었다. 가엾은 피오델리사 공주는 밤새도록 쉬지 않고 눈물만 흘렸다.

"차밍 왕을 다시 만나지도 못하고 어두운 탑에 갇히다니 너무도 안타까워. 그는 이곳에 머물면서, 나 이외의 모든 사람들과 즐거운 시간을 갖겠지. 정말로 너무해." 피오델리사는 슬픔에 잠겼다.

다음 날 왕비는 차밍 왕에게 보석과 값진 물건 같은 화려한 선물을 보냈는데, 그 중에는 다가오는 결혼식을 기념해서 특별히 만든 장신구도 있었다. 그것은 커다란 루비를 세공해서 만든 하트모양에 여러 개의 다이아몬드 화살을 둘레에 장식하고 중앙은 화살 한 개가 하트를 꿰뚫고 있는 모습이었다. 하트 위는 황금으로 된 사랑의 매듭에 "오직 한 개의 화살, 또는 한 사람만이 내게 상처를 입힐 수 있다."는 글귀가 쓰여 있었다. 그리고 커다란 진주들을 끼워 만든 줄에는 온갖 종류의 보석들이 주렁주렁 매달려 있었다. 그는 이렇게 대단한 것은 일찍이 본 적이 없었다. 그래서 왕은 그렇게 대단한 선물을 받자 무척 놀랐다. 선물을 가져온 시동은 차밍 왕이 공주의 기사로 선택되었다며 선물을 받으라고 간청했다.

"뭐라고! 사랑스러운 피오델리사 공주가 나를 이렇듯 다정하고 호의적으로 생각한단 말이냐?" 차밍 왕은 큰 소리로 말했다.

"전하, 이름을 혼동하신 듯합니다. 저는 투리텔라 공주의 심부름으로 왔습니다."

"내게 자기의 기사가 되 주길 바라는 공주가 투리텔라라는 말이지. 그런 영예라면 받을 수가 없구나." 왕은 냉정하게 말하고는 그 값비싼 선물을 왕비와 투리텔라에게 돌려보냈다. 그러자 왕비 모녀는 자신들이 경멸을 받았다며 머리끝까지 화를 내었다. 차밍 왕은 바삐 국왕과 왕비를 만나러 갔다. 그리고 홀에 들어서자 피오델리사 공주를 애타게 찾았다. 차밍 왕은 사람들이 들어올 때마다 그가 누구인지를 살펴보고는 그때마다 언짢은 기분과 실망한 모습을 보였고, 왕비는 그런 상황을 눈여겨보고 있었다. 하지만 왕비는 어떠한 내색도 하지 않았고, 자신이 마련한 연회에 관한 이야기만을 했다. 차밍 왕은 왕비의 질문엔 시큰둥하게 대답하고는 언제쯤이면 피오델리사 공주를 만날 수 있는지를 물었다.

"차밍 왕이시여, 그 애의 부왕은 내 딸이 결혼하기 전까지는 그녀가 자신의 거처를 벗어나지 못하도록 하는 명을 내렸소." 왕비는 거드름을 피우며 대답했다.

"그렇게 사랑스런 공주를 죄인처럼 가둬놓는 이유가 무엇입니까?" 차밍 왕은 분노해서 큰 소리로 외쳤다.

"그건 나도 모르오. 혹 안다고 해도, 그 이유를 말해 주고 싶지는 않소."

차밍 왕은 왕비의 방해공작에 무척 화가 났다. 그는 이 모든 일의 책임이 투리텔라에게 있다고 확신하고는 그녀를 사납게 노려보면서 왕비에겐 인사도 하지 않고 자신의 거처로 돌아갔다. "공주의 시녀 중 한 명을 설득해서 피오델리사와 잠깐이라도 이야기를 할 수 있다면, 내가 가진 모든 것을 줄 용의가 있다." 차밍 왕은 자신을 수행한 젊은 기사에게 말했다. "그리 어려운 일은 아닙니다." 젊은 기사가 아뢰었다. 그런 다음 기사는 곧 시녀 중 한 명과 친분을 쌓아 피오델리사가 저녁이 되면 작은 창가로 와서 정원을 내려다보곤 하니 그곳에 오면 공주와 이야기를 나눌 수 있다는 사실을 알아내었다. 시녀는 또한 차밍 왕의 모습이 남들의 눈에는 띄지 않아야 하기 때문에 시녀의 처소가 공주를 만나는 적합한 장소가 될 수 있다는 말도 덧붙여 주었다. 기사는 기뻐했고, 시녀의 제의를 모두 다 수락했다. 그러나 기사가 이 사실을 왕에게 알리기 위해 달려가자, 거짓으로 공주의 시녀 노릇을 한 그녀는 왕비에게 가서 그와 나눈 대화를 낱낱이 보고했다. 그러자 왕비는 곧 자신의 딸에게 공주대신 작은 창가로 가서 서있으라고 말했다. 그러면서 그녀는 우둔한 투리텔라가 실수를 하지 않도록 그녀에게 말하고 행동하는 법까지 일일이 가르쳐 주었다.

그날 밤은 매우 어두웠기 때문에 차밍 왕은 자신을 속이는 계략을 알아챌 기회가 없었다. 그래서 기쁜 마음으로 창가로 다가간 그는 피오델리사 공주가 보이자 그동안 하고 싶었던 구애의 말들을 쉼 없이 쏟아내면서 그녀를 향한 사랑의 감정을 전달했다. 투리텔라는 왕비에게서 배운 그대로, 자신은 지금 불행한 상태에 있으며, 왕비의 친딸이 결혼을 하기 전까지는 현재보다 더 나은 대접을 받을 수는 없을 것 같다는 대답을 했다. 그 말을 듣고 차밍 왕은 그녀에게 자신과 결혼해 달라는 간청을 하면서, 손가락에서 반지를 빼어 그것을 투리텔라의 손에다 올려놓자, 그녀도 가능한 한 그렇게 하겠다고 약속했다. 왕은 그녀의 태도가 사랑스러운 피오델리사에게서 기대했던 반응이 아니라는 생각이 들긴 했지만, 공주가 이 사실을 왕비가 알까 두려워 소극적이고 부자연스럽게 행동할 뿐이라고 스스로를 납득시켰다. 그는 다음 날 저녁 다시 만날 약속을 해 주기 전까지는 그곳을 떠나지 않겠다는 고집을 부렸는데, 투리텔라는 기꺼이 그러겠다는 약속을 했다. 왕비는 자신의 계략이 성공한 것에 크게 만족하고는 앞으로의 일들도 자기가 바라는 대로 될 것이라는 확신을 얻었다. 그리고 그녀의 예측대로 다음 날 저녁 어두워지자마자 왕은 친구인 마법사에게서 받은 이륜마차를 타고 약속한 장소로 왔다. 이 마차는 날아다니는 개구리들이 끄는 것이었는데, 왕은 힘들이지 않고서도 투리텔라가 밖으로 나와 마차에 오르게 만들었다. 그는 마차에 올라 그녀 옆에 앉은 다음 의기양양하게 큰 소리로 외쳤다.

"자, 이제 당신은 자유를 얻었소. 나의 공주여, 결혼식은 어디서 하길 바라오?"

그러자 망토로 머리를 감싼 투리텔라는 요정 마질라가 자신의 대모이기 때문에 결혼식은 그녀의 성에서 했으면 좋겠다는 대답을 했다. 그 말을 듣고 왕은 전 세계의 지도가 머릿속에 저장되어 있는 개구리들에게 말했고, 얼마 후 차밍 왕과 투리텔라는 요정 마질라의 성에 내려앉았다. 휘황찬란하게 불이 켜진 성 안으로 발을 들여놓는 순간 왕은 혹 자기가 실수를 한 것이 아닌가를 의심했지만, 투리텔라는 자신의 몸을 망토로 더욱 감쌀 뿐이었다. 그녀는 요정에게 자신의 모습을 잠깐 보여준 후 그동안 일어났던 일들을 재빨리 설명하고 왕을 끝까지 속일 수 있는 방법에 대해 물어보았다.

"오호! 내 딸아. 네 앞날이 순탄치 않을 것 같구나. 왕이 피오델리사를 너무도 사랑하고 있기 때문에 너와의 관계가 쉽게 이루어지지는 않을 것 같다. 그는 분명 우리의 뜻에는 따르지 않을 것 같구나." 요정은 말했다. 그동안 왕은 사방이 다이아몬드 벽으로 된 화려한 방에서 기다리고 있었는데, 방이 충분히 밝았기 때문에 그는 요정과 투리텔라가 속닥거리는 모습을 볼 수 있었고, 그 모습에 그는 적잖이 당황했다.

"피오델리사와 나를 속인 자가 누구일까? 우리의 적이 어떻게 해서 이곳에 와있는 것일까? 투리텔라는 틀림없이 우리의 결혼을 방해할 음모를 꾸미고 있는 중일거야. 내 사랑 피오델리사는 왜 빨리 내게로 돌아오지 않는 것일까?" 그는 혼자말로 중얼거렸다.

그리고 요정 마질라가 투리텔라의 손을 잡고 들어왔을 때 상황은 왕이 생각했던 것보다도 훨씬 더 나빴다.

"차밍 왕이여, 당신이 사랑을 굳게 약속한 투리텔라 공주가 이곳에 있소. 지금당장 혼례를 치르도록 합시다." 요정은 말했다.

"내가! 내가 저 여인과 결혼을 하다니! 다른 사람과 착각한 것은 아니오? 난 그녀에겐 아무런 약속을 하지 않았소!" 왕은 비명을 질렀다.

"그만 하시오. 그대는 요정에게 예도 표할 줄 모르오?" 요정은 화를 내며 소리쳤다.

"예, 그렇게 하지요. 요정에 대한 예는 충분히 갖출 준비가 되어 있소. 공주가 기다리고 있는 곳으로 나를 데려다 준다면 말이오." 왕은 대답했다.

"공주는 바로 여기에 있지 않습니까? 여기 당신이 내게 준 반지가 있어요. 창가에서 당신이 이야기를 건넨 사람이 나 이외에 또 누구이길 바라십니까?" 투리텔라가 끼어 들며 말했다.

"뭐라고! 그렇다면 내가 눈이 멀어 철저하게 속았단 말인가? 타고 온 마차는 어디에 있지? 한시라도 이곳엔 더 머물 수가 없겠어." 왕은 화를 내며 소리쳤다.

"오호!, 그렇게 서둘면 안 되지요." 요정이 말하며 왕의 발에 손을 대었는데, 그러자 그의 두 발은 마치 못이라도 박힌 것처럼 바닥에 단단히 들러붙게 되었다.

"오! 마음대로 해보시오. 그대가 나를 돌로 만들 수는 있겠지만, 난 피오델리사 이외에는 그 누구와도 결혼을 하진 않을 테니 말이오." 왕은 말했다.

왕은 20일 동안을 밤낮으로 요정이 심하게 꾸짖으며 위협을 가할 때에도, 그리고 투리텔라가 눈물을 보이거나 화를 낼 때조차도 한 마디도 하지 않았다. 마침내 마질라 요정은 그의 완고함에 지쳐 분노를 표출하며 말했다. "그대는 나의 대녀와 결혼을 하든지, 아니면 그녀와의 약속을 파기한 대가로 7년 동안 참회를 해야 할 것이오."

그 말을 듣고 왕은 기뻐하며 대답했다. "이 추악한 쨍쨍거리는 여자에게서 벗어날 수 있다면, 어떤 일이든 못하겠소!"

"쨍쨍거리는 여자라고! 감히 내게 쨍쨍거리는 여자라고 말하다니, 그런 당신은 그렇게 대단한 사람이요? 당신은 자기가 한 약속은 그렇게 쉽게 어기면서 개굴개굴 울어대는 습지의 개구리들이 끄는 마차나 타고 다니는 불쌍한 왕이 아닌 가요!" 투리텔라는 화가나 소리쳤다.

"이런 모욕은 더 이상 참을 수 없다. 창밖으로 날아가라, 배은망덕한 왕이여. 그대는 7년 동안 파랑새로 지낼 것이다." 요정이 말을 마치자마자 왕은 얼굴이 변하기 시작하더니, 팔은 날개로 발은 작고 휘어진 검은 색 발톱으로 변했다. 순식간에 왕은 새처럼 왜소한 몸으로 변했는데, 몸은 빛나는 파랑색 깃털로 덮이고 부리는 아이보리 색을 띠게 되었다. 왕의 두 눈은 별처럼 밝게 빛났으며, 머리에는 흰 깃털로 된 왕관이 씌었다.

변신이 끝나자 왕은 슬피 울면서 투리텔라와 요정 마질라의 조소를 뒤로하고 열린 창을 통해 밖으로 날아갔다. 그는 날아가다가 울창한 숲에 다다랐고, 그곳에 있는 사이프러스 나뭇가지에 앉아 자신의 불행한 운명을 비탄해했다. "아아! 7년 동안 내 사랑 피오델리사에게 무슨 일이 일어날지 어떻게 알겠는가! 내가 원래의 모습으로 돌아가기 전에 잔혹한 계모가 그녀를 다른 사람에게 시집이라도 보낸다면, 난 무슨 낙으로 살아갈 수 있을까?"

한편 요정 마질라는 결혼식이 어떻게 진행되고 있을까를 노심초사하며 기다리고 있던 왕비에게로 투리텔라를 다시 돌려보냈다. 딸이 돌아와서 그간의 일을 모두 다 말하자 왕비는 불같이 화를 내었다. 그리고 당연한 결과이지만 그녀의 분노는 온전히 피오델리사에게 향했다. "왕의 흠모를 받은 것을 후회하도록 만들어 줄 테다." 왕비는 의미심장하게 머리를 끄덕이고는 투리텔라와 함께 공주가 갇혀있는 성탑에 있는 작은 방으로 갔다. 피오델리사는 투리텔라가 예복을 갖춰 입고 다이아몬드 왕관을 쓰고 있는 모습을 보고는 무척 놀랐다. "내 딸이 네게 결혼예물을 보여주기 위해 왔단다. 이제 그 애는 차밍 왕의 신부가 되었단다. 그들은 세상에서 제일 행복한 한 쌍이지. 사위는 그 애를 미칠 듯이 사랑한단다." 피오델리사는 왕비의 이 말을 듣자 크게 낙담을 했다. 투리텔라는 갖가지 장식물과 보물 그리고 화려한 옷감과 리본을 내키지 않아 하는 피오델리사의 눈앞에다 펼쳐놓았다. 투리텔라는 엄지손가락에 끼고 있던 왕의 반지를 조심스럽게 뺀 다음 그녀에게 보여주었다. 피오델리사는 그것을 보자마자 반지의 주인이 누구인지를 알아차렸고, 차밍 왕이 투리텔라와 정말로 결혼했다고 믿었다. 피오델리사는 절망적으로 울부짖었다. "불행을 안겨주는 천한 장식물을 눈앞에서 치워주세요! 불쌍한 포로가 그것들을 보면서 즐거울 것이라 기대하나요?" 이렇게 울부짖으며 그녀는 정신을 잃고 바닥에 쓰러졌다. 그 모습을 본 잔혹한 왕비는 악의적인 웃음을 터트리고는 투리텔라와 함께 자리를 떴다. 홀로 그곳에 남겨진 피오델리사는 누구에게서도 위안이나 도움을 받을 수가 없었다. 그날 밤 왕비는 국왕에게 피오델리사가 자신에게 조금의 호감도 보이지 않는 차밍 왕에게 홀딱 빠져 있기 때문에 그녀가 제정신을 차리기 전까지는 성탑에 그대로 머물게 하는 것이 좋을 것 같다고 말했다. 그 말을 들은 국왕은 그것은 왕비가 알아서 할 일이고, 앞으로도 딸을 위한 일이라면 어떤 명령을 내려도 괜찮다고 말했다.

피오델리사는 의식이 돌아오자 방금 전 들었던 내용을 상기하고는 차밍 왕이 이제 자신에게서 영원히 떠나갔다는 생각에 비통하게 울었다. 밤이면 밤마다 그녀는 창문을 열고 창가에 앉아 한숨을 쉬며 슬퍼했다. 그리고 날이 밝으면 작은 방으로 들어가 어두운 구석을 찾아 앉아 있곤 했다. 그러다가 다시 밤이 되면 창밖으로 몸을 내밀고는 어둠속을 응시하면서 불행한 운명을 서글퍼했다.

차밍 왕, 아니 파랑새는 어느 날 연모하는 공주를 보기 위해 궁전주위로 날아왔는데, 혹여 투리텔라의 눈에 발각될까 두려워 창문 가까이로는 날지 못했다. 그래서 밤이 될 때까지도 피오델리사가 갇혀 있는 곳을 찾아내지 못했다. 그는 지친 몸으로 성탑 가까이에 있는 커다란 전나무 가지 위에 앉아서 슬픈 마음을 노래하다 잠이 들었다. 그러나 곧 슬픔에 젖은 가냘픈 목소리에 잠이 깨고 말았다. 파랑새는 그 가냘픈 목소리에 귀를 기울였다.

"아! 잔인한 왕비님! 제가 대체 어떤 잘못을 저질렀기에 이렇게 갇혀있어야만 합니까? 제게 왕비님의 딸이 차밍 왕의 신부가 되어 행복을 누리고 있다는 말을 해 준 것만으로도 이미 전 충분히 불행하지 않은가요?"

깜짝 놀란 파랑새는 새벽이 될 때까지 초조하게 기다리다가 날이 밝자마자 그 말을 한 사람이 누군지를 확인하려고 성탑 가까이로 날아갔다. 하지만 창문이 닫혀 있어 파랑새는 아무도 보지 못했다. 다음 날 밤에 파랑새는 꼼짝 않고 지켜보고 있었는데, 달빛이 밝게 빛나자 창가에서 슬퍼하던 그 여인이 다름 아닌 피오델리사라는 것을 확인할 수 있었다.

"나의 공주여! 드디어 당신을 찾았단 말입니까?" 파랑새는 공주 곁에 내려앉으며 말했다.

"누가 내게 말을 건넨 거지?"

"피오델리사, 방금 전 당신은 내 이름을 부르고도 날 알아보지 못하는군요. 하긴 당연한 일이지. 이제 난 한낱 파랑새에 지나지 않는 걸. 앞으로도 7년 동안은 이렇게 지내야하고." 그는 슬퍼하며 말했다.

"뭐라고요! 작은 파랑새인 당신이 정말로 그 강인한 왕이란 말인가요?" 공주는 그를 다독여주며 말했다.

"조금도 거짓 없는 사실이오, 그대에게 충실한 죄로 난 벌을 받고 있는 중이오. 하지만 그대를 포기하느니 지금보다 두 배나 오래 벌을 받는다 해도 난 기꺼이 그 벌을 감수하겠소."

"오! 무슨 말씀을 하고 계시는 거예요?" "투리텔라가 왔을 때, 결혼식 예복을 입고 있었단 말이에요. 내가 만약 잘못 본 것이 아니라면, 엄지손가락엔 당신이 준 반지도 끼고 있었어요."

그러자 파랑새는 무척 화가 나서 공주에게 그동안 일어난 일들을 빠짐없이 말해 주었다. 투리텔라에게 속아서 마질라에게로 가게 된 일과 결혼을 거부한 대가로 7년 동안 파랑새로 변하게 된 저주에 관해 낱낱이 말해 주었다.

공주는 자기에 대한 차밍 왕의 사랑이 진실임을 알고는 무척 기뻐하며 그가 하는 이야기와 설명을 지치지 않고 들었다. 그러나 너무도 빨리 아침 해가 떠올랐기 때문에 파랑새는 다른 이들에게 들키지 않으려고 그녀와 헤어져야 했다. 파랑새는 날이 어두워지면 곧바로 공주가 있는 창가로 다시 올 것을 약속하고는 먼 곳에 있는 전나무로 날아가 그곳에 파인 조그만 구멍에 몸을 숨겼다. 피오델리사는 파랑새가 떠난 이후로 그가 덫에 걸리거나 독수리에게 잡혀 먹히지나 않을까 줄곧 불안해했다.

하지만 파랑새는 자신의 은신처에 오래 머물지는 않았다. 그는 멀리 멀리 날아가서 마침내 자신의 왕국에 다다랐다. 그는 깨진 창문을 통해 안으로 들어가서 보석이 보관되어 있는 캐비닛을 열고 공주에게 줄 화려한 다이아몬드 반지를 꺼냈다. 파랑새가 돌아왔을 때, 피오델리사는 열려진 창가에서 그를 기다리며 앉아 있었다. 그리고 그가 반지를 건네주자, 공주는 자기에게 줄 반지 때문에 그렇게 큰 위험을 감수한 파랑새를 부드럽게 꾸짖었다.

"언제나 그것을 끼고 있겠다고 약속해줘요!" 파랑새는 말했다. 그러자 공주는 밤뿐만 아니라 낮 동안에도 자기를 보러 온다는 조건하에 그러겠노라고 약속했다. 그들은 밤새도록 이야기를 나눴고, 다음 날 아침이 되자 파랑새는 또 다시 자신의 왕국으로 날아갔다. 그는 깨진 창문을 통해 관저로 들어가서 자신의 보물 중에서 에메랄드로 세공한 두 개의 팔찌를 골라 내었다. 그가 공주에게 그것을 선물했을 때, 그녀는 머리를 흔들면서 그를 나무랐다.

"당신은 내 사랑이 깊지 않아서 이런 선물을 받아야만 내가 당신을 생각할 거라고 믿고 있나요?"

"그런 것이 아니요. 나의 공주여. 난 그저 그대를 향한 끝없이 큰 내 사랑을 어떤 식으로든 표현하고 싶었을 따름이요. 내가 이 하찮은 것을 가져온 것은 내가 어쩔 수 없이 떠나 있는 동안에도 당신을 항상 생각하고 있었다는 것을 보여주기 위해서요." 다음 날 밤 그는 진주로 만든 손목시계를 피오델리사에게 주었다. 그녀는 시계를 보고는 빙그레 웃으며 말했다.

"시계만큼은 기꺼이 받겠어요. 당신을 알게 된 이래로 난 시간을 헤아리는 능력을 상실했어요. 당신과 함께 보낸 시간은 마치 몇 분처럼 지나갔고, 당신 없이 견뎌야 하는 시간은 내겐 몇 년처럼 느껴졌으니까요."

"아, 공주여, 내게 그 시간은 당신에게 보다도 훨씬 더 길게 느껴졌다오!" 파랑새는 대답했다. 날이 갈수록 그는 공주에게 다이아몬드, 루비, 오팔과 같이 점점 더 아름다운 것들을 가져다주었는데, 밤이 되면 공주는 그것들로 몸을 치장해서 파랑새를 기쁘게 했다. 그러다가 날이 밝으면 그녀는 짚으로 만든 매트리스 아래에다 보석들을 숨겼다. 태양이 커다란 전나무에 숨어 있는 파랑새를 밝게 비추면 그 새는 공주를 위해 달콤한 노래를 불렀는데, 그 때문에 그곳을 지나가는 행인들은 노래 소리를 궁금하게 여기며, 그 숲엔 정령이 산다고 말하곤 했다. 2년이란 세월이 쏜살같이 지나갔다. 그 동안에도 공주는 여전히 감금된 상태였고, 투리텔라는 아직도 결혼하지 못한 상태였다. 왕비는 근방에 있는 모든 왕자들에게 구혼을 했지만, 그들은 피오델리사라면 두말없이 결혼을 하겠지만 투리텔라와는 절대로 결혼 할 수 없다는 답변을 보내왔다. 왕비는 기분이 몹시 상했다. "피오델리사가 그들과 내통하여 내 화를 돋우고 있구나! 가서 그 애를 벌주어야겠다." 그렇게 말하고 그녀는 투리텔라와 함께 성탑으로 올라갔다. 그 때는 막 자정이 가까워 올 무렵이었는데, 피오델리사는 갖가지 보석으로 치장한 파랑새와 창가에 함께 앉아 있었다. 왕비가 문밖에 서서 방안의 소리에 귀를 기울이고 있을 때, 공주는 방금 전 애인에게 배운 노래를 함께 부르고 있었다.

"오! 우리는 얼마나 불행한 연인인가,
한 사람은 감옥에, 또 한 사람은 나무에 있으니.
우리에게 온갖 고통과 고뇌가 시작된 것은,
서로에 대한 충실함이 적들의 장난으로 차단당한 때부터.
하지만 그들의 잔인한 간계는 헛된 것이 되었지,
우리 두 사람의 마음을 조금도 떼어놓지 못했으니까.

노랫말에는 우울한 어조가 깃들어 있었지만, 연인은 활기 있게 노래를 불렀다. 왕비는 문을 박차고 들어오면서, "이런! 투리텔라야, 이곳에서 음모가 진행되고 있구나!"라고 외쳤다.

피오델리사는 침착한 동작으로 재빠르게 창문을 닫았고 파랑새는 다행히 달아날 수 있었다. 공주는 자신을 향해 욕설을 퍼붓는 왕비를 맞이했다.

"애야, 너의 음모는 드러났다. 네 지위가 아무리 높아도, 그것에 대한 벌을 피할 수는 없을 것이다." 왕비는 사납게 말했다.

"마마, 그런데 제가 누구와 음모를 꾸몄단 말입니까? 전 지난 2년 동안 죄수나 다름없었어요. 왕비님께서 보낸 교도관 말고 제가 누구를 보았단 말인가요?" 공주가 따지면서 물었다.

그녀가 왕비에게 이야기를 하고 있는 동안 투리텔라는 그녀의 아름다움과 그녀가 하고 있는 눈이 부실만큼 화려한 보석에 큰 충격을 받아 크게 놀란 표정으로 바라보고 있었다. 그 때 왕비는 말했다.

"애야, 내가 이 갖가지 모양의 다이아몬드를 다 어디서 구했느냐고 묻는다면, 넌 성탑에 있는 광산에서 발견했다고 말하겠지!"

"네 분명 이곳에서 찾았습니다." 공주는 대답했다.

"그렇다면 말해 보거라. 도대체, 넌 누구에게 잘 보이려고 이처럼 화려하게 치장을 하고 있는 것이냐? 이제껏 난 네가 이 궁전에서 지금의 절반만큼이라도 화려하게 꾸민 것을 본 적이 한 번도 없다." 왕비는 시시각각 분노의 폭을 넓혀가며 다그치며 물었다.

"스스로의 만족을 위해서요. 마마도 제가 손이 한가한 시간이 많다는 점은 인정하실 겁니다. 그리니 제 자신을 멋지게 치장하는데 공을 들였다 한들 놀라실 일은 아니라고 봅니다." 피오델리사는 대답했다.

"그렇다면 좋다. 내가 직접 둘러보면서, 확인해 볼 테다." 여전히 의심을 풀지 않은 왕비는 말했다.

그래서 그녀와 투리텔라는 그 작은 방을 구석구석 수색하기 시작했는데, 그들이 짚으로 만든 매트리스를 걷어내자 엄청난 양의 진주, 다이아몬드, 루비, 오팔, 에메랄드와 사파이어가 쏟아져 나왔다. 그러자 그들 모녀는 놀라서 어찌할 바를 몰랐다. 왕비는 공주가 국왕의 적들과 내통하면서 음모를 꾸미고 있다는 것을 증명해줄 거짓 편지 꾸러미를 어딘가에 숨기기로 결심했고, 굴뚝을 적합한 장소로 선택했다. 피오델리사에게는 다행스럽게도 그곳은 바로 파랑새가 앉아 있는 곳이었고, 이 과정을 지켜보고 있었다. 파랑새는 사랑하는 공주가 위험에서 벗어나길 바라는 마음으로 큰 소리로 외쳤다.

"조심해요, 피오델리사! 당신의 못된 적들이 음모를 꾸미고 있소."

이 괴상한 목소리에 겁먹은 왕비는 편지를 들고 투리텔라와 함께 부리나케 돌아갔다. 그들은 요정이나 혹은 마법사가 피오델리사를 보호하고 있다고 생각하고 그 사실을 밝혀내기 위한 대책회의를 열었다. 마침내 왕비는 시녀 중 한 사람을 보고 듣지도 못하는 바보처럼 꾸며 피오델리사의 시녀로 보내 밤낮으로 공주를 감시하면서 그녀의 행동을 낱낱이 보고하라고 시켰다.

시녀가 밀정으로 온 것을 눈치 챈 피오델리사는 파랑새가 발각되기라도 하면 분명 사악한 일이 닥치게 될 것을 두려워했다. 그렇게 되면 자기는 더 이상 사랑하는 파랑새를 볼 수 없을 것이라는 생각에 절망한 그녀는 비통하게 울부짖었다.

하루의 낮은 너무도 길고, 밤은 무척이나 지루했다. 하지만 공주는 파랑새가 평소대로 자기에게 날아오지 못하도록 꼬박 한 달 동안 창가에는 가까이 다가가지도 않았다.

그러던 중 밤낮으로 공주에게서 눈을 떼지 않던 밀정이 어느 날 피곤에 지쳐 깊은 잠에 빠져들게 되었다. 공주는 그 모습을 보자 곧바로 창문을 열고 조용히 소리쳤다.

"하늘처럼 푸른, 파랑새님,
내게로 날아와요. 옆에 아무도 없어요."

그러자 공주가 갇힌 감옥을 살피면서 안에서 들려오는 소리에 귀를 기울이며 한 시도 멈추지 않고 주변을 맴돌던 파랑새는 눈 깜짝할 새에 날아들었다. 연인은 할 얘기가 무척이나 많았고, 다시 만난 기쁨에 너무나도 도취되어 있었기 때문에, 아침 해가 떠오르자 함께 보낸 지난밤이 마치 5분처럼 느껴졌다. 그리고 아쉽지만 파랑새는 또 다시 날아가야 했다.

하지만 다음 날 밤에도 밀정은 전 날처럼 곤한 잠에 빠졌기 때문에 파랑새는 다시 공주에게 올 수 있었다. 그들은 어떻게 하면 절대적으로 안전하게 만날 수 있을까를 생각했고, 또 왕비가 방문하기 이전의 상태처럼 행복을 되찾기 위한 수많은 계획을 세우기 시작했다. 그러나 삼일 째 밤에 채 깊은 잠에 빠지지 않고 있던 밀정은 공주가 창문을 열고 외치는 소리를 듣게 되었다.

"파랑새님, 하늘처럼 푸른 파랑새님,
지금 내게로 와요. 옆에 아무도 없어요."

공주의 외침을 듣고 밀정은 잠에서 깨어났지만 교활하게도 눈을 계속 감고 있었다. 그러고는 연인들이 대화를 시작하자 조심스럽게 엿보기 시작했다. 밀정은 세상에서 가장 사랑스러운 파랑새가 말하는 모습과 그것을 다정하게 쓰다듬고 애무해 주는 공주의 모습을 달빛을 통해 똑똑히 볼 수 있었다.

밀정은 그들이 나누는 대화를 한 마디도 놓치지 않았다. 새벽이 되어 파랑새가 공주에게 힘든 작별의 인사를 하고 날아가자, 밀정은 곧바로 왕비에게로 달려가 밤새 보고 들은 것을 낱낱이 고해바쳤다.

그러자 왕비는 투리텔라를 불러서 그 일에 대해 논의했다. 그들은 곧 파랑새가 다름 아닌 바로 차밍 왕이라고 결론지었다.

"아이! 그 뻔뻔스런 계집애 같으니! 그 애가 불행에 빠졌다고 생각하는 동안, 그 앤 내내 변신한 왕과 행복에 도취되어 있었구나. 하지만 난 복수하는 방법을 알고 있지!" 왕비는 소리쳤다.

왕비모녀의 명령을 받은 밀정은 평소처럼 공주에게 돌아와 깊은 잠에 빠진 양 가장했다. 평소보다 조금 더 일찍 잠자리에 들었고 코를 고는 흉내도 자연스럽게 내었다. 그러자 공주는 창가로 달려가 파랑새를 불렀다.

"파랑새님, 하늘처럼 푸른 파랑새님,
지금 내게로 와요. 주위에 아무도 없어요!"

그러나 새는 오지 않았다. 밤새도록 공주는 부르고, 기다리고, 귀기울여 봤지만 아무런 응답이 없었다. 그 이유는 잔혹한 왕비가 파랑새가 머무는 전나무를 칼, 검, 톱, 가위, 그리고 작은 낫과 큰 낫을 이용해 베어냈기 때문이었다. 공주가 부르는 소리를 듣고 그곳으로 날아가던 파랑새는 단박에 날개와 작고 검은 발이 완전히 부러졌으며 몸통에는 스무 군데의 관통상과 칼에 베이는 상처도 입었다. 파랑새는 나무속의 은신처로 돌아갈 수밖에 없었다. 그는 그곳에서 온몸에 피를 흘리며 신음소리를 내며 누워있었다. 파랑새는 공주가 왕비모녀에게 설득당해 자기가 숨어 있는 곳을 알려주고 그 대가로 풀려났을 것이라고 생각하면서 깊은 절망감에 괴로워했다.

"아! 피오델리사 그대는 그토록 사랑스러운데, 어찌해서 그토록 신의가 없단 말이오? 그렇다면 난 차라리 지금당장 죽는 편이 낫겠소!" 이렇게 말하고 그는 한탄하며 몸을 엎드린 채 죽어가기 시작했다. 그 즈음에 차밍 왕의 친구인 마법사는 개구리마차가 친구를 태우지 않고 돌아오는 모습을 우연히 보고는 깜짝 놀랐고. 불길한 느낌이 들었다. 그래서 그는 왕을 찾아지구를 여덟 번이나 돌았으나 성공하지 못했는데, 왕이 절망에 빠져 생을 막 포기하려는 순간 마침 여덟 번째로 그 숲을 지나가고 있었고, 언제나처럼 친구의 이름을 부르고 있었다.

"차밍 왕! 차밍 왕! 이곳에 있나?"

친구의 목소리를 알아들은 왕은 곧 희미한 목소리로 대답했다. "여기 있네."

마법사는 주위를 샅샅이 둘러보았지만 아무것도 볼 수가 없었다. 그러자 왕이 다시 말했다.

"난 파랑새가 되어버렸다네."

그러자 곧 마법사는 파랑새를 발견하고는 그가 딱한 사정에 처했음을 알아챘다. 그는 아무 말도 하지 않고 이곳저곳을 뛰어다니면서 마법의 약초를 한 움큼 그러모아서는 몇 가지 마술을 가미하여 왕을 말끔히 낫게 만들었다.

"자 이제, 어떻게 된 일인지 말해보게나. 자네가 이렇게 된 데에는 공주의 음모가 배후에 있음이 분명한 것 같은데."

"두 명의 공주라고 해야 하겠지!" 차밍 왕은 쓴 웃음을 지으며 대답했다.

그는 피오델리사가 왕비와의 관계를 회복하기 위해서 자기를 찾고 있던 그녀에게 비밀을 실토했다고 비난을 퍼부었다. 그는 공주가 변덕스러우며, 그녀의 아름다움 뒤에는 거짓된 속임수가 있었다는 욕설을 하면서, 그동안 일어났던 일들을 낱낱이 이야기 했다. 마법사는 친구의 말에 온전히 동조했을 뿐만 아니라 오히려 그보다 앞서 나가기까지 했다. 마법사는 공주들은 아름다움에서만 차이가 있을 뿐 모두가 똑같다고 주장했다. 피오델리사와 관계를 끊고 그녀를 완전히 잊을 수만 있다면 더욱 좋다는 충고까지 해주었다. 하지만 그러한 충고는 경위야 어떻든 왕의 마음을 기쁘게 하지는 못했다.

"앞으로 어떻게 할 참이야? 아직도 5년 동안은 파랑새로 지내야 하잖아." 마법사는 물었다.

"날 자네의 궁전으로 데려가줘. 그곳에 가서 자네가 나를 새장에 넣어준다면, 적어도 난 고양이나 칼 같은 무기로부터는 위험에서는 보호를 받을 수 있지 않겠나." 왕은 대답했다.

"글쎄, 지금 당장은 그렇게 하는 것이 최선이겠지. 하지만 난 쓸모없는 마법사가 아니야. 곧 자네에게 뛰어난 전략을 세워줄 수 있을 거야." 친구는 말했다.

한편 절망에 빠진 피오델리사는 밤낮으로 창가에 앉아 아무런 소용없이 사랑하는 파랑새를 애타게 불렀다. 그녀는 그에게 닥칠 수 있는 온갖 끔찍한 일들을 반복해서 떠올렸는데, 그러면 그럴수록 그녀의 몸은 창백해지고 여위어갔다. 왕비와 투리텔라의 경우를 말하자면, 그들은 승자였다. 하지만 그들의 승리는 피오델리사의 아버지인 국왕이 병으로 죽자 끝이 났다. 왕비와 투리텔라를 반대하는 왕국의 백성들이 피오델리사를 찾기 위해 떼를 지어 궁전으로 몰려들었기 때문이었다.

왕비는 발코니로 쫓겨나오면서도 백성들에게 협박과 욕설을 퍼부었다. 그러자 마침내 인내심을 잃은 군중은 궁전에 있는 문들을 부수고 들어왔는데, 그 중 하나가 왕비를 덮치는 바람에 그녀는 결국 깔려 죽고 말았다. 투리텔라는 마질라 요정에게로 달아났다. 한 자리에 모이게 된 왕국의 귀족들은 피오델리사 공주를 성탑의 감옥에서 데려고 나와 자신들의 여왕으로 추대했다. 그들이 온 정성으로 보살핀 덕에 머지않아 그녀는 오랜 포로생활로 지친 심신을 회복하였고, 여왕의 모습은 이전보다도 훨씬 더 아름답게 보였다. 여왕은 이제 대신들과 더불어 국정을 열면서 자신이 부재 시를 대비해 통치의 방향을 제시해 주었다. 그 후 여왕은 한 자루의 보석을 가지고 행선지는 말하지 않은 채 파랑새를 찾아 홀연히 길을 떠났다.

한편 마법사는 차밍 왕을 줄곧 간호했는데, 그의 힘은 마질라 요정에 대항하기에는 부족했다. 마침내 마법사는 친구를 위해 요정을 찾아가 협상할 여지가 있는지 알아볼 생각을 했는데, 그 이유는 잘 알려진 대로 요정들과 마법사들은 어떤 측면에서는 다 사촌지간이었기 때문이었다. 그들은 5-6백년간이나 서로를 알고지낸 이래로 싸움과 화해를 수시로 반복했기 때문에 서로에 대해서는 누구보다도 잘 알고 있었다. 그래서 마질라 요정은 그를 정중하게 맞이했다. "그래 대체 원하는 게 뭐요, 친구?" 그녀는 말했다.

"부탁할 것이 있어왔소. 내 친구인 어떤 왕이 당신의 마음을 상하게 한 모양이오." 그는 대답했다.

"아하! 무슨 말인지 알겠소." 요정은 말을 가로챘다. "부탁을 들어주지 못할 것 같아 미안하오, 친구. 그는 저쪽에 있는 예쁘고 매력적인 나의 대녀와 결혼하지 않는 한 어떤 자비심도 기대하긴 어려울 것이오. 내가 한 말을 진지하게 생각해보라고 전해주시오."

투리텔라가 몹시 추하다고 생각한 마법사는 아무런 할 말이 없었다. 하지만 그는 새장 속에 있는 한 큰 위험에 처할 수밖에 없는 친구인 왕을 위해 한 번 더 노력하지 않고 떠날 수는 없었다. 사실 친구에게는 이미 몇 차례 놀랄만한 사고가 있었다. 한 번은 새장을 매달아 놓는 못이 빠지는 바람에 깃털달린 왕은 바닥에 떨어졌고, 이 때 방에 있던 암컷고양이가 그의 눈 밑을 할퀴어 자칫하면 실명할 뻔했다. 또 한 번은 그에게 마실 물을 주는 것을 잊은 적이 있었는데, 그 때에도 친구는 갈증으로 거의 죽을 뻔했던 것이다. 그러나 무엇보다도 가장 심각한 경우는 그가 왕국을 너무나도 오랫동안 비웠기 때문에 신하들은 그가 죽은 것으로 생각했고, 이 때문에 그가 왕국을 잃어버릴 지경에 처하게 된 것이었다. 이 모든 상황을 고려해 본 마법사는 왕을 원래의 모습으로 되돌려 놓겠지만 투리텔라를 궁전으로 데리고 가서 그곳에서 몇 개월간을 지내도록 하면서도 그가 여전히 그녀와 결혼할 결심을 굳히지 않는다면 그를 다시 파랑새로 바꾸어 놓을 것이라는 마질라 요정의 주장을 받아들일 수밖에 없었다.

그런 후 요정은 투리텔라에게 금과 은으로 된 화려한 드레스를 입히고는 그녀를 데리고 날 수 있는 용에 올라타고 곧바로 차밍 왕의 궁전으로 향했다. 그곳엔 이미 왕의 헌신적인 친구인 마법사가 그를 데리고 나와 있었다.

요정이 마법지팡이로 세 번을 내리치자 원래의 상태로 돌아온 그는 전과 마찬가지로 잘생긴 얼굴에 생동감까지 있어 보였다. 하지만 그는 투리텔라의 모습을 보자 원래의 모습을 회복하기 위해 자신이 너무도 큰 대가를 지불했다는 생각이 들었고, 그녀와 결혼할 생각에 치를 떨었다.

한편 피오델리사 공주는 가난한 농가의 소녀로 변장을 했다. 커다란 밀

짚모자로 얼굴을 가리고 낡은 가방을 어깨에 짊어지고 피곤한 여행길에 올랐다. 그녀는 멀리 여행을 했는데, 때로는 바닷길로 때로는 육로로 때로는 걷거나 말을 타고 갔다. 하지만 그녀조차도 최종 목적지가 어디인지는 몰랐다. 한 걸음을 뗄 때마다 사랑하는 사람에게서 멀어지는 것은 아닌지 내내 걱정을 했다. 어느 날 그녀는 피곤에 지치고 슬픈 마음으로 작은 개울둑에 앉아 맑게 흐르는 물에 발을 담그고 햇빛을 받아 황금처럼 빛나는 긴 머리를 빗질하고 있었는데, 그때 지팡이에 몸을 의지한 체구가 작고 허리가 굽은 노파가 옆을 지나고 있었다. 그녀는 가던 길을 멈추고 피오델리사에게 말을 건넸다.

"오, 귀여운 아가씨, 왜 혼자 있는 것이오?"

"오, 친절한 할머니, 제 슬픔이 너무 커 혼자 있는 것이랍니다." 그녀는 대답했다. 말을 하는 동안 그녀의 두 뺨에는 눈물이 흘러내렸다.

"울지 마오. 그러지 말고 무슨 일인지 내게 말해 주오, 어쩌면 내가 도움이 될 수도 있는 일이고." 노파는 말했다.

여왕은 그녀에게 그간 일어난 일들과 지금은 파랑새를 찾고 있다는 것에 대해 자세하게 말했다. 그러자 작은 노파는 갑자기 똑바로 일어서더니 키가 크고 젊은 아름다운 모습으로 변했다. 깜짝 놀란 피오델리사에게 젊은 여인은 미소를 지으며 말했다.

"사랑스러운 여왕이여, 그대가 찾고 있는 왕은 이제 더 이상 새가 아니오. 내 자매인 마질라가 원래의 형태로 돌려놓았고, 그는 지금 자기나라의 왕국에 있소. 두려워 마오, 그대는 왕을 만나 행복해질 것이요. 네 개의 알을 줄 터이니, 큰 위험에 처하게 될 때마다 한 개씩 깨뜨리면 도움을 받게 될 것이오."

젊은 여인은 알을 남기고 사라졌다. 피오델리사는 큰 힘을 얻어 낡은 가방에다 알을 넣고 차밍 왕의 왕국을 향하여 발걸음을 옮겼다. 8일 밤낮을 쉬지 않고 걸은 후에, 번쩍이는 상아로 된 까마득히 높은 언덕에 이르게 되었는데, 그곳은 경사가 너무 심해서 발 디딤이 불가능했다. 피오델리사는 천 번을 시도했지만, 기어오를 때마다 미끄러졌기 때문에 항상 같은 자리에 머물 뿐이었다. 마침내 그녀는 절망에 빠져 그 자리에 주저앉고 말았는데, 그 순간 갑자기 알이 생각났다. 재빨리 알 한 개를 깨뜨리자 그 안에서 작은 황금색 갈고리들이 나왔다. 그녀는 그것들을 두 손과 발에 고정시켰다. 그렇게 되자 작은 갈고리들이 미끄러지는 것을 방지해 주었기 때문에, 어려움 없이 상아언덕을 기어 올라갈 수 있었다. 그렇지만 꼭대기에 오르자마자 새로운 난관이 생겨났다. 나머지 벽들, 실제로 계곡 전체는 반짝이는 하나의 통 거울이었는데, 그 안에서 수천 명의 사람들은 반사되는 자신들의 모습을 보고 감탄하고 있었다. 그것은 마술거울이었기 때문에 그 안에 있는 사람들은 자신들이 원하는 모습 그대로를 볼 수가 있었다. 그 때문에 전 세계 각지로부터 순례자들이 와 있었다. 그러나 어느 누구도 언덕 꼭대기까지 오른 적은 없었기 때문에, 그곳에 피오델리사가 서 있는 모습을 보자 사람들은 피오델리사가 한 걸음이라도 떼기만 하면 유리가 산산조각이 날 것을 두려워한 나머지 큰 소리로 비명을 질러댔다. 여왕은 내려가는 것이 위험하다는 생각이 들어 어찌할 바를 모르고 있다가 두 번째 알을 깨뜨렸다. 그러자 그 안에서 두 마리의 흰 비둘기가 끄는 마차가 나왔고 피오델리사는 그것을 타고 힘들이지 않고 그곳을 빠져나왔다. 하루 밤낮을 날은 후에 비둘기들은 차밍 왕이 있는 왕국의 성문바깥쪽에 내려앉았다. 여왕은 마차 밖으로 나와 비둘기들에게 입맞춤을 하고는 고마움을 전했다. 그런 다음 떨리는 가슴으로 만나는 사람들에게 왕을 볼 수 있는 곳이 어디인지를 물으면서 도시로 걸어 들어갔다. 하지만 사람들은 그녀를 비웃으며 비아냥거렸다.

"왕을 만난다고? 도대체 왜 왕을 만나려 하는데, 꼬마 부엌데기야? 그러기 전에 가서 네 얼굴이나 씻는 편이 나을 걸, 그 더러운 눈으로는 왕을 보지도 못할 걸!" 여왕은 머리카락을 눈언저리까지 늘어뜨리고 자신의 모습을 감추었기 때문에 누구도 그녀를 여왕이라고 생각하지 않았다. 사람들이 상대해 주지 않았기 때문에 여왕은 원하는 답을 듣기가 어려웠다. 여왕은 도시 외곽으로 가서야 사람들에게서 내일 왕이 투리텔라 공주와 마차를 타고 길 한복판으로 지나간다는 것과 결국 그가 투리텔라 공주의 청혼을 수락했다는 말을 들었다. 이것은 피오델리사에게는 정말로 끔찍한 소식이었다. 이토록 힘든 여정의 끝에 듣게 된 말이 겨우 투리텔라가 차밍 왕에게 자신을 잊게 만드는데 성공했다는 소식이란 말인가?

피오델리사는 너무도 피곤하고 비참해서 한 걸음도 더 걸을 수 없었다. 그래서 주저앉아 밤새도록 비통하게 울었다. 날이 밝자 피오델리사는 서둘러 궁전으로 갔는데 50여 차례나 경비병들에게 제지를 당한 후에야 겨우 안으로 들어갈 수가 있었다. 그녀는 궁전의 홀에서 왕과 예비 왕비인 투리텔라를 위해 준비된 왕좌를 보았다.

피오델리사는 대리석 기둥 뒤에 몸을 숨겼다. 그리고 얼마 지나지 않아 투리텔라가 등장하는 모습을 지켜보았는데, 그녀는 화려한 드레스를 입었지만 전과 다름없이 추한 몰골이었다. 그녀와 함께 왕도 등장했는데, 그는 피오델리사가 기억하는 예전의 모습보다 더욱 잘생기고 눈부신 모습이었다. 투리텔라가 왕좌에 앉았을 때, 피오델리사 여왕은 그녀에게 다가갔다.

"넌 누구냐, 대체 누구인데 감히 이 왕좌에까지 다가오는 것이지?" 그녀에게 인상을 사납게 찌푸리며 투리텔라가 말했다.

"사람들은 저를 꼬마 부엌데기라고 부릅니다." 그녀는 대답했다. "그런데 저는 몇 가지 귀중한 보물을 팔려고 가져왔습니다." 그녀는 이렇게 말하면서 낡은 가방을 뒤져 그 안에서 차밍 왕이 자신에게 준 에메랄드 팔찌를 꺼냈다.

"호, 호!" 투리텔라는 감탄했다. "무척이나 예쁜 보석이로구나. 은화 다섯 닢을 쳐주면 될 것 같구나."

"공주님, 그것들의 가치를 올바로 평가할 수 있는 사람에게 보여주십시오. 그런 후에야 가격을 흥정할 수 있을 것입니다."

누구보다도 차밍 왕을 사랑하고 있으며, 그와 이야기할 기회만 있으면 기뻐 어쩔 줄을 모르던 투리텔라는 그에게 팔찌를 보여주면서 그것의 가치가 얼마나 될 것 같으냐고 물어보았다. 그는 팔찌를 보자마자 그것을 피오델리사에게 주었던 기억이 떠올랐다. 그는 얼굴이 창백해져서는 깊은 숨을 몰아쉬고 깊은 시름에 잠겨 대꾸할 생각도 하지 못했다. 그러자 그녀는 그에게 다시 물었고, 그는 아주 힘겹게 대답했다.

"이 팔찌는 내 왕국만한 가치가 있을 것이오. 이 같은 보석은 세상에 오직 한 쌍만 존재하는 것으로 알고 있었소. 그런데 여기도 한 쌍이 있구료."

그러자 투리텔라는 꼬마 부엌데기에게로 돌아와 얼마정도면 팔 의향이 있는지를 물었다.

"돈으로 쉽게 사기는 어려울 것입니다, 공주님. 하지만 메아리 침실에서 하룻밤 잘 수 있게 호의를 베풀어 주신다면, 그 에메랄드 보석을 드리겠습니다."

"얼마든지 그렇게 해, 꼬마 부엌데기 아가씨." 투리텔라가 크게 기뻐하며 말했다.

왕은 그 팔찌가 어디서 났는지 알려고 하지 않았다. 그 이유는 그가 알고 싶지 않아서가 아니라 그것을 아는 방법은 오직 투리텔라를 통해서 밖에는 없었기 때문에, 왕은 가능하면 투리텔라에게 말을 걸고 싶지 않아서였다. 피오델리사가 메아리 침실을 알게 된 것은 차밍 왕이 파랑새였던 때에 이야기 해 주었기 때문이었다. 그곳은 왕의 침실 바로 아래쪽에 있는 작은 방이었고, 아주 정교하게 지어졌으며 그 안에서 나는 소리는 작은 속삭임조차 왕의 방에서는 뚜렷하게 들리도록 되어 있었다. 피오델리사는 그가 신뢰를 저버린 것에 대해 책망할 참이었는데, 그러기에 이보다 더 나은 방법을 찾을 수는 없었다. 그래서 투리텔라의 허락을 받아 그녀가 그곳에 머물게 되자, 그녀는 훌쩍이며 한탄하기 시작했고 날이 밝기 전까지 멈추지 않았다.

왕의 시종들은 투리텔라에게 꼬마 부엌데기가 밤새 훌쩍이며 한탄한 내용을 이야기했다. 투리텔라는 꼬마 부엌데기에게 어떻게 된 일이냐고 물어보았다. 피오델리사는 자기는 꿈을 꾸면서 종종 큰 소리로 말하는 버릇이 있다고 대답했다.

그러나 불행히도 왕은 그 소리를 듣지 못했다. 그는 매일 밤 약을 먹고 잠자리에 들기 때문에 해가 높이 떠오른 아침에야 겨우 잠에서 깨어났다.

여왕은 큰 걱정 속에서 그 날을 보냈다.

"그가 내 말을 듣고도, 그토록 잔인하게 무관심한 것일까? 혹 내 말을 듣지 못했다면 어쩌지, 어떻게 하면 한 번 더 기회를 얻을 수 있을까? 보물이 아직은 많긴 하지만, 투리텔라의 환상을 충족시킬만한 보석은 갖고 있지 않은데."

그 순간 그녀는 알을 생각해냈고, 곧바로 한 개를 깨뜨리자 그 속에서 번쩍이는 황금으로 장식을 한 여섯 마리의 생쥐가 끄는 마차가 나왔다. 마부는 장미 빛의 쥐였고 선두 왼쪽 말 기수는 회색 빛 쥐였다. 그리고 마차 안에는 아주 작고 매력적인 사람들이 타고 있었는데, 그들은 놀랄만한 춤 실력과 재주 등, 뛰어난 기교를 갖추고 있었다. 피오델리사는 마술이 이처럼 완벽하게 이루어진 것을 보고는 박수를 치고 춤을 추며 기쁨을 표현했다. 그리고 저녁이 되자 그녀는 평소 투리텔라가 자주 지나다니는 그늘진 정원 길을 따라 내려간 다음 생쥐에게 무곡에 맞춰 춤을 추도록 시켰다. 그러자 작은 사람들도 밖으로 나와 자신들의 재주를 뽐냈는데, 예측한 대로 투리텔라는 가까이 다가와서 그 모습을 보고는 큰 소리로 외쳤다.

"꼬마 부엌데기야, 꼬마 부엌데기야, 생쥐마차를 무엇하고 바꿀래?"

“메아리의 침실에서 하루 밤만 더 자게 해 주세요.”

“네 청을 거절하지 않겠다, 얘야.” 투리텔라는 승낙했다.

“저 바보 같은 아이는 돈 버는 법을 모르고 있어, 그럴수록 나야 좋지 뭐.”

밤이 되자 피오델리사는 생각할 수 있는 모든 사랑의 말들을 늘어놓았다. 하지만 아, 어쩌랴! 왕은 약을 복용한 후에 잠자리에 들었기 때문에 깊은 잠에 빠졌고, 그녀의 계획은 이번에도 성공하지 못했다. 밤새 피오텔리사의 시종들은 수군거렸다.

“저 시골뜨기 처녀는 미친 게 틀림없어.” 그러자 다른 한 명이 말을 받았다.

“하지만 그녀의 말에는 슬픔과 감동이 배어있는 걸.”

피오델리사는 왕이 자기가 슬퍼하는 소리를 듣고도 아무런 주의를 기울이지 않는 것이라면 상당히 매정한 사람이라고 생각했다. 그녀에게는 이제 한 번의 기회만 남아 있었다. 그녀는 마지막 알을 깨뜨렸고 이전 보다 더 놀라운 것이 나왔다. 그것은 여섯 마리의 새로 만든 파이였는데, 완벽하게 구워졌지만 새들은 여전히 살아서 노래를 부르기도 하고 이야기를 나누기도 했다. 그리고 새들은 질문에 답을 하거나 재미있는 방식으로 운명에 관해 말하기도 했다. 피오델리사는 이 보물을 갖고 투리텔라가 지나갈 만한 궁전의 넓은 홀에서 다시 한 번 그녀를 기다렸다. 그 때에 왕의 시종 한 명이 그곳을 지나다가 피오델리사에게 말을 건넸다.

“이봐, 부엌데기 아가씨야, 왕이 항상 약을 복용하고 주무시는 것이 참으로 너에게는 다행인줄 알아야 해. 그렇지 않았더라면, 네가 부르는 노래와 푸념하는 소리를 들으면서 밤새 한 잠도 주무시지 못했을 테니까.”

그 말을 듣고 피오델리사는 왕이 왜 자기에게 주의를 기울이지 않았는지를 알게 되었다. 그녀는 가방에서 진주와 다이아몬드를 한 움큼 꺼낸 다음, “오늘 밤 왕이 약을 드시지 않도록 하겠다고 약속해준다면, 이 보석을 모두 드리겠습니다.”라고 제안했다.

“오! 기꺼이 약속하지.” 시종은 말했다.

바로 그 순간 투리텔라가 나타나서, 예쁜 새들이 노래하고 재잘대는 맛있는 파이를 보고는 소리쳤다.

"놀랄만한 파이인 걸, 꼬마 부엌데기야. 이번엔 무엇을 받고 팔 테냐?"

"평소와 같은 가격입니다. 메아리 침실에서 하룻밤 더 머무는 것으로요."

"내게 파이를 준다면, 기꺼이 그렇게 하도록 해." 탐욕스런 투리텔라는 말했다. 밤이 되자 피오델리사 여왕은 궁전의 사람들이 모두 다 잘 시간까지 기다린 다음 전처럼 한탄의 푸념을 했다.

"아, 차밍 왕이여! 내가 어떤 잘못을 했기에 그대는 나를 버리고 투리텔라와 결혼하려 하십니까? 그동안 내가 겪은 고초와 지금까지 당신을 찾기 위해 겪어온 험난한 여정을 당신이 알 수 있다면 좋으련만."

그날 밤에 시종은 약속을 충실히 수행하였다. 시종은 차밍 왕에게 평소에 먹던 수면제 대신에 물을 한잔 떠다 주었다. 그 때문에 그는 말짱한 상태에서 피오델리사가 말하는 소리를 빠짐없이 들을 수 있었다. 그는 소리가 나는 곳이 어딘지는 정확히 몰랐지만, 그녀의 목소리만은 뚜렷하게 알 수 있었다.

"아, 공주여! 당신은 그대를 향한 내 사랑이 얼마나 깊은지 알고서도 어찌 잔인한 적들에게 나를 넘기는 배신을 했소?"

피오델리사는 그 말을 듣고 황급히 대답했다.

"꼬마 부엌데기를 찾으세요, 그러면 그녀가 모든 것을 말해줄 거예요."

그러자 왕은 시종들을 불러들여 말했다.

"꼬마 부엌데기를 찾아서, 빨리 내게로 데려 오거라."

"폐하. 그것은 아주 쉬운 일이 옵니다. 그녀는 지금 메아리 침실에 있사옵니다." 그들은 대답했다.

이 말을 듣자 왕은 상당히 혼란스러웠다. 사랑스러운 피오델리사 공주가 어쩌다가 꼬마 부엌데기 아가씨가 되었을까? 아니면 어떻게 꼬마 부엌데기 아가씨가 피오델리사의 목소리를 갖게 되었을까? 차밍 왕은 서둘러 옷을 걸치고 메아리의 침실로 통하는 작은 비밀 층계를 따라 내려갔다. 그

곳에서 그의 사랑스러운 공주는 부드러운 쿠션 위에 앉아 있었다. 그녀는 변장에 쓰인 추한 것들을 벗고 흰 비단 예복을 입고 있었다. 여왕의 황금빛 머리는 부드러운 램프 빛을 받아 밝게 빛났다. 그 모습을 보고 왕은 너무도 기쁜 나머지 몸을 날려 그녀가 있는 곳까지 한달음에 와서는 그녀에게 답변할 기회도 주지 않고 천 가지가 넘는 질문을 쉬지 않고 퍼부었다. 피오델리사 역시 그와 다시 만나 이렇게 함께 할 수 있는 것에 그만큼이나 행복해했다. 연인의 한 가지 걱정은 요정 마질라에 대한 것뿐이었다. 바로 그때 왕의 친구인 마법사가 피오델리사에게 알을 주었던 바로 그 요정과 함께 그들에게 왔다. 마법사와 요정은 왕과 여왕에게 자신들은 차밍 왕을 돕기 위해 서로 공조하기로 약속을 했기 때문에 마질라 요정도 더 이상 그에게 해를 끼치지는 못할 것이라고 말해 주었다. 그들은 왕이 원하기만 하면 언제라도 피오델리사와 결혼해도 된다는 말을 덧붙여주었다. 그 순간 왕이 느꼈을 기쁨은 단지 상상 속에서나 표현할 수 있으리라. 날이 밝자 차밍 왕과 피오델리사의 결혼에 관한 소문은 온 궁전에 퍼졌고, 피오델리사를 본 사람들은 곧 그녀를 사랑하게 되었다. 투리텔라는 전날에 일어난 일을 알고는 왕에게 달려 왔다. 왕과 피오델리사가 함께 있는 모습을 본 투리텔라는 걷잡을 수 없이 화를 내었다. 하지만 그녀가 채 한 마디도 꺼내기 전에 마법사와 요정은 그녀를 커다란 갈색 올빼미로 변하게 했다. 투리텔라는 자신의 의지와 상관없이 공중으로 둥둥 떠올라 우우거리며 슬프게 울면서 창문을 통해 궁전 밖으로 사라졌다. 그 후 결혼식은 성대하게 열렸고, 차밍 왕과 피오델리사 여왕은 언제까지나 행복하게 살았다.

프랑스, 1697
원제: 로이조 블로(파랑새) L'Oiseau Bleu.
원 저자: 오느와 부인 Par Mme. d'Aulnoy.

반쪽이 병아리 The Half-Chick

옛날 옛적에 많은 병아리 떼를 거느린 용모가 수려한 검은 색 스페인종 암탉이 있었다. 암탉의 병아리들은 모두 건장하고 통통하게 살이 쪄 보기 좋았는데, 유독 막내 녀석만이 형제자매와 어울리지 않는 모습이었다. 실제로, 그 녀석은 특이하고 괴상한 생김새 때문에 처음 알을 깨고 나왔을 때, 어미는 자기 눈을 믿을 수가 없었다. 그 녀석은 어미의 날개 품으로 몰려드는 부드러운 솜털로 뒤덮인 귀여운 작은 새끼들과는 너무나도 딴 판이었다. 이 녀석은 하나를 완전히 반쪽으로 잘라놓은 모습이었는데, 다리도 하나고 날개도 한 쪽밖에 없으며 눈도 하나에 머리와 부리도 다 한쪽만 있었다. 어미는 녀석을 보면서 슬픈 듯 얼굴을 가로 저으며 말했다.

"막내 녀석은 반쪽이구나. 녀석은 형들처럼 크고 건장한 수탉으로 자라진 못하겠지. 나머지 애들은 넓은 세계로 나아가 농장에서 우두머리가 될 텐데. 도대체 형편없는 이 녀석은 집안에서 지어미 품에나 붙어 있겠구나."

그 후 어미는 녀석을 스페인어로 메디오 뽈리또, 즉 반쪽이 병아리라고 불렀다.

그런데 비록 반쪽이 병아리가 괴이하고 형편없는 몰골을 한 어린 녀석이지만, 어미는 곧 그가 자기 품에서 보호나 받으면서 집안에서만 맴돌려 하지 않는다는 것을 알았다. 사실 녀석은 나머지 형제들과 그 외향이 다른 만큼 성격도 달랐다. 형제들은 성격이 온순하고 순종적인 병아리들이어서 어미가 소집하는 즉시 재잘거리며 어미 곁을 열심히 따라 다녔다. 그러나 반쪽이 병아리는 다리가 하나밖에 없음에도 떠돌이 기질이 있어서 어미가 우리 안으로 돌아오라고 부르는 소리에도 귀가 한 쪽밖에 없다는 것을 핑계 삼아 못들은 척 했다.

어미가 가족을 모두 다 소집해서 들로 산책을 나갈 때에도, 반쪽이 병아리는 혼자서 총총 걸음으로 먼 곳까지 뛰어가거나 옥수수 밭에 몸을 숨기곤 했다. 녀석의 형과 누나들은 걱정이 되어 그를 찾아 나섰는데, 그럴 때면 어미는 두렵고 불안해서 꼬꼬댁거리며 이리저리 뛰어다녔다.

녀석은 커가면서 점점 더 제멋대로 행동했으며 반항심도 더 많이 드러냈다. 게다가 어미를 대하는 태도는 종종 무례했고, 다른 병아리들을 대하는 태도 또한 매우 시건방졌다.

그러던 어느 날 녀석은 평소보다도 더 먼 들판까지 원거리 여행을 떠났다. 녀석은 총총거리며 뛰거나 발길질을 하면서 거만한 걸음걸이로 어미에게 와서는 삐딱한 눈으로 바라보면서 푸념했다.

"엄마, 난 황량한 옥수수 밭만 보이는 무덤덤한 농장생활엔 싫증이 나요. 마드리드로 가서 왕을 만날래요."

"반쪽이 아가야, 마드리드까지 길을 떠난다니!"

"얘야, 우리 아가야, 그곳은 다 큰 수탉에게도 먼 길이란다. 너처럼 빈약한 아이는 그곳의 절반도 가지 못해 녹초가 될 거야. 안 돼, 안 돼, 엄마와 그냥 집에 있자. 그리고 언젠가 네가 좀 더 크게 되면, 우리 모두 함께 가벼운 여행이나 하자꾸나."

그러나 반쪽이 병아리는 자기 혼자 결심을 굳히고, 어미의 충고나 형과 누나들의 애원과 간청은 들으려고도 하지 않았다.

"이렇게 비좁은 공간에서 다닥다닥 붙어 지내는 것이 무슨 소용이 있어요? 왕의 궁전에서 전망 좋은 안뜰을 차지하게 되면, 이 중 몇 명은 내게 와서 며칠간 지내겠다는 부탁을 할 걸요." 그는 가족들에게 작별인사를 하는 둥 마는 둥하고는 마드리드로 향하는 길로 터벅터벅 발걸음을 재촉했다.

"만나는 모두에게 친절하고 공손해야 한다." 어미는 녀석을 뒤쫓으며 소리쳤다. 하지만 녀석은 총총히 걸어가면서 어미 말에 대꾸는 물론 돌아보지도 않았다.

그날 오후 녀석은 들판을 관통하는 지름길로 접어들어 작은 개울을 지나가게 되었다. 그런데 개울은 우거진 잡초와 수초 때문에 물이 잘 흐르지 못한 채 꽉 막혀 있었다.

"오, 반쪽이 병아리야. 이리 와서 수초 치우는 것을 좀 도와주렴." 개울물은 개울둑을 총총거리며 지나가는 녀석을 불러 세웠다.

"뭐요, 나보고 도와달라고요!"라고 반쪽이 병아리는 머리를 치켜세운 채 꼬리에 난 깃털을 흔들어 대면서 흥분하여 소리쳤다. "댁이 보기엔 내가 그처럼 하찮은 일에 시간을 낭비해도 좋을 만큼 한가하게 보이나요? 그런 일은 혼자 알아서 하시고, 바쁜 나그네는 괴롭히지 마십시오. 난 마드리드로 왕을 만나서 가는 중이요." 그렇게 말하고 녀석은 총총걸음으로 사라져 갔다.

얼마 후 숲속에 들어선 녀석은 유랑자들이 피워놓고 간 모닥불을 보게 되었다. 모닥불은 상태가 아주 나빠서 금방이라도 꺼질 것 같았다.

"오, 반쪽이 병아리야." 모닥불은 약하고 떨리는 목소리로 힘없이 불렀다. "나뭇가지 몇 개와 마른 잎으로 덮어주지 않는다면 몇 분 안에 꺼져버릴 것 같구나. 날 좀 도와줄래, 그렇지 않으면 난 죽게 될 거야!"

"도와달라니요, 참내!" 반쪽이 병아리는 대답했다. "난 할 일이 많아요. 나뭇가지는 혼자서 구해오시고, 날 귀찮게 하지는 말아요. 난 왕을 만나러 마드리드로 가는 중입니다." 그렇게 말하고 녀석은 깡충깡충 발을 떼며 그곳을 향해서 떠나갔다.

다음 날 아침 마드리드 근처까지 온 녀석은 커다란 밤나무 옆을 지나가게 되었는데, 그 때 지나가던 바람은 나뭇가지에 얽혀들면서 꼼짝하지 못하는 상황이 발생했다. "오, 반쪽이 병아리야. 이리 와서 나뭇가지에서 벗어나는 것 좀 도와줄 수 없겠니. 움직일 수가 없어서 너무 답답해." 바람이 녀석을 불러 세웠다.

"그곳에 간 것은 댁의 잘못이 커요." 반쪽이 병아리는 대답했다. "댁을 도우려고 아침시간을 낭비할 겨를이 없어요. 몸을 흔들어 스스로 빠져 나오시고, 날 더 이상 지체시키지 마세요. 난 지금 마드리드로 왕을 만나러 가는 중이랍니다." 그렇게 말을 한 녀석은 마드리드의 성탑과 지붕이 보이자 마음이 들떠 전보다 더 총총거리면서 그곳을 향해 길을 재촉했다. 도시에 들어서니 엄청나게 화려한 집들과 큰 성문 앞에 서있는 병사들의 모습이 보였다. 반쪽이 병아리는 이곳이 궁전일거라 생각하고는 성문 앞까지 뛰어가서 왕이 나오길 무작정 기다릴 참이었다. 하지만 성채 뒷문을 총총거리며 지나갈 때 왕의 전담 요리사가 녀석을 보았다.

"찾는 재료가 여기에 있군. 임금님께서 저녁으로 닭고기 수프를 드시고 싶다는 구나." 요리사는 큰 소리로 말하면서 창문을 열고 손을 뻗어 반쪽이 병아리를 잡았다. 그런 다음 그는 녀석을 모닥불 옆에 놓여 있는 수프 전용 솥단지에다 집어넣었다. 어, 어, 어! 머리 위에 물이 부어지자 반쪽이 병아리는 축축하고 끈적거리는 느낌이 들었고, 날개는 옆구리에 달라붙게 되었다.

"물님, 물님! 저를 가엾게 여기시고 제발 물이 몸에 닿지 않게 해주세요." 그는 절망에 빠져 소리쳤다.

"아! 반쪽이 병아리였네. 네 녀석은 내가 들판을 흐르는 작은 개울이었을 때 도우려 하지 않았잖아, 자 이제는 네가 벌 받을 차례야."

그 다음엔 모닥불이 춤을 추듯 솥단지의 이쪽저쪽을 옮겨 다니며 열을 가하자, 녀석은 열기를 피해 달아나려고 노력했지만 그럴 수 없었고 결국 고통으로 울음을 터뜨렸다.

"모닥불님, 모닥불님! 제발 날 그을리지 마세요, 얼마나 아픈지 모를 거예요."

"아! 반쪽이 병아리야. 숲 속에서 내가 죽어갈 때, 네 녀석은 모른 체 했잖아. 넌 지금 그 때의 벌을 받고 있는 중이야." 모닥불이 대답했다.

드디어 고통이 최고조에 달하자 반쪽이 병아리가 이렇게 죽는구나하는 순간 요리사는 왕에게 정찬으로 내놓을 수프가 다 되었는지 확인하기 위해 솥단지의 뚜껑을 열었다.

"이것 보게! 이 병아리는 쓸모가 없겠는데. 다 타서 숯덩이가 되었네. 이런 상태론 임금님의 식탁엔 올려놓지 못하겠는 걸." 그렇게 말하면서 그는 창문을 열고 미련 없이 녀석을 거리에다 집어던졌다. 그러나 바람이 그

를 낚아채어 공중으로 들어 올리자 녀석은 바람의 빠른 속도에 못 이겨 숨조차 제대로 쉬지 못했다. 그러자 그의 심장은 곧 터질듯이 옆구리 쪽에서 쿵쾅거리며 뛰기 시작했다.

"오, 바람님!" 숨을 할딱거리며 녀석이 말했다. "이렇게 빠르게 몰아붙이시면 난 죽을 거예요. 숨 쉴 틈이라도 좀 주세요. 그렇지 않으면, ……" 하지만 녀석은 너무도 숨이 막혀 나머지 말은 끝맺지 못했다.

"아! 반쪽이 병아리야. 내가 밤나무 가지에 걸려 있었을 때, 네 녀석은 조금도 도우려 하지 않았지. 이제야 그 벌을 받고 있는 중이야." 바람은 반쪽이 병아리를 여러 집들의 지붕위로 날아 올린다음 그 도시에서 가장 높은 교회로 데려갔다. 반쪽이 병아리는 그곳의 가파른 뾰족탑 꼭대기에 남

겨졌고, 이후 줄곧 그곳에서 꼼짝도 못하고 머물러 있게 되었다.

그래서 반쪽이 병아리는 오늘날까지 그곳에서 내려오지 못한 채 서있게 된 것이다. 마드리드를 방문해서 거리를 지나다가 가장 높은 교회에 이르게 되면, 뾰족탑 위에서 한쪽 날개를 옆구리에 늘어뜨리고, 한쪽 눈으로 슬픈 듯 도시를 굽어보면서, 한쪽 발로 서있는 녀석을 볼 수 있다.

스페인 전설 Spanish Tradition

황새가 된 회교국 국왕 이야기 The Story of Caliph Stork

1.

바그다드의 챠시드 회교국왕은 어느 화창한 오후에 긴 의자에서 편안하게 휴식을 취하고 있었다. 그는 긴 파이프담배를 피우면서 이따금 하인이 가져온 커피를 조금씩 음미하고 있었는데, 한 모금 한 모금 음미할 때마다 즐겁게 긴 턱수염을 한 번씩 어루만지고 있었다. 한마디로 기분이 최고조에 달해 있어 보였다. 실제로 이 시간이 되면 그가 느긋하고 기분이 좋아졌기 때문에 알현하기엔 가장 적합한 때였다. 이런 이유로 수상인 만소르는 하루중 방문시간을 항상 이때로 잡았다.

그 날도 만소르는 평소처럼 오후에 왕을 알현하였는데, 그의 얼굴에는 근심스런 표정이 역력했다. 국왕은 파이프 담배를 입에서 떼면서 물었다.

"수상, 무슨 걱정이라도 있으시오?"

수상은 가슴에 성호를 긋고 국왕 앞에 허리를 조아린 다음 대답했다.

"오, 전하! 어떤 행상이 저 아래쪽 궁전 안뜰에서 멋진 물건들을 팔고 있는데, 그것들을 살만큼 돈이 없어서 기분이 침울해진 것 같습니다."

오랫동안 수상에게 선물을 해주고 싶었던 국왕은 시종에게 그 행상을 즉시 데려오라 명령했다. 곧 땅딸막한 체구와 거무스름한 얼굴에 누더기 옷을 입은 행상이 나타났다. 그는 진주, 반지, 화려하게 치장된 권총, 받침과 굽이 딸린 술잔, 빗 같은 갖가지 종류의 물건이 담긴 상자를 가지고 있었다. 국왕과 수상은 물건들을 하나하나 살펴본 후에, 국왕은 자신과 수상을 위해 근사한 총 몇 자루와 수상의 아내에게 줄 보석이 박힌 빗을 골랐다. 행상이 상자를 막 닫으려는 순간, 국왕은 작은 서랍을 발견하고는 그 안에도 팔 물건이 들어 있는지 물었다. 그러자 행상은 서랍을 열고 그 안에 있는 검은 색 가루가 든 상자와 읽을 수 없는 이상한 글씨를 휘갈겨 쓴 두루마리를 꺼내 보여 주었다.

"이것은 메카의 어느 거리 어떤 상인에게 구입한 것인데, 그도 누군가에게서 이것들을 구입했다고 합니다. 저는 그것들이 무슨 용도로 쓰이는지는 알지 못합니다만, 저에겐 별 필요가 없으니 싼 값에 드리겠습니다."

도서관에다 오래 된 원고를 갖춰 놓는 것을 좋아하는 국왕은 거기에 쓰인 글을 읽진 못했지만 어쨌든 두루마리와 상자를 구입한 다음 행상을 물러나게 했다. 그런 다음 국왕은 두루마리에 쓰인 글자의 뜻이 무척 궁금하

여 수상에게 이 글을 해독할 만한 사람을 알고 있느냐고 물었다.

"회교사원 근처에 셀림이라는 현자가 살고 있는데, 그는 태양아래 있는 모든 언어를 알고 있습니다. 그를 불러들인다면, 아마도 이 신비한 글자들을 해석할 수 있을 것입니다."

현자인 셀림은 즉시 소환되었다.

"짐은 그대가 대학자라고 들었다. 이 두루마리를 살펴보고 거기에 쓰인 글자를 읽을 수 있는지를 말하라. 만약 그대가 읽을 수 있다면, 짐은 그대에게 영예의 의복을 수여하겠다. 하지만 만약 해독하지 못할 시에는 현자 셀림의 명성을 거짓으로 간주할 것이고, 그에 대한 벌로 양쪽 볼을 각각 열두 대씩 때릴 것이며, 양 발바닥도 각각 스물다섯 대씩 매를 치도록 하겠다."

"뜻대로 하시옵소서. 국왕폐하!" 셀림은 엎드려 아뢴 후 한참동안 두루마리를 뚫어지게 보다가 갑자기 큰 소리로 외쳤다. "오, 폐하. 이 글자가 라틴어가 아니라면 저의 목을 내놓겠습니다."

"그것이 라틴어라면, 어서 그 뜻을 말해 보거라."

"누구든 이것을 발견하는 자, 알라신의 자비를 찬양하라. 이 상자 안에 든 가루를 코로 들이쉬면서 '뮤따보르(라틴어로 나는 변하고 싶다는 의미: 옮긴이 주)!'라고 외치면, 누구든 자기가 원하는 모습으로 변신할 수가 있고 동물들의 언어도 어렵지 않게 알아들을 수 있을 것이다. 그가 인간의 모습으로 다시 돌아오길 원한다면, 동쪽을 바라보며 절을 세 번 하면서 같은 말을 반복하면 그렇게 될 것이다. 하지만 다른 짐승이나 새의 모습을 하고 있을 때는 웃지 않도록 주의하라. 그렇지 않으면 주문을 잊게 될 것이고, 영원히 동물의 모습으로 남으리라."

셀림의 말을 듣고 국왕은 만족했다. 국왕은 셀림에게서 이 일을 아무에게도 말하지 않겠다는 서약을 받은 후, 화려한 영예의 옷을 하사한 다음 물러나도록 했다. 국왕이 수상에게 말했다. "이런 걸 두고 좋은 거래를 했다고 하는 것이네, 만소르. 난 어서 빨리 다른 동물이 되어 보고 싶군. 내일 아침 함께 시골로 가서 상자 안에 있는 가루를 들이마신 후 공기와 땅

그리고 물의 소리를 들어 보세나."

11.

다음 날 아침이 되자 수상은 챠시드 국왕이 미처 식사를 마치고 옷을 차려입기도 전에 원정길에 나설 차비를 하고 도착했다. 국왕은 허리띠에 상자를 쑤셔 넣으며 하인들에게는 궁전에 남아있으라는 명령을 내린 후 수상과 길을 나섰다. 처음에 그들은 왕궁의 정원을 거닐었지만, 마땅히 마법을 시험해 보고 싶을 정도로 관심을 끄는 동물은 만나지는 못했다. 그러자 수상은 국왕에게 도시에서 멀리 떨어진 곳에 있는 호숫가까지 가보자는 제안을 하였다. 그곳에는 다양한 종류의 동물들이 있을 뿐 만 아니라 매력적인 노래를 쉬지 않고 부르는 우아하고 고귀한 모습의 황새도 있을 것이었다.

그들은 곧바로 호숫가로 갔다. 그곳에 도착한 그들은 개구리사냥을 하는 한 마리의 황새를 눈여겨보게 되었다. 그 새는 날개를 아래위로 펴고 호숫가를 거닐면서 사냥을 하고 있었는데, 때로는 위풍당당하게 대기를 가르기도 하였다. 그 순간 국왕과 수상은 저쪽 하늘에서 날아오는 또 다른 황새도 주목하게 되었다.

"폐하, 제 턱수염을 걸고 진언하건데. 이렇게 긴 다리를 가진 새들과 이야기하면 아주 흥미로울 것 같습니다. 저희가 황새로 변해봄이 어떻겠는지요?" 수상이 말했다.

"내 말이 그 말이다. 하지만 그 전에 우리가 다시 인간으로 돌아오는 방법에 대해 꼼꼼하게 숙지해야 할 것이 있어. 반드시 명심을 해야 돼! 동쪽에 대고 세 번 절을 하면서 '뮤따보르!'라고 해야만 난 다시 국왕이 되고, 자넨 다시 수상이 되는 것이네. 절대로 웃으면 안 돼. 웃으면 정말 끝장이지!"

국왕은 이렇게 말하며 둘째로 날아오는 황새가 자신의 머리 위를 빙빙

돌면서 천천히 땅으로 내려오는 모습을 보았다. 그는 서둘러 허리띠에서 상자를 꺼낸 후 그 안에 든 가루를 만소르에게 조금 나눠 주었다. 그들은 함께 그것을 들이마시면서 '뮤따보르!'라고 동시에 외쳤다.

그러자 그 즉시 그들의 다리는 오그라들고 가늘어지면서 붉은 색으로 변했다. 그들의 가늘고 긴 맵시 있던 황색의 다리는 어색한 황새의 다리로, 그들의 팔은 황새의 날개로 각각 변했고, 그들의 목은 어깨 사이에서 위로 쭉 뻗어 나오며 1미터가량 늘어나게 되었다. 턱수염은 사라져 버렸고, 몸체는 깃털로 덮이게 되었다.

"수상, 자네는 멋진 부리를 갖게 되었구먼. 회교도 교주의 턱수염을 걸고 맹세하건데, 난 이제껏 한 번도 그렇게 훌륭한 것을 본 적이 없네." 수상의 모습을 보고 적잖이 놀란 국왕이 말했다.

"황송 하옵니다. 하오나 감히 말씀드리건 데, 폐하는 국왕일 때보다 황새가 된 지금이 훨씬 더 잘 어울리십니다. 자 그러면 이제 우리의 동료들이 있는 저쪽으로 가서 황새들의 말이 정말로 들리는지 확인해 보시도록 하시지요."

그러는 동안 둘째 황새가 땅으로 내려왔다. 그 녀석은 처음엔 발톱으로 부리를 다듬더니 그 다음엔 깃털을 가다듬고는 첫째 황새에게로 다가섰다. 새롭게 황새가 된 두 사람은 얼른 그들에게 다가섰는데, 그들은 놀랍게도 황새들이 하는 대화를 똑똑히 들을 수 있었다.

"안녕하세요, 긴 다리 부인. 오늘 아침엔 일찍 나오셨네요!"

"그래, 그렇구나. 귀여운 수다부리야! 난 간단히 아침식사를 하고 있는 중이란다. 도마뱀이나 개구리의 허벅지 살이라도 조금 떼어줄까?"

"말씀만으로도 고맙습니다. 하지만 오늘아침엔 식욕이 나지 않아요. 먼저 해야 할 일이 있거든요. 오늘 아버님의 손님들 앞에서 춤출 일이 생겼어요. 그래서 연습을 하려고 초원으로 나온 거예요."

말을 마친 어린 황새는 아주 놀라운 발동작으로 이리저리 움직이며 춤을 추기 시작했다. 국왕과 만소르는 얼마 동안 넋을 잃고 바라보고 있었는데, 마침 그 옆에 있던 암컷 황새가 한 쪽 다리로 그림 같은 자세로 균형을 잡고 위아래로 우아하게 날개 짓을 하자 더 이상 참지 못한 그들은 긴 감탄의 울림소리를 토해 내었다. 그들이 마음의 평정을 회복한 것은 한참이 지나서였다. "최고의 구경거리였어. 그렇게 멋진 장면은 전에 한 번도 본 적이 없어. 우리의 웃음 때문에 녀석들이 놀라 달아나다니 애석한 일이로다. 그렇지 않았더라면 춤 다음에 노래까지 불렀을 텐데!" 국왕이 먼저 냉정을 되찾으며 말했다.

그 순간 수상은 변신해 있는 동안 웃으면 안 된다는 엄격한 경고를 떠올렸다. 그는 즉시 자신의 두려움을 국왕에게 보고했다. 그러자 국왕 역시 놀라서 소리쳤다. "이런, 세상에! 남은 인생을 황새로 지내야 된다는 것은 있을 수가 없는 일이야! 자 빨리 주문을 기억해보게. 내 기억에선 이미 사라져버렸어."

"먼저 동쪽으로 세 번을 절하면서 다음엔, '뮤… 뮤… 뮤….'"

그들은 동쪽으로 몸을 돌려 부리가 땅에 닿을 때까지 몸을 굽혀 절을 했다. 하지만 오, 이런 낭패가 있나. 주문이 전혀 떠오르지 않았다. 국왕이

연실 절을 하는 동안에 수상은 '뮤… 뮤…'하면서 애처롭게 외쳐보았지만, 그들은 주문을 더 이상은 기억해 낼 수가 없었다. 결국 불행한 챠시드 국왕과 만소르는 황새로 지낼 수밖에 없었다.

III.

마법에 걸린 두 마리의 새들은 초원 위로 이리저리 쓸쓸하게 날아다녔다. 불행한 일이지만 그들은 앞으로 어떻게 해야 할지 도대체 알 수가 없었다. 그들은 새롭게 변한 모습에서 벗어날 수 없었기 때문에 도시로 돌아가서 아무리 자신들의 존재를 말해봐야 소용이 없을 것이었다. 자신이 국왕이라고 떠들어봐야 누구도 그의 말을 믿지 않을 터였다. 그리고 설령 그들이 믿어 준다고 해도 바그다드의 시민들 중에서 황새의 통치를 용인할 사람이 과연 몇 명이나 되겠는가?

그래서 그들은 며칠 동안은 그저 주변을 빈둥대면서 과일을 먹으며 지냈는데, 그것마저도 긴 부리로는 여간 불편한 것이 아니었다. 얼마 후 그들은 개구리나 도마뱀도 별로 개의치 않고 먹게 되었다. 그렇게 힘든 역경의 순간에도 그나마 위안이 되는 것이 있다면, 그것은 그들이 날 수가 있다는 것이었다. 그래서 그들은 종종 바그다드 시내를 날면서 그곳에서 일어나는 일들을 꼼꼼히 살펴보곤 했다.

처음 며칠 동안 그들은 거리에 있는 사람들이 혼란스러워하고 슬퍼하는 모습을 보게 되었는데, 나흘째 되는 날 궁전지붕에 앉아있던 그들은 아래쪽에서 화려한 행렬이 지나가는 광경을 주목하게 되었다. 크고 작은 북과 트럼펫이 울리는 가운데 황금 수가 놓인 진홍색 망토를 입은 한 남자가 지나가는 모습이 보았다. 그는 호사스럽게 장식을 한 말을 타고 뒤로는 사치스럽게 치장을 한 노예들을 거느리고 있었다. 그런데 바그다드 시민 중 거의 절반은 그의 뒤를 따라 가며 "만세, 미즈라. 바그다드의 새 국왕이시여!"하고 외쳤다.

두 마리의 황새는 서로를 바라만보다가 마침내 국왕이 말했다. "이보게 수상. 내가 마법에 걸린 이유를 알겠네! 미즈라는 내 복수를 하겠다고 공언했던 철천지원수이자 강력한 마법사인 카슈누르의 아들이라네. 이대로 포기할 수는 없네. 자 이리로 오게, 내 충실한 친구여. 마호메트의 무덤으로 가세나. 그 성지에서라면 사악한 주술을 풀 방안을 찾을 수도 있을 거야."

그들은 궁전지붕 위로 뛰어올라 날개를 활짝 펴고 성지인 메디나로 향했다.

그러나 아직 그들이 나는 연습을 충분히 한 적이 없었기 때문에 하늘을 나는 것은 쉽지가 않았다.

몇 시간동안 뒤따라 날아온 수상이 말했다. "오, 폐하! 전 더 이상 날 수가 없습니다. 폐하의 속도를 제가 따라 가기에는 너무도 벅찹니다. 게다가 저녁도 다 되었으니, 오늘 밤 지낼 장소를 알아보는 것이 더 시급할 것 같습니다."

챠시드는 제안을 흔쾌히 받아들였다. 그는 내려다보이는 계곡에서 은신처가 될 만한 무너진 건물을 발견하고는 곧바로 그곳으로 내려갔다. 그들은 그날 밤을 예전엔 성이었던 것이 분명해 보이는 낡은 건물에서 보내기로 하였다. 몇 개의 기둥은 무너진 잔재 속에서도 여전히 튼튼하게 서 있었고, 아직까지는 그런대로 보존이 잘 되어있는 몇 개의 방들은 이전에 화려했던 영화를 상기시켜 주었다. 챠시드와 수상은 복도를 어슬렁거리면서 물기가 없는 장소를 찾고 있었는데, 그 때 갑자기 만소르가 그 자리에 그대로 멈춰 섰다.

"폐하, 수상인, 아니 황새가 된 제가 유령을 무서워한다는 것이 터무니없는 일은 아니겠지요? 제 옆에서 누군가가, 아니 어떤 것이 한숨을 쉬면서 끙끙거리는 신음소리를 내고 있사옵니다."

국왕은 가만히 그 자리에 서서 동물이라기보다는 오히려 사람의 소리처럼 들리는 낮은 음조의 흐느끼는 소리를 또렷하게 들을 수 있었다. 호기심이 발동한 그는 신음소리가 나는 쪽으로 달려가려했다. 그 순간 수상은 부리로 그의 날개를 물고서 위험할지 모른다며 말렸다. 그러나 비록 황새의 모습을 하고 있지만 내부엔 용감하게 고동치는 심장을 가진 국왕은 개의치 않고 어두운 통로를 따라 재빠르게 내려갔다. 문이 약간 열려있었고, 그곳에서 새어 나오는 소리를 똑똑히 들을 수 있었다. 그는 부리를 이용해 문을 활짝 열었지만 눈앞의 광경에 놀라 문지방에 그대로 서 있었다. 큰 부엉이 한 마리가 빗장창문을 통해 흐릿한 빛이 들어오는 허물어진 침실 바닥에 앉아 있었다. 커다란 둥근 눈에서 닭똥 같은 눈물을 쏟아내던 부엉이는 쉰 목소리로 불만을 쏟아냈다. 그러던 중 부엉이는 방금 전 자기 곁으로 살며시 다가와 있던 국왕과 수상을 보고는 갑자기 기쁨의 탄성을 질렀다. 부엉이는 얼룩점이 박힌 갈색날개로 흘러내린 눈물을 차분하게 닦아낸 다음 그들에게 가까이 다가와 유창한 아라비아어로 말을 건네어 두 방문객을 놀라게 했다.

"진심으로 환영해요. 황새님들! 당신들은 제가 구원받을 수 있다는 것을 알려주는 길조 같아요. 전 언젠가 황새를 통해 행운을 얻을 수 있다는 예언을 들은바가 있거든요."

국왕은 놀란 마음이 가라앉히고 우아하게 자세를 바로잡고는 긴 목을 굽히며 인사했다. "오, 부엉이야! 네 말을 들으니 너도 우리처럼 불운한 운명에 처한 모양이구나. 하지만, 안타까운 일이로고! 우리를 통해서 네가 구원을 받을 것이라는 기대는 그저 헛된 꿈인지 모르겠구나. 우리의 말을 들어보면 전혀 도움이 될 수 없는 존재라는 것을 이해할 수 있을게다." 부엉이는 그에게 뜸들이지 말고 빨리 말해 달라고 간청했고, 국왕은 그동안의 일을 자세하게 말해주었다.

IV.

국왕이 이야기를 마치자 부엉이는 감사를 표하면서 말했다. "국왕께서 제 말을 들으시면, 저 역시 폐하에 못지않게 불운하다는 것을 알게 될 것입니다. 저의 아버님은 인도제국의 왕입니다. 그리고 저는 그분의 외동딸 루사입니다. 저를 이렇게 만든 건 국왕께 마법을 건 바로 그 마법사인 카슈누르입니다. 어느 날 카슈누르가 제 아버님께 저와 자신의 아들인 미즈라와 혼인할 것을 제안했습니다. 성격이 급한 아버님은 그를 아래층으로 내던지라는 명령을 내렸습니다. 마법사는 얼마 지나지 않아 노예로 변장을 하고는 정원에 있는 저에게 접근했습니다. 그가 음료수를 주었는데, 그것을 마시는 순간 저는 이렇게 끔찍한 형체로 변하게 되었습니다. 그는 두려움에 떠는 저를 이곳으로 데려온 후 누군가가 진심으로 제게 청혼하지 않는 한 죽는 날까지 이곳에서 외로움에 떨며 짐승들한테까지도 무시를 당할 것이라고 무시무시한 목소리로 소리쳤습니다. 제 아버지에 대한 복수라고 말입니다."

"벌써 몇 개월이 지났어요. 그 동안 저는 슬프고 외로운 상태로 세상 사람들과 만나지도 못하고 다른 동물을 무서워하며 이 방에서 은둔자처럼 살았어요. 낮에는 눈이 멀기 때문에 아름다운 자연은 볼 수가 없어요. 밤이 되어 달이 창백한 빛으로 이곳을 비출 때에만 눈에 있는 베일이 걷히게 되어 겨우 볼 수가 있답니다." 부엉이는 지난날의 고통을 얘기하다가 감정이 복받친 눈물이 흐르자 잠시 숨을 가다듬을 겸 두 날개로 눈을 부비면서 닦았다.

국왕은 공주의 이야기를 듣고 깊은 상념에 빠졌다. "내가 잘못 안 것이 아니라면, 우리 둘에게 닥친 불운에는 분명 어떤 관계가 있을 거요. 하지만 문제는 어떻게 그 수수께끼를 푸는가 하는 것이요."
그러자 부엉이가 대답했다. "오, 군주님! 저도 그렇게 확신하고 있어요. 제가 아주 어린 시절에 어떤 여자마법사가 언젠가 황새 한 마리가 저를 행복하게 해 줄 것이라고 예언을 한 적이 있어요. 단언하건데, 분명 국왕께서는 우리를 모두 구할 수 있을 거예요." 그 말을 들은 국왕은 놀라면서 그 말의 의미를 물었다.

"우리 두 사람을 불행하게 만든 마법사는 황폐한 이 성에 한 달에 한 번씩 온답니다. 이 방에서 멀리 떨어지지 않은 곳에 커다란 홀이 하나 있는데, 그곳에서 그는 동료들과 함께 잔치를 벌이곤 해요. 그들은 자신들의 악행을 서로에게 숨김없이 털어놓는데, 어쩌면 왕께서 잊어버린 그 주문을 알 수 있게 될 거예요."

"오, 사랑스런 공주! 그가 언제 오는지 알려주시오. 그리고 홀은 어디에 있소?"

부엉이는 잠시 숨을 고른 후 말했다. "저를 무정하다 말하지 마세요. 당신의 청을 들어주기 전에 한 가지 조건이 있어요."

"머뭇거리지 말고 어서 빨리 말해 봐요!" 국왕은 조바심이 나서 외쳤다. "당신의 소원이 무엇이든 원하는 대로 다 하리다!"

"좋아요. 군주님도 아시다시피 저 또한 마법에서 풀려나길 원해요. 그러나 그렇게 되기 위해선 두 분 중에서 한 사람이 제게 청혼을 해야 합니다."

황새들은 그 제안을 듣고 다소 머뭇거렸다. 국왕은 수상을 따로 불러내어 의논을 했다.

문 밖으로 나온 국왕이 먼저 말했다. "수상, 이건 결정하기가 아주 힘든 일이네. 허나 어쩌겠나, 자네가 그녀의 청을 들어주게나."

"폐하, 그랬다간 제가 집으로 돌아갔을 때 마누라가 가만있지 않을 것입니다. 게다가 전 늙은이 옵니다. 전하께서는 아직 젊고 미혼이시니, 공주의 짝으로 저보다 훨씬 더 잘 어울리실 겁니다."

"그럴 수밖에 없겠지. 그런데 자넨 그녀가 젊고 아름답다는 걸 어떻게 아는가? 그건 마치 직접 물건을 보지도 않고 값을 먼저 치르는 것과 같은 이치구먼."

그들은 얼마간 논의를 계속했지만, 국왕은 수상이 부엉이와 결혼을 하느니 차라리 황새로 계속 남길 고집한다는 것을 알자 어쩔 수 없이 그 조건을 받아들이기로 결심했다. 그러자 부엉이는 기뻐했다. 그녀는 그들이 꼭 맞는 시간에 이곳에 왔으며 마법사들이 모이는 시각이 바로 그 날 저녁이라는 사실을 말해 주었다.

그런 다음 그녀는 두 마리의 황새를 데리고 마법사들이 모이는 방으로 갔다. 그들은 길고 어두운 복도를 지나 마침내 반 쯤 허물어진 벽에 난 틈으로 불빛이 새어나오는 곳으로 갔다. 그들에게 조용히 하라고 주의를 주었다. 그들은 갈라진 틈을 통하여 홀 안을 낱낱이 지켜볼 수 있었다. 그곳은 화려하게 장식된 기둥들이 떠받치고 있었는데, 수없이 많은 형형색색의 전등들은 한 낮의 햇빛을 대신하고 있었다. 홀 중앙엔 다양한 종류의 그릇들로 가득한 둥근 탁자가 있었는데, 그 둘레에는 여덟 명은 족히 앉을 수 있는 긴 의자도 있었다. 왕과 수상은 거기에 모인 무리 중에서 자신들에게 마법의 가루를 판 행상을 찾을 수 있었다. 그런데 그 행상 옆에 앉아있던 한 마법사가 최근에 저지른 나쁜 짓을 말해 보라고 하자, 그는 여러가지 이야기 끝에 국왕과 수상에게 한 나쁜 짓에 관해서도 말해주었다.

"자네가 그들에게 알려 준 주문은 대체 무엇인가?" 옆에서 듣고 있던 또 다른 마법사가 물었다.

"아주 어려운 라틴어라네, 그것은 '뮤따보르'야."

v.

황새들은 그 말을 듣고 너무도 기쁜 나머지 정신을 잃을 지경이었다. 그들은 무너진 성문까지 빠른 걸음으로 달려갔다. 부엉이는 간신히 그들을 따라갈 수 있었다. 국왕은 부엉이를 보면서 감흥에 겨워 말했다. “내 친구와 나 자신의 구원자여, 무한한 감사의 증거로써 부디 내 청혼을 받아주시오.” 그 말은 한다음 그는 동쪽으로 몸을 틀었다. 황새들은 이제 막 산위로 떠오른 태양을 향해 세 번 목을 굽히며 절을 했다. “뮤따보르!”라고 동시에 소리쳤고, 그와 동시에 원래의 모습으로 돌아왔다. 그들은 서로를 감싸 안으며 웃고 울었다. 마침내 그들은 몸을 돌려 부엉이를 바라보았는데, 그곳에는 화려한 드레스를 입은 눈부시도록 아름다운 숙녀가 서 있었다.

그녀는 웃으면서 국왕에게 손을 내밀며 말했다. “당신의 부엉이를 알아보시겠어요?”

부엉이가 바로 그녀였던 것이다! 국왕은 그녀의 우아함과 아름다움에 사로잡혀 자기가 황새로 변했던 것이 일생에서 가장 커다란 행운이었었다고 말했다. 세 사람은 지체 없이 바그다드를 향해 길을 떠났다. 다행히도 국왕은 마법의 가루가 든 상자뿐만 아니라 허리띠 속에 감춰둔 지갑도 찾을 수 있었다. 그래서 그들은 인근 마을에 도착하자 여행에 필요한 물건을 모두 구입할 수가 있었다. 그리고 마침내 그들은 바그다드에 들어서게 되었다.

이미 죽은 줄로 알았던 국왕을 보게 된 바그다드의 시민들은 자신들이 사랑했던 군주가 살아서 돌아오자 뛸 듯이 기뻐했다.

국왕일행은 찬탈자 미즈라에 대한 분노로 강행군을 하여 궁전에 도착하였고 늙은 마법사와 그의 아들을 죄인으로 잡아들였다. 국왕은 마법사를 공주가 부엉이로 살았던 무너진 궁으로 보내어 교수형에 처했다. 그러나 아버지의 악행을 모르고 있던 그의 아들에게는 마법의 가루를 들이마시는 것으로 면죄해 주었다. 마즈라는 마법의 가루를 들이마시고 마법의 주문을 외자 곧바로 황새로 변했다. 국왕은 그를 새장에 가둔 후 궁전의 정원으로 데려가도록 명했다.

샤시드 국왕은 아내가 된 공주와 오랫동안 행복하게 살았다. 그가 가장 즐거워하는 시간은 오후에 수상이 방문하는 때였다. 그 때가 되면 국왕은 특별히 기분이 좋아져 황새였을 때의 그의 모습을 흉내 내곤 했다. 그는 뻣뻣한 다리를 하고는 점잖은 걸음으로 방안을 이리저리 걷다가 무슨 말인가를 중얼거리면서 갑자기 동쪽을 바라보며 절을 한 다음 "뮤… 뮤…"라고 더듬거리던 수상의 흉내를 내곤했다. 왕비와 그녀의 아이들은 그 모습을 볼 때면 언제나 즐거워했다. 하지만 국왕이 한없이 "뮤… 뮤…"하면서 고개를 끄덕이거나 허리를 굽힐 때면, 조용히 웃고 있던 수상은 원래의 모습을 되찾기 전 부엉이 공주를 두고 밖에서 자기들끼리 논의했던 비밀을 그녀에게 털어놓겠다며 반격하곤 했다.

작자 미상

마법의 회중시계 The Enchanted Watch

옛날 옛날에 세 명의 아들을 둔 부유한 남자가 살았다. 아이들이 성장하자 그는 맏이를 먼저 세상을 경험하도록 내보냈고, 삼년이 지나서야 가족들은 그를 다시 볼 수 있었다. 그가 돌아왔을 때, 훌륭한 옷을 입고 있었기 때문에 아버지는 그가 이룬 업적을 자랑스러워하면서 친척과 친구들을 초대해 큰 잔치를 열었다.

환영만찬이 끝났을 때, 둘째 아들은 이제 자기가 세상을 여행하면서 세상에 대한 경험을 쌓을 때가 되었으니 아버지 곁을 떠날 수 있게 해 달라고 간청했다. 아버지는 선뜻 그 청을 들어주면서 필요한 비용을 충분하게 내어주며 말했다. "만약 네가 형처럼 큰 성공을 거둔다면, 너에게도 형처럼 영예로운 잔치를 베풀어주마." 젊은이는 최선을 다하겠노라고 약속했고, 실제로 그는 3년 동안 자신이 한 약속에 한 치의 어긋남도 없이 행동했다. 따라서 그가 집으로 돌아왔을 때, 아버지는 그를 매우 뿌듯하게 여기며 이전보다도 더 화려한 잔치를 열어주었다.

이름이 제니크, 혹은 조니인 셋째 아들은 세 명의 아들 중에서 가장 바보 취급을 받았다. 그는 난로위에 앉아있거나 온 몸에 재를 뒤집어쓰는 것 말고는 도대체 집에서 하는 일이 없었다. 그러나 그 역시 아버지에게 삼년간 여행을 할 수 있게 해 달라고 졸랐다. "떠나고 싶으면 떠나거라. 바보 같은 녀석아. 그래봐야 뭘 얻겠니?"

그는 여행허가를 받은 이상 아버지의 우려 따위에는 관심을 기울이지도 않았다. 아버지는 내심 그 아들이 없어져주길 바랐기 때문에 그가 떠나가는 것을 흘가분하게 여기며 여비를 넉넉히 챙겨주었다.

여행 중에 제니크는 초원지대를 가로질러가는 도중 몇 명의 양치기들이 개를 막 죽이려는 것을 우연히 보게 되었다. 그가 개를 살려달라고 간청하자, 그들은 미련 없이 제니크에게 개를 주었는데, 그가 길을 가기 시작하자 개는 뒤를 따랐다. 얼마쯤을 더 걸어갔을 때, 그는 누군가가 고양이를 죽이려는 모습을 보게 되었다. 그는 고양이를 살려달라고 애원했고, 그렇게 해서 고양이도 그를 따라가게 되었다. 마지막으로 그는 어느 곳에서 뱀을 한 마리 구하게 되었고, 그래서 뱀도 그의 것이 되었다. 이제 그들은 한 사람과 세 마리의 짐승으로 이루어진 하나의 일행이 되었는데, 제니크가 앞서가면 개가 그를 뒤따르고 그 뒤로 고양이와 뱀이 각각 뒤따르는 형상이 되었다.

그러던 어느 날 뱀이 제니크에게 말했다. "내가 어딜 가든 내 뒤만 따

라 오세요." 뱀은 지금이 가을이어서 모든 뱀들이 다 땅속에 들어가 숨어야 하기 때문에, 자기도 뱀들의 왕이 머물고 있는 땅속으로 한시바삐 들어가야 한다는 것이었다.

"왕은 내가 오랫동안 자리를 비운 것 때문에 화가 단단히 나 있을 거예요. 겨울을 대비해 저를 제외한 모든 뱀들은 이미 다 모여 있을 거예요. 지금 저는 너무도 늦었어요. 저는 뱀들의 왕에게 제가 처했던 위험에 대해 이야기 할 것이고, 당신의 도움이 없었다면 틀림없이 생명을 잃었을 것이라고 말 할 거예요. 그러면 왕은 당신에게 원하는 것을 물어볼 테니, 당신은 반드시 벽에 걸려있는 회중시계를 달라고 하세요. 그것은 놀라운 능력이 있기 때문에, 그것을 문지르기만 하면 원하는 것을 모두 다 얻을 수 있을 거예요."

모든 것이 뱀의 말대로 이루어졌다. 제니크는 시계의 주인이 되었는데, 그는 밖으로 나오자마자 그것의 능력을 시험해 보고 싶었다. 때마침 배가 고팠던 그는 풀밭 위에 앉아 신선한 빵과 질 좋은 스테이크를 먹고 싶다는 생각을 했고, 거기에다 포도주까지 한 병 더 마실 수 있다면 원이 없을 것만 같았다. 그래서 그는 시계를 문질렀는데, 눈 깜짝할 새에 원하던 바가 이루어졌다. 제니크는 무척 기뻤다.

저녁이 되자 제니크는 시계를 문지르면서 자신이 안락한 침실과 맛있는 저녁이 차려져 있는 방에 있으면 좋겠다는 생각을 했다. 이번에도 눈 깜짝할 새에 모든 것들이 준비되었다. 저녁식사를 마치자 그는 침대로 가서 의당 정직한 사람이 그러하듯이 아침이 될 때까지 푹 잠을 잤다. 그런 다음 그는 아버지의 집을 향해 걷기 시작했는데, 그의 마음은 자기를 위해 마련 될 잔치에 대한 기대로 잔뜩 부풀어 있었다. 그러나 그가 집을 떠날 때 입었던 옷을 그대로 입고 나타나자, 아버지는 불같이 화를 내면서 그에겐 아무것도 해주지를 않았다. 제니크는 전처럼 난로 옆의 자리로 돌아갔고, 어느 누구로부터도 관심을 받지 못한 채 이전처럼 재를 뒤집어쓰는 생활을 계속했다.

사흘 째 되던 날 무료함을 느낀 그는 아름다운 가구와 은과 금으로 된 그릇이 비치된 3층짜리 집이 한 채 있었으면 좋겠다는 생각을 했다. 그래서 그는 시계를 문지르게 되었고, 그와 동시에 그의 바람이 그대로 다 이루어졌다. 제니크는 아버지에게 가서 말했다. "아버지가 저에겐 비록 환영의 잔치를 열어주진 않았지만, 전 아버지께 선물을 해드리고 싶어요. 이리 오셔서 제 선물을 받으세요."

아버지는 크게 놀라면서 그가 대체 어디서 이 많은 재물을 구한 것인지를 몹시 의아해했다. 제니크는 대답대신 곧 큰 잔치를 열 예정이니 친척과 친구들을 아는 대로 다 불러달라고 부탁했다.

이에 아버지는 자기가 알고 있는 모든 사람들을 초대했는데, 초대에 참석한 사람들은 훌륭한 물건들과 넘쳐나는 접시들 그리고 식탁위에 차려진 다양하고 맛있는 음식을 보고는 너나없이 무척 놀라워했다. 첫 번째 대접이 끝나자 제니크는 아버지께 왕과 그의 딸인 공주를 초대해 달라고 또 다시 간청했다. 그는 시계를 문질러 보석으로 번쩍이는 마구를 찬 여섯 필의 말이 끄는 금과 은으로 장식된 마차를 준비했다. 그렇게 화려한 마차에는 감히 앉을 생각을 못한 아버지는 궁전까지 내내 걸어서 갔다. 왕과 공주는 마차의 화려함을 보고 무척이나 놀라면서 지체 없이 올라타고는 제니크가 마련한 연회장으로 말을 몰았다. 그때 제니크는 시계를 한 번 더 문질렀고, 궁전에서 집으로 오는 10킬로미터 남짓 되는 도로는 순식간에 대리석으로 포장이 되었다. 왕은 누구보다도 더 크게 놀랐다. 비록 왕이라 해도 그렇게 훌륭한 도로를 마차를 타고 여행을 해본 적이 없었기 때문이다.

마차의 바퀴소리가 들리자 제니크는 시계를 한 번 더 문지르면서 지금보다도 한층 더 아름다운 집을 원했는데, 소원을 빌기가 무섭게 그의 집은 금과 은 그리고 장미색 천이 늘어져 있는 4층짜리 건물로 바뀌게 되었다. 건물의 내부엔 훌륭한 식탁들이 즐비했으며 각각의 식탁위에는 이제껏 어느 왕도 먹어본 적이 없을 정도의 고급스런 음식들로 가득 차려져 있었다. 왕과 왕비 그리고 공주는 너무도 놀라서 아무 말도 하지 못했다. 그들 역시 그렇게 훌륭한 궁전과 그렇게 엄청난 음식을 본 적은 이제 껏 한 번도 없었다. 후식을 즐기면서 왕은 제니크의 아버지에게 그의 아들을 자신의 사위로 내어줄 것을 요청했다. 그의 청은 곧바로 이루어졌다! 결혼식은 곧 진행되었고, 왕은 자신의 궁전으로 돌아갔으며, 제니크와 그의 아내는 멋진 성에 남아있게 되었다.

모두가 알다시피 제니크는 그렇게 영리한 사내가 아니었기 때문에, 결혼 후 시간이 얼마 지나지 않았는데도 그는 곧 아내에게 따분한 사람이 되었다. 그녀는 그가 어떻게 해서 궁전을 지을 수 있었던 것이며, 또 어떻게 해서 그렇게 많은 귀중품들을 얻을 수 있게 되었는지를 궁금해 했다. 그는 시계에 관한 모든 것을 사실대로 말해 주었는데, 그 말을 들은 그녀는 진귀하고 신비한 힘을 지닌 그 시계를 갖고 싶어 안달이 났다. 어느 날 밤 그녀는 시계를 훔쳐낸 다음 그것을 문지르며 마차를 한 대 원했는데, 원한대로 이루어지자 그녀는 마차에 올라타고 아버지의 궁전으로 향했다. 그곳에 도착한 그녀는 시종들을 불러내어 자기를 따라오도록 한 다음 곧바로 바닷가로 달려갔다. 그곳에서 그녀는 한 번 더 시계를 문지르며 십자 모양의 다리로 연결되어 바닷가 한 가운데서 우뚝 솟아있는 거대한 궁전이 설립되길 원했다. 그러자 그녀의 소원은 완벽하게 이루어졌다. 궁전으로 들어간 공주는 시계를 한 번 더 문질렀고 십자 모양의 다리는 순식간에 사라져 버렸다.

혼자 남게 된 제니크는 자신의 처지가 너무나도 비참했다. 그는 아버지, 어머니, 형제들뿐만 아니라 그 나라의 모든 사람들에게 비웃음을 당했다. 그에게는 이제 자신이 생명을 구해 준 고양이와 개 한 마리를 제외하곤 남아 있는 것이 아무것도 없었다. 그는 더 이상 가족과 살 수 없어 그들을 데리고 먼 곳으로 떠났다. 그러다가 그는 우연히도 커다란 사막에 도착하게 되었는데, 까마귀 몇 마리가 저 멀리 산이 있는 쪽으로 날아가는 것이 보였다. 그들 중 한 마리는 유난히 처져 있었는데, 녀석이 겨우 따라오자 나머지 형제들은 그에게 늦은 이유를 물으면서 가는 길을 재촉했다. "겨울이 다가왔어. 빨리 다른 나라로 날아가야 돼." 그러자 녀석은 자신이 늦은 이유를 바다 한가운데 있는 어마어마한 집을 구경했기 때문이라고 설명했다.

그 말을 들은 제니크는 그 집이 바로 아내가 숨어 지내는 궁전임에 틀림없다는 결론을 내렸다. 그래서 그는 개와 고양이를 이끌고 곧바로 해안가로 달려갔다. 해변에 도착했을 때, 그는 개와 고양이에게 말했다. "넌 수영을 잘하고, 또 넌 몸은 작아서 가벼우니, 고양이 네가 개의 등에 올라타면 그가 널 궁전까지 데려갈 거야. 일단 그곳에 도착하면 개야 넌 문 가까이에 몸을 숨기고 있고, 고양이 네가 몰래 들어가서 내 회중시계를 갖고 나오너라."

그가 말한 대로 모든 것이 다 이루어졌다. 두 동물은 바다를 건너갔고, 개가 문 가까운 곳에 몸을 숨기고 있는 동안 고양이는 몰래 침실로 들어갔다. 공주는 고양이를 알아보고 그가 온 이유를 짐작했다. 그래서 그녀는 시계를 꺼내 지하실로 갖고 내려가 그것을 상자에 넣고 잠가두었다. 그러나 고양이는 들어갈 틈을 찾아 몸을 비틀어 지하실로 내려갔다. 그리고 공주가 돌아가자 곧바로 녀석은 상자를 긁어서 구멍을 냈다. 그런 다음 녀석은 이빨로 시계를 물고는 공주가 다시 돌아오기만을 기다렸다. 그녀가 문을 열고 들어오자 고양이는 잽싸게 밖으로 빠져 나왔다. 물론 잃어버렸던 시계도 밖으로 가져 나왔다.

고양이는 대문 밖을 나서며 개에게 말했다.

"우린 바다를 건너가야 돼. 나에게 말을 걸어서는 안 돼."

개는 그의 말을 마음속에 새기고 아무 말도 하지 않았다. 그러나 그들이 해변에 도착했을 때 개는 궁금해서 묻지 않을 수 없었다. "시계는 잘 갖고 있어?"

고양이는 대답하지 않았다. 그는 신비한 힘을 지닌 그 시계가 혹 떨어지지나 않을까 걱정이 되었다. 그들이 해변에 도착하자, 참을성 없는 개는 같은 질문을 반복했다.

"그래." 고양이가 대답했다.

그 순간 시계는 바다로 떨어졌다. 그러자 그들은 서로를 탓하면서 보물이 떨어진 곳을 슬프게 바라보았다. 그 때 갑자기 물고기 한 마리가 바닷가에 나타났다. 고양이는 물고기로 저녁을 대신할 생각이었다.

"저에게는 자식이 아홉이나 있습니다. 제발 절 살려주세요." 물고기는 울부짖었다.

“그러지, 하지만 네가 시계를 찾아준다는 조건하에 살려줄 수 있다.” 고양이가 대답했다.

물고기는 자신의 임무를 수행했다. 고양이와 개는 주인에게 그 보물을 갖다 주었다. 제니크는 시계를 문지르며 공주와 그녀의 하인들이 살고 있는 궁전이 바닷물에 잠기기를 원했다. 소원하기가 무섭게 그 일이 이루어졌다. 제니크는 부모님께 다시 돌아왔고, 그와 회중시계 그리고 고양이와 개는 죽는 날까지 오래오래 행복하게 살았다.

프랑스

돌렝 Deulin

로사넬라 Rosanella

요정들이 수백 년을 살긴 하지만 그들도 때때로 죽는다는 것은 모든 사람들이 알고 있는 상식이다. 그들은 몇 주마다 하루씩은 각기 다양한 동물로 변신해야 할 때가 있는데, 그럴 때에는 특히 사고가 생기기 쉽다. 바로 이 같은 사고로 요정나라의 여왕이 죽게 되자 새로운 통치권자를 선출해야 했다. 많은 논의를 거친 후에 두 명의 요정 중에서 선택을 하자는 의견이 모아졌는데, 그들은 각각 써캔틴과 패리다미라는 요정이었다. 그런데 그들의 지지율은 완전히 동일했기 때문에 둘 중에서 한 명을 택하기란 불가능했다. 상황이 이러했기 때문에 요정들은 결국 그들 중에서 세상 사람들에게 더 놀라운 일을 보여주는 요정이 여왕이 되기로 하였다. 하지만 그들이 보여 주어야 되는 것은 특별하게 놀라운 것이어야 했다. 따라서 산들을 옮긴 다거나 하는 것처럼 요정이라면 누구나 할 수 있는 일들은 배제되었다. 써캔틴은 어떤 것에도 마음을 주지 못하는 왕자를 키우기로 작정했다. 반면 패리다미는 한 번 보면 누구라도 사랑에 빠지게 만드는 예쁜 공주를 사람들에게 보여 주겠다고 결심했다. 그들은 일정 기간을 할당 받았는데, 그 기간 동안 네 명의 나이 든 요정들이 왕국의 일을 처리하기로 하였다.

패리다미는 오랫동안 바돈돈 왕과 친교를 맺고 있었는데, 그는 가장 뛰어난 왕의 자손이었고 그가 사는 궁전은 이상적인 공간이었다. 그의 아내인 발라니스 왕비 또한 대단히 매력적인 여인이었다. 실제로 그들처럼 부부가 일심동체라는 것을 완벽하게 보여주는 남편과 아내는 찾아보기 힘들었다. 그들에게는 하얀 목 부분에 분홍색의 작은 장미가 새겨져 있어 '로사넬라'라는 이름의 어린 딸이 있었다. 그녀는 아주 어릴 때부터 놀랄만한 재능을 발휘했는데, 궁전의 조신들은 그녀가 했던 명석한 말들을 마음속에 새기고 있다가 적합한 상황이 생기면 그때마다 그녀의 말을 되풀이 하곤 했다. 요정회의가 끝난 바로 그날 밤에 발라니스 왕비는 비명을 지르면서 잠에서 깨어났는데, 그녀의 시녀들은 무슨 일인가 해서 달려왔고 그녀가 악몽을 꾸었다는 사실을 알았다.

"꿈속에서 내 어린 딸이 장미꽃다발로 변했는데, 그것을 들고 있을 때 갑자기 새 한 마리가 달려들더니 그것을 가로채어 달아났어."

"어서 가서 공주가 잘 있는지 확인을 해라." 그녀는 온몸을 부들부들 떨면서 말했다.

그 말을 듣고 시녀 중 몇 명이 달려갔다. 그런데 왕비의 우려대로 요람은 이미 비어있었다. 그들은 방 안을 구석구석 찾아보았지만 로사넬라의 흔적은 어디도 없었다. 왕비는 말할 수 없는 슬픔에 잠겼고, 왕 또한 그러했다. 그는 곧 발라니스에게 며칠 동안만이라도 시골에 있는 궁전에 가서 시간을 보내자고 제안했다. 그녀는 도시의 활기찬 모습이 훨씬 더 견디기 어려웠기 때문에 시골로 가기로 했다. 어느 포근한 봄 날 저녁에 왕 부부는 사방으로 열 두 개의 가로수길이 뻗어나가서 앉아 있는 자리가 마치 별 모양처럼 생긴 그늘진 잔디밭에서 나란히 쉬고 있었다. 한 순간 주위를 둘러보던 왕비는 사방으로 난 가로수 길을 따라 예쁜 아가씨들이 걸어오고 있는 모습을 보게 되었다. 그런데 그들은 이상하게도 한사람마다 각자 하나씩의 바구니를 들고 있었고, 그 바구니 안에는 그들이 무척 소중하게 다루는 무엇인가가 담겨져 있었다. 그들은 가까이 다가와서 발라니스의 발밑에다가 그것들을 내려놓으며 말했다.

"아름다운 왕비님, 불행한 왕비님께 이들이 조금이라도 위안이 되었으면 합니다!"

왕비는 주저함이 없이 곧바로 바구니를 열어보았는데, 그곳에는 그녀가 간절히 보고 싶어 하는 자신의 딸과 비슷한 또래의 사랑스런 아이들이 담겨져 있었다. 그들을 본 왕비는 처음엔 지나간 슬픔이 떠올랐지만, 그들의 사랑스러움은 이내 그녀의 관심을 온전히 끌게 되었다. 그렇게 해서 그녀는 한명 한명의 아이들에게 유모차는 물론 유모와 시녀를 각각 붙여주었는데, 그 외에도 그녀는 이곳저곳으로 사람들을 보내어 그들에게 필요한 그네나 인형 그리고 팽이나 질 좋은 사탕과자를 사오도록 시켰다. 그러는 동안 그녀는 어느덧 자신의 우울증을 잊을 수가 있었다.

그런데 정말로 이상한 일은 모든 아기들의 목에 작은 분홍빛 장미문양이 있다는 것이었다. 여왕은 그들에게 적당한 이름을 붙여 주기가 너무 어려워 실제 이름을 붙여주기 전까지 각자에게 특정한 색깔을 이름대신 붙여 부르기로 결정했는데, 그렇게 색상으로 이름을 부르다보니 그들이 모여 있을 때는 마치 화려한 꽃다발을 보는 듯하였다. 그들은 지적인 능력이 모두 다 뛰어났고 하나를 배우면 둘을 깨우칠 만큼 슬기로웠지만, 성장하면서 드러나는 성격은 각자마다 확연한 차이를 보였다. 따라서 그들은 시간이 갈수록 '진주색'이나 '담황색' 등의 이름을 지칭하는 색상으로는 더 이상 불리지 않게 되었고, 이를 대신하여 왕비는 그들을 다음과 같이 불렀다.

'달콤이는 어디 있지?', '나의 예쁜이,' '나의 명랑이.'

물론 이렇게 매력적인 그들은 애인도 열두 명이 필요하게 되었다. 그들에 대한 소문은 궁전 안은 물론 외국으로 널리 퍼지게 되었는데, 그 때문에 가깝고 먼 곳에서 그들의 배우자가 되기로 자처하고 나선 왕자들이 끊임없이 몰려들었다. 그러나 최고의 영예를 지닌 사랑스러운 공주들은 각자 타고난 아름다움만큼이나 사려도 깊었기 때문에 섣부른 구애를 쉽게 받아들이지는 않았다.

써캔틴은 바돈돈의 사촌인 왕의 아들인 멀리플로어 왕자를 변덕스런 왕자로 키우기로 결정했다. 그녀는 왕자에게 최고의 정신적, 육체적인 축복을 주었는데, 지금은 그보다 두 배나 더 노력을 기울이고 있을 뿐만 아니라 최고의 멋과 매력을 부여해 주기 위해 최선을 다하고 있는 중이었다. 따라서 그가 신경질을 부릴 때든 다정하게 굴 때든, 화려하게 치장하거나 평범하게 옷을 입을 때나 신중하거나 경박스럽게 행동을 할 때든, 그 어떤 경우라도 그가 지닌 매력을 부정할 이는 아무도 없었다. 써캔틴 요정은 왕자에게 지력뿐만 아니라 다정한 마음씨까지 완벽하게 갖춰주었다. 그에게는 더 이상 바랄 것이 없었다. 하지만 한 가지 부족한 것이 있었으니, 그것은 변치 않는 마음이었다. 그런 마음은 허락되지 않았기에 왕자는 바람둥이로 성장했고 성격 또한 바람처럼 변덕스러웠다. 그런 이유로 멀리플로어 왕자가 열여덟 번째 생일을 맞게 되었을 때는 왕국에서 앞으로 더 정복해야 할 여성의 마음은 더 이상 남아 있지 않았다. 여성들의 마음은 모두 그의 것이나 다름이 없었다. 그런데도 그는 모두에게 싫증이 나 있었다. 어느 날 왕자는 아버지의 사촌인 바돈돈 왕의 궁전으로 초대를 받았다.

바돈돈 왕의 궁전에 도착하니 그곳에는 세상 그 누구보다도 더 사랑스러운 열두 명의 공주들이 있었다. 멀리플로어 왕자는 자기가 그들을 좋아하는 만큼 그들도 자기를 좋아하고 있다는 사실을 알고는 크게 기뻐하였다. 그는 이제 어느 한 순간이라도 공주들과 함께 있지 않으면 행복을 느끼지 못했다. 만약 그들이 없었다면, 그가 어떻게 '예쁜이' 공주를 바라보면서 '달콤이' 공주에게 부드러운 말을 속삭였을 것이며, '기쁨이' 공주와 함께 웃음을 터뜨릴 수가 있었겠는가? 또한 그들이 없었다면, 그가 어떻게 해서 좀 더 진지한 순간에 그늘진 잔디밭에서 '사랑이'의 손을 잡을 수가 있었겠으며, 다른 공주들이 말없이 동정하는 가운데 '침침한색상이' 공주와 이야기를 나누는 행복한 시간을 누릴 수가 있었겠는가? 물론 왕자의 마음이 한 사람에게만 한정된 것이 아니라 열두 명에게 분산된 것이긴 했다. 그래서 써캔틴은 그의 변덕이 극에 달한 것으로 착각하기는 했지만, 왕자는 난생 처음으로 그동안 자신이 받았던 만큼의 사랑을 남들에게도 줄 수 있게 되었다. 그러나 패리다미는 아무런 말도 하지 않았다.

멀리플로어의 아버지는 결혼할 짝을 찾아 주겠으니 돌아오라는 편지를 아들에게 보냈지만 아무런 소용이 없었다. 세상의 어떤 것도 그를 열두 명의 아름다운 공주들과 떼어놓을 수는 없었다.

어느 날 여왕은 커다란 가든파티를 열었는데, 때마침 초대받은 손님들은 이미 다 모여 있었다. 멀리플로어 왕자는 평소처럼 열두 명의 미인들에게 정신이 팔려 있었는데, 바로 그 때 멀리서 벌들의 윙윙거리는 소리가 들리기 시작했다. 장미꽃 아가씨들은 벌들에게 쏘일까 두려워 사람들에게서 멀리 떨어진 곳으로 황급히 달아나기 시작했다. 그 순간 달아나던 공주들을 쫓던 벌들이 갑자기 엄청나게 커지더니 공주들을 한 사람씩 잡고서 공중으로 사라져 버렸다. 이 놀라운 사건으로 궁전에 있던 사람들은 큰 절망에 빠졌다. 멀리플로어 왕자는 격심한 고통에 시달렸고, 시간이 지난 뒤에도 깊은 낙담에서 헤어나지를 못했다. 사람들은 왕자까지 혹 죽지나 않을까하고 걱정하였다. 써캔틴은 아끼고 있던 왕자에게 서둘러 달려 왔다. 그러나 왕자는 요정이 가지고 온 공주들의 초상화를 경멸스럽게 바라보면서, 생명력이 없는 그림 따위는 보려하지 않았다. 요정은 뭔가 잘못되었다고 생각했으며 왕자를 어떻게 해야 할지 몰라 당황했다. 그러던 중 어느

벌들에게 끌려가는 공주

날 왕자가 우울한 상념에 잠겨 궁을 거닐고 있을 때, 사람들의 외침소리가 들려왔다. 하늘에서 수정마차가 햇빛을 받아 반짝거리면서 천천히 지상으로 내려오고 있었기 때문이었다. 눈부신 날개가 달린 여섯 명의 사랑스러운 아가씨들이 장밋빛 리본으로 마차를 끌고 있었고, 그들만큼이나 아름다운 나머지 아가씨들은 마차위에서 장미화환을 들어 길게 교차시키고 있었는데, 그 모습은 마치 천개를 덮어놓은 것 같았다. 마차 안에는 패리다미 요정이 앉아 있었고, 그녀 옆에는 보는 사람들을 다 현혹시킬 만큼 눈부신 공주가 한 명 있었다. 그들이 여왕의 처소로 발길을 향하자, 사람들은 너나 할 것 없이 모두가 다 그 놀라운 광경을 보기 위해 달려들었다. 왕자가 군중들 틈을 헤집고 앞으로 걸어 나가는 것은 쉽지 않았다. 사방에서는 새롭게 나타난 공주의 아름다움을 경탄하는 소리가 끊임없이 울려 퍼졌다. "왕비님 이제야 저는 요람에서 훔쳐갔던 왕비님의 딸 로사넬라를 돌려드리러 왔습니다."

왕비는 기쁨으로 어찌할 바를 몰랐다. 잠시 후 마음을 진정한 왕비는 패리다미에게 말을 건넸다.

"하지만 나의 또 다른 사랑스런 열두 명의 아이들은 영원히 잃게 되는 것인가요? 난 그들을 두 번 다시 볼 수가 없는 것인가요?"

"곧 그들을 잊게 될 것입니다!" 더 이상 질문하지 말라는 듯한 음조가 배어 있는 것 같았다. 패리다미는 간결하게 대답했다. 그녀는 곧 마차를 타고 사라졌다.

아름다운 사촌이 돌아왔다는 소식을 왕자도 듣게 되었다. 그럼에도 그는 공주를 만날 마음이 생기지 않았다. 다만 자신의 임무를 다하는 것이 도리라 생각해서 공주를 방문 했는데, 공주를 만난 지 불과 5분도 안되어 그는 자신에게 상실감의 고통을 주었던 열두 명의 장밋빛 아가씨들을 다시 만난 것 같다는 느낌이 들었다. 공주는 열두 명에게서 보았던 재능과 은총을 한꺼번에 다 지니고 있는 독특한 매력이 있었다. 결국 왕자는 한 번에 한 사람만을 사랑하는 것이 훨씬 더 만족스럽다는 것을 알게 되었다. 그는 자신도 모르는 사이에 사랑스러운 사촌에게 다가가 청혼을 하였다.

그 순간 요정여왕의 마차를 탄 패리다미가 승리의 미소를 지으며 나타났다. 패리다미는 선거에서 승리했고 결국 요정왕국을 다스리게 되었다. 패리다미는 로사넬라를 요람에서 훔쳐내어 공주가 지닌 성격을 12등분으로 나누어 그 각각의 성격이 멀리플로어 왕자의 마음을 흔들어 놓게 만들었을 뿐만 아니라, 결국 그렇게 나뉘게 된 열두 가지 성격이 하나로 모아졌을 때 왕자의 변덕스러운 마음이 영구적으로 고쳐지게 된 과정을 빠짐없이 설명해 주었다.

다시 한 몸이 된 로사넬라가 얼마나 매력적이었는지는 선거에서 패한 써캔틴조차 그녀에게 결혼식 선물을 보냈으며 결혼식이 시작되자 몰려든 하객들만 보더라도 쉽게 알 수 있었다. 이후 멀리플로어 왕자는 일생동안 한결같은 마음을 지니게 되었다. 그런데 왕자와 같은 상황에 처한다면 그렇게 하지 않을 사람이 누가 있을까? 로사넬라는 마치 열두 명의 미인을 하나로 합쳐 놓은 것만큼이나 그렇게 사랑스러웠고 왕자를 사랑했는데 말이다. 결국 그들은 오랫동안 살면서 행복하고 평화롭게 나라를 통치했다.

<u>프랑스</u>

꼼뜨 드 까이뤼즈 Comte de Caylus.

실베인과 조코사 Sylvain and Jocosa

옛날 어느 마을에 실베인과 조코사라는 소년, 소녀가 살았는데, 그들은 모두 아름답고 잘생겼을 뿐만 아니라 머리도 좋았다. 그들의 부모는 오래전에 있었던 싸움으로 사이가 좋지 않았는데, 너무나 오래전의 일이라 지금은 자신들도 싸움의 원인을 기억하지 못했고 그저 습관처럼 서로를 싫어하고 있었다. 반면 실베인과 조코사는 이러한 집안간의 반목엔 전혀 관심이 없었다. 실제로 그 둘은 서로 떨어져 있으면 조금도 행복하지 않았다. 그들은 날마다 양떼를 함께 돌보았는데, 햇빛이 화창한 날엔 몇 시간씩 놀면서 나무그늘이 있는 언덕에서 휴식을 취하곤 했다. 어느 날 초원의 요정이 우연히 지나가다가 그들의 예쁜 얼굴과 부드러운 태도를 보고는 그 자리에서 반해 그들의 후견인이 되었는데, 그녀의 사랑은 그들이 나이가 들어감에 따라 점차 커졌다. 처음에 요정은 그들이 자주 찾는 장소에 좋아할 만한 선물을 갖다 놓는 식으로 그들에 대한 관심을 보여주었다. 그런데 선물을 본 그들은 늘 상대방을 먼저 생각했다. 그들의 첫 생각은 언제나 "조코사는 어느 것을 좋아할까?" 혹은 "실베인은 어느 것을 더 맘에 들어 할까?"하는 것이었다. 요정은 거의 매일 자신이 가져다 준 케이크나 사탕과자를 보고 그들이 천진난만하게 좋아하는 모습을 보면서 말할 수 없는 기쁨을 느꼈다. 그들이 성장하자 그녀는 자신의 존재를 알릴 결심을 하고는, 그들이 한 낮의 태양을 피해 꽃이 활짝 피어있는 관목으로 우거진 어두운 그늘에서 쉬고 있을 때 그 앞에 나타났다. 그들은 키 크고 늘씬한 숙녀가 머리끝에서 발끝까지 온통 초록색으로 옷을 입고 머리엔 화환을 쓴 채 갑자기 나타나자 무척 놀랐다. 그러나 그녀가 부드럽게 말을 건네며 그동안 자기는 그들을 정말로 많이 사랑했다는 것과 그들을 놀라게 했던 예쁜 선물들도 다 자기가 가져다 놓은 것이었다고 말하자, 그들은 곧 그녀에게 진심으로 고마워했고 질문에도 성의껏 대답했다. 시간이 조금 지나 그녀는 작별의 인사를 했는데, 그녀는 떠나면서 누구에게도 자기를 보았다는 말을 하지 말 것을 당부했다. 그러면서 그녀는 "너희들은 곧 나를 다시 보게 될

거야. 그리고 너희들이 날 보지 못할 때에도, 난 항상 너희들 곁에 있을 거야."라고 말하며 사라졌는데, 그들은 요정과의 짧은 만남을 놀랍고 신기해 했다. 이 일이 있은 후 그녀는 종종 그들 앞에 나타나서 많은 것들을 가르쳐 주었고 아름다운 궁전에 있는 신기한 것들도 보여주었다. 그러던 어느 날 요정은 그들에게 다음과 같이 말했다. "너희들은 내가 항상 친절했다는 것을 잘 알거야. 자 이젠 너희들이 그 보답을 해주어야 할 차례라고 생각해. 내가 매우 아끼는 샘이 있다는 것은 잘 알고 있을 거야. 아침마다 해가 뜨기 전에 샘에 가서 물길에 방해가 되는 조약돌이나 물을 더럽히는 낙엽이나 잔가지들을 좀 치워줘. 매일 시간에 맞춰 그 일을 해주는 것으로 나에 대한 고마움을 대신할 수 있어. 그래서 아침 해가 떠오를 때마다 깨끗한 샘물이 잘 보존되고 그 주변에 있는 초원이 기름지게 유지되면, 앞으로 너희 둘이 결코 떨어지는 일이 없도록 보호해줄게."

실베인과 조코사는 그 제안을 기꺼이 수락했는데, 사실 그들은 요정이 이제까지 자신들을 돌봐주었고 앞으로도 그럴 것이라면 그 일을 하는 것쯤은 사소한 일이라고 여겼다. 그래서 그들은 그때부터 오랫동안 샘 주변을 꼼꼼하게 관리하게 되었고, 그 결과 그곳은 인근 지방에서 가장 깨끗하고 아름다운 곳이 되었다. 그러던 어느 봄날 동이 트기 한참 전인 이른 아침에 그들은 서로 정반대의 방향에서 샘을 향해 오다가, 사방에 피어있는 수만 송이의 화사한 꽃들의 아름다움에 취해 그 중 몇 송이를 꺾기 위해 잠시 머뭇거렸다.

"실베인에게 화환을 만들어 주어야지."하고 조코사는 말했고, "이 화관을 쓰면 조코사가 얼마나 예쁠까!"라고 실베인은 말했다.

그들은 이곳저곳을 돌아다니다가 멀리 있는 꽃이 더 밝고 예쁘게 보여 그것을 쫓아 점점 더 먼 곳까지 가게 되었다. 태양은 어느덧 환하게 떠올랐고 햇살을 보고 깜짝 놀란 실베인과 조코사는 서로 정반대의 방향에서 샘이 있는 곳으로 뛰어 와 거의 동시에 도착하게 되었다. 그러나 그들은 평소에 잠잠하던 물이 갑자기 펄펄 끓으면서 거품을 일으키는 모습을 보고는 놀랐다. 그리고 발아래를 내려다보는 순간 강한 물살은 주변에 있는 것들을 모두 다 끌어들이고 있었다. 어느 순간 강의 폭이 점점 더 벌어지고 물살이 빨라지더니 실베인과 조코사는 서로 강을 사이에 두고 떨어지게 되었다. 이 일들은 순식간에 일어났기 때문에, 서로를 위해 꺾어 온 꽃도 보여주지 못한 채 외마디 비명만을 남기고 그 둘은 헤어졌다. 실베인은 맞은 편 강둑으로 헤엄쳐 건너기 위해 성난 물속으로 족히 스무 번은 뛰어들어보았지만, 그럴 때마다 강력한 힘에 의해 처음 뛰어들었던 자리로 다시 떠밀렸다. 조코사의 경우도 마찬가지였다. 그녀는 뿌리 채 뽑혀 떠내려가는 나무를 타고 범람하는 물을 건너려고 시도했지만 결국 아무런 소용이 없었다. 그들은 흐르는 물길을 따라 걸어서 내려갔다. 한참을 걷자 어느덧 강의 폭은 서로의 모습조차 알아보는 것도 힘들 정도로 엄청나게 넓어져 있었다. 그들은 추울 때나 더울 때나 밤과 낮을 가리지 않고 산과 계곡을 건너며 허기와 배고픔을 참아내면서 오직 서로를 다시 만날 수 있다는 희망만으로 3년이란 세월을 온갖 고난을 견디며 버텨냈다. 그러던 중 그들은 강물이 거대한 바다로 흘러드는 입구에 있는 낭떠러지 계곡까지 오게 되었다.

그들은 이전보다도 더 멀리 떨어져 있는 것처럼 보였다. 절망에 빠진 그들은 거품이 이는 파도로 다시 한 번 뛰어들 생각을 했다. 그 순간 그들에게서 한시도 눈을 뗀 적이 없던 초원의 요정은 혹 그들이 익사할까봐 두려워 지팡이를 이용해 황급히 황금빛 모래사장에 그들을 나란히 내려놓았다. 그들은 자신들의 고통이 드디어 끝났음을 알고는 말할 수 없이 기뻐하며 즐거워했다. 마침내 서로의 손을 잡고 더없는 만족감을 느꼈다. 하고 싶은 말들이 너무도 많았지만, 정작 어디서부터 시작해야 할지를 몰랐다. 그러면서도 그동안 큰 고통의 원인이 결국에는 자신들의 부주의에서 비롯되었다는 점에 동의했다. 요정은 그들이 자신들의 부주의를 반성하는 소리를 듣자 곧바로 그들 앞에 나타났다. 그들은 그녀 앞에 몸을 숙이면서 용서를 구했다. 그러자 요정은 그들을 기꺼이 용서해 주면서 그들의 벌은 끝이 났고 앞으로도 자기는 친구로 남아 있을 것이라는 약속도 해주었다. 요정은 특별히 아끼면서 항상 세심하게 관리하고 있는 5월의 이슬방울로 장식한 초록빛 등심초로 만든 마차를 부른 다음 여섯 마리의 짧은꼬리 두더지들에게 두 사람을 빠른 시간 내에 원래 있던 초원으로 실어다 줄 것을 명령했다. 실베인과 조코사는 힘겨운 떠돌이 생활을 하는 동안 줄곧 그리워했던 고향으로 돌아간다는 사실에 무척 기뻐했다. 요정은 그들이 떠나 있는 동안 양가 부모들 사이에 있던 갈등을 모두 다 해결해 놓았다. 또한 서로에게 진실한 그 두 연인을 혼인시키겠다는 허락도 이미 받아놓았다. 그런 다음 요정은 샘가에다가 그들이 앞으로 살아갈 아름다운 오두막집을 마련해 놓았다. 다시 평화를 찾은 샘물은 오두막집에 딸린 정원과 과수원 그리고 초원을 감싸고 나있는 작은 개울로 흘러들고 있었다. 사실 실베인과 조코사 그리고 그들의 양떼들에게는 그 이상 더 바랄 것은 아무것도 없었다. 그리고 이 모든 것을 계획한 요정도 그들이 즐거워하는 모습을 보자 매우 만족했다. 그들은 감탄하며 주변을 둘러보느라 피곤해지자 장미꽃으로 뒤덮인 현관에 앉아 잠시 쉬기로 했다. 그러자 요정은 자신이 초대한 결혼식 하객들이 도착하기 전까지 한 가지 이야기를 해 주겠다고 했다. 그 이야기는 다음과 같다.

노랑 새

옛날 옛날에 어쩌다 나쁜 짓을 저지른 요정이 최고요정법정에서 수년간 어떤 동물로 살아가야 한다는 판결을 받은 적이 있었는데, 그녀는 그 기간이 다 끝나갈 무렵에 만약 누구든 두 사람에게 행운을 가져다준다면 곧바로 원래의 모습을 회복하는 것으로 예정되어 있었다. 어떤 동물의 모양을 취하느냐는 그녀가 결정할 몫이었는데, 그녀는 평소 노란색을 좋아했기 때문에 이제껏 어느 누구도 본 적이 없는 눈부신 황금빛 깃털을 가진 아름다운 새로 변신을 했다. 처벌기간이 다 끝나갈 무렵 그 아름다운 새는 바그다드로 날아가다가 들새를 잡는 파울러에게 잡혔는데, 그 순간은 바디 알 자만이 잠에서 깨어나 여름철의 웅장한 궁전에서 바깥으로 막 나오려하고 있을 때였다. 이름이 '세상의 놀라움'이란 의미를 지닌 바디 알 자만은 적어도 바그다드에서는 태양아래 가장 운이 좋은 사람으로 여겨지고 있었다. 그 이유는 그가 엄청난 재산을 소유하고 있었기 때문이었다. 그러나 그는 재산에 관한 근심을 한시도 떨쳐버린 적이 없고, 하는 일마다 지겨움을 느꼈다. 늘 새로운 것을 소유하길 기대했는데, 이런 이유로 그는 한순간도 행복한 적이 없었다. 그는 50명의 왕이라도 한꺼번에 수용할 수 있는 자신의 화려한 집에서 나와 거리를 다니면서도 이렇다하게 흥미 있는 것을 찾지 못하자 심신이 지치고 화가 났다. 파울러는 이때가 방금 전에 잡은 신기한 새를 바디 알 자만에게 바칠 더없이 좋은 기회라고 생각했다.

그는 바디 알 자만이 이 새를 본다면 그 즉시 살 것이라는 확신도 있었다. 그의 추측은 정확했고 바디 알 자만은 파울러의 손에서 그 새를 건네받았다. 그는 새의 오른쪽 날개 밑에 쓰인 글자를 읽게 되었는데, 오른쪽 날개 밑에는 "내 머리를 먹는 자 왕이 될 것이요."라는 글이 있었고, 왼쪽 날개 밑에는 "내 심장을 먹는 자 아침마다 베개 밑에서 금화 100냥씩을 얻게 될 것이요."라는 글이 쓰여 있었다. 바디 알 자만은 현재도 돈이 부족하진 않았지만 더 많은 돈을 갖고 싶다는 욕망에 그 자리에서 곧바로 그 새를 샀다. 그런데 바디 알 자만은 자신의 요리사중 누구도 믿지를 않았기 때문에 그 새를 어떻게 요리할까를 심각하게 고민했다. 마침내 바디 알 자만은 파울러에게 그가 결혼했는지에 대해서 물었고, 그는 그렇다는 대답을 했다. 그러자 그는 파울러보고 새를 집으로 가져가서 아내에게 요리를 시킨 다음 그것을 자기에게 달라고 부탁했다.

"아마, 여러 날 동안 아무것도 먹지 않은 내게 이 새가 식욕을 회복시켜 줄 것 같다. 만약 자네 부인이 요리를 맛나게 해준다면 은화 100냥을 줄 것이다." 그는 말을 꺼냈다.

파울러는 크게 기뻐하며 집에 있는 아내에게 달려갔고, 그의 아내는 맛좋은 노랑 새 스튜를 만들었다. 바디 알 자만은 오두막집에 도착해서 스튜 요리에서 머리와 심장을 열심히 찾았지만 그 어떤 것도 찾을 수가 없자 몹시 분개하며 파울러의 아내를 돌아다보았다. 그녀는 그 표정이 너무도 무서워 곧바로 그 앞에 꿇어앉고는 그가 도착하기 직전에 자신의 아이들이 돌아왔는데, 그들이 때마침 만들고 있던 요리를 하도 먹고 싶어 해 사람들이 별로 먹고 싶어 하지 않는 부위인 머리와 심장을 각각 그들에게 나눠 주었다는 자백을 했다. 그러자 바디 알 자만은 그녀의 가족 모두에게 복수를 할 것을 다짐하면서 오두막집을 뛰쳐나갔다. 바디 알 자만의 분노가 두려웠던 파울러와 그의 아내는 아이들을 안전한 장소로 보내기로 하였다. 하지만 부인은 남편을 위로할 요량으로 자기가 일부러 아이들에게 머리와 심장을 주었다는 사실을 털어놓았고, 그렇게 한 것은 새의 날개 밑에 쓰인 글을 읽었기 때문이었다는 말도 덧붙여 주었다. 부부는 적어도 아이들에게 만큼은 행운이 올 것이라고 믿으면서, 아이들에게 가급적이면 먼 곳으로 떠나라고 말했다. 그러면서 그들이 서로 다른 길로 가야한다고 말했고, 목적지에 도착해서는 안부하는 것을 잊지 말라고 당부했다. 그리고 자신들은 도시에서 변장을 하고 철저하게 숨어 지냈는데, 그로부터 얼마 지나지 않아 바디 알 자만은 약속된 보물을 얻지 못한 상실감으로 화병에 걸려 죽게 되었다. 파울러 부부는 자신들의 집으로 돌아올 수 있었고, 그 때부터는 날마다 아이들에게서 소식이 오기만을 간절히 기다리고 있었다. 노랑 새의 심장을 먹었던 차남은 곧 그에게 온 변화를 실감했는데, 그는 매일 아침 일어날 때마다 베개 밑에 금화 100냥이 든 지갑이 놓여 있는 것을 보게 되었다. 그러나 가난한 사람들이 항상 위로삼아 되풀이하는 말처럼, 실제로 이 세상에서는 분에 넘치는 돈만큼 많은 걱정과 불안을 낳는 것도 없는 법이다. 항상 금화가 넘쳐날 것을 믿고 무분별하게 돈을 써버린 둘째 아들은 도둑들의 습격을 받게 되었다. 그는 도둑과 싸우던 중 치명적인 상처를 입고, 그 때문에 결국 죽었다.

노랑 새의 머리를 먹었던 장남은 특별한 모험 없이 여행하다가 어느 순간 아시아에 위치한 어떤 도시까지 가게 되었는데, 마침 그곳에서는 새로운 왕을 뽑기 위해 도시가 온통 들떠 있었다. 도시의 원로들은 정확히 두 편으로 나뉘어 장시간의 논쟁을 거친 후에 마침내 가장 특이한 일을 겪은 사람이 왕이 되어야 한다는 데 합의를 보았다. 이러한 때에 상냥한 얼굴에 쾌활한 태도를 지닌 바로 그 젊은 여행자가 도시로 들어서게 되었다. 사람들이 그를 보는 순간 그의 머리위로 무언가가 내려오는 것이 보였는데, 자세히 보니 그것은 눈처럼 하얀 비둘기였다. 그러자 모든 사람들은 그를 보면서 뒤쫓기 시작했고, 그 결과 그는 머리엔 비둘기와 뒤로는 그를 쫓는 도시의 시민들과 함께 궁전에 이르게 되었다. 그리고 그는 자신도 모르는 사이에 놀랍게도 왕이 되어 있었다.

명령하는 것보다 더 달콤하거나 더 빨리 익숙해지는 것은 없기 때문에, 그 젊은 왕은 자리가 주는 편안함에 빠져 온갖 종류의 잘못을 저질렀고 너무나도 많은 실정을 했다. 마침내 도시 전체에서 반란이 일어났고, 곧바로 그는 왕권은 물론 생명까지도 빼앗겼다. 그런데 그의 비참한 종말은 그가 왕이었을 때 자신의 부모인 파울러와 그의 아내를 모르는 사람이라고 부인한 적이 있었고, 그 결과 그들이 가난하게 살다가 죽은 것을 감안하면 필연적인 인과응보였다.

"실베인과 조코사야, 내가 이 이야기를 너희들에게 해 준 이유는 이렇게 작은 오두막집과 주변에 있는 것들이 언뜻 보기에 더 크고 더 탐나 보이는 것보다 너희들에겐 훨씬 더 큰 행복과 만족감을 가져다 줄 수 있다는 것을 알게 해주기 위해서야. 만약 너희들이 밭을 갈고 양떼를 돌보며 약속한 것을 전보다 더 잘 지켜만 준다면, 너희들은 행복에 결코 부족함이 없을 것이다."

실베인과 조코사는 진심에서 우러나는 약속을 했고, 이후 그들은 자신들의 약속을 지키면서 평화와 번영을 누렸다. 요정은 모든 친구들과 이웃 사람들에게 성대한 축복 속에서 열리는 그들의 결혼식에 참석할 것을 요구했다. 그리고 그들은 늙을 때까지 서로를 진심으로 사랑하면서 행복한 삶을 살았다.

프랑스

꼼뜨 드 까이뤼즈 Comte de Caylus.

요정의 선물 Fairy Gifts

주위환경이 대개 사람들의 성격이나 기질을 보여준다고 하는데, 그렇게 본다면 꽃의 요정이 다양한 종류의 꽃과 나무, 분수와 연못, 그리고 그밖에 상상할 수 있는 온갖 것들이 다 갖춰진 달콤한 궁전에 살고 있는 이유를 알 수 있다. 꽃의 요정은 한없이 친절하고 매력적이어서 모든 사람들은 요정을 사랑할 수밖에 없었고, 궁전에 살고 있는 젊은 왕자와 공주들은 하루해가 길면 길수록 그만큼 더 그녀와 오래 있을 수 있다는 생각에 행복해했다. 그들은 아주 어릴 때 궁전에 왔고 어른이 되어 더 넓은 세상으로 나가기 전까지 줄곧 그곳에서 살았다. 공주와 왕자들이 궁전을 떠날 때가 되면, 요정은 그들에게 각자 원하는 것을 하나씩 선물로 주었다. 이제 여러분이 듣게 될 내용은 실비아 공주에 관한 이야기이다. 요정은 공주가 순수하고 부드러운 마음씨를 지녔기 때문에 마음 속 깊이 그녀를 사랑했다. 그리고 공주도 이제 남들이 그랬던 것처럼 선물을 받게 되는 나이에 이르렀다. 그러나 요정은 어른이 되어 자기 곁을 떠난 공주들이 어떻게 살아가고 있는지 실비아를 떠나보내기 전에 알고 싶은 마음이 간절했다. 그래서 실비아를 그들 중 몇 명에게 보내보기로 결심했다. 요정은 어느 날 나비들이 끄는 마차를 한 대 준비해 놓고 말했다. "실비아야, 난 널 아이리스가 살고 있는 궁전에 보내려고 한다. 그 앤 나를 봐서라도 널 다정하게 맞이해 줄 거야. 두 달 후에 내게로 돌아와서 그 앨 보고 느낀 점을 말해다오."

실비아는 떠나는 것이 못내 아쉬웠지만, 요정이 원하기 때문에 아무 말도 하지 않았다. 그 후 두 달이 지나자 그녀는 즐겁게 나비마차에 다시 올라탈 수 있었다. 하지만 꽃의 요정에게 돌아오는 길은 몸보다는 마음이 더 앞섰다. 마침내 그들이 서로를 다시 만나게 되었을 때, 꽃의 요정도 실비아 못지않게 재회를 기뻐했다.

“자, 아가.” 그동안 있었던 일을 말해보아라.” 요정이 말했다.

실비아가 대답했다. “요정님은 저를 아름다움을 선물로 받은 아이리스가 사는 궁전으로 보내셨어요. 하지만 그녀는 자신의 아름다움이 요정님이 주신 선물이라는 말은 아무에게도 하지 않았어요. 이따금 요정님이 친절한 분이라는 말은 했지만요. 처음 보았을 때 저 까지도 매혹시킨 그녀의 뛰어난 아름다움이 나중에는 오히려 그녀가 받은 다른 선물과 재능을 쓸 필요가 없게 만드는 것 같았어요. 그녀는 자신의 모습을 보여주는 것만으로도 자신이 해야 할 몫을 이미 다 한 것이라고 생각하는 것 같았어요. 불행히도 그녀는 제가 그곳에 있는 동안 몹시 아픈 적이 있었는데, 곧 회복하기는 했지만 그것으로 인해 그녀의 아름다움은 완전히 사라져버리게 되었어요. 이이리스는 자신의 모습을 보는 것조차 혐오하게 되었고, 결국 깊은 절망에 빠지게 되었어요. 그녀는 제게 요정님께 자기에게 일어난 일을 설명해드리고 자신을 딱하게 여기신다면 예전과 같은 아름다움을 회복시켜 달라는 부탁을 해달라고 간청했어요. 사실 그녀에겐 아름다움이 꼭 필요하긴 해요. 왜냐하면 그녀의 마음속에 남아 있던 괜찮은 것과 좋은 것들은 그녀가 예뻤을 때는 무시할 수도 있는 것들이었지만, 얼굴이 보기 흉하게 된 지금엔 그것들이 시급히 필요한데 너무도 오랫동안 사용하지 않아서 이제는 아름다운 마음이나 타고난 총명함이 조금이라도 남아있는 것인지 의심까지 들 지경이니까요. 아이리스도 이 사실을 잘 알고 있어요. 아마 요정님은 그녀가 지금은 얼마나 불행하게 되었는지, 그녀에게 지금 요정님의 도움이 얼마만큼 필요한지를 잘 아실 거예요."

"그래, 넌 내가 알고 싶은 것을 말해 주었다. 하지만 아! 난 그 애를 도울 수 없구나. 난 선물을 오직 한 번밖에는 줄 수가 없단다." 요정은 소리를 높여 말했다.

꽃 요정의 궁전에서는 평소와 다름없는 즐거운 시간이 지속되었는데, 얼마가 지나자 요정은 실비아를 다시 불러 다프네 공주와 얼마 동안 함께 머무는 문제를 논의했다. 논의가 끝나자마자 나비들은 순식간에 공주를 이상한 왕국에다 데려다놓았다. 하지만 그녀는 얼마 지나지 않아 떠돌이 나비들을 통해서 예정된 날짜보다 훨씬 더 빨리 자신을 데려가 달라는 메시지를 요정에게 보냈다.

"아, 요정님! 도대체 절 어디다 보내셨던 거예요." 그녀는 큰 소리로 말했다.

"왜, 무슨 일이야? 다프네는 선물로 뛰어난 말재주를 요구한 아이 중 하나였는데, 내 기억이 맞는다면 말이다." 요정이 물었다.

"그런데 그녀에겐 그 말재주가 아주 나쁜 것이 되었어요. 물론 그녀는 말을 잘하고, 또 그 말에 맞게 표정을 잘 짓는 건 사실이에요. 하지만 그녀는 한시도 말을 중단하는 적이 없어요. 듣는 사람은 처음엔 즐겁지만, 나중엔 지루해 죽을 지경이 되지요. 무엇보다도 그녀는 왕국의 일들을 논의하기 위한 회의를 즐기는데, 그럴 경우에 그녀는 그 누구의 제지도 받지 않고 끊임없이 말을 해요. 심지어 회의가 끝났다 싶을 때에도 안건이 무엇이든 또 다른 말을 하기 시작하지요. 오! 그곳을 떠나 이런 말씀을 드리게 된 것이 얼마나 다행인지 몰라요."

요정은 실비아가 마지막으로 경험한 것에 대해 아무런 꾸밈도 없이 혐오감을 직접적으로 드러내는 것을 보고는 빙그레 웃었다. 그녀는 실비아에게 잠시 회복할 시간을 주고는 그녀를 다시 신시아 공주가 있는 궁전으로 보냈고, 그곳에서 그녀는 3개월을 머물렀다. 정해진 기간이 다되자 실비아는 친한 친구가 옆에 있을 때 느끼는 감정처럼 즐겁고 만족스러운 기분으로 요정에게 돌아왔다. 요정은 항상 그랬듯이 사랑스러운 태도 때문에 즐거움을 선물로 준 신시아에 대해 실비아가 어떻게 생각하는지를 듣고 싶어 했다.

"처음에 제 생각은," 실비아가 입을 떼었다. "그녀가 세상에서 가장 행복할 줄 알았어요. 그녀는 자기를 즐겁게 하고 만족시키기 위해 앞 다투며 경쟁하는 수많은 애인들에게 둘러싸여 있었으니까요. 그래서 저도 사실은 그녀와 비슷한 선물을 부탁해볼까도 생각했어요."

"그런데 마음을 바꾸었단 말이지?" 요정은 중간에 끼어들었다.

"예, 그래요. 요정님, 그곳에 머물면 머물수록 전 신시아가 진정으로 행복한 것은 아니라는 생각이 들었어요. 그녀는 모두를 기쁘게 하기 위해서 진지함은 버리고 아첨꾼으로 전락했어요. 그리고 심지어는 그녀의 애인들조차 주변에 있는 누구나에게 베풀어주는 그녀의 차별 없고 애교 섞인 말들이 실제로는 아무런 가치도 없는 것이라고 느끼고 있었어요. 그래서 그들은 그러한 말에는 감흥도 전혀 느끼지 못하다가 결국엔 욕을 하면서 그녀의 곁을 떠나가 버렸어요.

"얘야, 네가 대견한 말을 하는구나. 얼마 간 이곳에 있다가 필리다에게

보내줄게." 요정이 말했다

실비아는 생각할 여유가 생겨서 기뻤다. 왜냐하면 아직까지 무엇을 요구할지 생각할 겨를도 없이 결정할 시간이 다가오고 있었기 때문이었다. 얼마 후 요정은 그녀를 필리다에게 보냈는데, 이번에도 그녀는 실비아가 보고 느낀 것을 자기에게 솔직하게 보고해 주길 기대했다.

"전 그녀의 궁전에 안전하게 도착했어요. 그녀는 저를 매우 친절하게 맞이해 주었고, 곧 요정님께서 선물로 주신 뛰어난 위트를 제게도 발휘하기 시작했어요. 고백하건데, 처음엔 그 위트에 너무도 감명을 받아 일주일 동안은 더할 나위 없이 좋았어요. 시간은 마술처럼 흘러갔고, 그녀와 함께 있는 것이 너무도 매력적이었어요. 하지만 전 결국 그동안 보아왔던 그 어떤 것보다도 더 탐이 났던 바로 그 선물을 포기하게 되었는데, 그것은 즐거움만을 목적으로 하는 것들이 다 그런 것처럼, 진정한 만족을 주지는 못했기 때문이에요. 시간이 지나면서 전 처음에 기쁨을 줬던 바로 그 위트에 점차 지루함을 느끼게 되었어요. 그건 때때로 제가 고약한 생각이 들지 않고 언제나 총명하고 즐거운 상태로 지낸다는 것과 모든 일들, 심지어는 가장 심각한 일조차도 언제나 단순히 재치 있는 농담으로 넘긴다는 것이 불가능함을 인식한 후부터 그랬던 것 같아요." 실비아가 보고했다.

요정은 마음속으로 실비아가 내린 결론에 동의하고, 그녀가 그렇게 잘 자란 것에 대해 뿌듯함을 느꼈다. 하지만 이제 실비아가 선물을 받을 시간이 되자 그녀의 친구들이 몰려들기 시작했다. 요정은 그들이 모여 있는 중간에 서서 평소와 같은 태도로 그녀에게 큰 세상에 나가기 전에 원하는 것이 무엇인지를 물었다.

실비아는 잠시 멈칫거리다 대답했다. "평온한 정신입니다." 그러자 요정은 그녀의 청을 들어주었다.

귀중한 선물은 그것을 지닌 사람과 또 그들을 만난 모든 사람들의 인생을 언제나 행복하게 만들어 준다. 실비아는 사랑스런 얼굴에 부드러움과 온화함이라는 아름다움을 더하게 되었다. 그리고 때때로 슬프거나 걱정할 일이 생겨서 얼굴의 사랑스러움이 다소 감소될 때에도, 그녀가 듣는 가장 거친 말이래야 결국은 사소한 것에 지나지 않았다.

"실비아의 사랑스런 얼굴이 오늘은 창백한 걸, 보기에 안됐어."

그리고 이와는 반대로 그녀가 쾌활하고 즐거울 때에는 그녀에게서 풍겨 나오는 햇살 같은 기운이 그녀의 주변에서 행복해 하는 모든 이들을 기쁘게 만들어 주었다.

프랑스

꼼뜨 드 까이뤼즈 Comte de Caylus.

나르키소스 왕자와 포텐틸라 공주

Prince Narcissus and the Princess Potentilla

옛날 옛날에 왕과 왕비가 살았는데, 그들의 취향과 취미는 오늘날의 사람들과 별반 다를 것이 없었다. 네잎클로버라고 불리는 왕은 세상 무엇보다도 사냥을 좋아했다. 그는 왕국에다가는 자신이 할 수 있는 만큼의 관심은 늘 기울이고 있었는데, 실제로 그는 국가의 공문서를 펼치고 접는 일에는 한 순간도 게을리 하지 않았다. 왕비의 경우를 말하자면, 그녀는 한 때 정말로 아름다웠지만 아직까지도 자신이 아름답다고 믿고 싶어 했다. 사실 그렇게 믿는 것이 왕비들에겐 위안이 되기도 한다. 그녀의 이름은 프리볼라였고, 그녀가 인생에서 추구하는 유일한 낙은 즐겁게 지내는 것뿐이었다. 그녀는 무도회, 가면무도회, 야유회를 끊임없이 계획하면서 행사에 어김없이 참석했다. 이런 상황에서라면 왕국이 소홀이 관리되는 것은 자명한 이치였다. 실제로 누구든 도시와 지방을 좋아하는 사람이라면 그것을 통치하고 관리하는데 최선을 다하겠지만, 이들처럼 왕이 말과 사냥개를 갖고 있고 왕비가 악단과 배우들을 거느리고 있는 경우라면, 그러한 일에는 더 이상 신경을 쓰지 않는 법이다. 네잎클로버 왕과 프리볼라 왕비에게는 공주가 한 명 태어났는데, 그 아이는 갓난아기 때부터 아름다움이 출중해서 그녀가 네 살이 되었을 무렵엔 왕비조차도 딸을 질투하기 시작했다. 왕비는 공주가 성장하면 사람들이 자신보다도 그녀를 더 선망의 대상으로 여길 것을 끊임없이 두려워했고, 결국 그녀는 공주를 눈에 띄지 않는 곳에 가두기로 결심했다. 왕비는 궁전정원 너머에서 그리 멀지 않은 강둑 위에다 작은 집을 지었다. 그 집은 높은 담장으로 둘러싸여 있었는데, 매력적인 포텐틸라 공주는 그 안에 감금되었다. 그녀는 벙어리인 유모에게 보살핌을 받았고, 생활필수품은 담장에 나있는 작은 창문을 통해 전해졌다. 담장주변엔 경비병들이 빙 둘러 지키고 있었는데, 그들은 누구든 가까이 오려는 자가 있으면 그 자리에서 목을 치라는 명을 받았다. 그리고 그런 일이 생길 때면, 그들은 더 생각할 것도 없이 곧바로 명령대로 실행했다. 왕비는 거짓으로 슬픈 표정을 짓고는 모든 사람들에게 공주가 너무도 못생긴데다가 골치 아픈 일만을 일으켜 어느 누구도 그녀를 사랑할 수 없기에 그녀를 눈에 띄지 않는 곳에 가둬 놓는 것만이 그녀를 위한 유일한 방법이라고 말했다. 그리고 이런 이야기가 끊임없이 반복되자 마침내 궁전에 있는 사람들은 모두 다 그렇게 믿게 되었다. 그런 상태 속에서 공주는 어느덧 15세가 되었는데, 그 무렵 수선화란 의미의 나르키소스 왕자는 프리볼라 왕비가 개최하는 흥겨운 행사에 흥미를 느껴 그녀의 궁전으로 오게 되었다. 그는 공주보다 나이가 약간 위였으며 생김새는 뛰어난 편이었고 성격도 나이에 비해서는 차분했다. 그의 부모님들은 언젠가 이야기 속에서 들게 될 이름 있는 왕과 왕비였다. 그들은 거의 비슷한 시기에 죽었고 자신들의 왕국은 맏이에게 물려주었으며, 막내아들인 나르키소스 왕자는 멜리네트 요정에게 돌보도록 했다. 이렇게 한 것은 그에게는 아주 잘 된 일이었다. 멜리네트 요정은 강력한 힘을 지녔고 친절했으며 그가 배워서 유익한 일이라면 그것이 요정들 사이에서만 전승되어 내려오는 지식이라 하더라도 가르쳐주는 데 최선을 다했기 때문이었다. 요정은 그가 어른으로 성장하자 그를 곧바로 혼자서 세상을 경험하도록 바깥으로 내보냈다. 그러면서도 요정은 그가 도움이 필요할 때면 언제라도 도와주기 위하여 비밀리에 그를 지켜보고 있었다. 그가 출발하기에 앞서 요정은 왕자에게 손에 끼기만 하면 모습을 보이지 않게 하는 반지를 하나 주었다. 물론 이 반지를 직접 본 사람들은 거의 없겠지만, 대개는 그것에 대해 많이 들어보았을 만큼 흔한 것처럼 보인다. 왕자가 프리볼라 왕비의 궁전에 오게 된 때는 그가 이처럼 세상에 대한 경험을 쌓으면서 이곳저곳을 떠돌아다니던 중이었고, 그는 궁전에서 아주 극진한 환대를 받았다. 왕비는 그를 반갑게 맞았고 궁에 있는 다른 숙녀들도 그랬다. 그리고 왕은 궁전의 모든 사람들이 왜 그에 대해서 그렇게 야단법석을 떠는지는 의아해했지만, 그 역시 왕자에게는 예의를 갖춰 대했다.

나르키소스 왕자는 이 모든 상황을 즐겼고 시간은 유쾌하게 흘러갔다. 얼마 안 있어 그는 포텐틸라 공주에 관한 이야기를 들었는데, 그동안 공주에 대한 이야기는 수없이 많이 반복되었을 뿐 아니라 이곳저곳 옮겨가면서 더 많은 소문들이 첨가되었기 때문에, 왕자가 이야기를 듣게 되었을 즈음엔 그녀의 모습은 이미 추악한 괴물이 되어 있었다. 소문을 들은 왕자는 공주를 보고 싶은 호기심이 생겨 반지가 지닌 마법의 힘을 빌려보기로 했다. 반지를 이용해서 그는 자신의 모습을 숨길 수 있었고, 경비병들에게 들키지 않고 그들 앞을 지나갈 수 있었다. 담장을 오르는 일은 다소 힘겨웠으나 그곳을 넘어 안으로 들어서자 왕자는 그 안의 작은 공간이 평화롭고 아름다워서 마음에 들었다. 그리고 호리호리하고 사랑스러운 아가씨가 꽃밭을 걸어 다니는 모습을 보고는 크게 놀랐다. 왕자는 상상하고 있던 괴물을 한참이나 헛되이 찾아다닌 후에야 말로만 듣던 그 괴물이 바로 공주였다는 사실을 알게 되었다. 그리고 왕자는 이미 그녀를 사랑하게 되었다. 그녀가 개울가에 앉아 물망초 화관을 엮어 황금빛 머리위에 쓰고 있는 모습은 세상 누구보다도 더 아름다웠다. 그리고 그녀가 갇혀있는 작은 왕국엔 그녀를 사랑해서 모여든 수많은 새들과 산짐승들이 있었는데, 그녀가 그들을 돌보고 있는 모습을 보는 것보다 더 다정함을 주는 것은 세상 어디에도 없을 것이다. 나르키소스 왕자는 그녀의 모습을 세심하게 지켜보면서 황홀한 꿈에 젖어 그녀의 곁을 떠날 줄을 몰랐다. 그러면서도 그는 그녀에게 당당하게 다가가 자신의 모습을 보여줄 만큼 담대하지는 못했다. 저녁이 되어 유모가 공주를 데려가자 왕자는 자기가 없어진 것을 알면 자기를 찾기 위해 누군가가 이곳으로 올수도 있다는 생각이 들어 프리볼라의 궁전

으로 서둘러 돌아가기로 했다. 하지만 매사에 활발하고 적극적이던 사람이 갑자기 꿈을 꾸듯 멍하고 넋이 나간 상태로 사람들 앞에 돌아가는 것이야말로 큰 의심을 불러일으킬 수도 있다는 사실을 그는 까맣게 잊고 있었다. 더군다나 그가 애인이 있느냐는 농담을 받고 얼굴을 붉히며 난감해하는 태도를 취하자, 궁전의 여인들은 그가 필시 누군가에게 마음을 빼앗긴 것이라고 확신하고 온갖 방법을 동원해 그녀의 정체를 밝혀내려 했다. 왕자는 하루하루 시간이 지날수록 포텐틸라를 그리워하는 마음이 쌓여갔다. 왕자는 그녀를 돌봐주기로 결심하고 자신의 모습을 숨긴 채 공주가 하는 일을 도와주었다. 그는 공주를 즐겁게 하거나 기쁘게 하는 일이면 무엇이든 해 주었다. 그러자 조용했던 생활에 작은 변화가 일어나고 있는 것을 공주도 점차 알게 되었고, 왕자가 그녀가 다니는 길목에 가져다 놓은 갖가지 작은 보물을 찾을 때면 언제나 즐거워했다. 나르키소스는 헌신적인 친구인 멜리네트에게 자신의 모습을 공주의 꿈에 자주 보이게 해서 그가 조만간 그녀 앞에 나타났을 때 그녀가 자기를 친구처럼 느끼도록 해 달라고 졸랐다. 이 전략은 큰 성공을 거두어서 공주는 그가 나타나는 즐거운 꿈을 꾸지 않으면 오히려 불안했다. 꿈속에서 나르키소스 왕자는 기쁨을 주는 애인이자 동료였다. 그 후 왕자는 그녀에게 차츰차츰 다가갔고, 마침내 그녀와 오랫동안 걸으며 이야기를 나누었다. 물론 이 때에도 자신의 모습을 보여주지 않았는데, 얼마 후 공주가 그에게 모습을 보여줄 것을 간절히 요구하자 왕자는 자신의 모습이 어떻든 변함없이 사랑해 주겠다는 약속을 먼저 받아낸 후 반지를 빼고 자신의 모습을 보여주었다. 공주는 그동안 다정하게 말을 했던 그가 외모까지도 잘생긴 것을 보고는 뛸 듯이 기뻐했다. 그렇게 해서 그들은 둘 다 똑같이 행복해했다. 그들은 여름의 긴 하루를 포텐틸라가 즐겨 찾는 개울가에서 보냈는데, 어느 덧 나르키소스 왕자가 돌아갈 때가 되자 그 둘은 함께 했던 시간이 너무도 빨리 지나간 듯 느껴졌다. 어느 날 공주는 즐거워하는 왕자의 모습을 꿈꾸며 늘 기다리던 곳에서 그를 기다리고 있었다. 그런데 한 순간 그녀는 불길한 일이 닥칠 것 같은 예감이 들었다. 바로 그 때 진동과 먼지를 일으키며 지나가던 마법사 그루메단이 불행하게도 공주를 보게 되었다. 그는 곧바로 땅위로 내려와 포텐틸라 앞에 섰다. 그루메단은 그녀의 매혹적인 푸른 눈과 미소 짓는 입술을 보는 순간 형편없는 망토를 걸친 자신의 모습은 아랑곳하지 않은 채 그녀 앞에 나타났다. 공주는 갑작스럽게 나타난 마법사를 보자 공포에 젖어 비명을 지르면서 한걸음 뒤로 물러났는데, 그의 모습은 정말로 형편없었다. 마법사는 덩치가 너무 컸을 뿐만 아니라 몸짓도 어색했다. 눈은 하나밖에 없었고 이빨은 너무 길었다. 거기에다 그는 말을 할 때면 심각하게 더듬거렸다. 그럼에도 그는 자신을 과대평가하는 착각에 빠져 있었는데,

그 때문에 공주가 놀라서 지르는 비명을 마치 자기가 좋아서 지르는 감탄의 소리로 착각했다. 그는 얼마동안 공주가 자신의 모습을 음미하도록 한 후에 머릿속에서 짜낼 수 있는 온갖 찬사의 말을 늘어놓았다. 하지만 그러한 찬사도 결코 그녀를 즐겁게 만들진 못했다. 그런데도 그는 자기 말에 스스로 도취되어 혼자서 즐거워하였다. 그러한 모습을 지켜본 포텐틸라는 몸서리를 치면서 울부짖을 뿐이었다.

"오! 내 사랑 나르키소스, 대체 어디에 있는 거예요?"

그 말은 들은 마법사는 낄낄낄 웃으면서 말했다. "아가씨, 나르키소스를 찾고 있나? 음, 주변에 널린 것이 수선화잖아. 원하는 만큼 가져보라고."

마법사가 지팡이를 흔들자 공주는 향기로운 꽃들로 둘러싸였고 허리까지 파묻히었다. 공주는 이 꽃들은 자기가 원하는 수선화, 즉 나르키소스가 아니라는 것을 표현했는데, 그들의 대화를 긴장하며 듣고 있던 멜리네트 요정은 지금이야말로 자신이 나설 때라고 생각했다. 요정은 왕자의 목소리를 흉내 내어 포텐틸라의 귀에 대고 속삭였다.

"우린 커다란 위험에 처해 있어요. 하지만 내가 두려워하는 것은 당신 때문이에요, 내 사랑하는 공주님. 그러니 당신의 감정을 숨기세요. 그러면 반드시 궁지에서 벗어날 방법이 있을 거예요."

공주는 그 말을 듣자 크게 당혹해하면서 마법사가 혹시 그 속삭임의 소리를 듣지나 않았을까 걱정했다. 하지만 그는 큰 소리로 그녀에게 꽃을 보라고 말하면서 꽃을 안겨준 자신에 대해 만족하며 웃고 있었기 때문에, 공주가 자신이 좋아하는 것은 그 꽃이 아니고 그것을 다 치워버렸으면 좋겠다고 했던 냉정한 말을 그저 스쳐가는 바람소리 정도로만 인식했다. 마법사는 공주에게 자기가 해준 것에 대한 보답으로 손에 입맞춤을 허락해 줄 것을 요청했다. 그러나 멜리네트 요정은 그 같은 짓을 절대로 허락하지 않았다. 요정은 그 순간 화려하게 치장을 한 상태로 나타나 마법사를 향해 큰 소리로 말했다.

"멈추어라, 그루메단. 이 공주는 내 보호를 받고 있다. 조금이라도 무례하게 굴면, 넌 앞으로 1000년 동안 갇혀 지내게 될 것이다. 만약 네가 정상적인 방법으로 포텐틸라의 마음을 얻는다면, 나도 반대하진 못한다. 하지만 네가 만약 간교한 속임수를 쓰려든다면 널 용서하지 않을 것이다."

이러한 경고는 마법사들이 가장 싫어하는 것이었다. 하지만 그루메단은 자기 맘에는 들지 않았지만 그 말을 따르지 않을 수 없다는 것과 앞으로는 올바르게 행동해야 하며 공주를 위해 세심하게 배려하지 않으면 안 된다는 것을 알고 있었다. 그러나 그는 그렇게 아름다운 미인을 얻을 수만 있다면 그 정도의 경고는 받아들일 가치가 있다고 생각했다. 멜리네트는 이제 공주를 내버려 두어도 안심할 수 있다는 느낌이 들자 나르키소스 왕자에게 지금의 일을 알려주기 위해 서둘러 그곳으로 떠났다. 왕자는 마법사가 사랑의 경쟁자로 나서게 되었다는 말을 듣고 몹시 분개했는데, 그곳에서 멜리네트가 그를 진정시키지 않았다면 그는 어쩌면 바보 같은 짓을 저질렀을지도 모른다. 그녀는 마법사인 그루메단의 힘이 얼마나 센지와 그가 화가 날 경우엔 공주에게 보복을 할 수도 있다는 점을 그에게 알려주었다. 요정은 그루메단이 모든 마법사 중에서도 가장 야비할 뿐만 아니라 이전에도 잘못을 저질러 요정여왕에게 처벌을 받은 적이 있다는 설명도 해 주었다. 한 때 그는 나무속에 감금된 적이 있었는데, 사나운 바람이 불어 나무가 쓰러졌을 때에야 풀려날 수 있었다. 그리고 또 한 번은 강 밑바닥에 있는 커다란 바위 밑에 깔리는 벌을 받은 적도 있었는데, 우연히 그 돌이 뒤집혀 나오게 된 경우도 있었다. 하지만 그렇게 해서 풀려났다는 그의 말의 진위는 확인할 길이 없었다. 이런 이유 때문에 요정은 나르키소스에게 공주와 함께 있는 동안은 자신의 모습을 감추고 있으라고 당부했다. 그렇게 하는 것이 그 둘의 관계를 유지시키는데 더 바람직하다고 생각했기 때문이었다. 그렇게 해서 누가 더 공주를 즐겁게 만들 수 있으며 그녀의 마음을 움직여서 공주에게서 결혼승낙을 얻어낼 수 있는가를 놓고 그루메단과 멜리네트라는 이름을 빌린 왕자사이의 결투가 시작되었다. 나르키소스 왕자는 먼저 포텐틸라의 영역에 있는 모든 새들과 친구가 되어 그들에게 공주의 이름과 공주에 대한 찬사를 달콤한 음조와 감동적인 멜로디로 노래하도록 가르쳤다. 그래서 그 새들은 온종일 왕자가 그녀를 얼마나 사랑하는가를 노래했다. 그러자 그루메단은 세상이 생긴 이래로 새들은 노래를 해왔으며, 연인들은 새들의 노래를 듣고 너나없이 모두 다 자신들을 위한 노래로 생각할 것이기 때문에, 그들에게 노래를 가르친 것은 특별한 일이 아니라고 주장했다. 그러면서 그는 자신은 고귀하고 충분히 들을만한 가치가 있는 오페라를 작곡할 것이라고 말했다. 마법사가 자신의 장기를 뽐낼 시간이 되었을 때, 공주는 만 마리의 개구리들이 5시간 동안 악을 쓰며 지루하게 부른 아무런 의미도 없는 소위 그의 '오페라'를 듣고는 몹시 당혹해했다.

"흠모할 만한 포텐틸라, 당신은 아나요,
이렇게 갑자기 당신의 눈으로
불쌍한 마법사를 죽이는 것이
친절한 일인지, 현명한 일인지를?"

정말 그랬다. 만약 나르키소스가 공주의 귀에다 대고 그녀를 위로하는 말을 하지 않았다면, 가엾은 포텐틸라는 분명히 견디기 어려웠을 것이다. 왜냐하면 그 터무니없는 가사는 처음 얼마동안은 그녀를 재미있게 했지만, 시간이 지나면서 그녀를 지루해 죽을 지경으로 만들어 놓았기 때문이었다. 다행이도 그루메단은 공주에게 왕자가 하는 말을 알아채지 못했는데, 그것은 그가 개구리들을 채찍질하는데 너무나도 몰두하고 있었기 때문이었다. 그는 개구리들을 한 순간도 멈추지 않게 몰아쳤고, 그 때문에 그 중 상당수는 불행한 죽음을 맞았다. 포텐틸라를 즐겁게 해주기 위해 고안한 왕자의 다음 번 아이디어는 역사책에 나오듯이 클레오파트라의 함대를 작게 만들어 그들이 작은 강을 거슬러 올라오게 하는 것이었다. 이들 함대에서 가장 화려한 장식을 하고 있는 것은 바로 '클레오파트라 여왕'이었는데, 그녀는 포텐틸라가 넋을 잃고 바라보고 있는 동안 위엄을 갖추고 물가로 다가와 그녀의 대표적인 장식물인 진주를 공주에게 주면서 말했다.

"그대는 내가 그 나이였을 때보다도 더욱 아름답소. 부디 내 경우를 거울삼아 그대의 아름다움을 잘 선용하길 바라오!"

그 말을 남기고 작게 만들어진 함대는 다시 출항을 시작했고, 굽이진 강을 돌아 사라져갔다.

그루메단 역시 그 광경을 보고 있다가 경멸적으로 말했다.

"난 이러한 꼭두각시놀이가 재미있다고는 생각지 않아. 겨우 진주 한 개 때문에 그렇게 난리법석을 떨다니! 하지만 당신이 진주를 좋아한다면, 아가씨, 내 만족시켜 주리다."

그렇게 말하면서 그는 호주머니에서 호각을 꺼내어 불었다. 그러자 공주는 갑자기 강물이 거품을 일으키며 흙탕물로 변하면서 수십만 마리의 굴들이 느리지만 줄기차게 밖으로 기어 나와 몸속에 있는 진주를 꺼내 놓는 것을 보았다.

"이쯤은 되어야 진주라고 말할 수 있지." 그루메단은 만족스러워 하면서 큰 소리로 말했다. 실제로 그것들은 포텐틸라의 집 정원을 다 깔고도 남을 수 있는 엄청난 양의 진주였다. 다음 날이 되자 나르키소스 왕자는 공주를 즐겁게 해 주기 위해 잎이 많은 나뭇가지로 만든 나무그늘과 이끼로 된 의자 그리고 풀밭과 화환을 사방에 만들어 놓았고, 그곳에다가는 여러 가지 다양한 색상으로 그녀의 이름도 써 넣었다. 거기에다 그는 맛있는 진수성찬도 차려놓았는데, 보이지 않게 숨어 있는 음악가들은 부드러운 연주를 하고 있었고 은빛 분수는 대리석 바닥 위로 철썩이며 물을 떨어뜨리고 있었다. 그러다가 음악이 멈추자 나이팅게일 한 마리가 감미로운 노래를 부르면서 고요한 정적을 깨뜨렸다.

그 목소리의 주인공을 알아본 공주는 "아!"하고 외쳤다. "필로멜, 나의 달콤한 친구야. 누가 그 노래를 가르쳐주었단 말이니?"

그러자 그가 대답했다. "사랑해요, 공주님."

한편 마법사는 그 오락을 보면서 무척 언짢아했다. 그래서 그는 그 오락이 따분하다고 주장했다.

"당신은 작은 새들을 짹짹거리게 하는 것 외엔 아무것도 생각할 줄 아는게 없는 것 같소! 쥐꼬리만큼 음식을 담아놓고 연회를 베풀고 있다고 하니 말이오!" 그가 말했다.

그 일이 있은 다음 날 공주가 밖으로 나와 정원에 들어섰을 때, 그곳엔 순금으로 된 벽의 안팎으로 그녀와 마법사의 이니셜이 함께 어우러져 새겨져 있는 여름별장이 한 채 서 있었다. 그리고 집안에는 엄청난 식사가 마련되어 있었는데, 그것이 놓인 식탁 위엔 황금으로 된 잔과 접시, 포도주병과 갖가지 요리, 크고 작은 촛대와 그 외에 수백 가지가 더 준비되어 있었기 때문에 그것들은 한 눈에 보는 것조차 불가능했다. 마법사는 여섯 명의 사람을 한꺼번에 먹는다는 도깨비들처럼 게걸스럽게 먹어댄 반면, 공주는 음식을 입에도 대지 않았다. 그루메단은 싱긋이 웃으면서 말을 건넸다.

"난 음악가도 가수도 준비하지 않았소. 하지만 그대가 음악을 좋아한다면야 내가 직접 불러 주겠소." 그러면서 그는 부엉이 같은 목소리로 자신만의 '오페라'를 노래하기 시작했는데, 그래도 이번에는 지루할 만큼 길지는 않았고 개구리들의 합창도 없어서 전보다는 나은 편이었다. 마법사가 준비한 차례가 끝나자 왕자는 친구인 새들에게 또 다시 도움을 청했는데, 사방에서 새들이 모여들자 그는 화려한 색상의 눈부신 램프들을 각 새들의 목에다가 매달아주었다. 어둠이 내리자 그는 새들에게 기쁨에 들떠있는 포텐틸라 앞에서 그들의 재주를 마음껏 부리도록 했다. 그녀는 새들이 어두운 나무를 배경으로 달고 있는 램프의 반짝이는 불빛을 발산시켜 자신의 이름을 만든 다음 떼를 지어 모여들면서 여러 가지 색상의 생화처럼 보이는 꽃다발을 만들자 감격에 겨운 나머지 작은 손으로 열심히 손뼉을 쳤다. 안락의자에 앉아서 다리를 꼰 채 몸을 기대고 있던 그루메단은 고개를 쳐들고는 경멸스럽게 바라보았다.

"오! 공주, 당신이 불꽃놀이를 좋아한다면야." 그는 말했다. 다음 날 그 지방에 있는 모든 도깨비들은 벌판으로 몰려와 춤을 추었는데, 그 모습은 공주의 창문에서도 훤히 보였다. 공주는 그 광경을 보고 처음 얼마동안은 재미있어했지만, 무시무시한 화산과 같은 폭발이 일어난 후에 연기와 불꽃이 하늘로 치솟자 갑자기 무서운 생각이 들기 시작했다. 하지만 마법사는

그녀의 놀란 모습에 오히려 짜릿한 즐거움을 맛보았는데, 만족하며 웃는 그의 웃음소리는 한 무리의 늑대들이 뒤엉켜 싸우는 소리처럼 들렸다. 광란의 시간이 지나자 도깨비들은 포텐틸라의 정원으로 떼를 지어 몰려들면서 주목나무에 불을 지르며 미뉴에트 풍의 춤을 추기 시작했다. 그들의 광분에 지친 공주는 그날 밤은 더 이상 보고 싶지가 않으니 멈추어 달라고 간청했다. 그러자 역겹게 생긴 그 늙은 마법사는 자신에게 최대한 예의를 갖추려는 포텐틸라의 노력에도 불구하고 자기가 그녀를 즐겁게 만들지 못했다는 점을 직감하고는 그녀에겐 분명 사랑하는 누군가가 있으며 지금까지 그녀를 위해 벌인 축제 또한 멜리네트가 아닌 다른 누군가가 주도했으리라는 의심을 하기에 이르렀다. 그는 한참을 고심한 끝에 진실을 밝혀내기 위한 계획을 짰다. 그는 갑자기 공주에게 다가가 자기가 뜻하지 않게 떠날 수밖에 없는 입장이 되어 작별인사를 하러 왔다고 말했다. 포텐틸라는 그 말을 듣고는 자신도 모르게 기뻐하는 모습을 보이면서 그가 등을 보이기가 무섭게 나르키소스 왕자에게 자기 앞에 나타나도록 간청했다. 걱정과 고민 때문에 수척해 있던 가엾은 왕자는 그녀의 말을 듣자 너무도 기쁜 나머지 덥석 그녀의 말을 따랐다. 그들은 서로에 대한 열광적인 사랑을 확인한 후에 나란히 앉아 그간에 하지 못한 이야기들을 다정하게 나누었다. 그런데 그들이 내기에서 패한 마법사가 떠난 것을 즐겁게 얘기하는 순간, 분노를 이기지 못한 그가 잡목 숲에서 튀어 나왔다. 그는 커다란 곤봉으로 나르키소스를 내려치려 했는데, 때마침 그곳에 나타나 그에게서 곤봉을 낚아채면서 번개 같은 속도로 그를 성안으로 밀어 넣은 멜리네트 요정의 능숙함이 없었더라면 왕자는 죽었을지도 모른다. 그러나 가엾은 포텐틸라는 이 장면은 보지 못한 채 마법사가 자신의 사랑하는 왕자를 공격하는 모습만 보고 날카로운 비명을 지르면서 정신을 잃고 쓰러졌다. 공주는 정신을 차린 후에 멜리네트조차 보이지 않자, 이제는 그 추악한 늙은 마법사에게서 자신을 지켜줄 사람이 하나도 없다는 절망감에 빠졌고 왕자의 죽음도 더욱더 확신했다.

그녀를 더 큰 절망에 빠뜨린 것은 그곳에 있던 마법사가 고약한 성질을 부리면서 전보다도 더 위협적인 화풀이를 해댄 것이었다.

"핵심을 말해주지. 공주. 내 채찍을 잡아채간 그 놈의 왕자를 네가 사랑하든 그렇지 않든 그건 더 이상 중요하지 않게 되었다. 넌 나와 결혼하게 될 것이니까, 마음의 준비를 해 두는 편이 좋을 거야. 난 지금 당장 결혼식을 준비하러 가야겠다. 그리고 내가 없는 동안 허튼 짓을 못하도록 널 잠들어 있게 하겠다." 이렇게 그는 말했다.

그는 지팡이를 들어 그녀의 머리위로 흔들었다. 그러자 그녀는 온갖 저항에도 불구하고 결국 꿈도 꾸지 않을 만큼의 깊은 잠 속으로 빠져들게 되었다.

마법사는 먼저 왕의 궁전으로 들어가는 것이 좋다고 생각해 공주가 갇혀 있는 곳에서 나와 거대한 마차에 올라탔다. 마차의 바퀴는 엄청나게 크고 단단했으며, 굴대는 떡갈나무를 통째로 잘라 만든 것처럼 보였는데, 알고 보면 그 모든 것들은 단단한 순금으로 만들어진 것이었다. 그 마차는 마흔 여덟 마리의 힘센 황소들이 어렵게 끌고 있었는데, 마법사는 그 위에서 거대한 곤봉에 몸을 기대어 편안하게 있었고, 무릎 위엔 황갈색의 아프리카사자를 마치 애완용 개처럼 무심히 올려놓고 있었다. 이 굉장한 마차가 궁전의 정문에 도착한 것은 아침 7시 경이었는데, 그 시각 왕은 잠자리에서 일어나 막 사냥을 떠나려던 참이었고, 왕비는 이제 겨우 첫 번째 잠을 넘긴 때였기 때문에 그녀를 잠에서 깨우는 데에는 어느 정도의 모험이 필요했다.

그러한 때에 방문객을 맞아야 한다는 것이 매우 짜증스러웠던 왕은 인상을 팍팍 쓰면서 사냥도구를 다시 내려놓았다. 그러는 사이 마법사는 큰 소리로 외치면서 홀 안을 이리저리 왔다 갔다 하고 있었다.

"왕은 어디에 있는 게요? 왕과 왕비를 보러왔다고 알려라."

꼭대기 층계에 서서 그 소리를 듣고 있던 왕은 그의 말이 매우 무례한 발언이라고 생각했다. 그러나 그는 총애하는 사냥꾼으로부터 의견을 듣고는 그의 조언에 따라 먼저 방문객이 원하는 것이 무엇인지를 알아보려고 아래층으로 내려갔다. 그는 마차를 보고는 기겁을 했는데, 그가 넋을 잃고 있을 때 마법사는 그에게 다가와 소리치듯 말했다.

"악수나 합시다. 네잎클로버 왕이여, 내 오랜 친구여! 날 알아보시겠소?"

"아니, 누군지 잘 모르겠는걸." 왕은 다소 당혹해 하며 대답했다.

"나요 나. 나 마법사 그루메단이오. 그리고 난 당신에게 행운을 주기 위해 왔소. 자 이리 와서 함께 이야기나 좀 나눕시다." 그는 말했다.

그러면서 그는 황소들에게는 가서 각기 볼 일을 보라고 명령했는데, 그것들은 마치 자신들이 수사슴이나 되는 양 다른 곳으로 펄쩍펄쩍 뛰어가버렸다. 그런 후 그가 곤봉을 내리치자 거대한 마차는 산더미만큼의 금화로 변하였다.

"이 금화들은 당신의 신하들 것이오. 그들은 나를 위해 축배를 들것이오." 그는 왕에게 말했다.

신하들 사이에서는 당연히 그것들을 서로 차지하려는 다툼이 생겨났는데, 마침내 그들의 웃음소리와 비명소리는 왕비를 잠에서 깨어나게 하였다. 잠에서 깬 그녀는 시녀들을 불러 소란스런 이유에 대해 물었다. 시녀들은 어떤 방문객이 그녀를 만나기를 원한다는 말을 전했는데, 그들은 한 명 한 명 차례로 번갈아 들어와서는 숨이 찬 목소리로 말을 했지만, 그녀가 알아들을 수 있는 말은 고작 '황소,' '황금,' '곤봉,' '거인,' '사자'와 같은 단편적인 말 뿐이어서, 왕비는 그들이 정신이 나간 것이 아닌가 하고 생각했다. 한편 왕은 그에게 이렇게 불쑥 방문하게 된 목적이 무엇인지를 물었지만, 그는 왕비가 오기 전까지는 말하지 않겠다고 대답하면서, 그녀를 부르기 위해 연달아서 사람들을 보냈다. 그러나 프리볼라 왕비는 그렇게 황망하게 깨어난 것에 기분이 몹시 상했기 때문에, 새끼손가락이 아프다는 핑계를 대면서 오지 않겠다는 전갈을 보냈다.

마법사는 그 말을 듣고도 왕비가 와야 한다는 고집을 꺾지 않았다.

"왕비에게 이 곤봉을 가져다주어라. 그녀에게 가서 곤봉의 끝에다 코를 대고 냄새를 맡으면 몸이 나을 것이라고 전해주거라." 그는 말했다.

그래서 네 명의 힘센 왕의 근위병들은 그것을 비틀대면서 끌고 갔는데, 얼마 동안의 설득을 받은 후 왕비는 신비한 치료요법을 받겠다는데 동의를 했다. 그녀는 냄새를 맡자마자 신기하게도 몸이 완벽하게 회복되었다. 곤봉에서 나는 향기 때문이었는지 아니면 그녀가 그것을 만져서 그런 건지는 알 수 없으나 눈부신 보석들이 소나기처럼 쏟아져 내렸다. 어쨌든 그녀는 낯선 방문객을 빨리 보고 싶은 마음에 서둘러 망토를 걸치고 잠잘 때 쓰는 모자도 벗지 않은 채, 두 번째로 좋은 다이아몬드 왕관을 쓴 다음 양 볼엔 연지를 가볍게 바른 후, 대낮에 사람들 앞에 나서는 것이 익숙하지 않았던 터라 커다란 부채로 코를 가린 다음 종종걸음으로 걸어서 사람들이 기다리고 있는 커다란 중앙 홀로 들어섰다. 마법사는 왕과 왕비가 왕좌에 앉기를 기다렸다가 그들 사이에 자리를 잡고는 엄숙하게 말하기 시작했다.

"내 이름은 구르메단이오. 난 뼈대 있는 집안의 마법사고, 내 힘은 엄청나오. 그럼에도 불구하고, 난 당신들의 딸인 포텐틸라의 매력에 빠졌고, 그녀 없이는 한시도 못 살 것 같소. 그녀는 나르키소스라는 형편없는 애송이를 사랑한다는 착각을 하고 있소. 그래서 난 그 녀석을 가볍게 처리했소. 난 당신들이 내가 그녀와 결혼하는 것에 동의하는지 하지 않는지를 알고 싶지는 않소. 난 그저 관계를 원만히 해야 할 필요가 있는 멜리네트라는 요정 때문에 당신들의 동의가 필요한 것이오."

왕과 왕비는 이 끔찍한 청혼자에게 어떤 대답을 할지 몰라 적지 않게 당황했지만, 그들은 생각해볼 시간을 얼마간 달라는 부탁을 할 수는 있었다. 그러면서 그들은 시간을 달라는 이유에 대해선 전 국민들은 왕위를 물려받을 후계자가 목장에서 젖 짜는 처녀처럼 아무런 생각 없이 결혼하는 것에 반대하기 때문이라는 설명을 추가했다.

"오호! 그렇다면 하루 이틀 시간을 주겠소. 그 동안 당신들의 딸을 보내 주겠소. 여하튼 그녀가 합리적인 판단을 하도록 설득해 주시오."

그 말을 마친 그가 귀가 뚫릴 정도의 째진 소리로 휘파람을 불자 안뜰에서 햇살을 받으며 졸고 있던 덩치 큰 사자가 부드럽고 묵직한 발로 뛰어왔다. "오리온, 가서 공주를 데려 오너라. 자 착하지, 어서 가서 이곳으로 데려 와!" 마법사가 말했다.

이 말을 듣자 오리온은 엄청난 속도로 내달렸고, 눈 깜짝하는 사이 왕의 정원을 벗어나고 있었다. 혼비백산한 경비병들은 좌우측으로 갈라졌고, 사자는 단 번에 담장을 넘어 잠자고 있던 공주를 등에다 태우고 그녀가 떨어지지 않도록 입으로 옷을 물었다. 그런 후 사자는 빠른 걸음으로 총총히 돌아왔는데, 그녀를 데리고 온 시간이 채 5분도 되지 않자 왕과 왕비는 무척 놀랐다.

마법사가 곤봉을 들어 공주의 매력적인 작은 코끝에다 대자 잠에서 깨어난 그녀는 뜻밖의 장소에서 그렇게 혐오하는 그루메단이 옆에 있는 것을 보자 공포의 비명을 질렀다. 그녀 옆에 서 있던 프리볼라는 아름다운 공주를 보자 불쾌감으로 얼굴이 뻣뻣하게 경직되었다. 하지만 그녀는 포텐틸라에게 다가가 마치 진심으로 그녀를 걱정하는 양, 자신의 조용한 거처로 가게 되면 마음이 진정될 것이라고 말했다. 그녀의 진짜 속마음은 공주를 가급적이면 남들 눈에 띄지 않는 곳으로 데려가고 싶은 것이었다. 그래

서 그녀는 공주의 머리위에 베일을 씌우고 그녀를 자신의 거처로 데리고 가서 남들의 눈에 띄지 않도록 가두어 놓았다. 그러는 동안 절망에 빠져 침울해 있는 나르키소스 왕자는 공중에 떠있는 멜리네트의 성에서 보살핌

을 받고 있었는데, 그는 주변이 온갖 화려함과 즐길 수 있는 오락거리로 넘쳐났지만 포틴텔라에게 돌아가야 한다는 생각 이외엔 관심이 없었다. 그러나 요정은 그를 떠나지 못하게 하면서 그를 위해 최선을 다해 주겠다고 약속했다. 그러면서 그녀는 제비와 나비들을 불러 그를 시중들도록 하고 그의 명을 따르도록 했다. 어느 날 그는 슬픈 마음을 안고 이리저리 걷던 중에 익숙한 목소리가 자기를 부르는 느낌이 들었는데, 알고 보니 그것은 포텐틸라가 가장 아끼는 필로멜이었다. 그 새는 왕자에게 그 동안 일어난 일들을 말해 주었는데, 그는 공주가 사자에 의해 붙잡혀 가게 된 내막과 그 때문에 그곳에 있던 네발 달린 짐승들과 깃털 달린 새들이 얼마나 슬퍼했는가를 이야기 했고, 또 어찌할 바를 몰랐던 자기가 왕자를 찾아 돌아다니던 중 제비들이 그가 공중에 떠 있는 성에 있다는 말을 하는 것을 듣고는 그가 혹시 나르키소스인지를 확인하기 위해 날아왔다는 이야기도 했다. 그 말을 듣고 한층 더 마음이 심란해진 왕자는 지붕과 구름을 밟고 뛰면서 그 성에서 탈출을 시도 했는데, 그럴 때마다 지붕과 구름은 그를 붙잡은 다음 원래 있던 자리로 살포시 내려놓았다. 결국 그는 모든 시도를 포기하고 절망스럽게 멜리네트가 돌아오기만을 기다렸다. 한편 네잎클로버 왕의 궁전에서는 왕비가 포텐틸라와 같은 미인은 어떻게든 빨리 눈에 띄지 않는 곳으로 보내야겠다는 결심이 선 이후부터 모든 일들이 일사천리로 진행되었다. 그녀는 마법사를 은밀히 불러 그가 더 이상 그들의 왕국에서 네잎클로버 왕과 자신 앞에 나타나지 않을 것이라는 약속을 요구하면서, 그에게 포텐틸라를 먼 곳으로 데려가서 그녀를 자기 눈에 띄지 않게 해 달라는 부탁을 했다. 그렇게만 해 준다면, 그녀는 다음 날 곧바로 그들의 결혼을 추진할 생각이라는 계획을 설명했다.

포텐틸라는 그 소식을 듣고 불행한 운명을 한탄하면서, 자신을 내버려 둘 것을 간청했다. 하지만 그녀가 프리볼라에게서 들을 수 있었던 위로의 말은 만약 그녀가 원하는 것이 돈 많은 남편이 아닌 독약이라면 기꺼이 그 정도는 들어 주겠다는 말뿐이었다.

그렇게 해서 결국 끔찍한 날이 다가왔고 불행한 포텐틸라는 커다란 중앙 홀에 있는 왕과 왕비 사이로 인도되었다. 그런데 왕비는 사방에서 공주의 아름다움을 찬사하는 수군대는 소리가 들리자 질투심에 사로잡혔다. 그 순간 그루메단이 맞은 편 문에서 나타났다. 그는 머리카락을 빳빳이 서게 한 모습으로 거대한 돈주머니를 차고 나비넥타이를 매고 있었다. 그가 입은 의복은 장밋빛의 안감에다 은화를 가득 매달아 만든 옷이었는데, 그는 자신의 모습에 끝없는 만족감을 느끼고 있었다. 어떤 공주라도 그런 마법사보다는 차라리 독약을 마시는 것을 택할 것이라는 사실을 그는 전혀 모

르고 있었다. 그런데 그러한 일이 실제로 벌어졌다. 프리볼라 왕비는 장난삼아 치명적인 독약을 공주에게 내밀었는데, 그녀는 그것을 가로채면서 큰 소리로 말했다.

"아! 사랑하는 나르키소스. 난 그대에게 가겠어요!" 그녀가 독약을 입에 대려는 순간 중앙 홀의 문이 활짝 열리면서 멜리네트 요정이 누런빛을 띤 일몰의 구름을 타고 들어왔고, 뒤 따라 왕자도 들어왔다.

궁전에 있던 사람들이 모두 숨이 막힐 듯 놀라서 바라보고 있는 동안 애인의 모습을 본 포텐틸라는 독약이 든 컵을 내려놓고는 기쁨에 넘쳐 그에게로 달려갔다.

마법사는 멜리네트가 나타나자 자신을 보호해야겠다는 생각이 들었지만, 요정은 그가 방심하는 사이 미끄러지듯 다가와 눈썹을 잡고 그를 중앙 홀 천장으로 끌고 올라가 한동안 그의 못된 짓을 훈계하면서 발로 걷어차는 벌을 준 다음 지팡이로 마법을 걸어 앞으로 천년 동안 감금시킬 수 있도록 고안된 수정 공에다 그를 매달았다. 그러면서 "언젠가 내가 한 말의 의미를 알게 될 것이다."라고 단호하게 말했다. 요정은 왕과 왕비에게 자기가 훨씬 더 이상적인 신랑감을 데려 왔으니 예정대로 결혼식을 진행하도록 설득했다. 그녀는 또한 왕국을 제대로 다스릴 수 없는 왕과 왕비에게서 왕권을 빼앗은 다음 왕자와 공주에게 넘겨주었다. 그들은 처음엔 왕권을 받지 않으려고 몇 차례나 거부했지만, 결국 요정의 말에 따르는 수밖에 없었다. 왕자와 공주는 왕과 왕비에게 부족한 것이 없도록 항상 챙겨주었고 그들을 따듯하게 보살폈다.

나르키소스 왕자와 포텐틸라 공주는 그 후 오랫동안 국민들의 사랑을 받으면서 행복하게 살았다. 마법사의 경우는 그가 지금쯤 수정 공에서 나왔는지는 알 수가 없다.

프랑스
원제: 라 프헹세스 뺑쁘흐넬라 에 르 프헹스 호마헹(뺑쁘흐넬라 공주와 호메헹 왕자)
"La Princesse Pimprenella et Le Prince Romarin"

페더헤드 왕자와 셀런딘 공주

Prince Featherhead and the Princess Celandine

옛날 옛적에 왕과 왕비가 살았는데, 그들은 세상에서 가장 좋은 사람들이었고 마음씨 또한 고와서 자신들의 신하가 궁핍한 것을 참지 못했다. 그 결과 그들은 가지고 있던 보물을 조금씩 내어주기 시작해 결국엔 자신들이 먹고 살 돈도 남지 않게 되었다. 이 소식은 이웃나라의 브루인 왕에게 들어갔고, 그는 곧 대규모의 군대를 조직해 쳐들어왔다. 가난한 왕은 자기 왕국을 방어할 수단이 전무했기 때문에 가짜 턱수염을 붙여 변장을 하고 외아들인 '얼간이'란 의미의 페더헤드 왕자를 가슴에 안고 왕비만을 대동한 채 황량한 시골지역으로 도피했다. 그들은 운 좋게도 브루인 왕의 병사들을 피할 수 있었지만 태어나서 처음 하게 된 도피로 몹시 지쳤다. 그 무렵 그들은 멋진 초록빛 계곡에 도착했다. 그 계곡은 수정처럼 맑은 물이 흐르고 아름다운 나무들로 우거져 있는 곳이었다. 그들은 기뻐하며 주위를 둘러보고 있었는데, 그 때 갑자기 어떤 목소리가 들렸다. "낚시질을 하시오. 그러면 필요한 것을 잡을 수 있을 것이오." 왕은 평소에 낚시질하는 것을 즐겼던 터라 어딜 가든 항상 호주머니에 낚싯바늘 한두 개쯤은 가지고 다녔다. 그래서 그는 얼른 하나를 꺼냈고 왕비는 그것을 묶을 끈을 왕에게 주었다. 낚싯바늘이 물에 닿기가 무섭게 큰 물고기가 낚였다. 그때까지 약간의 야생열매나 뿌리 등을 제외하고는 제대로 먹은 것이 없었던 그들에

게 그것은 뜻하지 않게 훌륭한 식사거리가 되었다. 그들은 당분간은 이곳보다 머물기에 더 적당한 장소는 없는 것 같다는 생각을 했다. 왕은 곧 일을 하기 시작해 쉴 수 있는 나무 정자를 만들었다. 왕비는 무척 좋아하면서 몇 마리의 양만 있으면 더 이상 행복할 수가 없을 것 같다고 말했다. 그녀는 왕이 낚시를 할 때면 자신과 어린 왕자가 함께 몇 마리의 양쯤은 충분히 돌볼 수 있을 것 같았다. 그들은 곧 이곳에는 물고기가 풍족해서 쉽게 잡을 수 있고, 그것에는 온갖 다양한 색상의 반짝이는 비늘이 있다는 것도 알게 되었다. 그리고 얼마 지나지 않아서 왕은 그곳에 있는 물고기에게는 말하는 법을 앵무새보다도 더 잘 가르칠 수 있다는 것도 알게 되었다. 그래서 그는 그 중 몇 마리를 가까운 읍내로 가지고 가서 사람들에게 팔기로 결심했다. 그런데 이제까지 어느 누구도 그와 같은 물고기를 본 적이 없었기 때문에 사람들은 너도나도 몰려들어 그가 가져 온 분량을 모두 다 사갔다. 이제 도시에서는 물고기로 가득한 수정그릇을 갖추어 놓지 않고는 집을 완전히 꾸미지 않은 것처럼 여겨졌다. 그래서 왕에게서 물건을 사는 고객들은 물고기가 담긴 수정그릇을 집안의 가구들과 조화를 이루게 하는 일에 열중했는데, 그 결과 물고기를 선택하는데 있어 신중에 신중을 기했기 때문에 때로는 그를 힘들게 만들기도 했다. 그러나 이렇게 해서 벌어들인 돈으로 그는 왕비에게 여러 가지 필요한 생활필수품뿐만 아니라 그녀가 그토록 바라던 양들도 사 줄 수가 있었다. 이쯤 되자 그들은 왕국을 잃게 된 것에 대해서는 조금도 아쉬워하지 않았다. 그런데 이 애처로운 피난민들이 자리를 잡게 된 그 계곡엔 너도밤나무 숲의 요정도 살고 있었는데, 그들의 버림받은 처지를 안타까워하면서 왕이 고기를 쉽게 잡을 수 있게 하는 방식으로 그들을 보호를 해 준 이가 바로 그 요정이었다. 그녀는 특히 아이들에 대한 애정이 남달랐는데, 한 번도 울지 않고 나날이 더

멋져가는 페더헤드 왕자는 이런 그녀의 마음을 사로잡았다. 그녀는 처음엔 요정이라는 사실을 숨긴 채 왕과 왕비에게 접근해서 친교를 나누었는데, 그들을 곧 그녀를 좋아하게 되어 귀한 왕자조차도 그녀에게는 믿고 맡기게 되었다. 그녀는 자신의 궁전으로 그를 데리고 가서 케이크와 과일 파이 등 온갖 종류의 맛난 음식을 만들어 주었다. 그렇게 해서 그녀는 왕자에게서 큰 사랑을 받았다. 하지만 그녀는 그가 나날이 성장함에도 불구하고 그에게 맞는 교육을 시킬 생각은 하지 않았다. 그 때문인지 몰라도 그는 온갖 보살핌에도 불구하고 불행히도 자만심이 강한 경박한 아이로 자라났다. 그는 날이 갈수록 평화로운 시골의 삶을 지루해 하면서 인근 도시의 화려함을 맹목적으로 동경하게 되었다. 그곳에서 그는 잘생긴 얼굴과 매력적인 행동으로 곧 유명인사가 되고 있었다. 왕과 왕비는 아들이 그렇게 변한 것에 크게 실망했지만, 그를 이기적으로 만든 이가 다름 아닌 마음씨 착한 요정이라 그 문제를 어떻게 처리해야 할지 난감해 했다.

그러한 때에 너도밤나무 숲의 요정은 새러딘이라 불리는 옛 친구의 방문을 받았는데, 그녀가 미처 무슨 말을 하기도 전에 그 친구는 몹시 화가 나 숨을 헐떡거리면서 황급히 집안으로 들어왔다.

"이봐, 이봐! 도대체 무슨 일이야?" 너도밤나무 숲의 요정은 그녀를 진정시키면서 말했다.

"무슨 일이냐고!" 새러딘은 소리쳤다. "다 말해줄게. 자기도 알다시피 내가 여름섬나라의 공주에겐 무엇이든 다 해주었잖아. 그 앤 항상 매력적으로 보이길 원했고, 난 그 애가 그렇게 보이도록 무엇이든지 다 해주었다고. 게다가 난 그 애를 직접 키우는 것도 마다하지 않았잖아. 그런데도 그 애가 요즘 하는 일은 애교나 아양을 떨면서 더 많은 것을 해 달라고 요구하는 것뿐이야. 자네 생각엔 그런 구슬림에 넘어가서 요구하는 것을 들어주겠다는 약속이나 한다면, 그 결과가 대체 어떨 것 같나? 난 그 애의 '내가 요정님을 즐겁게 해 드릴 수 있는 능력이 있다고 해서, 반드시 내가 그렇게 해야 할 이유라도 있나요?'라는 말을 듣고는 그동안 주었던 것을 되돌려 받기로 결심을 했다네. 그 애는 또 '난 앞으로 누구를 만나던 늘 그렇게 해야만 하는 부담을 지게 될 거예요. 요정님도 알다시피, 그렇게 되면 난 몹시 따분할 거예요. 물론 그렇다고 해서 내가 요정님이 베풀어 주신 호의에 대해 감사하지 않는 것은 아니에요.'라고도 말하지 않았겠나. 난 어쨌든 그 애가 조금 더 철이 들 수 있도록 내 나름대로는 최선을 다했었네. 하지만 결과는 신통치 않았어. 그래서 난 그 동안 그 애에게 주었던 선물을 돌려받는 의례적인 의식을 치른 후에 마음의 평정을 찾기 위해 이곳에 왔어. 하지만 생각해보니 나를 화나게 만든 셀런딘으로부턴 아무것도 돌려받은 것이 없는 듯도 해. 타고날 때부터 예쁜 것은 물론 재치 또한 뛰어난 그 앤 내가 없이도 충분히 잘 살아갈 수 있을 테니까. 그럼에도 그 애는 사람이 살아가는 법에 관해선 좀 더 배워야 할 필요가 있어. 그래서 난 그 애를 사막으로 쫓아버렸고, 그곳에다가 내버려 두고 오는 길이야."

"뭐라고! 생존할 방법을 알려주지도 않은 채 홀로 내버려 두었단 말이야?" 마음씨 착한 요정이 놀라서 소리쳤다. "그럴 바에는 내게 맡기는 편이 더 나았을 텐데. 어쨌든 난 그 애가 그렇게 눈에 가시 같진 않아. 나라면 그 애를 자신보다 더 나은 누군가를 사랑하게 만들어서 그 애의 허영심을 고칠 수 있을 것 같아. 내 생각에는 말이야, 그 말괄량이 아가씨는 다른 누구보다도 더 활력이 있고 독창성이 뛰어난 것 같아."

새러딘은 기꺼이 그녀의 조정안을 받아들였고, 나이든 요정이 공주를 위해 한 첫 번째 호의는 그녀의 주변에 있는 모든 난관을 깔끔하게 제거해 준 것이었다. 그런 후 그녀는 계곡에서 평화로운 삶을 살아가는 왕과 왕비의 정자에 이르는 나무로 우거진 이끼 낀 오솔길로 그녀를 걸어오도록 했다.

왕과 왕비는 공주가 나타나자 무척 놀랐다. 그들이 본 그녀의 모습은 매력적이긴 했지만 가시와 찔레에 찢긴 옷을 입고 있었다. 그 옷은 전에는 화려했을 복장이었겠지만 지금은 형편없을 만큼 남루하게 되어 있었는데, 그런 옷을 입고 있는 모습이기에 오히려 그녀는 그들에게 쉽게 동정을 받을 수 있었다. 왕과 왕비는 그녀를 자신들처럼 불운한 존재라고 생각했다. 왕비는 그녀를 진심으로 환영하면서 소박한 찬이나마 함께 식사를 하자고 청하기도 했다. 셀런딘은 그들의 호의를 기쁘게 받아들였고, 얼마가 지나자 그녀는 자신의 과거에 대해 털어놓기 시작했다. 왕은 그녀의 활력 있는 모습을 좋아한 반면 왕비는 그러한 성격이 요정에게는 별다른 호감을 주지는 못했을 것이라고 생각했다.

"결국 두 분을 만나게 되었으니. 이제까지 걸어온 길을 후회하지 않을 수 있어요. 그리고 제가 이곳에 머무는 것을 허락해 주신다면, 전 더할 나위 없이 행복할 거예요."

왕과 왕비는 페더헤드 왕자의 빈자리를 그처럼 매력적인 공주가 채워 준 것에 무척 기뻐했는데, 실제로 그들은 요정이 자신들의 아들을 인근도시에 있는 궁전에다 데려다 놓았기 때문에 좀처럼 그를 보지는 못하는 상황이었다. 왕자는 그곳에서 엄청난 사치를 누리며 살고 있었고, 아침부터 저녁때까지 자신을 즐기는 일 외에는 어떠한 것에도 신경을 쓰지 않았다. 그런 상황에서 애기똥풀이라는 의미의 셀런딘은 이곳에 머물면서 왕비의 살림을 도왔고, 그런 그녀의 모습을 보면서 그들은 곧 그녀를 진심으로 사랑하게 되었다. 너도밤나무 숲의 요정이 그들을 방문했을 때, 그들은 숲의 요정에게 공주를 소개하면서 그녀에 관한 이야기를 해주었다. 나이든 요정은 그녀를 보고 기뻐했다. 그 후 그녀는 공주를 종종 갖가지 보물로 가득 차 있는 매혹적인 장소인 자신의 리피궁전으로 초대했다. 요정은 이따금 그녀에게 놀라운 것들을 보여주면서 다음과 같이 말하곤 했다.

"이것들은 언젠가 네 결혼식 선물이 될 것이다." 그 말을 들을 때면 셀런딘은 요정이 자기에게 주려고 하는 것이 불이 붙더라도 전혀 줄어들지 않는 두 개의 파란색 밀랍횃불이거나, 새끼를 치듯 점점 자라나는 다이아몬드이거나, 물속으로 달려가는 보트이거나, 혹은 그것도 아니라면 그들이 우연히 보게 될 아름답거나 진귀한 것일 수 있다는 생각을 했다. 그녀는 한 번도 그것이 무엇인지를 정확하게 말하지 않고 공주가 마음대로 생각하도록 내버려 두었는데, 그 이유는 어느 정도의 실망감은 오히려 그녀에겐 득이 될 수도 있다는 생각에서였다. 어쨌든 그녀는 셀런딘의 허영심을 고칠 수 있는 사람은 페더헤드 왕자뿐이라는 믿음을 갖고 있었다. 나이든 요정은 그동안 왕자가 살아온 방식에 대해선 조금도 좋아하진 않았지만, 마음이 여린 탓으로 그가 즐기는 쾌락을 선뜻 중단시키지는 못했다. 다만 그녀는 그에게 최상은 아니더라도 그런대로 괜찮은 생활방식을 가르치려는 노력은 계속했다.

그녀는 공주에게 페더헤드 왕자가 결코 완전하지 않다는 점을 말하지는 않았지만, 그에 대해서는 많은 이야기를 해주었고 그녀를 만나러 그가 곧 올 것이라는 것도 말해주었다. 그 말을 들은 셀런딘은 매력적인 왕자가 자기를 보는 즉시 사랑에 빠질 것이라는 확신을 했는데, 그러한 생각을 하는 것만으로도 그녀는 꽤 행복했다. 나이든 요정도 그렇게 생각했지만 그것은 그녀가 바라는 바가 아니었기 때문에, 그녀는 공주에게 마법을 씌워 다른 사람들이 보기엔 멀쩡하지만 페더헤드가 보기엔 흉측하고 못생긴 모습으로 비춰지게 했다. 그래서 왕자가 리피궁전에 도착했을 때, 그녀는 평소보다도 더 멋지고 매력적으로 보이려고 신경을 썼지만, 그는 공주는 본체만체할 뿐이었고 오히려 나이든 요정에게만 관심을 쏟으면서 그동안 쌓아두었던 이야기들을 털어놓으려고 했다. 공주는 그의 무관심에 적잖은 충격을 받았는데, 비록 그가 인식하지는 못했다 하더라도 그녀는 큰 당혹함과 더불어 마음의 상처를 입었다. 그녀는 마지막 수단으로써 자신의 온갖 재기와 재치를 발휘하여 그를 즐겁게 만들려고 했지만, 그는 아직 아름다움에 의해서만 마음이 동하는 나이인지라 성공을 거두진 못했다. 물론 그는 예의를 갖춰 그녀의 노력에 반응을 보이긴 했지만 줄곧 생각은 딴 곳에 가 있는 듯했다. 셀런딘은 왕자가 맘에 들었기 때문에 더 큰 굴욕감을 느꼈다. 그녀는 난생 처음 자기가 그토록 벗어나고자 했던 요정의 선물들을 유감스럽게 생각했다. 페더헤드 왕자도 그녀 못지않게 당혹해 하고 있었는데, 그 역시 왕과 왕비로부터 공주에 대해서는 온전히 칭찬의 말만 들었던 터였기 때문이었다. 그들은 그녀의 아름다움을 항상 강조했었기에 그녀의 모습을 본 왕자는 이 나라에 살고 있는 사람들이 여성을 보는 눈은 형편이 없다고 단정했다. 그는 사람들에게 도시에서 본 매력적인 사람들과 자신이 그동안 바랐던 그리고 지금도 바라고 있으며 앞으로도 바랄 것 같은 이상적인 미인에 대해 말을 했는데, 그 말을 듣고 있던 셀런딘은 화가 나서 금방이라도 울음이 터질 것만 같았다. 요정조차도 그의 자만심에 적지 않은 충격을 받았는데, 그녀는 왕자의 자만심을 치료할 적합한 방법을 생각해냈다. 요정은 심부름꾼을 시켜서 셀런딘 공주의 실제 모습을 그린 초상화를 왕자에게 보냈는데, 그 초상화엔 "그대가 변덕스런 마음만 버린다면 사랑스런 마음과 큰 왕국을 소유한 이 아름다운 여인이 그대의 사람이 될 것이다."라는 글귀가 쓰여 있었다.

이 메시지는 왕자에게 큰 인상을 주었는데, 초상화가 준 인상에 비하면 그리 큰 것은 아니었다. 그는 초상화에서 눈을 떼지 못한 채 자기는 이제까지 그토록 사랑스럽고 우아한 여성은 한 번도 본 적이 없다고 공언했다. 그런 후 그는 자기처럼 멋진 페더헤드 왕자가 초상화 한 장을 보고 사랑에 빠진 것이 스스로 생각해도 터무니없는 일이라고 생각하고는 자신의 마음을 흔들어 놓았던 그녀의 눈빛에 대한 기억을 떨쳐버리고자 도시를 향해 서둘러 길을 떠났다. 하지만 그의 마음은 이미 변해 있었다. 그곳의 미인들은 더 이상 그를 기쁘게 하지 못했고, 그들의 재치 있는 언변 또한 그를 즐겁게 하지는 못했다. 그들로서도 왕자가 더 이상 예전처럼 그렇게 호의적이지 않다는 것을 깨닫게 되자, 그가 시골의 전원적인 생활이 자신에게는 가장 잘 맞는 것 같다며 리피궁전으로 곧 돌아갈 것이라고 선언했을 때에도 그리 애석해 하지는 않았다. 한편 셀런딘 공주는 왕과 왕비와 함께 지내는 시간이 한없이 지루했는데, 그러던 차에 페더헤드 왕자의 재등장은 뜻밖의 기쁨이 되었다. 그녀는 그를 보는 순간 그의 변모된 모습을 알게 되었고, 그렇게 변모를 하게 된 이유에 대해서도 알고 싶은 충동을 느꼈다. 이제 그는 그녀를 피하는 대신에 그녀와 함께 있으면서 이야기하는 것을 즐거워했는데, 그럼에도 불구하고 그녀는 한 순간도 그가 자신을 사랑하고 있다는 느낌은 가질 수가 없었다. 그녀는 오히려 그가 자신이 아닌 다른 누군가를 열렬히 사랑하고 있다는 것을 직감적으로 알게 되었다. 그러던 어느 날 공주는 강가를 거닐다가 페더헤드 왕자가 나무그늘에서 잠들어 있는 것을 발견하고는 몰래 그의 얼굴을 지켜보는 즐거움을 누리고자 살

며시 다가간 적이 있었다. 그런데 가까이 다가간 그녀가 자신의 초상화를 쥐고 있는 그를 발견했을 때의 놀라움이 어떠했겠는가! 그녀는 지금의 모습과는 달리 그가 평소 행동할 때 보인 명백한 모순성에 대해 아무리 생각해보아도 도무지 이해가 가지 않았다 그는 자신에게는 그렇게 무관심하면서도 어떤 이유로 자신의 초상화는 그토록 소중히 간직하고 있단 말인가? 마침내 그녀는 그가 항상 지니고 다니는 초상화의 주인공의 이름이 무엇인지를 물어볼 수 있는 기회를 얻었다.

"아아! 어찌 말할 수 있겠어요?" 그는 반문했다.

"왜 그러지 못하나요? 말하지 못할 이유는 조금도 없는 것 같은데요." 공주는 조심스럽게 말했다.

"말하지 못할 이유가 없다니요!" 그는 그녀의 말을 반박했다. "온갖 노력을 다해보았지만, 난 결코 초상화의 주인공은 찾을 수가 없었어요. 그녀를 찾아낼 수 있다면, 내가 왜 그리도 슬퍼할까요? 하지만 난 아직도 그녀의 이름조차 모르고 있어요."

전보다 한 층 더 놀란 공주는 초상화를 보여 달라고 청을 하고는 얼마간 살펴본 후, 그것을 돌려주면서 적어도 초상화가 실물보다 조금 더 잘 그려진 것 같다고 수줍어하면서 말했다.

"그 말은 초상화가 실제보다 더 낫다는 말이 군요. 지금까지 셀런딘, 난 당신을 더 나은 사람이라 여기고 있었어요. 난 적어도 당신은 그렇게 유치한 질투는 하지 않을 것이라 생각했어요. 하지만 여자들은 모두 다 똑같아요!" 왕자는 냉정하게 말했다.

"아니, 난 그 초상화가 실물과 많이 닮았다는 점을 말하려고 한 것뿐이에요." 공주는 차분하게 말했다.

"그 말은 당신은 이미 그 주인공을 알고 있다는 의미군요. 그 사람이 누구인지 말해주세요. 제발 뜸들이지 말고 말해 주세요." 그는 그녀 옆에 무릎을 꿇으면서 큰 소리로 말했다.

"오! 내가 바로 그 사람이잖아요?" 셀런딘은 놀라면서 말했다.

왕자는 벌떡 일어나면서 그녀가 그토록 사랑스러운 초상화의 모습과 닮았다고 우기는 것을 보니 허영심으로 눈이 먼 것임에 틀림없다는 말을 하고야 말았다. 그는 셀런딘을 냉랭하게 바라다본 후 말없이 몸을 돌려 밖으로 나갔고 몇 시간 후에는 리피궁전을 완전히 떠나 있었다.

그렇게 되자 공주는 너무나도 슬퍼했고, 이제 그녀는 잔인하게 무시당한 바로 그 자리에 더 이상 머물 수가 없었다. 그래서 그녀는 왕과 왕비에게 작별인사도 하지 않고 계곡을 떠났다. 그녀는 자신의 모습은 더 이상 돌보지 않은 채 상심에 가득차서 그저 발길이 닿는 대로 이곳저곳을 떠돌아 다녔다. 한참을 걷다가 피곤에 지칠 무렵, 그녀는 어떤 작은 집에 이르러 계단을 따라 천천히 올라갔다. 가까이 다가가자 그곳의 분위기가 더욱 초라하게 느껴졌는데, 그녀는 그곳에 작은 노파가 앉아 있는 것을 보았다. 그런데 그녀를 본 노파는 엄한 목소리로 말했다.

"게을러 터져 시골을 떠돌아다니기만 하는 거지중의 거지가 이곳에 나타났군!"

"아아! 할머니. 슬픈 운명을 맞아 이곳까지 와서 잠자리를 부탁하게 되었어요." 예쁜 두 눈에 눈물이 가득한 셀런딘은 말했다.

"그게 내 잘못은 아니지 않니? 사람들은 잠자리를 마련해주면 영락없이 저녁을 달라고 말하지. 저녁을 주면 길을 떠날 여비까지 요구하는 것이 사람들의 마음이야. 생각이 마음만큼이나 따듯한 사람들만 매일매일 만날 수만 있다면, 인생은 행복할텐데 말이야! 하지만 난 집을 짓고 먹을 것을 마련하느라고 한 순간도 쉬지 않고 일을 해야만 했어. 그런데 아가씬 내가 처음 본 길 가던 행인에게 그 사람이 요구한다고 해서 내 것을 모두 다 내어줘야 한다고 생각하는 것 같군. 천만에, 그럴 수는 없지! 아가씨의 행색을 보아하니 나보단 돈도 더 많을 것 같은데. 어디 한 번 살펴볼까." 노파는 거칠게 말했다. 그러면서 그녀는 지팡이에 짚으며 절뚝거리는 다리로 셀런딘에게 다가왔다.

"아 이런! 할머니, 나도 돈이 있었으면 해요. 그렇다면 전 할머니에게 아낌없이 주었을 거예요." 공주는 그녀의 말을 받아 말했다.

"하지만 빌어먹고 살기엔 아가씬 옷이 너무나도 훌륭한데." 그녀는 계속해서 말했다.

"뭐라고요! 할머닌 제가 구걸이나 하러 온 줄 아세요?" 공주는 소리쳤다.

"내가 알 턱이 있간, 하지만 적어도 아가씨가 내게 뭘 주러 온 것 같진 않아. 어쨌든 원하는 게 뭐야? 하룻밤 잠자는 것? 좋아, 그건 많은 돈이 드는 것은 아니지. 하지만 그 부탁을 들어주고 나면 저녁식사도 요구하겠지. 근데 난 그 부탁만큼은 들어줄 수가 없어. 보아하니 아가씬 한참을 걸어왔을 테고, 식욕 또한 엄청날 테니까 말이야, 그렇지 않은가?"

"정말로 아니에요. 할머니. 전 지금 너무도 슬퍼서 배가 고픈 줄도 모른다고요." 가엾은 공주는 대답했다.

"오, 그래! 아가씨가 줄곧 그렇게 슬플 수만 있다면, 오늘밤은 여기서 자고가도 되." 노파는 조롱하듯 말했다.

그녀는 곧바로 공주보고 자기 옆에 앉으라고 한 다음 그녀가 입고 있는 비단 옷을 손가락으로 만지작거리면서, "웃옷도 레이스로 장식되고, 또 치마에도 레이스가 장식되어 있네! 이 정도면 가격이 꽤 나가겠는 걸! 옷을 살 돈을 아꼈다 차라리 먹을 것을 샀으면 좋았을 텐데. 그랬으면 빠듯하게 살아가는 사람들에겐 적어도 구걸은 하지 않아도 되었을 텐데 말이야. 이봐, 아가씨. 말해봐. 이 옷은 대체 무슨 돈으로 마련한 거야?"라고 물었다.

"아아! 할머니, 전 그것을 산 것이 아니에요. 그리고 전 돈에 관해서라면 아무것도 몰라요."

"그렇다면 대체 아가씬 아는 게 무어야?" 노파가 말했다.

"별로 없어요. 하지만 전 정말 슬프답니다. 내가 할머니에게 도와드릴 수 있는 일이 있다면……" 셀런딘은 당장이라도 눈물을 쏟을 것처럼 울부짖는 목소리로 말했다.

"도울 수 있는 일이라! 도움을 받으면 대가를 지불해야 하는 법인데, 게다가 난 내 일쯤은 나 혼자서도 할 수 있어." 노파는 언짢은 목소리로 말했다.

"할머니, 아무런 대가없이 도와 드릴게요. 원하시는 일을 해드릴게요. 이 쓸쓸한 집에서 그저 조용히 지낼 수만 있으면 되요." 점점 더 기운이 빠져가는 가엾은 공주가 말했다.

"오! 그저 날 속이기 위한 말이라는 걸 난 잘 알아. 그런데 아가씨가 진심으로 날 도와줄 맘이 있다면 말이야, 내 옷과 같은 옷을 입는 것이 더 잘 어울릴 것 같지 않나? 내가 아가씰 받아 준다면, 아가씨의 옷을 내게 주고, 아가씬 내가 주는 옷을 입을 텐가? 나도 나이가 계속 들어갈 테고, 그러다 보면 언젠간 내게도 시중을 들어줄 누군가가 필요하겠지." 그녀는 이렇게 대답했다.

"오! 내 옷을 원하신다면, 마음대로 하세요." 가엾은 셀런딘은 어쩔 수 없이 말했다.

그러자 노파는 절뚝걸음이지만, 재빨리 어디론가 가더니 작은 누더기 옷 꾸러미를 가지고 돌아왔는데, 그 옷은 공주가 한 번도 본 적이 없을 정도로 초라한 것이었다. 노파는 이리저리 바삐 뛰어다니며 그녀에게서 값진

옷을 벗기고 대신 자신의 누더기 옷을 입혀 주면서 끝없이 감탄사를 연발했다.

"세상에나! 이 안감 좀 봐! 옷의 폭은 또 어떻고! 적어도 네 벌은 만들 수도 있겠는 걸. 이봐, 아가씨. 이렇게 무거운 옷을 입고 도대체 어떻게 걸어 다닌 게지. 우리 집에선 이 정도의 옷을 걸치고는 돌아다닐 수도 없겠군."

이렇게 말하면서, 그녀는 공주의 옷을 접어서 잘 갠 다음, 조심스럽게 한 옆으로 밀쳐 두었다. 그러면서 그녀는 셀린딘에게 말을 이었다.

"내 옷이 아가씨에겐 아주 잘 어울려. 아껴서 입게."

저녁때가 되자 그녀는 도와주겠다는 공주의 제의를 뿌리치고 혼자 집 안으로 들어갔다. 얼마쯤 있다가 나온 그녀는 음식을 아주 조금 내어놓으며 말했다.

"조금씩 나눠서 먹어야 돼."

그녀는 셀런딘에게 조그마한 검은 빵 한 덩어리를 먼저 건네주고는 마른 자두 두 개가 담긴 접시를 내놓았다.

"하나를 가지고 나눠 먹을 거야. 아가씬 손님이니까, 씨가 든 부분을 먹도록 해. 하지만 삼켜서는 안 돼. 그건 겨울대비용이거든. 아주 훌륭한 땔감으로 쓰이지. 자, 그렇게 하면 한 푼도 들지 않지. 그러니까 씨가 들어있는 과일을 사는 것이 훨씬 더 경제적이라는 걸 잘 기억하고 있어." 노파는 말했다.

슬픈 생각에 젖어 있던 셀런딘은 그녀의 타산적인 조언은 듣지도 않았다. 심지어 그녀는 자기 몫의 자두를 먹는 것도 잊고 있었는데, 노파는 반가워하면서 그것을 아침식사용으로 치워두며 말했다.

"아가씨가 점점 더 맘에 드는 군. 지금처럼만 한다면야, 우린 잘 지낼 수도 있을 것 같군. 그러면 세상 사람들이 모르고 있는 유용한 정보를 내 가르쳐 줌세. 이를테면, 내 집을 자세히 봐! 이 집은 내가 한 평생 먹은 배의 씨를 가지고 지은 것이야. 대부분의 사람들은 과일의 씨 정도는 별다른 생각없이 내버리는데, 그것만보더라도 얼마나 많은 것들이 인내심과 창의력의 부족으로 낭비되고 있는지를 알 수가 있을 게야."

그러나 셀런딘은 그러한 종류의 충고에는 관심을 기울일 여유가 없었다. 때마침 밤공기가 그녀의 식욕을 자극할 것을 두려워 한 노파는 그녀를 잠자리에 들게 했다. 그녀는 뜬 눈으로 밤을 지새웠다. 하지만 아침이 되자 노파는 다음과 같이 말했다.

"잠을 아주 푹 잔 것 같군. 그렇게 자고 나면 아침 생각은 별로 없는 법이지. 그러니 내가 집안일을 하는 동안 침대에 좀 더 누워있지 그래. 잠을 많이 자면 많이 잘수록 그만큼 덜 먹어도 되니까 말이야. 그리고 오늘은 장날이니까 읍내에 가서 한 주 동안 먹을 빵을 좀 사와야겠어."

그러면서 그녀는 계속 떠들어댔는데, 가엾은 셀런딘은 그녀가 하는 말은 듣지도 않았을 뿐 더러 관심조차 보이지 않았다. 그녀는 황량한 시골길을 거닐면서 자신의 슬픈 운명을 떠올려보았다. 그렇지만 너도밤나무 숲의 요정은 그녀가 굶주리는 것은 원치 않았기 때문에 그녀에게 잘생긴 흰 암

소를 한 마리 보내주었고, 그 소는 셀런딘을 등에 태우고 작은 오두막집으로 데려다 주었다. 노파는 그 광경을 보고는 한없이 기뻐했다.

"이제 우린 우유와 치즈 그리고 버터를 얻을 수 있게 되었구나! 아! 얼마나 바라던 우유던가! 너무 비싸 엄두도 못 내었던 것이었지!" 그녀는 소리쳤다. 그래서 그들은 소가 쉴 수 있는 나뭇가지로 된 작은 보금자리를 만들어 주었다. 그 소는 아주 얌전했고 셀런딘이 풀을 뜯기러 데리고 나갈 때면 마치 길들인 개처럼 그녀를 잘 따랐다. 어느 날 아침 그녀는 작은 개울가에 앉아 슬픈 생각에 잠겨 있다가 낯선 남자가 다가오는 것을 느끼고서는 그를 피하기 위해서 얼른 일어섰다. 그러나 그 순간 그녀를 알아 본 페더헤드 왕자는 큰 기쁨을 표현하면서 그녀에게 달려왔다. 왕자가 본 셀런딘은 그동안 자기가 경멸했던 그녀의 모습이 아니라 그토록 오랫동안 찾아 다녔지만 찾을 수 없었던 바로 그 사랑스런 초상화속의 진짜 셀런딘의 모습이었기 때문이었다. 사실은 그녀가 그만하면 충분히 벌을 받았다고 생각한 너도밤나무 숲의 요정이 그녀에게 씐 마법을 거두고 그것을 대신 페더헤드 왕자에게 전가한 것이었다. 그 때문에 그는 자신을 그렇게 변덕스러운 존재로 만드는데 일조했던 바로 그 멋진 모습을 잃게 되었다. 공주의 발치에 자신의 몸을 던지며, 그는 그녀에게 잠시만 기다려 줄 것과 단 몇 마디라도 좋으니 자신과 이야기를 나누자고 애원했다. 그가 그토록 간절히 원하자 마지못해 그녀는 그의 청을 들어 주었다. 그 일이 있은 후 왕자는 그녀를 다시 만날 생각에 매일같이 그곳으로 왔고, 셀런딘을 만날 때마다 그는 자신의 기쁨을 솔직하게 표현했다. 어느 날 왕자는 셀런딘에게 자신을 사랑해 달라고 간청했다. 그 말을 들은 그녀는 자신의 마음은 이미 다른 누군가가 자리를 차지하고 있기 때문에, 그의 청은 받아들일 수 없다는 솔직한 답변을 했다.

"난 이미, 변덕스럽고, 경박하고, 오만하고, 오직 자신만을 생각하는 왕자를 사랑하는 불행한 운명에 빠졌어요. 그 사람은 다른 사람들의 관심에만 우쭐해하며, 나에겐 눈꼽만큼의 관심이 없답니다."

"말도 안 돼. 당신은 그처럼 경박하고 당신의 진가를 모르는 사람을 사랑할 필요가 없어요." 페더헤드 왕자는 큰 소리로 말했다.

"아아! 하지만 사랑하는 걸요." 공주는 울면서 대답했다.

"그는 도대체 눈을 어디다 두고 다닌답니까? 당신 같은 미인을 알아보지도 못하니 말이오. 당신의 초상화를 지니고 당신을 찾아 온 세상을 돌아다닌 나로서는 당신을 직접 만나보니, 당신은 그동안 내가 생각했던 것보다 열 배는 더 아름다워요. 당신의 사랑을 얻기 위해서라면 난 무슨 일이든 다 할 것이오." 왕자는 말했다.

"내 초상화라고요? 페더헤드 왕자가 그것을 버렸단 말이에요?" 셀런딘은 갑자기 큰 관심을 보이며 말했다.

"그는 초상화를 버리느니 차라리 자신의 생명을 버릴 것이오. 사랑스런 공주여. 그 점을 확신할 수 있어요. 내가 바로 페더헤드 왕자이니 말이오."

그 순간 너도밤나무 요정은 마법을 거둬들였고, 행복한 공주는 그가 바로 자신의 애인임을 알게 되었다. 이제 그들은 진정한 애인이 되었는데, 그것은 그들이 지금까지 겪어왔던 모든 일들이 자신들을 변모시켰고 더 나은 사람으로 발전시켰기 때문이었다. 그들이 얼마만큼 행복했는지 또 서로의 이야기를 들으면서 자신들의 이야기를 얼마만큼 해 주고 싶어 했을까는 충분히 짐작할 수 있는 일이다. 그러나 마침내 그녀가 작은 집으로 돌아가야 할 시간이 되자, 그들은 함께 돌아가는 중에 셀런딘은 처음으로 자신이 지금 얼마나 초라한 누더기를 걸치고 있으며, 그런 모습이 또 얼마나 우스꽝스럽게 보일까 하는 생각을 하게 되었다. 하지만 왕자는 그러한 옷을 입은 그녀의 모습이 자기에겐 전혀 이상해 보이지 않으며 오히려 아름답게만 보인다고 점을 강조했다. 그들이 도착했을 때, 노파는 그들을 못마땅해 하며 맞이했다.

"내가 말한 그대로 딱 그렇게 되었군. 젊은 여인이 있는 곳에 항시 젊은 남자가 꼬이기 마련이지! 하지만 내가 자네를 받아줄 것이라는 생각은 애초에 버리는 게 좋을 거야. 천만에 말씀이지. 내 집에서 썩 나가게나, 젊은이!"

페더헤드 왕자는 불친절한 대접에 화가 났지만, 그 순간 너무도 행복했던 그는 노파의 태도 따위는 별로 개의치 않았다. 다만 그는 셀런딘이 자신에게 어울리는 옷을 입고 떠날 수 있도록 그녀의 옷을 되돌려줄 것을 노파에게 요구했다.

이러한 요구는 그녀를 분노하게 만들었는데, 그것은 그녀가 공주의 훌륭한 옷이면 평생 옷 걱정은 하지 않아도 될 것이라고 생각하고 있었기 때문이었다. 그래서 왕자는 얼마간 실랑이를 벌인 후에, 옷을 돌려준다면 그에 대한 값은 충분히 치르겠다는 제안을 하고 나서야 겨우 노파를 설득할 수 있었다. 금화를 한 움큼 보자 노파는 마음이 누그러졌지만, 그녀는 두 사람에게 어떠한 경우가 생기더라도 금화를 돌려달라는 말은 하지 않겠다는 약속을 먼저 요구했다. 그런 다음 그녀는 공주를 안으로 들어오게 하고는 그런대로 그녀가 입어서 예쁠 정도의 옷만을 마지못해 돌려주곤 나머지는 짐짓 잃어버린 듯 가장했다. 옷을 돌려받은 그들은 갑자기 시장기를 느끼게 되었는데, 그것은 마치 공기가 없으면 살아갈 수 없듯이, 사랑만으로는 살아갈 수 없는 이치와 같은 것이었다. 그러자 노파는 전보다 한층 더 비탄의 탄성을 질렀다. "도대체! 행복에 겨운 사람들도 배가 고프단 말인가! 온 집안이 거덜 나게 생겼구먼!" 그녀는 큰 소리로 말했다.

그러나 왕자가 화난 표정을 짓자, 그녀는 한숨을 내쉬며 혼잣말로 중얼거리더니 빵 한 조각과 우유 한 사발 그리고 여섯 개의 자두를 내왔다. 그들은 그것만으로도 만족해하며 먹었는데, 사실 그들은 서로를 바라보느라 자신들이 지금 무엇을 먹고 있는지조차 알지 못했다. 그들은 줄곧 지나간 추억을 더듬어서 떠올려 보려했는데, 왕자는 자신이 전 세계를 돌아다니며 미인이란 미인은 다 만났지만, 그 중에 어느 누구도 자신이 지닌 초상화와 닮은 이가 없어 그럴 때마다 실망을 했었노라고 말했다. 그리고 공주는 그녀 나름대로 그가 자신과 그토록 오랫동안 지내면서도 자기를 알아보지 못하는 것을 의아해 했지만 이제는 그의 냉담하고 거만했던 행동을 모두 다 용서할 수 있게 되었다고 말했다.

"그 이유는 당신도 알다시피, 페더헤드 왕자님이여. 내가 당신을 사랑하기 때문이에요. 사랑은 모든 것을 다 해결해 주잖아요! 하지만 우린 이곳에 머물 수 없어요. 이제 어떻게 할까요?" 그녀는 그에게 말했다.

왕자는 그들이 너도밤나무 요정에게로 다시 돌아가 그녀의 보호 하에 지내는 것이 좋겠다는 생각이 들었고, 그들이 그렇게 하기로 결정하는 순간 재스민과 인동덩굴로 장식된 두 대의 앙증맞은 마차가 홀연히 나타나더니 그들을 태우고는 눈 깜짝할 새에 리피궁전으로 데려갔다. 그들의 시야에서 작은 오두막집이 막 사라지려는 순간 그들은 탐욕스런 노파의 비탄에 찬 비명소리를 듣게 되었는데, 뒤를 돌아다보니 그녀는 사라져가는 멋진 암소를 잡으려는 광란의 몸짓을 하고 있었다. 그리고 그들이 후일에 들은 말에 의하면, 그녀는 나머지 한평생을 왕자가 던져준 한 움큼의 금화를 돈주머니에 넣으려고 하면서 보냈다는 것이다. 그것은 그녀가 탐욕에 대한 벌을 받아 그렇게 된 것인데, 그 벌의 내용이란 그녀가 주머니에다 금화를 아무리 빨리 집어넣어도 들어가는 순간 그것은 곧바로 빠져나오도록 되어 있다는 것이었다.

너도밤나무 숲의 요정은 밖으로 뛰어나오며 두 팔을 벌리고 돌아오는 왕자와 공주를 맞이했다. 그런데 그녀는 기쁨에 도취된 나머지, 그들이 이제는 더 이상 잘못된 버릇이 생기지 않을 만큼 마음이 개선되었고, 따라서 깨끗한 양심을 갖게 되었다는 것을 알아차릴 겨를이 없었다. 그들이 기쁨을 나누는 사이 곧 새러딘 요정도 도착했는데, 그녀는 왕과 왕비를 함께 데리고 왔다. 셀런딘 공주는 요정에게 용서를 구했고, 그녀는 기꺼이 용서해 주었다. 그녀는 공주에게 여름섬나라를 반환해 주면서 앞으로는 모든 면에서 그녀를 보호해 주겠다는 약속을 했다. 그러자 너도밤나무 숲의 요정도 왕과 왕비에게 그들의 백성들이 브루인 왕을 왕좌에서 몰아내고 그들이 돌아오기를 간절히 바라고 있다는 소식을 알려 주었다. 그러나 그들은 지금과 같은 평화로운 생활을 버리면서까지 얻고 싶은 것은 아무것도 없다고 선언하면서 페더헤드 왕자에게 왕위를 양도하겠다고 밝혔다. 그러자 요정들은 왕자와 공주가 아름다운 왕국에서 입지를 다질 수 있도록 일을 곧 착수했다. 다음 날 그들의 결혼식이 열렸고, 그들은 내내 행복하게 살았는데, 그것은 셀런딘이 이후 한 번도 허영심을 품은 적이 없었고, 페더헤드도 더 이상 변덕스럽지 않았기에 가능한 일이었다.

프랑스

원제: 르 프랭스 뮈제 에 라 프랭세스 자자(뮈제 왕자와 자자 공주)

“Le Prince Muguet et la Princesse Zaza”

아기돼지 삼형제 The Three Little Pigs

옛날에 크고 안락하며 고풍스런 농가에서 아기돼지 세 마리와 어미돼지 한 마리가 살고 있었다. 아기돼지 중 맏이는 갈색둥이, 둘째는 흰둥이, 그리고 막내이자 가장 잘생긴 녀석은 검둥이로 불렸다. 그런데 갈색둥이는 매우 지저분한 돼지로 진흙탕에서 구르거나 뒹굴면서 시간을 보냈다. 녀석은 농장의 진흙이 부드러우면서 잘 뭉치고 끈적끈적해지는 습한 날이면 무척이나 행복해 했다. 그런 날이면 녀석은 어미의 품에서 살그머니 빠져나와 농장에서 가장 진흙이 많은 장소를 찾아가 그 속에서 뒹굴며 마음껏 즐겼다. 어미돼지는 그렇게 하는 녀석을 나무라면서 머리를 가로저으며 슬프게 탄식했다. "아, 갈색둥이야! 넌 늙은 어미의 말을 듣지 않은 것을 언

젠가 후회할 날이 올 것이다." 하지만 어떤 충고나 경고도 갈색둥이의 나쁜 버릇을 고칠 수는 없었다.

흰둥이는 아주 영리한 암돼지였지만, 탐욕스러웠다. 녀석은 언제나 먹이만을 생각했고, 식사시간만 기다렸다. 농장처녀가 먹이통을 들고 마당을 가로질러 오는 것이 보이면, 녀석은 뒷다리를 지지대로 삼아 우뚝 서서는 이리저리 뛰며 춤을 추면서 기쁨을 표현했다. 먹이가 여물통에 부어지자마자, 녀석은 가장 좋은 먹이를 제일 많이 먹기 위해 흰둥이와 갈색둥이를 밀쳐내며 좋은 자리를 차지하려고 다퉜다. 어미돼지는 녀석의 이기심을 종종 나무라면서, 언젠가 녀석이 탐욕과 욕심 때문에 화를 입게 될 것이라고 말했다.

검둥이는 성격이 좋고 매력적으로 생긴 수퇘지로서 깨끗했고 탐욕 또한 없었다. 녀석은 돼지로서는 우아한 예법도 갖추고 있었고, 피부는 언제나 검은 공단처럼 부드럽고 반들거렸다. 녀석은 갈색둥이나 흰둥이보다도 더 영리했는데, 어미돼지는 농장에 있는 친구들이 자기들끼리 저 검둥이는 언젠가 최고의 돼지가 될 것이라고 말하는 소리를 들을 때마다 마음이 뿌듯해짐을 느꼈다.

어느 덧 어미돼지는 나이가 들어 몸이 약해져 결국엔 죽어야 하는 마지막 순간이 다가왔다. 어느 날 어미는 아기돼지 세 마리를 불러 놓고 말했다.

"아이들아, 난 점점 더 몸이 말을 듣지 않고 약해지고 있구나. 아마 오래 살지는 못할 것 같다. 죽기 전에 너희들에게 각자 집을 한 채씩 마련해 주고 싶다. 그동안 행복하게 살았던 정든 이 돼지우리는 다른 가족들이 이사해 오기로 되어있는데, 그렇게 되면 집을 비워줘야 한다. 자, 갈색둥이야, 어떤 집을 갖고 싶니?"

"진흙집요." 갈색둥이는 마당 한 구석에 있는 물이고인 웅덩이를 뚫어지게 보면서 대답했다.

"그럼 넌 어떠니, 흰둥이야?" 갈색둥이가 선택한 결정에 실망을 한 어미가 슬픈 목소리로 말했다.

"양배추로 지은 집요." 녀석이 대답했다. 대답하는 동안에도 그는 입에 먹이를 가득 넣고 있었고, 감자껍질을 찾아 먹느라고 여물통에서 주둥이도 미처 빼내지 못한 상태였다.

"이런 어리석은 아이들아!" 어미돼지는 고통스럽게 말했다. "넌 어떠니, 검둥아?" 어미는 막내 쪽으로 고개를 돌리며, "넌 어떤 집을 지어주길 원하니?"라고 물었다.

"엄마, 벽돌집요. 벽돌집은 겨울엔 따듯하고, 여름엔 시원하며, 일 년 내내 안전할 거예요."

"똑똑한 아이구나." 어미는 녀석을 사랑스럽게 바라보며 말했다. "집 세 채를 곧 마련해 주겠다. 이제 마지막으로 한 가지 충고를 해주마. 너희들은 어미가 오랫동안 적이었던 여우에 관해 말하는 것을 종종 들어왔을 것이다. 내가 죽었다는 걸 녀석이 알게 되면, 그 녀석은 틀림없이 너희들을 잡아서 자신의 굴로 끌고 가려 할 것이다. 그 녀석은 무척 교활하기 때문에 변장을 하고 내려와서는 너희들에겐 친구인척 할 것이다. 너희는 그 녀석이 아무리 그럴싸한 구실을 대더라도 절대로 우리 안으로 들어오게 해서는 안 된다."

갈색둥이는 부드러운 진흙 벽과 진창 바닥에 대단히 만족했는데, 그 집은 마치 커다란 진흙파이처럼 보였다. 갈색둥이는 바로 그 점 때문에 만족해했고, 온 종일 진창 속에서 뒹굴며 놀면서 행복해했다. 어느 날 녀서이 진창 속에서 반쯤 졸면서 누워 있는 동안에 문에서 부드러운 노크소리와 함께 점잖은 목소리가 들렸다.

"들어가도 되겠습니까, 갈색둥이 주인님? 댁의 아름다운 집을 구경하고 싶어요."

"누구세요?" 갈색둥이는 깜짝 놀라 일어서면서 말했다. 녀석이 놀란 이유는 비록 목소리는 점잖았지만 분명 꾸며낸 목소리 같았고, 혹시 여우일지도 모른다는 두려움 때문이었다.

"난 당신을 만나러온 친구랍니다." 대답이 들려왔다.

"아니, 아닌 것 같아요." 갈색둥이가 대답했다. "난 당신이 친구인 것 같지 않아요. 당신은 어머니가 경고 했던 바로 그 여우가 틀림없어요. 절대로 들어오게 할 수 없어요."

"오우! 그렇단 말이지?" 여우는 자신의 목소리로 거칠게 말했다. "누가 이곳의 주인인지 곧 알게 될 테다." 여우는 앞발을 부드러운 흙벽위에 올려놓고 긁으면서 커다란 구멍을 뚫었다. 얼마 후 여우는 뚫린 구멍을 통해 집 안으로 들어와 갈색둥이의 목을 물어 어깨너머로 들처 매고는 녀석을 자기 굴로 끌고 갔다.

다음 날 흰둥이가 집의 한 쪽 구석에서 양배추 잎을 떼어내 와삭와삭 씹어 먹고 있을 때, 여우는 오빠돼지를 잡아 놓은 소굴로 그 녀석도 잡아서 끌고 가려고 몰래 문가로 다가왔다. 간교한 여우는 갈색둥이에게 그랬던 것처럼 목소리를 꾸며내며 부드럽게 말을 걸었다. 하지만 그 목소리는 흰둥이를 몹시 두렵게 만들었다.

"난 널 만나러 온 친구야. 맛좋은 양배추로 함께 저녁을 먹자."

"안 돼요, 건드리지 마세요." 흰둥이는 불안에 떨며 말했다. "양배추는 우리 집에서는 벽이라고 할 수 있어요. 당신이 뜯어 먹으면 구멍이 생기게 될 것이고, 그렇게 되면 비바람이 들어와 전 감기에 걸리게 될 거예요." 그 말을 마친 흰둥이는 가엾게도 코를 킹킹대며 훌쩍훌쩍 울면서 자기가 만약 식탐이 적어 집을 지을 때 더 단단한 재료를 선택했더라면 어땠을까하는 뒤늦은 후회를 했다. 하지만 지금은 때가 너무 늦었다. 그리고 채 일 분이 지나기도 전에 여우는 양배추 벽을 먹어치우고 들어와 몸을 덜덜덜 떨고 있는 흰둥이를 잡은 다음 자신의 굴로 끌고 갔다.

다음 날 여우는 검둥이의 집으로 가기 위해 길을 나섰다. 여우는 자신의 굴에다가 아기돼지 세 마리를 모아서 한꺼번에 죽인다음 친구들을 초대해 잔치를 벌일 예정이었다. 그러나 벽돌집에 다다른 녀석은 현관문엔 나사가 끼워져 있을 뿐만 아니라 빗장도 가로 놓여 있는 것을 알게 되었다. 그래서 녀석은 간교한 방식을 쓰기로 작정했다. "날 들여보내 줘, 귀여운 검둥이야. 여기로 오는 길에 널 주려고 농장에 들려 계란 몇 개를 가져왔어."

"아니, 안돼요. 여우 아저씨. 문을 열어주지 않을 거예요. 난 아저씨의 교활한 수법을 알고 있어요. 아저씬 가엾은 갈색둥이와 흰둥이는 잡아 갈 수 있었지만 난 잡아가진 못할 거예요." 검둥이가 대답했다.

그 말을 듣고 여우는 화가 치밀어 올라 온 힘을 다해 벽에 부딪쳐 그것을 허물어뜨리려고 했다. 그러나 그러기엔 벽이 너무도 강했고 또한 완벽하게 지어져 있었다. 그래서 녀석은 앞발을 이용해 벽돌을 긁어내면서 허물어뜨리려고 온갖 애를 다 썼다. 하지만 벽이 단단한 탓에 녀석은 오히려 자신만 상처를 입을 뿐이었다. 마침내 상처가 깊어진 녀석은 포기할 수밖에 없었고, 피가 철철 흘러내리는 발을 하고는 집으로 돌아갔다.

"이깟 피 따위는 신경 쓸 것 없어!" 여우는 집으로 돌아가며 화가 나서 말했다. "네놈을 언젠가 잡고 말테다. 두고 보자. 네놈을 반드시 잡아서 집으로 끌고 와 네 뼈를 가루로 만들어 버릴 테니까!" 그러면서 여우들은 사납게 으르렁거리며 이빨을 드러내었다.

다음 날 검둥이는 장도 보고 큰 주전자도 하나 필요해서 인근 도시로 가야했다. 검둥이는 장에서 산 물건을 어깨에 메고 집으로 돌아가다가 자기 뒤를 몰래 쫓고 있는 발걸음 소리를 들을 수 있었다. 한 순간 녀석은 무서워서 심장이 얼어붙는 듯 했지만, 곧바로 재미있는 생각을 떠올렸다. 녀석은 이제 막 언덕 꼭대기에 다다랐는데, 작은 자신의 집이 산마루 나무들 사이에서 마치 새둥지처럼 자리를 잡고 있는 것을 볼 수 있었다. 녀석은 곧바로 주전자의 뚜껑을 열고 그 안으로 뛰어 들어갔다. 그는 몸을 둥글게 말아 주전자 바닥에 편안하게 자리를 잡은 후 앞발로 뚜껑을 닫아 몸을 완전히 숨겼다. 그 안에서 발길질을 하자 주전자는 움직이기 시작했고 곧이어 언덕 아래로 굴러 내려갔다. 여우가 올라왔을 때, 녀석이 본 것은 큰 검은색 주전자가 엄청난 속도로 굴러 내려가고 있는 것뿐이었다. 몹시 실망한 녀석은 돌아가려는 찰나 작은 벽돌집 가까이에서 멈춘 주전자에서 검둥이가 펄쩍 뛰어 나온 후 그것을 들고 집으로 들어가 빗장을 걸어 문을 잠근 다음 창문에도 덧문을 씌우는 모습을 볼 수 있었다.

"오우!" 여우는 탄식을 했다. "네 녀석이 그런 식으로 날 피했다고 생각한단 말이지? 그렇지 않다는 걸 곧 알게 될 거야, 친구." 그러면서 녀석은 조용하고 은밀하게 집 주변을 돌면서 지붕으로 올라갈 방법을 찾았다.

한편 검둥이는 주전자에 물을 채우고, 그것을 화덕 위에 올려놓고 앉아서 물이 끓기를 기다리고 있었다. 주전자에서 물 끓는 소리가 나면서 주둥이에서 수증기가 뿜어져 나오고 있을 때, 검둥이는 살며시 숨죽인 발소리가 머리 위에서 뚜벅 뚜벅 나는 소리를 들었고, 이어서 여우의 머리와 앞발이 굴뚝 아래로 내려오는 것도 보았다. 그러나 검둥이는 영리하게도 주전자의 뚜껑을 닫아두지 않았는데, 고통의 비명소리와 함께 여우는 끓고 있는 물에 빠지게 되었다. 그리고 미처 녀석이 빠져나오기도 전에 검둥이는 주전자의 뚜껑을 닫았고 여우는 결국 뜨거운 물에 데어서 죽었다.

형제들을 잡아갔던 녀석이 완전히 죽어서 더 이상 해를 끼칠 수 없다는 것을 확인하자, 검둥이는 갈색둥이와 흰둥이를 구하기 위해 뛰기 시작했

다. 여우 굴에 가까이 다가간 검둥이는 여우가 자신들을 잡아먹을 것이라는 두려움 때문에 떨고 있던 형과 누나 돼지들이 고통스럽게 내는 꿀꿀대는 소리를 들을 수 있었다. 그러나 그들은 검둥이가 입구를 통해 들어오는 모습을 보자 말할 수 없는 기쁨을 맛보았다. 검둥이는 들어오자마자 곧 날카로운 돌을 찾아내 그들을 말뚝에 묶어둔 끈을 잘랐다. 세 마리 돼지는 결국 막내인 검둥이의 집으로 와서 행복하게 살게 되었는데, 갈색둥이는 이제 진흙탕에서 뒹구는 짓을 그만두었고, 흰둥이 역시 더 이상 욕심을 내지 않게 되었다. 그들이 그렇게 변한 이유는 그러한 잘못들이 뜻하지 않게 죽음을 불러올 수 있다는 교훈을 얻었기 때문이었다.

작자미상

얼음의 마음 Heart of Ice

옛날 옛날에 말로는 다 표현하기 힘들 정도로 어리석은 왕과 왕비가 살았는데, 그들은 서로를 끔찍이도 사랑했다. 일부 짓궂은 사람들은 그들이 나누는 사랑조차도 그들의 과도한 어리석음을 보여주는 또 하나의 증거라고 말하기도 하였다. 물론 그렇게 말하는 사람들이 궁전의 조신들 일리는 없는데, 그 이유는 그들은 결국 자신들이 모시는 왕과 왕비이고 또 그들 덕분에 자기들은 그 때까지 잘 살아왔기 때문이었다. 그 당시엔 왕국을 다스리는데 필요한 것으로 여겨졌던 유일한 덕목은 요정과 마법사들과 좋은 관계를 유지하는 일뿐이었다. 그래서 그들에게는 맛있는 음식과 리본 같은 장식물 그리고 온갖 사소한 것들이 제공되었고, 특히 세례식이 있을 때에는 그들은 마음씨가 좋든 나쁘든 혹은 사람들의 일에 관심이 있든 없든 모두 다 초대를 받는 것이 관례였다. 그런데 바보 같은 왕비에게는 이제 곧 세례를 받아야 하는 아들이 한 명 있었는데, 그녀는 벌써 수개월 째 그 때 초대할 엄청난 수의 요정과 마법사의 이름을 정리하는 작업을 해오고 있는 중이었다. 하지만 그녀는 이름을 적어 내려갈 때 소요되는 시간만큼이나 그것을 읽을 때 소요되는 시간이 그에 못지않다는 사실은 염두하고 있지 않았다. 따라서 세례식을 할 시기가 다가 왔을 때, 그 일을 떠맡게 된 왕은 초대할 이들의 명단을 두 번째 쪽의 마지막 부분까지 가까스로 읽어 내려 갈 즈음 갑자기 피로를 느꼈고 서둘러서 읽는 바람에 혀가 꼬이는 일이 생겼다. 그러자 그는 그저 의례적인 말들만을 반복하게 되었다. "아 그러니까, 아무개 요정,"이나 혹은 "마법사." "부디 왕래하시어, 제 아들을 축복해 주신다면."

엎친 데 덮친 격으로, 첫 번째 쪽 명단에 있던 요정들은 벌써 도착해서 중앙 홀에서 대기하고 있었는데, 마중을 나오는 사람이 한명도 없자 그들이 조급해하며 불평을 늘어놓고 있다는 전갈이 왔다. 그러자 왕은 절망적인 상태에 빠지게 되었고 목록을 읽는 일을 중단한 채 자기를 찾는 손님들에게 달려갔다. 그는 예의를 갖춰 그들에게 자신의 무례에 대한 용서를 빌자 그들은 마음이 풀어졌고, 그들은 그 일 때문에 그의 아들에게 해를 끼치는 일은 없을 것이라는 약속을 해 주었다. 그러나 그들 중에는 초대목록에는 들어 있지만 직접 전갈을 받지 않은 먼 곳에서 온 요정이 있었다. 그 요정은 자신이 알아서 일찍 왔지만 마중 나온 사람은커녕 먼 고향에서부터 타고 온 커다란 타조에서 내릴 때조차 누구하나 거들어 주는 사람이 없다는 것에 몹시 분개했다. 그녀는 혼잣말로 끔찍한 경고의 말들을 쏟아내기 시작했다.

"오! 쓸데없는 말은 그만 둬, 당신의 아들은 자랑할 것이 하나도 없게 될 테니까. 당신이 무슨 말을 하든, 그 애는 난쟁이에 지나지 않게 될 테니까."

그녀는 여건이 허락했다면 계속해서 저주의 말들을 지껄여 댔을 거고, 불행을 안게 된 어린 왕자는 좋지 않은 선물을 대여섯 개는 더 받게 되었을지도 모른다. 하지만 그 순간 그 왕국을 특별히 보호하고 있는 마음씨 착한 요정인 제네스타가 때마침 도착했기 때문에 그 이상의 해가 가해지는 것은 막을 수 있었다. 그녀는 그 낯선 요정에게 듣기 좋은 말을 늘어놓기도 하고 또 같은 요정으로서 부탁도 해보고 해서 더 이상의 저주를 못하도록 설득했다. 그런 다음 그녀는 왕에게 빨리 선물을 나누어 주도록 언질을 보냈는데, 의식이 끝나자 요정들은 모두가 만족해하며 돌아갔다. 그러나 제네스타 요정은 가지 않고 남아서 여왕에게 다가가서는 다음과 같이 말했다.

"왕비님, 엄청난 실수를 하셨군요. 왜 나와 먼저 상의하지 않으셨나요? 당신같이 어리석은 사람들은 그 누구의 도움이나 조언 없이도 무슨 일이든 할 수 있다고 믿는 나쁜 습성이 있지요. 당신을 위해 최선을 다한 나조차도 당신은 초대를 하지 않는 실수를 저질렀어요."

"아! 고마우신 요정님, 요정님의 이름까지 다 읽을 시간이 있었다면 그랬겠습니까? 보세요, 읽기 직전에 그렇게 하지 못하고 이렇듯 표시만 해놓은 것을요!" 그녀 앞에 엎드리며 왕이 말했다.

"알아요! 다 알고 있어요!" 난 화나지 않았어요. 난 내가 좋아하는 사람들에겐 사소한 일로 마음을 상해하지 않아요. 난 지금 당신의 아들에 관해 말하는 거예요. 아시다시피 방금 전 난 그에게 닥칠 많은 불길한 일들을 막아놓았어요. 하지만 그것만으로는 부족할 것 같기에 당분간이나마 내가 보호를 해야 할 것 같아요. 그리고 당신들은 그 애의 몸이 온통 털가죽으로 덮이기 전까지는 그를 만날 생각을 해서는 안 됩니다!" 요정은 말했다.

이렇듯 뜻밖의 말을 듣자 왕과 왕비는 눈물을 쏟기 시작했는데, 그것은 이 따듯한 지방에서 도대체 왜 그리고 어떻게 왕자가 털가죽으로 뒤덮인다는 것인지 그들로서는 상상이 가지 않는 일이었고, 또 그렇게 되는 경우가 생긴다면 그것은 아들에게 불행한 일이 생긴다는 전조로 해석되었기 때문이었다.

그러나 제네스타는 그들에게 불안해하지 말라고 말했다.

"내가 만약 그를 당신들 손에 맡기고 떠난다면, 당신들은 그를 당신들처럼 어리석게 만들고야 말 것이오. 난 심지어 그가 당신들의 아들이라는 사실까지도 숨길 작정이오. 그대들은 앞으로 왕국을 다스리는 일에나 전념하도록 하시오." 그렇게 말하고 그녀는 어린왕자와 요람과 그 밖의 물건을 들어 올린 후 창문을 연 다음 마치 얼음위로 스케이트를 타듯이 공중으로 날아올라 멀리 사라져 갔다. 그러자 뒤에 남은 왕과 왕비는 아들을 잃은 마음에 비통함을 느꼈다. 그들은 자기들을 방문하는 사람들에게 요정의 말을 전하면서, 자신들이 아들을 다시 보기 위해서는 그가 털가죽으로 뒤덮여야 한다는데, 도대체 그것이 무엇을 의미하는 것인지를 물어보았다. 그

러나 어느 누구도 그 기이한 질문에 제대로 답변을 해 주진 못했다. 그들은 단지 그것이 틀림없이 무서운 일과 연관된 것이라는 데에는 이견이 없었는데, 그들의 말은 왕과 왕비를 더욱 불행하게 만들었다. 그래서 그들은 누구에게라도 혹 위로를 받을까하여 궁전 내에서 이리저리 돌아다녔다. 한편 요정은 어린왕자를 성으로 데려 온 다음 그를 시골여자에게 키우도록 맡겼는데, 요정은 그녀에게 마법을 걸어 그 아이가 자신의 아이 중 하나로 여기도록 만들었다. 그렇게 해서 왕자는 건강하고 강인하게 자라났는데, 요정은 그에게 더 나은 훈련을 가르칠 필요성을 느끼지 않았기 때문에, 그는 젊은 농부로서 단순한 삶을 계속 살아갔다. 그녀는 그가 성장하는 과정에서 때때로 그와 만나 이야기를 나누곤 했는데, 그렇게 함으로써 그는 튼튼한 육체만큼이나 정신적인 교양도 갖추게 되었다. 하지만 그녀의 보살핌은 거기서 그치지 않았다. 그녀는 그가 고난과 기대에 따른 실망도 함께 경험해야 하며, 일반적인 사람들의 지식도 더 쌓아야 될 것 같다는 생각을 하게 되었다. 그녀는 왕자가 자기가 줄 수 있는 모든 혜택을 받을 필요가 있다는 점을 잘 알고 있었다. 그리고 실제로 그녀는 그에게 필요한 것을 빠짐없이 제공해 주기도 했는데, 다만 키만은 어쩔 수 없었기 때문에 그는 아주 왜소한 상태로 남아 있었다. 그러나 신체적인 결함에도 불구하고 그는 놀라울 정도로 활동적이었으며 몸의 균형 또한 잘 잡혀 있었다. 게다가 잘생기기도 하고 상냥하기도 해서 신체가 작은 것이 큰 문제가 되지는 않았다. 왕자는 자기가 '매니킨,' 즉 난쟁이라는 우스꽝스러운 이름으로 불린다는 것을 잘 알고 있었지만, 그는 어떻게든 유명한 사람이 될 것이라는 믿음으로 스스로를 위안하며 살아가고 있었다.

그를 행복하게 만들기 위한 계획의 일환으로 제네스타 요정은 난쟁이 왕자를 바다와 육지에서 놀라운 경험을 쌓도록 했는데, 그러한 모험에서 그는 언제나 영웅다운 일을 해냈다. 그는 이따금씩 위험에 빠진 공주를 구하기도 했고, 어떤 때에는 용감한 행적으로 왕국을 차지하기도 했지만, 단순히 그것에만 만족하지는 않았다. 그는 용감한 행동을 해서 얻을 수 있는 명예와 부를 자신의 비천한 태생이 장애로 작용하지 않는 먼 나라로 가서 자신의 운을 시험해 보고 싶었다. 이렇게 큰 야심을 품고 있던 그는 어느 날 요정의 성에서 그리 멀지 않은 곳에 있는 커다란 도시로 말을 타고 들어가게 되었다. 그는 처음엔 인근 숲에서 사냥이나 하려고 길은 떠나왔기 때문에 가벼운 옷차림에 활과 화살 그리고 조그만 창만을 지니고 있었는데, 그럼에도 그의 우아하고 걸출한 풍모는 눈에 확 띄었다. 그는 도시에 들어서면서 시민들이 일제히 시장을 향해 달려가고 있는 모습을 보게 되었는데, 호기심이 발동한 그는 말머리를 그쪽으로 돌려 그들을 따라갔다. 그가 도착했을 때, 그곳에서는 기이하고 이국풍으로 생긴 외국인들이 주변에 몰려든 시민들에게 어떤 선언을 하려던 참이었다. 그래서 그는 군중들을 밀치고 안쪽으로 들어가 그들의 대변인 격인 나이든 어르신이 하는 말을 듣게 되었다.

"얼음 산 정상에 도달하는 자는 그에 상응하는 보상을 받게 될 것인데, 그 보상이란 요정 중에서도 최고의 요정인 사벨라는 물론 그녀가 여왕이 되어 갖게 될 모든 영역까지도 얻게 되는 것임을 선포하노라! 이것은 공주의 아름다움에 마음이 끌린 나머지 그녀를 얻기 위해 고군분투하다 죽어간 왕자들의 이름을 적은 명단이다. 그리고 이것은 앞으로 그러한 모험에 동참하겠다고 나선 대담한 사람들의 이름을 적은 명단이다."

그 순간 난쟁이 왕자는 자신의 이름을 널리 알리고 싶다는 욕망에 사로잡혔으나 자신의 초라한 처지와 비천한 재산을 생각하자 주춤거릴 수밖에 없었다. 그러나 그가 이처럼 주저하는 사이 여러 가지 의식을 거친 후 수행원들이 가져 온 아름다운 사벨라의 초상이 공개되었는데, 왕자는 그 모습을 보는 순간 더 이상 망설일 것도 없이 그곳으로 달려가 모집자 명단에다가 자신의 이름을 기입해 달라고 요구했다. 외국인들은 왜소한 신체에다가 그저 간편한 복장을 한 그를 보고는 의심의 눈길을 주고받은 후 그를 받아줄 것인지 거부할 것인지 난감해 하는 표정을 지었다. 그러자 왕자는 자신감 있게 그들 앞에 나섰다.

"내가 직접 서명을 할 테니 서류를 주시오." 그가 큰 소리로 말하자, 그들은 순순히 그렇게 했다. 요정의 특사들이 그에 대해 존경과 멸시 사이에서 혼란스러워하고 있는 사이에, 그는 사람들에게 잘 알려진 난쟁이란 이름을 그곳에다가 기입했다. 하지만 갖가지 화려한 수식이 붙은 다른 왕자들의 이름과는 달리 그가 단지 '난쟁이'라는 이름을 쓰자, 그것을 본 사절들은 순간 폭소를 터트리고야말았다.

"비천한 녀석들! 이 사랑스러운 초상화의 면전이 아니라면, 난 너희들의 목을 벌써 날려버렸을 것이다." 왕자는 큰 소리로 말했다

그러나 어쨌든 그는 그것이 우스꽝스러운 이름이라는 것을 인정했는데, 그럼에도 아직은 그 이름을 유명하게 만들 시간이 남아 있다는 점을 기억했다. 그래서 그는 조용히 참으면서 사벨라 공주가 다스리는 나라로 가는 길을 물어보았다.

그는 비록 용기를 잃지는 않았지만 여러 가지 난관에 부딪치게 될 것을 충분히 각오하고 곧바로 떠날 결심을 했다. 그는 요정이 혹시 자기의 뜻을 가로막지나 않을까 걱정스런 마음에 그녀에게는 떠나는 작별인사는 하지 않을 작정이었다. 그를 알고 있는 도시의 시민들은 난쟁이가 그 같은 모험을 떠난다는 것을 알고는 이구동성으로 조롱의 말을 퍼부었다. 그 소식은 어리석은 왕과 왕비의 귀에까지 들어가게 되었는데, 그가 자신들의 아들이라는 사실을 모르고 있던 그들은 녀석이 주제를 모르는 난쟁인가 보다고 비웃음을 보냈다.

한편 왕자는 어떤 방향으로 가라는 것인지 정확히 알아 듣지는 못했지만, 어쨌든 여행은 계속했다.

"코카서스 산의 북쪽 방향으로 2천 킬로미터 쯤 가면 얼음산을 정복하는 데 필요한 지시사항을 듣게 될 것이네."

오늘 날 같으면 일본 근처에 있는 나라에서 출발하는 사람에게는 그곳이 여행의 목적지로서는 좋은 지점이었을 텐데!

왕자는 동쪽으로 발길을 재촉했는데, 가는 도중 그는 사람들이 자신의 이름을 비웃을까봐 사람들이 많은 도시는 가능한 한 피해서 갔다. 그는 여행의 경험이 그렇게 많지도 않았고, 자기에게 하는 농담을 유연하게 받아들이지도 못했다. 그는 밤이 되면 숲속에서 잠을 잤다. 그는 처음엔 야생과일만 먹고 지냈으나, 그를 항상 인자한 눈으로 다정하게 지켜봐주던 요정이 그렇게 하다간 영양실조가 생길 것을 우려해서 그가 잠자는 사이에 필요한 영양분을 보충해 주었다. 그렇게 하자 왕자는 잠에서 깨어났을 때에도 배가 전혀 고프지 않았는데, 그는 그것을 의아해 했다. 요정은 철저한 계획에 따라 그가 자신의 용기를 시험할 수 있도록 다양한 모험의 기회를 제공했고, 그럴 때마다 그는 성공적으로 그 일을 해냈다. 다만 호랑이와 닮은 괴물과 싸웠던 마지막 싸움에서 그는 운이 나빠 타고 다니던 말을 잃었다. 하지만 그 어떤 것도 그가 가는 길을 막지는 못했다. 그는 끊임없이 걸어서 마침내 항구에 도착했다. 그곳에서 그는 자신이 가고자 하는 해안으로 들어가는 배를 발견할 수 있었는데, 다행이도 배 삯은 충분히 있어 배는 쉽게 타고 갈 수 있었다. 그러나 항해를 시작한지 며칠이 지나 무시무시한 폭풍이 일자 작은 배는 난파되어 산산이 부숴졌다. 운이 좋게도 왕자는 살아남아 한참을 헤엄친 후에 육지에 닿을 수 있었는데, 그곳은 한 사람도 살지 않는 무인도였다. 그 섬에서 그는 낚시와 사냥을 하며 지냈는데, 그러면서도 그는 언젠가 좋은 요정이 나타나 자신을 구해줄 것이라는 믿음을 버리지는 않았다. 그러던 어느 날 그가 슬픈 눈을 하고 멀리 바다를 바라보고 있을 때, 그는 해변으로 천천히 표류해 오고 있는 이상한 배를 한 척 보게 되었는데, 그 배는 작은 만으로 밀려 들어와 모래사장에 곧장 처박혔다. 난쟁이 왕자는 그 배를 살펴보기 위해 그리로 달려갔는데, 돛대와 활대에 잔가지들이 나있고 그 가지들엔 잎들이 빽빽해서 작은 숲처럼 보이고 있는 것에 크게 놀랐다. 적막한 배의 분위기를 보고서 아무도 없을 것이라고 추측한 왕자는 잔가지를 옆으로 밀치고 측면을 뛰어넘어 안으로 들어갔다. 배에 오른 그는 승무원들이 자기를 둘러싸고 있는 것을 알게 되었는데, 그들은 마치 죽은 사람들처럼 움직임이 없었고 그야말로 끔찍한 상태에 처해 있었다. 말하자면 그들은 마법에 걸리는 순간 갑판과 돛대, 그

리고 배의 전후 좌우할 것 없이 원래 있던 바로 그 자리에 그대로 붙어서 나무처럼 자라게 되었다. 난쟁이는 그들의 비참한 상태를 불쌍히 여겨 그들을 마법에서 벗어나게 하기 위해 최선을 다했다. 그는 가지고 있던 날카로운 화살촉을 이용해서 그들을 손과 발을 붙어있는 나무로부터 조심스럽게 떼어낸 다음 한 사람 한 사람씩 해안가로 옮겼다. 그런 후 그는 뻣뻣해진 그들의 사지를 손으로 주무르고 갖은 약초를 다 넣어 만든 약물로 몸을 씻기자 약효가 나타나기 시작했고, 며칠이 지나자 그들은 완전히 회복되어 전처럼 배를 다룰 수 있게 되었다. 그들이 기적같이 치료가 되기까지에는 얼핏 짐작할 수 있듯이 마음씨 고운 제네스타 요정이 깊이 관여를 한 것이었는데, 그녀는 왕자에게 쓰고 남은 약초로 배를 닦을 생각을 떠오르게 해서 배 역시 깨끗하게 되도록 했다. 때를 맞춰 조치를 취하지 않고 전과 같이 나무가 계속 자라도록 내버려 두었다면, 그 배는 이미 큰 숲이 되었을 터였다. 선원들은 그에게 신세진 것을 무척이나 고마워하면서 그가 원하는 곳이면 어디든지 데려다 주겠다고 약속했다. 하지만 그가 그들에게 일어났던 이상한 일의 원인에 관해 묻자, 그들 역시도 확실하게 대답해 주지는 못하였다. 다만 그들은 자신들이 경험한 것을 간략하게나마 성의껏 이야기를 해 주었다. 그들은 우거진 숲이 있는 해안선을 따라 항해를 하고 있을 때, 육지로부터 갑자기 일어난 돌풍 때문에 짙은 먼지구름 속에 갇히게 되었는데, 구름이 걷히자 왕자가 처음에 본 것처럼 금속을 제외하고는 배에 있는 모든 것에서 싹이 돋고 꽃이 피기 시작했다는 것이었다. 그리고 자신들도 점차 몸이 마비되고 무거워지기 시작했으며, 결국에 가서는 의식을 완전히 잃게 되었다는 것이었다. 난쟁이 왕자는 이렇듯 기묘한 이야기를 흥미 있게 듣고는 배의 바닥에서 먼지를 조금 모아 따로 간직하면서, 그것이 지닌 신비한 능력이 언젠가는 큰 도움이 될 수 있으리라 생각했다.

그런 다음 그들은 무인도를 떠났다. 그들은 잔잔한 바다를 오랫동안 순조롭게 항해한 후 육지가 보이는 곳까지 왔는데, 그들은 신선한 물과 식량을 구하고 가능하다면 그곳이 어디쯤이고 자기들이 항해하는 방향에 무엇이 있는지를 알아 볼 겸 잠시 해변에 정박하기로 결정했다.

그들은 해변 가까이 다가갔을 때조차 사람들의 모습이 보이지 않자 이곳 역시 또 하나의 무인도가 아닌가 생각했다. 하지만 움직이는 무언가가 있는 것은 분명했는데, 지면 가까이에서 움직이는 먼지구름 속에서 작고 검은 형체가 희미하게 보이고 있었다. 그것들은 그들이 상륙하려던 바로 그 지점으로 모여들고 있었다. 마침내 그들은 그것들이 크고 아름다운 스패니얼 개라는 것을 알고는 크게 놀랐는데, 그 중에서 몇 놈은 보초와 같은 역할을 하고 있었고, 다른 녀석들은 군대처럼 연대를 조직하고 있었다. 녀석들은 그들이 내리는 모습을 내내 지켜보고 있었다. 그들은 난쟁이 왕자가 "저들을 쏴라"라는 우려했던 말 대신에 "안녕, 강아지들아!"라고 다정하게 말을 하자 꼬리를 흔들면서 주위로 몰려들었다. 녀석들은 앞발을 내밀고는 그에게 나머지 선원들은 배로 돌아가 있게 하고 자기만 따라오라는 신호를 보냈다. 왕자는 녀석들에 대해 더 알고 싶은 호기심이 발동하였고 기꺼이 그들의 제안을 따랐다. 그래서 그는 선원들에게 자기를 15일 동안만 기다리다가 만약 돌아오지 않으면 미련 없이 떠나라는 말을 하고는 새로 사귄 친구들과 길을 떠났다. 그들은 내륙으로 향했다. 그런데 난쟁이는 그곳의 밭들이 여느 다른 나라에서와 마찬가지로 잘 경작되어 있고 마차와 쟁기들은 말과 황소가 끌고 있으며 지나갈 때 보이는 오두막집들은 잘 정돈되어 있어 아주 예쁘고 곳곳을 둘러보아도 모두 다 풍족하게 보이는 모습에 적지 않게 놀랐다. 어떤 마을에서는 맛있는 식사를 그에게 대접하기도 했는데, 그가 식사를 하는 동안 옆에는 커다란 스패니얼 개가 능숙한 솜씨로 몰고 있는 훌륭한 말 두 필이 끄는 마차가 도착해서 대기하고 있었다. 그는 이 마차를 타고 편안하게 여행을 계속할 수 있었다. 그는 가는 도중 거리에서 비슷한 종류의 사륜마차들이 많이 지나가는 모습을 볼 수 있었는데, 그것들을 모는 스패니얼 개들은 그를 보자 너나없이 정중하게 예를 갖춰 인사를 했다. 마침내 그들은 마차를 빨리 몰아 큰 도시로 들어오게 되었고, 난쟁이 왕자는 곧바로 그곳이 왕국의 수도임을 알 수 있었다. 그가 도착했다는 소식은 미리 전해진 듯 보였는데, 그것은 도시에 살고 있는 주민들은 모두 다 문과 창문을 열고 내다보고 있었을 뿐만 아니라 작은 스패니얼 개들까지도 그가 도착하는 것을 보기 위해 오를 수 있는 벽과 문에는 다 기어올라 있는 모습에서 알 수 있었다. 왕자는 그들이 자기를 진심으로 환영해 주는 모습에 기쁨을 나타내면서, 자신도 큰 관심을 갖고 주위를 둘러보았다. 잘 관리되고 멋진 나무들로 조화롭게 꾸며진 넓은 포장길을 몇 개 지난 다음 그들은 군인인 듯 보이는 스패니얼 개들이 가득한 거대한 궁전의 안뜰로 들어서게 되었다. 왕자는 그들의 인사에 답례를 하면서 "왕의 근위대군"이라고 속으로 생각했다. 마차가 멈추자 그는 화려한 페르시아 산 양탄자 위에 누워있는 왕에게로 인도되었는데, 그의 주변에는 몇 마리의 작은 스패니얼 개들이 파리들이 왕에게 가까이 다가오지 못하도록 쫓아내고 있었다. 왕은 그들 중에서 가장 멋있게 보였지만, 그의 커다란 눈에는 슬픔이 깃들어 있었다. 그러나 그의 슬픔은 난쟁이 왕자를 맞이하기 위하여 자리에서 펄쩍 일어서며 기쁨을 표현하는 사이 곧 사라졌다. 인사를 마친 그가 조신들에게 신호를 보내자 그들은 차례차례 한 마리씩 앞으로 나와 방문객에게 예를 갖췄다. 왕자는 대화를 어떤 식으로 시작할지 난감하게 고심하는 사이 왕과 단둘이서만 남게 되었고, 그 순간 불러들어 온 국무장관은 왕이 하는 고상한 말들을 글로 받아쓰기 시작했다. 왕자는 개들의 언어를 알아듣지 못해 글을 쓰지 않고서는 대화를 할 수 없는 것이 못내 아쉬웠다. 하지만 글은 왕자가 쓰는 것과 그들이 쓰는 것이 똑같았다.

그래서 난쟁이는 적절한 인사말을 글로 쓴 후에 자기가 이 나라에 도착할 때부터 지금까지 보고 들었던 이상한 일들을 설명해 달라고 왕에게 부탁했다. 그 말을 듣고 왕은 다시 슬픈 생각에 젖어드는 듯 했다. 하지만 그는 왕자에게 부탁받은 질문에 대해 말하기 시작했고, 그 내용은 다음과 같다. 그는 원래 베이어드 왕이었는데, 이웃나라에 살던 요정이 자기에게 열렬한 사랑에 빠져 결혼해 달라고 졸랐다는 것이다. 그렇지만 그는 이미 스파이스 섬의 여왕과 마음속 깊이 사랑을 나누고 있는 사이였다. 자기의 사랑이 아무런 관심도 끌지 못하자 분노하게 된 요정은 결국 그를 왕자가 처음 보았을 때의 상태로 변신시켜 놓았다. 그리고 그녀는 그의 마음까지는 어쩌지 못했지만 말은 하지 못하게 만들었다. 그런데 그녀는 왕에게만 분풀이하는 것에 그치지 않고 그의 신하들까지도 저주를 내려 그와 비슷한 처지로 만들어놓았다. 그런 다음 그녀는 그들에게 다음과 같은 말을 했다는 것이었다.

"개처럼 짖고, 네 발로 기어서 다녀라. 누군가로부터 사랑을 받지 않거나 행운을 걸머지지 않는 한 영원히 그렇게 살리라."

난쟁이 왕자의 생각으로도 그들은 앞으로도 그런 상태로 살아갈 것 같았다. 하지만 그는 그 같은 상태에 놓인 사람들에게 누구라도 할 것 같은 위로의 말을 했다.

"전하, 조금만 참고 기다리세요."

그는 베이어드 왕이 정말로 가엾게 느껴져서 자기가 할 수 있는 위로의 말들은 다했고, 자기가 도울 수 있는 일이 있으면 기꺼이 그렇게 할 것이라는 말도 덧붙였다. 얼마 안 있어 그들은 신뢰할만한 친구가 되었고, 왕은 난쟁이에게 스파이스 섬의 여왕초상화를 자랑삼아 보여 주었다. 초상화를 본 왕자는 그렇게 아름다운 여인이라면 어떤 대가를 치르고서라도 지켜낼 필요가 있다는 점에 진심으로 동의했다. 그리고 이번엔 난쟁이 왕자가 자신의 과거사와 자신이 길을 떠나게 된 배경에 대해 이야기하기 시작했다. 그러자 베이어드 왕은 그가 어떤 길로 가야하는지에 대해 귀중한 조언을 해주었다. 그리고 곧바로 그들은 배가 정박해 있는 장소로 함께 가보았다. 선원들은 왕자를 다시 보자 그가 안전하다는 사실은 미리 알고 있었음에도 기쁨을 감추지 못했다. 그리고 그들은 왕이 보내준 보급품을 배에다 모두 싣자 다시 한 번 출항을 했다. 왕과 왕자는 서운해 하면서 헤어지려는 때에 왕은 난쟁이에게 자신의 시종 중에서 모우스타를 데리고 갈 것을 고집했는데, 그 후 그는 약속한 대로 왕자가 가는 곳이면 어디든 동행하게 되었고 그에게 충성을 다했음은 물론이다.

바람은 순풍이 불어 항해하기에 알맞았기 때문에, 그들은 경의를 표하라는 왕명에 너나없이 서운해 하는 군인들의 울음소리가 더 이상 들리지 않는 곳까지 빠르게 나올 수 있었으며, 얼마 지나지 않았는데도 해안선이 보이지 않는 곳까지 나오게 되었다. 그들은 이렇다하게 이야기할 만한 모험은 더 이상 하지 않았는데, 그것은 그들이 가고자 했던 목적지가 채 10킬로미터도 떨어지지 않은 곳까지 가깝게 와 있었기 때문이었다. 그러나 왕자는 도시를 피하기 위해선 이쯤해서 배에서 내리는 것이 더 나을 것이라고 생각했다. 그리고 그렇게 생각한 데에는 그가 더 이상 쓸 돈도 없었을 뿐만 아니라 다음에 무엇을 할까하는 뚜렷한 계획도 없었기 때문이었다. 그래서 선원들은 그와 모우스타를 그곳에다 내려주고는 슬픔을 참으며 자신들의 배로 돌아갔다. 그리고 왕자와 그의 시종은 단 둘이서만 목표지점을 향해 걸어갔다. 그들은 얼마 지나지 않아 나무로 경계선이 되어있는 아름답게 펼쳐진 푸른색 초원에 이르게 되었는데, 오랜 항해 끝이라 그들은 그곳이 더욱 아름답게 보여서 잠시 쉬어가려고 그늘에 앉았다. 그들은 가까이에 있는 나무에서 예쁘고 작은 원숭이가 이리저리 뛰어다니면서 익살스러운 짓을 하는 모습을 보면서 피로를 풀었다. 그런데 원숭이의 모습에 갑작스럽게 매료된 왕자는 그 자리에서 펄쩍 일어나면서 녀석을 잡으려 했다. 하지만 원숭이는 그의 손아귀를 벗어나 잡히지 않을 만한 곳으로 달아났다. 그러다가 녀석은 자기가 인도하는 곳이면 어디로든 따라가겠다는 약속을 받아내고서야, 그의 어깨위로 펄쩍 올라타고는 귀에다 대고 속삭였다.

"돈이 한 푼도 없네요, 가난뱅이 난쟁이 씨. 궁핍하면 다음에 할 일도 떠오르지 않잖아요."

"그래, 네 말이 맞아, 난 네게 줄 것이 하나도 없어. 설탕도 비스킷도 그리고 네가 좋아할만한 것은 아무것도 없어, 귀염둥이야." 왕자는 애처롭게 대답했다.

"당신은 날 많이 아껴주고, 당신 스스로에 대해서도 인내심이 강하니, '황금바위'로 가는 길을 알려드리겠어요. 다만 모우스타를 이곳에 남겨두어야 한다는 조건에서에요." 작은 원숭이는 말했다.

난쟁이 왕자가 흔쾌히 동의하자 작은 원숭이는 그의 어깨에서 가까이에 있는 나무로 자리를 옮긴 후 나뭇가지를 이리저리 옮겨 잡으면서 숲을 가로질러 갔다. 그렇게 앞장서서 길을 인도하던 원숭이는 간간히 왕자를 보면서 "빨리 날 따라 오세요"라고 큰 소리로 말했다.

원숭이를 따라잡기는 어려웠지만 작은 원숭이는 그를 기다려 주었고, 또 그가 따라오기에 편안한 길도 알려주었다. 그들은 나무들이 많지 않은 곳을 지나 마침내 산기슭에 있는 풀이 우거진 작은 공터에까지 다다르게 되었는데, 그곳에는 약 3미터 높이의 바위가 하나 있었다. 그들이 바위에 가까이 다가갔을 때 작은 원숭이는 말했다.

"이 돌은 꽤 단단하게 보이지요. 하지만 창으로 한 번 찔러보면 생각과는 다르다는 것을 알게 될 거예요."

그래서 왕자는 창을 꺼내 그 바위를 힘차게 찔렀다. 그러자 바위는 깨어져 여러 조각으로 나뉘어졌는데, 알고 보니 그 바위는 표면이 돌로 살짝 감싸여 있을 뿐 그 안은 단단한 금덩어리로 되어있는 것이었다.

그가 놀라는 모습을 보고 원숭이는 웃으면서 말했다.

"당신이 깨뜨린 조각을 선물로 드리겠어요. 필요하다고 생각하는 만큼 가지세요."

왕자는 호의에 감사하면서 깨진 황금조각 중에서 가장 작은 것을 집어 들었다. 그러자 작은 원숭이는 갑자기 키가 크고 우아한 여성으로 변신한 다음 그에게 말했다.

"만약 당신이 지금처럼 언제나 친절하고 인내심이 있으며 작은 것에도 충분히 만족하는 모습을 보인다면, 당신은 아무리 어려운 일들도 충분히 다 이뤄낼 수 있을 것입니다. 이젠 길을 떠나도 앞으로는 황금이 떨어지는 일은 없을 거예요. 왜냐하면 당신이 욕심을 내지 않고 고른 바로 그 황금은 아무리 써도 결코 크기가 줄어들지는 않을 테니까요. 하지만 당신의 절제 때문에 당신께서 피하게 된 위험을 보시고자 한다면 따라와 보세요." 그렇게 말을 하고 그녀는 그를 데리고 자신들이 걸어 온 길이 아닌 다른 길을 따라서 숲속으로 들어갔는데, 그 길은 남자와 여자들로 가득 차 있었다. 그런데 그들은 창백하고 여윈 얼굴을 하고는 '황금바위'로 가는 길을 찾아 땅과 하늘을 미친 듯 헤매고 다니면서 온갖 괴성을 질러댔고 서로를 밀치고 짓밟고 하였다.

"아우성치는 그들이 보이지요, 하지만 그들의 아우성은 결국 헛된 일이 될 거예요. 그들은 결국 절망 속에서 죽어갈 테니까요. 이미 수백 명이 그렇게 죽어갔어요." 요정은 말했다.

그들이 모우스타를 기다리게 했던 장소로 돌아오자 요정은 곧 사라졌다. 그리고 그들이 돌아오자 기뻐하며 그를 맞이한 그의 충실한 시종은 도시로 가는 가장 가까운 길로 접어들었다. 그곳에 도착해서 그들은 며칠 동안 머물렀는데, 그 동안 왕자는 부족한 말과 시종들을 보충했으며, 사벨라 공주와 그녀가 살고 있는 왕국으로 가는 길에 관한 정보를 더 구하기도 했다. 하지만 그곳은 그들이 있는 곳에서 너무도 멀리 떨어진 거리에 있어 그곳의 사람들에게서는 막연한 묘사이외엔 구체적인 정보는 들을 수가 없었다. 그러다가 코카서스 산맥에 도착하게 되자 상황은 완전히 달라졌다. 그곳의 사람들이 하는 이야기는 온통 사벨라 공주에 관한 것뿐이었고, 전 세계에서 몰려와 그곳에 모인 이국적인 모습의 사람들은 모두 다 그녀의 부왕이 있는 궁전으로 가고자 하는 사람들이었다.

왕자는 공주의 아름다움과 그녀가 가지고 있는 엄청난 재산에 관한 이야기뿐만 아니라 자신과 겨룰 경쟁자들과 그들의 강력한 힘에 대해서도 많은 이야기를 듣던 터였다. 그런 이야기에 따르면, 그들 중 어떤 이는 막강한 군대를 이끌고 있었으며, 또 어떤 이는 엄청난 재산을 소유하고 있었고, 또 어떤 이는 잘생겼을 뿐만 아니라 남들이 부러워하는 일들을 모두 다 성취한 사람이라는 것이었다. 반면 초라한 난쟁이는 성공하고자 하는 의지와 충실한 스패니얼 개, 그리고 별 도움은 되지 않지만 그렇다고 해서 딱히 바꾸고 싶지도 않은 우스꽝스러운 이름이외엔 가진 것이 없었다. 그들은 꼬박 2개월 동안을 여행한 끝에 드디어 사벨라 공주가 있는 왕국의 수도인 트레린턴에 도착했다. 그런데 그는 이곳에서 얼음산에 얽힌 암울한 이야기를 듣게 되는데, 그것은 그 산을 오르려고 시도한 사람 중 그 누구도 돌아온 사람이 없다는 것이었다. 그는 또한 사벨라의 아버지인 파르다 킨브라스 왕에 관한 이야기도 들었다. 그 이야기에 따르면 부자이자 강력한 군주였던 그는 비르밴틴이라는 이름의 아름다운 공주와 결혼을 하게 되었는데, 행복한 생활을 하고 있던 그들은 어느 날 썰매를 타러 야외로 나갔다가 어리석은 행동으로 운명에 맞서게 되었고, 그로인해 결국 행복을

잃게 되었다는 것이다.

"주의해서 다니셔야지." 길가에 앉아 입김을 불어가며 손을 녹이고 있던 노파가 투덜대었다. 그러자 왕은 크게 화를 내고는 그녀에게 벌을 주려고 하였다. 그러나 왕비는 그를 말리면서 다음과 같이 말했다.

"아! 폐하, 사태를 악화시키지 말아요. 이 노파는 요정임에 틀림없어요!"

"그래 맞았어." 노파는 대뜸 말을 하면서 자리에서 벌떡 일어섰다. 그들은 거대하고 무시무시한 존재로. 변하기 시작하는 그녀의 모습을 겁에 질려 지켜보았는데, 그녀의 지팡이는 긴 날개가 달린 불을 뿜는 용으로, 그녀의 누더기 옷은 황금색 망토로, 그리고 그녀의 나막신은 두 개의 로켓추진체로 점차 변해갔다. "이제는 알겠지, 앞으로 그대들의 행복에 어떤 일이 일어나는지 지켜보아라. 그러면 그 땐 요정 고르곤졸라를 기억해라!"라고 말하면서 그녀는 용을 타고 떠나갔고, 로켓추진체로부터 나오는 불꽃은 사방으로 튀면서 지나간 흔적을 남겼다.

그러자 파르다 킨브라스와 비르밴틴은 요정에게 돌아올 것을 간청하면서, 예를 갖춰 사과를 했지만 결국 그녀의 화는 풀어지지 않았다. 그녀는 그들을 쳐다보지도 않았을 뿐 더러 온갖 불길한 예언을 쏟아내면서 곧 사라져버렸다. 이 일이 있은 후 얼마 지나지 않아 왕비는 어린 딸을 낳았는데, 그녀는 이 세상 누구보다도 더 아름다웠다. 그녀의 세례식엔 부방에 있는 요정들이 초대되었으며, 그들은 모두 악의적인 고르곤졸라에게 경고를 보냈다. 고르곤졸라 역시 초대는 받았지만, 그녀는 연회에 참석하지 않았을 뿐더러 선물도 받지 않았다. 그녀는 다른 사람들이 자리에 앉아 어린 공주에게 가져 온 선물을 주면서 식사를 하는 동안 검은 고양이로 변신한 다음 몰래 궁전으로 들어가 유모와 요람을 흔들어 주는 하녀들이 방에서 나가기 전까지 촛불아래에 숨어 있었다. 그들이 나가자 그녀는 숨어 있는 곳에서 튀어나와 눈 깜짝할 사이에 어린공주의 마음을 훔쳐낸 후 도망치기 시작했는데, 단지 몇 마리의 개와 하녀들만이 안뜰을 가로질러 가는 그녀를 뒤쫓았을 뿐이었다. 일단 밖으로 나가자 그녀는 마차에 올라 북극지

방으로 도망쳤고, 그곳에서 그녀는 훔친 보물을 얼음산 정상에다 감춰놓은 후 주변엔 수없이 많은 함정을 만들어 놓았다. 그런 후에 그녀는 공주가 살아있는 동안 그것이 줄곧 그곳에 있을 것을 확신한 후 만족한 웃음을 짓고는 집으로 돌아갔다. 다른 요정들의 경우엔 연회가 끝나자 그들은 잃어버린 것이 있다는 것을 전혀 눈치 채지 못한 채 집으로 돌아갔고, 왕과 왕비는 그런 모습에 대단히 행복해하였다. 사벨라는 날이 갈수록 점점 더 예쁘게 자랐다. 그녀는 공주로서 알아야 할 것은 조금의 어려움도 없이 잘 배워나갔다. 하지만 그녀가 완벽한 매력을 갖추기에는 무언가 부족한 것이 있어 보였다. 그녀는 절묘한 목소리를 가지고 있어서 자신이 부르는 노래가 엄숙한 것이든 쾌활한 것이든 소화하는 데에는 별 문제가 없어 보였다. 문제는 그 노래가 의미하는 바가 무엇인지를 자기 스스로도 모르는 것처럼 보인다는 것이다. 따라서 그녀의 노래를 듣는 사람들은 아쉬운 듯 말했다.

"그녀는 확실히 노래는 완벽하게 불러. 하지만 부드러움은 없는 것 같아. 어찌된 일인지 그녀의 목소리에는 마음이 담겨 있지 않은 것 같아." 가엾은 사벨라! 그녀의 마음은 저 먼 얼음산 위에 있는데, 지금 어찌 그것을 찾을 수 있단 말인가? 시간이 흐름에 따라 궁전에 있는 사람들의 한결같은 찬사와 왕과 왕비의 맹목적인 애정에도 불구하고, 그녀에겐 어떤 치명적인 문제가 있다는 것이 분명해졌다. 결국 남을 사랑하지 못하는 사람이 오랫동안 사랑을 받을 수는 없지 않은가? 마침내 왕은 회의를 소집했고, 공주에게 생긴 문제가 무엇인지를 밝혀내기 위해서 요정들이면 다 참석할 것을 부탁했다. 참석자 모두가 공주에 관한 이야기를 듣고 안타까움을 표현하자, 왕은 그들이 공주를 직접 볼 것을 요청했다. "틀림없어요. 분명 무언가 잘못되었는데, 그것이 무엇인지는 확실하지 않지만, 틀림없이 여러분이 무언가를 빼놓은 것 같아요." 그는 말했다.

그러자 그들은 자신들이 알고 있는 범위 내에서는 공주를 위해 할 수 있는 일은 다 했을 뿐만 아니라, 왕이 자신들에게 좋은 이웃이었던 만큼 그들 역시 좋은 이웃을 위해 해줄 수 있는 것은 하나도 빼놓지 않고 다 해

주었다고 그를 안심시켰다. 이 말을 마치고 그들은 사벨라를 보기 위해 갔는데, 그들은 그녀를 보는 순간 이구동성으로 소리쳤다.

"오! 무서운 일이로고! 그녀에겐 마음이 없다!"

이렇게 무서운 선언을 듣자 왕과 왕비는 절망적인 비명을 질렀다. 그들은 그처럼 전례가 없는 큰 불운을 치료할 방법이 있으면 알려달라고 요정들에게 간청했다. 그러자 가장 연장자인 요정은 굵은 은줄로 허리띠에 묶어서 가지고 다니는 마법의 책을 뒤적이기 시작했는데, 거기서 그녀는 공

주의 마음을 훔쳐간 자가 고르곤졸라이며, 그 사악한 요정이 그것을 어떻게 했는지에 대해서도 곧 확인할 수 있게 되었다.

"그럼 어쩌지요? 어떻게 해야 되지요?" 왕과 왕비는 동시에 외쳤다.

"당신들은 한동안 아름다운 이미지만을 갖고 있는 사벨라를 바라보며 사랑해야 하는 고통을 겪게 될 것입니다. 그리고 그러한 일은 아주 오랫동안 계속될 것입니다. 하지만 확신하건데, 그녀는 언젠가 자신의 마음을 되찾게 될 것입니다. 내가 드리고 싶은 조언은 지금 즉시 그녀의 초상화를 전 세계로 보내어 그녀의 마음을 되찾아 오는 왕자가 있으면 그에게 그녀와 그녀의 재산을 모두 다 주겠다는 약속을 공포하라는 것입니다. 그녀의 아름다움만이 전 세계에 있는 왕자들에게 그러한 모험을 하도록 이끄는 동기가 될 것입니다." 요정이 대답했다.

그렇게 하여 앞서 말한 일들이 시작되었는데, 난쟁이 왕자는 시종과 시동들의 죽음은 별개로 하더라도 이미 다섯 명의 왕자가 눈과 얼음 속에서 죽었다는 소식을 듣게 되었다. 그리고 그는 그럼에도 불구하고 더 많은 사람들이 행운을 찾아 몰려들고 있다는 사실도 알게 되었다. 한참을 생각한 후에, 그는 궁전으로 가서 자신의 존재를 알려야겠다는 결심을 했다. 하지만 그가 왔다는 사실은 아무런 동요도 일으키지 못했는데, 그것은 경쟁자들이 등장할 때 보여주었던 화려함은 파르다 킨브라스조차도 그늘로 가리게 할 만큼 대단한 것이었던 데에 비해, 그가 거느린 수행원은 그 자신의 모습만큼이나 하찮아 보였기 때문이었다. 그러나 그는 왕에게는 최대한의 경의를 표하면서 공주의 손에 의례적인 입맞춤을 할 수 있도록 허락해 달라는 부탁을 했다. 하지만 그가 사람들이 자신을 '난쟁이'라고 부른다고 말하자, 왕은 웃음을 참지 못했고 옆에 서 있던 공주조차도 큰 소리로 웃음을 터트렸다

난쟁이 왕자는 왕을 바라보며 위엄을 갖추면서 말했다.

"폐하께서 원하시면 마음껏 웃으십시오. 폐하를 기쁘게 할 수 있는 요소가 제 마음속에 있다는 것은 반가운 일입니다. 하지만 전 여기에 모인 신사분들의 장난감이 아닙니다. 그래서 전 조금이라도 그렇게 생각하는 사

람들이 있다면, 그런 마음을 지금 당장 지워버리길 간청합니다." 그러면서 그는 자신을 보며 가장 크게 웃던 사람을 바라보며 그에게 결투를 신청했다. 파다시라고 불리는 그 왕자는 그가 신청한 결투를 비꼬는 태도로 받아들였는데, 그는 난쟁이에 대한 조롱을 멈추지 않았기 때문에, 그들의 결투는 피할 수 없는 것처럼 보였다. 결국 그 결투는 다음날로 결정되었다. 난쟁이 왕자가 왕에게 아침인사를 마쳤을 때, 그는 사벨라 공주의 공식접대홀로 인도되었다. 그는 공주의 우아하고 아름다운 모습을 보는 순간 숨이 막히는 듯 했다. 하지만 그는 가까스로 정신을 차리면서 그녀에게 말했다.

"사랑스런 공주여, 난 그대를 그린 초상화의 아름다움에 이끌려 그대를 돕기 위해 이곳과 정반대에 있는 세계에서 힘겹게 왔소. 그대를 향한 내 열정은 끝이 없소. 하지만 이상한 내 이름 때문에 난 당신의 청혼자중 한 사람과 결투를 해야만 하는 처지에 있소. 내일이면 난 그 추악하고 시건방진 왕자와 결투를 해야 한다오. 부디 그대가 참석해 주어 그 결투에 명예를 더해 주시오. 그리고 세상 사람들에게 이름엔 아무 문제가 없다는 점과 그대가 기꺼이 난쟁이를 당신의 기사로 받아들일 수 있다는 점을 명확히 해 주시오."

그 말을 듣고 공주는 기분이 좋아졌는데, 그것은 비록 그녀가 마음이 없다고 해서 유머조차 받아들이지 못할 정도는 아니었기 때문이었다. 그래서 그녀는 그의 청을 기쁘게 받아들이겠다고 우아하게 대답했고, 답변을 들은 왕자는 용기가 나서 그녀에게 다른 경쟁자들에게는 호의를 베풀어 주지 말도록 한 번 더 간청했다.

"아아! 난 어리석은 감정으로 나를 지치게 만드는 바보 같은 사람들에겐 관심이 없어요. 난 내 나름대로는 최선을 다했지만, 그들은 일 년 내내 추상적인 말로 나를 괴롭혔어요. 난 그들이 사랑에 관해 조잘거리는 말을 한 마디도 이해하지 못했어요. 장담하건데, 그보다 따분한 말은 이 세상에 없는 것 같아요. 그것이 무슨 말이었는지 지금은 기억도 나지 않는다니까요." 그녀는 말했다.

난쟁이는 그 말을 듣고 공주를 웃기거나 재미있게 하는 것이, 그녀가 이해할 수도 없는 '사랑'이라 불리는 신비스런 단어로 그녀를 끝없이 괴롭히는 대열에 참가하는 것보다는 호감을 얻는 더 확실한 방법임을 직감했다. 그래서 그는 자신의 경쟁자들을 화제로 삼아 그녀를 즐겁게 만들 수 있는 그들의 우스꽝스런 속성에 대해 이야기를 시작했는데, 공주는 그의 이야기를 듣고는 무척 재미있어 했다. 그는 공주를 즐겁게 하는데 완벽하게 성공했기 때문에, 그녀는 그를 알게 된지가 얼마 되지는 않았지만 그와 이야기 하는 것이 궁전에 있는 다른 누구와의 대화보다도 훨씬 더 재미있다는 선언을 하기에 이르렀다.

다음 날 결투를 하기로 약속한 시간이 되자 왕과 왕비 그리고 공주는 참관할 자리를 잡았고 궁전에 있는 사람들은 물론 도시의 시민들도 그 광경을 보기 위해 몰려들었다. 파다시 왕자는 훌륭한 무장과 값비싼 옷을 갖춰 입고 말을 타고 입장했는데, 그 뒤로는 24명의 기사와 100명의 병사들이 각각 화려하게 꾸민 말을 타고 따랐다. 반면 난쟁이 왕자는 단지 창 하나와 그를 따르는 충실한 모우스타만을 대동하고 맞은 편 입구에서 나타났다. 두 전사들 사이의 차이는 너무나 엄청났기 때문에 거기에 모인 사람들은 모두가 큰 소리로 웃음을 터뜨렸다. 하지만 결투의 시작을 알리는 트

럼펫 소리와 동시에 두 투사들이 서로를 향해 달려가 맞부딪치게 되었을 때 자기를 향해 오는 창을 살짝 피한 난쟁이가 파다시 왕자를 말에서 떠밀어 떨어뜨린 후 모래바닥에 쓰러진 그를 창으로 제압하게 되자 사람들의 비웃음은 곧 찬탄의 웅성거림으로 바뀌게 되었다.

그러나 패배자의 운명을 자기 손에 쥐고 있는 난쟁이는 공주를 돌아보면서 그녀에게 자비를 구하는 자는 누구도 자기는 죽이고 싶은 마음이 없다는 점을 확인시켰다. 그러고 나서 그는 화가 난 동시에 굴욕에 처한 파디시를 일으켜 세운 후, 그에게 자신의 생명을 구해준 공주에게 감사를 표하도록 시켰다. 그런 다음 그는 트럼펫과 사람들의 환호성 소리를 들으며 엄숙하게 경기장을 빠져나왔다.

왕은 곧 그를 불러 승리를 축하한 후 그에게 궁전에서 머물 수 있도록 숙소를 마련하겠다고 제의했고, 그는 그 제안을 기꺼이 수락했다. 반면 공주는 모우스타를 자기에게 데려다 달라는 부탁을 했고, 이에 왕자가 그 개를 데려다주자 그녀는 그의 품위 있는 예의범절과 놀라운 지력에 감탄하고는 아예 그 개를 자기에게 줄 수 없느냐는 간청을 하게 되었다. 왕자는 그녀의 청을 지체 없이 수락했는데, 그것은 단지 공손한 예의 때문만이 아니라 자신의 충실한 친구가 공주 곁에 있을 수 있다면 언젠가 자기에게 큰 도움이 될 수도 있다고 판단했기 때문이다. 이 모든 일들은 난쟁이 왕자가 궁정에서 입지를 다지게 하는데 도움이 되었다. 이 일이 있고 난 후 얼마 안 있어, 그 나라의 국경에는 강력한 힘을 지닌 왕의 대사가 도착했는데, 그는 파르다 킨브라스 왕에게 자기가 그 나라의 수도에 도착할 무렵엔 자기나라 왕의 친서에 대한 답을 받기를 희망한다는 서신을 미리 보내왔다.

"나, 브랜다티모르는 파르다 킨브라스 왕에게 인사를 드리오. 내가 더 일찍 당신의 아름다운 딸인 사벨라의 초상을 보았다면, 난 그녀에게 몰려든 청혼자들과 그들이 그녀에게 비위를 맞추면서 자신들이 그녀를 아내로 맞을 수도 있다고 하는 터무니없는 생각들을 결코 용납할 수 없었을 것이오. 나로 말하자면 난 그 어떤 경쟁자도 두렵지 않소. 그리고 난 지금 이 순간 그대의 딸과 결혼할 마음이 있다는 것을 선언하는 바이오. 따라서 그녀의 구혼자들은 자신들의 뜻을 곧바로 접어야 할 것이오. 난 대사를 통해 공주가 지금 당장 이곳으로 와서 나와 결혼하는데 필요한 일정을 전달하는 바이오. 난 당신이 얼음산에 관해 전 세계에 퍼트린 터무니없는 조건엔 조금도 관심도 없소. 만약 공주에게 정말로 마음이 없다면, 그녀에게 난 그것을 전혀 개의치 않는다고 말해 주시오. 그리고 혹 누군가 그것을 그녀에게 찾아다 주는 사람이 있다하더라도 그렇게 할 수 있는 사람은 오직 나뿐이오. 장인어른께 전하오. 안녕히!"

편지를 읽은 파르다 킨브라스와 비르밴틴은 몹시 당황하면서 불쾌해했고, 공주 또한 그 무례한 요구에 분노하였다. 그들 세 사람은 답장을 보내기 전까진 그 내용을 비밀로 하기로 정했지만, 모우스타는 그 내용을 난쟁이 왕자에게 전달해 줄 수 있었다. 그 역시 놀라면서도 당연히 분개했는데, 그 문제에 대해 한참을 생각한 그는 공주에게 만나줄 것을 청했다. 그는 대화의 주제를 자신과 공주의 가장 깊숙한 심중에 있는 바로 그 문제로 교묘하게 이끌어 갔다. 결국 그녀는 그 문제에 관한 내용을 다 털어놓으면서 어떻게 대처하는 것이 최상의 방책인지 그에게 조언을 구했다. 그런데 이 문제는 자신으로서도 혼자서는 결정을 내리기 어려운 문제였다. 그래서 그는 대사의 영접이 끝난 후에 대답을 주겠다는 약속으로 시간을 더 확보하도록 그녀에게 조언을 했고, 그녀는 그렇게 했다.

대사는 그러한 식으로 시간이 지체되는 것을 좋아하지는 않았지만 어쩔 수 없이 받아들이면서, 자기 생각으로는 자신의 행렬이 곧 도착할 것 같은데 그렇게 되면 곧 바로 도시에 있는 사람들과 각지에서 몰려든 왕자들을 다 불러놓고 자기가 모시는 군주의 힘과 위엄을 보여주겠다고 거만하게 말했다. 절망에 빠진 난쟁이는 다시 한 번 친절한 제네스타 요정에게 도움을 구해보기로 했다. 그는 이따금씩 그녀에 대해 생각했고 감사하는 마음은 항상 지니고 있었지만, 길을 떠나온 이후로는 아주 중대한 경우에만 그녀에게 도움을 청하자고 다짐했었다. 현 사태의 어려움에 대해 이것저것 생각하다가 그는 피로해진 나머지 자신도 모르는 사이에 깊은 잠에 빠져들게 되었는데, 바로 그날 밤 그는 요정이 바로 옆에 와 있는 꿈을 꾸게 되었다. 그녀는 꿈에서 다음과 같이 말했다.

"난쟁이야, 넌 지금까지 아주 잘 해왔다. 앞으로도 지금까지처럼 잘 한다면, 넌 필요할 땐 언제든지 좋은 친구들을 얻게 될 것이다. 대사와 관계된 이번 일의 경우엔, 사벨라에게 결국 모든 일은 그녀가 바라는 대로 될 테니, 그의 의기양양한 입성을 차분히 기다리고 있으라는 조언을 해주어라."

왕자는 그녀 앞에 무릎을 꿇고 고마움을 표하고 싶었지만, 일어나 보니 꿈이었다. 그럼에도 불구하고 그는 새로운 용기를 얻을 수 있었고, 다음 날이 되자 공주를 만나러 갔다. 그녀를 만난 그는 모든 일들이 다 잘 될 테니까 걱정하지 않아도 된다는 모호한 확신의 말을 해주었다. 그는 한 발 더 나아가 그녀에게 오만한 브랜다티모르를 그녀에게서 떨어져 나가게 해 주는 사람이 있으면 무척이나 고맙게 여기지 않겠느냐고 물어보았다. 이 질문에 그녀는 그렇게 되면 그에 대한 고마움은 끝이 없을 것이라고 대답했다. 그러자 그는 그 일을 해낼 만큼 운 좋은 사람에게 그녀가 크게 바라는 것이 무엇인지를 알고 싶어 했다. 그에 대한 답으로 그녀는 그들에게 바라는 것이 있다면, 그것은 자신이 그런 것처럼 그들도 '사랑'이라 불리는 어리석은 것에 무심했으면 좋겠다고 말했다.

이것은 난쟁이 왕자처럼 열렬한 청혼자에겐 치명적인 언급이었지만, 그는 그 말이 불러일으킨 고통을 큰 용기를 내어 숨겼다.

대사는 다음 날 도착할 테니 답변을 준비해 놓으라는 전갈을 보내왔다. 그래서 시민들은 이른 새벽부터 일어나 그들이 도착하는 광경이 잘 보이는 자리를 차지하기 위해 경쟁을 하였다. 그러나 선량한 제네스타 요정은 그들이 기대하는 것과는 거리가 먼 아주 우스꽝스러운 광경을 준비하고 있었다. 그녀는 구경꾼들의 눈에 마법을 걸어 대사의 호화스런 행렬이 나타나게 되었을 때, 그들의 화려한 의상은 시민들의 눈에는 거지조차도 입기를 수치스러워할 만큼의 형편없는 넝마처럼 보이게 만들었고, 활기차게 뛰어오는 준마들은 제대로 걷지도 못하는 뼈대만 앙상한 가련한 말처럼 보이게 만들었으며, 황금과 보석들로 눈부시게 반짝이는 그들의 장신구는

쟁기질용의 말들에게도 과분할 만한 낡은 양가죽처럼 보이게 만들었다. 또한 시동들은 비천한 청소부들처럼 보이도록 만들었다. 나팔소리는 양파줄기나 혹은 종이로 감싼 빗에서 나는 휘슬소리에 다름이 없도록 했다. 그리고 일렬로 늘어선 50대의 마차는 50마리의 당나귀가 끄는 짐수레처럼 보이게 했다. 마지막 마차에는 강력한 왕국을 대표하는 신분에 어울릴 것이라고 생각해서 거만하고 냉소적인 태도를 취하고 있는 대사가 타고 있었는데, 그 행렬은 다른 행렬들과 비교해 볼 때 최악의 것처럼 보이도록 했다. 그것은 그 행렬에 참가하고 있는 사람들 모두가 허영과 자아도취적인 모습을 하고 있었기 때문에 더욱 그러한 것처럼 비춰졌다. 그럼에도 그들은 자신들의 외관에 대해 엄청난 자부심을 갖고 있었을 뿐만 아니라 주변 사람들에게도 자신들의 화려함이 충분히 빛을 발하고 있으리라 믿고 있었다.

특별행렬이 지나 갈수록 그들의 모습을 본 군중들 사이에선 비웃음과 조롱소리가 더욱 더 높아 갔는데, 마침내 이러한 소식은 접견실에서 그들을 맞이하기 위해 기다리고 있던 왕의 귀에까지 들어가게 되었다. 그러자 행렬이 궁전에 도착하기도 전에 그들의 실체를 알게 된 왕은 그들이 자신을 모독한 것이라고 생각하고는 성문을 걸어 잠그도록 명령했다. 자신의 화려함과 긍지에도 불구하고 왕이 타협할 여지없이 단호하게 자신을 받아들이기를 거부하자 대사의 분노는 극에 달했다. 충격에 빠진 그는 왕과 그 나라 사람들에게 미친 듯 헛소리를 질러 대면서 행렬을 철수시키기 시작했는데, 성난 시민들은 그들을 조롱하면서 돌과 진흙을 사정없이 던졌다. 대사가 정신없이 말을 몰아 그 나라를 빠져 나갔음은 더 이상 말할 필요가 없다. 그러나 곧바로 그는 불과 검으로 그 나라를 쑥대밭으로 만들어 놓고야 말겠다는 악의에 찬 위협을 퍼부으며 파국적인 전쟁을 선포하였다.

대사의 끔찍한 발언이 있고 난 며칠 후, 베이어드 왕은 몇 명의 조신을 통해 난쟁이 왕자에게 우정이 담긴 편지를 보내 왔는데, 그 안에는 그의 안부를 물으면서 그에게 어려운 일이 생긴다면 언제라도 도와주겠다는 내용이 담겨 있었다.

난쟁이는 곧바로 답장을 했는데, 그는 그들이 서로 헤어지고 난 이후에 일어났던 일들에 관해 빠짐없이 적어 보냈다. 물론 그는 파르다 킨브라스와 브랜다티모르 사이에서 일어날 끔찍한 전쟁에 관해 쓰는 것도 잊지 않았다. 그는 편지의 말미에다 자신의 충실한 친구에게 자기를 도와 줄 수 천 마리의 스패니얼 개 병사들을 보내주었으면 한다는 내용의 글을 써 넣었다.

왕이나 왕비 그리고 공주조차도 브랜다티모르가 보낸 대사의 엄청난 선전포고를 제대로 이해하고 있지 못하고 있었다. 그럼에도 불구하고 전쟁 준비는 활발하게 진행되었고, 얼음산에 가지 않은 왕자들은 군대에서 최고의 직책을 요구하며 군인으로 자원했다. 그들 중에서도 난쟁이는 가장 먼저 자원을 했는데, 그는 수차례 전공이 있는 용감하고 명망이 있는 총사령관의 보좌관 자리를 부탁했다. 군대가 조직되자마자 그들은 전선으로 이동해갔고, 그곳에서 그들은 브랜다티모르 자신이 직접 이끄는 적들과 마주치게 되었다. 자기가 파견한 대사가 모욕당한 것에 분노한 브랜다티모르는 철저한 복수를 결심했고, 아울러 사벨라 공주도 차지하리라 마음먹고 있었다. 수에서는 상대가 되지 않았던 파르다 킨브라스 왕의 군대는 최선을 다해 적들을 방어하는 수밖에 없었는데, 오래지않아 난쟁이는 장교로서의 능력과 군인으로서의 용맹 그리고 부하들에 대한 보살핌으로 큰 명성을 얻게 되었다. 그리고 그가 수행한 여러 작은 전투에서 그는 적들을 모두 패퇴시키는 전과를 얻었다.

그런데 얼마 후 브랜다티모르가 자신의 군대를 총동원해 치열한 전면전을 치르게 되었을 때, 파르다 킨브라스 왕의 군인들은 필사적인 용기로 싸웠지만 총사령관을 잃고는 엄청난 손실을 떠안은 채 퇴각해야만 했다. 그러는 동안 난쟁이는 놀라운 일들을 해내었는데, 그는 여섯 번이나 퇴각하는 군대를 모아 적들을 물리쳤다. 그 후 그는 군대를 재조직해서 적들이 더 이상 침입해 들어오지 못하도록 그들을 막아낼 수 있었다. 그러는 와중에 어느 덧 매서운 겨울이 시작되었고, 전쟁은 당분간 소강상태가 되었다.

그러자 그는 두려움에 바짝 긴장하고 있던 궁전으로 돌아왔다. 왕은 자신이 신뢰하고 있던 총사령관의 죽음으로 절망적인 상태에 있다가 난쟁이를 보고는 그에게 군대를 맡아줄 것을 요청했다. 그리고 왕은 그에게 조언을 받으면서 궁전에서의 일을 처리했다. 난쟁이는 곧 공주를 즐겁게 만드는 일을 착수했는데, 그러면서도 그는 '사랑'이라 불리는 지루한 것에 대해서는 한 번도 그녀에게 상기시키지 않았다. 그래서 그녀는 그를 만나는 것이 언제나 즐거웠으며, 그 결과 그들은 겨울을 활기차게 보낼 수 있었다.

그러는 동안 왕자는 다음 번 전투를 비밀리에 조용히 준비하고 있었다. 그는 스패니얼 개로 구성된 강력한 군대가 도착할 것이라는 소식을 접하고는 그들에게 적들의 눈에 띄지 않게 전선부근에 배치하고 있으라고 요구한 다음, 자기는 연륜이 많은 만큼 전쟁의 경험도 풍부한 그들의 사령관을 가급적이면 빨리 만나서 작전을 협의할 예정이라는 말도 함께 전했다. 이후 사령관의 조언을 받아들인 난쟁이는 적들이 진군해 오면 그들과 정정당당한 전면전을 치를 계획을 세웠다. 브랜다티모르는 한 순간도 망설이지 않고 군대를 진격시키고 있었는데, 그러면서 그는 이제야말로 전쟁을 끝장내고 파르다 킨브라스를 완전히 정복할 수 있을 것이라는 확신을 했

다. 그러나 그가 돌격하라는 명령을 내리기가 무섭게 병사들 틈에서 눈에 띄지 않게 숨어있던 스패니얼 개들은 가까이에 있는 말에 뛰어올랐고, 그 때문에 겁에 질린 말들이 날뛰게 되자 전체 진영은 한 순간에 혼란에 빠지게 되었다. 그리고 개들이 기병들의 목을 공격하자 갑작스런 급습을 받은 그들 중 상당수는 말에서 떨어졌으며, 말들은 겁에 질려 방향을 돌려 도망치면서 사방으로 흩어지게 되었다. 그 결과 난쟁이 왕자는 쉽게 승리를 거둘 수 있었다. 그는 브랜다티모르를 딱 한번 전투에서 만났으나 그를 포로로 잡을 수 있었다. 그러나 그는 난쟁이가 궁전으로 보내려고 했으나 그곳에 채 도착하기도 전에 죽었는데, 그것은 이렇게 전락한 처지로 사벨라 앞에 나선다는 생각을 하자 자존심이 상해 더 이상 살수가 없었기 때문이었다. 한편 파다시 왕자와 뒤에 남아 있던 나머지 사람들은 그동안 난쟁이 왕자가 한 행적으로 볼 때 그가 공주를 차지하지는 않을까 하는 두려움으로 얼음산을 향해 전속력으로 달려가기 시작했다. 난쟁이는 궁전으로 돌아오는 길에 그 소식을 듣고는 몹시 불쾌해했다. 비록 그는 공주를 위해 최선을 다했지만, 그녀는 단지 그의 용맹한 공적에 대해서만 존경하는 찬사를 보냈을 뿐 그가 그토록 바라는 사랑의 감정에 대해서는 전혀 무관심했기 때문이었다. 그런 그에게 모우스타가 줄 수 있었던 위안이라고는 적어도 그녀가 다른 누군가를 사랑한 적이 없다는 말뿐이었고, 그런 그 말에 그는 만족하는 수밖에 달리 도리가 없었다. 그러나 그는 어떤 일이 닥친다 하더라도 더 이상 지체하지 않고 자기가 그렇게 멀리까지 온 목적을 이루기 위한 과업은 반드시 시도해야겠다고 결심했다. 그가 왕과 왕비에게 떠난다는 말을 고하자 그들은 가지 말도록 권고 하면서 파다시 왕자와 그의 동행인들이 눈 속에 묻혀 죽었다는 말을 전했다. 하지만 그는 자신의 뜻을 굽히지 않았다. 사벨라의 경우, 그녀는 그에게 손을 내밀어 입맞춤을 하도록 했는데, 그것은 그들이 처음 만났을 때 그녀가 그에게 무심하게 손을 내밀었던 것과 다를 바가 없었다. 이들의 작별은 우연히도 궁전사람들이 다 모여 있는 곳에서 이루어졌는데, 그들 모두는 난쟁이 왕자를 좋아했으므로 공주가 그를 무심하게 대하는 모습을 보자 화를 내었다.

마침내 왕은 그에게 말했다.

"왕자여, 그대는 내가 그대의 값진 봉사에 대한 고마움으로 하사한 모든 선물을 언제나 반납해왔네. 그래서 이번엔 공주에게 그녀의 담비모피외투를 그대에게 주도록 할 텐데, 제발 그것만은 거절하지 않았으면 하네!" 그런데 그것은 추위 때문이 아니라 공주의 섬세한 용모와 빛나는 황금색 머리타래에 너무나도 잘 어울리기 때문에 그녀가 즐겨 입는 화려한 모피외투였다. 그녀는 그 옷을 벗은 다음 공손한 자세로 난쟁이 왕자에게 그것을 받으라는 청을 했고, 그는 마법에 걸린 듯 그것을 받았다. 그리고 그는 그녀가 준 옷과 갖가지 종류의 작은 나무꾸러미와 전쟁이 끝난 후에도 그의 곁에 머물고 있는 50마리의 스패니얼 개 중에서 두 마리를 데리고 길을 떠났다. 그는 도시를 지나갈 때마다 그곳에 있는 사람들로부터 끝없는 사랑과 극진한 호의를 받았다. 마침내 그는 작은 마을에다 자신의 말을 남겨두고는 눈이 쌓인 길을 따라 걷기 시작했는데, 그곳은 사방 어디를 둘러보아도 황량함 그 자체였다. 이곳에서 그는 나머지 48마리의 스패니얼 개들을 만나기로 약속이 돼 있었는데, 그들은 그를 반갑게 맞으면서 앞으로 어떤 일이 생기든지 자신들은 그에게 충성을 다할 것이라는 다짐의 말을 해

주었다. 그 말을 나눈 후에 그들은 희망을 안고 목적지를 향해 출발했다. 처음엔 앞서간 다른 사람들의 흔적이 살짝 보이면서 희미하긴 했지만 따라가지 못할 정도는 아니었다. 그러나 그러한 흔적도 곧 사라졌고 북극성만이 그들의 유일한 안내자가 되었다. 잠시 쉴 때가 되자, 왕자는 많은 생각을 한 끝에 마침내 자신이 원래 계획한 일을 하기로 결심하고는 가지고 온 나무꾸러미에서 몇 개의 가지를 빼내어 눈에다 심고 그 위에다 그가 마법에 걸린 배에서 모아온 마법의 가루를 조금씩 흩뿌렸다. 그러자 기대했던 바대로 나뭇가지들은 싹을 틔우며 자라나기 시작했고, 그야말로 눈 깜짝할 순간에 캠프 주위에선 갖가지 종류의 나무숲들이 형성되면서 꽃을 피우고 열매를 맺기 시작했다. 그래서 그들에게 필요한 것들이 모두 다 충족될 수 있었고, 그들은 곧바로 큰 불을 피워 자신들의 몸을 따듯하게 할 수 있었다. 왕자는 몇 마리의 스패니얼 개를 정찰병으로 파견했는데, 그들은 다행스럽게도 양식을 등에 싣고 눈 속에 빠져 있는 말을 한 필 발견할 수 있었다. 그들은 곧 자신들의 동료들을 불러들여 그 전리품을 캠프로 의기양양하게 가져올 수 있었다. 그것은 주로 비스킷이었기 때문에 스패니얼 개들은 충분히 힘을 회복할 수 있었고, 또 편안하게 잠을 잘 수도 있었다. 이러한 식으로 그들은 낮에는 여행을 하면서 밤이 되면 나뭇가지를 몇 개 빼내어 식량과 보금자리를 만든 다음 안전하게 잠을 청할 수 있었다. 그들은 여행 도중에 온몸이 빳빳하게 얼어서 감각이나 움직임이 조금도 없는 자신들보다 앞서서 위험한 모험을 떠났던 군인들을 지나친 적이 있었다. 그러나 왕자는 그들을 해동시키는 어떠한 시도도 엄격하게 금했다. 그렇게 그들은 낮에는 줄곧 얼음산을 보면서 그곳을 향해 3개월을 걸어갔고, 가까이 다가가자 그 산의 윤곽은 점점 더 선명해 졌다. 드디어 그들은 목적한 산에 도착해서 그것을 바라보게 되었을 때, 그들은 그 산의 엄청난 높이와 급격한 경사를 보고는 몸서리를 치게 되었다. 그러나 그들은 참을성과 인내심을 발휘하여 한 걸음 한 걸음씩 기어서 올라갔다. 그들은 마술나무로 불을 피우면서 산을 올라갔는데, 그렇지 않았다면 그들은 지독한 추위로 얼어 죽었을 것이다. 마침내 그들은 산꼭대기를 덮고 있는 웅장한 얼음궁전 입구에 도착했는데, 그곳엔 죽음 같은 침묵과 얼음 같은 잠에 빠져 있는 사벨라의 마음이 놓여 있었다. 그런데 그 때부터 어려움이 본격적으로 시작되었는데, 그 이유는 만약 그들이 생존하기 위해 불을 피우면 단단한 얼음으로 지어진 궁전이 시시각각 녹아내릴 것이고, 또 그렇게 되면 전체 구조물이 그들의 머리 위로 무너져 내릴 위험이 있었기 때문이었다. 그러나 그들은 조심하면서도 신속하게 궁전의 안마당과 홀을 가로질러 가서 곧바로 거대한 왕좌가 있는 곳에 도달했는데, 그곳에는 눈으로 된 쿠션위에 크고 눈부시게 반짝이는 다이아몬드가 놓여 있었다. 그리고 바로 그 다이아몬드 안에는 사랑스러운 사벨라 공주의 마음이 담겨 있었다. 왕좌의 가장 낮은 계단에는 다음과 같이 얼음으로 된 글자가 새겨져 있었다. "그대가 누구든 용기와 미덕으로 사벨라의 마음을 차지하게 된다면 충분히 가치 있는 보상을 얻게 될 것이다."

난쟁이 왕자는 계단위로 뛰어올라 자신이 그토록 가장 갈망했던 것이 들어 있는 그 다이아몬드를 움켜잡았는데, 그는 자신도 모르는 사이에 눈으로 된 쿠션위로 넘어졌다. 그러자 그의 충실한 스패니얼 개들은 지체 없이 달려들어 그를 구해낸 다음 서둘러 홀을 빠져 나왔다. 그러는 사이 그들 주위에선 뜻하지 않은 열기 때문에 궁전이 무너지면서 얼음조각이 떨어지는 소리가 들리기 시작했다. 그들은 산 아래쪽으로 내려오기 전까지 왕자의 의식을 회복시키기 위한 노력을 한시도 멈추지 않았고, 결국 의식을 회복한 그는 사벨라의 마음을 갖게 된 것을 알고는 무한한 기쁨을 느꼈다.

그들은 전속력을 다해 계단을 내려왔다. 그러나 그는 이번만은 자신과 겨뤄 패배하고 낙담한 경쟁자들을 그저 보고만 있을 수가 없었다. 그들은 냉동된 몸으로 개선장군이 된 그가 가는 길에 죽 늘어서 있었다. 그는 스패니얼 개들에게 최선을 다해 그들을 다시 살려내도록 명령했고, 그들은 명령을 성공적으로 수행해 냈기 때문에 날이 갈수록 그들의 행렬은 늘어만 갔다. 그래서 그가 원래 말을 남겨 두었던 작은 마을로 돌아왔을 무렵엔 그를 호위하는 왕자들은 근 500명에 달했고, 기사와 기사의 종자들은 이루 다 헤아릴 수도 없이 많았다. 게다가 그는 예의가 바르고 겸손했기 때문에, 그들 모두는 그를 명예롭게 여겼다. 이제 그는 자신을 행복하고 축복받은 존재로서 세상의 모든 사람들과 잘 어울릴 수 있을 것 같다는 생각을 하게 되었다. 얼마 지나지 않아 그는 자신을 맞이하기 위해 전속력으로 달려오는 충직한 모우스타를 만났는데, 그는 공주에게 생긴 갑작스럽고 놀라운 변화에 대해 소식을 전해 주었다. 그 소식에 따르면 그녀는 온화하고 사려 깊은 사람으로 변했는데, 온 종일 난쟁이 왕자에 대한 이야기만 한다는 것이었다. 게다가 그녀는 그가 힘든 경우를 당하지 않을까 두려워하면서 대단히 걱정스러워 한다는 것이었다. 왕자는 그 소식을 듣고는 몹시 기뻐했는데, 그러한 표정은 얼굴에 고스란히 드러났다. 때마침 궁정에서 보낸 조신 한 명이 그가 임무를 성공적으로 마치고 돌아온다는 소식을 접한 왕과 왕비의 축전을 가지고 왔는데, 거기에는 사벨라가 직접 보낸 우아하게 쓴 찬사의 글도 담겨 있었다. 왕자는 모우스타를 그녀에게 돌려보냈고, 그녀는 그를 기뻐하며 맞이했다. 결국 그는 사랑하는 사람이 보낸 선물이 아니던가?

마침내 왕자일행은 수도에 도착했고, 거기서 그들은 왕으로부터 공식적인 환대를 받았다. 파르다 킨브라스와 비르밴틴은 난쟁이 왕자를 껴안으면서 그를 공주의 미래의 남편이자 자신들의 후계자로 선언했고, 이에 그는 자신에게는 과분한 명예라는 말로 대답했다. 그런 다음 그는 공주에게 인도되었는데, 그가 손에 입맞춤을 하자 그녀는 난생처음으로 얼굴을 붉히었으며 무슨 말을 어떻게 해야 할지를 몰라 망설이고만 있었다. 그러자 왕자는 그녀를 보며 무릎을 꿇고는 마음이 들어 있는 눈부신 다이아몬드를 바치면서 다음과 같이 말했다.

"공주, 이 보물은 당신의 것이오. 그동안 숱한 위험과 역경이 있었지만, 그것을 찾아 줄 수 있어 기쁘오."

"아! 왕자님, 내가 이것을 받는 이유는 순전히 당신께 돌려주기 위함입니다. 이미 내 마음은 당신의 것이기도 하니까요." 그녀는 말했다.

그러는 사이에 왕과 왕비가 다가와서 대화는 잠시 중단되었다. 그들은 왕자에게 수없이 많은 질문을 했는데, 그 중에는 같은 질문이 수시로 반복되기도 했다. 하나의 사건이 생기면 그것을 두고 사람들이 동의하는 공통점은 항상 있기 마련인데, 난쟁이 왕자는 어떤 특정한 정황에 대해 그것의 상태를 묻는 질문을 족히 천 번쯤은 받았을 것이다.

그것은 "공주의 마음이 정말로 차가운 상태에 있었느냐?" 하는 것이었다.

왕은 난쟁이 왕자와 공주에게 회의실로 따라오도록 말했다. 그들은 시키는 대로 따라 나섰지만, 그가 그곳에 모인 원로대신들에게 왕자를 자신의 사위이자 후계자로 소개하려는 의도가 있음은 전혀 인식하지 못했다. 그러나 난쟁이가 그의 의도를 알아챘을 때, 그는 그들에게 비천한 자신의 신분에 관한 이야기를 털어 놓았다. 그는 심지어 자신이 농부의 아들인 것 같다는 사실도 숨기지 않고 말했다. 그런데 그가 이 말을 마치기도 전에 하늘이 갑자기 어둡게 변하면서 천둥소리가 으르렁거리고 번개의 번쩍이는 불빛 속에서 선량한 제네스타 요정이 나타났다. 그녀는 난쟁이 왕자를 바라보며 말했다.

"난 그대가 용기뿐만 아니라 진실한 마음씨까지도 보여준 것에 크게 만족하네." 그런 다음 그녀는 파르다 킨브라스 왕에게 말을 건네면서 왕자의 과거사에 얽힌 진실을 말해 주었다. 그녀는 자기가 어떻게 해서 다른 사람들을 다스리는 최고의 교육을 그에게 시키게 되었는지에 대해 자세하게 설명해 주었다. "그대는 충직한 친구를 갖는다는 것이 얼마나 좋은 일인지를 이미 잘 알고 있을 것이네." 그러면서 그녀는 왕자에게 다음과 같은 말도 덧붙였다. "자네는 이제 베이어드 왕과 그의 국민들이 그대에게 베푼 친절한 행위로 인해 원래의 모습을 되찾는 것을 보는 기쁨을 누릴 것이네."

그러할 때 독수리들이 끄는 마차가 한 대 도착했는데, 그곳에서는 어리석은 왕과 왕비가 타고 있었다. 그들은 오랫동안 잃어버렸던 아들을 껴안고 기쁨을 나누는 사이 털가죽을 쓰고 있는 아들의 모습에 크게 놀랐다! 그들이 사벨라를 애무하면서 그녀의 손을 비트는(이것은 그 나라 국민들 사이에서는 진한 애정의 표현이다)동안, 사방에서 요정을 가득 태운 마차들이 다가오고 있는 것이 보였다.

"전하, 내가 전하의 궁전을 요정들의 만남의 장소로 정했습니다. 부디 전하께서 백 년에 한 번 모이는 우리들의 행사를 위해 큰 무도회를 열어 주실 것을 청원합니다." 제네스타는 파르다 킨브라스에게 말했다.

왕은 공이 자기에게 왔음을 인정하면서 고르곤졸라와 화해를 하고는 둘이서 함께 무도회를 열었다. 마르손틴 요정이 베이어드왕과 그의 국민들을 원래의 모습으로 회복시켰기 때문에 그곳에 등장한 왕은 너무나도 멋진 모습이었다. 그러자 요정 중 한 명은 곧 자신의 마차를 보내어 스파이스 섬의 여왕을 데려오도록 했고, 그렇게 해서 그들의 결혼도 난쟁이 왕자와 사랑스럽고 우아한 사벨라 공주의 결혼식과 나란히 진행할 수 있었다. 그들은 그 후 영원히 행복하게 살았고, 자신들의 왕국은 자녀들에게 고루 나누어 주었다.

사벨라 공주가 준 첫 번째 선물을 기억하는 의미에서 왕자는 가장 아름다운 담비모피에 그녀의 이름을 명명하도록 했는데, 그 때문에 오늘날까지 우리는 세이블(검은담비)이란 단어를 쓰는 것이다.

프랑스
꼼뜨 드 까이뤼즈 Comte de Caylus.

마법의 반지 The Enchanted Ring

옛날 옛날에 로지몬드라는 이름을 가진 사람이 살았는데, 그는 성격도 좋고 인물도 잘 생겼지만 그의 형인 브라민토는 얼굴도 못생겼고 마음씨 또한 고약했다. 그들의 어머니는 장남을 몹시 싫어했으며, 관심은 온통 동생에게만 두었다. 이것이 브라민토의 질투심을 자극했고, 그 결과 그는 동생을 파멸시키기 위해 끔찍한 이야기를 지어냈다. 그는 동생인 로지몬드가 원수 집안의 사람을 자주 만나면서 그에게 자기 집안의 일들을 시시콜콜 다 털어놓고 있으며, 아버지까지도 독살할 음모를 꾸미고 있다는 거짓말을 해댔다.

그러자 화가 난 아버지는 로지몬드를 피가 날 때까지 매질을 하였다. 그런 다음 그는 아들을 감옥에 투옥시켜 사흘 동안 굶겼고, 그 후엔 끌어내어 집밖으로 내쫓으면서 돌아온다면 죽이겠다는 협박을 했다. 어머니는 안타까웠지만 아무 말도 하지 못했고, 그저 흐느껴 울기만 했다.

그는 눈물을 흘리며 집을 나섰지만 어디로 가야할지 막막해서 그저 이리저리 몇 시간을 헤매다가 마침내 어느 우거진 숲으로 오게 되었다. 그가 커다란 바위 밑에 다다를 즈음 이미 어둠이 내렸기 때문에, 그는 작은 계곡물이 흐르는 소리를 자장가 삼아 이끼가 덮인 바위 위에서 잠을 청했다.

그가 깨어났을 땐 새벽녘이었는데, 그는 황금으로 된 마구를 찬 회색 말 등에 앉아서 사냥을 하고 있는 아름다운 여인이 곁에 와 있는 것을 보

았다.

"수사슴 한 마리와 사냥개들이 지나가는 것을 보지 못했소?" 그녀는 물었다.

"아니요, 보지 않았어요." 그는 대답했다.

그러자 그녀는 다시 한번 말을 이었다. "그대는 불행해 보이는 구료. 무슨 문제라도 있소? 이 반지를 받으시오. 그 반지는 그대를 이 세상에서 가장 행복하고 강력한 남자로 만들어 줄 것이오. 물론 거기엔 '나쁜 일에만 쓰지 않는다면'이라는 단서가 있긴 하오. 다이아몬드를 안쪽으로 돌리면, 그대는 보이지 않게 될 거요. 그것을 바깥쪽으로 돌리면, 그대는 다시 보이게 될 거요. 그것을 새끼손가락에 끼면, 그대는 왕의 아들과 같은 풍모를 지니게 될 것이고 화려한 행렬도 따르게 될 것이요. 그것을 약지에 끼게 되면, 다시 원 상태로 돌아올 거요."

그제야 젊은이는 자기에게 말하고 있는 사람이 요정이라는 사실을 눈치 챘는데, 그녀는 이야기를 마치자 숲 속으로 들어가 버렸다. 그는 반지를 빨리 시험해보고 싶어서 곧바로 집으로 돌아갔다. 그는 요정이 말한 내용이 사실임을 알게 되었는데, 그것만 있으면 모든 것을 보거나 들을 수 있으면서도 정작 자신의 모습은 남들에게 가릴 수 있었다. 그것은 마음만 먹는다면 자신은 조금도 위험에 노출되지 않고서도 형에게 충분히 복수할 수 있는 힘을 지닌다는 것을 의미했다. 그는 자기가 갖게 된 신기한 능력을 어머니에게만 털어놓았다. 그러면서 그가 마법의 반지를 새끼손가락으로 옮겨 끼자, 그는 왕자와 같은 풍모를 지니게 되었고, 백 마리나 되는 준마와 부유하게 차려입은 근위병들이 그를 수행하게 되었다.

아버지는 자신의 작고 조용한 집에 왕자가 나타나자 무척 놀랐고, 그와 같이 엄청난 일에 무엇을 어떻게 해야 할지 몰라 무척 당혹스러워했다. 그러자 로지몬드는 그에게 아들이 몇 명이냐고 물었다.

"두 명입니다." 그는 대답했다.

"그들을 보고 싶네. 그들을 지금 당장 불러주게나. 난 그들을 궁전으로 데리고 가서 큰 부를 누리도록 하겠네." 로지몬드는 말했다.

아버지는 망설인 다음 말했다. "여기 왕자님께 대령시킬 장남은 있습니다만."

"그럼 차남은 어디에 있는가? 난 그도 만나보고 싶은데." 로지몬드는 추궁하듯 말했다.

"그는 여기엔 없습니다. 그 녀석이 잘못을 저질러 벌을 내렸는데, 녀석은 지금 달아나고 없습니다." 아버지는 말했다.

그러자 로지몬드가 말을 받았다. "자넨 그에게 벌을 내릴게 아니라, 무엇이 옳은 것인지를 판단하여야 했어. 어쨌든 장남이라도 데려오게. 그리고 자네는 근위병 둘을 내어줄테니, 그들을 따라 내가 그들에게 말해놓은 장소로 가게나."

두 명의 근위병은 아버지를 데리고 떠났는데, 방금 전에 언급한 바로 그 요정은 그가 숲에 이르자 황금으로 된 자작나무 막대기로 그를 매질한 다음 어둡고 깊은 동굴로 끌고 가 마법을 걸어 놓았다. "그곳에 누워 있어

라. 네 아들이 너를 찾으러 올 때까지.” 그녀는 말했다.

한편 둘째 아들은 궁전으로 갔는데, 그곳은 마침 진짜 왕자가 부재중이었다. 그는 전쟁을 하기 위해 먼 나라로 배를 타고 가는 도중 역풍을 만나 난파를 당한 후 이름 모를 해안에서 야만인들에게 포로로 잡혀 있었다. 그 나라에서는 왕자가 죽은 줄 알고 애도 중이었고, 그러한 때에 로지몬드가 바로 그 왕자의 모습으로 궁전에 나타나게 된 것이었다. 그는 죽기 일보직전에 어떤 상인들에 의해 구조된 것이라 해명했다. 그의 귀환은 온 왕국의 기쁨이었고, 왕은 기쁜 나머지 할 말을 잃고는 그저 아들을 껴안을 뿐이었다. 왕비는 그보다 훨씬 더 기뻐하면서 전국방방곡곡에서 축제를 벌이라고 지시했다.

어느 날 거짓왕자는 자신의 형에게 말했다. “브라민토, 자네도 잘 알다시피 난 자네를 풍족하게 만들어 주고 싶어서 이곳으로 데려왔네. 그런데 난 자네가 거짓말쟁이라는 것을 알게 되었네. 자네의 거짓말이 자네 동생인 로지몬드를 곤경에 빠뜨리는 원인이 되었더군. 그는 이곳에서 숨어 지내고 있네. 난 자네가 그를 만나서 잘못한 것에 대해 비난을 좀 들어야 한다고 생각하네.”

브라민토는 이 말을 듣자 몸을 떨면서 왕자의 발밑에 머리를 조아리며 자신의 죄를 고백했다.

“그것만으론 충분치 않네. 자네가 사죄해야 할 사람은 자네의 동생이네. 그에게 용서를 구하길 바라네. 그가 만일 용서해준다면, 그는 아주 관대한 사람일 것이고, 자네에겐 과분한 일이 될 것이네. 그는 지금 대기실에서 기다리고 있으니 곧 만나게 될 걸세. 난 옆방에 가 있을 테니, 자네들 둘이서만 만나게.” 로지몬드는 말했다.

브라민토는 그가 일러 준대로 대기실에 들어갔다. 그러자 로지몬드는 반지를 바꾸고 다른 문을 통해 그곳으로 들어갔다.

브라민토는 동생의 얼굴을 보자 수치심이 밀려들었다. 그는 용서를 구하면서 자신의 잘못에 대해 모든 것을 속죄하겠다는 약속을 했다. 로지몬드는 눈물을 흘리며 그를 껴안았고 그 즉시 그를 용서하며 말했다. “난 왕에게 상당한 호의를 받고 있기 때문에, 형의 목을 달아나게 하거나 평생을 감옥에서 지내게도 할 수 있어요. 하지만 난 형이 내게 한 사악한 행동만큼이나 난 형에게 그만큼의 선량한 행동을 하고 싶어요." 브라민토는 혼란스럽기도 하고 부럽기도 해서 감히 로지몬드를 쳐다보거나 그에게 자신이 형이라는 사실을 내세울 용기가 나지 않았다. 화해하는 상황이 지나자 로지몬드는 자기는 곧 비밀리에 여행을 떠나 인근 왕국에 살고 있는 공주와 결혼을 할 예정이라고 말했다. 그러나 실제로 그는 어머니를 만나러 간 것이었고, 그곳에서 그는 어머니에게 그동안 궁전에서 있었던 일들을 자세히 얘기했으며 필요한 생활비도 주었다. 그 돈은 왕이 필요한 것이 있으면 언제든 가져다 쓰라고 한 호의로 모은 것이었다. 하지만 그는 필요 이상으로 욕심을 내는 경우는 없었다. 그러한 때에 자신의 주군인 왕과 약속을 헌신짝처럼 버리는 인접한 국가의 독재자 사이에 큰 전쟁이 발발했다. 로지몬드는 곧장 그 사악한 독재자의 궁전으로 달려가 반지를 이용해 그곳에서 개최되는 회의에 몰래몰래 참석했고, 결국 그들의 작전을 빠짐없이 엿들을 수 있었다. 그는 사악한 왕에 맞서는 군의 최고 사령관이 되어 영예로운 전투에서 승리를 거뒀다. 그렇게 해서 그 나라에서는 모든 사람들이 평등하게 살아갈 수 있는 평화가 찾아왔다.

평화가 정착되자 왕은 하루라도 빨리 그를 왕위후계자로 만들어 태양만큼이나 사랑스러운 이웃나라왕국의 공주와 결혼시킬 생각만 하였다. 그러나 어느 날 로지몬드가 처음 요정을 만난 바로 그 숲에서 사냥을 하고 있을 때, 그에게 은혜를 베풀었던 그녀가 깜짝 나타났다. "조심하시오, 그대는 그대를 진짜 왕자라고 믿는 그 누구와도 결혼을 해서는 안 되오. 그대는 아무도 속여서는 안 되오. 온 국민이 당신이라고 믿는 그 진짜왕자가 아버지로부터 왕위를 계승받아야 하오. 그것이 정의이고 합당한 일이오. 자 어서 저 멀리 있는 섬으로 가서 그를 찾으시오. 내가 바람을 일으켜 그대가 탄 배의 돛을 부풀어 오르게 해 그대를 그곳으로 인도하겠소. 이 일을 서둘러 그대의 주군께 알리시오. 비록 그것이 그대의 야심에 반하는 것일지라도, 그대는 반드시 그렇게 해야 하오. 그리고 정직한 사람이 그러하듯이 그대는 원래의 상태로 돌아갈 준비를 하시오. 만약 그대가 그렇게 하지 않는다면, 그대는 사악해지고 불행해지기도 할 것이오. 그러면 난 그대를 버릴 것이고, 그대는 수없이 많은 난관에 부딪치게 될 것이오." 그녀는 힐난하는 목소리로 그에게 말했다.

로지몬드는 그녀의 현명한 충고를 마음속 깊이 받아들였다. 그가 이웃나라로 가는 비밀임무를 수행하겠다는 말을 하고서 배에 승선하자, 바람은 그를 진짜왕자를 찾을 수 있는 섬으로 옮겨 주었다.

불행한 왕자는 야만인들의 포로가 되어 있었는데, 그들은 그에게 양을 치게 하였다. 자신의 모습을 보이지 않게 한 로지몬드는 목초지 사이에서 양떼를 돌보고 있던 그를 찾아내 망토를 씌워주었다. 그는 왕자를 잔인한 적들의 손아귀에서 구해내어 배로 데려왔다. 그러자 요정은 전과는 달리 반대 방향으로 바람을 일으켜 돛을 부풀어 오르게 하였다. 그렇게 해서 두 사람은 나란히 왕의 면전에 나타날 수 있었다.

로지몬드가 먼저 이야기했다. "폐하는 저를 당신의 아드님으로 믿고 계셨을 텐데, 사실은 아니었습니다. 이제 진짜 아드님을 모시고 왔습니다." 왕은 크게 놀라며 친 아들을 바라보면서 물었다. "적을 무찌르고 영예스런 평화를 가져오게 한 것이 네가 아니란 말이냐? 그리고 네가 난파를 당해 포로로 잡혀 있을 때, 여기에 있는 로지몬드가 구해준 것이 사실이란 말이야?"

"예, 그렇습니다. 아바마마. 포로로 잡혀있을 때 저를 찾아내 구해준 이가 바로 이 사람이옵니다. 그로 인해 전 아버님을 다시 뵈올 수 있게 되었습니다. 승리를 거둔 이 또한 제가 아니라 바로 이 사람이옵니다." 왕자가 대답했다.

왕은 자기의 귀를 믿을 수가 없었다. 그러자 로지몬드는 반지를 돌려 왕자의 모습을 하고 그 앞에 나타났고, 두 명이 다 자신의 아들인 것만 같이 보여 왕은 그저 멍하니 바라다만 볼 뿐이었다. 얼마 후 그는 로지몬드에게 수고한 대가를 넉넉히 제공하게 되었는데, 그는 그러한 사례를 단연코 거부했다. 그는 다만 자기의 형인 브라민토가 궁정에서 일자리를 얻어 생활할 수 있게 하겠다는 제의만은 수락했다. 그가 그렇게 한 이유는 운명이 바뀌면 모든 사람들은 자신을 시기할 것이고, 그렇게 되면 자신의 바뀐 운명이 오히려 약점으로 작용할 것을 우려했기 때문이었다. 그의 유일한 소망은 고향으로 돌아가 어머니와 함께 땅을 경작하면서 살아가는 것이었다.

어느 날 숲속을 거닐고 있을 때, 그는 요정을 다시 만나게 되었고, 그녀는 그에게 아버지가 갇혀 있는 동굴과 그곳에서 그를 빼내는데 필요한 주문을 알려주었다. 그는 기쁨에 겨워 주문을 반복해서 외우고 또 외웠는데, 그가 그렇게 기뻐한 것은 마음속으로는 항상 아버지를 집으로 모셔서 마지막 날까지 행복하게 살도록 해 주고자 하는 바람이 있었기 때문이었다. 그렇게 해서 로지몬드는 온 가족의 구원자가 된 셈이었고, 자신에게 나쁜 짓을 하려고 했던 사람들에게도 즐거운 마음으로 선행을 베풀게 되었다. 그가 큰일을 해 준 궁전에 바란 것이라고는 부패가 없는 곳에서 멀리 떨어져 살아갈 수 있는 자유를 달라는 것뿐이었다. 그리고 그는 반지를 계속 갖고 있게 되면 얼마 전 잃게 된 세속적인 자리를 다시 연연해하지 않을까 우려하면서 그것을 요정에게 돌려주기로 결심했다. 며칠 동안 그는 숲을 헤매고 다닌 후에 드디어 요정을 만날 수 있었다. "큰 힘이 있지만 동시에 위험하기도 한 이 선물을 다시 돌려드리고 싶어요. 제가 혹 그것을 잘못 이용하지 않을까 걱정이 됩니다. 전 혹시라도 그것을 자칫 고독을 떨쳐버리거나 욕망을 만족시키는데 사용하게 되는 경우 결코 제 자신이 안전하지 않다는 것을 압니다." 그는 반지를 건네주면서 말했다.

로지몬드가 요정에게 반지를 되돌려 주는 동안, 경험을 통해서도 아무것도 배운 것이 없는 브라민토는 자신의 욕망을 충족시키기 위해 최근에 왕위를 계승하게 된 왕자를 설득해서 동생에게 못된 짓을 하려고 했다. 그러나 이 모든 상황을 알고 있던 요정은 로지몬드가 그녀에게 반지를 돌려주려 할 때 그에게 말했다.

"그대의 사악한 형은 그대에 대한 왕의 마음을 병들게 해서 그대를 파멸시킬 요량으로 온갖 못된 짓을 자행하고 있소. 그는 그에 대한 벌을 받아야 하고, 그것은 죽음일 것이오. 그러기 위해선 먼저 자신을 타락시켜야 하는데, 그렇게 되도록 하기 위해 난 그에게 이 반지를 줄 것이오."

로지몬드는 그 말을 듣자 울면서 말했다.

"벌을 주기 위해 그에게 반지를 준다는 것이 무슨 뜻입니까? 그는 모든 사람들을 박해하기 위해서, 그리고 그 자신은 지배자가 되기 위해서 그것을 사용할 것입니다."

"동일한 물건이라도 어떤 사람에게는 치료약으로 쓰일 수 있지만 또 다른 사람에게는 치명적인 독이 되기도 하는 법이라오. 천성이 사악한 사람에게는 부귀영화가 모든 악의 근원이 되는 것이오. 만약 그대가 부도덕한 자를 벌하고 싶다면, 가장 먼저 해야 할 일은 그에게 권력을 주는 것이오. 그러면 그대는 그가 그 밧줄을 이용해 스스로의 목을 매는 모습을 보게 될 것이오." 요정은 대답했다.

말을 마친 그녀는 곧바로 궁전으로 갔고, 그곳에서 그녀는 누더기를 걸친 노파로 변장을 하고는 브라민토에게 나타났다. 그녀는 그에게 다가가서 다음과 같이 말했다.

"난 이 반지를 그대의 동생에게서 받아왔소. 난 그에게 이 반지를 빌려주었는데, 그 덕분에 그는 영예를 얻었소. 이제 그대에게 이 반지를 줄 터이니, 신중하게 생각한 후 하고 싶은 것을 하시오."

브라민토는 웃으면서 대답했다.

"난 자기가 왕자처럼 행세 할 수 있었는데도 그 자리를 진짜왕자에게 돌려 준 내 동생과 같이 바보 같은 짓은 하지 않을거요." 그는 자신이 말한 대로 동일하게 행동했다. 그가 반지를 사용한 목적은 가족의 비밀을 캐내어 그들을 배신하고 살인과 온갖 악행을 저지르거나 불법적으로 재산을 착복하기 위한 것뿐이었다. 아무런 흔적을 남기지 않았던 그의 범죄는 사람들에겐 그저 놀라운 일 그 자체였다. 왕은 그렇게 많은 사건들이 공개 혹은 비공개로 연달아서 일어나자 처음엔 무척 당황을 했다. 하지만 브라민토가 예기치 않게 막대한 부를 축척한 것이나 인격적으로 오만해지는 모습을 보자, 그는 곧 마법의 반지가 그것의 원인이 되지 않았을까를 의심하기 시작했다. 진실을 알아내기 위해서 그는 전쟁 중에 있는 적국의 포로 중 방금 전 법정으로 끌려 온 병사를 매수했다. 그는 그 포로에게 밤에 몰래 브라민토에게 접근한 다음 그에게 국가의 기밀을 넘겨주면 엄청난 영예와 보상을 해 줄 것이라는 제안을 하라고 시켰다.

브라민토는 모든 것을 해 주기로 약속하고 범죄 착수금을 받아 챙긴 후, 자신은 모습을 보이지 않게 만드는 반지를 갖고 있기 때문에 그것을 이용한다면 어떤 비밀스런 공간도 들어갈 수 있다는 자랑을 늘어놓았다. 그러나 그의 승리는 아주 짧았다. 다음 날 그는 왕명으로 체포되어 반지를

빼앗겼다. 그는 몸수색을 당한 후 범죄가 입증될 만한 서류를 압수당했다. 비록 로지몬드가 뒤늦게 법정에 와서 사면해 줄 것을 간청하긴 했지만, 그의 청은 곧 바로 거절당했다. 그래서 브라민토는 죽게 되었다. 결국 동생의 손에 있을 때는 유용했던 반지가 형에겐 치명적인 독이 되었다.

브라민토의 죽음에 대해 로지몬드를 위로하기 위해서 왕은 그에게 귀중한 그 진주반지를 되돌려주었다. 하지만 불행을 겪은 로지몬드는 그 반지를 예전과 동일한 시각으로 볼 수는 없었다. 그래서 그는 집에 오자마자 숲으로 요정을 찾아 나서게 되었다.

"여기 당신의 반지를 받으세요. 형의 경우를 모범삼아 전 이전에 모르던 많은 것들을 알게 되었습니다. 반지를 소유한다는 것은 단지 파멸만을 부를 뿐입니다. 아! 만약 그것만 없었다면, 형은 아직 살아 있었을 테고, 늙으신 아버지와 어머니 역시 수치심과 슬픔을 안고 땅에다 머리를 숙이고 다니지는 않으실 텐데! 만약 형이 자신의 욕망을 다 성취할 수 있는 기회를 갖지 않았다면, 그는 어쩌면 더 현명해지고 행복해질 수도 있었을 텐데! 오! 세상에 있는 대다수의 사람들보다 더 많은 힘을 갖게 되는 것이 얼마나 위험한 일인지! 당신의 반지를 도로 넣어주세요. 당신이 그것을 준 사람들은 모두가 다 그로인해 불행해졌습니다. 바라건 데 저에 대한 호의로 제게 가까운 사람들에겐 그것을 주지 말 것을 간청합니다."

프랑스

프넬롱 Fenelon

담뱃갑 The Snuff-Box

세상에 흔히 있는 일이지만 여행을 하면서 한 평생을 보내는 젊은이가 있었다. 어느 날 그는 길을 가다가 담뱃갑을 주었다. 그가 그것을 열자, 담뱃갑은 "원하는 것을 말해봐?"라고 스페인어로 말을 건넸다. 그는 소스라치게 놀랐지만, 다행히도 그것을 집어 던지지 않고 재빨리 닫고는 호주머니에 다시 넣었다. 그리고 그는 길을 따라 계속 걸어가면서 "만약 담뱃갑이 "원하는 것을 말해봐?"라고 다시 말을 걸면 이번엔 아까보다는 나은 대답을 해야지."라고 혼잣말을 했다. 그런 다음 그는 담뱃갑을 다시 한번 꺼내 열어보았는데, 이번에도 역시 담뱃갑은 "원하는 것을 말해봐?"라고 말했다. 젊은이가 "이 모자에 금이 가득 담겼으면 좋겠어."라고 대답하자, 곧 그렇게 되었다.

젊은이는 이제 마법을 갖게 되었다. 그는 앞으로 부족한 것이 아무것도 없을 터였다. 그는 여행을 계속했고, 우거진 숲을 지나 마침내 아름다운 성에 도착했다. 그 성에는 왕이 한 명 살고 있었다. 젊은이는 누군가가 자신을 지켜보고 있다는 사실은 개의치 않고 성 주변을 둘러보고 있었는데, 왕이 관심을 보이며 그에게 무엇을 하고 있는지 물어보았다. "전 그저 폐하의 성을 둘러보고 있는 중입니다." "자네도 이 같은 성을 하나 갖고 싶은가?" 젊은이는 대답하지 않았지만, 날이 어두워지자 담뱃갑을 꺼내 뚜껑을 열었다. "원하는 것을 말해봐?" "내게 황금 선반, 다이아몬드 타일, 그리고

금과 은으로 된 가구가 갖추어진 성을 한 채 지어줘." 그가 미처 말을 끝마치기도 전에, 주문한 것과 똑같은 성이 왕의 궁전과 마주보고 서있었다. 왕은 잠에서 깨어 태양의 빛을 받아 눈부시게 빛나는 화려한 성을 보고는 놀라서 말이 나오지 않았다. 신하들도 자신들의 할 일은 잊은 채 그것을 바라만 보고 있었다. 얼마 후 왕은 옷을 갖춰 입고 젊은이를 만나러 갔다. 그러자 그는 자신을 강력한 힘을 가진 왕자로 소개하면서, 자기는 왕과 한 집에서 살거나 혹은 집은 달라도 같이 살았으면 하는 것이 바람이고, 왕이 딸을 자신의 아내로 주었으면 한다고도 말했다. 그것은 왕 역시 바라는 희망이기도 했다. 그래서 젊은이는 공주와 결혼을 했고, 황금의 궁전에서 행복하게 살았다.

그러나 왕의 아내는 젊은이와 자신의 딸을 질투했다. 공주는 어머니께 자신들이 원하는 것이면 무엇이든 들어주는 담뱃갑에 대해 말했는데, 왕비는 하녀를 뇌물로 매수해 그 담뱃갑을 훔쳐 오게 했다. 그녀는 그들이 밤마다 담뱃갑을 어디에 두는지 주의 깊게 살폈다. 그리고 어느 날 저녁 온 세상이 다 잠에 빠져들었을 때, 하녀는 그것을 훔쳐 늙은 왕비에게 갖다주었다. 오, 왕비는 얼마나 행복했겠는가? 그녀가 뚜껑을 열자, 담뱃갑은 그녀에게 "원하는 것을 말해 보세요?"라고 말했다. 그러자 그녀는 곧바로 대답했다. "나를 남편과 하녀 그리고 아름다운 이 집과 함께 홍해 너머에 있는 지역으로 데려다 주길 원해. 물론 내 딸과 사위는 이곳에 남겨두고 말이야."

젊은 부부가 잠에서 깨어났을 때, 그들은 담뱃갑도 없이 낡은 성에 있는 것을 알게 되었다. 그들은 그것을 찾아 곳곳을 다 살펴보았지만 소용이 없었다. 젊은이는 낭비할 시간이 없음을 느끼고 호주머니에다가 들어갈 수 있는 만큼의 금화를 넣은 다음 말에 올랐다. 그는 말을 타고 가면서 담뱃갑을 찾기 위해 이웃나라를 샅샅이 뒤졌으나 허사였고, 곧 돈도 바닥이 났다. 하지만 그는 구걸을 해가며 말이 달릴 수 있는 한 빠른 속도로 길을 재촉했다.

누군가는 그에게 달이 멀리까지 여행을 하기 때문에 그에게 자문을 구하면 도움이 될 수도 있지 않겠느냐고 말해주었다. 그 말을 듣고 그는 길을 계속해서 갔고, 숱한 역경을 이겨낸 후 드디어 달의 나라에 오게 되었다. 그곳에서 그는 어떤 노파를 만났는데, 그녀는 그를 보자 단호하게 경고했다. "예서 뭐하고 있소? 내 아들은 보이는 것은 무엇이든 잡아먹는다오. 그대가 현명한 젊은이라면, 어서 이곳을 떠나 두 번 다신 얼씬 거리지 마시오." 하지만 젊은이는 자기의 슬픈 사연을 노파에게 모두 말했다. 그는 놀라운 담뱃갑을 어떻게 갖게 되었는지, 그것을 어떻게 잃어버리게 되었는지, 어떻게 빈털터리가 되었는지, 아내와 어떻게 헤어졌고, 또 지금 도움이 얼마나 필요한지에 관해서 말했다. 그런 다음 그는 아마도 노파의 아들이 먼 곳까지 여행을 하고 다니니 황금으로 만든 선반과 다이아몬드 타일, 그

리고 황금과 은으로 장식 된 그 궁전을 보았을 수도 있지 않겠느냐고 말했다. 그가 막 이야기를 끝마치려는 순간 달이 들어와서는 인간의 피와 살 냄새가 난다고 말했다. 그러자 어머니는 그것은 모든 것을 다 잃어버린 불쌍한 사람에게서 나는 냄새이고, 그가 여기에 온 것은 너와 상의하기 위해서이니 젊은이에게 두려워하지 않고 모습을 드러낼 수 있도록 하라고 말했다. 그래서 젊은이는 달 앞으로 당당히 걸어 나와 한 때는 자기 것이었지만 이제는 잃어버린 황금으로 만든 선반과 다이아몬드 타일, 그리고 금과 은으로 장식 된 궁전을 보았는지 물었다. 그 질문에 달은 보지 못했다고 대답하면서, 태양은 자신보다 훨씬 더 먼 곳까지 여행을 하니, 그에게 가서 물어보는 것이 더 낫지 않겠는가라고 말했다.

젊은이는 작별인사를 하고는 말의 힘이 닿는 대로 계속해서 길을 갔다. 그는 구걸을 해서 허기를 채우면서 겨우겨우 태양의 나라에 도착할 수 있었다. 그곳에서 그는 작은 노파를 만났는데, 그녀는 그에게 "예서 뭐하는 거요? 썩 물러가시오. 내 아들이 사람을 잡아먹은 다는 말을 듣지 못했소?" 그러나 그는 가지 않겠다고, 아니 갈수가 없다고 말했다. 그는 자신은 너무도 불행하기 때문에 죽기 아니면 살기밖에 다른 선택의 여지가 없다고 했는데, 그 이유로 그는 자신은 이미 모든 것, 무엇보다도 황금으로 만든 선반과 다이아몬드 타일, 그리고 황금과 은으로 장식 된 가구가 갖춰진 세상에 둘도 없는 휘황찬란한 궁전까지도 잃어버린 사실을 말해 주었다. 그는 잃어버린 것을 찾기 위해 그렇게 먼 거리를 오랜 시간을 들여서 왔고, 지금은 이 세상 그 누구보다도 더 불행하다는 점을 설명했다. 그러자 노파는 마음이 누그러져 그를 숨겨주었다.

태양이 도착했을 때, 그는 인간의 냄새가 난다고 말하면서 저녁식사로 먹기에 적당할 것 같다는 생각을 했다. 하지만 어머니는 아들에게 모든 것을 잃은 후 도움을 얻기 위해 멀리서 온 불행한 젊은이에 관한 이야기를 했다. 그러자 아들도 결국 그를 만나겠다는 약속을 했다.

그래서 젊은이는 숨어 있던 장소에서 나왔다. 그는 태양에게 혹 그가 여행하던 중에 황금으로 만든 선반과 다이아몬드 타일, 그리고 황금과 은으로 장식 된 가구가 갖춰져 있어 세상에 둘도 없이 훌륭한 궁전을 본 적이 있는지를 물어 보았다.

그 말에 태양은 본적이 없다고 하면서, 바람이라면 어디나 들어갈 수 있어서 아무나 못 보는 것도 쉽게 볼 것이기 때문에, 그것을 본 것이 있다면 틀림없이 바람일 것이라고 말했다.

그 말을 듣고 젊은이는 타고 있는 말이 이끄는 대로 여행을 계속했다. 그는 가는 도중 구걸을 하면서 허기를 채웠고, 여러 가지 난관을 이겨내고 결국 바람이 사는 집에까지 다다랐다. 그는 그곳에서 작은 노파가 커다란 통에 물을 채우는 모습을 발견했다. 그녀는 그가 그곳까지 온 이유를 묻고는 자기 아들은 보이는 것은 무엇이든 잡아먹는다고 말했다. 그녀는 또한 아들이 곧 미치광이가 되어 돌아올 것이기 때문에 미리 피신하는 것이 좋겠다고 말했다. 그러나 그는 자신의 처지는 너무도 불행하기 때문에 잡아먹히는 한이 있어도 지금은 아무것도 생각할 수 없다고 말하면서, 세상에 둘도 없이 훌륭한 궁전과 그 안에 있던 온갖 보물을 빼앗긴 것이며 고향집에 두고 온 아내에 관한 이야기까지 모두 늘어놓으며 자기는 그것을 되찾기 전까지 방랑을 멈추지 않을 것이라고 말했다. 그리고 그는 바람에게 가서 상의해보라고 말한 이가 태양이라는 말도 덧붙였다. 그러자 그녀는 그를 계단 밑에 숨겨주게 되었고, 바로 그 때 집을 송두리째 흔들면서 남풍이 들어왔다. 그는 목이 말랐기 때문에 물을 먼저 들이켰다. 하지만 곧 그는 사람의 피 냄새를 맡고 어머니에게 자기가 잡아먹을 수 있게 녀석을 당장 내놓으라고 말했다. 그러나 그녀는 준비해 놓은 식사를 먼저 먹으라고 하면서, 그 젊은이는 충분히 동정을 받을만하고, 무엇보다도 태양조차 목숨을 살려주면서 너에게 가서 상의해 보도록 시켰다는 말을 했다. 말을 끝마친 후 그녀는 젊은이를 데리고 왔는데, 젊은이는 그에게 어떻게 해서 자기가 궁전을 찾으러 나서게 되었는지, 그리고 그것의 행방을 아는 이가 없어 결국 그에게까지 오게 된 사연을 이야기했다. 그는 자기가 수치스럽게 빼앗긴 황금으로 만든 선반과 다이아몬드 타일, 그리고 황금과 은으로 장식 된 가구가 있는 궁전에 관한 이야기를 덧붙이면서, 혹 그가 돌아다니는 중에 그 같은 집을 본적이 있는지를 물어 보았다.

그러자 바람은 보았다고 말하면서, 자기는 그 날 온종일 바로 그 궁전 위를 오고가며 바람을 일으켰지만 한 장의 타일도 움직일 수가 없었다고 대답했다. "오, 제발 그것이 어디에 있는지 알려주세요." 젊은이는 간청하며 말했다. "그것은 먼 곳에 있다. 홍해 반대편에 있어." 바람이 대답했다. 그러나 젊은이는 낙담은커녕 벌써 그곳을 향해 멀리까지 걸어가고 있었다.

바람의 말을 듣자마자 여행길에 올랐던 그는 가까스로 그 먼 나라에 도착할 수 있었다. 그곳에서 그는 정원사를 채용하려는 사람이 있는지를 알아보았다. 그는 그 성에 있는 수석정원사가 일을 그만두었기 때문에, 그곳에서 일자리를 얻을 수도 있다는 말을 들었다. 젊은이는 시간을 지체하지 않고 성을 찾아가서 혹시 정원사가 필요하지 않느냐고 물어보았다. 마침내 그 일을 맡게 되었을 때, 그의 행복감은 어떠했겠는가! 그는 하루의 대부분을 하인들과 보내며 그들의 주인이 갖고 있는 엄청난 재산과 집안에 있는 놀라운 물건들에 관한 이야기에 열중했다. 그는 하녀 중 한 명과 친해지게 되었는데, 그녀는 결국 담뱃갑에 관해 이야기를 해 주게 되었다. 그는 그녀를 구슬리어 그것을 한 번 보게 해 달라고 부탁했다. 어느 날 저녁 그녀는 조심스럽게 담뱃갑을 가져와서 보여 주었는데, 그는 그녀가 안주인의 침실에 있는 비밀의 장소에다 그것을 가져가 숨기는 것을 주의 깊게 살폈다.

다음 날 저녁 사람들이 다 잠들자, 그는 침실에 몰래 들어가 담뱃갑을 꺼내왔다. 그것의 뚜껑을 열었을 때 그의 기쁨이 어땠을까를 생각해 보아라! 담뱃갑이 그에게 "원하는 것을 말해봐?"라고 예전처럼 묻자, 그는 대답했다. "원하는 것? 내가 원하는 것은? 그래, 난 이 성과 더불어 예전의 장소로 돌아가고파. 왕과 왕비 그리고 하인들은 모두 이 홍해에 빠져죽게 만들고 말이야." 이 말이 미처 끝나기도 전에 궁전에 살고 있던 사람들은 모두 홍해의 바닥에 누워있게 되었고, 그는 다시 아내에게 돌아와 있었다.

프랑스

세빌로 sebillot

황금색 지빠귀 The Golden Blackbird

옛날에 세 명의 아들을 둔 강력한 왕이 있었다. 그는 병이 들자 각 분야의 의사들을 불러 들였는데, 그 중에는 접골사도 있었다. 하지만 그들 중 어느 누구도 그의 병명을 밝혀내지 못했을 뿐만 아니라 고통을 완화시키지도 못했다. 그러던 중 외국인 의사가 불려오게 되었고, 그는 황금색 지빠귀만이 병자를 낫게 할 수 있을 것이라고 선언했다.

그래서 늙은 왕은 그 신비한 새를 찾도록 첫째 아들을 파견하면서, 만약 그가 그 새를 찾아서 데리고 온다면 엄청난 재산을 주겠다고 약속했다.

젊은 아들은 여행을 시작했는데, 얼마 안 있어 길이 네 군데로 나뉘는 곳에 도착했다. 그는 어느 길을 선택할지 망설이다 모자를 공중에다 던지고 그것이 떨어지는 방향으로 가리라 마음을 먹었다. 이삼 일을 더 여행한 후 그는 자기가 어디로 가고 있는지, 또 얼마를 왔는지도 모른 채 지친 몸을 이끌고 흥청대는 사람들이 가득한 여인숙으로 들어와 먹고 마실 음식을 주문했다.

"아버님을 위해서, 그러한 새를 찾기 위해 더 이상 시간을 낭비하는 것은 정말로 어리석은 짓이다. 아버님은 이미 늙었고, 곧 돌아가시기라도 한다면 어차피 내가 재산을 물려받지 않겠는가." 그는 말했다.

늙은 왕은 조바심을 내며 얼마 간 기다리다가 둘째 아들을 보내 황금색 지빠귀를 찾도록 했다. 둘째 아들도 형이 지나갔던 그 길로 오게 되었는데, 그 역시 교차로에 다다르자 모자를 던져 갈 방향을 정하고자 했다. 그 모자도 전에 떨어졌던 바로 그 장소에 떨어졌기 때문에 그도 형이 머물고 있는 곳으로 오게 되었다. 여인숙의 창밖을 내다보고 있던 형은 그를 불러 세워 자기와 함께 그곳에 머물면서 자신의 무료함을 달래주도록 했다.

"형의 말이 맞아, 황금색 지빠귀를 찾아 온 세상을 돌아다닌다고 한들 그것을 찾으리라는 보장이 어디에 있어. 최악의 경우 늙은 아버님이 돌아가신다면, 그의 재산은 고스란히 우리의 몫이 될 텐데 말이야." 동생이 대답했다

그는 여인숙에 들어갔다. 두 형제는 매일 먹고 마시며 실컷 즐겼기 때문에 가지고 있는 돈은 곧 바닥이 났다. 그들은 심지어 주인에게 빚까지 지게 되었는데, 집 주인은 빚을 갚을 때까지 그들을 볼모로 삼았다.

이번엔 막내가 차례가 되어 길을 떠나게 되었는데, 그도 두 형이 볼모로 잡혀 있는 바로 그 곳에 오게 되었다. 그들은 그를 불러 세우고는 더 이상 가지 못하도록 모든 수단을 동원했다.

"가야 되요. 아버님은 저를 믿고 있어요. 전 황금색 지빠귀를 찾을 때까지 전 세계를 다 돌아다닐 것입니다." 그는 말했다.

"체, 너도 우리처럼 결코 성공하지 못할 거야. 아버지가 죽을 때까지 기다리자. 그런 다음 그의 재산을 고루 나누는 거야." 형들은 말했다.

막내는 계속해서 길을 갔는데, 그러는 도중에 작은 산토끼를 만났다. 산토끼는 그를 바라보며 물었다.

"이보게 친구, 어딜 그렇게 가나?"

"사실은 나도 모른다네, 아버님이 병환중이신데, 황금색 지빠귀를 찾아서 그에게 가져가지 못하면 병이 낫기를 기대할 수 없네. 길을 떠나 오랫동안 걸어왔네만, 어느 누구도 그 새를 찾을 수 있는 곳을 말해주지는 못했다네."

"그렇다면, 아직도 갈 길이 많이 남았네. 그 새가 있는 곳에 도달하려면 적어도 천 킬로미터 이상은 더 가야만 하네." 산토끼가 대답했다.

"그러면 그렇게 먼 거리를 갈 수 있는 방법은 없겠나?"

"내 등에 올라타게. 내가 안내해 주겠네." 작은 산토끼는 말했다.

젊은이는 토끼의 말대로 했다. 껑충껑충 뛰면서 토끼는 천 킬로미터 이상을 달렸고, 얼마 후에 그들은 아주 크고 형언할 수 없을 만큼 아름다운 커다란 성에 도착했다.

"황금색 지빠귀는 근처 작은 오두막집에 있네. 쉽게 찾을 수 있을 거야. 그 새는 작은 새장에 살고 있는데, 그 옆에는 황금으로 만들어진 새장이 하나 더 있네. 어떻게 해도 좋네만 새를 그 멋진 새장 안에는 넣지 말게. 그렇게 되면 성안에 있는 모든 사람들이 자네가 새를 훔치는 걸 알게 될 테니까 말이야." 작은 산토끼는 말했다.

젊은이는 나무로 된 횃대 위에 앉아있는 황금색 지빠귀를 찾아냈지만, 그 새는 마치 죽은 것처럼 빳빳하게 굳어 있었다. 그리고 그 옆에는 황금으로 된 멋진 새장이 놓여 있었다.

"저 새를 멋진 새장에다 넣으면 생기를 되찾을지도 몰라." 젊은이는 말했다.

황금색 새는 화려한 새장의 빗장에 닿는 순간 곧바로 눈을 떴고 휘파람을 불기 시작했다. 그러자 성에 있는 하인들은 무슨 일인가 하여 모두 달려와서는 그를 도둑이라고 하면서 투옥시켜야 한다고 말했다.

"아니요.. 난 도둑이 아니오. 황금색 지빠귀를 가져가려한 것은 병들어 있는 아버지를 낫게 하는데 그 새가 필요했기 때문이요. 난 그 새를 찾기 위해 천 킬로미터 이상을 여행해 왔다오."

"그렇다면, 우린 당신을 보내줄 수 있고, 거기다 황금색 지빠귀도 넘겨 줄 수도 있소. 단 조건이 있는데 그것은 당신이 우리에게 포슬린 아가씨를 데려다 주는 것이오." 그들은 말했다.

젊은이는 눈물을 지으며 그곳을 나와 야생 백리향을 오물오물 씹어 먹고 있는 산토끼를 만났다.

"친구, 도대체 왜 울고 있지?" 산토끼가 물었다.

"성 사람들이 포슬린 아가씨를 대신 데려다 주지 않는 한 황금색 지빠귀를 내주려 하지 않기 때문이야."

"자넨 내 충고를 따르지 않고, 황금색 새를 멋진 새장에 넣은 것이로군." 작은 산토끼가 말했다.

"실망하지 말게! 포슬린 아가씨는 이곳에서 3백 킬로미터 쯤 떨어진 곳에 살고 있는 비너스만큼이나 아름다운 소녀야. 자 내 등에 오르게. 곧 데려다 주겠네."

천 킬로미터도 한 걸음에 달려온 작은 산토끼는 그곳도 한달음에 달려와서 호숫가 가장자리에서 멈춰 섰다.

"포슬린 아가씨는, 친구들과 함께 종종 이곳에 목욕하러 오네. 그동안 난 백리향을 먹으면서 기운을 좀 보충하고 있겠네. 그녀가 호숫가로 오면 그녀의 옷을 훔치게. 아마 그 옷은 눈이 부실만큼 하얀색일 것이네. 그녀가 자네를 따라 나서겠다고 동의해 주기 전엔 절대로 그 옷을 돌려주어서는 안 되네."

작은 산토끼가 다른 곳으로 가자마자 포슬린 아가씨가 친구들과 함께 그곳에 도착했다. 그녀는 옷을 벗고 물속으로 들어갔다. 그러자 젊은이는 소리 없이 다가가 그녀의 옷을 들고 와 멀리 떨어진 바위 밑에다 숨겼다.

포슬린 아가씨는 물속에서 노는 것이 지치자 밖으로 나와 옷을 입으려 했다. 하지만 옷은 없었고, 그녀는 언덕을 위아래로 살펴보았지만 아무데서도 벗어놓은 옷을 찾을 수가 없었다. 친구들도 그녀를 도와 옷을 찾아보았지만 아무런 소용이 없다는 것을 알자, 결국 그들은 강둑에서 비통하게 울고 있는 그녀를 그대로 두고 가버렸다.

"왜 울고 있는 것이오?" 젊은이는 그녀에게 다가가며 물었다.

"아아! 목욕을 하고 있는 동안 누군가가 내 옷을 훔쳐갔고, 친구들도 저를 그대로 두고 다 가버렸습니다." 그녀가 대답했다.

"만약 당신이 나와 동행할 것을 약속해준다면, 그 옷을 찾아 주겠소."

포슬린 아가씨가 따라 가겠다고 하자 그는 그녀에게 옷을 가져다 준 다음 그녀를 위해 바람처럼 달리는 작은 말도 한 필 사주었다. 작은 산토끼는 황금색 지빠귀가 있는 곳으로 두 사람을 안내했고, 그 새가 살고 있는 성 가까이에 오자 토끼는 젊은이에게 말을 건넸다.

"자 이젠 전보다도 훨씬 더 정신을 바짝 차려야 되네. 그래야만 자넨 황금색 지빠귀와 포슬린 아가씨를 둘 다 데리고 갈 수가 있네. 한 손엔 황금새장을 들고, 다른 손으론 새가 들어 있는 낡은 새장을 그대로 들고 나오게."

그렇게 말하고 작은 산토끼는 사라졌고, 젊은이는 토끼의 말대로 했다. 성에 있는 하인들은 그가 황금색 지빠귀를 갖고 나오는 것을 전혀 눈치 채지 못했다. 그가 두 명의 형이 머물고 있는 여인숙에 도착했을 때, 그는 그들이 진 빚을 대신 갚아주고 그들을 구해냈다. 그들은 모두 함께 길을 나섰는데, 두 형제는 동생이 성공한 것을 질투해서 그들이 호숫가를 지날 때 그를 물속에다 던져버리고는 황금색 새를 가로챘다. 그들은 동생이 물에 빠져 죽었다는 확신을 하고는 포슬린 아가씨를 데리고 여행을 계속했다. 그러나 다행스럽게도 그는 물속에 떨어질 때 수초를 낚아챘고 큰 소리로 도움을 청했다. 그러자 작은 산토끼가 그에게로 달려와서 말했다. "내 다리를 붙잡고 물에서 나와."

그가 안전하게 물가로 나오자 작은 산토끼는 말했다.

"이제 자네가 할 일을 알려주겠어. 소년마부의 일자리를 원하는 브르타뉴사람처럼 옷을 입은 다음 아버지에게 가서 일자리를 부탁해 보게. 일단 자리를 얻으면, 아버지께 진실을 알리는 것은 그리 어려운 일이 아닐 걸세."

젊은이는 작은 산토끼가 일러준 대로 먼저 아버지의 성으로 가서 소년마부가 필요하지 않느냐고 물어 보았다.

"필요하지, 절실히 필요하지만 쉬운 일은 아닐 걸세. 마구간에 있는 작은 말은 누구도 가까이 오지 못하게 하네. 녀석은 자기를 단장시키려고 가까이 갔던 사람들을 벌써 여러 명이나 발길질로 죽였네." 아버지는 대답했다.

"제가 그 말을 단장시키겠습니다. 전 이제까지 한 번도 말을 두려워 한 적이 없습니다." 젊은이가 대답했다. 작은 말은 젊은이가 자신의 몸을 문지를 때에도 머리로 치받거나 발길질을 하지 않았다.

"이런 세상에! 그 동안 어느 누구도 녀석에게 가까이 다가가지 못했는데, 대체 어떻게 해서 자넨 녀석을 만질 수도 있단 말인가?" 왕은 놀라서 말했다.

"녀석에겐 제가 구면인 모양입니다." 소년마부는 대답했다.

며칠이 더 지났을 때 왕은 그에게 다시 말했다. "포슬린 아가씨가 이곳에 있는데, 비록 용모는 새벽처럼 아름다우나 마음이 고약해서 가까이 오는 사람은 모두 다 할퀴고 있네. 자네가 한 번 시중을 들어보게."

젊은이가 그녀의 방으로 들어갔을 때, 황금색 지빠귀는 갑자기 즐거운 노래를 지저귀기 시작했고, 포슬린 아가씨 또한 기뻐 날뛰면서 노래를 따라 불렀다.

"이런 세상에! 포슬린 아가씨와 황금색 지빠귀도 모두 자네를 알고 있다는 것인가?" 왕은 놀라서 소리쳤다.

"그렇습니다, 그리고 포슬린 아가씨가 전하께 모든 진실을 밝혀줄 것입니다. 물론 그녀의 의지에 달렸지만요." 젊은이는 대답했다.

그러자 그녀는 지금까지 일어난 일들과 자신이 황금 지빠귀를 붙잡은 그 젊은이를 따라나선 이유에 대해서도 모두 다 말했다.

"사실입니다. 전 여인숙에 잡혀 있던 형들을 구해주었는데, 그들은 그 대가로 절 호수에 던져버렸습니다. 그래서 저는 아버님께 진실을 알려드리기 위해 변장을 하고 이곳에 온 것입니다." 젊은이는 그녀의 말을 다시 한 번 강조했다.

그 말을 듣고 늙은 왕은 아들을 껴안았다. 그리고 자기가 가진 모든 재산을 물려주겠다고 약속했다. 그런 다음 그는 자기를 속였고 동생을 살해하려한 나머지 두 아들을 사형에 처했다.

막내는 포슬린 아가씨와 결혼을 했고, 화려한 피로연이 열렸다.

프랑스
세빌로
Sebillot

작은 병사 The Little Soldier

I.

옛날 옛날에 방금 전 전장에서 돌아온 작은 병사가 있었다. 그는 용감한 작은 병사였음에도 전투에서 팔과 다리를 하나도 잃지 않았다. 그렇지만 싸움은 끝났고, 군대는 해산되었다. 그래서 그는 자신이 태어난 고향으로 돌아가야 했다.

그런데 사실 그 병사의 이름은 존이었지만, 어떤 이유에서인지 그의 친구들은 그를 소국의 왕으로 불렀고, 그 이유에 대해선 어느 누구도 아는바가 없었다. 하지만 그는 여전히 그 이름을 갖게 되었다.

그는 집으로 돌아가 봐야 자신을 반겨줄 어머니나 아버지가 없었기 때문에 가는 길을 재촉하지 않았다. 그는 등에 배낭을 메고 옆구리엔 칼을 차고 천천히 길을 따라 갔는데, 어느 날 저녁 갑자기 담배를 한 모금 피우고 싶다는 생각이 들었다. 그는 불을 피기 위해 성냥을 찾았지만, 안타깝게도 성냥을 잃어버렸다는 것을 알게 되었다.

그가 이 사실을 깨달을 후 돌을 던지면 닿을 만큼의 짧은 거리를 겨우 더 갔을 때, 그는 나무들 사이에서 반짝이는 불빛을 보게 되었다. 그는 불빛이 나는 쪽으로 걸어갔는데, 그곳에는 문이 활짝 열려져 있는 낡은 성이 있었다.

작은 병사는 안뜰로 들어갔다. 그리고 창문을 통해 안을 엿보게 된 그는 천장이 낮은 넓은 홀 한쪽 끝에 있는 벽난로에서 활활 타오르는 불을 보았다. 그는 호주머니에서 담배파이프를 꺼내들고 문을 똑똑 두드리면서 공손하게 말했다.

"불 좀 빌려주시겠습니까?"

그러나 그는 어떤 대답도 들을 수 없었다.

얼마쯤 기다리던 존은 전보다 세게 문을 두드렸다. 그렇지만 역시 아무런 반응이 없었다.

그는 빗장을 열고 안으로 들어갔다. 넓은 홀에는 아무도 없었다.

작은 병사는 곧장 벽난로가 있는 쪽으로 걸어가서 집게를 집어 들고 허

리를 굽혀 파이프에 불붙이기 좋은 빨간 숯을 찾았다. 그런데 바로 그 때 딸깍 소리가 나며 놀랄만한 일이 벌어졌는데, 활활 타오르는 불꽃 한 가운데서 거대한 뱀 한 마리가 몸을 곧추세우면서 그의 얼굴을 마주 보게 된 것이었다.

그런데 더욱 이상한 일은 이 뱀은 여인의 얼굴을 하고 있는 것이었다.

그렇게 뜻하지 않은 광경을 보게 되면 대부분의 남자들은 몸을 돌려 걸음아 나 살려라 하고 도망갔을 테지만, 그 작은 병사는 비록 신체는 왜소했을지라도 진정한 군인의 정신을 갖고 있었다. 그는 단지 한 걸음 물러나서 칼자루를 움켜쥐었을 뿐이었다.

"칼을 빼어들지 마세요. 난 그동안 당신을 기다리고 있었어요. 당신이 바로 나의 구원자가 틀림없다면 말이에요." 뱀은 말했다

"당신은 대체 누구요?"

"내 이름은 루도빈입니다. 그리고 난 로우국 왕의 딸입니다. 나를 구해주세요. 그러면 난 당신과 결혼해서 당신을 영원히 행복하게 만들어주겠어요."

오늘 날 일부 사람들은 여인의 머리를 가진 뱀으로 인해 행복해진다는 생각을 별로 좋지 않게 받아들일 것이지만, 소국왕은 그러한 두려움은 전혀 가지고 있지 않았다. 게다가 그는 마치 뱀이 작은 새를 노려보듯 자신을 바라보는 루도빈의 두 눈이 무척 마음에 들었다. 그것은 아름다운 파란색 눈으로 고양이 눈처럼 둥근 것이 아니라 아몬드 모양으로 길고 신기한 빛이 감돌고 있었다. 눈 주위로 둥글게 내려온 황금빛 머리카락은 광채가 나서 더욱 밝게 보였다. 비록 몸체는 뱀의 형상이었지만 얼굴만은 천사처럼 아름다웠다.

"어떻게 하면 되지요?" 소국왕은 물었다.

"저 문을 열어보세요. 그러면 이곳처럼 맞은 편 회랑을 건너서 방이 하나 있을 거예요. 방을 가로질러 가면 벽장이 하나 보일 거예요. 그러면 벽장을 열고 웃옷을 꺼내어 가져다주세요."

작은 병사는 들은 대로 그렇게 해줄 생각이었다. 그는 회랑은 별 어려

움 없이 가로 질러갔지만, 방에 가까이 갔을 때 달빛 아래서 여덟 개의 손이 얼굴높이에서 자기를 때리려고 위협하는 모습을 보았다. 그런데 그는 아무리 찾아보아도 그 손들이 붙어 있는 몸통은 찾을 수가 없었다.

그는 머리를 낮게 하고 공격이 빗발치는 곳으로 달려가면서 주먹을 휘두르며 반격을 가했다. 그러한 방식으로 그는 벽장에 도착했고 문을 연 다음 가운 같은 웃옷을 꺼내어 그것을 가지고 원래 있던 방으로 돌아왔다.

"여기 있어요." 그는 숨을 헐떡이면서 말했다.

"딸깍!" 다시 한번 불꽃이 갈라졌다. 루도빈은 허리까지 여자가 되어 있었다. 그녀는 웃옷을 받아들고 그것을 입었다.

그것은 진주로 장식된 오렌지색의 멋진 웃옷이었는데, 거기에 달린 진주는 그녀의 목에 비하면 그렇게 흰 편은 아니었다.

"이것이 다가 아니에요. 한 번 더 회랑으로 가서 왼쪽에 있는 계단으로 올라가요. 2층에 있는 두 번째 방에 들어가면 치마가 있는 벽장이 또 하나 있을 거예요. 그 치마도 가져다주세요." 그녀는 말했다.

소국왕은 그녀가 말한 대로 했다. 하지만 방에 들어갔을 때 그는 단순히 손만이 아니라 각각 하나씩 거대한 막대기를 들고 있는 여덟 개의 팔을 보았다. 그는 즉시 칼집에서 칼을 꺼내들고 공격하는 것들을 힘차게 베어내며 달려갔고, 자신은 가벼운 상처하나 입지 않았다.

그는 치마를 가지고 왔는데, 그것은 스페인의 하늘만큼이나 푸른색의 비단으로 만들어진 것이었다.

"여기 있어요." 존은 뱀이 나타나자 말했다. 그녀는 이제 무릎까지 여자가 되어 있었다.

"이제 양말과 신발만 남았어요. 3층에 있는 벽장으로 가서 그것들을 가져다주세요." 그녀가 말했다.

작은 병사는 그곳을 향해 출발했다. 그는 큰 망치로 무장한 여덟 명의 도깨비를 마주하게 되었는데, 그것들은 눈에서 불꽃을 쏘아내고 있었다. 그러자 그는 문지방에서 잠시 주춤했다. "이번엔 칼은 별 소용이 없을 거야. 이 녀석들은 그것을 마치 유리처럼 부러뜨릴 거야. 다른 방법을 생각해

내지 못한다면, 죽은 목숨이겠군.” 그는 마음속으로 생각했다. 바로 그 순간 그는 떡갈나무로 만들어진 두껍고 무거운 방문을 바라보게 되었다. 그는 그 문을 비틀어 경첩에서 떼어낸 다음 그것을 머리 위에 이고 도깨비들이 있는 곳으로 달려가 도깨비들을 짓눌러버렸다. 그런 후 그는 벽장에서 양말과 신발을 꺼내다가 루도빈에게 주었고, 그녀는 그것들을 신고 완전한 여인이 되었다.

그녀는 흰 비단양말과 짙은 적갈색의 반점이 있는 푸른색 슬리퍼를 신은 다음 자신의 구원자에게 말했다. “자 이제 당신은 이곳에서 멀리 떠나 무슨 일이 일어나든 다시는 돌아오지 마세요. 여기 금화 2백 냥이든 지갑을 가져가세요. 오늘 밤은 숲이 끝나는 지점에 있는 여인숙에서 잠을 잔 다음 아침이 되면 일찍 일어나세요. 9시가 되면 내가 그곳의 문 앞을 지나가면서 당신을 마차에 태울 거예요.” “지금 함께 가면 되잖소?” 작은 병사는 물어보았다. “아직 때가 되지 않았어요. 하지만 먼저 당신은 이 포도주잔에 있는 나의 활력을 마셔야 되요.” 공주는 말했다. 그러면서 그녀는 수정잔에다 황금이 녹은 것처럼 보이는 액체를 가득 채웠다.

존은 그것을 마셨고, 파이프에 불을 붙인 후 밖으로 나갔다.

II.

그는 여인숙에 도착하자 저녁을 주문했다. 하지만 자리에 앉아 음식을 먹자마자 그는 깊은 잠에 빠져들 것 같은 기분이 들었다.

“생각했던 것보다 훨씬 더 피곤하군.” 그는 혼잣말을 했다. 그는 사람들에게 다음 날 아침 8시에 깨워달라고 말하고는 잠자리에 들었다.

그는 밤새 죽은 사람처럼 잠을 잤다. 8시가 되자 사람들이 그를 깨우러 왔고, 8시 30분에도 왔고, 다시 8시 45분에도 왔지만 소용이 없었다. 그러자 마침내 사람들은 그를 그냥 내버려 두기로 작정했다.

존이 깨어났을 때는 시계가 12시를 알리고 있었다. 그는 침대에서 튀어

나와 옷을 입는 둥 마는 둥하고 부리나케 나온 후 사람들에게 자기를 찾는 사람이 있었느냐고 물어보았다.

"아름다운 공주가 왔었습니다. 황금마차를 타고 있었는데, 그녀는 당신에게 줄 이 꽃다발을 남기면서 내일아침 8시에 다시 이 앞을 지나가겠다는 전갈을 남기었습니다." 집주인이 대답했다.

작은 병사는 잠을 원망했지만, 시들지 않는 그 꽃다발을 보면서 자신을 위로하려 애썼다.

"이것은 기억을 하라는 꽃이구나." 그는 생각했다. 하지만 그는 그것이 죽음의 꽃이기도 하다는 사실은 잊고 있었다.

밤이 되자 그는 한쪽 눈으로 잠을 자면서 한 시간에 열두 번도 넘게 자리에서 일어났다. 새들이 울기 시작하자 그는 더 이상 가만히 누워 있을 수 없었다. 그래서 그는 창문을 통해 기어 나와 정문 앞에 서 있는 커다란 라임나무 중 한 그루로 올라갔다. 그는 나뭇가지 사이에 자리를 잡고 앉아 꿈을 꾸듯 꽃다발을 바라보았지만 결국엔 깊은 잠에 빠지게 되었다.

일단 잠이 들자, 어떤 것도 그를 깨울 수는 없었다. 태양의 밝은 빛도 새들의 울음소리도 루도빈이 탄 황금마차가 다가오는 소리도 그를 찾아 곳곳을 다니며 소리치는 집주인의 외침도 아무런 소용이 없었다.

시계가 12시를 칠 때 그는 일어났는데, 그는 나무 아래로 내려와 점심식사가 차려져 있는 것을 보고는 낙담할 수밖에 없었다. "공주가 왔었나요?" 그는 물었다.

"물론이죠, 그녀는 왔다갔어요. 그녀는 당신에게 건네주라고 꽃 색깔의 이 스카프를 남겨 놓았어요. 그러면서 그녀는 내일 아침 7시에 여기를 다시 지나가겠다고 말하면서, 이번이 마지막이라는 말도 덧붙였어요."

"난 마법에 걸린 게 틀림없어." 작은 병사는 생각했다. 그러면서 그는 이상한 냄새가 나는 스카프를 받아 그것을 왼쪽 팔에다 감았다. 그러는 동안 그는 깨어있는 최선의 방법은 잠을 자지 않는 길뿐이라고 생각했다. 그래서 그는 그 동안의 숙박비를 지불하고 남아 있는 돈으로 말을 한 필 샀다. 그리고 저녁이 되자 그는 말에 올라타고 여인숙의 입구에 서서 밤새 그대로 지낼 작정을 했다.

그는 이따금씩 허리를 굽혀 팔에 두른 스카프에서 나는 달콤한 향기를 맡았다. 그런데 그는 냄새를 맡을 때마다 허리를 자주 굽히게 되었고, 마침내 머리가 말의 목에 닿게 되자 그와 말은 동시에 깊은 잠에 빠지면서 코까지 골게 되었다.

공주가 도착했을 때, 사람들은 그를 흔들어 깨우기도 하고 때리면서 깨우기도 하고 큰 소리를 지르며 깨우기도 했다. 하지만 그런 노력은 아무런 소용이 없었다. 그도 말도 마차가 저 멀리 사라지게 될 때에야 겨우 일어나게 되었다.

잠에서 깬 그는 말에 박차를 가하며 쫓아가면서 온 힘을 다해 "멈춰요! 멈춰요!"라고 외쳤다. 그러나 마차는 속도를 줄이지 않고 달려갔다. 작은 병사는 마차를 쫓아 하루 밤낮을 꼬박 달려갔지만 한 걸음도 거리를 좁힐 수가 없었다.

이렇게 해서 그들은 수많은 마을과 도시를 지나오게 되었고, 마침내 바

다에까지 닿게 되었다. 그러자 존은 마차도 설수밖에 없을 것이라고 생각했다. 하지만 놀랍고도 놀라운 일이 아닌가! 마차는 곧장 바다로 들어갔고 마치 공기가 대지 위를 스쳐 지나가듯 바다 위를 거침없이 달려가고 있었다. 그리고 지금까지 그토록 잘 달려준 그가 탄 말은 결국 지쳐서 쓰러지게 되었다. 그러자 더 이상 어쩔 수 없게 된 병사는 수평선 위로 빠르게 사라져 가는 마차를 보면서 해변에 쓸쓸히 앉아 있을 뿐이었다.

III.

그러나 그는 다시금 정신을 가다듬고 공주를 따라갈 수 있는 작은 배를 찾아 해변을 따라 걸었다. 그러나 그곳엔 배가 한 척도 없었다. 결국 그는 지치기도 하고 배도 고파서 어부의 오두막집 층계에 앉아 쉬었다.

오두막집 안에는 어망을 수선하고 있는 젊은 처녀가 있었다. 그녀는 존을 안으로 들어오게 한 다음 그에게 튀긴 생선과 포도주를 내어주었다. 그것을 먹고 마신 후 마음의 위로를 받은 존은 그 작은 처녀어부에게 자신이 겪은 그 간의 일들을 말해 주었다. 그런데 그녀는 아주 예쁜 얼굴에 피부는 인근의 사람들이 그녀를 바다갈매기라고 부를 정도로 갈매기가슴처럼 선명한 흰색을 띠고 있었다. 하지만 그 때까지만 해도 공주의 파란색 눈만을 간절하게 갈망하고 있던 그는 그녀에 대해서는 여자로서 별다른 감정을 느끼지 못했다.

그가 이야기를 끝마치자, 그녀는 그를 깊이 동정하면서 말했다.

"지난 주 고기를 잡고 있을 때, 어망이 갑자기 무거워져서 그것을 끌어올려보니 납으로 봉인 된 커다란 구리 항아리가 있었습니다. 난 그것을 집으로 가져와 불 위에 올려놓았습니다. 납이 어느 정도 녹았을 때, 칼을 이용해 항아리를 열고 붉은 망토와 50크라운이 담긴 지갑을 하나 꺼내었습니다. 그 망토는 지금 침대보로 쓰고 있고 그 돈은 결혼비용으로 간직해오고 있습니다. 하지만 그 돈을 가지고 가까운 항구로 가시면 로우국으로 가는 배를 찾을 수 있을 겁니다. 그곳에 가서 왕이 되시면, 그 때가서 내게 50크라운을 갚도록 하십시오.

그러자 소국왕은 대답했다. "내가 로우국의 왕이 된다면, 난 당신을 왕비를 모시는 시녀로 삼겠소. 당신은 아름다운만큼 심성도 고우니 의당 그렇게 하고 싶은 생각이오. 잘 지내시오." 바다갈매기라고 불리는 처녀어부가 고기를 잡으러 나가자, 그는 망토를 몸에다 감고 건초더미위에 몸을 던지고 자기에게 닥친 그 간의 이상한 일들을 생각하다가 갑자기 소리쳤다.

"오, 난 그동안 로우국의 왕이 되길 그 얼마나 바랐던가!"

IV.

다음 순간 작은 병사는 화려한 궁전 앞에 와 있는 자신을 발견했다. 그는 눈을 부비고 자신의 몸을 꼬집어보았지만 결국 꿈이 아니라는 확신이 들자, 그는 성문 앞에서 파이프담배를 피우고 있는 남자에게 가서 위치를 물었다. "여기가 어디요?"

"여기가 어디라니요? 앞이 안 보이시오? 여긴 당연히 궁전 앞이지 않소."

"어떤 왕의 것이요?"

"로우국의 왕이지 않소!" 웃으면서 대답하던 그 남자는 그가 필시 미친 사람일 것이라고 단정했다.

이 보다 더 신기한 일이 어디에 또 있을까? 하지만 존은 정직한 사람이었기 때문에 바다갈매기 처녀가 자신이 망토와 지갑을 훔쳐온 것이라고 생각하지나 않을까 해서 마음이 괴로웠다. 그래서 그는 이 모든 빚을 어떻게 하면 하루빨리 그녀에게 갚을 수 있을까를 고심했다. 그는 이 망토가 그것을 가지고 있는 사람을 이 장소에서 저 장소로 이동시킬 수 있는 숨겨진 마법이 있다는 것을 깨닫고는, 그것이 사실인지를 확인하기 위해 그 도시에서 가장 좋은 여인숙에 있었으면 하는 바람을 가졌다. 그 즉시 그는 그곳에 있게 되었다.

이러한 발견에 기분이 고조된 그는 저녁을 주문했고, 왕을 방문하기엔 시간이 너무 늦었으므로 그날 밤은 곧바로 잠자리에 들었다.

다음 날 일어났을 때, 그는 도시에 있는 집들은 모두가 수많은 종류의 꽃들과 깃발들로 장식되어 있고, 교회의 종소리가 일제히 울려 퍼지고 있는 것을 보게 되었다. 작은 병사는 그곳에 있는 사람들에게 도시가 왜 이렇게 떠들썩한 것이냐고 물었는데, 들리는 대답에 의하면 왕의 아름다운 딸인 루도빈 공주가 발견되어서 개선행진이 있을 예정이라는 것이었다. "잘 되었어, 성문 앞에 서 있다가 그녀가 날 알아보는지 확인해 봐야겠군." 소국왕은 생각했다.

그가 미처 옷을 다 차려입기도 전에 루도빈이 탄 황금마차가 지나갔다. 그녀는 머리엔 황금 관을 쓰고 있었고, 왕과 왕비가 그녀 옆에 앉아 있었다. 우연히 그녀의 눈은 작은 병사를 바라보게 되었는데, 그와 동시에 그녀는 얼굴이 창백해지면서 고개를 다른 곳으로 돌려버렸다.

"그녀가 날 알아보지 못한 것일까? 아니면 내가 만날 약속을 지키지 못해 화가 나 있는 것일까?" 작은 병사는 생각했다. 그러면서 그는 군중들을 따라서 궁전이 있는 곳까지 오게 되었다. 왕가의 행렬이 안으로 들어가자 그는 경비병들에게 공주를 구해준 이가 바로 자신이고, 때문에 왕에게 말할 기회를 얻길 바란다고 말했다. 그러나 말을 하면 할수록 그들은 그를 더욱 미친 사람으로 여기고는 안으로 들어가지 못하게 막았다.

작은 병사는 화가 났다. 그는 파이프담배를 한 대 피워야 진정이 될 것 같아서 선술집으로 들어가 맥주 한 잔을 주문했다. "내가 쫓겨난 것은 형편없는 이 전투모자 때문이구나. 만약 내가 궁정의 왕들처럼 멋지게 보이도록 치장할 만큼의 돈이 있다면, 하지만 가진 돈이라야 바다갈매기 처녀의 50크라운 중 쓰고 남은 돈이 고작인데 더 이상 생각해봐야 무슨 소용이겠는가?" 그는 마음속으로 생각했다.

그는 남아 있는 돈을 보려고 지갑을 꺼냈는데, 그는 지갑에 여전히 50크라운이 남아 있는 것을 보았다.

"바다갈매기 처녀가 셈을 잘못했구나."라고 생각하면서 그는 맥주 값을 지불했다. 그런 다음 그는 돈을 다시 세어봤지만, 지갑엔 여전히 50크라운이 담겨 있었다. 그는 5크라운을 꺼낸 다음 세 번째로 돈을 세어봤지만, 이번에도 돈은 여전히 50크라운이었다. 그는 지갑에 있는 돈을 모두 꺼낸 다음 그것을 닫았다. 그런데 그가 지갑을 열자 그곳엔 여전히 50크라운이 있는 것이 아닌가!

그러자 그는 머릿속에서 한 가지 계획이 떠올랐다. 그는 당장에 왕실전용재봉사와 마차제작자에게 갈 결심을 했다.

그는 재봉사에게 망토와 진주로 장식된 파란 색 벨벳조끼와 마차제작자에게는 루도빈 공주가 탄 것과 같은 모양의 황금마차를 만들어 줄 것을 각각 주문했다. 만약 재봉사와 마차제작자가 일을 빨리 끝내 준다면 주문금액의 두 배를 주겠다는 약속도 했다.

며칠 후에 작은 병사는 여섯 필의 백마가 끄는 마차를 타고 뒤에는 화려한 옷을 입은 네 명의 하인을 따르게 하고 도시를 가로질러 들어갔다. 마차 안에서 존은 파란 색 벨벳을 입고 손에는 시들지 않는 꽃다발을 들고 팔에는 스카프를 두르고 앉아 있었다. 그는 도시를 두 번이나 돌면서 오른쪽 왼쪽 번갈아 가며 돈을 뿌려대었는데, 마지막 세 번째로 도시를 돌면서 궁전의 창문아래를 지나가게 된 그는 루도빈이 창문커튼의 한 쪽 부분을 올리면서 밖을 살며시 내다보는 모습을 목격할 수 있었다.

v

다음 날이 되자 전날 마차를 타고 가며 돈을 뿌려주었던 부유한 영주에 대한 이야기를 하지 않는 이가 한 사람도 없었다. 그 소문은 마침내 궁전으로도 들어갔는데, 호기심이 많은 왕비는 그 멋진 왕자를 몹시 보고 싶어 했다.

"그래 좋아요. 그를 궁 안으로 초대해 카드놀이를 청해보겠소." 왕은 말

했다.

이번엔 소국왕도 약속시간에 늦지 않았다.

왕은 카드를 가져오도록 했고, 그들은 앉아서 카드놀이를 시작했다. 그들은 여섯 판을 했는데, 할 때마다 존이 졌다. 내기에 건 돈은 50크라운이었기 때문에 경기에 질 때마다 그는 지갑을 몽땅 비워야했는데, 그때마다 지갑은 곧 다시 채워져 있었다.

여섯 번째 놀이를 하는 중에 왕은 흥분해서 소리쳤다. "놀라운 일이군!"

왕비도 큰 소리로 말했다. "정말 놀라운 일이예요."

공주도 말했다. "정말로 알 수 없는 일이네요."

"그렇게 알 수 없는 일 만은 아닙니다. 당신이 뱀으로 변했던 것 만큼은요." 작은 병사는 대답했다.

"그만!"하고 그 이야기를 하고 싶지 않았던 왕이 중간에 끼어들었다.

"전 단지, 폐하께서는 지금 도깨비로부터 공주를 구해내었고 그녀에게서 결혼을 하겠다는 약속을 받아낸 사람을 보고 있다는 점을 말씀드리고 싶은 것입니다." 존이 말했다.

"그것이 사실이냐?" 왕은 공주에게 물어 보았다.

"사실이에요. 하지만 전 저의 구원자에게 마차를 타고 지나갈 때 태워 갈 수 있게 준비하고 있으라는 말을 했어요. 전 그곳을 세 번이나 지나갔는데, 그럴 때마다 그는 너무도 깊은 잠에 빠져 있어서 아무도 그를 깨울 수가 없었어요." 루도빈은 대답했다.

"자네의 이름은 무엇인고? 그리고 대체 자낸 어떤 사람인가?" 왕은 말했다.

"제 이름은 존입니다. 전 병사입니다. 그리고 저의 아버지는 뱃사공입니다."

"자넨 내 딸의 남편으로는 적합하지 않네. 하지만 자네의 그 지갑을 내게 준다면, 그 앨 아내로 삼아도 되네."

"그 지갑은 제 것이 아닙니다, 그래서 그것을 드릴 수는 없습니다."

"하지만 우리가 결혼할 때까지만 그걸 내게 주세요." 공주는 한 쪽 눈을 찡끗하며 말했고, 그런 모습을 본 작은 병사는 그녀의 청을 거절할 수가 없었다.

"그런데 그 때가 언제이지요?"

"부활절로 하세." 국왕은 말했다.

"아니면 하지 않을 수도 있고요." 공주는 중얼거렸지만, 작은 병사는 그녀의 말을 듣지 못하고 지갑을 내어 주었다.

다음 날 저녁 그는 왕에게 땅을 얻어 공주를 위한 궁전을 한 채 지어 주려고 그들이 있는 궁전으로 갔다. 하지만 그는 왕이 세금을 걷기 위해 시골지역으로 나간 후라는 말만 듣게 되었다. 그는 다음 날 다시 갔지만, 역시 같은 대답을 들을 뿐이었다. 그러자 그는 왕비만이라도 만나게 해달라고 청을 했지만, 그녀도 두통을 앓고 있다는 것이었다. 그러한 일이 다섯에서 여섯 번 반복되자, 그는 마침내 그들이 자신을 놀리고 있다는 것을 알 수 있었다.

"이것은 왕으로서 할 짓이 아닌데. 부도덕한 늙은이 같으니라고!" 존은 생각했다. 그순간 그는 갑자기 붉은 망토가 생각이 났다.

“아, 내가 참 바보였구나! 이것만 있으면 난 어디에든 갈수가 있을 텐데.” 그는 말했다.

그 날 저녁 그는 붉은 망토를 감싸고 궁전 앞으로 왔다.

2층에 있는 유리창으로 불빛이 새어 나오고 있었는데, 존은 커튼에 비친 공주의 그림자를 볼 수 있었다.

“루도빈 공주의 방에 있으면.”이라고 말하는 순간, 그는 이미 그녀의 방에 와 있었다.

그녀는 앉아서 결코 바닥나지 않는 지갑에서 돈을 계속 꺼내면서 그것을 탁자위에 놓고 세고 있었다.

“8백 50십 크라운, 9백 크라운, 9백 50크라운…”

“천 크라운.” 존이 마무리를 해주었다. “안녕하신가!”

공주는 발딱 일어서며 놀람의 소리를 냈다. “당신이 어떻게! 도대체 여기에 온 이유가 뭐예요? 빨리 나가세요, 그렇지 않으면 사람을 부르겠어요.”

“내가 여기에 온 이유는, 당신이 한 약속을 상기시켜 주기 위해서요. 내일 모레가 부활절이니, 결혼식을 올리기엔 최적의 시기인 것 같소.”

루도빈은 갑자기 박장대소했다. “우리가 결혼을 한다고요! 설마 당신은 로우국의 공주가 뱃사공의 아들과 결혼을 할 수가 있다고 믿을 만큼 그렇게 어리석은 것은 아니죠?”

“그렇다면 그 지갑을 돌려주시오.” 존은 말했다.

“그렇게 할 수 없어요.”라고 말하면서, 공주는 그것을 조용히 호주머니에 넣었다.

“당신이 정 그리하고 싶다면. 최후에 웃는 자가 진정으로 웃는 자이지요.” 작은 병사는 말했다. 그러면서 그는 팔로 공주를 껴안았다. “내 소원은, 우리 둘이 세상에서 가장 외딴 곳으로 가는 것이오.” 그는 큰소리로 말했다. 그러자 눈 깜짝할 사이에 그들은 그가 말한 장소에 도착하게 되었는데, 공주는 여전히 그의 품안에 있었다.

"아휴."라고 말하면서 존은 그녀를 나무 아래에다 부드럽게 눕혔다. "난 이런 장거리 여행은 처음이요. 그런데 뭐라고 했소, 공주?" 공주는 지금은 어설피 말할 때가 아니라는 것을 직감하고는 아무런 대답도 하지 않았다. 게다가 그녀는 빠른 비행 때문에 현기증 증세를 느끼고 있었고, 아직 온전한 정신이 아니었다.

VI.

로우국의 왕은 그렇게 양심적인 사람이 아니었는데, 그의 딸 역시 그를 닮았다. 바로 이 점 때문에 그녀는 뱀으로 변했던 것이었다. 그녀는 작은 병사에 의해 생명을 구할 것이고 그 대가로 그와 결혼을 해야만 한다는 것이 예언이었는데, 물론 거기에는 만남의 장소에 그가 세 번 이내에 나와서 그녀와 함께 길을 가야 한다는 단서가 있었다. 결국 교활한 공주는 그에 따른 계획을 신중하게 세웠다.

그녀가 도깨비 성에서 존에게 준 포도주와 시들지 않는 꽃다발 그리고 스카프는 모두 죽은 듯이 잠에 빠져들게 하는 힘을 지니고 있었다. 그리고 우리가 알 수 있었듯이, 그것들은 모두 탁월한 효능을 발휘했다.

그러나 이렇게 절망적인 순간에도 루도빈은 당황하지 않고 교묘하게 머리를 굴렸다.

"난 당신이 단순히 거리의 불량배일 것이라고 생각했어요. 그런데 이제 당신은 어떤 왕보다도 더 강하다는 것을 알게 되었어요. 자 여기 당신의 지갑이 있어요. 혹시 내 스카프와 꽃다발을 가지고 있나요?" 그녀는 간드러진 목소리로 말했다.

"여기에 있소."하고 그녀의 말투가 변한 것에 기뻐하면서 소국왕은 말했다. 그리고 그는 품안에서 그것들을 꺼냈다. 루도빈은 꽃다발을 그의 웃옷 단추 구멍에다 끼우고 스카프는 그의 팔에다 감아주었다. "자 이제. 당신은 나의 주군이자 주인이 되었어요, 그러니 난 곧 당신의 뜻에 따라 당신과 결혼을 하겠어요." 그녀는 말했다.

"당신은 내가 생각했던 것보다도 더 친절한 것 같소. 당신은 결코 불행하지 않을 거요. 내가 그만큼 당신을 사랑하고 있으니까요." 존은 말했다.

"그러면, 나의 키 작은 여보, 당신이 어떻게 세상에서 가장 외진 이곳까지 날 데려올 수 있었는지 그 방법 좀 알려 주세요."

작은 병사는 머리를 긁적거렸다. "그녀가 정말로 나와 결혼할 생각이 있는 것일까. 아니면 나를 다시 속이려 드는 것일까?" 그는 마음속으로 생각했다.

그러나 루도빈은 반복해서 말했다. "말해 주지 않으실래요?"라는 그녀의 부드러운 말을 듣자, 그는 더 이상 그녀의 청을 거절할 수 없었다.

"어차피. 그녀에게 망토를 주지 않는 한 비밀을 알려 준다고 해서 무슨 문제가 있겠는가." 그는 혼잣말을 했다.

그러면서 그녀에게 붉은 망토가 지닌 놀라운 힘에 대해 말해 주었다.

"아, 여보. 난 정말 피곤해요!" 루도빈은 하품을 했다. "낮잠을 좀 자면 어때요? 그런 다음 앞날에 대한 계획을 세우도록해요."

그녀는 풀밭 위에 팔다리를 쭉 펴고 누웠다. 그러자 소국왕도 그녀를 따라서 누웠다. 그는 왼쪽 팔에 팔베개를 하고 누웠는데, 그 팔에는 스카프가 묶여져 있었기 때문에 그는 곧 깊은 잠에 빠지게 되었다.

루도빈은 한 쪽 눈으로 그를 살펴보다가 그가 코를 골며 깊은 잠에 빠져들자 곧바로 그의 외투를 벗기고는 자기가 대신 걸쳤다. 그런 다음 그녀는 그의 호주머니에서 지갑을 꺼내어 그것을 자기 호주머니에 집어넣으며 말했다. "다시 내 방으로 돌아가길 원해." 순식간에 그녀는 원하는 곳에 있었다.

VII.

꼬박 하루가 지나서 잠에서 깨어난 존은 그동안 지갑과 망토 그리고 공주가 사라진 것을 깨닫고는 자신보다 더 바보는 없을 것이라고 생각했다. 그는 자신의 머리를 쥐어뜯으며 가슴을 치고는 꽃다발을 발로 짓밟고 배신자의 스카프를 갈가리 찢어버렸다.

그럼에도 불구하고 그는 배고픔을 느꼈다. 하지만 그는 먹을 것이 아무것도 없었다.

그는 어렸을 때 할머니가 말해주었던 온갖 맛있는 것들을 떠올려 보았으나, 그 어느 것도 당장의 배고픔엔 아무런 도움이 되지 않았다. 그는 절망에 빠져 무심코 위를 올려다보다가, 자기가 그 아래서 잠을 잔 나무가 바로 황금처럼 노란색의 과일이 주렁주렁 달린 무척 큰 자두나무라는 것을 알게 되었다.

"자두를 따먹자. 위기상황에서는 수단과 방법을 가리지 않는 법이지." 그는 혼잣말을 했다.

그는 나무에 기어올라 과일을 천천히 따먹기 시작했다. 그러나 그가 자두 두 개를 막 삼켰을 때, 그는 놀랍게도 이마에서 무엇인가가 자라나는 느낌을 받았다. 그는 손을 들어 그것을 만진 다음 그것이 두 개의 뿔이라는 것을 알게 되었다.

그는 나무에서 뛰어 내려와 근처에서 흐르고 있는 시냇가 쪽으로 달려갔다. 아아! 이미 엎질러진 물이었다. 그것은 염소의 머리를 민망하게 만들 정도의 엄청난 뿔이었다.

그러자 그는 완전히 용기를 잃게 되었다.

"그동안 당한 것만으로도 부족했나보군, 여자가 나를 속인 것도 모자라, 악마가 농간을 부려 자기 뿔까지 붙여주다니. 전에 살던 세상으로 돌아간다면, 그것을 잘라서 멋진 모습을 되찾아야 할 텐데!"

그러나 그는 여전히 배가 고팠고 이미 이마에서 뿔은 자란 터라 이판사판으로 다른 나무에 올라가 맛있어 보이는 초록색 자두 두 개를 더 땄다. 그런데 그가 그 두 개의 자두를 먹자마자 뿔은 감쪽같이 사라져버렸다. 작은 병사는 무척 놀라기도 했지만, 그 사실이 너무나도 신기했다. 그리고 그는 너무 빨리 절망할 필요가 없다는 결론을 내렸다. 자두를 다 먹은 그는 한 가지 기발한 생각을 떠올렸다.

"아마. 이 예쁜 작은 자두가 내 지갑과 외투 그리고 사악한 공주의 손아귀로부터 잃어버린 내 마음까지도 되찾아 오는데 도움이 될지도 몰라. 그녀는 이미 사슴의 눈망울을 가지고 있으니까, 이젠 그녀에게 뿔을 달게 해주자. 만약 그녀의 머리에 두 개의 뿔을 붙여놓을 수 있다면, 그녀가 내 아내가 되는 것을 포기하는 대가로 원하는 만큼의 돈을 요구할 수도 있을 것이다. 뿔 달린 여인은 보기에 결코 사랑스럽지가 않거든." 그는 생각했다. 그래서 그는 긴 버드나무 가지를 꺾어 바구니를 만들고, 그 안에다 두 가지 종류의 자두를 각각 두 개씩 담았다. 그런 다음 그는 길가에 있는 산딸기만 먹으며 가는 도중에 야생동물이나 야만인들로부터 생명의 위협을 받기는 했지만 며칠을 용감하게 걸어갔다. 그는 자두가 혹시 썩지나 않을까 하는 걱정 이외는 두려운 것이 아무것도 없었다. 그런데 그런 일은 일어나지 않았다.

마침내 그는 문명국으로 돌아올 수 있었는데, 그는 많은 날을 떠돌아다닌 후 어느 날 저녁 몸에 지니고 있던 보석을 팔아 드디어 로우국으로 가는 배에 승선할 수 있었다. 그래서 한 해의 마지막 하루가 끝나가기 전에, 그는 마지막으로 떠났던 바로 그 왕국의 수도에 당도할 수 있었다.

VIII.

다음 날 그는 가짜수염에다 상인의 복장을 하고 작은 탁자를 하나 들고서 교회의 정문에 자리를 잡았다.

그는 값비싼 흰 천을 탁자 위에다 씌우고 그 위에다 시들지 않는 자두를 올려놓았다. 그런데 그 자두들은 세상 모든 사람들에게는 마치 갓 따온 것처럼 신선하게 보였다. 그는 공주가 교회 밖으로 나오는 모습을 보자 변조된 음성으로 그녀를 불러 세웠다. "맛있는 자두요! 달콤한 자두가 왔어요!"

"값이 얼마예요?" 공주가 말했다.

"한 개당 50크라운입죠."

"50크라운이라고요! 그렇게 비싼 이유가 대체 뭐예요? 그걸 먹으면 머리가 똑똑해지나요, 아니면 용모가 아름다워지기라도 하나요?"

"그 과일은 이미 완전한 것을 더욱 완전하게 하지는 못합죠. 아름다운 공주님. 허나 무언가 덧붙여 주기는 하죠."

구르는 돌에는 이끼가 끼지 않고, 오히려 더욱 반들거리게 만들듯 그가 세상을 떠돌아다니면서 보낸 지난 수개월은 결코 낭비된 세월이 아니었다. 그렇듯 깔끔하게 다듬어진 찬사는 루도빈의 마음을 끌기에 충분했다.

"무엇을 덧붙여주죠?" 그녀는 빙그레 웃으면서 물었다.

"공주님, 맛을 보시면 알게 될 것이옵니다. 아주 놀랄만한 일이 될 것입죠."

루도빈의 호기심이 발동했다. 그녀는 지갑을 꺼내 흔들어서 50크라운의 돈을 쏟아 자두가 든 바구니 속에 넣었다. 작은 병사는 그녀에게서 자두를 낚아채며 그녀가 도둑이라고 외치고 싶은 강한 욕망이 일었지만 가까스로 참았다.

자두가 다 팔리자 그는 장사를 마친 다음 가면을 벗어던지고 여인숙으로 들어가서 어떤 일이 일어나는가를 지켜보면서 조용히 기다렸다.

공주는 자기 방에 들어가자마자 큰 소리로 말했다. "이 근사한 자두가 내 아름다움을 더욱 빛나게 하겠지." 그런 다음 그녀는 두건을 벗어 던지면서, 두 개의 과일을 들어 순식간에 먹어치웠다.

그녀의 이마에서 무엇인가가 자라기 시작했을 때 그녀의 놀람과 공포가 어떠했을까를 한 번 생각해 보시라. 그녀는 거울 앞으로 달려갔고 귀를 찢을 것 같은 비명을 질러댔다.

"뿔이다! 그가 내게 말한 것이 이것이란 말인가! 당장 그 자두상인을 찾아 데려오도록 해야겠다! 그 놈의 코와 귀를 잘라 버릴 테다! 그 놈을 산 채로 가죽 벗길 것이고, 천천히 불에 태워 죽인다음, 그 놈의 재는 바람에 흩날리도록 하겠다. 오, 수치와 절망감으로 죽을 것만 같구나!"

시녀들은 그녀의 비명소리를 듣고 달려와서 그녀에게 난 뿔을 비틀어 빼내려고 했다. 하지만 그러한 시도는 아무런 소용이 없었고, 오히려 그녀에게 고통만을 가중시킬 뿐이었다.

그러한 때에 왕은 전령을 보내 누구든 그녀에게서 그 이상한 장식물을 떼어버리는 사람이 있으면, 공주를 그에게 시집보내겠다는 말을 퍼트리도록 하였다. 그래서 로우국과 인근 왕국에 있는 의사들과 마법사와 외과 의사들은 각자 나름대로의 치료법을 갖고 몰려들었다. 그러나 아무런 소용이 없었을 뿐만 아니라, 그들의 치료법으로 오히려 공주의 고통이 가중되자 왕은 그녀를 치료하다가 실패하는 자에게는 가까이 있는 나무에서 교수형을 시킬 것이라는 두 번째 선언을 하게 되었다.

그러나 치료가 성공했을 때 받을 수 있는 보상은 그 어떤 다른 선언보다도 더 매력적인 것이었기 때문에, 구름같이 몰려드는 구혼자들의 수는 결코 줄어들지가 않았다. 그러자 그 해 로우국의 과수원들은 죽은 사람들로 풍년이 들었다.

IX.

왕은 세상을 다 뒤져서라도 자두장사꾼을 찾으라는 명령을 내렸지만, 숱한 노력에도 불구하고 그는 어느 곳에서도 발견되지 않았다.

작은 병사는 그들의 인내심이 바닥난 것을 알게 되자, 초록색의 클로드 여왕자두를 짠 주스를 작은 병에다 담은 후 의사가운을 사서 입고 가발과 안경을 쓴 후 로우국의 왕을 방문했다. 그는 자신을 먼 나라에서 온 유명한 의사라고 소개한 다음, 만약 자신이 공주와 단 둘이 있게 되면 그녀의 병을 치료해 주겠다고 약속했다.

"또 한 명의 미친놈이 교수형을 당하기로 작정했군. 그래 좋다. 하고 싶은 대로 해라. 자기 목에 밧줄을 걸고 있는 녀석의 소원을 거부할 이유가 없지." 왕은 말했다.

작은 병사가 공주와 단둘이 있게 되자 그는 자두주스 몇 방울을 유리잔에 따랐다. 공주가 그것을 맛보자, 뿔의 양끝이 조금 사라졌다.

"그것들은 완전히 사라질 것입니다. 약의 효과를 감소시키는 무언가가 존재하지 않으면요. 그 약은 영혼이 내 손바닥처럼 깨끗한 사람에게만 효과가 있습니다. 공주님은 조그만 죄도 짓지 않았다고 확신합니까? 잘 생각해 보십시오." 가짜의사는 말했다.

루도빈은 길게 생각해볼 필요가 없었다. 그녀는 굴욕적으로 고백해야 하는 수치심과 뿔을 없애고자 하는 욕망 사이에서 마음이 갈가리 찢어졌다. 마침내 그녀는 풀이 죽어 눈을 내리깔고 대답했다.

"난 작은 병사로부터 가죽지갑을 훔쳤소."

"그걸 내게 주십시오. 내 손으로 그걸 잡고 있지 않으면 치료가 되지 않을 겁니다."

지갑을 포기하는 것은 루도빈에게는 엄청난 고통이었다. 하지만 그녀는 만약 자신에게 뿔이 그대로 있다면 부유함도 아무런 도움이 되지 않는다는 것을 알았다.

긴 한숨을 내쉬며 그녀는 그 지갑을 의사에게 건네주었고, 그는 아까보다 조금 더 많은 양의 액체를 유리잔에다 따랐다. 공주가 그것을 마시자, 그녀의 뿔은 절반가량이 사라졌다.

"공주님은 양심에 비추어서 또 다른 죄를 짓고 있습니다. 병사에게서 그 지갑이외에 또 다른 것을 훔치지 않았습니까?"

"난 그에게서 망토도 훔쳤소."

"내게 주십시오."

"여기 있어요."

이번엔 루도빈도 일단 뿔이 없어지고 나면 근위병들을 불러 의사로부터 그것들을 다시 빼앗으리라고 생각하고 있었다.

그녀가 자기 생각에 도취되어 있을 때, 가짜의사는 재빨리 망토를 둘러쓰고 가발과 안경을 벗어 버린 다음 배신자에게 자신의 본 얼굴을 보여주었다.

그녀는 너무도 놀라 아무 말도 못하고 그 자리에 그저 서있을 뿐이었다.

"난 그렇게 할 수도 있소. 당신이 죽는 날까지 뿔을 그대로 남겨 놓는 일을 말이오. 그러나 난 모진 사람이 아니고, 한때나마 당신을 사랑했었고,

거기다, 당신은 뿔이 없어도 이미 악마와 너무도 닮은 모습이오." 존은 말했다.

X.

존은 바다갈매기 처녀의 집으로 가기를 바랐다. 바다갈매기 처녀는 어망을 수선하면서 창가에 앉아 이따금씩 누군가를 기다리기라도 하는 듯이 바다 쪽을 바라다보았다. 작은 병사가 온 소리를 듣고, 그녀는 그를 올려다보면서 얼굴을 붉혔다.

"당신이었군요!" 그녀는 말했다. "어떻게 이곳에 오셨어요?" 그러면서 그녀는 낮은 목소리로 덧붙여 말했다. "그런데 당신은 공주님과 결혼하지 않았나요?"

그러자 존은 그 동안 일어났던 일들을 모두 다 말해 주었다. 그리고 이야기를 끝마쳤을 때, 그는 그녀에게 지갑과 망토를 돌려주었다.

"제가 그것으로 무엇을 하겠어요? 당신은 이미 제게 행복은 보물을 소유하는데 있지 않다는 것을 증명해 주셨잖아요." 그녀는 말했다.

"행복은 정직한 여인의 노동과 사랑에 있어요." 작은 병사는 대답했다. 그런데 그 말을 하던 그는 처음으로 그녀의 눈이 얼마나 예쁜가를 알게 되었다. "사랑스런 바다갈매기 처녀여, 나를 남편으로 맞아 주겠소?" 그러면서 그는 손을 내밀었다.

"그래요, 기꺼이 그러겠어요. 하지만 그 지갑과 망토를 구리항아리에 넣어 봉한 후 바다에다 던져버린 다음에 그렇게 하겠어요." 처녀어부는 얼굴을 붉히면서 대답했다.

그래서 그들은 그렇게 했다.

프랑스

샤를르 돌렝 Charles Deulin

마법의 백조 The Magic Swan

옛날 옛적에 삼형제가 살았는데, 맏이는 제이콥, 둘째는 프레드릭, 막내의 이름은 피터였다. 막내는 두 형에게 괴롭힘을 당했다. 그들은 그를 치욕스럽게 대했으며, 하는 일이 잘못되는 경우가 생기기라도 하면, 피터는 비난을 감수해야 했고 혼자서 잘못된 일을 바로잡아야 했다. 그는 힘도 없고 마음이 여려서 형들에게 대항해 싸울 수가 없었으며 부당한 처사를 견뎌야 했다. 가엾은 막내는 모든 면에서 고통스러운 삶을 살아야하는 현재의 처지를 어떻게 하면 벗어날 수 있을까를 밤낮으로 생각했다. 어느 날 그가 숲속에서 나뭇가지를 모으면서 비통하게 울음을 터트린 적이 있었는데, 그 순간 작은 노파가 그에게 다가와서는 무슨 일이냐고 물었다. 그래서 그는 고통스런 자신의 처지를 노파에게 말했다.

"이리 오게 젊은이 세상은 충분히 넓지 않은가? 새로운 곳으로 길을 떠나 다른 어딘가에서 운을 시험해 보는 것이 어떤가?" 노파는 말했다.

피터는 마음 속 깊이 노파의 말을 받아들인 후, 넓은 세상에서 자신의 운을 시험해 보기 위해 충고를 받은 대로 이른 아침에 아버지의 집을 떠났다. 그러나 그는 자신이 태어났고, 짧은 기간이나마 행복한 어린 시절을 보냈던 집을 떠나는 것이 몹시 슬펐다. 그래서 그는 언덕 위에 앉아 자신의 고향을 애정 어린 눈으로 바라보았다.

그런데 갑자기 작은 노파가 그의 앞에 나타나서는 어깨를 두드리며 말했다. "이제까지 잘했어, 젊은이. 하지만 앞으론 어떻게 할 작정인가?"

피터는 이제까지 운이란 잘 익은 체리처럼 입속에 저절로 떨어지는 것이라고 생각해왔기 때문에 그 질문에 어떻게 대답할지를 몰라 잠시 망설였다. 그의 생각을 눈치 챈 노파는 친절한 미소를 지으며 말했다. "내가 자네에게 꿈을 갖게 만들었으니, 자네가 할 일을 말해주지. 나중에 성공하면 날 잊지나말게."

피터가 잊지 않겠다고 약속하자, 노파는 말을 이었다.

"오늘저녁 해질 무렵에 저쪽으로 가면 십자형으로 나있는 길에 배나무 한 그루가 자라고 있는 것을 보게 될 것이네. 그 나무 아래에서 한 남자가 누워 잠을 자고 있을 터인데, 그 옆에 크고 아름다운 백조 한 마리가 나무에 끈으로 매어 있는 것을 볼 수 있을 거야. 그 남자가 잠에서 깨어나지 않도록 주의 하면서, 백조의 끈을 풀고 그것을 가져가게. 자넨 모든 사람들이 그 백조의 아름다운 깃털을 좋아하게 되는 것을 보게 될 터인데, 그 깃털을 뽑고자 하는 이가 있으면 그렇게 하도록 해주게. 하지만 백조는 자기 몸에 손길이 닿는 것을 느끼자마자 큰 소리로 울어 댈 텐데, 그러면 자넨 '백조야, 단단히 붙잡아'라고 말을 하게. 그 순간 새에 손을 댄 사람은 곧바로 달라붙게 될 거야. 그러면 내가 자네에게 선물로 주는 이 작은 막대기를 대지 않는 한 어떤 것도 그들을 떼어놓지 못하게 된다네. 이런 방법으로 많은 사람들을 모으면 한 줄로 길게 늘어서서 걸어가도록 하세. 자넨 이제까지 한 번도 웃어본 적이 없는 공주가 살고 있는 커다란 도시로 들어서게 될 걸세. 만약 자네가 그녀를 웃게 만든다면, 자넨 부귀영화를 누리게 될 걸세. 그렇게 되면 부디 옛 친구를 잊지나 말게나."

피터는 절대로 잊지 않겠다고 다시 한번 약속했다. 그리고 해가 지자 그는 노파가 말한 바로 그 나무가 있는 곳으로 갔다. 그곳엔 한 남자가 깊은 잠에 빠져 있었고, 커다랗고 아름다운 백조 한 마리가 그 남자 옆에 있는 나무에 붉은 끈으로 묶여 있었다. 피터는 그 줄을 풀고, 그 새의 주인을 깨우지 않고 그것을 가지고 길을 떠났다.

그는 백조를 가지고 얼마동안을 걸은 후, 마침내 몇몇 사람들이 바쁘게 일을 하는 공사장으로 오게 되었다. 그들은 넋이 나가 그 새의 아름다운 깃털을 찬미했는데, 그 중 머리에서 발끝까지 진흙을 뒤집어 쓴 한 젊은이가 앞으로 와서는, "오, 이 새의 깃털을 한 개라도 가질 수 있다면 얼마나 행복할까!"라고 큰 소리로 말했다.

"그러면 한 개를 뽑으세요." 피터가 친절하게 말했다. 그는 그 새의 꼬리에서 깃털 한 개를 잡았는데, 바로 그 순간 백조는 큰 소리로 울기 시작했다. 그러자 피터는 "백조야, 단단히 붙잡아."라고 큰 소리로 외쳤고, 백조는 그가 시키는 대로 했기 때문에 그 가엾은 젊은이는 손을 뗄 수가 없었다. 그가 울부짖으면 울부짖을수록 더 많은 사람들은 우스워했다. 마침내 인근 개울가에서 빨래를 하고 있던 한 처녀가 무슨 일인가 해서 달려왔다. 그녀는 가엾은 젊은이가 백조에게 붙어 있는 것을 보고는 안타까운 마음이 들어 자신의 손을 뻗어 그를 떼어 놓으려 했다. 그러자 새가 울었다.

"백조야, 단단히 붙잡아." 피터는 소리쳤고, 그 처녀 역시 달라붙게 되었다.

피터가 달라붙은 사람들을 데리고 얼마쯤 길을 갔을 때, 그들은 굴뚝 청소부를 한 명 만나게 되었다. 그런데 그는 이 특이한 무리를 보고 큰 소리로 웃고는 그 처녀에게 도대체 무얼 하는 것이냐고 물었다.

"오, 사랑하는 존."이라고 말하면서, 그 처녀는 대답했다. "제발 손을 뻗어 날 이 저주받은 젊은이에게서 떼어 놓아줘."

"물론, 그러지. 당신이 원한다면이야." 청소부는 대답했다. 그러면서 그는 그 처녀에게 손을 내밀었다. 그러자 새가 다시 울었다.

"백조야, 단단히 붙잡아." 피터가 말을 하자, 검댕이 묻어 검게 된 사람은 그들과 똑같은 신세가 되었다.

그들은 곧 시장이 열리고 있는 마을로 들어섰다. 순회 서커스단이 공연을 하고 있었고, 광대가 막 재주를 부리고 있었다. 광대는 백조 꼬리에 세 명이 달라붙은 기이한 광경을 보고는 놀라서 눈이 휘둥그레졌다.

"검댕이 친구, 당신 혹시 정신이 나간 것이오?" 그는 큰 소리로 비웃으며 물었다.

"이건 웃을 일이 아니오. 이 여인이 나를 꽉 붙잡고 있어, 마치 접착제로 붙어 있는 느낌이오. 마음씨 좋은 광대양반, 날 떼어 주면 훗날 보상하리다." 청소부는 대답했다.

한 순간의 망설임도 없이 광대는 굴뚝청소부가 내민 손을 움켜잡았다. 그러자 이번에도 새가 울었다.

"백조야, 단단히 붙잡아." 피터가 소리쳤다. 그러자 광대는 네 번째 일원이 되었다.

그런데 앞줄에 있던 구경꾼 중에는 그 마을에서 존경을 받고 인기가 많은 시장님이 앉아 있었는데, 그는 이 모습을 단지 어리석은 장난으로 여겼다. 그래서 그는 짜증스레 광대의 손을 잡고는 그를 떼어내 경찰에게 넘기려 했다.

이 때 백조가 큰 소리로 울기 시작했고, 피터는 "백조야 단단히 붙잡아."라고 소리쳤다. 그러자 시장 또한 백조꼬리에 매달린 사람들과 같은 운명에 처하게 되었다.

키가 크고 빼빼마른 시장부인은 남편이 모욕을 당하자 단단히 화가 나서 남편의 팔을 잡고 있는 힘을 다해 떼어내려고 애를 썼지만 자신도 그 행렬에 끼는 결과만 낳았다. 상황이 이렇게 되자 어느 누구도 달려들지 않으려 했다.

얼마 안 있어 피터는 도시의 탑들이 눈앞에 펼쳐져 있는 것을 보았다. 그 안에 막 들어서려는 순간 도시에서 나온 번쩍이는 마차가 그에게 왔는데, 그 안에는 엄숙하고 진지한 얼굴을 하고 있음에도 한 낮처럼 아름다운 숙녀가 타고 있었다. 그런데 그녀는 온갖 모습의 사람들이 백조의 꼬리에 단단히 들러붙어 있는 모양을 보고는 발작하듯 웃음을 터트렸다. 그러자 그녀를 시중드는 신하들과 시녀들도 모두 그녀를 따라 웃었다.

그녀는 그 놀라운 광경을 자세히 보기 위해 마차에서 내렸는데, 그녀는 가엾은 포로들이 줄에서 떨어지려고 깡충깡충 뛰어다니는 모습을 보고는 다시 한번 웃음을 터트렸다. 그녀는 마차를 돌려 돌아가도록 명을 내렸는데, 마차가 천천히 도시로 들어가는 동안에도 그녀는 피터와 그가 이끄는 행렬에게서 눈을 떼지 않았다.

국왕은 자신의 딸이 정말로 웃음을 터트렸다는 소식을 듣고는 더할 나위 없이 기뻐했다. 그는 피터와 그가 이끄는 신기한 행렬을 데려오도록 했다. 그는 행렬을 보자 웃음이 터져 나와 결국 뺨 위로 눈물이 흘러내릴 지경이 되었다.

"이보게 젊은이. 그대는 공주를 웃게 만든 사람에게 해 주겠다는 내 약속을 알고 있나?" 그는 피터에게 말을 건넸다.

"아니오, 처음 듣는 말이 옵니다." 피터는 말했다.

"그렇다면 알려주지. 천 개의 금화와 땅덩어리 중 어떤 것을 고르겠는가?" 국왕이 물었다.

피터는 땅을 고를 결심을 했다. 그런 다음 그는 작은 막대기로 젊은이, 처녀, 굴뚝청소부, 광대, 시장, 그리고 시장부인을 차례로 건드리면서 그들을 자유롭게 해 주었다. 그러자 그들은 마치 꽁지에 불이라도 붙은 양 각자의 집을 향해 부리나케 뛰어 갔는데, 그들의 달아나는 모습은 여러분이 생각하는 그대로 또 하나의 즐거움을 주었다.

공주는 백조에게 다가서며 깃털의 아름다움을 찬사하면서 쓰다듬었다. 그러자 이번에도 새는 울었다.

"백조야, 단단히 붙잡아." 피터는 큰 소리로 말했다. 그렇게 해서 그는 공주를 신부로 맞이하게 되었다. 그러자 백조는 하늘로 날아가서 푸른색 지평선너머로 사라졌다. 피터는 선물로 영지를 받게 되었고, 신분이 아주 높은 사람이 되었다. 하지만 그는 이 모든 행운을 가져다준 키 작은 노파를 잊지 않았고, 그녀를 화려한 성에서 자신과 신부를 시중드는 우두머리 시녀로 임명했다.

원편저자: 헤르만 클레케 Hermann Kletke

지저분한 양치기처녀 The Dirty Shepherdess

옛날 옛적에 두 명의 딸을 둔 왕이 살았는데, 그는 그들을 진심으로 사랑했다. 그들이 성장했을 때, 그는 잡자기 딸들이 정말로 자기를 사랑하는지 궁금증이 생겼고, 자기에게 헌신적인 사랑을 보여준 아이에게 왕국을 물려주리라 결심했다.

그래서 첫째 공주를 불러 물어보았다. "넌 아버지를 얼마나 사랑하니?"

"제 눈동자처럼 사랑합니다!" 그녀는 대답했다.

"아! 넌 정말로 착한 딸이다." 왕은 그 말에 감동해서는 그녀에게 부드럽게 입맞춤했다.

그런 다음 둘째를 불러 그녀가 자기를 얼마나 사랑하는지를 물었다.

"아바마마, 전 음식의 소금을 보듯 아바마마를 생각합니다." 둘째 공주가 대답했다.

그러나 왕은 그녀의 답변을 좋아하지 않았다. 그는 시험을 중단하고는 그녀에게 두 번 다시 자기 앞에 나타나지 못하도록 명을 내렸다. 가엾은 공주는 자기 방으로 슬프게 올라가서 한없이 울었다. 하지만 그녀는 아버지의 명을 상기하고는 눈물을 닦은 후 보석과 가장 아끼는 드레스를 챙긴 후 자기가 태어 난 고향으로 서둘러 길을 떠났다.

그녀는 자기 앞에 있는 길을 따라 똑바로 걷기만 했는데, 자기가 어디로 가고 있는지 그리고 앞으로 무슨 일이 닥칠지 아무것도 알지 못했다.

왜냐하면 그녀는 이제까지 한 번도 일하는 방법을 본 적도 없었고, 배운 것이라고는 몇 가지 규율과 오래 전에 어머니가 가르쳐 준 접시를 산 영수증에 관한 것뿐이었기 때문이었다. 하지만 그녀는 어떤 가정주부도 그렇게 예쁜 얼굴을 한 아가씨는 고용하지 않을 것이라는 점은 알고 있었다. 그래서 그녀는 될 수 있는 한 추하게 몸을 꾸몄다.

그녀는 입고 있는 옷을 벗고 거지들이 입는 사방이 뜯어지고 진흙이 잔뜩 묻은 낡은 누더기 옷을 걸쳤다. 그녀는 양 손과 얼굴에 진흙을 바르고, 머리를 흔들어 머리카락이 헝클어지도록 했다. 이렇게 모습을 바꾼 후에, 그녀는 거위치기나 양치기의 일을 찾아 주위를 돌아다녔다. 그러나 농부의 아낙들은 그처럼 지저분한 여자에게는 말도 건네려 하지 않았고, 기껏해야 딱하게 여겨 빵이나 한 덩이 집어주고는 멀리 쫓아 버렸다.

일거리를 얻지 못하고 여러 날을 걸어 다닌 후에, 그녀는 양치기처녀를 필요로 하는 커다란 농장으로 가게 되었는데, 거기서는 그녀를 흔쾌히 받아주었다.

어느 날 그녀는 인적이 없는 곳에서 양들을 돌보고 있었는데, 갑자기 화려한 예복이 입고 싶어졌다. 그녀는 개울가에서 깨끗이 몸을 씻었다. 그녀는 옷을 싼 짐을 늘 갖고 다녔기 때문에, 누더기 옷을 벗어던지고 금세 훌륭한 아가씨로 변신할 수 있었다.

때마침 사냥을 하다 길을 잃은 왕자가 그곳에 있었는데, 그는 민 곳에서 사랑스러운 아가씨를 보자 가까이 가 보고 싶었다. 그러나 그가 자기를 보고 있다는 것을 안 그녀는 새처럼 재빠르게 숲 속으로 달아났다. 왕자는 그녀를 뒤쫓았다. 하지만 그는 뒤쫓으면서 나무뿌리에 발이 걸려 넘어졌다. 그리고 그가 일어났을 때는 그녀의 모습이 더 이상 보이지 않았다.

그녀가 안전한 곳에 이르렀을 때, 그녀는 누더기 옷을 다시 걸치고 얼굴과 손을 다시 더럽게 했다. 그러나 덥고 목이 말랐던 왕자는 농가로 가서 물을 한 잔 요청한 후 양을 치는 아름다운 아가씨의 이름을 물어보았다. 그 말을 들은 사람들은 한바탕 웃음을 터트리면서, 양치기처녀야말로 세상에서 가장 못생기고 지저분한 여인이라고 말했다.

왕자는 마법에 홀린 것이라고 생각하고는 양치기처녀가 돌아오기 전에 서둘러 돌아갔다. 집으로 돌아온 그녀는 저녁나절 내내 사람들에게서 놀림을 받았다.

그러나 왕자는 잠깐 보았던 사랑스러운 처녀에 관해 이따금씩 생각을 하게 되었는데, 그녀는 왕궁에 있는 어떤 다른 여인보다도 그에겐 훨씬 더 매혹적으로 느껴졌다. 마침내 그는 그녀이외는 아무것도 생각할 수가 없었고, 그 때문에 몸은 점점 더 여의어갔다. 그러자 부모님은 그 이유에 대해서 묻고는 그가 이전처럼 행복해 질 수 있다면 원하는 것은 다 들어주겠다고 말했다. 그는 부모님께는 비웃음을 당하지 않을까 하는 염려로 자기가 그렇게 된 사실을 말하지 못하였다. 그래서 그는 그저 먼 곳에 있는 농장에서 일하는 부엌데기 처녀가 구워주는 빵을 먹고 싶다고만 말했다.

비록 그 소원은 다소 엉뚱해 보이긴 했지만, 그들은 아들의 소원을 들어주기 위해 서둘렀다. 마침내 농장주인은 왕의 아들이 원하는 청을 듣게 되었다. 그 내용을 들은 양치기처녀는 전혀 놀라지 않았다. 그녀는 단지 약간의 밀가루, 소금, 그리고 물과 반죽통과 오븐이 갖추어진 작은 방에서 혼자 있기를 바랄 뿐이었다. 그녀는 일을 시작하기 전 몸을 깨끗이 씻고, 반지까지 끼었다. 하지만 빵을 굽는 동안 반지가 밀가루반죽 속으로 미끄러져 들어갔다. 그녀가 일을 끝냈을 때, 그녀는 다시 더러워졌는데 밀가루 덩어리가 손가락에 달라붙어 있는 것도 아랑곳하지 않았다. 그래서 그녀는 다시 전처럼 추한 모습이 되었다.

작은 빵 한 덩이가 왕자에게 전해지자, 그는 기쁜 마음으로 그것을 먹기 시작했다. 그러나 그것을 반으로 자르게 되었을 때, 그는 공주의 반지를 발견하게 되었다. 그러자 그는 부모님께 자기는 그 반지가 꼭 맞는 처녀와 결혼할 것이라고 공언했다.

그래서 왕은 온 왕국에 그 사실을 포고하게 되었고, 그 영예를 받기 위해 왕국의 숙녀들은 아주 먼 곳에서도 몰려왔다. 하지만 그 반지는 너무도 작았기 때문에 심지어 가장 작은 손을 가진 사람조차도 약지에나 겨우 들어갈 뿐이었다. 얼마 안 있어 시골처녀나 도시처녀 할 것 없이 왕국의 모든 아가씨들은 그 반지를 한 번씩은 끼어보게 되었다. 왕은 이제 모든 노력이 실패로 돌아갔다고 발표를 하려던 참이었는데, 그 순간 왕자는 그가 양치기처녀를 아직 보지 못한 사실을 깨달았다.

그들은 그녀를 부르러 보냈고, 그녀는 누더기를 걸친 채 도착했다. 하지만 그녀의 손은 평소보다 더 깨끗했고 반지도 쉽게 들어갔다. 왕의 아들이 약속을 지킬 것이라고 선언하자, 그의 부모님은 그녀가 단지 양치기에 지나지 않으며 게다가 모습 또한 흉하게 생겼으니 약속을 파기하라고 아들을 부드럽게 타일렀다. 그러자 그 처녀는 자기가 공주의 신분으로 태어났다는 점을 밝히고는 얼마 동안 혼자 있을 방에다 약간의 물과 시간을 준다면 좋은 옷을 입은 처녀들 못지않게 자신의 아름다운 모습을 보여주겠다고 말했다.

그들은 그녀가 부탁한 것을 들어 주었는데, 얼마 후 화려한 옷을 입고 등장한 그녀의 모습이 너무도 아름다웠기 때문에 사람들은 모두 다 그녀가 변장을 한 공주였다는 사실을 확실하게 알게 되었다. 왕자는 그녀가 언젠가 사냥 길에서 본 바로 그 매력적인 아가씨임을 알아보고는 그녀가 서 있는 곳까지 달려가서 결혼해 달라는 청혼을 했다. 청혼을 받고 공주는 과거 자신의 이야기를 들려주면서, 사자를 보내어 아버지의 승낙을 받는 일과 그를 결혼식에 초대하는 일이 우선되어야 한다고 말했다.

딸을 거칠게 대한 것을 줄곧 후회해 온 왕은 온 나라를 샅샅이 뒤졌지만 그녀에 대한 소식을 알 길이 없자 그녀가 죽었을 것이라고 생각했었다. 그러므로 그녀가 살아있을 뿐만 아니라 왕자가 그녀에게 청혼을 했다는 소식을 들었을 때, 그의 기쁨은 이루 형언할 수가 없었다. 그는 큰 딸에게 왕국을 맡기고 결혼식에 참석하였다. 신부의 명을 받은 요리사들은 그녀의 아버지에게 소금이 들어 있지 않은 빵과 양념이 없는 고기를 대접했다. 그가 얼굴을 찡그리며 음식을 먹지 않는 모습을 본 딸은 아버지 곁에 앉아서 식사가 입맛에 맞지 않느냐고 여쭈었다.

“그렇구나. 요리는 정성이 많이 들어간 것 같은데, 모두 밋밋하고 맛이 없구나.” 그는 대답했다.

“아바마마, 소금이 인생에서 가장 좋은 것이라고 제가 말씀 드리지 않았던가요? 그런데도 제가 아버님에 대한 사랑을 소금에 비유했을 때, 아바마마께서는 별달리 생각도 하지 않으시고 저를 내치셨습니다.”

왕은 딸을 끌어안고 자기가 그녀의 말을 잘못 해석했다는 점을 인정했다. 그러자 그때부터는 소금으로 간이 된 빵과 양념이 된 음식이 나왔다. 그것을 맛본 후, 그는 이 음식들이야말로 이제까지 맛본 것 중에서 단연 으뜸이라고 말했다.

프랑스

세빌로 Sebillot

마법에 걸린 뱀 The Enchanted Snake

옛날 옛날에 아이를 낳기 위해 자기가 가진 것을 다 써버려 아무것도 남아 있지 않은 한 가난한 여인이 있었다.

그런데 어느 날 그녀는 남편이 숲속에서 해온 나뭇가지 속에서 작고 귀여운 뱀을 한 마리 발견하였다.

농부의 아내인 사바텔라는 그 녀석을 보고는 한숨을 깊이 몰아쉬면서 말했다. "뱀조차도 새끼를 배는데, 나는 불운하여 자식이 없구나." 그녀가 이 말을 하자마자 뱀은 그녀를 올려다보며 말했다. "당신은 아이가 없으니까, 그 대신 저의 엄마가 되어주세요. 후회하지 않으실 거라고 약속해요. 제가 정말 친아들인양 엄마를 사랑할 테니까요."

그래서 그녀는 뱀이 잠을 잘 수 있도록 집안에 작은 구멍을 만들어서 침대로 쓰도록 했고, 자신이 생각해 낼 수 있는 맛있는 음식도 만들어 주었다. 그러면서도 그녀는 언제나 더 많은 친절을 베풀어주지 못해 미안해 하는 것처럼 보였다. 날이 가면 갈수록 뱀은 더 커지고 살이 쪄갔는데, 어느 날 아침 녀석은 아버지인 농부 마테오에게 말을 건넸다. "아빠, 전 이제 결혼하기에 적정한 나이가 된 것 같아요."

"내 생각도 그렇다. 너와 어울릴 만한 뱀을 내 힘껏 찾아서 결혼을 주선해주마." 마테오는 대답했다.

"아니요, 그렇게 하시면. 우린 살모사나 파충류와 다름이 없을 거예요.

그건 결코 원하는 바가 아니에요. 아니고말고요. 전 공주와 결혼하고 싶어요. 그러니 지금 당장 아버지가 궁전으로 가서 왕을 알현한 다음 어떤 뱀이 공주와 결혼을 하고 싶어 한다고 말씀해주세요." 뱀이 대답했다.

평소 얼간이와 다를 바가 없었던 마테오는 뱀이 바라는 대로 왕에게 가서 지시받은 그대로 말을 전했다. "전하, 들리는 말에 의하면 전하께 부탁하면 손해 볼 것이 없다고들 합니다. 하여 제 자식인 뱀이 전하의 따님과 결혼을 하고 싶다는 내용을 전해 드리기 위해 왔사옵니다. 전하께서 사랑하시는 여식을 제 아들 녀석의 짝으로 보내 주신다면, 그저 기쁨이 한량이 없겠나이다."

단번에 그가 바보임을 직감한 왕은 그를 떨쳐버리기 위해 말했다. "집으로 돌아가 자네 아이인 그 뱀에게 만약 내일 정오까지 궁전 내부를 금과 은으로 장식된 상아로 바꾸어 주기만 하면, 내 딸과 결혼하는 것을 허락하겠다고 전해주어라." 그러면서 그는 한바탕 웃음을 터트린 후 농부를 돌려보냈다.

농부가 왕의 답변을 뱀에게 전하자, 그 작은 동물은 전혀 당황하지 않고 말했다. "내일 아침 해가 뜨기 전에 숲으로 가서 초록색 약초를 한 아름 꺾어다가, 궁전으로 들어가는 입구에 바르도록 하세요. 그러면 무슨 일이 일어나는지 확인할 수 있을 거예요."

앞서 말했듯이 상당한 얼간이인 마테오는 아무런 대답도 하지 않았다. 하지만 그는 다음 날 아침 해가 뜨기 전에 숲으로 가서 고추나물, 로즈마리, 그리고 몇 가지 약초를 꺾어다가, 뱀에게서 들은 그대로 궁전의 입구바닥에다 문질렀다. 그렇게 하자 궁전의 성벽은 곧바로 상아로 변하면서 안쪽으로는 금과 은으로 화려하게 장식되어서 보는 이들의 눈을 휘둥그레지게 만들었다. 왕은 다음 날 일어나자마자 기적 같은 일을 보고는 너무도 놀라 도무지 어찌할 바를 몰랐다.

하지만 다음 날 뱀을 대신하여 마테오가 와서 공주의 결혼서약을 요구하자, 그는 대답했다. "그렇게 서두르지 말거라. 만약 뱀이 내 딸과 정말로 결혼하기를 원한다면, 그 전에 몇 가지 일을 더 해주어야 한다. 가장 먼저 정원에 나 있는 모든 길과 벽들을 내일 정오까지는 순금으로 바꾸어 놓아야 할 것이다."

뱀은 새로운 조건을 듣고는 말했다. "내일 아침 일찍 밖으로 나가 거리에 있는 온갖 잡다한 잡동사니를 다 긁어모으세요. 그런 다음 그것을 가지고 정원에 난 모든 길과 벽에다가 뿌리세요. 그러면 늙은 왕이 요구한 일이 틀림없이 이루어지게 될 거예요."

그래서 마테오는 새벽닭이 울 때 일어나서 커다란 바구니를 겨드랑이에 낀 다음 거리에 떨어진 깨지거나 부스러진 항아리, 냄비, 주전자, 램프, 그리고 온갖 종류의 쓰레기를 열심히 주워 모았다. 그가 정원에 있는 오솔길과 벽에다 그것들을 흩뿌리자, 일순간 모든 것이 반짝이는 황금으로 씌워지게 되었고, 사람들의 마음은 온통 놀라움으로 가득하게 되었다. 왕도 그 광경을 보고는 무척 놀랐지만, 여전히 자기 딸을 보낼 결심을 하지는 못했다. 그래서 마테오가 왕이 했던 약속을 상기시키자, 그는 다음과 같이 대답했다. "세 번째로 요청할 것이 남아 있다. 만약 그 뱀이 내 정원에 있는 나무와 과일을 모두 다 보석으로 변화시킬 수만 있다면, 난 그에게 내 딸과 결혼하는 것을 허락하겠다."

농부가 왕이 한 말을 전하자, 뱀은 대답했다. "내일 아침 일찍 시장에 나가 거기에 있는 과일을 모두 사세요. 그런 다음 정원에다가 그 씨를 흩뿌려 놓으세요. 제가 말한 대로 한다면, 왕은 아마 만족하실 거예요."

마테오는 새벽에 일어나서 겨드랑이에 바구니를 끼고 시장으로 나갔다. 그는 그곳에 있는 석류, 살구, 체리, 그밖에 눈에 보이는 과일을 모두 산 다음 정원에다가 씨를 흩뿌려 놓았다. 한순간에 나무들은 루비, 에메랄드, 다이아몬드, 그리고 갖가지 종류의 보석들로 빛을 내었다.

이번엔 왕도 약속을 지키지 않을 수가 없었다. 그래서 그는 딸을 부른 다음 말했다. "나의 사랑하는 딸 그랜노니아야 순전히 농담으로 난 네 신랑감에게 정말로 불가능해 보이는 일들을 요구했는데, 어찌된 일인지 그가 모든 일들을 다 해내고 말았구나. 하여 난 약속을 지키지 않을 수 없구나. 내 착한 아이야, 네가 날 사랑하고 있듯이 불운한 운명이지만 의연하게 받아들여서 내가 한 약속을 깨뜨리지 않도록 해주었으면 좋겠구나."

"저의 주군이자 아버님이시여, 아버님이 원하신다면, 전 무엇이든 다 하겠어요. 아버님의 뜻이 저에게는 곧 법이니까요." 그랜노니아는 대답했다.

왕은 이 말을 듣고 마테오에게 그 뱀을 궁전으로 데려오라고 말하면서, 자기는 그 동물을 사위로 맞을 준비가 되었다는 말도 덧붙였다.

뱀은 여섯 마리의 흰 코끼리가 끄는 황금으로 된 마차를 타고 궁전에 도착했다. 그러나 오는 도중에 주변에 있던 사람들은 그 무서운 파충류를 보고 겁에 질려 다 도망을 갔다.

뱀이 궁전에 도착하자 모든 신하들은 두려운 나머지 고개를 돌리고 몸을 떨면서 부엌으로 피했고, 왕과 왕비조차도 정신적인 충격을 받고 높은 망루로 몸을 숨겼다. 오직 그랜노니아만이 마음의 평정을 유지하고 있었는데, 목숨을 지키기 위해선 달아나야 한다는 부모님의 간곡한 애원에도 불구하고 그녀는 한 발도 움직이려 하지 않으면서 말했다. "전 아버님께서 저의 남편으로 선택한 그 분에게서 결코 달아나지 않을 거예요."

뱀은 그랜노니아를 보자마자 꼬리로 그녀를 감고 키스를 했다. 그런 다음 그녀를 데리고 방으로 들어간 다음 허물을 벗자 반짝이는 두 눈을 가진 금발의 멋진 젊은이로 변신하였다. 그는 그랜노니아를 부드럽게 껴안으면서 그녀에게 달콤한 말을 속삭였다.

왕은 뱀이 딸과 함께 방으로 들어가 문을 닫는 것을 보고는 아내에게 말했다. "하늘이 우리 딸을 보호해야 할 텐데. 그 녀석이 지금쯤 우리 딸을 덮치지나 않았을까 걱정이오. 그 저주받을 뱀은 그 애를 꿀꺽 삼키고도 남을 놈이오." 그 말을 하고 그들은 열쇠구멍에 눈을 대고 방 안에서 벌어지는 일을 지켜보았다.

그들은 멋진 젊은이가 뱀의 허물을 바닥에 벗어 놓은 채 공주 앞에 서 있는 모습을 보고는 깜짝 놀랐다. 그들은 너무나 흥분한 나머지 방안으로 뛰어 들어가서 허물을 집어든 다음 벽난로에다 집어 던졌다. 순간 젊은이는 비명을 질렀다. "오, 가엾은 분들이여, 대체 무슨 짓을 한 거요?" 그리

고 미처 그들이 돌아다보기도 전에 그는 비둘기로 변해서 유리창을 깨고 먼 곳으로 날아가 버렸다.

한순간에 기쁨과 슬픔, 활기와 절망, 풍요로움과 곤궁함을 동시에 경험한 그랜노니아는 자신의 행복을 무참하게 빼앗으며 즐거움에 독액을 뿌리고 행운에 불운을 집어넣은 부모님에 대해 너무도 서글픈 나머지, 자신들도 일부로 그런 것은 아니라고 변명하는 그들에게 한없이 원망을 토로했다. 공주는 진정하라는 그들의 말을 듣지 않고, 그날 밤 궁전에 있는 사람들이 모두가 다 깊은 잠에 빠지자 후문으로 몰래 빠져나와 농부의 아낙으로 변장을 하고는 잃어버린 행복을 되찾기 위해 길을 떠났다. 그녀는 달빛에 의존해 걷다가 도시를 벗어났을 때 함께 갈 것을 제안한 여우를 한 마리 만났다. 그녀는 여우의 제안을 흔쾌히 받아들이며 말했다. "널 진심으로 환영해. 왜냐하면 난 이 지역에 대해선 아무것도 아는 것이 없거든."

그래서 그들은 함께 길을 가다가 마침내 어떤 숲에 오게 되었다. 걷다가 지친 그들은 나무 그늘 아래서 잠시 쉬려고 걸음을 멈추었다. 그곳에서는 물이 부드러운 풀처럼 곡선을 이루며 뿜어져 나오면서 수정과 같은 물보라를 만들어내고 있었다.

그들은 초록색 풀밭에 나란히 누워 곧 깊은 잠에 빠져들었고, 해가 중천에 떠오를 때까지 한 번도 깨지 않고 잠에 취해 있었다. 그들은 일어나자 한동안 새들의 노랫소리를 들었는데, 그랜노니아 공주는 그 소리에 한참을 폭 빠져들었다.

여우가 그 모습을 보며 말했다. "만약 당신이 나처럼 저 새들이 말하는 것을 알아들을 수 있다면, 당신의 기쁨은 지금보다 훨씬 더 클 텐데 말이에요."

사실 호기심은 수다와 같이 여자들에겐 타고난 천성인데, 여우의 말에 호기심이 발동한 그랜노니아 공주는 새들이 말하고 있는 내용을 이야기해 달라고 졸랐다.

교활한 여우는 처음엔 새들의 대화 내용을 말하길 거부했지만, 결국 그녀의 간곡한 청을 이겨내지는 못했다. 그는 그들이 말한 내용은 사악한 마녀가 뱀으로 변하게 해 7년 동안을 지내도록 한 불운한 젊고 멋진 왕자에 관한 것이라고 말했다. 그 기간이 다 끝나갈 무렵 그는 매혹적인 공주와 사랑에 빠지게 되었다는 것이었다. 그는 공주와 한 방에 있게 되자 뱀의 허물을 벗었는데, 그 순간 그녀의 부모님들이 들어와 허물을 불태웠다는 것이었다. 여우는 계속해서 이야기하길 그 때문에 비둘기로 변한 왕자는 창문 밖으로 나가려다가 유리창이 깨지면서 부상을 입었다는 것이었는데, 그가 입은 상처는 너무나도 깊어서 의사들도 그의 생명을 장담하지 못하는 상태라는 것이었다.

새들이 말한 내용이 자기의 애인에 관한 것임을 직감한 그랜노니아는 그 즉시 그가 누구의 아들인지 그리고 그가 혹시라도 회복될 가능성이 있는지를 물었다. 그 질문에 여우는 새들이 말하는 바에 따르면, 그는 발로네그로소 왕국의 왕자이고 그를 낫게 하는 유일한 방법은 그에 대한 이야기를 한 바로 그 새들의 피를 머리에 난 상처에다가 바르는 것이라고 대답해 주었다.

그러자 그랜노니아는 여우 앞에 무릎을 꿇고 간청하면서, 한없이 다정한 목소리로 자기에게 그 새를 잡아서 그들의 피를 얻게만 해준다면, 엄청난 보상을 해주겠다고 말했다.

"좋아요. 하지만 그렇게 서두르진 말아요. 저녁이 될 때까지 기다려요. 그때가 돼서 저 새들이 횃대에서 잠이 들면, 곧바로 올라가서 두 놈을 다 잡아다 줄 테니까요." 여우는 말했다.

그래서 그들은 왕자의 잘생긴 모습에 관한 것이며, 공주의 아버지에 관한 이야기며, 그동안 일어났던 불행한 일들에 대해 이야기를 하면서 낮 시간을 보냈다. 드디어 밤이 되었고, 작은 새 두 마리도 높은 곳에 있는 커다란 나뭇가지에서 잠이 들었다. 여우는 은밀하게 나무 위로 올라가 앞발로 새들을 차례로 잡았다. 여우는 그것들을 죽인 다음 피를 뽑아 작은 병에 담아 옆구리에 붙이고는 그랜노니아에게로 돌아왔다. 그러자 그녀는 여우가 급습한 결과를 보고 너무도 기뻐 어쩔 줄을 몰라 했다. 그러자 여우가 말했다. "사랑스런 아가씨, 그렇게 기뻐할 것은 없어요. 한 가지 더 얘기할 것이 있는데, 이 피는 내 피가 섞이지 않는 이상 아무런 쓸모도 없어요." 그 말을 하면서 여우는 슬금슬금 도망가기 시작했다.

자신의 희망이 이렇게 잔인한 방식으로 끝나가는 것을 보게 된 그랜노니아는 다시 한번 여성의 강점이라 할 수 있는 간교함과 아첨에 의존해서 여우를 불러 세웠다. "이봐요, 여우님. 털끝만큼도 해를 입지 않을 거예요.

첫 번째 이유는 난 여우님께 빚진 게 많다는 것이고, 두 번째 이유는 세상엔 여우님 말고도 또 다른 여우들이 얼마든지 많다는 것이에요. 여우님도 알다시피 내가 당신에게 얼마나 감사하고 있다고요. 그리고 주변엔 널린 게 여우들이잖아요. 자 그러니 날 믿어도 좋아요. 우유가 가득 찬 들통을 발로 차 버리는 젖소와 같은 짓은 하지 않길 바라요. 자, 함께 여행을 계속해서 도시에 도착하면, 여우님은 나를 왕의 하녀로 팔수도 있어요."

여우의 머릿속엔 천하의 여우라도 속을 수 있다는 생각까지는 하지 못했다. 그래서 녀석은 얼마간 머뭇거리다 그녀와 함께 가는 것에 동의했다. 하지만 녀석이 얼마가기도 전에 영리한 공주는 막대기를 주워들고 여우를 향해 있는 힘껏 내리쳤고, 녀석은 그 자리에 꼬꾸라지며 즉사했다. 그러자 그랜노니아는 녀석의 피를 조금 받아 그것을 작은 병에 붓고는 있는 힘껏 발로네 그로소를 향해 뛰어갔다.

그녀는 그곳에 도착하자마자 곧바로 궁전을 찾아가서 왕에게 아들인 왕자를 치료하러 온 사람이 있다는 보고를 드리도록 했다.

왕은 즉시 그녀를 데려오도록 했는데, 그는 자기 왕국에서 가장 뛰어난 명의들도 어쩔 수 없었던 일을 한다고 나선 사람이 어린 아가씨라는 것을 알고는 크게 놀랐다. 시도해 보는 것이 무슨 해가 있으랴 싶어 그는 기꺼이 그녀가 치료를 하도록 허락했다.

"저의 유일한 소망은. 만약 폐하께서 바라시는 것을 성공하게 된다면, 폐하의 아드님을 저와 결혼시켜 주는 것이옵니다." 그랜노니아는 말했다.

아들이 치유될 것이라는 희망을 포기했던 왕은 그 즉시 대답했다. "아들의 생명과 건강을 회복시켜준다면, 그 애는 너의 남편이 될 것이다. 내게 아들을 돌려 준 여인에게 남편을 보내는 것은 아주 공정한 일이다."

그래서 그들은 왕자가 누워 있는 방으로 갔다. 그랜노니아가 준비한 피를 상처에 바르는 순간 상처는 씻은 듯이 나았고, 그는 이전처럼 건강한 사람이 되었다. 왕은 아들이 마술처럼 생명과 건강을 회복한 것을 보고는 그에게 말했다. "내 사랑하는 아들아, 난 네가 죽을 것이라 생각했다. 그런데 네가 지금 이렇게 다시 살아나니 놀랍고도 기쁘다. 난 이 젊은 아가씨에게 만약 널 낫게 한다면 너를 이 아가씨와 결혼시키겠다는 약속을 했다. 하늘이 도와 네가 낫게 되었으니, 넌 내가 한 약속을 지켜야만 한다. 감사를 느끼는 것만이 내가 그녀에게 진 빚을 갚는 셈이 될 테니까."

그러나 왕자는 대답했다. "나의 주군이시자 아버님이시여, 저의 의지는 아버님에 대한 제 사랑이 한없이 큰 것만큼이나 자유롭습니다. 전 이미 다른 여인에게 사랑의 서약을 하였습니다. 아버님도 그리고 이 아가씨도 곧 아시게 되겠지만, 전 저의 약속을 어기지도, 내가 사랑하는 여인을 저버리지도 않을 것이옵니다."

그랜노니아는 이 말을 들은 후, 자신에 대한 그의 사랑이 얼마나 깊은지를 알고는 무척 행복했다. 그녀는 장미처럼 얼굴을 붉게 붉히며 말했다. "그럼 제가 다른 여인을 보내 그녀에게서 당신에 대한 권리를 포기하게 만든다면, 저와의 결혼을 받아들이겠어요?"

왕자가 대답했다. "마음속 깊이 박혀 있는 사랑하는 여인에 대한 인상을 지워버리는 것은 나로서는 어려운 일이오. 그녀가 무슨 말을 하든지 상관없이 내 마음과 열정은 한결 같을 것이오. 비록 그 때문에 목숨을 잃는다 해도 난 내 목숨을 담보로 한 거래에는 응할 수 없을 것 같소."

그랜노니아는 더 이상 침묵할 수가 없어 농부의 변장을 벗어던지고 공주의 모습으로 돌아왔다. 그러자 아름다운 여인을 알아본 왕자는 기쁨에 겨워 정신을 잃을 정도였다. 조금 후 그는 아버지께 그녀가 누구이고 또 자기를 구하기 위해 그녀가 어떤 일을 했는가를 자세하게 설명했다.

그 후 그들은 스타르자 롱가의 왕과 왕비를 자신들의 궁전으로 초대해 성대한 결혼식을 치렀다. 이렇게 해서 몇 가지 고통을 겪고 난 후에 진실한 사랑을 얻는 기쁨보다 더 좋은 것은 없다는 옛말이 한 번 더 증명이 된 셈이다.

작자 미상

뛰는 놈 위에 나는 놈 The Biter Bit

옛날 옛날에 사이먼이라는 한 남자가 살았는데, 그는 엄청난 부자였지만 더없이 인색한 구두쇠이기도 했다. 그의 집에는 니나라는 이름의 매우 영리하고 유능한 가정부가 있었는데, 그녀는 신중하고 양심적으로 일했기 때문에 주인조차도 그녀를 존중했다.

젊은 시절 사이먼은 인근 마을에서 가장 명랑하거나 활발한 사람에 속했지만, 나이가 들어가면서 몸이 뻣뻣해지고 걷는 것이 점점 더 어려워지자, 충실한 가정부는 그가 노쇠한 뼈를 보호할 수 있도록 말을 타고 다닐 것을 종용했다. 마침내 사이먼은 가정부의 간곡한 청과 그녀의 설득력 있는 조언을 받아들이게 되었다. 그래서 그는 어느 날 시장에 나가 자기에게 적합한 노새를 골라 금화 일곱 냥을 주고 샀다.

그런데 그 시장에는 주변을 늘 어슬렁거리면서 배회하는 세 명의 악한들이 있었는데, 그들은 일을 하기보다는 다른 사람들의 물건을 빼앗아 생활하기를 즐기는 녀석들이었다. 그들은 사이먼이 노새를 사는 것을 보자, 그 중 한 명이 나머지 두 명의 한량 같은 친구들에게 말했다. "자 친구들, 저 노새를 몇 시간 내로 우리 것으로 만들자."

"하지만 어떻게 차지하지." 그들 중 한 명이 말했다.

"저 노인네가 집으로 가는 도중에 적당한 시차를 두고 나타나서 그가 산 노새를 당나귀라고 선언하는 거야. 그렇게 우기기만 한다면, 저 노새는 자연스레 우리 것이 될 수 있어." 이 제안은 나머지 두 사람을 만족시켰고, 모두 그렇게 하기로 결정하고 헤어졌다.

사이먼이 지나가게 되자 첫 번째 악당이 그에게 말을 건넸다. "영감님께 신의 가호가 깃들기를."

"생각해줘서 고맙네." 사이먼이 대답했다.

"어디를 다녀오시는 길이에요?" 도둑이 물었다.

"시장에." 그가 답했다.

"거기서 대체 뭘 사셨어요?" 악당은 재차 물었다.

"여기 이 노새."

"어떤 노새요?"

"내가 타고 있는 바로 이 노새 말이네." 사이먼이 대답했다.

"진심이세요, 농담이시죠?"

"그게 무슨 말인가?"

"내가 보기엔 영감님은 노새가 아니라 당나귀를 사신 것 같은데요."

"당나귀라고? 쓸데없는 소리!" 사이먼은 날카롭게 말했다. 그러고는 두 말도 하지 않고 가던 길을 계속 갔다. 수백 미터도 가기 전에 그는 두 번째 공모자를 만났는데, 그 녀석 또한 그에게 다가와 말을 건넸다. "안녕하시우, 어르신. 어디 다녀오는 길이세유?"

"시장에 다녀오네." 사이먼은 대답했다.

"물건 값은 좋은가유?" 상대방이 물었다.

"그런 것 같네." 사이먼은 대답했다.

"그런데 좋은 거래라도 한 것이 있나요?"

"자네가 보는 이 노새를 한 마리 샀지."

"정말 그 놈을 노새로 알고 사신 거유?"

"왜 아니겠나."

"저런, 그 놈은 당나귀가 아닌가유!"

"당나귀라니! 농담이겠지. 만약 한 명이라도 더 그렇게 얘기하는 사람이 있다면, 난 그에게 저 녀석을 그냥 줘버리겠네." 사이먼이 따져 물었다.

이 말을 하고 그는 가던 길을 재촉했다. 하지만 얼마 안 가 그는 세 번째 악당을 만났는데, 그 또한 그에게 다가가 말을 건넸다. "영감님께 신의 가호가 있기를, 그런데 혹시 시장을 다녀오는 길이세요?"

"그렇다네." 사이먼은 대답했다.

"어떤 물건을 사셨는데요?" 교활한 녀석이 물었다.

"내가 지금 타고 있는 이 노새를 샀다네."

"노새라고요! 진심에서 하는 말이세요, 아니면 절 놀리시려는 거예요?"

"난 진지하게 하는 말이라네. 일없이 내가 왜 자네를 놀리려 들겠나." 사이먼은 말했다.

"오, 가엾은 영감님. 이 놈은 노새가 아니라 당나귀라는 걸 정말로 모르셨어요? 어떤 사기꾼한테 단단히 당하셨네요." 악당은 소리쳤다.

"자넨 지난 2시간 동안 똑같은 말을 내게 한 세 번째 사람이네. 어찌 이런 일이 있을 수가 있나." 그는 노새에서 내려오며 말했다. "자네가 녀석을 갖게나. 내가 주는 선물일세." 악당은 그 짐승을 받고는 고마움을 표하면서 녀석을 타고 동료들에게 갔다. 반면에 사이먼은 걸어서 집으로 갔다.

노인은 집에 도착하자마자 가정부에게 노새로 알고 짐승을 한 마리 샀는데, 길에서 만난 몇몇 사람들이 녀석이 당나귀라고 하길래 녀석을 줘버렸다고 말했다.

"오, 바보 같은 짓을 하셨어요! 그들이 주인님을 속인다고는 생각하지 않으셨어요? 정말이지, 주인님은 임기응변의 재능을 더 갖추실 필요가 있어요. 저 같으면 그런 식으로는 절대로 속지 않아요." 니나가 큰 소리로 말했다.

"너무 염려하지 말게나. 녀석들이 한 짓을 두 배로 갚아줄 테니. 그 녀석들이 한 짓을 보건데, 당나귀 한 마리를 빼앗은 것만으로는 결코 만족하지 않을 걸세. 분명 녀석들은 날 속여서 더 많은 것을 얻어내려 할 거야." 사이먼이 대답했다.

사이먼의 집에서 그리 멀지 않은 마을에 염소 두 마리를 기르고 있는 농부가 살고 있었다. 그런데 그 염소들은 어찌나 모습이 똑같은지 어느 놈이 어느 놈인지 구별하기가 불가능했다. 사이먼은 그 두 마리 염소를 가능한 한 싼 가격으로 사서 집으로 몰고 왔다. 그는 가정부에게 저녁에 친구들을 초대할 예정이니 저녁상을 잘 차려놓으라고 말했다. 그는 그녀에게 송아지 고기는 굽고 닭 두 마리는 끓여놓으라고 말하면서 몇 가지 향료식물을 주며 입가심 요리도 해놓도록 지시했다. 그는 과일이 든 과자도 구워놓으라는 말도 빼놓지 않았다. 그런 다음 그는 염소 중 한 마리를 잡아 녀석을 안뜰에 있는 기둥에다 묶어놓고 풀을 조금 주었다. 그러나 다른 염소에게는 목에 가는 새끼줄을 맨 다음 장이 열리는 곳으로 몰고 갔다.

그가 시장에 도착하자, 그를 속여 노새를 빼앗은 세 명의 악한들이 그를 알아보고는 다가오며 말했다. "어서 오세요. 사이먼 영감님. 오늘은 뭘 가지고 오시었소. 뭐 살 거라도 있나요?"

"식료품을 좀 사러왔네. 오늘 친구들을 식사에 초대할 예정이거든, 자네들도 와준다면 더없이 즐거운 자리가 될 것 같네만." 그가 대답했다.

그러자 범죄를 공모했던 그 한량들은 초대를 기꺼이 받아들였다. 사이먼은 필요한 물건을 다 구입한 다음 염소의 등에다 싣고는 세 명의 사기꾼들 앞에서 염소에게 말했다. "자 이제 집으로 가서 니나에게 송아지 고기는 굽고 닭은 끓여 놓도록 말해라. 그리고 향료식물로는 입가심 요리를 만들고 과자도 있는 솜씨를 발휘해서 맛있게 만들어 놓으라고 전해줘. 다 기억할 수 있지? 그렇다면 어서 가도록 해, 부디 조심해서 가거라."

짐을 싣고 있던 염소는 끈이 느슨해진 것을 느끼자 있는 힘을 다해 뛰어가면서 멀리 사라져갔다. 그리고 오늘날까지 그 염소가 어떻게 되었는지는 아무도 모른다. 어쨌든 사이먼은 세 명의 악당들과 아는 사람 몇 명을 불러 모아서는 시장을 얼마간 돌아본 후 집으로 돌아왔다.

그와 손님들이 안뜰에 들어섰을 때, 그들은 좀 전에 보았던 바로 그 염소가 기둥에 묶여 새김질감을 씹으며 서 있는 것을 보았다. 그들은 그 모습을 보고는 적지 않게 놀랐는데, 그것은 안뜰에 있는 염소가 사이먼이 식료품을 잔뜩 실어서 보낸 염소라고 생각했기 때문이다. 집안으로 들어서면서 사이먼은 가정부에게 말했다. "이보게, 니나. 염소에게 전달하라고 말한 대로 요리는 해놓았는가?" 그러자 영리한 여인은 주인의 말뜻을 곧바로 이해하고는 차분하게 대답했다. "물론 그대로 해놓았어요. 송아지 고기는 굽고 닭은 끓여 놓았어요."

"그래 맞았어." 사이먼은 대답했다.

세 명의 악당들은 요리된 고기와 오븐에 담겨 있는 과자를 본데다가 니나의 말까지 듣자 크게 놀라고 흥분해서는 자기들끼리 모여 염소를 빼앗을 궁리를 세웠다. 마침내 식사가 끝나갈 무렵 사이먼으로부터 염소를 뺏고자 한 몇 가지 속임수가 실패로 돌아가자, 그들 중 한 명이 그에게 말했다. "주인어른, 댁의 염소를 저희에게 파시죠?"

사이먼은 염소와 헤어진다는 것은 생각해 본 적이 없을뿐더러 아무리 많은 돈을 준다고 해도 녀석을 잃으면 상실감이 더 클 것 같다는 대답을 했다. 그럼에도 그들이 정말로 녀석을 사고자 고집한다면 금화 오십 냥이면 넘겨줄 수도 있을 것 같다는 말도 덧붙였다.

그러자 충분히 남는 거래라고 생각한 한량들은 그 자리에서 즉시 금화

오십 냥을 주고 행복한 기분으로 염소를 몰면서 떠났다. 그들은 집에 도착하자 아내에게 말했다. "우리가 식료품을 보내기 전까지 내일 저녁 요리는 하지 말아요."

다음 날 그들은 시장에 나가 닭과 다른 식료품을 사서 자신들이 구입한 염소의 등에다 싣고는 아내들이 준비해 놓았으면 하는 요리들을 녀석에게 말했다. 염소는 끈이 느슨해진 것을 느끼자마자 있는 힘껏 뛰어갔고, 얼마 후엔 그들의 시야에서 완전히 사라져버렸다. 그 후 녀석에 관한 소식은 한 번도 들린 적이 없다.

저녁시간이 다가오자 세 사람은 집으로 가서 먼저 보냈던 염소가 요리에 필요한 재료를 갖고 와서 자신들이 주문한 요리에 관해 말해주더냐고 아내들에게 물었다.

"이런 바보 멍청이들 같으니라고. 당신들은 어떻게 하녀나 할 수 있는 일을 염소가 하리라고 믿었나요? 드디어 당신들도 누군가에게 된통 당했구려. 항상 남들만 속여먹더니, 이번엔 오히려 자기 덫에 자기가 걸려든 꼴이구려. 정말로 바보 같은 꼴이라니." 아내들은 소리를 질렀다.

세 사람은 사이먼이 자신들을 속였다는 것과 금화 오십 냥을 빼앗기게 된 것에 분노해 그를 죽이기로 결심했다. 그래서 그들은 각자 그를 살해할 무기를 들고 그의 집으로 향했다.

하지만 세 악한이 자기에게 해를 끼칠 것을 예측하고 있던 눈치 빠른 노인은 방어할 준비를 하면서 니나에게 말했다. "니나, 피로 가득 채운 이 방광주머니를 옷 속에 숨겨두게. 그러다 도둑놈들이 오게 되면 난 모든 탓을 자네에게 돌릴 것이고, 자네에게 화가 치민 흉내를 내면서 칼을 들고 달려들어 그 주머니를 찌를 것이네. 그러면 자네는 죽은 것처럼 그 자리에 쓰러져 있게. 나머진 내가 알아서 처리할 테니 말이야."

사이먼이 이 말을 마치고 얼마 지나지 않았을 때, 세 악당들은 그를 죽이기 위해서 집안으로 들이닥쳤다.

"어서 오게 친구들. 내게 뭘 따지러 왔나? 난 결코 잘못한 것이 없네. 아마도 우리 집 가정부가 나도 모르는 해를 자네들에게 끼친 것 같네." 그 말을 마친 사이먼은 칼을 들고 니나를 향해 정확하게 찔렀다. 순간 그녀는 진짜 죽은 것처럼 그 자리에 쓰러졌고 바닥엔 피가 흥건히 고였다.

사이먼은 이 끔찍한 광경을 보고 후회하는 표정을 지으며 큰 소리로 울부짖었다. "불행한 운명이로다! 내가 무슨 짓을 한 거지? 한순간 미쳐서 한평생 날 도와주고 챙겨준 여인을 죽게 하다니. 앞으로 난 그녀가 없는 이 세상을 어떻게 살아갈 수 있단 말인가?" 얼마 후 그가 파이프를 꺼내 입김을 불어넣자 그녀는 다시 멀쩡하게 살아났다.

악한들은 전보다 몇 배는 더 놀랐다. 그들은 자신들의 화는 잊은 채 그가 요구한 이백 냥의 금화를 재빨리 주면서 파이프를 사고는 즐거운 기분으로 돌아갔다.

이 일이 있고난 후 얼마 안 있어 그들 중 한 명이 아내와 말다툼을 하다가 너무 화가 나자 아내의 가슴을 칼로 찔렀고 그녀는 바닥에 쓰러져 죽게 되었다. 그러자 그는 아내를 살릴 요량으로 파이프를 꺼낸 다음, 힘껏 입김을 불어넣었다. 그러나 가엾은 영혼은 완전히 죽어 있는 상태라 그가 불어넣은 입김은 아무런 도움도 되지 못했다.

동료 중 한 명이 이 소식을 듣고는 말했다. "이런 멍청이, 네가 제대로 사용하지 않았어. 내가 한 번 해볼게." 이 말을 하고 그는 아내의 머리채를 부여잡고 그녀의 목을 면도칼로 베었다. 그런 다음 그는 파이프를 들고 있는 힘껏 입김을 불어 넣었다. 하지만 그녀를 다시 살려낼 수는 없었다. 세 번째 악한에게도 똑같은 일이 일어났고, 그 때문에 그들 세 명은 홀아비가 되었다.

분노에 가득 찬 그들은 사이먼의 집으로 갔고, 그에게 한마디의 설명이나 해명도 듣길 거부하면서, 강에 빠뜨려 죽일 생각으로 그를 잡아서 자루 안에 넣었다. 그러나 그들은 강으로 가는 도중에 뜻밖의 소음이 들리자 지레 겁을 먹고는 사이먼이 들어 있는 자루를 그 자리에 떨어뜨리고 걸음아 나 살려라 하면서 도망갔다.

그러자 곧바로 양치기가 양떼를 몰고 그곳을 지나가게 되었다. 양치기는 천천히 양떼를 뒤쫓으며 양들이 부드러운 풀을 뜯도록 도중에 이곳저곳에 멈추곤 했다. 그러던 중 그는 문득 가엾게 울부짖는 소리를 들었다. "그들은 나보고 공주를 데려가도록 고집하고 있소. 내가 원하지 않는데도 말이오. 난 너무 늙었잖소. 그래서 난 도저히 그녀를 감당할 자신이 없어요." 양치기는 여러 번 반복되는 이 소리가 어디서 나는지 몰라 깜짝 놀랐는데, 주변을 둘러보다가 마침내 사이먼이 갇혀 있는 자루를 발견했다. 그는 자루가 있는 곳으로 가 그것을 열고 사이먼이 불평해대는 모습을 보았다. 양치기는 그가 왜 그곳에 묶인 채로 버려지게 되었는지를 물었다.

사이먼은 그 나라의 왕이 공주를 아내로 데려가라고 고집했지만, 자신은 너무도 늙고 허약해서 그러한 영광을 거부했노라고 대답했다. 그의 말을 곧이곧대로 다 믿어버린 어리석은 양치기는 그에게 은근히 물어보았다. "영감님 생각엔 이 나라의 왕이 따님을 내게도 허락할까요?"

"그럼, 물론이지. 틀림없이 그럴 것이네. 만약 자네가 내 대신 몸이 묶인 채 이 자루 안에 들어가 있다면 말일세." 사이먼이 대답했다. 자루 밖으로 나온 그는 속아 넘어간 양치기를 자기 대신 자루 안에 들어가게 한 다음, 단단히 묶어 놓고서 거기에 있는 양떼를 몰고 사라졌다.

한 시간이 채 지나기도 전에, 세 명의 악당은 자루 안에 담긴 사이먼을 버려놓고 달아났던 그 자리로 다시 돌아왔다. 그들은 그것을 열어보지도 않은 채 번쩍 들고 가서는 강물에다 집어던졌다. 그래서 불쌍한 양치기는 사이먼 대신 죽고 말았다.

자신들의 원한을 풀었다고 생각한 세 악당은 집을 향해 출발했다. 그런데 그들은 가는 도중에 길에서 멀지 않은 곳에서 한 무더기의 양떼가 풀을 뜯고 있는 것을 보았다. 그들은 그 중 몇 마리를 훔치고 싶은 생각이 들어 가까이 접근했는데, 양떼를 돌보고 있는 양치기가 자신들이 강물에 빠뜨린 바로 그 사이먼임을 알고는 소스라치게 놀랐다. 그들은 그가 어떻게 강물에서 살아나올 수 있었는가를 물었고, 그 물음에 사이먼은 다음과 같이 대답했다.

"이런 바보 같으니라고, 자네들은 아무런 상식도 없는 어리석은 당나귀보다 나을 것이 없네그려. 만약 날 조금 더 깊은 강물에 던져 넣었더라면 난 아마도 이보다 세 배나 많은 양들을 몰고 나왔을 텐데."

세 명의 악당은 이 말을 듣고는 그에게 말했다. "오, 사이먼 영감님. 이젠 도둑질로 살아가지 않고 양떼의 주인이 될 수 있도록, 우리도 좀 자루에 묶어서 강물에다 던져 주세요."

"그렇게 하지. 자네들이 원하는 대로 해주겠네. 자네들에게 뭔들 못해 주겠나." 사이먼이 대답했다.

그래서 그는 세 개의 튼튼한 자루를 가져다가 그 안에 한 사람씩 들어가도록 한 후, 자루의 끝을 꽉 묶어 빠져 나올 수 없도록 만든 다음 강물에 던졌다. 그것이 세 악당의 최후가 되었다. 그러나 사이먼은 양떼와 금화를 잔뜩 가지고 집에 있는 충실한 니나에게 돌아와 오랜 세월을 건강하고 행복하게 살았다.

클레케 Kletke

코자타 왕 King Kojata

옛날 옛날에 코자타란 이름의 왕이 있었는데, 턱수염이 너무나 길어서 무릎 아래까지 내려왔다. 결혼한 지 3년이 지났지만 그는 아내와 함께 아주 행복하게 살았다. 하지만 하늘은 그에게 후계자를 허락해 주지 않았고, 그 때문에 그는 매우 슬퍼했다. 어느 날 그는 도시를 벗어나 왕국 전체를 시찰한 적이 있었다. 그는 자기나라 영토를 샅샅이 살펴보면서 근 1년 동안을 여행했고, 볼 만한 것은 다 본 후에 다시 궁전으로 향했다. 그날따라 날씨가 찌는 듯이 덥고 뜨거웠으므로, 그는 하인들에게 넓은 벌판에 텐트를 치고 서늘한 저녁이 오기를 기다리자고 명을 내렸다. 그는 갑자기 목이 몹시 말랐고 주변에 물이 보이지 않자 말에 올라타고 샘물을 찾아다녔다. 오래지 않아 그는 가장자리까지 수정처럼 맑은 물이 찰찰 넘치고 가운데에 황금 잔이 떠 있는 샘물이 있는 곳으로 오게 되었다. 코자타 왕은 잔을 잡으려 했지만 여의치가 않았다. 그는 오른손과 왼손을 번갈아 가며 숱한 노력을 했지만 잡지 못했다. 그가 잡으려 할 때마다 잔은 피하는 듯했는데, 그것은 마치 생명이 있어 잡히기를 거부하는 모습처럼 보였다. 처음엔 한 손으로 그 다음엔 두 손으로 힘을 합쳐 잡으려 했지만, 사발 모양의 술잔은 그때마다 물고기처럼 손가락을 빠져나가면서 까딱하고는 바닥으로 가라앉았다가 곧 다시 다른 장소에 나타나서 그를 조롱하였다.

"제기랄! 너 없이도 갈증은 해소할 수 있어." 코자타 왕은 말했다. 그런 다음 그는 우물에 허리를 굽히고는 물을 들이키기 시작했는데, 너무나 탐욕스럽게 마신 나머지 턱수염이 수정거울 같은 물속으로 빠져버렸다. 그런데 그가 갈증을 해소하고 나서 몸을 일으켜 세우려고 했을 때, 물속에서 누군가가 수염을 꽉 쥐는 듯하여 머리를 들어 올릴 수가 없었다. "거기 누구냐? 놓지 못할까!" 코자타 왕은 큰 소리로 외쳤다. 하지만 아무런 대답이 없이 단지 우물 바닥에서 무서운 얼굴이 그를 노려볼 뿐이었다. 그는 에메랄드처럼 불타는 커다란 초록색 두 눈에 양쪽 귀까지 찢어진 넓은 입을 하고 있었는데, 입 안쪽으로는 희게 빛나는 치아가 두 줄로 나 있는 것이 보였다. 그리고 그의 턱수염은 두 손으로 잡혀 있는 것이 아니라 두 개의 발톱에 의해 붙잡혀 있었다. 마침내 깊은 우물바닥으로부터 거친 목소리가

들려왔다. “코자타 왕이여, 아무리 발버둥질 해봐도 소용없다. 난 네가 궁전으로 돌아갔을 때 그곳에서 보게 되는 것 중에서 아직 네가 모르고 있는 것을 내게 준다는 약속만 하면 당장 널 풀어줄 것이다.”

왕은 오래 고심하지도 않고, “그런 것이 있나.”라고만 생각했다. “궁전에서 내가 모르는 것이 있다니, 그런 것이 있을리가 있나.” 그래서 그는 성급히 대답했다.

“그래 좋다. 그것을 주겠다고 약속하마.”

그러자 목소리가 대답했다. “잘 생각했다. 하지만 약속을 어길 경우엔, 그것은 해를 입을 것이다.” 그러면서 발톱은 잡고 있는 수염을 느슨하게 풀었고, 얼굴은 더 깊은 곳으로 사라졌다. 왕은 아래턱을 물 밖으로 빼내고는 개가 몸을 흔들듯 머리를 옆으로 흔들어댔다. 그런 다음 그는 말에 올라타고 깊은 생각에 몰두하면서 수행원들과 함께 집으로 돌아왔다. 그들이 도시에 들어서자 온 시민들은 거리로 나와 환호성을 지르면서 맞이해주었다. 왕이 궁전에 이르자 왕비는 문지방까지 나와 그를 맞이했는데, 그녀 옆에서 수상은 한낮의 태양처럼 아름다운 갓 태어난 아기가 누워 있는 작은 요람을 양 손으로 들고 있었다. 그제야 왕은 모든 사실을 알게 되었다. 그는 깊은 신음소리와 함께 혼잣말로 중얼거렸다. “이게 바로 내가 알지 못하는 것이었구나.” 그러자 눈물이 두 뺨을 타고 흘러내렸다. 주변에 서 있던 신하들은 왕이 슬퍼하는 모습을 보자 크게 놀랐지만, 어느 누구도 감히 그 이유를 물어보지 못했다. 그는 아이를 팔에 안고 부드럽게 입맞춤을 한 다음 요람에 다시 눕혔다. 그는 감정을 추스르고는 전처럼 다시 국정을 돌보았다.

샘에서의 일은 비밀로 남게 되었다. 그럼에도 불구하고 그의 무겁고 근심스런 표정은 사람들의 눈길을 피해갈 수는 없었다. 아들을 빼앗길 수도 있다는 끊임없는 두려움 때문에 가엾은 코자타는 밤낮으로 평안한 때가 한 번도 없었다. 그러나 시간은 흘러갔고 아무 일도 일어나지 않았다. 며칠이 몇 달이 그리고 몇 년이 그렇게 흘러갔고 왕자는 멋진 청년으로 성장했다. 그러자 마침내 왕도 오래전에 있었던 그 사건에 대해서는 까맣게 잊게 되었다.

어느 날 왕자는 사냥을 나가서 야생 멧돼지를 쫓다가 같이 온 사냥꾼들과 떨어져 어두운 숲에 혼자 남겨졌다. 그곳은 나무들이 너무나 빽빽하고 촘촘히 나 있어 앞을 보는 것이 거의 불가능했다. 그러던 중 맞은 편 가까운 곳에 작은 초지가 눈에 띄었다. 엉겅퀴와 우거진 잡초로 뒤덮인 그 중간에는 잎이 무성한 라임나무가 있었다. 그때 갑자기 텅 빈 나무속에서 살랑거리는 소리가 들리면서 초록색 눈과 턱을 가진 기이한 노인이 기어 나왔다.

"화창한 날이군, 밀란 왕자. 자넨 날 오랫동안 기다리게 만들었군. 하긴 지금이야말로 시기적절한 방문이군그래." 그는 말했다.

"도대체, 당신은 누구요?" 깜짝 놀란 왕자가 말했다.

"곧 알게 될 걸세. 허나 그 전에 청할 것이 있으니, 부디 그것을 먼저 해주게. 여기서 돌아가 코자타 왕을 만나면, 잊지 말고 그가 진 빚을 상기시켜주게나. 만료일이 벌써 오래전에 지나갔네만, 지금이라도 빨리 갚아야 할 걸세. 오늘은 여기서 작별을 하세나. 곧 다시 만나게 될 걸세."

이 말을 남기고 노인은 나무속으로 사라졌다. 그리고 왕자는 놀란 마음이 채 가시지도 않은 상태에서 집으로 돌아와 자기가 보고 들은 내용을 아버지에게 말해주었다.

왕은 그의 말을 듣자 얼굴이 백지장처럼 창백해지며 말했다. "고통스런 때가 다가왔다. 아들아! 우리가 결국 헤어져야 할 시간이 되었구나." 그러면서 그는 무거운 심정으로 왕자가 때어날 때 일어났던 일에 대해 자세히 말해 주었다.

"사랑하는 아버지, 그 일로 상심하지 마세요. 모든 것이 보이는 것만큼 그렇게 나쁘진 않습니다. 여행하는데 필요한 말 한 필만 주세요. 틀림없이 아버님께서는 제가 곧 다시 돌아오는 모습을 보시게 될 것입니다." 밀란 왕자는 대답했다.

이틀 동안 곧장 말을 타고 달려 사흘째 되는 날 그는 마치 유리처럼 매끄럽고 수정처럼 맑은 어느 호숫가에 오게 되었다. 그곳은 한 숨만큼의 바람도 일지 않았음은 물론 나뭇잎 하나 움직이지 않았고, 모든 것이 다 무덤같이 조용했으며, 단지 잔잔한 호숫가 한가운데에 서른 마리의 오리들만이 눈부신 깃털을 자랑하며 이리저리 헤엄을 치고 있었다. 물가에서 멀지 않은 곳에서 밀란 왕자는 서른 벌의 흰 의상이 풀 위에 놓여 있는 것을 보고는 말에서 내렸다. 그는 키가 큰 갈대숲 아래로 기어가서는 그 의상 중에서 한 벌을 훔친 다음, 호수 주변에서 자라고 있는 잡목 숲 뒤쪽에다 감추었다. 오리들은 헤엄을 치며 호숫가 둘레를 샅샅이 돌아다니면서 물속으로 잠수하거나 일어나기를 반복하면서 물결 위를 미끄러지듯 지나갔다. 마침내 장난치며 놀기에 지친 그들은 물가로 나왔고, 그들 중 스물아홉 마리는 자신들의 작은 흰 의상을 입었다. 그런데 옷을 입는 순간 그들은 곧바로 아름다운 아가씨들로 변하였다. 그리고 옷 입기를 마친 그들은 모두 다 사라졌다. 단지 서른 번째 작은 오리만이 물가로 나올 수 없었다. 오리는 물가를 헤엄치면서 날카롭게 울고는 소심하게 목을 쭉 빼고 정신없이 주변을 두리번거리다가 다시 물속으로 들어가기를 반복했다. 밀란 왕자는 그 가엾은 동물이 딱하고 안타까운 마음에 숨어 있던 갈대숲에서 나와 도움을 주려고 하였다. 오리는 그를 보자 재빨리 인간의 목소리로 말했다. "오, 사랑하는 밀란 왕자님. 하늘과 같은 사랑으로 제게 옷을 돌려주세요. 그러면 그 은혜는 결코 잊지 않겠습니다." 왕자는 그녀의 조그만 의상을 근처 둑에다가 내려놓고는 몸을 돌려 잡목 숲으로 물러났다. 몇 초가 지났을까 흰 의상을 입은 아름다운 아가씨가 그 앞에 서 있었는데, 그녀는 너무도 눈부시게 아름답고 사랑스러운 모습이어서 글로는 이루 다 표현할 수가 없을 정도였다. 그녀는 왕자에게 손을 내밀며 말했다.

"친절한 호의에 깊이 감사드려요, 밀란 왕자님. 난 사악한 마법사의 딸이고, 이름은 히야신시아라고 해요. 아버지는 서른 명의 딸이 있고, 많은 성과 엄청난 재산을 소유한 지하세계의 강력한 통치자입니다. 그는 당신이 오기를 오랫동안 기다리고 있었어요. 하지만 내 충고를 잘 따른다면, 그리 겁낼 필요는 없어요. 아버지를 만나게 되면 그 즉시 땅바닥에 엎드린 다음 무릎으로 기어서 그에게 다가가세요. 그가 사납게 발을 쿵쾅거리면서 저주하

고 욕설을 퍼부을지라도 걱정하지 마세요. 내가 마지막까지 당신 곁에 있을 거예요. 지금 출발하는 것이 좋겠어요."

이 말을 마친 아름다운 히야신시아는 작은 발로 땅을 구르자 바닥이 갈라지며 두 사람은 지하세계로 떨어졌다.

마법사가 살고 있는 궁전은 큰 석류석을 다듬어서 만든 것이어서 주변 지역까지 환하게 비추었다. 밀란 왕자는 그 안으로 활기차게 걸어 들어갔다.

마법사는 왕좌에 앉아 있었고, 머리엔 반짝이는 왕관을 쓰고 있었다. 그의 눈은 마치 초록색 불처럼 타오르고 있었고, 손 대신에 발톱이 있었다.

밀란 왕자는 성 안에 들어서자마자 몸을 던져 그 앞에 무릎을 꿇었다. 마법사는 발로 땅을 세차게 구르면서 초록색 눈으로 무섭게 노려보면서 저주의 말을 크게 내지르자 온 지하세계가 두려움에 떨었다. 그러나 조언을 미리 들어 마음의 준비를 한 왕자는 조금도 두려워하지 않고 무릎으로 기어 왕좌가 있는 곳으로 접근했다. 그러자 마법사는 큰 소리로 웃으며 말했다. "그 녀석 참, 날 웃길 만큼의 조언은 들은 모양이로군. 그래 이제부터 널 더 이상 적으로 간주하지 않으마. 우선 지하세계에 온 걸 환영하는 바이다! 허나 네가 이곳에 머무는 동안은 해야 할 세 가지 임무가 있다. 오늘은 이만 돌아가고, 내일이 되면 네가 할 일을 알려 주겠다."

그러자 두 명의 하인이 밀란 왕자를 잘 꾸민 방으로 안내했다. 거기서 그는 자기를 위해 준비되어 있는 부드러운 침대에 조금도 두려워하지 않고 누웠다. 그러고는 곧 깊은 잠에 빠져들었다.

다음 날 아침 일찍 마법사는 그를 불러들여 다음과 같이 말했다. "자 이제 네가 배운 재능을 한 번 시험해 보자. 우선 넌 오늘 밤 내게 궁전을 한 채 지어주어야만 한다. 단 지붕은 순금이어야 하고 벽은 대리석 그리고 창문은 수정으로 만든 것이라야 한다. 그리고 궁전 주위에는 아름다운 정원이 있어야 하는데, 그곳엔 물고기가 있는 연못과 예술성이 있는 폭포도 갖추어 있어야 한다. 만약 네가 그 임무를 충실히 수행한다면, 난 네게 풍족한 대가를 지불할 것이다. 하지만 실패한다면, 넌 미리를 내놓아야 할 것이다."

'이 사악한 괴물 같으니라고! 차라리 지금 당장 날 죽이는 것이 낫겠다.' 밀란 왕자는 마음속으로 그렇게 말했다. 슬픔에 잠겨 방으로 돌아온 그는 고개를 숙인 채 저녁이 될 때까지 자신의 잔인한 운명에 대해 깊은 상념에 잠겨 있었다. 어두워지자 작은 벌 한 마리가 날아와서 창문을 두드리며 말했다. "문을 열어주세요. 들어가게 해주세요."

밀란은 재빠르게 문을 열었고, 벌은 들어오자마자 아름다운 히야신시아로 변했다.

"안녕, 밀란 왕자님. 왜 그리 슬퍼보이세요?"

"어찌 슬프지 않을 수 있겠소? 당신의 아버지는 날 죽이겠다고 협박하고 있소. 그러니 난 이제 죽은 목숨이나 다름없소."

"그래서 어떻게 할 생각이에요?"

"내가 할 수 있는 일은 아무것도 없소. 결국 난 죽게 될 것이오."

"자 사랑하는 왕자님, 바보 같은 생각은 하지 말아요. 정신을 바짝 차리세요. 그렇게 절망하실 필요는 없어요. 일단 가서 주무세요. 내일 아침에 일어나시면 궁전은 이미 지어져 있을 거예요. 그러면 당신은 궁전의 둘레를 돌면서 마치 방금 건축한 것처럼 벽의 이곳저곳을 두드리기만 하세요."

모든 일은 그녀가 말한 그대로 이루어져 있었다. 날이 밝자 밀란 왕자는 방에서 나와 잘 보이지 않는 부분까지도 예술작품처럼 마무리가 잘 된 궁전을 보게 되었다. 마법사는 궁전의 아름다움에 적잖이 놀랐고, 실제로 직접 보면서도 자기 눈을 믿지 못하는 것 같았다.

"그래 좋다. 넌 뛰어난 장인의 자질을 갖추고 있구나. 난 네가 꽤 훌륭한 손재주를 가지고 있다는 것은 알겠다. 자 그럼 이제 네 머리도 그만큼 훌륭한지를 알아보아야겠다. 우리 집엔 서른 명의 딸들이 있다. 모두 다 아름다운 공주들이지. 내일 난 그들을 일렬로 나란히 세워놓을 것이다. 넌 그들 앞을 세 번 지나갈 수 있는데, 마지막 세 번째에 너는 나의 막내딸인 히야신시아를 가려내야 한다. 제대로 찾아내지 못한다면, 넌 목이 달아날 것이다." 그는 왕자에게 말했다.

'이번엔 당신이 실수한 것이다.'라고 밀란 왕자는 생각하면서 방으로 와서 창가에 앉았다. "그토록 아름다운 히야신시아를 알아보지 못하는 일도 있을까! 천만에 그거야말로 세상에서 가장 쉬운 일이지."

"왕자님이 생각하는 것만큼 그렇게 쉽진 않아요." 작은 벌은 날면서 큰 소리로 말했다. "내 도움이 없으면, 결코 가려낼 수 없을 거예요. 우리 서른 명의 자매는 너무도 똑같이 생겨서 아버지조차 누가 누구인지 잘 알지 못할 때가 많아요."

"그럼 어떻게 해야 되죠?" 밀란 왕자는 물었다.

"잘 들으세요." 히야신시아가 대답했다. "내가 왼쪽 볼에 작은 파리를 올려놓을 테니, 그걸 보고 찾으세요. 하지만 자칫 실수하지 않도록 주의하셔야 해요."

다음 날 마법사는 밀란 왕자를 대령시키라고 또 한 번 명령했다. 딸들은 그 앞에서 모두 다 같은 옷을 입고 바닥을 내려다보면서 한 줄로 나란히 서 있었다.

"자, 재주꾼아. 여기에 모인 아름다운 아이들을 딱 세 번만 보고 누가 히야신시아 공주인지를 찾아 내거라." 마법사는 말했다.

밀란 왕자는 그들 앞을 지나가면서 자세히 살펴보았다. 그러나 그들의 모습은 너무도 똑같아서 마치 서른 개의 거울에 단 하나의 얼굴만이 반사되는 듯했고 파리는 눈에 띄지도 않았다. 그는 두 번째로 그들 앞을 지나갔지만 아무것도 보이지가 않았다. 하지만 마지막 세 번째에서 그는 아주 작은 파리가 볼을 타고 내려오면서 희미한 분홍빛 흔적을 남기는 것을 보았다. 그러자 왕자는 그 아가씨의 손을 잡고 큰 소리로 외쳤다. "이 분이 바로 히야신시아 공주요!"

"이번에도 맞췄다." 마법사는 놀라면서 말했다. "하지만 해야 할 일이 하나 더 있다. 내가 불을 붙일 이 양초가 초꽂이까지 다 타버리기 전에, 넌 내가 신을 무릎까지 올라오는 부츠를 한 켤레 만들어야 한다. 만약 그 시간까지 부츠를 완성하지 못하면, 넌 목이 달아날 것이다."

왕자는 완전히 절망적인 상태로 방으로 돌아왔다. 그러자 다시 한 번 벌로 변신한 히야신시아 공주가 그를 따라 들어오면서 물었다. "왜 그렇게도 슬퍼하는 거예요, 밀란 왕자님?"

"어찌 슬퍼하지 않을 수가 있겠소? 당신의 아버지가 불가능한 일을 한정된 시간에 하도록 지시하셨소. 그가 불을 붙인 양초가 초꽂이까지 다 타기 전에, 난 부츠를 한 켤레 만들어야 하오. 그러나 왕자인 내가 어찌 구두를 만들겠소. 난 그 일을 하지 못할 것이고, 그러면 곧바로 목이 달아날 것이오."

"그러면 어떻게 하실 거예요?" 히야신시아가 물었다.

"글쎄, 무슨 방법이 없겠소? 그가 요구하는 것은 난 할 수도 없고, 하지도 못할 것이오. 결국 그는 날 끝장낼 것이고."

"그래선 안돼요, 왕자님. 난 당신을 너무도 사랑하고, 어떤 일이 있어도 난 당신과 결혼할 거예요. 난 당신의 목숨을 구하거나, 그렇지 않으면 당신과 함께 죽을 거예요. 지금 당장 여기를 빠져 나가도록 해요. 그렇지 않으면 달리 피할 방법이 없어요."

이 말을 하고 그녀는 창문에다 대고 입김을 불었다. 그러자 그녀의 입김은 창문에 얼어붙었다. 그런 후 그녀는 밀란을 이끌고 방을 나오면서 문을 잠그고는 열쇠를 멀리 던져버렸다. 연인은 손을 꼭 잡고 전에 그들이 지하세계로 내려왔던 바로 그 곳으로 재빠르게 뛰어갔고, 마침내 호숫가의 둑에 다다르게 되었다. 밀란 왕자의 군마는 여전히 그곳에 있으면서 물가에 자라나는 풀을 뜯고 있었다. 말은 주인을 보자 기쁨에 겨워 큰 소리로 울면서 그를 향해 뛰어와 마치 땅에 뿌리를 박 듯 그 앞에 멈춰 섰다. 밀란과 히야신시아는 제 자리에서 뛰어 말 등에 올라탔다. 그러자 말은 마치 활에서 쏜 화살처럼 빠르게 달려갔다.

한편 마법사는 왕자가 오기를 초조하게 기다리고 있었다. 왕자가 늦자 화가 난 그는 신하를 보내 약속한 시간이 지났으니 빨리 오도록 지시했다.

신하들은 방문이 잠겨 있자 문을 두드렸다. 그러자 창문에 얼어붙어 있던 입김이 밀란 왕자의 목소리로 대답했다. "곧바로 가겠어요." 그 대답을 듣고 그들은 마법사에게 돌아갔다. 하지만 왕자가 여전히 나타나지 않자, 얼마 후 그는 왕자를 데려오도록 두 번째로 신하들을 보냈다. 냉동된 입김은 이번에도 같은 대답을 되풀이했지만, 왕자는 결코 오지 않았다. 결국 마법사는 인내심을 완전히 잃어버리고는 방문을 부서뜨려 열라고 명령했다. 그러나 방은 비어있고, 냉동된 입김은 큰 소리로 웃고 있었다. 분노로 자제력을 상실한 마법사는 왕자를 뒤쫓으라는 명을 내렸다.

거친 추격전이 시작되었다. "말발굽 소리가 뒤에서 들려요." 히야신시아가 왕자에게 말했다. 밀란은 안장에서 펄쩍 뛰어내려 귀를 땅에다 대고 진동소리를 들었다. "맞아요. 우리를 쫓고 있어요. 그들은 꽤 가까운 거리까지 와 있어요." 그는 대답했다. "그렇다면 낭비할 시간이 없어요." 히야신시아가 말했다. 그 즉시 그녀는 자신은 강으로, 밀란 왕자는 철교로, 그리고 군마는 검은 새로 변화시켰다. 다리 건너의 길은 세 갈래로 갈라져 있었다.

마법사의 하인들은 새로 난 흔적을 따라 서둘러 따라붙었지만, 철교에 이르렀을 때 더 이상의 발자국은 보이지 않았고 선택할 수 있는 길이 세 개나 되자, 그들은 어느 길로 가야 할지 몰라서 그 자리에서 멈추었다. 그들은 두려움에 떨면서 마법사에게 돌아가 그러한 사정을 말했다. 마법사는 불같이 화를 내면서 날카롭게 소리쳤다. "이 멍청한 녀석들! 강과 다리가 바로 그들이란 말이다! 당장 돌아가 잡아와, 그렇지 않으면 가만두지 않겠다."

그래서 추격전은 새롭게 시작되었다. "말발굽 소리가 또 들려요." 히야신시아는 탄식하며 말했다. 왕자는 말에서 내려 귀를 땅에다 대었다. "미친 듯이 따라오는군. 벌써 가까운 거리까지 와 있어요." 순식간에 히야신시아 공주는 자신의 모습을 바꿨고, 왕자와 군마를 천 개의 길과 오솔길이 뒤섞여서 사방으로 뻗어 있는 빽빽한 숲으로 변화시켰다. 추격자들은 숲으로 들어왔지만 아무리 둘러봐도 밀란 왕자와 공주를 찾을 수 없었다. 마침내 그들은 처음 출발했던 바로 그 장소에 다시 와 있는 것을 알았고, 실의에 찬 그들은 다시 한번 빈손으로 마법사에게 돌아갔다.

"그러면 내가 직접 녀석들을 쫓아가는 수밖에. 즉시 말을 가져와라. 녀석들은 날 피해갈 수 없어." 그는 소리쳤다.

다시 한번 아름다운 히야신시아는 중얼거렸다. "말발굽 소리가 가까운 곳에서 들려요." 그러자 왕자가 대답했다. "그들은 우릴 집요하게 뒤쫓고 있소. 이미 꽤 가까운 곳까지 쫓아 왔어요."

"이번엔 어쩔 수가 없어요. 아버지가 직접 따라오고 있거든요. 하지만 성당에서라면 우린 그의 힘을 꺾어 놓을 수 있어요. 그는 더 이상 우릴 쫓지 못할 거예요. 당신의 십자가를 줘보세요."

밀란 왕자는 어머니가 주었던 작은 황금십자가를 목에서 풀었고, 히야신시아는 그것을 받자 스스로를 성당으로, 밀란을 수도사로, 그리고 말을 종탑으로 변신시켰다. 그들이 변신을 마치는 순간 곧바로 마법사와 하인들이 말을 타고 도착했다.

"말을 타고 지나가는 자들을 보지 못했소, 신부 양반?" 마법사가 수도사에게 물었다.

"밀란 왕자와 히야신시아 공주가 방금 전 지나갔습니다. 그들은 성당으로 들어와 잠시 기도를 하면서 나보고 당신을 위해 성상 앞에서 촛불을 밝혀줄 것과 당신에 대한 그들의 사랑을 전해달라고도 부탁했소."

"난 그놈들의 목을 비틀어 놓고 싶소." 마법사는 말했다. 그는 방향을 틀어 집으로 돌아온 후 모든 하인들에게 죽지 않을 만큼의 매질을 하면서 화풀이를 했다.

이제 밀란 왕자는 더 이상 추격당할 불안감 없이 신부와 함께 말을 타고 천천히 길을 갔다. 태양은 막 지려하고 있었고, 그 마지막 빛은 그들이 다가서고 있는 한 도시 위를 비추고 있었다. 밀란 왕자는 갑자기 그 도시에 들어가 보고 싶다는 욕망에 사로잡혔다.

"오 나의 사랑하는 이여. 제발 가지 말아요. 나쁜 일이라도 생길까 두려워요." 히야신시아는 간절히 애원했다.

"두려워할 일이 뭐가 있소?" 왕자가 반문했다. "그저 도시를 잠깐 들러 한 시간쯤 살펴본 다음, 곧바로 아버지가 계시는 궁전으로 계속 갈 거요."

"그 도시는 들어가긴 쉬우니 나오긴 어려운 곳이에요. 하시반 당신이 원하신다면 뜻대로 하세요. 자 가세요, 난 흰색의 이정표로 변신한 후에 여기서 기다리겠어요. 부디 조심하세요. 그 도시의 왕과 왕비는 작은 아이를 앞세우고 당신을 맞으러 나올 거예요. 어떤 일이 있어도 그 아이에게 입맞춤을 하지 마세요. 그렇게 하시면 당신은 우리들 사이에 있었던 일들을 까맣게 잊게 될 거예요. 난 여기서 당신을 3일 동안만 기다릴 거예요." 히야신시아는 한숨을 쉬면서 말했다.

왕자는 빠른 걸음으로 도시로 들어섰지만, 히야신시아는 길가에 이정표로 변신한 채 기다렸다. 첫 번째 날이 지나갔고, 두 번째 날도 지나갔고, 드디어 세 번째 날 역시 지나갔지만, 히야신시아의 충고를 듣지 않은 밀란

왕자는 돌아오지 않았다. 그녀가 말한 대로 왕과 왕비는 그를 맞으러 나왔다. 그들이 앞세우고 나온 아이는 사랑스럽고 예쁜 소녀였고, 왕자는 그녀의 아름다움에 이끌려 허리를 굽혀 볼에 입맞춤을 했다. 그 순간부터 그의 기억은 텅 빈 백지 상태가 되었고, 그는 아름다운 히야신시아 공주의 존재를 완전히 잊었다.

왕자가 돌아오지 않자 실의에 젖은 히야신시아는 비통하게 울면서 자신의 모습을 이정표에서 작은 남색의 들꽃으로 바꾸면서 말했다. "난 이 길가에서 자라나게 될 거고, 그러면 누군가 지나가면서 짓밟아버리겠지." 그런데 그녀가 흘린 눈물 중 한 방울은 마치 이슬처럼 남아서 작은 남색의 꽃 위에서 빛났다.

그 일이 있고 난 후 얼마 안 있어 한 노인이 길을 가다가 그 꽃을 보고는 아름다움에 흠뻑 빠지게 되었다. 그는 꽃을 뿌리째 조심스럽게 파낸 후 집으로 가져왔다. 그는 그 꽃을 화분에다 심고 물을 주면서 정성껏 돌보았다. 그러자 아주 특별한 일이 일어나게 되었다. 이때부터 노인의 집에 모든 것들이 바뀌었다. 그가 아침에 일어날 때면 집안은 언제나 깔끔하게 청소와 정리정돈이 되어 있었고, 집안에는 그야말로 작은 먼지조차 보이지 않을 정도였다. 한낮에 집으로 올 때면 탁자 위엔 늘 맛있는 음식이 가득 차려져 있어서, 그는 앉아서 배불리 먹기만 하면 되었다. 처음엔 너무나 놀란 나머지 별다른 생각을 하지는 못했지만 시간이 조금 지나자 그는 불편한 마음이 들어 늙은 마녀에게 찾아가 조언을 구하였다.

그러자 마녀가 말했다. "새벽닭이 울기 전 일어나서 지켜보다가 무언가 움직이는 것이 보이면 그 위에 이 천을 덮어씌우시오. 그러면 내막을 알게 되리다."

노인은 밤새도록 한 잠도 자지 못했다. 새벽녘이 되어 첫 번째 빛이 집안으로 들어왔을 때, 그는 작은 남색 꽃이 몸을 떠는 것을 보았다. 그러다가 그 꽃은 화분에서 일어나 방안을 돌아다니면서 물건을 정리하거나 먼지를 털어내기도 하고 불을 지피기도 하였다. 노인은 재빨리 침대에서 내려와 늙은 마녀가 주었던 천으로 그것을 덮었다. 그러자 순식간에 아름다운 공주인 히야신시아가 그 앞에 나타났다.

"무슨 짓을 한 거예요? 왜 저를 다시 살리셨어요? 전 제 신랑인 밀란 왕자가 절 버린 후 더 이상 살 의욕이 없답니다." 그녀는 울부짖었다.

"밀란 왕자는 곧 결혼할 예정이오. 결혼식을 치를 준비가 이미 다 끝났고, 초대받은 하객들은 지금 이 순간에도 사방에서 밀려들고 있소." 노인이 대답했다.

아름다운 히야신시아는 그 소식을 듣고는 비통하게 울었다. 한참 후 그녀는 눈물을 닦고 농사짓는 아낙의 복장을 하고 도시로 향했다. 도시에 도착한 공주는 곧장 흰 앞치마를 입은 요리사들이 분주히 움직이는 왕실의 부엌으로 갔다. 공주는 조리장에게 다가가 말했다. "조리장님, 제발 제 청을 들어주세요. 제가 직접 밀란 왕자님의 케이크를 만들 수 있게 해 주세요."

바쁜 조리장은 그녀의 요구를 단번에 거절하고 그녀를 내치고 싶었지만, 그 말은 입술 밖으로 나오기도 전에 스스로 사라져 버렸다. 그리고 고개를 돌려 아름다운 히야신시아를 보는 순간 그의 말투는 공손하게 바뀌었다. "잠깐 들어와요, 아름다운 아가씨. 직접 케이크를 만들어 봐요. 내가 직접 밀란 왕자 앞에 가져다 놓으리다."

케이크는 곧 만들어졌다. 초대받은 하객들은 이미 식탁에 빙 둘러 앉아 있었고, 조리장은 들어와 은쟁반에 놓인 아름다운 결혼식 케이크를 밀란 왕자 앞에 놓았다. 하객들은 모두 예술작품과도 같은 케이크를 보면서 감탄을 금치 못하였다. 밀란 왕자는 곧바로 케이크를 자르려고 했는데, 그 순간 놀랍게도 비둘기 두 마리가 그 속에서 튀어 나오면서 그 중 한 마리가 다른 한 마리에게 말했다. "내 사랑하는 그대여, 날 버리고 날아가지 말아요. 사랑하는 사람을 잊은 밀란 왕자처럼 그렇게 날 잊으면 안돼요."

밀란 왕자는 작은 비둘기가 말하는 소리를 듣고는 깊은 한숨을 내쉬었다. 그는 갑자기 자리에서 벌떡 일어나 아름다운 히야신시아 공주가 기다리고 있는 문으로 달려갔다. 문밖에는 그의 충실한 군마가 앞발로 땅을 차며 서 있었다. 한순간의 망설임도 없이 밀란과 히야신시아는 말에 올라타고 코자타 왕의 나라로 빠르게 달려갔다. 왕과 왕비는 아무런 전갈도 받지 않고 갑자기 보게 된 그들을 진심으로 기쁘게 맞이했다. 그리고 그들은 남은 인생을 행복하게 살았다.

러시아

피클 왕자와 아름다운 헬레나
Prince Fickle and Fair Helena

아주 옛날에 헬레나라는 아름다운 소녀가 있었다. 그녀의 엄마는 그녀가 매우 어릴 때 돌아가셨고, 계모는 그녀에겐 더없이 잔혹하고 불친절했다. 헬레나는 계모의 사랑을 얻기 위해서라면 할 수 있는 모든 일을 다 했다. 그래서 그녀는 자기에게 맡겨진 일이라면 아무리 힘든 일이라도 최선을 다해 활기차게 일했다. 그러나 계모는 조금도 감동하지 않았을 뿐만 아니라, 가엾은 그녀가 더 많은 일을 하면 할수록 점점 더 많은 일을 하도록 요구했다.

어느 날 그녀는 헬레나에게 6킬로그램이나 되는 깃털이 담긴 자루를 던져주면서 저녁이 되기 전에 종류가 같은 깃털별로 분리해 놓도록 명령했고, 제대로 하지 못할 시에는 큰 벌을 주겠다는 위협도 했다.

가엾은 아이는 일을 하기 위해 앉았지만 두 눈에 가득히 고인 눈물 때문에 시작할 수가 없었다. 그리고 힘겹게 깃털을 골라 한 무더기를 겨우 만들었을 때, 그녀는 깊은 숨을 내쉬게 되었고, 그 때문에 그나마 모아두었던 깃털은 다 날아가 버렸다. 그러한 일이 반복되자 가엾은 소녀의 처지는 더욱 비참해지게 되었다. 그녀는 두 손에 얼굴을 묻고는 큰 소리로 외쳤다.
"날 가엾게 여길 사람이 하늘 아래 한 사람도 없나요?"

그러자 부드러운 목소리가 들려왔다. "진정해라. 얘야, 널 도와줄 테니."

겁에 질려 죽을 것 같은 상태에서 헬레나가 고개를 들자, 그녀 앞엔 요정이 상냥한 목소리로 그녀에게 물었다. "얘야, 왜 그리 서럽게 울고 있니?"

오랫동안 그처럼 상냥한 목소리는 들어본 적이 없던 헬레나는 요정에게 자신의 비통하고 슬픈 이야기를 모두 다 털어놓았다. 그녀는 자신이 떠맡게 된 일이 무엇이고 또 그 일을 하다가 절망에 빠지게 된 자신의 상황에 대해서도 자세하게 설명해 주었다.

"그 일에 관해서라면 더 이상 걱정할 필요가 없단다. 누워서 한숨 자거라. 네가 할 일은 내가 알아서 처리해주마." 친절한 요정은 말했다. 그래서 헬레나는 자리에 누웠다. 그리고 그녀가 잠에서 깨어났을 때, 모든 깃털은 종류별로 분리되어 작은 다발로 깔끔하게 묶어져 있었다. 그러나 그녀가 감사의 말을 하려했을 때는 친절한 요정은 이미 사라지고 없었다.

저녁이 되자 계모가 돌아왔는데, 그녀는 헬레나가 자기가 맡은 일을 다 한 후에 조용히 앉아서 기다리고 있는 모습에 크게 놀랐다.

계모는 그녀의 근면함을 칭찬했지만, 한편으로는 다음번엔 어떤 더 어려운 일을 시킬까 하고 머리를 짜냈다.

다음 날 그녀는 헬레나에게 구멍이 잔뜩 뚫린 숟가락으로 집 근처에 있는 호수의 물을 다 퍼내라고 말했다. 헬레나는 곧바로 일을 시작했지만, 계모가 시킨 일은 불가능하다는 것을 곧바로 알게 되었다. 절망스럽고 비참한 상태에서 그녀가 숟가락을 막 집어던지려는 순간 그녀의 앞에는 친절한 요정이 다시 한 번 나타났다. 이번에도 요정은 그녀에게 불행한 이유가 무엇인지를 물었다.

헬레나는 계모가 시킨 새로운 일에 대해서 이야기를 했고, 그러자 요정이 대답했다. "내가 그 일을 해줄 테니, 날 믿고 있어. 그동안 누워서 잠이나 자려무나."

헬레나는 마음이 놓여 잠이 들었다. 그런데 얼마 지나지 않아서 요정은 그녀를 부드럽게 흔들어 깨우고는 호수의 물이 다 비워졌다고 말했다. 너무도 기쁘고 감사한 마음으로 헬레나는 이쯤 되면 계모도 자신에 대한 마음이 누그러들겠지 하는 희망으로 서둘러 집으로 갔다. 그러나 그 사악한 여인은 자신의 악의적인 계획이 좌절된 것에 대해 분노했고, 지금까지보다 더 힘든 일을 시키겠다는 일념밖에는 없었다.

다음 날 계모는 그녀에게 저녁이 되기 전까지 아름다운 성을 한 채 지어놓는 것은 물론 다락에서 지하실까지 가재도구를 다 갖추어 놓도록 명령했다. 헬레나는 성을 지으라고 지목된 장소에 있는 바위에 앉아 의기소침해하고 있었는데, 마치 희망을 예약해 주기라도 하듯이 친절한 요정이 그녀를 돕기 위해 다시 한 번 나타났다.

희망은 실제로 이루어졌다. 요정은 그녀 앞에 나타나 자기가 대신 성을 지어주겠다고 약속을 한 후 헬레나에게는 잠이나 푹 자라고 말했다. 요정이 말을 마치자마자 그곳에 있던 바위와 돌이 모두 일어서더니 제 스스로 집을 지어 아름다운 성이 완성되었고 해가 떨어지기 전까진 필요한 가구들이 모두 다 비치되어 완전해지게 되었다. 헬레나는 잠에서 일어나 자신에게 맡겨진 임무가 완수된 것을 보고는 무척 고마워했다.

그러나 계모는 결코 즐겁지가 않았다. 그녀는 성을 꼭대기부터 아래쪽까지 두루두루 살피고 다니면서 헬레나를 벌 줄 근거가 되는 흠을 찾고자 했다. 마침내 그녀는 지하실에 있는 어떤 방으로 들어갔는데, 너무 어두워 아무것도 볼 수가 없었던 그녀는 가파른 계단에서 굴러 떨어져 그 자리에서 즉사했다.

그래서 헬레나는 성의 주인이 되었고, 그곳에서 평화롭고 행복하게 살았다. 그런데 그녀가 아름답다는 소문이 먼 곳까지 퍼지게 되자, 사방에서 구혼자들이 몰려들어 그녀에게 청혼을 했다.

그들 중에는 피클이라는 왕자도 있었다. 그는 아름다운 헬레나의 사랑을 순식간에 얻었다. 어느 날 그들은 성 앞에 있는 라임나무 아래에서 행복하게 앉아 있는데, 피클왕자가 갑자기 결혼을 하라는 부모님의 뜻에 따라 곧 돌아가야 한다는 슬픈 소식을 전했다. 하지만 그녀는 왕자가 자기에게 한 사랑의 맹세는 어떤 일이 있어도 지킬 것이고, 가더라도 그가 곧 다시 돌아올 것이라는 점에 대해서는 일말의 의심을 하지 않았다.

그래서 그녀는 사흘 밤낮을 그 나무 아래서 움직이지도 않고 기다렸다. 그러나 그녀는 애인이 돌아오지 않자 점점 더 불행해져갔으며, 마침내 그를 찾아 나설 결심을 하게 되었다. 그녀는 들고 갈수 있을 만큼의 보석과 아끼는 드레스도 세 벌이나 챙겨두었는데, 그 중 한 벌은 별, 다른 한 벌은 달, 그리고 나머지 한 벌은 태양이 각각 순금으로 수놓아져 있는 것이었다. 그녀는 전 세계의 아주 먼 곳까지 신랑을 찾아 돌아다녀 보았지만, 그에 대한 어떤 흔적도 찾을 수가 없었다. 결국 그녀는 찾기를 포기하고 깊은 절망에 빠졌다. 하지만 그녀는 한 때 애인과 행복한 시간을 보냈던 자신의 성으로는 다시 돌아가고 싶지가 않았다. 그녀는 차라리 자신의 외로움과 쓸쓸함을 낯선 고장에서 이겨내리라 결심했다. 그녀는 농가에서 가축을 돌보는 일을 구했으며, 보석과 드레스는 다른 사람의 눈에 띄지 않는 안전한 장소에다 숨겨 놓았다.

그녀는 매일 소들을 몰고 가 풀을 뜯게 했는데, 그럴 때마다 그녀는 사랑의 약속을 저버린 연인에 대한 생각만 했다. 그녀는 거기에 있는 가축 중에서 특히 작은 송아지에게 각별한 애정을 쏟았는데, 그녀는 녀석에게는 먹이도 직접 손으로 주었다. 그녀는 송아지에게 무릎을 꿇도록 가르친 다음 귓속말로 말했다.

"무릎을 꿇어, 송아지야.
어서 무릎을 꿇어봐.
넌 충실하고 충직해야 해.
라임나무 아래서
아름다운 헬레나를 두고 떠나버린
피클 왕자처럼 되어서는 안 돼."

이렇게 몇 년이 지났을 때, 그녀는 그 나라의 공주가 '피클'이라는 이름의 왕자와 결혼을 할 것이라는 소식을 들었다. 가엾은 헬레나를 제외한 모든 사람들이 그 소식에 기뻐했다. 그녀에게 그 소식은 엄청난 충격이었다. 그때까지도 그녀는 마음속 깊이 자신에게 사랑의 맹세를 했던 애인의 진실을 언제나 믿고 있었기 때문이었다.

그런데 우연히도 도심지로 향하는 길이 헬레나가 살고 있는 마을의 오른쪽을 지나는데, 그녀가 소들을 몰고 갈 때 피클 왕자도 이따금씩 그곳을 지나가는 일이 있었다. 하지만 그는 결혼할 신부에 대한 생각에만 워낙 골몰했기 때문에 가축을 몰고 가는 가엾은 소녀를 알아보지는 못했다. 그러자 헬레나는 왕자의 마음을 시험해보고 싶은 생각이 들었고, 자신의 존재를 그의 마음속에서 불러일으키는 일이 불가능하기만 한 것인지를 알아보고 싶은 생각 또한 들었다. 그래서 피클왕자가 말을 타고 옆을 지나가던 어느 날, 그녀는 작은 송아지에게 그동안 했던 말을 반복했다.

"무릎을 꿇어, 송아지야.
어서 무릎을 꿇어봐.
넌 충실하고 충직해야 해.
라임나무 아래서
아름다운 헬레나를 두고 떠나버린
피클 왕자처럼 되어서는 안 돼."

피클 왕자는 그녀의 목소리를 듣자 무엇인가가 마음속에 떠올랐지만 그것이 정확히 무엇인지는 기억해 내지는 못했다. 그것은 그가 방금 전 헬레나의 말을 뚜렷하게 듣지를 못했기 때문인데, 그녀의 목소리는 아주 낮고 힘이 없었기 때문이었다. 헬레나 역시 이미 그가 너무도 멀리 가 있었기 때문에, 자신의 말이 그에게 어떤 인상을 주었는지는 확인할 수가 없었다. 하지만 그녀는 그가 말을 천천히 몰면서 어떤 깊은 생각에 몰두하고 있다는 점은 알았다. 그래서 그녀는 그에 대한 희망을 완전히 버리지는 않았다.

곧 있을 결혼 축하연을 기념해서 도심지에서는 밤마다 축제가 열렸다. 헬레나는 그 축제에 모든 희망을 걸었다. 그녀는 축제에 참가해서 자신의 신랑을 되찾겠다고 결심했다.

저녁때가 되자, 그녀는 농가에서 빠져나와 물건을 숨겨놓은 장소로 가서 순금의 태양이 수놓아진 드레스를 꺼내 입고 보석으로 치장을 했다. 그녀는 또한 지금까지 항상 머릿수건으로 싸매고 있었던 아름다운 금발을 온전히 드러내고는 이전보다도 더욱 예쁘게 꾸몄다. 그런 다음 그녀는 도심지를 향해서 곧바로 출발했다.

그녀가 무도회장에 나타나자 사람들의 시선은 온통 그녀를 향했는데, 그들 모두는 그녀의 아름다움에 놀라움을 표했다. 하지만 어느 누구도 그녀의 정체를 알지는 못했다. 피클 왕자 또한 아름다운 아가씨의 모습을 넋을 잃고 바라봤지만, 그녀가 한때 자신의 연인이었다는 사실은 전혀 알아채지를 못했다. 그는 밤새 그녀의 곁을 떠나지 않았다. 그 때문에 그녀가 집에 돌아갈 시간이 되어 많은 사람들 틈에서 그를 피해 나오는 것은 쉽지 않았다. 피클 왕자는 그녀를 찾아 주변을 샅샅이 살펴보았지만 찾을 수 없었다. 그래서 그는 아름다운 숙녀가 다시 오겠다고 약속한 다음 날 밤만을 간절히 고대할 수밖에 없었다.

다음 날 저녁 눈부시게 아름다운 헬레나는 일찍 축제에 참석했다.

이번에는 그녀가 순은으로 된 달이 치장된 드레스를 입었으며 머리도 순은의 초승달 문양으로 장식했다. 피클 왕자는 그녀의 모습에 다시 한 번 매혹되었는데, 그녀는 전날 밤에 보았을 때보다 훨씬 더 아름답게 보였다. 그는 그 날 밤 한 번도 그녀의 곁을 떠나지 않았으며, 그녀 이외엔 그 어느 누구와도 춤추기를 거부했다. 그는 그녀가 누구인지 말해달라고 간청했지만, 그녀는 그의 청을 들어주지 않았다. 그러자 그는 다음날 저녁에도 한 번 더 와달라고 간절히 부탁했고, 그녀는 그러겠다는 약속을 했다.

세 번째 날 저녁 피클 왕자는 매혹적인 여인을 다시 보고 싶어 조바심치다가 축제가 시작되기 한 시간 전에 미리 와서 입구쪽을 바라보고 있었다. 마침내 순금과 순은으로 만들어진 별로 치장된 드레스를 입은 헬레나가 나타났는데, 그녀는 허리엔 별이 부착된 넓은 띠를 두르고 있었고, 머리엔 별이 달린 얇은 띠를 하고 있었다. 피클 왕자는 이전보다도 더 그녀를 사랑하게 되었고, 다시 또 한 번 그녀에게 이름을 알려달라는 간청을 했다.

그러자 헬레나는 그의 왼쪽 뺨에 부드럽게 키스를 했고, 그 순간 피클 왕자는 그녀가 자신의 옛 애인임을 바로 알아차렸다. 후회와 슬픔으로 마음이 미어지는 듯했던 그는 그녀에게 용서를 빌었고, 헬레나는 그가 다시 돌아온 사실이 그저 기뻐서 곧바로 그를 용서해 주었다. 그렇게 해서 그들은 결혼을 했고 헬레나의 성으로 함께 돌아왔다. 그리고 그들은 지금 이 순간에도 라임나무 아래에서 행복하게 앉아 있다.

독일

못생긴 두꺼비 Puddocky

옛날 옛적에 '파슬리'라고 불리는 작은 딸을 가진 가난한 여인이 살았다. 그녀가 그렇게 불리게 된 데에는 어떤 음식보다도 파슬리를 가장 좋아했기 때문인데, 그녀는 실제로 그 외의 다른 음식은 거의 먹지를 않았다. 가난한 엄마는 그녀에게 파슬리를 항상 사주기에는 턱도 없이 돈이 부족했다. 그러나 아이가 너무도 아름다웠기 때문에 그녀의 부탁이면 들어줄 수밖에는 없었다. 그래서 그녀는 딸을 위해 밤마다 근처에 살고 있는 늙은 마녀의 정원으로 가서 그녀가 좋아하는 그 식물을 한 아름씩 훔쳐오곤 했다.

아름다운 파슬리의 별난 취향은 곧 알려지게 되었다. 따라서 엄마의 도둑질도 발각되었다. 마녀는 엄마를 불러 그녀의 딸이 자기 집으로 들어와 함께 살았으면 한다는 바람을 전하면서, 그렇게 되면 그녀가 원하는 만큼 파슬리도 먹을 수 있지 않겠느냐는 제안을 했다. 엄마는 그 제안을 만족하며 받아들였다. 그 결과 아름다운 파슬리는 늙은 마녀와 함께 살게 되었다.

그러던 어느 날 아버지가 여행을 하도록 해외로 보낸 세 명의 왕자들이 파슬리가 살고 있는 읍내로 오게 되었다. 그들은 창문을 통해 길고 검은 머리를 빗질하며 땋고 있는 아름다운 소녀를 보았다. 그녀를 보는 순간 그들은 동시에 운명적인 사랑을 느꼈으며, 그녀를 자신들의 아내로 삼고자 했다. 하지만 그들은 자신들의 욕망을 입 밖에 내자마자 서로에 대한 질투심에 불타올랐고, 급기야는 칼을 빼들고는 서로를 향해 덤벼들었다. 싸움이 거칠어지고 큰 소음이 일자, 그 소리를 들은 늙은 마녀가 말했다. "이 소란의 중심엔 분명 파슬리가 있는 게지."

마녀는 그렇게 단정하며 파슬리의 미모가 불러일으킨 싸움과 불화에 분노하면서 그녀를 저주하며 말했다. "난 네가 이 세상 끝에 있는 다리 아래서 쭈그리고 앉아 있는 못생긴 두꺼비나 되었으면 좋겠다."

그녀의 입에서 말이 떨어지기가 무섭게 파슬리는 두꺼비로 변해서 왕자들이 보지 못하는 곳으로 사라졌다. 그들은 이제 싸움의 원인이 없어진 셈이므로 칼을 거둬들이고는 서로서로 화해를 한 후 아버지에게 돌아갔다.

왕은 날이 갈수록 점점 더 늙고 쇠약해졌기 때문에 왕권을 상징하는 홀과 왕관을 아들 중 한 명에게 양도하려 하였으나 셋 중에서 누구를 후계자로 삼을지 결정하지 못했다. 결국 그는 운명에 따르기로 결심했다. 그래서 그는 세 아들을 불러들인 후 다음과 같이 말했다. "사랑하는 아들들아, 난 이제 나이도 들고 몸도 쇠약해져 더 이상 통치하기가 힘들구나. 하지만 난 아직도 너희들 중 누구에게 왕위를 물려줄지를 결정하진 못했다. 그건 너희 모두를 똑같이 사랑하기 때문에 그런 것이다. 난 너희들 중에서 가장 총명하고 뛰어난 사람이 이 나라를 통치했으면 한다. 하여 난 너희들에게 세 가지 과제를 내릴 것인데, 그것들을 가장 잘 수행하는 사람이 후계자가 될 것이다. 그 중 첫 번째 과제는 금반지를 통과할 정도로 아주 가는 90미터 길이의 긴 아마사를 내게로 가져오는 것이다." 세 아들은 공손히 절을 하고 최선을 다하겠다는 약속과 함께 그 자리에서 당장 여행길에 올랐다.

위로 두 형제는 하인과 마차를 많이 대동하고 떠났지만, 막내는 혼자서 떠났다. 얼마 안 가서 그들은 세 갈래의 길에 당도하게 되었는데, 두 길은 활기에 넘치는 사람들로 들끓었으나 세 번째 길은 어둡고 아무도 없었다.

위로 두 형제는 많은 사람들이 택하는 길을 선택했지만, 막내는 그들에게 작별인사를 하면서 황량한 길로 접어들었다.

두 형제는 아마사를 구입할 수 있으면 그곳이 어디든 가리지 않고 다녔다. 그들은 찾을 수 있는 최상의 아마사를 마차마다 가득 싣고 집으로 돌아왔다.

한편 막내 동생은 여러 날을 몸이 다 지치도록 걸어갔지만 어느 곳에서도 아마사를 볼 수가 없었다. 그래도 그는 계속 갔지만 한 걸음 한 걸음을 뗄 때마다 정신은 점점 더 침체되어갔다. 마침내 그는 평평한 늪지대를 관통해서 흐르는 깊은 강에 놓인 다리 위를 지나가게 되었다. 그는 다리를 건너기 전 강둑 위에 앉아 자신의 슬픈 운명을 생각하면서 깊은 한숨을 내쉬었다. 바로 그 순간 갑자기 늪지에서 보기 흉한 두꺼비가 튀어나오더니 그를 마주보고 앉으며 말했다. "도대체 무슨 일이세요, 사랑하는 왕자님?"

왕자는 초초하게 대답했다. "너에게 이야기할 필요는 없겠구나. 못생긴 두껍아. 이야기한들 네가 뭘 어찌하겠니."

"자만하지 마세요. 고민을 털어놓고, 함께 생각해봐요." 두꺼비는 대답했다.

그러자 왕자는 친밀함을 느끼면서 자신이 아버지의 왕국에서 이곳까지 멀리 오게 된 이유에 관해 말했다.

"왕자님, 제가 도와 줄 수 있을 거예요." 이렇게 말을 하고는 두꺼비는 다시 늪지로 들어갔다. 얼마 후 나온 두꺼비는 손가락 크기의 아마사를 가져와 왕자 앞에 놓으며 말했다. "이것을 가져가세요. 틀림없이 도움이 될 거예요."

왕자는 하찮은 실 토막을 가져갈 마음은 조금도 없었지만, 호의를 거절함으로써 못생긴 두꺼비의 감정을 상하게 하고 싶지는 않아 작은 토막을 집어 호주머니 안에 넣고는 작별인사를 했다. 그러자 못생긴 두꺼비는 왕자가 보이지 않을 때까지 지켜보다가 물속으로 다시 기어들어갔다.

왕자는 길을 가면 갈수록 조그만 아마사 실타래가 있는 호주머니가 점점 더 무거워지고 그에 비례해서 마음은 점점 더 가벼워짐을 느낄 수 있었다. 그래서 그는 한결 편안한 마음으로 아버지의 궁전으로 돌아왔는데, 그와 때를 맞추어 두 형들도 하인들과 함께 엄청나게 많은 짐을 갖고서 집으로 돌아왔다. 왕은 그들 모두를 다시 보자 몹시 기뻐하면서, 당장 손가락에서 반지를 빼어들고는 시험을 시작했다. 그런데 마차에 있는 짐을 다 내려도 반지 사이를 통과해 들어갈 수 있을 정도의 얇은 아마사는 찾을 수 없었다. 그러자 아무 짐도 없이 돌아온 막내를 조롱했던 위로 두 형들은 다소 초라해지는 느낌이 들었다. 그리고 막내가 호주머니에서 부드럽고 청명한 색상을 지닌 최상품의 아마사 타래를 꺼내는 모습을 보자, 그들의 놀라움은 상상을 초월하는 것이 되었다. 그 실은 눈에 보이지도 않을 정도로 가늘었기 때문에 쉽게 반지를 통과했으며, 길이도 90미터로 정확히 맞았다.

아버지는 행운의 아들인 막내를 껴안으며, 나머지 아마사는 물속에 던져 버리라는 명령을 내렸다. 그리고 고개를 돌려 아들들을 바라보며 말했다. "자, 사랑하는 아들들아, 이제 두 번째 과제를 준비해라. 이번엔 호두껍데기

속에도 편히 들어갈 수 있는 작은 강아지를 가져오너라."

아들들은 이 명령을 받고 모두 낙담했지만, 그들은 누구나 다 왕이 되고 싶었기 때문에 최선을 다할 결심을 하고 며칠이 지나자 다시 여행길에 올랐다.

열십자로 갈라진 길에서 그들은 다시 한 번 헤어지게 되었다. 막내는 이번에도 혼자서 길을 갔지만 전과는 달리 기분은 훨씬 좋았다. 그가 다리 밑에 앉아 한숨을 내쉬자 곧바로 못생긴 두꺼비가 나타나면서 이번에도 그를 보며 물었다. "무슨 일 때문에 그러세요, 사랑하는 왕자님?"

왕자는 이번엔 작은 두꺼비가 자신을 도와줄 힘이 있다는 걸 믿어 의심치 않으면서 자기의 난관을 이야기했다. "왕자님, 제가 도울게요." 두꺼비는 이렇게 말을 하고 짧은 다리로 재빠르게 늪지로 기어들어갔다. 두꺼비는 개암나무 껍데기를 하나 끌고 돌아와서 왕자의 발밑에 놓은 후 말을 했다. "이 껍데기를 집으로 가져가서 아버님께 조심해서 깨뜨리라고 말씀드

리세요. 그러면 아시게 될 거예요." 왕자는 두꺼비에게 진심으로 고마워하면서 최상의 기분으로 집을 향해 떠났고, 작고 못생긴 두꺼비는 물속으로 천천히 다시 기어들어갔다.

왕자가 집에 도착했을 때, 위로 두 형들이 온갖 종류의 강아지를 커다란 마차에 가득 싣고서 먼저 와 있는 것을 알았다. 왕은 호두껍데기를 준비해놓고 있었고, 시험은 곧바로 시작되었다. 그러나 두 아들이 가져온 강아지들 중 어느 것도 껍데기에 들어가는 녀석은 없었다. 그들이 강아지들을 껍데기에 맞춰보는 일을 끝마쳤을 때, 막내는 아버지에게 공손히 절을 하면서 개암나무 껍데기를 건네주면서 조심스럽게 깨뜨리도록 부탁했다. 늙은 왕이 그렇게 하자, 사랑스럽고 앙증맞은 강아지가 껍데기 밖으로 뛰어 나와 꼬리를 흔들면서 다른 강아지들을 향해 맹렬하게 짖기 시작했다. 그러자 궁전 안의 기쁨은 대단했다. 아버지는 또 다시 행운의 아들을 껴안으면서, 나머지 개들은 모두 물속에 던져버리라는 명령을 내렸다. 그리고 다시 한번 아들들에게 말했다. "이렇게 해서 두 가지 어려운 과제가 이루어졌다. 이제 세 번째이자 마지막 과제만 남아있다. 누구든 세상에서 가장 아름다운 아내를 데려오는 사람이 나의 진정한 후계자가 될 것이다."

그것은 너무도 쉽고 매력적인 과제이면서도, 대가는 엄청난 것이었기 때문에 왕자들은 일각도 지체 않고 여행길에 올랐다. 열십자 길에 도착했을 때 위로 두 형제는 막내와 똑같은 방향의 길로 가느냐를 두고 잠시 논의를 했지만, 그 쪽 방향이 얼마나 황량하고 인적이 없나를 확인하자, 그러한 곳에서는 자신들이 원하는 사람을 찾을 수 없다는 확신을 하고는 이번에도 또 다시 이전에 선택한 길을 고수하였다.

막내는 이번엔 아주 침울해하면서 혼잣말을 했다. "이 일만 아니라면 못생긴 두꺼비가 날 도와줄 수 있으련만, 하지만 이번 과제만은 두꺼비도 어쩔 수 없을 테지. 두꺼비가 무슨 수로 내게 아름다운 아내를 구해줄 수 있단 말인가? 두꺼비가 살고 있는 늪지는 너무도 넓고 황량하기 때문에, 그곳에서는 개구리와 두꺼비 족속 이외 사람이라곤 한 명도 찾아볼 수도 없을 텐데 말이야." 그러나 그는 전과 마찬가지로 다리 밑에 앉았다. 그런데 이번엔 한숨조차도 가슴 깊은 곳에서부터 나왔다.

얼마쯤 시간이 지나자 두꺼비가 나타나 그에게 물었다. "무슨 일 때문에 그러세요, 사랑하는 왕자님?"

"오, 못생긴 두껍아. 이번엔 네 도움을 받을 수 없겠구나. 왜냐면 이번 일은 너로서도 어쩔 수 없을 테니까." 왕자는 대답했다.

"잠깐만요. 어려운 일일수록 상의하는 게 좋아요. 이번에도 제가 도움이 될지 어떻게 알아요?" 두꺼비가 대답했다.

그래서 왕자는 자기들이 맡은 과제에 대해 두꺼비에게 말해주었다. "그런 문제라면 어렵지 않게 도와드릴 수 있어요, 나의 사랑하는 왕자님. 왕자님은 그냥 집으로 가세요. 제가 곧 뒤따라 갈게요." 작은 두꺼비가 말했다. 이 말을 남기고 두꺼비는 이전과는 달리 빠르게 물속으로 뛰어들고는 곧바로 사라졌다.

왕자는 작은 두꺼비가 당면한 문제를 해결하는데 도움을 준다는 말을 믿을 수가 없었기 때문에 자리에서 일어나 침울하게 집으로 향했다. 그런데 불과 몇 발을 떼어 놓기도 전에 어떤 소리가 들려 뒤를 돌아보자 그곳에서는 여섯 마리의 큰 쥐들이 끄는 마분지로 만든 마차가 달려오고 있었다. 시종으로는 두 마리의 고슴도치가 마차를 이끌었고, 운전석엔 뚱뚱한 쥐가 마부의 역할을 하고 있었으며, 뒤쪽엔 작은 개구리 두 마리가 하인으로 타고 있었다. 그리고 마차 안에는 바로 그 못생긴 두꺼비가 타고 있었는데, 두꺼비는 지나가면서 그에게 키스를 보냈다.

그는 앞서 두 번의 소원은 이루어졌다 하더라도 마지막이자 가장 중요한 소원이 마침내 자기를 거부하고 있는 것 같아 자신의 얄궂은 운명에 대해 다시금 생각하게 되었다. 그 때문에 그는 그 우스꽝스러운 행렬에 대해서는 더 이상 눈여겨볼 여유가 없었으며, 그 행렬의 코믹한 모습을 보면서 즐길만한 여유는 더더군다나 없었다.

마차는 앞으로 한동안 달려가다가 모퉁이를 돌아 사라졌다. 하지만 바로 그 모퉁이를 돌자 곧바로 되돌아왔는데 이전과는 달리 여섯 필의 화려한 말들이 끄는 마차로 변해있었고, 승마시종과 마부 그리고 하인들까지도 최고의 호화스러운 제복을 갖춰 입고 있었다. 그리고 마차 안에는 왕자가 이제까지 본 중에 가장 아름다운 여인이 앉아 있었는데, 그녀는 한때 자신의 마음을 불타게 만들었던 바로 그 파슬리였다. 마차는 그에게 와서 멈추었고, 그곳에서 내린 하인은 그를 위해 문을 열어주었다. 그는 마차에 올라 파슬리 옆에 나란히 앉은 다음 도와준 것에 대해 진심으로 고마움을 표했다. 그리고 그는 자기가 얼마나 그녀를 많이 사랑하고 있는지에 대해서도 솔직하게 이야기했다.

그리고 그가 아버지의 성에 도착했을 때, 때마침 두 형들도 아름다운 여인들을 마차에 가득 싣고 도착했다. 그러나 그들 모두가 왕을 알현했을 때, 그들 중 가장 아름다운 여인으로는 당연히 파슬리가 선택되었다.

늙은 왕은 매우 기뻐하면서 세 번째로 행운의 아들을 껴안았고 새로 맞이하게 된 며느리도 가볍게 포옹했다. 그런 다음 그는 막내아들과 며느리를 자신의 후계자로 지정했다. 또한 그는 아마사 실타래나 작은 강아지들에게 그랬던 것처럼 나머지 여인들도 물에 던져버리라는 명령을 내렸다. 그렇게 해서 왕자는 못생긴 두꺼비와 결혼했고 그녀와 함께 오랫동안 그리고 아주 행복하게 나라를 통치할 수 있었다. 그리고 만약 그들이 죽지 않았다면, 그들은 어딘가에 아직도 살아있을 것이다.

독일

이혹과 난쟁이 이야기

The Story of Hok Lee and the Dwarfs

아주 오랜 옛날 중국의 어떤 도시에 이혹이라는 사람이 살았다. 그는 대단히 부지런한 사람으로 자기가 하는 장사에 충실했을 뿐만 아니라 아내도 없었기 때문에 모든 집안일도 혼자서 다했다. "이혹은 정말 대단히 부지런한 사람이야! 그는 정말 열심히 일만 해. 휴일에도 남들처럼 놀러가지도 않잖아!" 하고 이웃사람들은 말했다.

그러나 이혹은 이웃사람들이 생각하는 것처럼 덕이 있는 사람은 결코 아니었다. 사실 그는 낮에는 열심히 일만 했지만, 순진한 마을 사람들이 모두 잠이 들 때면 상습적으로 도둑질을 하거나 위험한 강노들과 어울리며 부잣집에 들어가 손에 잡히는 것이면 무엇이든 다 가지고 나오곤 했다.

그런 일이 한동안 계속되었는데, 이따금씩 도둑들이 잡히고 처벌을 받는 경우가 있긴 했지만, 어느 누구도 이혹을 의심하지는 않았다. 그것은 그가 매우 존경을 받는데다가, 열심히 일하는 사람이기도 했기 때문이다.

이혹은 그렇게 도둑질을 해서 나눠가진 몫으로 이미 많은 부를 축척했는데, 어느 날 아침 장에 가고 있을 때 이웃사람이 그에게 말했다.

"이봐, 이혹, 자네 얼굴이 왜 그 모양이야? 한쪽 얼굴이 부어올랐구먼."

사실 이혹의 오른쪽 뺨은 왼쪽에 비해 두 배는 부풀어 올라 있었고 느낌도 좋지 않았다.

"얼굴을 싸매야겠는 걸. 따듯하게 해주면 부기가 가라앉겠지." 이혹은 말했다. 하지만 전혀 그렇지 않았다. 다음 날이 되자 상황은 더욱 악화되었고, 날이 갈수록 더욱 커져 거의 머리만큼 부풀어 올랐으며 고통도 심해졌다.

이혹은 어찌할 바를 몰랐다. 뺨이 붓자 눈은 보이지도 않았을 뿐더러 고통도 심해졌지만, 무엇보다도 그는 이웃사람들이 조롱하고 비웃기 시작하자 마음의 상처를 크게 받았다.

어느 날, 다행히도 떠돌이 의사가 그 도시에 오게 되었다. 그는 갖가지 종류의 약품을 팔았고 마녀라든가 사악한 정령을 퇴치하기 위한 여러 가지 신비한 마법을 다룰 줄도 알았다. 이혹은 그에게 상담을 받기로 결심하고 왕진을 요청했다.

의사는 그를 신중하게 검진한 후 다음과 같이 말했다. "이혹, 이 병은 단순히 부풀어 오른 것이 아닙니다. 당신이 분명 어떤 큰 잘못을 저질러 분노의 정령이 얼굴로 들어온 것이오. 내가 가진 약으로는 당신을 치료할 수가 없소. 하지만 진료비만 넉넉히 지불한다면, 당신이 나을 수 있는 방법을 알려주겠소."

그래서 이혹과 의사는 협상을 하기 시작했고, 꽤 긴 시간이 지나서야 협상은 타결되었다. 하지만 결국 의사가 바라는 만큼의 돈을 준 다음에야 협상은 타결되었는데, 어쨌든 그는 충분한 돈을 받지 않고서는 자기가 알고 있는 비법을 알려주지 않을 작정이었고, 이혹 또한 그처럼 거대한 뺨을 죽는 날까지 하고 다닐 생각은 아니었기 때문에 요구하는만큼 돈을 주었던 것이다. 그래서 그는 부정하게 번 돈 중 상당량을 쓰지 않을 수가 없었다.

의사는 그 돈을 주머니에 넣고는 이혹에게는 보름달이 뜨는 첫날 밤에 어떤 숲으로 가서 어떤 특정한 나무를 지켜보라고 말했다. 얼마간의 시간이 지나면 땅속에 사는 난쟁이들과 작은 요정들이 밖으로 나와 춤을 출 것이라는 정보도 알려주었다. 그들은 틀림없이 그에게 자기들과 같이 춤을 추자고 청할 텐데, 그러면 그렇게 하라는 말도 해주었다. "당신이 출 수 있는 최고의 춤을 추시오. 만약 당신이 춤을 잘 춰서 그들을 즐겁게 해주면, 그들은 당신에게 한 가지 청을 말하라고 할 텐데, 그 때 아픈 곳을 치료해 달라고 하면 될 것이오. 허나 만약 당신이 춤을 잘 추지 못하면, 그들은 틀림없이 앙심을 품고 해를 끼치려 들 것이오."

비법을 전수받은 이혹은 길을 나섰다. 드디어 들뜬 마음으로 기다리던 보름달이 뜨는 첫째 날이 다가왔고, 정확한 시간에 맞춰 이혹은 숲에 다다를 수가 있었다. 약간의 고생은 했지만, 그는 의사가 설명해준 나무를 발견할 수 있었고 내키지는 않았지만 어쨌든 나무 위로 올라갔다.

그가 나뭇가지 위에 막 자리를 잡고 앉으려는 찰나 그는 작은 난쟁이들이 달빛 아래 모여드는 것을 보았다. 그들은 사방에서 모여 들었는데, 다 합해서 족히 수백 명은 되어 보였다. 그들은 크게 즐거워하면서 춤을 추었고, 깡충깡충거리며 이리 뛰고 저리 뛰곤 했다. 그러는 사이 이혹은 그들이 노는 모습을 넋을 잃고 보다가 몸이 점점 더 앞으로 쏠리게 되었고, 결국 앉아 있던 가지가 큰 소리를 내며 부러졌다. 그 순간 난쟁이들은 모두가 동작을 멈추었고, 이혹의 심장은 일순간 얼어붙는 듯하였다.

그때 한 난쟁이가 소리쳤다. "누군가가 저 나무 위에 있다. 네가 누구든 빨리 내려오도록 해라. 그렇지 않으면 우리가 올라가 끌어내릴 테니까."

겁에 질린 이혹은 내려오기 시작했다. 하지만 너무도 긴장해서 내려오다 땅을 헛디디면서 볼품없이 굴러 넘어졌다. 잠시 후 그는 몸을 일으켜 세우고는 앞으로 나와 허리를 굽혀 절을 했다. 그러자 맨 처음 말을 한 대장인 듯해 보이는 난쟁이가 말을 건넸다. "도대체 넌 누구며, 왜 이곳에 와 있는 거지?"

그러자 이혹은 자신의 부풀어 오른 뺨에 대한 슬픈 내막과 숲에 오게 된 배경에 대해서 말을 하기 시작했다. 그리고 그는 또 난쟁이들에게 고쳐 달라는 부탁은 어떻게 해야 하는지에 대해 의사에게 들었던 조언에 대해서도 말을 했다.

"잘 알겠다. 네 말에 대해 생각해 보겠다. 하지만 먼저 넌 우리들 앞에서 춤을 춰야 한다. 네 춤이 우리를 만족시키면, 우리도 도와줄 방법을 강구하겠다. 하지만 만일 형편없는 날엔 벌을 받을 것이다. 내 말을 명심하고 춤을 춰보거라." 난쟁이는 말했다.

그 말을 마친 그와 난쟁이들은 이혹이 춤을 추도록 커다란 원을 이루며 둥그렇게 둘러앉았다. 그는 겁에 질려 죽을 것만 같았다. 게다가 나무에서 떨어진 충격으로 몸을 떨고 있던 그는 전혀 춤을 출 기분이 아니었다. 그러나 난쟁이들은 만만히 다룰 존재들이 더더욱 아니었다.

"시작해봐!" 대장이 소리쳤다. 그러자 나머지 난쟁이들도 합창을 하듯, "시작해봐!"라고 따라 외쳤다.

그래서 이 혹은 절망적인 상태로 춤을 추기 시작했다. 먼저 그는 한 발로 깡충 뛰었고, 그 다음엔 다른 발로 그렇게 뛰었다. 그러나 너무나 긴장하여 뻣뻣한 몸은 형편없는 몸짓이 되었고, 그마저도 얼마를 하지 못하고 땅바닥에 고꾸라졌으며, 결국 더 이상은 할 수가 없다는 선언을 했다.

난쟁이들은 몹시 화가 났다. 그들은 이혹의 주변에 몰려들면서 그에게 욕설을 퍼붓기 시작했다. "네 녀석이 이곳에 병을 고치러 왔다고! 네 녀석은 여기 올 때 한쪽 뺨이 부어서 왔지만, 돌아갈 땐 두 쪽 뺨이 부어서 가야 할거다." 그들은 소리쳤다. 난쟁이들은 말을 마치자마자 뛰어가며 곧 사라졌고, 혼자 남게 된 이혹은 더듬더듬 거리며 간신히 집을 향해 걸어갔다.

그는 지치고 침울한 상태로 절뚝거리며 걸어갔는데, 그 상태에서 난쟁이들의 위협 따위는 신경 쓸 여력조차 없었다.

하지만 그의 두려움은 곧 현실이 되었는데, 다음 날 아침 일어났을 때 왼쪽 뺨이 오른쪽 뺨만큼이나 부풀어 올라서 두 눈은 거의 보이지도 않게 되었다. 이혹은 절망감을 느꼈고, 이웃들은 이전보다 그를 더욱 더 놀려대었다. 이제는 의사도 사라지고 없었다. 그래서 그는 난쟁이들에게 다시 가보는 수밖에 없었다.

그는 보름달이 뜨는 첫 번째 밤이 다시 다가올 때까지 한 달을 더 기다렸다. 그리고 그 때가 되자 그는 숲으로 터벅터벅 다시 걸어가서 한 번 떨어진 적이 있는 바로 그 나무 아래에 자리를 잡고 앉았다. 그는 오래 기다릴 필요가 없었다. 얼마 안 있어 난쟁이들이 무리를 지어 몰려들었다.

"느낌이 좋지 않은데. 어떤 무서운 인간이 가까이에 와 있는 것 같아." 그 중 한 명이 말했다.

이혹이 그 말을 듣고 앞으로 나와 난쟁이들 앞에 엎드리자, 그들은 그를 빙 둘러싸고는 양쪽 뺨이 부풀어 오른 그의 우스꽝스러운 모습을 보며 배꼽이 빠질 듯이 웃어댔다.

"네 녀석이 바라는 건 뭐야?" 그들은 물었다. 이혹은 덧붙여진 불운에 대해 말한 다음 한 번만 더 춤을 추게 해달라고 간절하게 부탁 했다. 그러자 즐기는 것을 최고의 덕목으로 하고 있는 난쟁이들은 그렇게 하라고 허락을 해주었다.

춤을 얼마나 잘 추느냐에 따라 자신의 운명이 걸려 있던 이혹은 최고의 흥을 내어 춤을 추기 시작했다. 처음엔 천천히 움직였지만 차츰차츰 빠르게 몸을 움직이면서 점차 능숙하면서도 우아하게 추었을 뿐만 아니라

새롭고 진기한 발동작까지도 선보이기 시작하자 난쟁이들은 몹시 만족해 했다.

그들은 작은 손으로 손뼉을 치면서 큰 소리로 환호성을 질렀다. "잘한다, 이혹. 아주 잘하고 있어. 멈추지 말고 계속해."

얼마 후 난쟁이들의 대장이 말했다. "이혹, 우린 재미있게 즐겼어. 재미난 춤에 대한 보상으로 네 얼굴의 병을 낫게 하겠어. 그럼 잘 가도록 해."

이 말을 남기고 난쟁이들은 다시 사라져갔다. 이 혹은 손으로 얼굴을 만져보면서 자기의 뺨이 본래 크기로 돌아온 것을 알고는 매우 기뻐했다. 그에게 집으로 오는 길은 짧고도 편안하게 느껴졌다. 그리고 그는 행복한 상태로 잠자리에 들면서 도둑질은 두 번 다시 하지 않겠다는 결심을 했다.

다음날이 되자 이혹의 병이 갑작스럽게 나았다는 소식으로 온 도시가 떠들썩했다. 이웃사람들은 그에게 병을 낫게 한 방법에 대해 물어보았지만, 그들은 단지 그가 모든 종류의 질병을 낫게 하는 놀라운 약을 발견했다는 말 이외에는 어떤 이야기도 들을 수가 없었다.

얼마 후 수년간 병을 앓아온 이웃집의 부유한 사람이 그에게 와서 자기에게 병이 낫는 방법을 알려주면 많은 돈을 주겠다는 제의를 했다. 이혹은 그가 비밀을 지킨다는 조건하에 동의했다. 그는 비밀을 지키겠다고 말했고, 이혹은 그에게 난쟁이들과 그들의 춤에 얽힌 이야기를 말해 주었다.

이웃 사람은 돌아가서 이혹이 지시한 것을 신중하게 따랐고 난쟁이들로부터 정당하게 치료를 받아 병이 나았다. 그러자 그 소식을 들은 또 다른 사람들이 그를 찾아와서는 병이 낫는 비법에 대해 묻기 시작했는데, 그는 그들에게도 비밀을 지킨다는 서약과 함께 많은 돈을 받았다. 그러한 일은 몇 년 동안 이어졌고, 이혹은 엄청난 부자가 되어 죽는 날까지 평화롭고 부유하게 살았다.

중국

세 마리 곰 이야기 The Story of the Three Bears

옛날 옛적에 나무로 만든 집에 곰 세 마리가 함께 살고 있었다. 그들 중 한 마리는 작고 조그만 꼬마 곰이었고, 또 한 마리는 중간 크기의 곰이었고, 나머지 한 마리는 크고 거대한 곰이었다. 그들은 각자 자기만의 죽 그릇이 있었는데, 작고 조그만 꼬마에게는 작은 그릇, 중간 크기의 곰에게는 중간 크기의 그릇, 크고 거대한 곰에게는 큰 그릇이 있었다. 그들은 또 자기만의 의자도 있었는데, 작고 조그만 꼬마에게는 작은 의자, 중간 크기의 곰에게는 중간 크기의 의자, 크고 거대한 곰에게는 큰 의자가 있었다. 그리고 그들은 자기만의 침대도 있었는데, 작고 조그만 꼬마에게는 작은 침대, 중간 크기의 곰에게는 중간 크기의 침대, 크고 거대한 곰에게는 큰 침대가 있었다.

어느 날 그들은 아침식사로 먹을 죽을 끓인 후 그릇에다가 죽을 부은 다음, 너무 빨리 먹으면 입을 델 수도 있기 때문에 죽이 식을 동안 숲 속으로 산책을 나갔다. 그런데 그들이 산책을 하는 동안에, 키가 작은 어떤 노파가 집으로 들어왔다. 그녀는 마음씨 착하고 정직한 여자는 아닌 것 같았는데, 왜 그런가 하면 그녀는 먼저 창문을 통해 집안을 엿보고, 열쇠 구멍을 통해 집안을 들여다보고는 아무도 없는 것을 확인하자 문의 빗장을 열었다. 문은 잠겨 있지 않았는데, 그것은 그 곰들은 어느 누구에게도 해를 끼치지 않는 마음씨 착한 동물들이었기 때문에, 그들 역시 누군가가 자신들에게 해를 끼칠 것이라고는 생각해본 적이 없었기 때문이었다. 그래서 키 작은 노파는 문을 열고 들어 갈 수 있었고, 안으로 들어간 그녀는 식탁 위에 놓인 죽을 보자 몹시 기뻐했다. 만약 그녀가 마음씨가 착한 노파였다면, 그녀는 곰들이 돌아올 때까지 기다렸을 것이고, 그랬다면 곰들은 그녀에게 아침식사를 함께 하자고 했을 것이다. 왜냐하면 그들은 그럴 만큼 마음씨가 좋았기 때문이었다. 물론 곰들이 으레 그렇듯이 그들 또한 다소 거친 면이 없다고는 할 수 없으나, 대체로 모두 성격이 온순하고 호의적이었다. 그러나 그녀는 신중하지도 못했고, 마음씨 또한 나빴기 때문에 혼자서 음식을 다 먹어치울 계획이었다.

그녀는 먼저 크고 거대한 곰의 죽부터 맛보기 시작했다. 하지만 죽이 너무 뜨거워 먹을 수가 없자 욕을 해댔다. 그 다음 그녀는 중간 크기 곰의 죽을 먹으려 했지만, 너무 차가웠다. 이번에도 그녀는 나쁜 말을 내뱉었다. 마지막으로 그녀는 작고 조그만 꼬마 곰의 죽이 있는 쪽으로 가서 조금 맛보았는데, 너무 차갑지도 너무 뜨겁지도 않고 적당했다. 만족한 그녀는 그 죽을 다 먹어치웠다. 하지만 이번에도 그녀는 먹은 양이 충분하지 않았다는 이유에서 죽 그릇에 대고 욕을 퍼부었다.

그런 다음 그녀는 크고 거대한 곰의 의자에 앉았는데, 그 의자는 그녀에겐 너무 딱딱했다. 그 다음 그녀는 중간 크기 곰의 의자에 앉았지만, 너무 부드러웠다. 그러자 마지막으로 그녀는 작고 조그만 꼬마 곰의 의자에 앉았는데, 너무 딱딱하지도 너무 부드럽지도 않고 적당했다. 그녀는 곧 그 의자에 자리를 잡고 앉았는데, 그 순간 의자가 부서지면서 땅바닥에 엉덩방아를 찧었다. 그러자 행실이 나쁜 그 여자는 이번에도 나쁜 말들을 마구 쏟아내었다.

그런 후 작은 노파는 위층으로 올라가서 세 마리 곰들이 잠을 자는 침실로 갔다. 그녀는 먼저 크고 거대한 곰의 침대에 누었지만, 그녀에겐 머리 부분이 너무 높았다. 그래서 그녀는 중간 크기 곰의 침대로 가서 누었는데, 이번에는 다리 부분이 너무 높았다. 마지막으로 작고 조그만 꼬마 곰의 침대에 누웠는데, 머리 부분이 너무 높지도 다리 부분이 너무 높지도 않고 적당했다. 그래서 그녀는 편안하게 이불을 덮고는 누워서 잠을 청하게 되었다.

이 무렵 세 마리의 곰들은 자신들의 죽이 적당히 식었을 것이라고 생각하고는 아침을 먹기 위해 집으로 돌아왔다. 그런데 작은 노파는 크고 거대한 곰의 숟가락을 죽 그릇에 그대로 꽂아 둔 채 내버려두었다.

"누군가가 내 죽을 건드렸어!"

크고 거대한 곰은 걸걸한 목소리로 소리쳤다. 그러자 중간 크기의 곰이 자기 것을 보았는데, 이번에도 숟가락이 죽 그릇에 꽂혀 있었다. 숟가락은 나무로 된 것이었는데, 만약 은으로 만들어졌다면 아마도 성질이 사나운 노파가 자기 주머니에 챙겨 넣었을 것이다.

"누군가가 내 죽도 건드렸어!"

중간 크기의 곰이 중간 크기의 목소리로 외쳤다.

그러자 작고 조그만 꼬마 곰이 자기 것을 바라보았는데, 이번에도 죽 그릇에 숟가락은 있었지만, 죽은 남아 있지 않았다.

"누군가가 내 죽도 건드렸어, 그리고 다 먹어치워 버렸어!"

작고 조그만 꼬마 곰은 작고 조그만 꼬마 목소리로 소리를 질렀다.

이런 상황을 보고 세 마리 곰들은 누군가가 집안으로 침입해 작고 조그만 꼬마 곰의 아침식사를 먹어치운 것을 알아채고는 범인을 찾기 시작했다. 작은 노파는 크고 거대한 곰이 의자에서 일어날 때 딱딱한 쿠션을 똑바로 세워 놓지 않았다.

"누군가가 내 의자에 앉았어!"

크고 거대한 곰은 거칠고 걸걸한 목소리로 크게 소리쳤다.

작은 노파는 중간 크기의 곰의 부드러운 쿠션에도 웅크리고 앉았다.

"누군가가 내 의자에도 앉았어!"

중간 크기의 곰은 중간 크기의 목소리로 소리쳤다.

그리고 작은 노파가 세 번째 의자를 어떻게 해놓았는지는 여러분도 알 것이다.

"누군가가 내 의자에도 앉았어. 의자가 부서졌어!"

작고 조그만 꼬마 곰이 작고 조그만 꼬마 목소리로 소리쳤다.

상황이 이렇게 되자 세 마리 곰들은 계속 수색을 했다. 그래서 그들은 위층으로 올라가 침실로 향했다. 작은 노파는 방금 전 크고 거대한 곰의 베개를 꺼내다 써보았다.

"누군가 내 침대에 누웠네!"

크고 거대한 곰은 거칠고 걸걸한 목소리로 크게 소리쳤다.

작은 노파는 중간 크기 곰의 긴 덧베개를 가져다 쓰고 있었다.

"누군가가 내 침대에도 들어왔네!"

중간 크기의 곰은 중간 크기의 목소리로 소리쳤다.

작고 조그만 꼬마 곰이 자기의 침대를 살피기 시작했는데, 긴 덧베개와 덧베개 위의 베개는 그대로 있었다. 하지만 바로 그 베개 위에 작은 노파의 추하고 더러운 머리가 놓여 있었다. 그런데 그녀의 머리는 자신의 것이 아닌 엉뚱한 베개를 베고 있는 꼴이었다. 왜냐면 그녀가 이곳에 있을 이유가 없었기 때문이다.

"누군가가 내 침대에 누웠네. 지금도 누워있네!"

작고 조그만 꼬마 곰이 작고 조그만 꼬마 목소리로 소리쳤다.

작은 노파는 잠결에 크고 거대한 곰의 거칠고 걸걸한 큰 목소리를 들었지만, 너무도 깊은 잠에 빠져 있었기 때문에, 그 소리는 단지 바람의 포효 소리나 천둥의 울림소리처럼 들릴 뿐이었다. 그녀는 중간 크기 곰의 목소

리도 들었지만, 그녀에게 그 소리는 마치 꿈속에서 누군가가 이야기 하는 소리로밖에는 들리지 않았다. 하지만 그녀가 작고 조그만 꼬마 곰의 작고 조그만 꼬마 목소리를 들었을 때, 그 소리는 정말로 날카롭고 예리했기 때문에 곧 깨어났다. 그녀는 깜짝 놀라 자리에서 일어난 후 침대 한쪽에 있는 세 마리의 곰을 보고는 다른 한쪽으로 굴러 떨어진 다음 창문 쪽으로 달아났다. 창문은 열려 있었는데, 착하고 깔끔한 곰들이었기 때문에, 아침에 일어나면 언제나 그것을 열어 놓았기 때문이었다. 작은 노파는 창문 밖으로 뛰어 내렸다. 그런데 그녀가 떨어질 때 목이 부러졌는지, 숲 속으로 달아나서 길을 잃어 버렸는지, 숲을 빠져나와 길을 제대로 찾아 갔는지, 그도 아니면 떠돌이라는 죄목으로 보안관에게 잡혀 교정원으로 보내졌는지는 확실치 않다. 그러나 그 세 마리 곰들은 더 이상 그녀의 흔적을 보진 못했다.

영국

사우디 Southey

비비엔 왕자와 플라시다 공주

Prince Vivien and Princess Placida

옛날 옛날에 서로를 무척 사랑하는 왕과 왕비가 살았다. 이름이 산토리나인 왕비는 무척이나 아름답고 마음씨도 고왔기 때문에 남편이 그녀를 좋아하지 않는다면 오히려 이상한 일이었다. 반면에 그리델린 왕은 좋은 성격을 한 꾸러미나 갖고 있었는데, 그것은 그의 명명식을 주관했던 요정이 조상들의 영혼을 불러내 그들이 갖고 있는 덕목을 조금씩 각출해서 그의 성격을 만들었기 때문이었다. 그러나 불행히도 요정이 그에게 친절한 마음을 과하게 부여해 오히려 그것이 그를 궁지로 몰아넣을 수도 있었지만 아직까지는 큰 문제없이 잘 살 수 있었다. 그러나 그러한 행운이 지속되길 기대한다는 것은 무리한 일이었다. 얼마 지나지 않아 왕비는 플라시다라는 이름의 사랑스러운 딸을 낳았다. 그런데 얼굴과 심성이 엄마를 닮는다면 그것만으로도 충분하다고 생각한 왕은 그녀의 명명식 때 요정들을 부르는 수고를 하지 않았다. 그러자 요정들은 몹시 화를 냈고, 자신들에게서 정당한 권리를 빼앗은 왕에게 그에 상응하는 벌을 내리기로 결심했다. 그래서 그리델린 왕에게는 안 된 일이지만, 왕비가 병에 걸렸고 얼마 지나자 흔적조차 없이 사라지게 되었다. 만약 어린 공주마저 없었다면 그에게 큰일이 일어났으리라는 것은 의심의 여지가 없었을 것이다. 그는 자신의 처지를 크게 비관했지만 어떻게 해서든 그녀만은 키워야 했다. 그리고 다행스럽게도 마음씨 착한 요정인 롤로테는 그동안의 서운한 감정을 버리고 그녀와 그리델린 왕이 아이였을 때부터 키우고 있던 고아가 된 비비엔을 돌봐주기 위해 기꺼이 달려왔다. 비비엔은 공주의 사촌이다. 그런데 요정 롤로테가 최선을 다해 키웠음에도 그들의 성격에는 타고난 결점이 있었다. 그러한 결점은 성장하면서 교육을 통해 완화되기는 했지만 완전히 없어지지는 않았다. 무척이나 사랑스러운 플라시다 공주는 한 번 들은 것은 무엇이든 익히고 이해를 할 수 있는 지적인 능력이 있었지만 누구에나 있을 수 있는 정도의 게으름과 무관심함이 결점으로 작용했다. 반면에 비비엔은 다소 활발한 것은 좋았지만 새로운 것에 그 즉시 관심을 보이다가도 곧 싫증을 내는 것이 흠이었다. 이런 변덕스런 기질 때문에 그는 호기심이 사라지고 나면 곧바로 다른 것에 관심을 돌리는 습성이 있었다. 두 아이가 결국엔 왕국을 통치하게 될 것이므로, 국민들이 그들에게 관심을 보이는 것은 당연한 일이었다. 그런데 점잖고 평화를 사랑하는 시민들은 플라시다가 자신들의 여왕이 되었으면 하고 바랐고, 이와는 달리 성급하고 호전적인 사람들은 비비엔에게 많은 것을 기대하였다. 이렇게 엇갈린 생각은 내란을 초래했고 그로 인해 온 나라가 어려움에 빠지게 되었는데, 결국엔 왕국이 양분되는 결과도 무시할 수 없는 지경이 되었다. 하지만 아이들은 그것에 아랑곳하지 않고 무척이나 잘 자랐는데, 실제 그들은 서로 싸우는 일이 거의 없었다. 다만 그들의 취향과 감정이 너무나도 달라서 서로를 좋아하는 일은 불가능한 듯했다. 따라서 차후에 그들이 결혼할 가능성을 찾기란 불가능했는데, 그것만이 분열된 민심을 한데 통합시킬 수 있는 유일한 방법인 현 상황으로서는 정말로 애석한 일이었다. 비비엔 왕자는 예쁜 조카에 대한 자신의 감정은 잘 알고 있었으나 혹시 그녀에게 상처가 되지나 않을까 하는 공명심 때문에 표현하지는 못했다. 따라서 그는 어떤 한 가지 일에 대해 심각하게 생각하기에는 자신의 성격이 너무도 조급하고 불같다는 것을 인식하고 차라리 모험을 찾아 떠나가는 것이 더 낫겠다는 생각을 했다. 다행스럽게도 그러한 생각은 그가 말을 타고 있을 때 떠올랐는데, 그렇지 않고 걸어가야 하는 상황이었다면 그는 곧 그러한 생각마저도 포기했을 것이다. 때문에 그는 말머리를 돌려 다시 궁전으로 돌아갈까 하는 생각을 미처 할 겨를도 없이 떠나갈 수 있었다. 그의 이러한 갑작스런 출발은 나라 전체에 엄청난 충격으로 다가왔는데, 어느 누구도 왕자의 행방을 모른다는 점 때문에 더욱 그랬다. 산토리나 왕비가 사라지고 난 후에는 아무 것에도 신경을 쓰지 않던 그리델린 왕조차도 그가 사라진 것을 알고는 당혹스러워했다. 상황이 이쯤 되자 그는 플라시다 공주를 볼 때면 언제나 홍수처럼 눈물만 짓던 그동안의 모습을 버리게 되었고, 이제는 진지하게 그녀의 재능과 능력을 알고자 했다. 그는 딸이 타고난 게으름뿐만 아니라 그

녀를 돌보던 요정이 흔히 할머니들이 그런 것처럼 그녀의 응석을 다 받아주었기 때문에 성격상의 문제가 있음도 곧 알게 되었다. 그는 이제 그 문제를 심각하게 논의할 시점이라는 것을 알았다. 롤로테는 그의 비난을 다 소곳하게 받아들이면서 더 이상 공주의 게으름이나 무관심을 부추기지 않겠다고 진지하게 약속했다. 하지만 바로 그 순간부터 플라시다의 고통은 시작되었다. 그녀는 옷을 직접 고르고 보석도 스스로 간수해야 되었을 뿐만 아니라 오락거리도 혼자서 찾아야만 했다. 그러나 이러한 수고를 직접

하는 것 대신에 그녀는 매일 아침부터 저녁까지 낡은 작업복을 입고 지내면서 가능하면 사람들의 눈에 띄지 않는 방법을 택했다. 그런데 그리델린 왕은 이제부터는 나라 일을 공주도 알아야 한다고 주장하면서, 앞으로는 대신회의에도 꼬박 참석해서 자신에게 주어지는 질문에 의견을 표할 것을 요구했다. 그런데 왕의 요구는 아직은 그녀에게 너무나도 큰 짐이 되었다. 그녀는 롤로테에게 자신의 짐이 버거운 이 나라를 떠나게 해달라고 간청했다.

요정은 처음엔 단호하게 거절했지만, 플라시다처럼 예쁜 아가씨가 흘리는 눈물과 애원을 누군들 거부할 수 있었겠는가? 마침내 그녀는 공주를 자기가 가장 좋아하는 마차에 태워서 자신이 살고 있는 동굴로 데리고 갔다. 공주까지 사라지고 나자 왕국의 모든 사람들은 깊은 절망에 빠졌고, 그녀를 찾아 이리저리 뛰어다니던 그리델린 왕은 어느 때보다도 마음의 갈피를 잡지 못했다. 잠시 숨을 돌려 이제는 잠시 비비엔 왕자의 침착하지 못한 마음이 어떤 결과를 가져왔는지 살펴보자. 플라시다의 왕국이 아무리 크다 할지라도 그가 탄 말은 그를 변방에까지 데려올 수 있었다. 하지만 그 말은 거기서 더 갈 수가 없었다. 그러자 아무리 인내심이 없는 왕자라도 말에서 내려 천천히 걸어서 갈 수밖에 없었다.

자신이 느끼기에 아주 먼 길을 걸은 후에, 그는 거대한 숲에 이르렀다. 그런데 그곳은 너무도 어둡고 암울해 보였기 때문에 그는 남몰래 몸을 떨었다. 그럼에도 그는 자신이 찾을 수 있는 길다운 길을 찾아내면서 용기를 갖고 최선을 다해 걸어갔다. 하지만 온갖 노력에도 불구하고 그가 미처 숲을 다 빠져나가기도 전에 깜깜한 밤이 되었다.

그는 어둠 속에서 길을 잃지 않으려고 주의하면서 발을 더듬거리며 걸어갔는데, 지쳐갈 무렵 희미한 불빛을 눈앞에 보게 되었다.

불빛을 보자 그는 풀죽었던 정신이 새롭게 살아나는 것을 느꼈다. 그는 드디어 쉴 수 있는 보금자리와 배고픔을 채워 줄 저녁이 가까이에 있음을 확신했다. 하지만 그가 불빛에 가까이 가면 갈수록 빛은 점점 더 멀어지는 듯했고, 때로는 완전히 사라져 버린 듯도 했다. 때문에 마침내 그가 불빛이 새어 나왔던 초라한 오두막집에 도착했을 때, 그의 조급함과 성급함이 어떠했을까는 충분히 예측할 수 있을 것이다. 그는 문을 쾅쾅 두드렸고 집안에서 노파의 대답소리가 들렸지만, 대답만큼 서두르는 기색이 없자 그는 강도를 두 배나 높여 문을 다시 두드리기 시작했다. 그는 자신이 이미 자기 왕국을 벗어난 사실도 잊은 채 집안으로 들어가게 해달라고 조바심을 치면서 요구했다. 하지만 그의 행동은 노파에게는 전혀 통하지 않았다. 그녀는 그가 일으키는 소동을 잠자코 다 듣고는 부드럽게 타이를 뿐이었다.

"젊은이는 인내심이 필요하오."

그는 시간은 좀 걸리겠지만 틀림없이 문은 열어줄 것이란 소리를 들었다. 그녀는 문이 열렸을 때 고양이가 달아나지 않도록 하기 위해서 먼저 녀석을 다른 곳으로 쫓아 버려야 했다. 그런 다음 그는 문을 두드린 사람이 누군지 잘 보기 위해서는 램프의 심지를 다듬어야 하고 신선한 기름도 부족하기 때문에 기름을 채워넣는 일도 필요하다는 그녀의 혼잣말도 들을 수가 있었다. 그러면서 그녀는 이리저리 왔다 갔다 하면서 한 가지 일을 마치고 또 한 가지 일을 마치는데 엄청난 시간을 소비했고, 그럴 때마다 그녀는 그에게 인내심을 가질 것을 요구했다. 마침내 그가 안으로 들어갔을 때, 그는 먹을 수 있는 빵부스러기조차 보이지 않고 빈곤한 티가 뚝뚝 떨어지는 집안의 풍경을 보고는 깊은 절망에 빠졌다. 그가 노파에게 배고픔과 피로 때문에 죽을 지경이라고 설명하자, 그녀는 단지 그가 인내심을 가져야 한다고 평온하게 말할 뿐이었다. 그렇지만 그녀는 곧 그에게 잠잘 수 있는 짚더미를 보여주었다.

"하지만 먹을 것은 없나요?" 비비엔 왕자는 신경질적으로 말했다.

"조금 더 기다리게나. 조금만 더 기다리게. 젊은이가 조금만 더 인내심을 갖는다면, 밖에 있는 텃밭에 나가 완두콩을 좀 따오리다. 함께 천천히 껍질을 벗깁시다. 그러고 나면 불을 지펴 요리를 해 주리다. 음식이 다 되면 행복하게 먹으면 되지 않겠소. 급할 것이 뭐요." 그녀가 말했다.

"요리가 완성될 때쯤이면 난 배가 고파 죽을 거예요." 왕자는 애처롭게 말했다.

"참아요. 참아. 난 더 이상 서두를 수가 없다오. '결국 기다리는 자에게 복이 있나니.' 젊은이도 이 말을 많이 들어 봤을 것 아니오." 노파는 온화한 미소를 지으면서 말했다.

비비엔 왕자는 거칠게 화를 내었지만, 별다른 도리가 없었다.

"이리 오우. 완두콩을 따는 동안 램프를 들어 비춰주오." 노파는 말했다.

왕자가 램프를 성급하게 낚아채는 바람에 심지의 불이 꺼졌기 때문에, 난로의 잿더미에서 작은 불씨가 남아 있는 두 개의 숯덩이를 꺼내 불을 다시 붙이는 데 오랜 시간이 걸렸다. 그러나 결국 완두콩을 따서 껍질을 벗겨내고 불을 지필 수는 있었다. 그렇지만 그들은 신중하게 완두콩의 숫자를 세었어야 했는데, 노파가 54개 이상은 결코 요리를 하지 않는다고 선언했기 때문이었다. 왕자는 자기는 배가 고파 죽기 일보직전이며 54개의 완두콩으로는 허기를 채울 수 없으며, 몇 가지 요리를 더 하더라도 문제될 것이 없을 것 같다고 주장해 보았지만 소용이 없었다. 결국 자신의 주장이 무산되자 그는 54개를 정확히 세기 시작했는데, 애석한 일은 서둘러 세다가 한두 개를 떨어뜨리게 되자 그 숫자에 맞게 처음부터 다시 세어야 한 일이었다. 콩 요리가 다 되자 노파는 찬장에서 저울과 빵 한 조각을 꺼내어 반쪽으로 나누려 했다. 하지만 그 순간 더 이상 기다릴 수가 없었던 비비엔 왕자는 그것을 집어 한 입에 다 먹어치우면서, "인내심을 가지라고요?"라고 말했다.

"젊은인 그 말을 농담으로 받아들이는구먼. 하지만 인내심이란 '페이션스'는 진짜 내 이름이라오. 언젠가는 젊은이도 나에 대해 더 많은 것을 알게 될 것이오." 노파는 전보다 더 부드러운 목소리로 말했다.

그런 후 그들은 각자 27개씩의 완두콩을 먹었는데, 왕자는 더 이상 배가 고프지 않자 속으로는 놀랐다. 그리고 그는 짚으로 된 침대에서 궁전에서 잘 때보다도 더 달콤한 잠을 잤다.

아침이 되자 노파는 그에게 아침 식사로 우유와 빵을 주었다. 그는 더 이상 직접 모든 재료를 구해 요리를 할 필요가 없는 것에 기쁨을 느끼면서

마음껏 먹었다. 식사를 마친 그는 그녀가 누구인지를 물어보았다.

"물론 대답해 주겠소. 하지만 아주 긴 이야기가 될 것이오." 그녀는 대답했다.

"오! 그렇게 긴 이야기라면, 난 들을 수 없을 것 같아요." 왕자는 놀라서 말했다.

"하지만, 젊은이 같은 나이라면, 노인네 말을 들을 줄도 알아야 하오. 인내하는 법을 더 많이 배우도록 하시오." 그녀는 말했다.

"그렇지만, 그렇지만, 노인들은 말을 좀 줄여야 됩니다. 도대체 여기가 어딘지나 말해주세요. 한마디도 더 덧붙이지 말고요." 왕자는 조급하게 말했다.

"기꺼이 그렇게 하리다. 젊은이는 검은 새란 이름의 블랙버드 숲에 와 있소. 이곳이 바로 그가 예언을 말하는 곳이라오." 노파는 말했다.

"예언을요. 오! 그렇다면 어서 가서 그에게 운명을 들어봐야 할 것 같아요." 왕자는 큰 소리로 말했다. 그 말을 하고 그는 호주머니에서 금화를 한 움큼 꺼내어 노파에게 주었다. 그녀가 받지 않으려고 하자, 그는 탁자 위에다 던져놓고는 그곳으로 가는 방향도 물어보지 않은 채 번개처럼 빠르게 사라져버렸다. 그는 집주인만큼이나 마음에 들지 않는 집을 떠나 눈앞에 보이는 첫 번째 길로 접어들고는 그 길을 따라 전속력으로 걷기 시작했다. 때로는 길을 잃기도 하고 또 때로는 돌부리에 채어 넘어지거나 나무에 부딪치기도 했다. 얼마쯤 걷다가 그는 멀리서 숲 전체를 내려다보고 있는 거대한 검은 성이 우뚝 솟아 있는 것을 보게 되었다. 왕자는 이곳이 바로 예언자가 거주하는 집이 틀림없다는 확신이 들었다. 그리고 그가 첫 번째 성문에 도착했을 때 해가 막 지려하고 있었다. 전체 성 주변은 깊은 해자로 둘러싸여 있었고, 도개교와 크고 작은 문들과 심지어 해자에 담긴 물은 모두 성벽과 성탑과 마찬가지로 어두컴컴한 빛을 띠었다. 성문 위에는 커다란 종이 걸려 있었는데, 그 위엔 붉은 글씨로 다음과 같은 글귀가 적혀 있었다.

"인간이여, 만약 운명을 알고자 한다면 이 종을 쳐라. 그리고 운명에 복종하라."

왕자는 조금의 망설임도 없이 큰 돌을 움켜잡고는 세게 내리쳤다. 그러자 묵직하고 끔찍한 소리가 났고 그와 동시에 문이 활짝 열렸다. 그가 안으로 들어가자 성문은 곧바로 천둥이 울리듯 철컥 소리를 내며 뒤에서 닫혔다. 한편 모든 성탑과 총안이 있는 톱니바퀴 모양의 벽 위로는 찌지는 소리를 내면서 박쥐들이 선회하고 있었는데, 워낙 그 수가 많다보니 하늘이 온통 까맣게 보였다. 비비엔 왕자가 아니었다면 누구라도 그처럼 초자

연적인 광경을 보고는 상당히 겁에 질렸을 테지만, 그는 용감하게 뚜벅뚜벅 걸어 나가 두 번째 성문에 다다랐다. 그곳에 도착하자 머리끝에서 발끝까지 긴 망토를 걸친 60명의 흑인노예들이 문을 열어주었다.

왕자는 그들에게 말을 하려고 했으나, 곧 그들이 자신과는 완전히 다른 언어로 말을 한다는 것과 자신이 하는 말은 한 마디도 알아듣지 못한다는 것을 알았다. 그것은 자신의 생각을 혼자만 알고 있는 것에 익숙하지 않은 왕자에게는 무척 화가 나는 일이었다. 그는 전에 본 친구인 페이션스가 있었으면 하고 진심으로 바랐다. 그러나 그는 침묵 속에서 그들이 인도하는 바를 따라야 했다. 그들은 그를 웅장한 홀로 안내했는데, 바닥은 흑단나무였고 벽은 흑옥이었으며 걸려 있는 것들은 모두 다 검은 색 벨벳이었다. 하지만 왕자는 주위를 둘러보아도 먹을 것을 찾을 수 없었기에 손으로 배가 고프다는 신호를 보냈다. 그러자 그들 역시 똑같은 방법으로 기다려야 한다는 신호를 보내왔고, 곧바로 두건과 망토를 두른 60명의 사람들이 다시 등장했다. 그들은 그를 위해 성대한 의식을 시작했는데, 의식은 매우 천천히 진행되었기 때문에 한참이 지나서야 끝이 났고, 그는 겨우 연회장 식탁에 앉을 수 있었다. 갖가지 요리가 식탁 중간에 길게 놓여 있었는데, 그는 평소성격대로 앞에 놓인 음식접시를 자기 쪽으로 끌어당기려 했지만 곧 그것들이 바닥에 단단히 고정되어 있다는 것을 알게 되었다. 그런 후 그는 주변에 있는 엄숙하고 침울한 사람들을 바라보았는데, 그들은 각자 속이 텅 빈 긴 갈대를 하나씩 받아들고는 천천히 자신에게 할당된 몫의 음식을 빨아 먹고 있었다. 왕자는 비록 그것이 무척 지루한 일이긴 하지만, 자신도 그들과 똑같이 해야만 한다는 것을 알았다. 저녁식사 후 흑단으로 된 홀로 돌아오는 중에 그는 동료들이 끝나지 않을 것 같은 체스게임을 하는 것을 지켜보아야만 했다. 그가 지루함으로 죽기 일보직전에 놓였을 때에야 그들은 천천히 그리고 마치 의식을 거행하듯 그에게 잘 곳을 마련해주었다. 예언가를 만나고 싶은 희망에 그는 다음날 아침 일찍 일어나서는 먼저 자신을 안내해 달라고 요구했다. 하지만 그는 대답을 듣는 대신에 수행원들에 의해서 커다란 대리석 욕조로 안내되었는데, 그곳은 한쪽은 얕고 나머지 한쪽은 깊게 되어 있었다. 그는 그곳에 들어가야 한다는 설명을 들었다. 그는 아무런 거리낌 없이 깊은 곳으로 뛰어들려고 했으나 부드러우면서도 강한 물살에 의해 밖으로 밀려나와 깊이 2.5센티미터 정도 되는 곳에 서 있어야 했다. 그는 아무리 말과 행동으로 항변을 해봐도 이러한 과정이 매일 반복되어야 한다는 것을 알고는 더 이상 참을 수가 없어 광란의 상태에 이르게 되었다. 매일 물의 깊이는 몇 센티미터씩 증가해 결국 60일 동안 아무런 말도 하지 않고 의식을 행하듯 하루에 한 번씩 그곳을 드나들게 되었다. 그러는 동안 그는 여전히 긴 갈대를 이용해 음식을 먹고 끝나지 않을 것 같은 끔찍한 체스게임을 지켜봐야만 했다. 그러다가 마침내 물의 깊이는 그의 턱까지 차올랐고 드디어 완전한 목욕을 할 수 있었다. 그러자 바로 각자 머리에 커다란 박쥐를 앉히고 있는 검은 색 의복을 입은 노예들이 천천히 행진을 하고 들어와 그를 가운데다 위치시키고 우울한 노래를 합창하면서 신전으로 통하는 철문으로 안내했다. 그곳에 이르자 합창소리를 들은 몇 명의 노예들이 들어오더니 불행한 왕자를 인계받았다.

왕자의 눈에 그들은 한층 더 천천히 움직이는 것을 빼고는 직전에 있던 노예들과 거의 동일인인 것 같았다. 그들은 팔목에 각자 한 마리씩 까마귀를 올려놓고 있었는데, 까마귀들의 거친 울음소리가 암울한 그곳에 크게 울려 퍼졌다. 명예의 차원이 아니라 왕자의 성급함을 억제하기 위해서 팔을 잡고 있던 그들은 신전 계단으로 천천히 올라갔다. 그리고 미침내 그들이 꼭대기에 다다르자 그는 드디어 자신의 오랜 기다림도 끝나겠구나 하는 생각이 들었다. 그러나 기대와는 달리 그는 그곳에 있는 사람들처럼 길고 검은 천으로 몸을 먼저 감싸야 했다. 그런 다음에야 그들은 그를 신전의 내부로 인도했는데, 그곳에서도 그는 온갖 종류의 지루한 예식과 의식을 지켜봐야만 했다. 그렇게 되자 비비엔의 불같은 성급함은 수동적인 권태감으로 바뀌게 되었다. 그는 지루함으로 끊임없이 하품을 하게 되었는데, 그것은 보기가 몹시 흉했지만 어느 누구도 그에게 주의를 기울이지는 않았다. 그는 더 이상의 희망을 포기한 채 앞에 길게 늘어져 있는 두툼한 검은 색 커튼을 바라보고 있었는데, 그 순간 놀랍게도 커튼이 뒤로 젖혀지면서 검은 새가 나타났다. 그것은 엄청난 크기로 신전의 한쪽 끝에서 다른 쪽 끝까지 길게 가로 놓여 있는 굵은 철봉 위에 앉아 있었다. 그 광경을 보자 노예들은 모두 다 무릎을 꿇고 머리를 조아렸다. 그러자 새는 거대한 날개를 세 번 펄럭이다가 비비엔 왕자가 하는 언어로 또렷하게 말했다.

"왕자여, 그대가 행복할 길은 그대의 천성에 거슬리는 행동에 달렸다."

그러자 커튼이 다시 한 번 내려왔고, 왕자는 여러 가지 의식을 치른 후에야 팔목에 갈가마귀를 앉히고 천천히 철문을 빠져 나올 수 있었다. 밖으로 나오자 갈가마귀는 그의 곁을 떠났고, 그는 다시 처음 자신을 데려왔던 노예들에게 인도되었다. 그러는 동안에도 큰 박쥐들은 날개를 치며 다가와서는 그의 머리 위에 자리를 잡고 앉았다. 그가 대리석 욕조로 안내되었을 때 그는 목욕하는 절차를 다시 행해야 했는데, 그래도 다행스러운 것은 매일 몇 센티미터씩 들어가는 대신에 이번에는 곧바로 깊은 물에서 시작할 수 있었기 때문이었다. 목욕이 끝나자 노예들은 그를 호위하면서 성문 밖으로 데리고 나온 다음 공손한 인사를 하면서 떠나가도록 했다. 그는 겁이 났지만 태연하게 행동했고, 성문이 닫히자마자 부리나케 달아났다. 전속력으로 달아나면서 그가 생각한 것은 무턱대고 들어갔지만 이렇다 할 예언도 해주지 않았던 지루한 예언자가 살고 있는 그 무시무시한 곳으로부터 가급적이면 멀리 벗어나야 한다는 것뿐이었다. 그는 실제로 약 5초가량 자신의 어리석음에 대해 생각해 본 후, 행동하기 전에 먼저 생각해 보는 것이 필요하다는 진리를 깨달았다.

며칠 동안 주변을 배회했던 그는 결국 지치고 배고픔에 시달리 다가 드디어 숲에서 빠져나가는 길을 찾게 되었고, 그 길을 통해 곧바로 폭이 넓고 물살이 빠른 강가에 이르게 되었다. 그는 강을 따라 내려가면서 건널 방법을 찾아보았다. 다음 날 아침 태양이 막 떠오를 때, 그는 눈을 부시게 하는 어떤 하얀 것이 강 한 가운데에 매달려 있는 것을 우연히 보게 되었다. 그것을 자세히 관찰해본 후, 그는 그것이 이제까지 본적이 없는 매우 예쁜 배라는 것과, 그 배에 딸린 조그만 배 한척이 강둑으로 다가오고 있다는 것을 알았다. 왕자는 곧바로 그 배에 승선하고픈 강렬한 욕구에 사로

잡혀서 그곳에 타고 있는 선원들의 관심을 끌기 위해 큰 소리로 불러 보았으나 아무런 반응도 얻을 수 없었다. 그래서 그는 작은 배에 올라타 직접 노를 저어 갔는데, 작은 배는 전체가 종이로 만들어졌고 장미의 잎처럼 가벼웠기 때문에 힘은 전혀 들지 않았다. 그는 배가 있는 곳에 도착해서 확인해 본 결과 그것조차도 흰 종이로 만들어졌다는 것을 알았다. 그는 갑판 위에서는 한 사람도 보지 못했지만, 선실에 작고 아늑한 침대가 마련되어 있는 것을 알았다. 그는 또한 먹고 마실 수 있는 다양한 종류의 음식이 충분히 준비된 것을 보고는 무슨 일이 일어나기 전에 마음껏 먹어야겠다고 생각했다. 그리델린 왕의 궁전에서 철저하게 교육을 받은 덕분에 그는 항해술에 대해선 웬만큼은 다 알고 있었지만, 일단 출발을 하자 물결이 스스로 알아서 배를 몰고 가 미처 깨닫기도 전에 이미 바다에 이르렀고, 한 순간 순풍이 불어서 육지가 보이지 않는 곳까지 순식간에 나오게 되었다. 그러자 뜻밖에 놀란 그는 배를 다시 강으로 대기 위해 최선을 다했다. 하지만 바람과 조수는 그가 상대하기엔 너무도 강했다. 그러자 그는 어린 시절부터 들어 온 물과 싸워서는 안 된다는 경고를 떠올렸다. 지금은 어떤 일을 하기에는 너무도 늦었고 그가 할 수 있는 일이래야 해변에 무사히 닿았으면 하는 것뿐이었다. 이제 그는 배와 바다 그리고 그것과 관련된 일에는 넌더리가 났다. 그렇지만 그는 자신의 일은 철저하게 수행했다. 그런데 마치 그의 불운을 마지막으로 시험이라도 하는 듯이 바람이 불지 않자 그는 꼼짝없이 바다 한가운데 갇히게 되었는데, 그것은 인내심이 강한 사람들만이 견딜 수 있는 상황이었다. 그러니 그러한 상황이 비비엔 왕자에겐 어떤 충격을 주었겠는가! 그는 심지어 검은 새의 성으로 다시 돌아갔으면 하는 심정이었다. 그런 마음이 생긴 이유는 흰 종이로 만든 갑판 위에 우두커니 혼자 남아 지금처럼 지루한 죄수의 삶에서 벗어날 희망조차 갖지 못하는 이곳에 비한다면 그곳에서는 적어도 살아 있는 존재들을 볼 수 있었기 때문이었다. 마침내 오랜 시간이 지나 드디어 육지를 보게 되었을 때, 그는 해변에 닿고 싶은 욕망이 너무 강해 헤엄을 치면 더 빨리 그곳에 도착하리라는 마음에서 바다로 뛰어들었다. 하지만 그러한 시도는 결국 아무런 소용이 없었는데, 그것은 배에서 아무리 멀리 뛰어내려도 물에 닿기는커녕 언제나 제자리로 돌아왔기 때문이었다. 마침내 그는 운명에 순응하면서 최대한의 인내심을 발휘하여 바람과 조수가 자신의 배를 내륙으로 들어가는 항구로 밀어다 주기만을 기다렸다. 긴 시간을 바다에서 구금된 상태로 지낸 왕자는 물가에 늘어서 있는 커다란 나무들을 보고는 감격에 겨워 기뻐했고, 해변에 뛰어내리자마자 전속력으로 우거진 숲 속으로 뛰어들었다. 그는 오랫동안 주변을 돌아다닌 후에 맑은 샘물 옆에 멈추어 섰는데, 이끼 낀 물가에 누우려는 순간 근처 덤불숲에서 부스럭거리는 소리가 나더니 작고 예쁜 가젤 한 마리가 숨을 헐떡이며 녹초가 된 상태로 뛰어나와서는 그의 발밑에 거친 숨을 몰아쉬며 쓰러졌다.

"오! 비비엔, 날 구해주세요!"

왕자는 깜짝 놀라 펄쩍 뛰며 칼을 뽑아 드는 순간 가엾은 작은 가젤을 맹렬하게 뒤쫓아 오던 커다란 초록색 사자와 맞닥뜨렸다. 비비엔 왕자는 용감하게 사자를 공격했고 격렬하게 싸웠다. 싸움은 머지않아 왕자가 상대방에게 치명타를 가해 녀석을 쓰러뜨리는 것으로 끝이 났다. 사자는 쓰러지면서 세 번이나 큰 소리로 울부짖었는데, 그 소리가 어찌나 크던지 숲 전체에 울려 퍼져 사방 5킬로미터 밖에서도 비명소리가 들렸다. 하지만 그뿐이었다. 사자는 이제 세상에서 자기의 할 몫은 없다는 듯 옆구리를 드러내고 죽어갔다. 왕자는 사자가 내는 신음소리엔 더 이상 주의를 기울이지 않고서 가젤을 보며 말했다.

"자, 이제 만족하니? 네가 말을 할 줄 아는 것 같으니, 도대체 무슨 일인지 말이나 해다오. 그리고 내 이름을 어떻게 알게 되었는지도 말이야."

"오, 말하기 전에 숨 좀 가다듬어야 할 것 같아요. 게다가 난 당신이 내 말을 경청할 만큼 여유가 있는지도 모르겠어요. 아직도 이 일이 끝난 것은 아니니까요. 그보다 먼저." 그녀는 여전히 힘없는 목소리로 말을 이었다. "당신은 뒤를 조심해야 할 것 같아요."

왕자는 재빨리 뒤를 돌아다보았는데, 놀랍게도 그곳에는 거대한 거인이 사납게 소리치면서 성큼성큼 다가오고 있었다.

"대체 어떤 놈이 내 사자를 울부짖게 했느냐?"

"내가 그랬다. 하지만 녀석은 두 번 다시 울부짖지 못할 걸!" 비비엔 왕자는 담대하게 말했다.

이 말을 듣자 거인은 눈물을 흘리며 애통해했다.

"아아, 내 불쌍한 아가, 내 사랑스런 애완동물아. 난 네 죽음에 대한 복수를 반드시 할 것이다." 그는 소리쳤다.

이 말을 마치자마자 그는 자신의 손목에 감겨 있는 엄청나게 큰 뱀을 휘두르며 왕자에게 돌진했다. 비비엔은 침착함을 잃지 않은 채 칼을 들어

치명적인 일격을 가했다. 하지만 칼이 뱀의 몸에 닿는 순간 뱀은 거인으로 또 거인은 뱀으로 변신을 했는데, 그 속도가 워낙 빨라 왕자는 현기증을 느꼈다. 이러한 변신은 적어도 여섯 번은 이어졌는데, 그럴 때마다 칼을 휘두르던 그는 다행히도 뱀의 몸통을 절반으로 자를 수 있었고, 그것을 주워 온힘을 다해 거인의 코에다가 던졌다. 그러자 거인은 감각을 잃고 사자의 몸 위로 쓰러졌고, 그와 동시에 검은 구름이 몰려와 그들의 모습을 가렸다. 그리고 구름이 걷히자 그들도 함께 사라져버렸다.

왕자는 칼이 칼집에 다 들어가기도 전에 가젤이 있는 쪽으로 서둘러 돌아가며 큰 소리로 말했다.

"이젠 정신이 완전히 돌아왔겠지. 더 이상 두려워 할 것도 없을 테니, 네가 누군지 그리고 이 끔찍한 괴물과 사자와 뱀이 대체 너와 무슨 관계에 있는지 제발 뜸들이지 말고 말해 보거라."

"기꺼이 말씀 드리지요. 하지만 서두를 이유가 있나요? 난 먼저 당신과 함께 초록색 성으로 가길 원해요. 그렇지만 걸어서 가긴 원치 않아요. 그곳까지는 꽤 먼 거리고, 걷는다는 것은 몹시 지치는 일이죠." 그녀는 대답했다.

"그렇다면 지금 당장 출발하자." 왕자는 냉정하게 말했다. "그렇지 않으면 난 널 남겨두고 떠날 수밖에 없어. 틀림없이 너처럼 젊고 활발한 가젤이 걷지 않는다는 것은 수치스러운 일이야. 이 성에서 멀리 벗어나려면 우린 더 빨리 걸어야 할 거야. 하지만 네가 걷길 좋아하지 않으니, 천천히 가는 것까지는 양보할게. 그러면 가면서 이야기도 나눌 수 있고 말이야."

"당신이 날 데리고 가겠다니 정말이지 너무 기뻐요." 가젤은 상냥하게 말했다. "하지만 난 사람들이 고생하는 모습을 보기는 싫어요. 그러니 당신이 날 데려가되, 달팽이가 당신을 데려가도록 해요." 이렇게 말하면서 가젤은 작은 발로 왕자가 바위 덩어리라고 생각하고 있는 것을 갸날프게 가리켰다. 그제야 그는 그것이 거대한 달팽이임을 알게 되었다.

"이게 뭐야! 내가 달팽이를 타야 한다니! 넌 날 놀리고 있구나. 이렇게 가면 우린 그곳까지 가는데 1년은 족히 걸릴 거야." 왕자는 놀라면서 말했다.

“오! 그렇다면 맘대로 하세요. 난 기꺼이 이곳에 있을 테니까요. 초록색 풀과 맑은 물이 있잖아요. 만약 내가 당신이라면, 호의적인 충고를 받아들이고 달팽이를 탈 텐데 말이에요.” 가젤은 대답했다.

그렇게 되자 왕자는 마음이 내키지는 않았지만 가젤을 품에 안고 달팽이의 등에 올라탔다. 그러자 달팽이는 무척이나 평화롭게 미끄러져 가기 시작했다. 왕자는 종종 발뒤꿈치로 툭툭 치며 속도를 높이라고 독려했지만 녀석은 조금도 개의치 않았다. 가젤은 지금과 같은 상태를 즐기며, 이렇게 가는 것이 최고로 편안한 방식이라는 점을 그에게 납득시키려 했으나 별다른 소용은 없었다. 비비엔 왕자는 조급함으로 인해 화가 났으며, 이렇게 가다가는 초록색 성까지 결코 도달하지 못할 것 같다는 생각이 들었다. 그렇지만 마침내 그들은 도착했고, 성 안에 있던 사람들은 모두 뛰어 나와 이상한 말에서 내리는 모습을 지켜보았다.

그러자 놀라운 일이 생겼는데, 그것은 왕자가 가젤을 성으로 올라가는 계단에 내려놓자 순간 그것이 매력적인 공주로 변모를 한 일이었다. 그런데 자세히 보니 그녀는 아름다운 사촌 플라시다 공주였고, 그녀는 평소처럼 그를 평온하게 맞아 주었다. 그는 그녀가 그곳에 오게 된 경위를 알고 싶어 조바심이 났지만, 그보다는 다시 만난 기쁨이 앞서 그녀를 쫓아 성으로 열심히 올라갔다. 그는 공주의 이야기를 듣기까지 그저 기다리는 수밖에 없었는데, 초록나라에 살고 있는 거주민들은 거인이 죽었다는 말을 듣고는 괴물을 죽인 영웅에게 달려가 자신들의 왕이 되어 달라고 부탁했다. 비비엔 왕자는 자신을 향한 수없이 많은 찬사의 말을 듣느라 상당한 시간을 보냈다. 그는 예의를 지키면서도 그러한 찬사를 중간에서 자를 수 있었기 때문에 그나마 시간을 줄일 수 있었다. 마침내 그는 플라시다 공주가 겪은 모험담을 들을 수 있었다.

"오빠가 떠난 뒤에, 사람들은 내게 왕국을 통치하는 법을 가르치려 했어요. 그것은 내겐 죽는 것만큼이나 지루한 일이었어요. 그래서 난 롤로테 요정에게 데려가 달라고 간청을 했고, 그녀는 마지못해 내 부탁을 들어주었어요. 그녀가 살고 있는 동굴로 거처를 옮긴 후 처음 며칠 동안은 봄철의 너도밤나무처럼 부드러운 초록색 빛과 윙윙대는 벌들과 떨어지는 물소리를 들으면서 행복한 나날을 보냈어요. 하지만 아아! 롤로테는 전체 요정 회의에 참석한 후 집으로 돌아와서는 자신은 내 응석을 받아준 대가를 혹독하게 치러야 될 것 같다고 침울하게 말했어요. 그녀는 요정들로부터 호된 질책을 받았고 나를 오빠의 보호자이자 오빠를 돌봐주었던 미를리피쉐 요정에게 보내라는 명령을 받았던 거예요.

"그녀라면 널 잘 돌봐 주었을 거야. 분명 그랬을 거야. 만약 지금까지 그녀가 나를 보호해준 것이라면 말이야! 하지만 그보다는 사촌동생아, 먼저 네 이야기를 계속해봐. 그런 후에 내 이야기를 해줄게. 그러면 전체적인 상황을 파악할 수 있을 거야." 왕자가 중간에 끼어들며 말했다.

그러자 공주는 말을 이어갔다. "처음엔 롤로테가 우는 모습을 보고 슬쩠어요. 하지만 난 슬퍼해봐야 아무런 소용이 없다는 것을 깨닫고는 차라리 차분하게 있는 것이 더 낫다는 생각을 하게 되었어요. 얼마 후 미를리피쉐 요정이 큰 일각수를 타고 도착하는 모습을 보았어요. 그녀는 동굴 앞에서 멈추고는 롤로테에게 나를 데리고 나오라고 명령 했어요. 그러자 롤로테는 전보다 더 슬프게 울부짖으며 내게 열 번도 넘게 입맞춤을 했어요. 하지만 결국엔 그녀로서도 어쩔 수 없었어요. 난 일각수에 타고는 미를리피쉐의 등 뒤에 앉았는데, 그녀는 내게 단호하게 말했어요.

'꽉 붙잡아, 꼬마 아가씨. 떨어져 목을 부러뜨리고 싶지 않다면 말이야.'

난 정말이지 있는 힘을 다해 꽉 잡지 않을 수가 없었는데, 그 끔찍한 말이 어찌나 난폭하게 달려가는지 제대로 숨도 쉬지 못할 지경이었다니까요. 하여튼 결국 우린 커다란 농장에 도착했고, 요정을 본 농부와 그의 아내가 황급히 달려 나와서는 우리가 내리는 것을 도와주었어요.

난 그들이, 실은 왕과 왕비인데 요정들이 그들의 무지와 게으름에 대한 벌을 내리고 있는 중이라는 사실을 알게 되었어요. 오빠도 알다시피 그 때쯤 난 피곤해서 반쯤 죽을 지경이었지만 미를리피쉐 요정은 내게 먼저 일각수에게 꼴을 가져다 먹이라고 시켰어요. 난 꼴을 가져오기 위해서 그것을 쌓아두는 곳으로 긴 사다리를 타고 올라갔고, 스물네 번에 걸쳐 건초더미를 한 무더기씩 차례로 내려야만 했어요. 난 그렇게 피곤한 일을 이전엔 한 번도 해본 적이 없었어요! 지금 생각해도 몸서리가 쳐져요. 하지만 그뿐만이 아니었어요. 난 건초더미를 또다시 마구간으로 옮겨야 했고, 저녁때도 다른 시중을 들어야만 했어요. 저녁식사 후 난 이제는 아늑한 잠자리에 들 수 있겠구나 생각했지만, 그것 또한 너무도 큰 욕심이었어요! 그에 앞서 난 엉망으로 흐트러져 있는 잠자리를 정돈해야 했어요. 요정이 잠자리에 들 때도 시중을 들었어야 했는데, 그녀를 침대로 들게 하고는 빙 둘러 커튼을 쳐 드리기도 했어요. 그러고도 그녀가 시키는 자질구레한 일들을 10여 차례나 더 해야만 했어요. 힘든 일 때문에 온몸에 힘이 쏙 빠진 다음에야 겨우 침대로 가게 되었는데, 그 전까지 혼자서 옷을 벗어본 적이 없던 난 어찌할 바를 몰라 그대로 잠자리에 들었어요. 그런데 불행히도 요정이 그런 내 모습을 보았고, 막 달콤한 잠 속에 빠져들던 나는 곧바로 일어나야 했어요. 하지만 그 때까지도 그녀의 감시망을 벗어나려고 했던 나는 겉옷만 벗었어요. 오빠에게는 털어놓고 하는 말이지만 난 항상 반항적인 말대꾸를 했던 편인데, 어떤 때에는 그것 때문에 호된 꾸지람을 듣기도 했지만 또 어떤 때에는 그것 때문에 많은 위기에서 벗어나기도 했지요.

이른 새벽이 되자 미를리피쉐는 날 깨우더니 마구간으로 수차례 보내면서 일각수가 밤새 잘 잤는지 먹이는 또 얼마나 먹었는지를 알아오도록 했고, 시간이 몇 시인지 내지는 날씨는 어떨 것인지 등등을 알아보도록 시켰어요. 내가 심부름을 느리고 서투르게 하자 그녀는 떠나기 전에 왕과 왕비를 부른 다음과 같이 말했어요.

'올해는 훨씬 더 좋아졌어요. 왕국으로 돌아가고 싶으면 지금처럼 최선을 다해 농장을 돌보세요. 그리고 나를 대신해서 이 어린 공주도 잘 돌봐주세요. 부디 쓸모있는 아이가 되도록 가르쳐서 내가 돌아올 때쯤엔 그녀의 결점이 더 이상 보이지 않도록 해주세요. 여전히 결점이 남아 있으면, …'

여기서 말을 끊고는 의미 있는 시선을 보낸 후 그녀는 시중을 드느라 내겐 적이나 다름이 없게 된 일각수에 올라타고는 쏜살같이 사라져 갔어요.

그러자 왕과 왕비는 나를 바라보면서 내가 할 수 있는 일이 무어냐고 물었어요.

'아무것도 없어요. 정말이에요.'라고 난 그들이 믿어주길 바라면서 대답했어요. 하지만 그들은 여러 가지 일들을 나열하면서 그중 내가 할 수 있는 일이 있는지를 알아내려고 했어요. 그렇지만 난 결국 나에게 가장 잘 맞는 일은 결국 아무것도 하지 않는 일이며, 그들이 내게 조금이라도 친절을 베풀고자 한다면 침대에 가서 잠을 잘 수 있도록 허락해 주고 더 이상 귀찮게 하지 않는 일이라는 점을 설득시킬 수 있었어요. 다행히도 그들은 그렇게 하도록 허락해 주었는데, 식사 시간이 되자 왕비는 내 몫을 가져다 주기조차 했어요. 그러나 다음날 아침이 되자 그녀는 일찍 내가 누워 있는 침대로 와서는 사과하는 어조로 말을 건넸어요.

'사랑스런 아이야, 오늘은 일찍 일어나야 할 것 같다. 난 철저하게 게으른 것이 얼마나 즐거운 일인지를 잘 알고 있어. 왜냐하면 남편과 나도 왕과 왕비였을 때에는 아침부터 저녁까지 아무것도 하지 않고 지내봤으니까. 난 그렇게 행복했던 시절이 머지않아 곧 다시 오기를 기대한단다. 하지만 지금 당장은 그럴 수 없어. 물론 네 경우도 마찬가지이고 말이야. 그리고 요정이 하는 말을 들어서 너도 잘 알고 있겠지만 그녀의 말을 듣지 않으면 지금보다도 더 나쁜 일을 당하게 될 거야. 그러니 서둘렀으면 좋겠다. 어서 내려와서 아침식사를 하렴. 널 위해 맛있는 크림을 준비해 두었단다.'

그것은 정말로 피곤한 일이었지만 내려가는 수밖에 다른 도리가 있겠어요!

하지만 아침식사는 곧 끝이 났고, 그들은 마치 뻐꾸기시계처럼 '다음엔 뭘 할 거지?'하고 또 물어 보았어요. 내 대답은 한결같은 것이었지만요.

'왕비님만 괜찮다면 아무것도 안하고 싶어요.'

마침내 왕비는 내게 방추의 실타래에 감긴 2킬로그램의 삼을 건네주면서, 그보다 더 재미난 것은 없으며 편안하게 할 수 있는 일이라고 하면서 밖으로 나가 양떼를 돌보도록 했어요. 오빠도 짐작하겠지만 난 마지못해 밖으로 나갔는데, 그리 오래 가지 않아서 마음에 드는 그늘진 강둑을 찾게 되었어요. 난 부드러운 풀밭에 온몸을 쭉 펴고 누워서 삼 뭉치를 베개 삼아 몰고 나온 양떼는 아랑곳하지 않고 단잠을 자기 시작했는데, 그러는 사이 녀석들은 애당초 양치기는 존재하지도 않았던 양 자기들 마음대로 이리저리 쏘다니면서 먹어서는 안 될 농작물을 뜯어 먹게 되었어요. 결국 농작물의 주인은 녀석들이 한 짓을 알게 되었고 큰 소리를 지르자 왕과 왕비는 달려 나와 소란의 원인을 파악하고는 황급히 양떼들을 불러 모았어요. 그나마 빨리 안 것이 다행이라면 다행이었는데, 그들이 녀석들이 망쳐 놓은 농작물에 대한 피해를 보상해야 했으니까요. 난 그 때도 여전히 누워서 그들이 이리저리 뛰어다니는 모습을 보고만 있었어요. 그렇게 누워 있는 것이 너무도 편했기 때문이에요. 만약 그들이 숨을 헐떡거리며 내게로 와서 나를 일으켜 세우고 따라오라고 하지 않았더라면 난 계속 그대로 있었을 거예요. 그들은 나를 호되게 나무랐는데, 그들이 내게 두 번 다시 양떼를 맡기지 않으려 했다는 것을 구태여 말하지 않아도 아실 거예요.

하지만 그들이 내게 어떤 일을 시키든 결과는 항상 같았어요. 난 언제나 일을 망쳐놓거나 잘못 처리했는데, 그러다 보니 아무리 인내심이 강한 사람들이라도 급기야 화를 내었고 난 왕비가 혹시 날 때리지나 않을까 겁이 나서 어느 날 농장에서 도망쳐 나오게 되었어요. 난 왕이 낚시를 하곤 했던 바로 그 강에 도착하게 되었는데, 그곳에 배가 매어져 있는 것을 보고는 물속으로 들어가 묶인 끈을 풀고는 그것을 타고 물살에 떠내려가도록 했어요. 배는 물 위로 부드럽게 미끄러져 갔기 때문에 내가 할 일은 없었는데, 바로 그 때 왕비가 나를 보고는 강둑을 따라 뛰어오면서 소리를 지르기 시작했어요.

'내 배. 내 배! 여보, 어서 와서 배를 타고 달아나는 저 어린 공주를 좀 잡아요!'

물살은 곧 그녀의 목소리가 들리지 않는 곳까지 날 데려다 주었고, 난 물결의 흐름과 나무들의 속삭임을 들으면서 마치 꿈을 꾸는 듯했어요. 그런데 바로 그 순간 배가 갑자기 멈추어서 보니 신선한 초록색 초지 옆에 그것이 꽉 끼어 있었고 태양은 막 떠오르고 있었어요. 난 저 멀리 이상하게 지어진 집들을 볼 수 있었는데, 때마침 배가 고파 그곳을 향해 다가갔고 채 몇 발짝 걷지도 않아서 반짝이는 물건들이 공중에 꽉 채워져 있는 것을 보게 되었어요. 그렇지만 난 그것들이 어디에 고정된 것인지는 찾을 수가 없었어요.

가까이 가서보니 비단 실 하나가 땅에까지 내려와 있었는데, 손으로 잡을 수 있을 거 같아 잡아 당겨보았어요. 그 순간 은종들이 아름다운 화음을 만들며 초지 전체에 울려 퍼지기 시작했고, 난 그 소리가 너무나도 예뻐서 그 자리에 주저앉아 종소리를 들으며 작은 종들이 햇빛을 받아 반짝이며 흔들거리는 모습을 지켜보았어요. 종소리가 울려퍼지자 새들이 떼를 지어 몰려와 녀석들은 각각의 종소리에 자신들의 화음을 더해 마치 매혹적인 연주회를 여는 듯이 보였어요. 연주회가 끝나기 직전 난 키가 크고

풍채가 당당한 부인이 온갖 종류의 새들로 둘러싸인 채 내게로 다가오고 있는 것을 보았어요.

'꼬마 아가씨, 넌 누구지? 새들이 놀라지 않도록 누구도 얼씬거리지 못하게 하는 이곳에 뻔뻔하게 들어와 있는 넌 대체 누구야? 하지만 네가 처신만 잘한다면, 봐줄 수도 있지.' 그녀는 말했어요.

'아주머니,'하고 난 일어서며 대답했어요. '저 때문에 새들이 놀랄 것이라는 생각은 말아 주세요. 제가 바라는 것은 그저 먹을 것이 있으면 좀 나눠 주셨으면 하는 것이예요.'

'그렇게 하지. 그런 후에 널 보낼 곳이 있다.' 그녀는 대답했어요.

그 말을 마치고 그녀는 자신의 수행원인 여섯 마리의 어치 새를 보내어 내게 여러 종류의 비스킷을 가져다주도록 했는데, 그 중 몇 마리는 잘 익은 과일도 가져왔어요. 그렇게 해서 난 맛있는 아침식사를 했는데, 불만이 있다면 빨리 빨리 시중을 받는 것이 좋지는 않았어요. 서두르는 것은 정말로 싫거든요. 어쨌든 난 기분을 좋게 만드는 나라에 계속 머물고 싶다는 생각이 들어 풍채가 당당한 아주머니께 그렇게 말을 했어요. 하지만 그녀는 내 말을 경멸하듯 받아들였어요.

'내가 널 계속 이곳에 머물게 할 것 같으냐? 너를! 도대체 무엇이 네게 이 나라가 좋아보이도록 만들었지, 모든 사람들이 눈을 크게 뜨고 바쁘게 지내는 이곳을 말이야? 안 돼, 안 돼, 난 이미 너에게 줄 수 있는 호의는 다 베풀었단다.'

그런 후 그녀는 몸을 돌려 방금 전에 내가 말한 그 비단 끈을 세차게 잡아 당겼어요. 그런데 이번엔 아름다운 선율 대신에 소름끼치는 뗑그렁 소리가 났고 난 무서웠어요. 다음 순간 곧바로 거대한 검은 새가 나타났는데, 그 새는 요정의 발밑에 내려앉고는 무시무시한 목소리로 말했어요.

'언니, 바라시는 게 뭐예요?'

'이 꼬마 공주를 초록색 성에 살고 있는 내 사촌인 거인에게 데려다 주었으면 해, 지금 당장 데리고 가. 이 애를 밤낮으로 일을 시켜 아름다운 벽걸이 융단을 만들도록 하고 다 되면 내게 보내 달라고 전해줘.' 그녀는 말했어요.

그 말이 끝나자 거대한 새는 나를 낚아채었고, 비명소리에도 아랑곳하지 않고 엄청난 속도로 날아갔어요."

"오! 사촌 동생아, 잘못 말한 것 같은데." 비비엔 왕자는 그녀의 말을 가로막았다. "아마 엄청나게 천천히라고 말했어야 되지 않아. 나도 그 무서운 검은 새를 잘 알고 있어. 그 새의 엄청난 크기를 말이야."

"마음대로 생각하세요." 플라시다가 차분하게 대답했다. "난 말다툼하고 싶지는 않아요. 어쩌면, 그건 같은 새가 아닐지도 모르잖아요. 어쨌든 그 새는 나를 놀라운 속도로 데리고 가서 지금 오빠가 지배자가 되어 있는 바로 이 성에다 내려놓았어요. 우린 창문을 통해 들어왔는데, 그 새는 나를 그 거인에게 넘겨주었어요. 결국엔 오빠가 나를 구해 주었지만 말이에요. 그 새는 괴물이 요정의 메시지를 읽는 모습을 보고는 떠나 버렸어요.

그러자 거인은 나를 보며 말했어요.

'그러니까 네가 게으름뱅이란 말이지! 아, 그렇단 말이지! 그렇다면 네게 일하는 법을 가르쳐주지. 우린 너 말고도 이미 게으름뱅이들을 여러명 치료해 주었지. 저기 저렇게 바쁘게 움직이는 손님들 좀 봐.'

그의 말을 듣고 올려다보니 홀 내부는 전체가 거대한 진열대로 꾸며져 있었는데, 그곳에는 벽걸이 융단을 짜는 틀, 방추, 양모를 감아놓은 실타래, 갖가지 모형과 온갖 필요한 부품들이 가득 채워져 있었어요. 각각의 틀 앞에는 열두 명의 사람들이 앉아서 열심히 일을 하고 있었는데, 그들의 끔찍한 모습을 본 나는 그만 기절을 하고 말았어요. 정신이 돌아오자 그들은 내가 할 수 있는 일이 무엇이냐고 물었어요.

전처럼 말해봐야 소용없는 일이긴 했지만, 그래도 난 '아무것도 없어요,'라고 당당하게 말했어요.

그러자 거인이 말했어요.

'그렇다면 배워야 되겠군. 이 세상에는 개개인이 할 일은 얼마든지 있으니까.'

그들은 벽걸이 융단에 요정들이 가장 좋아하는 이야기들을 그림으로

짜 넣는 일을 하는 것처럼 보였는데, 그들은 내게 자신들을 도울 수 있는 일을 가르치기 시작했어요. 하지만 기본적인 일조차 난 할 수가 없었을 뿐만 아니라 가장 단순한 융단을 짜는 법조차 배울 수가 없었어요.

그들은 통상적인 방법으로 날 벌주었지만 아무런 소용이 없었어요. 거인이 내게 일하기 싫어하는 아이들을 동물로 변형시켜서 가둬놓은 동물원을 보여주었지만, 그것이 무슨 소용이 있었겠어요! 할 수 있는 일이 아무것도 없자 결국 난 양모염색용 물을 길어오는 일을 맡게 되었는데, 그조차도 너무 느리게 하자 결국 오늘 아침 화가 단단히 난 거인은 날 가젤로 변형시켜 놓게 된 거예요. 그는 날 동물원에 집어넣었는데, 거기서 우연히 개를 본 나는 너무나도 무서워 옥외정원으로 있는 힘껏 도망을 쳤어요. 나를 잃어버릴 것을 두려워 한 거인은 수단과 방법을 가리지 않고 어떻게 해서든 나를 다시 잡아오라고 초록색 사자를 보낸 거예요. 운이 좋게도 오빠를 만나지 않았더라면, 난 틀림없이 더 이상 도망도 못 가고 사자에게 잡히거나 아니면 잡아먹히게 되었을 거예요. 그러면 오!" 공주는 마지막으로 말했다. "이렇게 다시 평화롭게 앉아 있을 수 있다는 것이 얼마나 기쁜 일인가요. 난 수없이 많은 것들을 배우면서 완전히 녹초가 되었어요."

비비엔 왕자는 자신도 이야기를 듣느라 너무도 오랫동안 앉아 있어 힘이 들었다고 말하면서 자기가 겪은 모험담을 쉴 사이도 없이 빠르게 이야기했다. 그는 페이션스 요정으로부터 보살핌을 받은 것과 예언자에게서 운명에 대해 조언을 들은 것과 종이로 만든 배를 타고 항해한 이야기를 순식간에 마쳤다. 그런 다음 그들은 서로의 손을 잡고 다니면서 성 안에 갇힌 포로들과 초록색 거인이 죽자마자 원래의 모습을 되찾은 동물원에 있는 왕자와 공주들을 모두 다 풀어 주었다. 당연한 일이지만 그들은 모두 마음속 깊이 고마움을 느꼈는데, 플라시다 공주는 그들에게 살아 있는 동안 두 번 다시 양탄자를 짜는 일은 하지 말라고 말했다. 그 말을 듣자마자 그들은 안뜰에다가 엄숙하게 모닥불을 피우고는 수를 놓는 틀과 물레를 한데 모아 모두 태워버렸다. 그러자 공주는 그들에게 직접 화려한 선물을 나눠주거나 아니면 비비엔 왕자가 나누어 줄 때 그 곁에 앉아 있었다. 그렇게 해서 초록색 성에는 즐거움이 찾아왔고, 그곳에 있는 사람들은 모두가 다 왕자와 공주를 기쁘게 해주기 위해 최선을 다했다. 하지만 좋은 의도에도 불구하고 그들은 종종 실수를 하게 되었는데, 그것은 비비엔과 플라시다가 자신들이 계획한 것을 서로 다르게 받아들였기 때문이었다. 그들은 어느 장단에 맞추어야 할지 몹시 혼란스러웠다. 그들은 왕자의 명령은 아주 천천히 수행했고 공주가 하지 말았으면 하는 일은 번개처럼 빠르게 처리했다. 상황이 이렇게 되자 두 사촌은 서로 협의를 하면서 사소한 마찰을 없애기 위해 상대방을 배려하게 되었고, 서로에게 좋아하는 마음이 생기게 되자 플라시다를 위해 비비엔은 인내심을 갖게 되었고 비비엔을 위해서 플라시다는 전에 없던 노력을 기울이게 되었다. 이러한 일들을 관심을 갖고 지켜보고 있던 요정들은 이제는 자신들이 개입할 때가 되었다고 생각했다. 그런데 그들은 이렇게 개선된 상황이 앞으로도 계속될 수 있는지와 그들이 서로 진정한 사랑을 하고 있는지에 대해서는 더 알아볼 필요가 있었다. 그래서 그들은 플라시다 공주에게는 심한 열병에 걸리게 했고 비비엔 왕자는 기운이 없고 무기력한 모습으로 보이게 해서 서로에 대해 연민의 정을 갖도록 만들었다. 그리고 그들이 서로 떨어져 있는 틈을 타 미를리피쉐 요정이 나타나서 플라시다에게 말했다.

"방금 전 비비엔 왕자를 보고 왔는데, 그가 몹시 아픈 것 같더군."

"아아! 정말 그래요. 요정님, 그의 병을 고쳐만 주신다면, 질 다시 농장으로 데리고 가셔도 좋아요. 아니면 초록색 거인을 다시 살려내셔도 괜찮아요. 시키는 일이라면 무엇이든 따르겠어요." 그녀는 대답했다.

"만약 네가 그가 회복되길 진심으로 바란다면, 빠른 발 생쥐나 날고 있는 푸른머리되새를 잡아오면 돼. 시간이 한정되어 있다는 것을 명심해!" 요정이 말했다.

그녀가 말을 마치기가 무섭게 공주는 성문 밖으로 달려 나갔고, 요정은 그런 그녀의 뒷모습을 보이지 않을 때까지 바라보다가 낄낄대며 웃고는 왕자를 찾아 안으로 들어갔다. 그런데 왕자 역시 플라시다의 생명을 살릴 수만 있다면 자기는 검은색 성으로 다시 돌아가거나 종이배를 타게 되는 것을 기꺼이 감수할 수 있다고 말하면서 자신의 부탁을 들어달라고 간청했다. 요정은 머리를 가로 젓고는 엄숙한 표정을 지었다. 그녀는 그를 이해한다고 말하면서 공주의 상태가 매우 안 좋은 것은 사실이지만, 만약 장밋빛 사마귀를 찾아서 가져다주면 그녀는 회복될 수 있다고 말했다. 그러자 이번엔 왕자가 부리나케 뛰어 나갔는데, 그는 성 밖으로 나가자마자 플라시다 공주가 갔던 정반대의 길을 택해서 가게 되었다. 충분히 예측할 수 있는 일이지만 사랑에 빠진 두 젊은이는 필요한 것을 사냥하기 위해 밤낮으로 노력했다. 공주는 잡기 힘든 두 동물을 찾아 숲 속을 쉬지 않고 뛰어다니면서 귀를 기울이곤 했는데, 그러한 과정이 아무리 힘들어도 결코 멈출 생각은 하지 않았다. 이와는 반대로 왕자는 눈을 땅에다 고정시킨 채 줄곧 초원을 헤매고 다니면서 사마귀들의 움직임에 온 신경을 집중했다. 그는 숨소리조차 죽이면서 발끝으로만 아주 천천히 걸을 수밖에 없었다. 그는 종종 마치 동상이라도 된 것처럼 몇 시간이고 움직이지 않고 그대로 서 있었는데, 만약 그가 성공하기 위해 기울인 노력이 정당한 보상을 받을 수 있었다면 아마도 쉽게 장밋빛 사마귀를 찾을 수 있었을 것이었다. 하지만 아, 어쩌랴! 그가 잡은 사마귀는 모두 다 검은 색이 아니면 그저 평범한 것들이었다. 그럼에도 놀라운 사실은 그가 전혀 조급해 하지 않는다는 것이었는데, 그는 실패 후 언제라도 그 지루한 사냥을 다시 시작할 준비가 되어 있는 듯이 보였다. 그러나 이러한 성격상의 변화는 사랑이 일으킬 수 있는 가장 평범한 기적에 지나지 않는다. 왕자나 공주는 오직 자신들의 소임에만 열중했다. 그들은 심지어 자신들이 어디에 와 있는지조차 생각하지 않았다. 그러니 어느 날 그토록 오랫동안 힘든 추격전 끝에 마침내 성공을 하고 난 후 곧바로 서로를 만나게 된 상황에서 그들의 놀라움이 어떠했을까는 충분히 짐작할 수가 있는 일이다. 그들은 "드디어 사랑하는 사람을 구할 수 있게 되었어."라고 동시에 외치게 되었는데, 서로의 목소리를 알아본 그들은 서로에게 달려들면서 기쁨을 즐겼다. 그들은 놀라움으로 아무 말도 하지 못하면서도 서로의 눈을 보면서 꿈같은 순간을 만끽했다. 바로 그 때 그리델린 왕이 나타났는데, 그것은 그들이 헤매다 온 이곳이 바로

그의 왕국이었기 때문이었다. 이번에는 왕이 먼저 그들을 알아보고 기쁜 마음으로 그들을 맞이했다. 그들이 얼마 후 자신들이 잡은 장밋빛 사마귀와 푸른머리되새 그리고 빠른 발 생쥐를 찾았을 때는 그것들은 모두 달아나고 없었다. 그 대신 잘 모르는 아름다운 숙녀와 검은 새 그리고 초록색 거인이 서 있었다. 그리델린 왕은 그 숙녀를 보자마자 기쁨의 비명을 지르고 덥석 끌어안았다. 그녀는 다름 아닌 그가 그토록 그리던 실종되었던 아내인 산토리나였는데, 요정나라에서 그녀가 갇혀 지낸 이야기는 앞으로 어디선가 읽을 수 있을 것이다.

그러자 검은 새와 초록색 거인도 마법사였던 원래의 모습으로 돌아왔고, 롤로테와 미를리피쉐가 타고 있는 마차로 날아 올라가서 서로에게 입맞춤을 하면서 그동안의 노고를 치하했다. 원래의 모습을 회복하길 몹시 갈망했던 마법사를 포함해서 거기에 모인 사람들은 모두가 다 사랑하는 대상을 찾을 수 있었다. 그들은 마침내 궁전으로 돌아갔고, 곧바로 비비엔 왕자와 플라시다 공주의 화려한 결혼식이 성대하게 진행되었다.

그리델린 왕과 산토리나 왕비는 온갖 경험을 한 후라 더 이상 왕국을 통치할 매력을 잃어버렸다. 그래서 그들은 왕자와 공주에게 왕국을 물려주고 행복한 마음으로 궁전을 나왔다. 그리고 그들은 남아 있는 여생을 다른 사람들의 행복을 위해 사는 것이 가장 큰 행복임을 알게 되었다.

프랑스

원제: 농샬란트 에 파피옹(게으름뱅이와 변덕장이)

"Nonchalante et Papillon"

작은 한눈이, 작은 두눈이, 작은 세눈이

Little One-Eye, Little Two-Eyes, and Little Three-Eyes

옛날에 세 명의 딸을 둔 여자가 살았는데, 첫째 딸은 이마 한 가운데 눈이 하나만 있어 작은 한눈이라 불렸고, 둘째는 다른 사람들처럼 두 눈이 있어 작은 두눈이라고 불렸고, 가장 나이 어린 셋째는 이마 중간에 눈이 하나 더 있어 작은 세눈이라고 불렸다. 그러나 작은 두눈이는 여느 아이들과 모습이 다르지 않았기 때문에, 두 자매와 엄마는 그녀를 같은 식구로 받아들이지 않았다. 그들은 그녀에게 다음과 같이 말하곤 했다. "야, 두눈이. 넌 보통사람들과 전혀 다르지 않구나. 넌 우리 가족이 아냐." 이렇듯 그들이 그녀를 따돌리는 건 예사였으며, 옷은 다 떨어진 것만 던져 주었고, 먹다 남은 음식만을 주었고, 할 수 있는 온갖 구박은 다하였다.

어느 날 작은 두눈이는 들에 나가 염소를 돌보았다. 그 날 그녀는 언니와 동생이 먹을 것을 아주 조금밖에 주지 않았기 때문에 배가 몹시 고팠다. 그래서 그녀는 풀밭에 앉아 울기 시작했는데, 너무도 많이 울자 눈물이 시냇물처럼 흘러 내렸다. 그녀가 슬픔 속에서 우연히 고개를 들어 올려다보자 눈앞에는 여자주술사가 서 있었다. 그녀는 두눈이에게 물었다. "작은 두눈아, 왜 울고 있지?" 그러자 두눈이가 대답했다. "울 수밖에 없지 않나요? 전 남들처럼 눈이 두 개인데, 두 자매와 엄마는 그걸 못 참아요. 그들은 저를 따돌리고 먹다가 남은 것 말고는 음식도 주지 않아요. 오늘은 그들이 먹을 것을 너무도 적게 줘 배가 고파요." 그러자 여자주술사는 말했다. "작은 두눈아, 눈물을 닦아라. 네가 두 번 다시 배고프지 않을 방법을 알려주겠다. 네 염소에게 이렇게만 말하면 돼.

"새끼 염소야, 매애 하고 울어봐.
작은 상을 봐다오."

그러면 네 앞에 식탁이 멋지게 펼쳐질 테고, 그 위엔 네가 맘껏 먹을 수 있을 만큼의 맛있는 음식이 차려질 거야. 배불리 먹어서 더 이상 먹고 싶지 않을 땐, 다시 한마디만 하면 돼.

"새끼 염소야, 매애 하고 울어봐.
작은 상을 치워다오."

그러면 상은 사라져 버릴 거야." 이렇게 말하며 여자주술사는 사라졌다.

그 말을 듣고 작은 두눈이는 생각했다. "그분이 한 말이 정말인지 확인해 봐야지. 아까보다 배가 더 고파졌어." 그래서 그녀는 들은 대로 말했다.

"새끼 염소야, 매애 하고 울어봐.
작은 상을 봐다오."

그러자 그녀가 말을 다 마치기도 전에, 그녀 앞에 흰 천이 덮인 작은 상이 나타났고, 그 위엔 접시, 나이프, 포크와 은수저에 부엌에서 방금 가져온 것처럼 뜨거운 김이 나는 최고의 음식이 차려졌다. 그것을 보고 작은 두눈이는 가능한 가장 짧은 기도문을 외우고는 자리에 앉아 맛있는 음식을 먹기 시작했다. 그리고 배부르게 먹은 다음엔 현명한 여인이 말해준 대로 주문을 반복했다.

"새끼 염소야, 매애 하고 울어봐.
작은 상을 치워다오."

그러자 상과 그 위에 있던 모든 것들이 순식간에 사라져버렸다. "멋진 살림법이야." 작은 두눈이는 생각했다. 배부르게 먹은 그녀는 행복하고 만족스러웠다.

저녁이 되자 그녀는 염소를 몰고 집으로 돌아왔다. 집에서 그녀는 두 자매가 먹다 남은 음식이 차려진 작은 질그릇을 보았지만 손도 대지 않고 내버려 두었다. 다음 날도 그녀는 염소를 몰고 밖으로 나갔는데, 이번에도 그녀는 자기 몫으로 남겨진 빵조각을 그대로 두었다. 처음 한 두번은 자매들도 눈치 채지 못했지만, 그런 일이 반복되자 곧 알게 되었다. "두눈이에게 뭔가 큰 일이 생긴 것 같아. 이렇듯 언제나 음식에 손도 대지 않잖아. 그동안은 뭐든 다 게걸스럽게 먹어치웠잖아. 틀림없이 그 앤 다른 식으로 음식을 구하고 있어." 결국 진실을 밝혀내기 위해 한눈이는 두눈이가 염소를 풀밭으로 데리고 나갈 때 따라나섰다. 그녀는 두눈이가 그곳에서 무엇을 먹고 또 누가 그녀에게 음식과 물을 가져다주는지 확인할 수 있을 거라 생각했다.

작은 두눈이가 길을 나서려 할 때, 작은 한눈이가 그녀에게 다가와 말했다. "널 따라 들판에 가서 네가 염소를 풀 뜯기 좋은 곳으로 몰고 다니며 잘 돌보는지를 직접 확인해봐야겠어." 그러나 두눈이는 한눈이의 의도를 읽고는 염소를 길게 자란 풀밭으로 몰고 간 후 말했다. "이리 와, 한눈이 언니. 이곳에 앉아. 멋진 노래를 불러 줄게."

작은 한눈이는 자리를 잡고 앉았는데, 그녀는 오랜만에 먼 길을 걸어와서 몹시 피곤했다. 그런 그녀에게 두눈이는 노래를 불러 주었다.

"작은 한눈이 언니, 지금 깨어 있어?
작은 한눈이 언니, 잠자고 있는 중이야?"

그녀는 한 눈을 감고 깊은 잠에 빠져들었다. 두눈이는 작은 한눈이가 잠에 빠져 아무것도 볼 수 없게 되자 말했다.

"새끼 염소야, 매애 하고 울어봐.
작은 상을 봐다오."

상이 차려지자 그녀는 앉아서 원하는 만큼 먹고 마셨다. 그런 다음 그녀는 다시 말했다.

"새끼 염소야, 매애 하고 울어봐.
작은 상을 치워다오."

그러자 정말 눈 깜짝할 사이에 모든 것들이 다 사라졌다.

그런 후 두눈이는 한눈이를 잠에서 깨우고 말했다. "작은 한눈이 언니.

날 지켜본다더니, 잠만 자고 있네." 한편 염소는 저 멀리까지 뛰어가 있었다. "이리 와, 집으로 가자." 그렇게 그들은 집으로 돌아왔는데, 작은 두눈이는 이번에도 자기 몫의 음식엔 손도 대지 않았다. 그렇지만 한눈이는 왜 동생이 식사를 하지 않는지는 엄마에게 설명하지 못했고 그저 변명의 한 마디만 했다. "들판에서 너무 졸린 나머지."

다음 날 엄마는 작은 세눈이에게 말했다. "이번에는 네가 작은 두눈이와 함께 가서 그 애가 들판에서 무엇을 먹는지 혹은 누군가가 그 애에게 음식과 물을 비밀리에 가져다주는지를 잘 살펴 보거라." 그래서 작은 세눈이는 두눈이에게 가서 말했다. "오늘은 내가 언니와 함께 가서 언니가 염소를 잘 돌보고 풀을 잘 뜯기는지 살펴봐야겠어." 그러나 두눈이는 세눈이의 의도를 잘 알았기 때문에 염소를 몰고 풀이 잘 자란 곳으로 간 다음 말했다. "이곳에 자리를 잡자, 세눈아. 너에게 노래를 불러줄게." 작은 세눈이는 자리를 잡고 앉았다. 그녀는 걷느라 몹시 피곤했는데, 그것을 잘 알고 있던 두눈이는 전날 불렀던 노래와 똑같은 노래를 다시 한 번 불러주었다.

"작은 세눈아, 너 지금 깨어 있니?"

하지만 그녀는 의당 불렀어야 하는

"작은 세눈아, 잠들어 있니?"

라는 노랫말 대신에 아무런 생각 없이

"작은, 두눈아, 잠자고 있니?"

라는 노래를 반복해서 불렀다.

"작은 세눈아, 너 지금 깨어 있니?
작은, 두눈아, 잠자고 있니?"

그 노래를 듣고 세눈이의 두 눈은 잠이 들었다. 하지만 노랫말에 들어 있지 않은 세 번째 눈은 잠들지 않았다. 물론 작은 세눈이는 세 번째 눈 역시 자고 있는 것처럼 속이기 위해 교활하게 감고는 있었지만, 간혹 눈을 깜빡이면서 일어나는 일들을 똑똑히 지켜볼 수 있었다.

그러자 두눈이는 세눈이가 깊은 잠에 빠졌다고 생각하고는 염소에게 점심식사를 부탁했다.

"새끼 염소야, 매애 하고 울어봐.
작은 상을 봐다오."

상이 차려지자 그녀는 마음껏 배불리 먹고 마신 후 상을 치워달라는 부탁을 했다.

"새끼 염소야, 매애 하고 울어봐.
작은 상을 치워다오."

그러는 동안 작은 세눈이는 모든 것을 나 시켜보았다. 배불리 먹은 작은 두눈이는 작은 세눈이를 깨운 다음 말했다. "일어나, 세눈아. 잘 잤니? 잘 지켜보았지! 자, 이리와. 어서 집에 가자." 그들이 집에 도착했을 때 작은 두눈이는 음식을 먹지 않았고, 작은 세눈이는 엄마에게 자기가 본 것을 고자질했다. "난 저 거만한 언니가 왜 아무것도 먹지 않는지를 알고 있어. 언니가 들판에서 염소에게 말했어.

"새끼 염소야, 매애 하고 울어봐.
작은 상을 봐다오."

그러자 우리가 집에서 먹는 것보다 훨씬 더 근사한 음식이 가득한 상이 차려졌어. 언니는 충분히 먹은 후 다시 말했어.

"새끼 염소야, 매애 하고 울어봐.
작은 상을 치워다오."

그러자 이번에는 모든 것이 다 사라졌어. 난 모든 것을 정확히 다 보았어. 언닌 노래를 불러 내 두 눈을 잠들게 했지만, 이마에 붙은 한 눈은 깨어 있었어. 정말 운이 좋았어!"

그 말을 듣고 시기심에서 엄마가 소리쳤다. "네가 우리보다 더 좋은 음식을 먹을 것 같아? 두 번 다시 그러지 못할 걸!" 그러고는 그녀는 칼을 가져와 염소를 죽였다.

작은 두눈이는 그 모습을 보고는 슬픔을 못 견디고 밖으로 나가 풀밭에 주저앉아 비통하게 울었다. 그때 그녀 앞에 여자주술사가 다시 나타나서 말했다. "작은 두눈아. 왜 울고 있지?" "울 수밖에 없지 않나요? 노래를 불러 부탁만 하면 훌륭한 상을 차려주던 염소를 엄마가 죽였어요. 전 다시 굶주리고 궁핍할 거예요." 그녀가 대답했다. 그 말을 듣고 여자주술사가 말했다. "작은 두눈아, 조언 하나 해줄게. 네 자매들에게 죽은 염소의 심장을 달라고 해. 그런 후 그것을 집 대문 앞에다가 묻으렴. 네게 행운을 가져다 줄 거야." 그 말을 하고 그녀는 사라졌고, 두눈이는 집으로 돌아와서 두 자매에게 말했다. "언니 그리고 동생아, 염소의 심장을 내게 줘. 염소의 심장만 주면 더 좋은 것은 바라지도 않을게." 그러자 그들은 웃으며 말했다. "그것 이외에 더 이상 바라지 않는다면, 좋아 가져가." 그래서 작은 두눈이는 심장을 가져다가 조용한 저녁에 여자주술사가 말한 대로 땅에다가 묻었다. 다음 날 아침 가족들이 다 깨어 대문 앞에 가보았을 때, 그곳에는 무척이나 우람한 나무가 한 그루 서 있었는데, 나뭇잎은 은빛이었고 과실은 황금빛이었다. 이 세상에서 누가 그보다 더 사랑스럽고 호화로운 것을 보았겠는가! 그러나 그들은 나무가 밤새 어떻게 자라게 된 것인지는 전혀 알 수가 없었다. 작은 두눈이만이 나무가 염소의 심장에서 자라난 것이라는 것을 알았다. 그 나무를 보고 엄마는 작은 한눈이에게 말했다. "애야, 저 나무에 올라가서 과일 좀 따오너라." 작은 한눈이는 나무에 올라가 황금사과를 손으로 잡아 따려고 했다. 하지만 그 순간 나뭇가지가 그녀의 손길이 닿지 않는 곳으로 움직였다. 이런 일이 매번 일어났기 때문에 아무리 애를 써도 그녀는 한 개의 사과도 딸 수가 없었다. 그러자 엄마는 세눈이에게 말했다. "세눈아, 네가 올라가거라. 넌 눈이 세 개니 한눈이보단 나을 것 같다." 그래서 작은 한눈이는 나무에서 미끄러져 내려오고 대신에 세눈이가 올라갔다. 그러나 그녀 역시 성공하지 못했다. 그녀는 아무리 둘러봐도 황금사과는 손이 닿지 않는 곳으로 물러나기에 바빴다. 마침내 엄마는 조급한 마음에 자신이 직접 올라갔지만, 그녀 역시 한눈이나 세눈이나 마찬가지로 과일은 잡지 못하고 헛손질만 할 뿐이었다. 그 모습을 보고 두눈이가 말했다. "제가 한 번 해볼게요. 아마도 딸 수 있을 것 같아요." 두 자매는 비웃으며 소리쳤다. "두 눈을 가진 너라면 어련히 성공하시겠지!" 두눈이는 나무에 올라갔고 황금사과는 멀리 달아나지 않고 얌전히 있었다. 그래서 그녀는 그것들을 하나하나 따서 앞치마를 가득 채워 내려왔다. 엄마는 그녀에게서 과일을 빼앗았고 나머지 자매들은 가엾은 두눈이에게 더 잘해 주기는커녕 그녀를 더욱 질시해서 더 못되게 굴었다.

그러던 어느 날 그들이 나무 옆에 모두 모여 서 있을 때 젊은 기사가 말을 타고 지나갔다. "야, 두눈아 빨리 숨어. 우리를 망신시키지 않으려면 이 밑에 엎드려 있어." 자매들은 외쳤다. 그들은 재빨리 나무 옆에 있던 텅 빈 포도주통으로 작은 두눈이를 덮은 다음, 그녀가 딴 황금사과를 그녀의 배 밑으로 밀어 넣었다. 잘생긴 젊은 기사는 옆을 지나가면서 황금빛과 은빛이 나는 신기한 나무를 보자 의아하게 생각하고는 두 자매에게 말을 건넸다. "이 나무는 누구의 것이요? 누구든 과일이 달린 나뭇가지를 꺾어 주는 사람에게 원하는 것을 다 들어주겠소." 그러자 한눈이와 세눈이는 그 나무가 자신들의 것이고, 자기들이 틀림없이 가지를 꺾어다 줄 수 있을 거라고 대답했다. 그들은 온갖 노력을 다했지만 모두 다 허사였다. 나뭇가지와 과일은 그들이 잡으려고만 하면 뒤로 물러났다. 그 모습을 보고 기사가 말했다. "가지조차 꺾을 수 없는 당신들이 나무의 주인이라는 것이 이상하군!" 그러나 그들은 나무는 틀림없이 자신들의 것이라고 주장했다. 그들이 이렇게 주장하고 있는 사이 작은 두눈이는 포주주통 밑으로 사과를 몇 개

굴려 보냈고 그것들은 기사의 발밑에서 멈췄다. 두눈이가 그렇게 한 이유는 한눈이와 세눈이가 진실을 말하지 않아 화가 났기 때문이었다. 기사는 사과를 보고 놀라면서 그것들이 어디서 나왔는지를 물었다. 작은 한눈이와 작은 세눈이는 자기들에게는 또 한 명의 자매가 있는데, 그녀는 보통 사람들처럼 눈이 두 개이기 때문에 모습을 보이지 않는 것이라고 대답했다. 그러나 기사는 그녀를 보고 싶어 큰 소리로 불렀다. "작은 두눈이, 밖으로 나오시오." 그러자 작은 두눈이는 포도주통 아래서 기쁜 마음으로 나왔다. 기사는 그녀의 눈부시게 아름다운 모습을 보고는 말했다. "작은 두눈이 아가씨, 당신이라면 내게 저 나뭇가지를 하나 꺾어줄 수 있을 것 같은데." "물론이지요. 그렇게 해 드릴 수 있어요. 이 나무는 제 것이니까요." 작은 두눈이는 대답했다. 말을 마친 그녀는 나무위로 올라가 은빛 잎과 황금빛 과일이 달린 작은 가지를 힘들이지 않고 꺾어서 기사에게 주었다. 그것을 받으면서 기사는 말했다. "작은 두눈이 아가씨, 답례로 무엇을 해드릴까요?" "아, 이른 아침부터 밤늦게까지 전 항상 배가 고프고 목이 마르고 궁핍과 슬픔 속에서 산답니다. 당신이 저를 데려가 이곳을 벗어나게 해주신다면, 전 행복할 수 있을 텐데요!" 작은 두눈이는 대답했다. 그러자 기사는 두눈이를 말에 태우고 그녀를 자기 집이 있는 아버지의 성으로 데려갔다. 그곳에서 그는 그녀에게 아름다운 옷과 마실 물과 먹을 음식을 주었다. 그는 그녀를 많이 사랑하게 되어 결국 결혼까지 하게 되었고, 결혼식은 아주 행복하게 진행되었다.

잘생긴 기사가 작은 두눈이를 데리고 가자, 나머지 두 자매는 처음엔 그녀의 행운을 부러워했다. 하지만 그들은 다음과 같이 생각했다. "이 놀라운 나무는 아직 우리 곁에 있잖아. 그리고 비록 우리는 그 나무에서 과일은 따진 못하지만, 모든 이들이 가던 길을 멈추고 바라보며 찬사를 늘어놓고 있지. 그 나무에서 큰 수확을 얻지 말라는 법이라도 있는가?" 그러나 다음날 아침 나무는 사라져버렸고 그와 함께 그들의 희망도 날아가 버렸다. 두눈이는 창문을 통해 그 나무가 자기집 창문으로 와서 서 있는 것을 보자 무척 기뻐했다. 작은 두눈이는 오랫동안 행복하게 살았다. 그러던 어느 날 두 명의 가난한 여인이 성으로 와 적선을 요구하는 일이 있었다. 두눈이는 자기 집 문가에서 구걸을 하는 그들이 가난한 신세로 전락한 작은 한눈이와 작은 세눈이라는 것을 알아보았다. 그러나 두눈이는 그들을 따듯하게 맞이했고 잘 대해 주었기 때문에, 그들은 그녀에게 못되게 굴었던 것을 마음속 깊이 뉘우치게 되었다.

독일

그림 Grimm

요린데와 요링겔 Jorinde and Joringel

아주 먼 옛날 울창한 숲 한 가운데 위치한 성에 마법사인 한 노파가 홀로 살고 있었다. 그녀는 낮엔 고양이나 올빼미로 변신해서 지냈지만, 밤이 되면 다시 평범한 여자로 돌아왔다. 그녀는 동물이나 새들을 가까이 오도록 꼬드긴 다음 다가오면 잡아서 요리를 했다. 성 둘레의 수백 보 이내에 젊은 남성이 가까이라도 오게 되면, 그 자리에 꼼짝없이 서 있게 되며 그녀가 풀어주기 전까지는 한 걸음도 뗄 수가 없었다. 하지만 이 구역으로 예쁜 소녀가 들어오게 되면, 여자마법사는 그녀를 새로 변신시켜 버드나무 가지로 만든 새장 속에다 가두어서 성 안에 있는 방에다 걸어두었다. 그녀는 희귀한 새들이 갇힌 새장을 거의 7천 개나 가지고 있있다.

그런데 당시 요린데라는 이름의 아가씨가 있었는데, 그녀는 주변의 어떤 다른 아가씨들보다도 아름다웠다. 그녀와 그녀만큼이나 잘생긴 요링겔이라는 젊은이는 서로 약혼을 한 사이였다. 그들의 가장 큰 즐거움은 서로 함께 있는 것이었는데, 어느 날 저녁 둘은 오랫동안 이야기를 나누고 싶은 마음에 숲 속으로 들어갔다. "성 가까이 가지 않도록 조심해." 요링겔이 말했다. 아름다운 저녁이었다. 태양은 숲 속의 짙은 초록색 나뭇잎으로 둘러싸인 나무줄기 사이로 밝게 빛나고 있었고, 연인이라는 의미를 지닌 호도애 새가 오래된 산사나무 위에서 노래하고 있었다.

요린데는 이따금씩 훌쩍이며 햇빛 아래 앉아서 슬퍼했는데, 그러면 요린데도 따라서 슬퍼했다. 그들은 결국 죽게 되는 운명에 슬퍼했다. 어느 날 그들은 주위를 둘러보다가 순간 집으로 돌아가는 방향이 기억 나지 않자 당혹스러워했다. 요린데가 숲을 둘러볼 때는 태양이 절반은 산꼭대기에 나와 있었지만 나머지 절반은 이미 지고 난 후였고 오래된 성벽은 아주 가까이에 있었다. 그는 덜컥 겁이 났고 무서움 때문에 죽을 것만 같았다. 요린데는 노래를 시작했다.

"목이 붉은 작은 새는 울고 있네,
슬프다고, 슬프다고, 슬프다고.
죽어 있는 작은 비둘기를 그리며 울고 있네,
슬프다고, 슬프다고, 짹, 짹, 짹 울고 있네."

요링겔은 요린데를 올려다보았다. 그녀는 이미 나이팅게일로 변해서, 짹, 짹, 짹 울고 있었다. 이글거리는 눈을 한 올빼미는 그녀를 세 번 돌면서, 그 때마다 부엉, 부엉, 부엉 하고 날카로운 소리를 질렀다. 요링겔은 움직일 수가 없었다. 그는 돌처럼 서 있었다. 그는 울지도, 말을 하지도, 손이나 발을 움직이지도 못했다. 이제 해는 저물었다. 올빼미는 관목 숲으로 날아갔고, 얼마 안 있어 허리가 굽은 노파가 나왔다. 그녀는 누런 피부에 빼빼 마른 체구에다 커다랗고 붉게 충혈된 눈에 턱까지 내려오는 매부리코를 하고 있었다. 그녀는 혼잣말로 중얼거리면서 나이팅게일을 잡아서 멀리 날아갔다. 요링겔은 아무 말도 할 수가 없었다. 그는 서 있는 그 자리에서 움직일 수가 없었고, 나이팅게일은 날아가 버렸다. 마침내 노파가 다시 돌아와서는 쉰 목소리로 말했다. "좋은 밤이네, 젊은이. 바구니에서 초승달이 빛나니, 자넨 일찍 자유를 얻었네, 젊은이." 그런 후 요링겔은 자유롭게 되었다. 그는 노파 앞에서 무릎을 꿇고 요린데를 다시 돌려줄 것을 간청했다. 하지만 그녀는 결코 그녀를 되찾지 못할 것이라는 말을 하고는 떠나가 버렸다. 그는 노파를 뒤쫓으며 울면서 하소연을 해보았지만 아무런 소용이 없었다. '이제 어떻게 하지!' 그는 생각했다. 그는 곧 그 장소를 떠났고 마

침내 이상한 마을로 오게 되었는데, 그곳에서 그는 오랫동안 양을 기르며 지냈다. 그는 그곳에 머물면서 이따금씩 성 주변을 둘러보긴 했지만, 가까이 접근한 적은 한 번도 없었다. 그런데 어느 날 밤 그는 가운데에 아름답고 커다란 진주가 박힌 피처럼 붉은 꽃을 발견하는 꿈을 꾸었다. 그는 그 꽃을 따서 성으로 가져갔는데, 그가 꽃을 갖다 댄 것은 무엇이든 마법에서 풀려났고, 요린데도 다시 데려올 수 있었다. 아침이 되어 잠에서 깨었을 때, 그는 그 꽃을 찾기 위해 산과 계곡을 샅샅이 뒤지기 시작했다. 그는 여드레 동안 꽃을 찾아다녔고 아흐레가 되는 이른 아침 마침내 찾았다. 꽃 중앙엔 커다란 이슬방울이 있었는데, 그것은 가장 아름다운 진주만큼이나 큰 것이었다. 그는 이 꽃을 가지고 밤낮으로 걸어서 드디어 성에 도착했다. 그는 성 주변의 수 백보 이내로 접어들었지만 아무 일도 일어나지 않았고 이내 성문에 다다를 수 있었다. 그는 성공적으로 온 것에 기뻐하면서 성문에 꽃을 대자 문이 열렸다. 그는 안으로 들어가 뜰을 지난 다음 새들의 울음소리를 듣기 위해 잠시 멈춰 섰고, 마침내 그 소리를 들을 수 있었다. 그는 실내로 들어가 여자마법사가 있는 로비에 이르렀는데, 그곳에는 그녀와 더불어 7천 마리의 새들이 버드나무 새장에 갇혀 있었다. 하지만 그곳에는 수백 마리의 나이팅게일이 있었다. 이런 상황에서 어떻게 요린데를 찾을 수 있겠는가? 그가 이런 생각에 잠겨 있는 동안, 늙은 마녀가 새장 하나를 몰래 가지고 문 쪽으로 달아나는 것을 보았다. 그는 곧바로 그녀를 뒤쫓아 가서 꽃을 새장과 그녀에게 대었다. 이제 그녀는 더 이상 마법을 쓸 수가 없었다. 그리고 그 순간 요린데가 그의 목에 팔을 두르고 전보다 훨씬 더 아름다운 모습으로 서 있었다. 그는 나머지 다른 새들도 다시 원래의 아가씨들로 변신시킨 후 요린데와 함께 집으로 돌아와 오랫동안 행복하게 살았다.

독일
그림 Grimm

알록달록 털가죽처녀 

Allerleirauh; Or, The Many-Furred Creature

옛날 옛날에 금발의 아내와 사는 왕이 있었는데, 그녀는 너무도 아름다워 세상에 그녀와 닮은 이는 한 명도 없었다. 그런데 우연히도 그녀는 병에 걸렸고, 자기가 곧 죽을 것임을 직감한 그녀는 왕을 불러오도록 했다. "제가 죽은 후에 결혼하고 싶으시면, 왕비는 반드시 나만큼 예뻐야 하며, 또 저처럼 금발인 여인이어야 합니다. 약속해 주세요." 왕이 그녀에게 약속을 하자, 그녀는 눈을 감고 죽었다.

오랫동안 왕은 상심해서 두 번째 부인을 얻는다는 것은 생각조차 하지 않았다. 그러지 미침내 대신들이 말했다. "왕은 반드시 재혼을 하셔야 합니다. 그래야 우리에게도 왕비가 생깁니다." 그래서 고인이 된 왕비처럼 아름다운 신부를 찾기 위해서 사자(使者)들을 먼 지방에까지 보냈다. 그러나 그 넓은 세상에 왕비처럼 아름다운 이는 없었고, 설령 있다 해도 그녀처럼 아름다운 금발은 아니었다. 결국 사자들은 새로운 왕비를 찾지 못한 채 고국으로 돌아올 수밖에 없었다.

그런데 왕에게는 딸이 있었는데, 그녀는 죽은 엄마처럼 아름다울 뿐 만 아니라 그녀처럼 아름다운 금발이었다. 어느 날 아버지는 우연히 성장한 그녀를 보게 되었는데, 그녀가 엄마의 모습을 쏙 빼닮은 것을 알게 되자 대신들에게 말했다. "난 내 딸을 대신 중 한 명과 결혼시킬 것이요. 그 앤 엄마를 빼닮았기 때문에 앞으로 왕비가 되어야 하고, 내가 죽으면 그녀의 남편이 왕이 될 것이요." 그러나 공주는 아버지의 결심을 듣고는 마냥 기뻐할 수만은 없었다. 그래서 그녀는 아버지에게 말했다. "아버님의 청을 따르기 전에 제게 세 벌의 옷을 마련해 주세요. 한 벌은 태양처럼 황금빛이어야 하고, 또 한 벌은 달처럼 은빛, 그리고 나머지 한 벌은 별처럼 밝은 빛이 나는 것이라야 해요. 그 이외에도 이 왕국에 있는 모든 동물 털가죽을 조금씩 덧붙여 수천 개의 서로 다른 털가죽으로 만든 망토도 한 벌 마련해 주세요." 하지만 그녀는 혼자 속으로 생각했다. "이것은 불가능한 일이야. 난 내가 좋아하지 않는 사람하고는 결혼하지 않을 테야." 그러나 왕은 자신의 뜻을 접거나 바꿀 생각이 없었다. 그래서 그는 자기 나라에서 가장 숙련된 여인들에게 태양처럼 황금빛, 달처럼 은빛, 그리고 별처럼 밝은 빛을 내는 세 벌의 옷을 만들도록 했고, 사냥꾼들에게는 나라 안에 살고 있는 모든 종류의 동물을 잡아 가죽을 벗겨 수천 개의 털가죽 조각을 이어붙인 망토를 만들라는 명령을 했다. 마침내 모든 것이 준비되자, 왕은 망토를 가져오라고 명한 다음 공주 앞에다 펼쳐 놓으며 말했다. "내일 너의 결혼식이 있을 예정이다." 공주는 아버지의 뜻을 돌릴 다른 방법이 없음을 깨닫고는 도망갈 결심을 했다. 밤이 되어 모든 사람들이 잠이 들자, 그녀는 일어나 자신의 보물 중 세 가지인 황금반지, 작은 황금물레, 황금얼레를 챙기고 태양, 달, 그리고 별빛의 옷은 호두껍데기 속에 넣은 다음 온갖 털가죽으로 만든 옷을 입고 얼굴과 손은 검댕이로 검게 칠했다. 그런 다음 그녀는 하느님께 기도를 마치고 집을 나가 밤새도록 걸어서 커다란 숲이 있는 곳까지 왔다. 그녀는 피곤한 나머지 속이 텅 빈 나무속에 앉아 잠이 들었다.

태양은 떠올랐지만 그녀는 정오가 될 때까지 계속 잠에 빠져 있었다. 그런데 이 때 그 숲의 소유자인 왕이 그곳에서 사냥을 하게 되었다. 사냥개들은 그녀가 있는 나무 가까이에 와서 코를 킁킁거리고 컹컹 짖으며 주변을 맴돌았다. 그러자 왕이 사냥꾼들에게 말했다. "저곳에 어떤 짐승이 있는지 확인해 보아라." 사냥꾼들은 나무 안에 들어갔다 와서는 왕에게 말했다. “속이 텅 빈 저 나무 안에는 저희들도 모르는 놀라운 짐승이 한 마리 누워있는데, 전엔 한 번도 본 적이 없는 것입니다. 온갖 종류의 모피로 덮인 그 짐승은 누워서 잠을 자고 있습니다.” 왕이 다시 말했다. “가서 생포할 수 있는지 알아보고, 생포할 수 있거든 마차에 단단히 묶어서 성으로 잡아가자.” 사냥꾼들이 아가씨를 붙잡자, 그녀는 잠에서 깨어나며 깜짝 놀라서 소리를 질렀다. “난 아버지와 어머니로부터 버림받은 불쌍한 아이랍니다. 날 가엾이 여겨 제발 함께 데려가 주세요.” 그러자 그들은 그녀에게 말했다. “알록달록 털가죽처녀야, 부엌일은 할 수 있겠지. 데려가 줄 테니, 재 청소를 해주렴.” 그래서 그들은 그녀를 마차에다 태우고 궁전으로 돌아갔다. 그곳에서 그들은 계단 밑에 있는 햇빛이 전혀 들지 않는 쪽방을 보여주며 말했다. “알록달록 털가죽처녀야, 넌 이곳에서 지내도 돼.” 그런 후 그녀는 부엌으로 안내되어 나무와 물을 나르고, 불을 때고, 야채를 씻고, 닭털 뽑기와 재를 치우는 것과 같은 온갖 궂은일은 다하게 되었다.

그래서 알록달록 털가죽처녀는 오랫동안 가난하게 살았다. 아, 아름다

운 왕의 딸에게 도대체 무슨 일이 일어나게 될 것인가?

궁전에서 큰 연회가 열리게 되자 그녀는 요리사에게 말했다. "잠깐 위층으로 올라가 구경 좀 해도 될까요? 문밖에 서 있을게요." 그러자 요리사가 대답했다. "그래, 올라가봐. 하지만 반시간 내로 돌아와서 여기 있는 재를 모두 치워야 한다." 그래서 그녀는 작은 등잔을 들고 자신의 방으로 들어가 털가죽 외투를 벗고 얼굴과 손에서 검댕을 닦아내었다. 그러자 그녀의 아름다움은 빛이 나기 시작했는데, 그 모습은 마치 태양빛이 먹구름을 뚫고 나오는 것 같았다. 그런 다음 그녀는 호두껍데기를 열고 태양처럼 황금빛을 내는 옷을 꺼냈다. 그녀가 치장을 마치고 연회가 열리는 위층으로 올라가자 그녀의 정체를 모르는 사람들은 그녀를 위해 길을 비켜주면서 틀림없이 그녀가 왕의 딸일 것이라고 생각했다. 왕은 그녀에게 와서 손을 내밀어 춤을 청했고, 그녀와 함께 춤을 추면서 마음속으로 생각했다. '이제껏 이토록 아름다운 여인을 본 적은 없었어!' 무도회가 끝나자 그녀는 왕에게 인사를 했는데, 그가 한 바퀴 둘러보고 돌아오자 그녀는 이미 사라지고 없었고 그녀의 행방을 아는 사람도 없었다. 궁전 앞을 지키는 수비대가 소환되어 질문을 받았지만, 그녀를 본 사람은 아무도 없었다.

그녀는 쪽방으로 달려가서 재빨리 옷을 벗고 얼굴과 손엔 검댕을 칠하고 털가죽 옷을 입고 이전처럼 다시 알록달록 털가죽처녀가 되었다. 그녀가 부엌으로 돌아와 재를 모으기 시작하자 요리사가 말했다. "그 일은 내일하고 지금은 나를 도와 왕의 수프를 함께 준비하자. 난 위층 사람들을 잠깐 보고 와야겠다. 넌 여기서 수프에 머리카락 한 올도 들어가지 않도록 지켜보고 있어라. 그렇지 않으면 넌 앞으로 수프 한사발도 얻어먹지 못할 테니까!" 그 말을 하고 요리사는 가버렸다. 그리고 알록달록 털가죽처녀는 왕이 먹을 수프를 끓이기 시작했다. 그녀는 최선을 다해 수프를 만들었는데, 요리가 다 되었을 무렵 그녀는 자신의 쪽방에서 황금반지를 가져와 수프를 담을 뚜껑 달린 움푹한 그릇에 반지를 넣었다.

춤이 끝나자 왕은 수프를 가져오도록 했다. 그는 수프가 너무도 맛있어서 자기 평생 그렇게 훌륭한 요리는 한 번도 먹어 본 적이 없는 것 같았다.

그러나 그가 수프를 바닥이 드러날 때까지 다 먹었을 때, 바닥에 있는 황금반지를 보고는 그것이 어떻게 해서 들어갔는지 의아하게 생각했다. 그래서 그는 요리사를 불러 들였다. 요리사는 소환명령을 전해 듣고 잔뜩 겁에 질려 알록달록 털가죽처녀에게 말했다. "네가 필시 머리카락을 수프에 빠뜨린 것이로구나, 만약 그렇다면 넌 사정없이 매질을 당할 것이야!" 그가 왕 앞에 나서자, 왕은 수프를 요리한 사람이 누구냐고 물었다. "제가 했습니다." 요리사가 대답했다. "그럴 리가 없다. 그 수프는 네가 그동안 요리했던 것과는 사뭇 달랐고 훨씬 더 맛있었다." 왕이 말했다. 그러자 요리사가 대답했다. "사실대로 말씀드리겠습니다. 수프는 제가 요리한 것이 아닙니다. 알록달록 털가죽처녀가 했습니다." "그렇다면 그녀를 불러들이어라." 왕이 말했다. 알록달록 털가죽처녀가 등장하자, 왕은 그녀에게 정체를 밝히라고 요구했다. "전 아버지와 어머니를 잃은 불쌍한 소녀입니다." 그 말을 듣고 왕은 다시 물었다. "내 궁전에서 네가 하는 일이 무엇이지?" "그저 비천한 일을 할 따름이지요." "그렇다면 수프 안에 들어 있는 반지는 어떻게 구하게 된 것이냐?" 그는 물었다. "전 반지에 대해선 아무것도 모릅니다." 그녀는 대답했다. 그래서 왕은 아무것도 밝혀내지 못한 채 그녀를 돌려보낼 수밖에 없었다.

얼마간 시간이 지나 또 다른 연회가 있었는데, 이번에도 알록달록 털가죽처녀는 잠깐 들어가서 구경을 하게 해달라고 요리사에게 부탁했다. "그렇게 해라. 하지만 반시간 내로 돌아와서 왕이 좋아하는 수프를 끓이도록 해라." 그는 대답했다. 그러자 그녀는 자신의 쪽방으로 달려가 재빨리 몸을 씻고 호두껍데기에서 달처럼 빛나는 은빛의 옷을 꺼내 입었다. 그런 다음 공주 같은 자태로 위층으로 올라가자 왕이 달려 나와 그녀와 재회한 것을 기뻐하며 무도회가 시작되자 함께 춤을 추었다. 하지만 무도회가 끝나자 그녀는 다시 황급히 사라져버렸고, 왕은 그녀가 어디로 갔는지 찾을 수가 없었다. 그녀는 자신의 쪽방으로 달려가서 다시 한 번 알록달록 털가죽처녀로 변신한 후 부엌으로 가서 수프를 요리했다. 요리사가 위층으로 올라가자 그녀는 황금물레를 갖고 와서 접시에 놓고 그 위에 수프를 부었다.

수프는 왕에게 바쳐졌고, 그는 지난번처럼 맛있게 먹었다. 그는 요리사를 또 소환했고, 이번에도 요리사는 수프를 끓인 사람이 알록달록 털가죽처녀라고 고백할 수밖에 없었다. 알록달록 털가죽처녀는 왕 앞으로 불려왔고, 그녀는 또다시 자기는 비천한 일을 할 뿐이며, 황금물레에 관해서는 아무것도 아는 것이 없다고 대답했다.

왕이 세 번째로 연회를 열었을 때에도 지난 두 번의 연회처럼 아무것도 밝혀진 것은 없었다. 그런데 이번엔 요리사가 다음과 같이 말했다. "알록달록 털가죽처녀야, 넌 틀림없이 마녀인 것 같아. 넌 항상 수프에 무엇인가를 집어넣는데, 그것이 오히려 내 요리보다도 왕의 입맛을 더 잘 맞추니 말이야." 그러나 이번에도 그녀의 간청은 너무도 간절했기 때문에, 그는 여느 때와 마찬가지로 그녀를 위층으로 올려 보냈다. 그녀는 별처럼 밝은 빛을 내는 옷을 입고 홀 안으로 들어섰다.

왕은 이번에도 아름다운 아가씨와 춤을 추었는데, 그는 그녀가 그 보다 더 아름다울 수는 없다고 생각했다. 그래서 그는 춤을 추면서 그녀가 보지 않는 사이에 그녀에게 황금반지를 끼워주었다. 그리고 그는 무도회가 평소보다 더 길게 진행되도록 명령했다. 춤이 끝났을 때에도 그는 여전히 그녀의 손을 잡고 있으려 했지만 그녀는 손을 뿌리치고는 사람들 사이를 재빨리 빠져나와 그가 볼 수 없는 곳으로 사라졌다. 그녀는 재빠르게 달려와서 층계 밑에 있는 자신의 쪽방으로 올 수 있었다. 하지만 반시간이 훨씬 지나도록 그곳에 머물러 있었기 때문에 아름다운 옷을 벗을 시간은 없어 그 위에 알록달록 털가죽 옷을 그대로 걸치고는 서둘러 검댕으로 온 몸을 검게 칠했다. 하지만 미처 손가락 한 개는 칠하지 못해 흰 상태로 남게 되었다. 알록달록 털가죽처녀는 부엌으로 달려가 왕의 수프를 끓였는데, 요리사가 잠시 자리를 뜨자 이번에도 그녀는 접시에 황금얼레를 넣었다. 왕이 접시바닥에 놓인 황금얼레를 발견했을 때, 그는 알록달록 털가죽처녀를 데려오도록 했다. 그는 그녀의 손가락 한 개가 흰 것과 춤을 추면서 자기가 끼워준 반지를 그녀가 끼고 있는 것을 보았다. 그러자 그는 그녀의 손을 잡고 그녀를 붙들었는데, 그녀가 달아나려고 하자 입고 있는 망토가 흘러

내려 그 안에 입은 별처럼 빛나는 옷이 보였다. 왕은 망토를 잡고 벗겼다. 그러자 그녀의 황금빛 머리타래가 흘러내렸고, 그녀가 서 있는 모습에는 기품이 흘러 넘쳤다. 이번에는 그녀도 더 이상 자신을 감추지 않았다. 얼굴에서 검댕과 재를 털어내자, 그녀는 세상에서 가장 아름답게 보였다. 그러자 왕이 말했다. "당신은 나의 신부요, 우리 더 이상 서로 헤어지지 맙시다." 그렇게 해서 결혼식이 거행되었고, 그들은 영원히 행복하게 살았다.

독일

그림 Grimm

열두 명의 사냥꾼 The Twelve Huntsmen

아주 오랜 옛날 사랑하는 공주와 약혼을 한 왕자가 있었다. 어느 날 그는 그녀 옆에서 행복을 만끽하고 있었는데, 아버지가 죽기 전에 그를 보고 싶어 한다는 소식을 전해 들었다. 그래서 그는 사랑하는 애인에게 말했다. "아아! 당신을 떠나야 할 것 같소. 하지만 이 반지를 끼고 날 기억하고 있으면, 왕이 된 후 곧 돌아와 그대를 데려가겠소."

그렇게 말한 후 그는 말을 타고 떠났다. 그리고 그가 아버지에게 왔을 때, 그는 아버지의 병이 위중해서 죽음이 임박했음을 알았다.

왕은 말했다. "사랑하는 아들아, 죽기 전 널 보고 싶었다. 약속해다오, 제발 아비의 바람대로 결혼을 하겠다는 약속을 해다오." 그렇게 말하고 그는 아들의 아내가 되길 바라는 사람으로 이웃나라 왕의 딸 이름을 말했다. 왕자는 슬픔이 너무 컸기 때문에 아버지 말고는 아무것도 생각할 수 없었다. 그래서 그는 "예, 예, 알겠습니다. 아버님께서 원하시는 대로 하겠습니다." 그는 대답했다. 이 말을 듣고 왕은 눈을 감았다.

왕자가 왕에게 공언을 한 후, 통상적인 애도의 기간이 끝나자 그는 아버지에게 한 약속은 지켜야 한다는 느낌이 들었다. 그래서 그는 아버지가 말한 왕의 딸에게로 가서 청혼을 했고, 그 청혼은 곧 받아들여졌다.

그런데 그의 애인이 이 소식을 들었을 때, 그녀는 왕자에게 버림받았다는 생각 때문에 너무도 슬프고 그리운 나머지 거의 죽기 직전에 이르렀다.

마침내 그녀의 아버지는 그녀에게 말했다. "나의 사랑하는 딸아, 왜 그렇게 슬퍼하는 것이냐? 바라는 것이 있으면, 말해라. 원하는 대로 해주겠다."

딸은 잠깐 생각하더니 말했다. "아버님, 저와 키, 나이, 그리고 모습이 거의 비슷한 11명의 아가씨를 구해주세요."

"가능한 일이라면 그렇게 해주겠다." 왕은 말했다. 그런 다음 그는 온 나라를 샅샅이 뒤져 자신의 딸과 키, 신체, 그리고 모습이 같은 열한 명의 아가씨를 찾아냈다.

그러자 공주는 열두 벌의 똑같은 사냥꾼 의상을 만들어 달라고 청했고, 열한 명의 아가씨들은 똑같이 그 옷을 입어야 했다. 그리고 그녀 자신도 열두 번째로 그 옷을 입었다. 그렇게 한 다음 그녀는 아버지를 떠나 말을 몰아 전 애인의 궁전으로 들어섰다.

이곳에서 그녀는 왕에게 혹시 사냥꾼이 필요한지, 그렇다면 그들이 모두 함께 일할 수 있는지를 물어보았다. 왕은 그녀를 보았지만, 그녀가 누구인지는 알아보지 못했다. 그는 그들을 그저 잘 생긴 젊은이들로 생각하고는 "좋다, 내가 모두 받아주지."라고 말했다. 그래서 그들은 열두 명의 충직한 왕의 사냥꾼이 되었다.

그런데 왕에게는 숨겨진 것과 비밀스러운 것을 모두 찾아내는 특별한 사자가 한 마리 있었다.

어느 날 저녁 그 사자는 왕에게 말했다. "폐하께서는 열두 명의 사냥꾼을 거느린 것으로 생각하십니까?"

"그래, 물론이지. 그들은 열두 명의 사냥꾼들이야." 왕은 대답했다.

"폐하께서 잘 못 알고 계십니다. 그들은 열두 명의 아가씨들입니다." 사자는 말했다.

"그럴 리가 있나. 그걸 증명할 방법이라도 있나?" 왕은 말을 받았다.

"폐하의 침실 앞바닥에 완두콩을 뿌려 놓으십시오. 그러면 알게 될 것입니다. 남자들은 발걸음이 강하고 무거워서 완두콩 위로 걸어가더라도 몸의 균형이 흐트러지지 않지만, 여자들은 발걸음이 가벼워 몸이 비틀거리거나 미끄러져 완두콩 위에 나뒹굴게 될 것입니다." 사자는 말했다.

왕은 사자의 충고에 만족해서는 침실 앞바닥에 완두콩을 뿌려놓도록 명령했다.

다행스럽게도 왕의 신하 중에서 젊은 사냥꾼들에게 대단히 호의적인 사람이 있어, 왕과 사자가 꾸미고 있는 음모를 듣고는 그들에게 가서 내용을 알려주었다. "사자는 왕에게 당신들이 여자라고 설득시키려 합니다." 그는 말하면서 진행되고 있는 음모에 관해 알려주었다.

공주는 그에게 정보를 준 것에 감사를 표하고, 그가 돌아가자 함께 온 아가씨들에게 말했다. "완두콩을 단단히 밟아야 돼."

다음날 아침 왕이 열두 명의 사냥꾼을 불러들였을 때, 그들은 완두콩을 뿌려 놓은 침실 앞을 걸어가게 되었는데, 모두 발에 단단히 힘을 주고 걸었기 때문에 몸의 균형을 유지할 수 있었고 완두콩은 한 알도 튕겨 나가거나 흔들거리지 않았다. 그들이 돌아간 다음 왕은 사자에게 말했다. "자 이제 알겠지. 그대는 거짓말을 했어. 그들이 남자처럼 걷는 걸 그대도 똑똑히 보았을 걸세."

"그들은 자신들이 시험을 당하고 있다는 것을 알고 있었기 때문입니다. 그래서 그들은 최선을 다했던 것이지요. 침실 앞에 열두 대의 물레를 가져다 놓으십시오. 그들이 그 앞을 지나갈 때, 폐하께서는 남자들과는 달리 그들이 매우 좋아하는 모습을 보시게 될 것입니다." 사자는 대답했다.

다음 날 아침 왕이 열두 명의 사냥꾼을 불렀을 때, 그들은 물레엔 눈길 한 번 주지 않고 침실을 지나갔다.

그러자 왕은 다시 한 번 사자에게 말했다. "그대는 내게 또 한 번 거짓말을 했군. 그들은 남자들이야, 물레는 쳐다보려고도 하지 않더군."

사자가 대답했다. "그들은 시험받고 있다는 것을 알고 있었습니다." 하지만 왕은 사자의 말을 더 이상 믿으려 들지 않았다.

그래서 열두 명의 사냥꾼들은 계속해서 왕을 수행할 수 있었고, 왕 또한 날이 갈수록 그들에게 호감을 갖게 되었다. 어느 날 그들 모두가 사냥을 나갔을 때, 왕의 약혼자가 지나가는 길에 자신들이 있는 곳에 들를 것이라는 소식이 전해졌다. 진짜 약혼자는 이 소식을 듣자 칼로 심장이 찔린 것처럼 큰 충격을 받고는 그 자리에 쓰러졌다. 왕은 자기가 총애하는 사냥꾼에게 좋지 않은 일이 생길까 우려하면서 도와줄 일이 있을까 하여 달려갔다. 그는 그의 장갑을 벗기기 시작했는데, 그 순간 그는 첫 사랑에게 자신이 주었던 반지를 보았다. 그는 그녀의 얼굴을 한동안 바라본 후 그녀를 알아보았다. 그는 가슴 벅찬 감동을 받아 그녀에게 입맞춤을 했다. 그러자 그녀는 곧 눈을 떴고, 그는 큰 소리로 말했다. "나는 당신의 사람이고, 당

신은 나의 사람이요. 세상의 어떤 것도 그 사실을 바꿀 수 없을 것이요."

그는 다른 공주에게 자신의 왕국으로 신속히 돌아가도록 청하는 전갈을 보냈다. "그것은 나에겐 이미 아내가 있기 때문이오, 오래 전 열쇠를 찾은 사람에게는 새 열쇠가 필요하지 않는 법이라오." 그는 말했다.

이렇게 해서 결혼식이 성대하게 열렸고, 사자는 왕의 신임을 다시 회복하게 되었다. 어쨌든 그는 진실을 말했으니까.

독일
그림
Grimm

방추, 북, 그리고 바늘 Spindle, Shuttle, and Needle

옛날에 아주 어린 나이에 부모를 여읜 한 소녀가 살았다. 소녀의 대모는 마을에 있는 작은 오두막집에서 혼자 살았는데, 그곳에서 그녀는 실을 잣고, 천을 짜고, 옷감을 재봉하면서 생계를 유지했다. 그 노파는 어린 고아인 그녀를 집으로 데려와서 착하고 경건하며 근면하게 키웠다.

소녀가 열다섯 살이 되었을 때 노파는 병이 들었는데, 그녀는 아이를 침대 곁으로 불러서 다음과 같이 말했다. "내 사랑하는 딸아, 죽음이 가까이 온 듯하구나. 네게 오두막집을 남겨주마, 적어도 비바람은 피할 수 있을 것이다. 방추와 북 그리고 바늘도 물려줄 테니, 그것을 가지고 먹고 살아라."

그런 후 그녀는 두 손을 소녀의 머리 위에 얹고 축복하며 말했다. "마음을 가다듬고 착하게 살아라. 그러면 모든 일이 잘 될 거야." 그 말을 남기고 노파는 눈을 감고 마지막 순간을 맞이했다. 노파를 무덤으로 옮길 때, 소녀는 관을 따르며 비통하게 울었고, 마지막 예절을 다 갖추었다.

장례가 끝난 후 소녀는 혼자서 작은 오두막집에 살았다. 소녀는 실을 잣고, 천을 짜고, 옷감을 재봉하면서 열심히 일했다. 늙은 대모의 축복이 그녀가 하는 일이 모두 다 잘 되도록 돕는 듯했다. 아마포는 저절로 넓게 펼쳐지고 크게 늘어나는 것 같았다. 그리고 그녀가 양탄자나 린넨 천을 짜거나 셔츠를 만들어 놓으면 값을 후하게 쳐주는 손님이 생겨서 혼자 사는

데 부족함이 없었을 뿐만 아니라 심지어 도움이 필요한 사람들을 도울 수도 있었다.

그런데 그즈음 왕자가 신부가 될 사람을 찾아 온 나라를 여행하고 있었다. 그는 가난한 여인과 결혼할 수는 없었지만, 그렇다고 부유한 여인을 원하지도 않았다.

"내 아내는 가장 가난하지만 가장 부유한 여인이 될 것이다." 그는 말했다.

어느 날 왕자가 소녀가 살고 있는 마을에 도착했을 때, 그는 마을에서 가장 부유한 여인과 가장 가난한 여인이 누구인지를 물었다. 그리고 그는 가장 가난한 여인은 마을에서 가장 외떨어진 작은 오두막집에서 홀로 살고 있는 소녀라는 말을 들었다.

가장 부유한 처녀는 좋은 옷을 차려입고 집 앞에 앉아 있다가 왕자가 가까이 오자 벌떡 일어서며 무릎을 굽혀 인사를 하고는 그를 맞이했다. 그는 그녀를 자세히 살펴보다가 아무 말도 하지 않고 말을 탄 후 계속 길을 갔다.

왕자가 가난한 소녀의 집에 다다랐을 때, 소녀는 집안에서 열심히 일을 하고 있었기 때문에 문가에서 그녀를 볼 수는 없었다. 그는 말을 고삐로 제지하고, 태양이 밝게 빛나는 유리창을 통해 안을 들여다보고는 그 안에서 물레바퀴를 부지런히 돌리면서 실을 잣는 소녀를 바라보았다.

소녀는 눈을 들어 왕자가 자기를 바라보고 있는 모습을 보자 얼굴을 붉히면서 눈을 아래로 내리뜨고 실 잣는 일을 계속했다. 실이 이전처럼 고르게 잣아 졌는지는 모르겠지만, 왕자가 말을 타고 길을 떠나기 전까지 소녀는 일을 멈추지 않았다. 왕자가 떠나자 소녀는 창가로가 창을 들어 올리면서 말했다. "이 방은 너무 더워." 하지만 그녀의 눈은 그를 좇아 그의 모자에 달려 있는 깃털이 더 이상 보이지 않을 때까지 바라보았다.

그런 후 그녀는 일하는 자리로 돌아가 실 잣는 일을 다시 시작했다. 그런데 그녀는 일을 하면서 대모로부터 자주 들었던 옛 노래가 갑자기 머릿속에 떠오르자 그 내용을 노래로 부르기 시작했다.

"방추야, 방추야, 내 님이 내게로 오는지 가서 알아 보거라."

보아라, 보아라! 방추는 소녀의 손에서 빠져나와 방 밖으로 달려 나갔다. 소녀는 놀란 마음을 추스르고 방추를 바라보았는데, 방추는 즐거운 듯 황금색 실을 길게 늘어뜨리면서 춤을 추며 들판을 가로질러 갔고 곧 모습을 감추었다.

방추의 모습을 놓친 소녀는 베틀에 앉아 북을 잡고 천을 짜기 시작했다. 한편 방추는 춤을 추며 계속 달려갔는데, 황금 색 실이 다 떨어져 갈 즈음 왕자가 있는 곳에 도착하게 되었다.

"이것이 무엇이지? 방추가 내게 길을 안내하고 싶어 하는 것 같군." 왕자는 큰소리로 말했다. 그래서 그는 말 머리를 돌려 황금 실을 따라 온 길을 되돌아갔다.

한편 소녀는 앉아서 천을 짜다 노래를 불렀다.

> "북아, 씨줄로 천을 짠 다음,
> 사랑하는 님을 집으로 데려와주렴."

북은 곧바로 그녀의 손을 떠나 번쩍 뛰어 문에 다다랐다. 문지방에서 북은 세상에서 가장 아름다운 양탄자를 짜기 시작했다. 양탄자의 양쪽엔 장미와 백합꽃이 활짝 피었고, 중간에는 덤불숲이 있있으며, 그것을 가로지르는 산토끼와 집토끼들도 있었다. 수사슴과 어린 사슴들은 가지 너머에서 엿보고 있었고, 가장 높은 나뭇가지 위에는 눈부신 깃털이 달린 새들이 앉아 노래를 부르고 있었는데, 실물과 너무도 흡사해 새들의 노랫소리가 들릴 것만 같았다. 북은 이리저리로 날아 다녔고, 양탄자는 스스로 커지는 듯했다.

북이 가버리자 소녀는 재봉을 하기 위해 다시 앉았다. 그녀는 바늘을 꺼내들고 노래했다.

> "바늘아, 바늘아,

내 침실을 밝고 활기차게 만들어주렴."

그러자 바늘은 그녀의 손에서 순식간에 미끄러져 나와 번개처럼 방안을 날아다녔다. 마치 보이지 않는 정령이 일을 하는 것처럼 느껴졌는데, 그도 그럴 것이 눈 깜짝할 사이에 탁자와 긴 의자엔 푸른색 천이, 작은 의자엔 벨벳 천이 씌워지고, 창가에는 우아한 실크커튼이 드리워졌기 때문이었다. 바늘이 마지막 한 땀을 막 뜨고 있을 때, 유리창을 내다보던 소녀는 황금색 실을 늘어뜨린 방추가 데려오는 왕자의 흰 깃털 모자를 볼 수 있었다.

그는 언덕을 내려와 양탄자를 밟고 집으로 걸어왔다. 그가 방으로 들어왔을 때, 그곳엔 어떤 장미보다도 더 빨갛게 얼굴을 붉힌 처녀가 서 있었다. "그대는 가장 가난하지만 가장 부유한 사람이오. 부디 내게로 와서, 나의 신부가 되어 주오." 그는 말했다.

소녀는 아무 말도 하지는 않았지만, 이미 그에게 손을 내밀고 있었다. 그러자 그는 그녀에게 입맞춤하고 밖으로 데리고 나가 말에 태우고는 왕궁으로 향했다. 그리고 그곳에서 수많은 축복을 받으며 성대한 결혼식을 치렀다.

방추, 북, 그리고 바늘은 보물로 귀하게 보관되었고, 그 후로 오랫동안 최고의 영예를 누리게 되었다.

독일

그림 Grimm

수정 관 The Crystal Coffin

어느 누구도 가난한 재봉사는 세상에서 성공하지 못할 것이고 영예로운 자리에도 오르지 못할 것이라고 함부로 이야기하지 말도록 해라. 성공하기 위해 필요한 것은 일을 올바로 하기만 하면 된다. 물론 그러면서도 정말로 중요한 것은 결국엔 그 일을 성공하는 것이다.

한때 아주 명석하고 활달한 한 젊은 재봉사가 여행길에 올랐는데, 도중에 그는 어떤 숲에 이르게 되었다. 하지만 그는 그곳의 지리를 몰라 곧 길을 잃었다. 밤이 다가오자, 그는 밤을 보낼 수 있는 가장 적합한 장소를 찾는 길 외엔 별 다른 도리가 없었다. 그는 부드러운 이끼로 편안히 쉴 수 있는 침대를 만들 수도 있었지만 야생동물이 나타날까 하는 두려움이 마음을 심란하게 하자 결국 나무 위에서 밤을 보내기로 결심했다.

그는 커다란 떡갈나무를 찾아내어 꼭대기까지 올라간 후 주머니에 커다란 다리미가 있는 것에 크게 감사했는데, 왜냐하면 나무꼭대기에 부는 바람이 매우 강해서 만약 다리미가 없었다면 쉽게 날아가 버릴 수도 있었기 때문이었다.

별다른 두려움이나 흔들림 없이 그날 밤 몇 시간을 나무 위에서 보냈을 때, 그는 그리 멀지 않은 곳에서 불빛이 반짝이고 있는 것을 주목하게 되었다. 그는 그곳에서라면 나무꼭대기보다는 훨씬 더 편한 잠자리를 찾을 수 있으리라는 기대감으로 조심스레 나무에서 내려와 불빛이 있는 곳으로 걸어갔다. 불빛을 따라간 그는 집 전체를 갈대와 등심초로 엮어 만든 작은 오두막집에 도착하였다. 그는 용기를 내어 문을 두드렸는데, 문이 열리자 그는 새어 나오는 불빛으로 밝은 색상의 헝겊을 여러 조각 덧대어 만든 옷을 입은 백발의 노인이 안에 있는 것을 볼 수 있었다. "당신은 누구고, 원하는 게 뭐요?" 노인은 투박하게 말했다.

"전 가난한 재봉사입니다. 숲속에 있다 날이 저물었습니다. 이 집에서 하룻밤 묵기를 간청합니다." 젊은이는 대답했다.

"가던 길이나 마저 가요. 난 떠돌이 여행객을 맞고 싶지 않아요. 다른 데 가서 알아보시오." 노인은 뚱한 목소리로 말했다.

말을 마친 그가 집안으로 다시 들어가려 했지만, 재봉사는 그의 외투아랫단을 잡고 늘어지면서 제발 하룻밤만 머물게 해달라는 간곡한 부탁을 했다. 그러자 겉보기와는 달리 그렇게 모난 성격이 아닌 노인은 마음이 흔들려 그를 들어오게 하고는 약간의 음식을 제공한 후 방 한 구석에 있는 그런대로 괜찮은 침대로 안내해 주었다. 재봉사는 드러눕기가 무섭게 곧바로 곯아떨어졌는데, 이른 아침이 되자 그는 엄청난 소리에 놀라 번쩍 깨어나게 되었다. 그것은 커다란 비명 소리와 소음이 오두막집의 얇은 벽을 뚫고 들려온 것이었다. 재봉사는 용기를 내어 자리에서 일어난 다음 재빨리 옷을 챙겨 입고 밖으로 뛰어나갔다. 밖으로 나온 그는 거대한 검은 황소 한 마리가 멋진 큰 수사슴과 필사적인 싸움을 하고 있는 모습을 보게 되었다. 그들이 서로를 향해 돌진하는 모양은 너무도 거칠어서 지축이 흔들리는 소리가 났고 대기는 그들의 울부짖는 소리로 가득했다. 시간이 얼마만큼 지났지만 누가 승자인지 분명하지가 않았다. 하지만 마침내 수사슴이 달려가면서 가지진 뿔로 상대방의 몸체를 강하게 들이받자 황소는 끔찍한 고통의 비명을 지르며 땅바닥에 쓰러졌고 몇 번을 발버둥 치다가 결국 숨을 거두게 되었다.

놀라서 싸움을 지켜보던 재봉사는 수사슴이 자기 쪽으로 뛰어 오는 데에도 꼼짝하지 못하고 제 자리에 서 있었기 때문에, 녀석이 가까이 왔을 때는 피할 수가 없었다. 수사슴은 가지 진 뿔로 포크처럼 그를 뿔 사이에 끼운 다음 엄청난 속도로 뛰기 시작해 울타리와 도랑을 건너고 언덕과 골짜기를 지나 숲과 강을 가로질러 달려갔다. 재봉사는 두 손으로 수사슴의 뿔을 꽉 잡고 나머지는 운명에 맡기는 것 외에는 할 수 있는 것이 없었다. 마침내 수사슴은 가파른 암벽 앞에서 멈추어 선 후 그를 땅에다 부드럽게 내려놓았다.

죽다 살아난 재봉사는 정신을 차리기 위해 그 자리에서 잠시 쉬고 있었는데, 그가 어느 정도 정신이 들기 시작했을 때, 수사슴이 갑자기 바위 위에 있는 문을 세차게 들이받았고 그 문은 곧바로 열렸다. 그러자 안에서 화염이 솟아오르면서 뒤따라 구름 같은 수증기가 피어올랐다. 그러자 수사슴은 눈을 다른 쪽으로 돌렸다. 재봉사는 어찌할 바를 몰랐고 그저 이렇게 끔찍한 야생의 상태를 벗어나 사람이 사는 곳으로 돌아가고 싶은 마음뿐이었다. 그렇지만 방법을 알 수 없었다.

그가 망설이는 사이, 바위에서 어떤 목소리가 들려왔다. "두려워 말고 안으로 들어오세요. 아무런 해도 입지 않을 거예요."

그는 여전히 망설였지만 어떤 보이지 않는 힘이 그를 떠미는 것 같았고, 그가 문을 통과해 들어가자 넓은 홀이 있었다. 그곳의 천장과 벽 그리고 바닥은 전부가 이름 모를 형체들이 새겨진 번쩍이는 타일로 되어 있었다. 그는 너무도 놀라서 주변을 꼼꼼히 살펴본 후에 다시 밖으로 나가려 했는데, 그 순간 방금 전의 목소리가 또 한 번 그를 멈춰 서게 했다. "홀 중앙에 있는 돌을 밟고 걸어와요. 그러면 행운이 생길 거예요."

이쯤 되자 그도 용기가 생겨 더 이상 망설이지 않고 그 말에 따랐는데, 그가 돌을 밟는 순간 그것은 부드럽게 아래쪽으로 가라앉았다. 단단한 바닥으로 내려오자 그는 아래쪽 역시 위쪽과 똑같은 크기의 홀이 있는 것을 알게 되었는데, 아래쪽 홀에는 위쪽보다도 훨씬 더 놀라운 것들이 있었다. 사방 벽에는 여러 개의 조상을 두기 위한 적소가 있었는데, 각각의 적소에는 밝은 색상의 술이나 혹은 청색의 연기가 담긴 유리그릇들이 놓여 있었다. 바닥엔 커다란 수정으로 된 상자 두개가 마주보며 놓여 있는데, 그것들은 단박에 그의 호기심을 끌었다.

두 개 중 수정으로 된 상자가 있는 쪽으로 다가선 그는 그 안에 있는 멋지게 축소 된 모형마을을 보게 되었다. 그런데 그 축소모형은 멋진 성을 중심으로 주변엔 농장과 농가 그리고 마구간과 그밖에 수많은 가옥들로 이루어져 있었다. 모든 것들은 그야말로 아주 작았다. 하지만 각각의 것들은 너무도 정교했기 때문에 뛰어난 예술가의 솜씨로 빗은 듯이 보였다. 그는 이 놀랍고 진귀한 것을 정신없이 바라보고 있었는데, 그 때 갑자기 방금 전의 목소리가 그에게 뒤를 돌아서 맞은편에 있는 수정관을 들여다보

라고 재촉하였다.

그가 무척이나 사랑스러운 아가씨가 그 안에 누워 있는 것을 보았을 때의 놀라움이란 그야말로 엄청난 것이었다. 그녀는 마치 잠을 자듯이 누워 있었고, 길고 눈부신 머리카락은 그녀를 망토 모양으로 감싸고 있었다. 그녀는 비록 눈을 감고 있었지만, 얼굴에 도는 화색과 숨결에 맞춰 오르내리는 리본의 움직임에서 그녀가 살아 있음을 알 수 있었다. 재봉사가 떨리는 마음으로 그녀를 바라보고 있는 데 갑자기 그녀가 눈을 뜨면서 기쁘고 놀라는 표정으로 그를 바라다보았다.

"아, 세상에! 나의 구원자여, 가까이 오세요! 빨리요, 빨리 서두르세요. 날 감옥에서 꺼내주세요. 관에 있는 빗장을 뒤로 밀기만 하면, 난 자유롭게 나갈 수가 있어요." 그녀는 큰 소리로 말했다.

재봉사는 재빨리 그녀의 말대로 했다. 그러자 그녀는 곧바로 뚜껑을 밀쳐내고 관에서 나와 구석진 곳으로 달려가서는 커다란 덮개로 몸을 가렸다. 그런 다음 그녀는 돌 위에 앉아 그를 가까이 오도록 부른 후 애정이 담긴 입맞춤을 하면서 말했다. "오랫동안 기다렸던 내 생명의 구원자여, 하늘이 당신을 인도해서 내 모든 고통을 끝나게 했어요. 당신은 내 운명의 남편이기 때문에, 난 당신을 사랑할 것이고 부는 물론 내가 지닌 모든 것들을 물려받게 될 거예요. 그러면 당신은 남아 있는 인생을 평화롭고 행복하게 보낼 수 있을 거예요. 자 이제 이곳에 앉아 내 말을 들어보세요. 난 부유한 귀족의 딸이랍니다. 부모님께서는 내가 아주 어릴 때 돌아가셨는데, 그들은 날 돌볼 책임을 큰오빠에게 맡기셨고, 난 그의 보살핌으로 훌륭한 교육을 받을 수 있었지요. 우리는 서로서로를 감싸면서 사랑했어요. 그리고 우리는 취향과 관심사가 서로 같았기 때문에 다른 사람과는 결혼하지 말고 단둘이서만 의지하며 살아가자고 약속했어요. 우리는 사람들과의 교제도 부족하지 않았어요. 친구들과 이웃사람들은 수시로 우리 집을 드나들었고, 우린 언제나 집을 활짝 열어 놓았어요. 그런데 어느 날 저녁 낯선 사람이 말을 타고 와서는 가장 가까운 마을조차도 그날 밤엔 더 이상 갈 수가 없기 때문에 하룻밤만 재워달라는 부탁을 했어요. 우리는 그의 청을 정중하게 받아주었는데, 저녁식사를 하는 동안 그는 무척 흥미 있는 이야기를 들려주면서 우리를 아주 즐겁게 만들었어요. 오빠는 그가 마음에 들어 그에게 며칠 더 함께 지내자고 졸랐는데, 그는 잠깐 망설이더니 그렇게 하겠다고 동의했지요. 우리는 늦게 식탁에서 일어났는데, 오빠가 그 낯선 이에게 침실을 안내해 주는 동안 난 너무도 피곤하고 졸려서 서둘러 내 방으로 갔어요. 어느 순간 난 어떤 달콤하고 매혹적인 음악소리에 잠에서 깨어났는데, 그 후론 다시 잠들기가 쉽지가 않았어요. 난 그 소리가 어디서 들려오는 것인지 하도 궁금해서 옆방에 잠들어 있는 하녀를 깨우려고 했어요. 하지만 그 순간 난 어떤 무거운 것이 가슴을 짓누르고 있는 것처럼 온 몸에 힘이 쭉 빠졌고, 그렇게 누워 있는 상태에서는 조그마한 소리도 지를 수가 없었어요. 그러는 사이 나는 램프의 불빛을 통해서 낯선 이가 방으로 들어오는 것을 볼 수 있었어요. 분명 내 방은 이중문으로 안전하게 잠겨 있었는데도 말이죠. 그는 가까이 다가오면서 자기는 마법을 통해 달콤한 음악으로 나를 깨웠다고 말했고, 문에 가로놓인 빗장을 강제로 걷어내면서 내게로 다가 온 그는 자신의 청혼을 받아달라고 강요했어요. 그의 마법이 난 끔찍이도 싫었기 때문에, 결코 그가 원하는 대답을 하지 않았어요. 그는 호의적인 답변을 확신하고는 얼마간 꼼짝도 하지 않고 기다리다가, 계속해서 침묵을 지키자 그는 내 자존심을 꺾어버릴 방법을 찾겠다고 공언하면서 화를 내며 밖으로 나갔어요.

난 몹시 불안한 상태로 밤을 지새웠는데, 새벽 무렵에야 잠깐 잠이 들었어요. 난 깨어나자마자 침대에서 일어나 오빠에게 달려가 지난 밤 일어난 일에 관해 말을 했어요. 하지만 그는 아무 말도 없이 방을 나갔고, 얼마 후 하인이 와서 오빠가 동틀 무렵에 낯선 이와 함께 사냥을 나갔다고 알려주었어요.

저는 너무도 두려워 서둘러 옷을 입고는 내 전용 말에 안장을 채우고 하인 한 사람만을 대동한 채 숲을 향해 전속력으로 달려갔어요. 난 말에게 박차를 가하면서 쉬지 않고 달려갔는데, 얼마 지나지 않아 낯선 방문객이 멋진 수사슴을 앞세우고 내가 있는 쪽으로 다가오는 모습을 보았어요. 나는 그에게 오빠가 어디에 있는지와 커다란 두 눈에서 눈물을 흘리고 있는 수사슴을 어떻게 잡았는지를 물어 보았어요. 하지만 그는 대답 대신에 웃기만 했는데, 난 너무나도 화가 나서 총을 빼어들고 그를 향해 쏘았어요. 그러나 총알은 그의 가슴을 맞고 다시 튀어나와 내가 타고 있던 말의 이마를 맞추었어요. 그대로 땅에 떨어진 나는, 그가 몇 마디 주문을 외자 정신을 잃고 말았어요.

정신이 들었을 때, 난 바로 이 지하실에 있는 수정관 속에 누워 있었어요. 마법사는 다시 나타나서 자기가 오빠를 수사슴으로 변신시켰으며, 우리의 성과 그 성의 모든 방어시설을 작은 모형으로 만들어서 유리관 속에 넣고 잠가두었다고 말했어요. 게다가 그는 우리 집에 딸린 사람들을 여러 가지 수증기로 만들어서 작은 유리병 속에 모두 다 가둬 놓았다고도 했어요. 만약 내가 지금이라도 자기의 청을 들어준다면, 그는 당장이라도 유리관과 병을 열 것이고, 모든 것들을 이전의 형태로 되돌려 놓겠다는 말도 했지요.

내가 전처럼 한마디도 하지 않으려 하자, 그는 날 수정관 속에 가둬놓고 사라져버렸고, 난 곧 깊은 잠에 빠져 들게 되었어요. 잠을 자면서 꾸게 된 많은 꿈들 중에서는 희망을 주는 꿈도 있었는데, 그것은 어떤 젊은이가 찾아와 감옥에서 풀어주는 내용이었어요. 그런데 오늘 눈을 떠보니 당신이 보였고, 드디어 꿈이 현실이 되었다는 것을 알게 되었어요. 그러니 이제 나머지 꿈도 이룰 수 있도록 도와주세요. 첫 번째 할 일은 성이 담겨 있는 유리 상자를 저기에 있는 커다란 돌 위에 올려놓는 일이랍니다."

그녀가 말한 대로 하자 그 돌은 부드럽게 그들을 위로 올려 보냈고, 위로 올라온 그들은 유리 상자를 바깥으로 옮겼다. 그런 후 그녀가 뚜껑을 열자 그곳에 있던 성과 가옥 그리고 농장들은 점점 더 커지더니 옆으로 펴져나가 원래의 크기로 되돌아가는 장관을 연출했다. 그러자 두 남녀는 움직이는 돌을 타고 다시 내려와 연기가 담긴 유리병들을 다 챙긴 다음 위로 올라갔다. 그들이 병의 마개를 열자 청색의 수증기는 쏟아져 나오면서 살아있는 사람들로 변했다. 그러자 그들 중에서 그녀는 하인과 하녀들을 찾아내면서 무척 기뻐했다.

그녀의 기쁨은 황소로 변한 마법사를 죽인 오빠가 원래의 모습으로 숲에서 나오는 것을 보는 순간 최고조에 달하게 되었다. 그리고 그녀는 약속한 대로 행복에 빠진 젊은 재봉사에게 그날 당장 청혼을 했다.

독일

그림 Grimm

세 장의 뱀 잎 The Three Snake-Leaves

가난해서 더 이상 아들을 키울 수 없게 된 아버지가 있었다. 그래서 아들은 아버지에게 말했다. "사랑하는 아버지, 아버진 너무 가난해서 제가 짐이 되는 것 같아요. 세상에 나가서 제 밥벌이는 저 스스로 찾아볼까 합니다." 아버지는 그에게 축복을 해주곤 매우 슬퍼하며 그를 보내주었다. 그즈음 강력한 그 왕국의 왕은 전쟁을 치르고 있는 중이었고, 젊은이도 징집되어 훈련을 받게 되었다. 이 후 그가 속한 군인들은 적들과 마주쳤고 치열한 전투가 시작되었다. 총알이 빗발치듯 쏟아졌기 때문에 전우들은 사방에서 쓰러졌다. 그러다가 대장이 쓰러지자 나머지 군사들은 도망을 치려고 했다. 하지만 젊은이는 앞으로 달려 나가며 큰 소리로 그들을 독려했다. "나라를 망하게 해서는 안 된다!" 그러자 나머지 군사들이 그를 따랐고, 그는 적들을 맹렬히 공격하여 결국엔 물리치게 되었다. 왕은 승리를 이끌어 준 그에게 공을 치하해야 한다는 상소를 받자, 그의 신분을 높여주면서 덤으로 많은 보물까지 준 다음 막중한 직책까지도 부여했다.

왕에게는 매우 아름다운 딸이 있었는데, 그녀는 아름다운 만큼이나 변덕스럽기도 했다. 그녀는 만약 자기가 먼저 죽으면 자신과 함께 산 채로 묻힌다는 약속을 하지 않는 사람하고는 절대로 결혼하지 않겠다고 공언했다. "누군가가 나를 진심으로 사랑한다면, 그에게 남아 있는 나머지 삶이 무슨 의미가 있겠는가?" 그녀는 이렇게 말하곤 했다. 그와 마찬가지로 그녀는 만약 남편이 먼저 죽는다면, 자신도 기꺼이 그와 함께 묻힐 것이라고 말했다. 그처럼 기이한 주장을 듣자 그동안의 구혼자들은 모두 다 놀라서 도망쳤는데, 그 젊은이만큼은 그녀의 아름다움을 보고는 완전히 넋이 나가 아무런 생각도 없이 왕에게 공주를 달라는 청을 하게 되었다. 왕이 "그대는 무엇을 약속해야 하는지를 알고 있는가?"라고 묻자, 그는 "그녀와 더불어 무덤에 묻히게 되겠지요."라고 대답했다. "만약 그녀보다도 제가 더 오래 살 수 있다면요. 하지만 그녀에 대한 제 사랑은 그 같은 위험 따위는 문제가 되지 않을 만큼 큽니다." 그 말을 듣고 왕은 그들의 결혼을 승낙하게 되었고, 결혼식은 상당히 화려하게 거행되었다.

그 후 그들은 오랫동안 행복하게 살았다. 그러나 뜻하지 않게 공주가 중병에 걸리는 일이 일어났고, 어떤 의사도 그녀의 병을 고칠 수가 없었다. 결국 그녀가 죽게 되자, 젊은 남편은 자신이 했던 약속을 상기하면서 산 채로 무덤에 갇힐 생각에 치를 떨었다. 하지만 그것을 피할 방법은 없었다. 왕이 사방에 있는 문마다 경비를 세웠기 때문에, 그가 자신의 운명을 피하기란 불가능해 보였다.

죽은 공주가 황실의 무덤에 매장되는 날이 되자 그도 그곳으로 인도되었는데, 결국 출입구가 봉해졌고 그는 완전히 갇히게 되었다.

관 옆에는 네 개의 초, 네 개의 빵조각과 포도주 네 병이 놓인 탁자가 하나 있었다. 준비된 양식이 떨어지는 순간 그는 죽을 수밖에 없었다. 그래서 그는 슬프고 처량한 상태로 그곳에 앉아 매일 아주 약간의 빵과 포도주만을 먹고 마시면서 순간순간 다가오는 자신의 죽음을 지켜보고 있었다. 어느 날 그가 앞을 보며 침울하게 앉아 있을 때, 그는 뱀 한 마리가 구석에서 기어 나와 시신이 있는 곳으로 가는 것을 보았다. 뱀이 시신에게 닿을까 염려해서 그는 칼을 빼어들었다. 그는 "내가 살아 있는 한 네 놈은 그녀에게 어떠한 해도 끼칠 수 없을 것이다."라고 말하고는 칼을 휘둘러 세 동강 냈다. 얼마 후 두 번째 뱀이 구석에서 기어 나왔는데, 그 뱀은 첫 번째 뱀이 여러 동강이 난 채 죽어 있는 것을 보고는 세 장의 초록색 잎을 물고는 다시 돌아왔다. 그 뱀은 죽은 뱀의 세 동강난 부분을 한데 모아 가지런히 한 다음 잘려진 부위마다 잎을 한 장씩 올려놓았다. 그러자 잘려진 부분이 봉합되더니 꿈틀거리며 살아났고, 두 마리의 뱀은 황급히 달아났다. 잎은 그대로 땅 위에 놓여 있었는데, 모든 상황을 지켜본 불행한 젊은이는 잎이 지닌 놀라운 힘이 인간에게도 효력을 발휘할 수 있지 않을까 생각했다.

그래서 그는 잎을 주워서 그 중 한 장은 죽은 여인의 입에 그리고 나머지 두 장은 눈 위에 각각 올려놓았다. 이렇게 하는 순간 그녀의 혈관에는 피가 돌기 시작했으며, 창백한 얼굴에도 곧 혈색이 돌아오게 되었다. 얼마간의 시간이 지나자 그녀는 숨을 쉬고 눈을 뜨면서 물었다. "아, 여기가 어디지?" 그러자 남편이 "여보, 당신은 나와 함께 있소."라고 대답했다. 그러면서 그는 지금까지 일어났던 일과 자기가 그녀를 되살리게 된 경위에 대해 말해 주었다. 그런 다음 그는 그녀에게 포도주와 빵을 조금 주었다. 그녀는 몸에 힘이 돌아오자 일어나서 문가로 나가 큰 소리를 질렀고, 그 소리를 들은 경비병은 곧바로 왕에게 보고를 했다. 그러자 왕은 친히 무덤으로 와서 문을 열고는 행복하고 건강한 상태의 두 사람을 발견했고 그간의 고통을 잊고 무척이나 즐거워했다. 그러나 젊은이는 세 장의 뱀 잎을 하인에게 건네주며 말했다. "나를 위해 잘 보관해 줘. 항상 몸에 지니고 다니도

록 해. 언젠가 필요할 수도 있을 테니까!"

그런데 공주는 다시 살아난 후 마음이 변해서 남편을 향한 사랑이 완전히 사라진 것 같았다. 얼마 후 남편은 바다 건너에 있는 늙은 아버지를 만나기 위해 먼 여행길에 오르게 되었다. 이때 부부는 함께 배에 올랐는데, 공주는 그가 보여주었던 큰 사랑과 신의는 물론 목숨을 구해 준 것조차 완전히 잊고는 선장과 사랑에 빠졌다. 그리고 어느 날 그가 자는 동안 그녀는 선장을 불러 자신은 머리를 잡고 그에게는 발을 잡도록 시키고는 힘을 합쳐 그를 바다에 던져 버렸다. 이렇게 사악한 행동을 한 후 그녀는 선장에게 말했다. "자 이제 집으로 돌아가서 내 남편이 여행 중 죽었다고 말합시다. 내가 당신을 계속해서 칭찬한다면, 아버님은 나를 당신에게 시집보낼 것이고, 당신은 후계자로 책봉될 것이오." 하지만 이 모든 상황을 지켜본 충실한 하인은 아무도 모르게 작은 배를 바다 위에 띄우고, 주군을 죽인 배신자들이 돌아 갈 즈음에 그가 있는 쪽으로 노를 저어 갔다. 그는 익사한 주군을 물에서 건져낸 후, 몸에 지니고 다녔던 세 장의 뱀 잎을 꺼내 그의 입과 두 눈 위에 올려놓았다. 그러자 그는 다시 살아났다.

그들은 밤낮으로 쉬지 않고 빠르게 노를 저어 두 사람보다 왕에게 먼저 도착할 수 있었다. 왕은 그들 둘이만 돌아온 것에 놀라서 도대체 무슨 일이 일어난 것이냐고 물었다. 그는 자기 딸이 저지른 사악한 행동에 대해 이야기를 듣자 다음과 같이 말했다. "짐은 그 애가 그도록 나쁜 짓을 했으리라고는 믿기지가 않는다. 하지만 진실은 곧 밝혀지겠지." 그는 두 사람을 비밀의 방으로 들어가 있도록 했기 때문에 누구도 그들을 볼 수가 없었다.

얼마 후 큰 배가 도착했고, 사악한 공주는 슬픈 얼굴을 하고는 아버지 앞에 나타났다. 그는 그녀에게 물었다. "넌 왜 혼자 돌아왔지? 네 남편은 어디 있느냐"

"아, 사랑하는 아버지. 전 커다란 슬픔을 안고 집으로 돌아왔어요. 남편은 항해 중 갑자기 병이 들어 죽었습니다. 만약 저 마음씨 착한 선장의 도움이 없었다면, 저 역시도 죽었을 것입니다. 그가 남편의 임종을 지켜봤으니, 모든 상황을 이야기해줄 수 있을 거예요.” 그녀는 대답했다.

그러자 왕이 말했다. “내가 죽은 자를 다시 살려내겠다.” 그는 방문을 열고 두 사람을 불러내었다. 그녀는 남편의 모습을 보자 벼락에 맞은 듯 충격을 받고 무릎을 꿇어 자비를 구했다. 그러나 왕은 말했다. “넌 동정을 받을 자격이 없다. 그는 너와 함께 기꺼이 죽으려 했고, 네 목숨을 다시 살려내었다. 그런데도 너는 그가 자고 있는 틈을 타 그를 죽게 만들었다. 넌 그 죄과를 받게 될 것이다.”

그래서 그녀와 그녀의 공범자는 구멍이 나 있는 배에 태워졌고 먼 바다까지 이끌려 나갔다. 그리고 그들은 물결과 함께 사라져버렸다.

독일

그림 Grimm

수수께끼 The Riddle

어떤 왕자가 전 세계를 여행해보고 싶은 욕망으로 믿을 수 있는 하인 한 명만을 대동하고 길을 떠났다. 어느 날 그는 커다란 숲에 이르게 되었는데, 저녁이 다가왔지만 묵을 집을 찾지 못해 어디서 밤을 보내야 할지 난감해했다. 그 순간 그는 작은 집 쪽으로 걸어가고 있는 처녀를 보게 되었고, 가까이 다가가자 그녀가 젊고 예쁘다는 것을 알게 되었다. 그는 그녀에게 말을 건네면서 물었다. "이보시오, 나와 시종이 이 집에서 하룻밤 묵을 수 있겠소?

"네, 그러시지요. 좋으실 대로 하세요, 하지만 저는 그렇게 하시라고 권하고 싶진 않군요. 집안으로는 들어가지 않는 편이 나을 거에요." 처녀는 슬픈 어조로 말했다.

"왜 들어가지 않는 편이 낫죠?" 왕자가 물었다.

처녀는 한숨을 쉬며 대답했다. "제 계모는 마법을 쓸 줄 아는데, 그녀는 낯선 이들에게는 절대로 호의적이지가 않아요."

왕자는 자기가 마녀의 집에 오게 되었다는 것을 알았지만, 날이 어두워지고 더 이상 길을 갈 수도 없을뿐더러 무엇보다도 두려움을 몰랐던 그는 안으로 들어갔다.

그곳에서는 한 노파가 난로 근처의 안락의자에 앉아 있었는데, 낯선 이들이 들어가자 그녀는 붉은 눈으로 그들을 바라보았다. "어서 오슈, 이리 좀 와서 앉으시려우?" 그녀는 호의적인 어조로 중얼거리듯 말했다.

그녀는 난로에 바람을 일게 해 불꽃을 세게 한 후 작은 주전자를 올려 놓고 무언가를 요리했는데, 그녀의 딸은 노파가 주는 음식은 위험할 수가 있으니 아무것도 먹지 말라고 그들에게 몰래 귀띔해 주었다.

그들은 침대로 가서 다음 날 아침까지 곤하게 잤다. 떠날 채비를 갖추고 왕자가 말에 오르자 노파는 말했다. "잠깐만 기다리슈. 이별주를 한 잔 올리겠소." 그녀가 이별주를 가지러 간 사이에 왕자는 벌써 말을 타고 떠나갔고, 마녀가 돌아왔을 땐 말안장을 세게 조이려고 시종만 혼자 남아 있었다.

"이것을 주인께 가져다 주슈." 노파는 말했다. 그러나 그녀가 말을 하는 사이에 유리잔은 깨어지면서 뿜어져 나온 독이 말 위로 튀었다. 독은 너무나도 강했기 때문에 불쌍한 동물은 곧 쓰러져 죽게 되었다. 시종은 왕자에게 달려가 방금 전에 일어난 일을 알린 다음에, 안장을 잃고 싶지 않은 마음에서 가지러 다시 돌아왔다. 그가 돌아와보니 까마귀 한 마리가 사체 위에 앉아 뜯어 먹고 있었다. "오늘 이보다 나은 음식을 먹으리라는 보장은 없지 않은가!" 시종이 말했다. 그래서 그는 까마귀를 총으로 쏘아 죽인 후 그것을 가지고 길을 떠났다.

그들은 종착지를 찾지 못하고 온종일 말을 타고 숲을 가로질러 갔다. 해질녘에 그들은 한 여인숙에 이르게 되었는데, 그들이 그곳으로 들어가자 시종은 까마귀를 집주인에게 건네주면서 저녁거리로 만들어 달라고 하였다. 그런데 하필 그곳은 살인자들이 드나드는 소굴이었고, 전에 만났던 바로 그 늙은 마녀도 그곳을 자주 드나들었다.

밤이 되자 열두 명의 살인자들이 그곳을 찾아 왔는데, 그들은 낯선 이방인들을 죽이고 강도짓을 할 음모를 꾸몄다. 그러나 일을 벌이기 전에 집주인과 늙은 마녀와 함께 식탁에 앉아 까마귀의 살로 만든 수프를 얼마씩 나눠 먹었다. 그들은 몇 순갈 먹지 않아 곧바로 쓰러져 죽게 되었는데, 그것은 말에 있던 독이 까마귀에게 갔고 또 까마귀의 독은 그들이 먹은 수프에 들어갔기 때문이었다. 그래서 그 집에는 집주인의 딸을 제외하곤 아무도 남아 있지 않게 되었다. 그녀는 착하고 좋은 사람이었고, 사악한 음모엔 가담한 적이 없었다.

그녀는 방 안의 문을 모두 다 열고는 도둑들이 모아 둔 보물을 보여 주었다. 그러나 왕자는 보물에는 관심이 없었으므로 그녀에게 모두 갖게 하고 시종과 함께 떠났다.

한참 동안을 여행한 후 그들은 사랑스럽지만 거만한 공주가 살고 있는 나라에 다다르게 되었다. 그녀는 자기에게 수수께끼를 내어 그녀가 풀지 못하면 그를 신랑으로 맞을 것이며, 만약 풀게 된다면 목을 내놓아야 할 것이라고 선언했다. 그녀는 수수께끼를 푸는데 생각할 시간을 통상 사흘로 잡았지만, 상당히 영리했던 그녀는 그보다 짧은 시간 안에 모든 문제들을 풀 수 있었다. 왕자가 도착하기 전에 이미 아홉 명의 구혼자들이 목숨을 잃었지만, 그녀의 아름다움에 현혹된 그는 그녀를 차지하고픈 희망에서 기꺼이 자신의 생명을 걸었다.

그래서 그는 그녀에게 다가가 수수께끼를 내었다. "아무도 살해하지 않았지만 열두 명이 죽었다. 이것은 무엇입니까?" 그는 물었다.

그녀는 답을 생각해낼 수가 없었다. 그녀는 생각하고 또 생각하고 수수께끼와 퍼즐에 관한 모든 책들을 다시 한번 살펴보았지만, 도움이 될 만한 결정적인 단서를 찾지 못했고 답이 될 만한 것을 추측할 수도 없었다. 그야말로 그녀의 기지는 바닥이 났다. 아무리 해도 수수께끼를 풀 방법이 없자, 그녀는 시녀에게 밤에 몰래 왕자의 방으로 들어가 그가 하는 말을 듣도록 명령했다. 왜냐하면 그녀는 그가 꿈을 꾸면서 혹시 큰 소리로 수수께끼에 대한 비밀을 털어놓지나 않을까 하는 기대를 했기 때문이었다. 그러나 영리한 시종은 왕자의 자리에 대신 있다가 시녀가 들어오자 그녀가 두르고 있던 망토를 잡아 찢고는 매질을 하면서 쫓아버렸다.

둘째 날 밤 공주는 이번에는 성공하지 않을까 하는 바람에서 시중드는 여인을 또다시 보냈지만, 이번에도 시종은 그녀의 외투를 빼앗은 후 쫓아버렸다.

셋째 날 왕자는 안전을 확신한 후 잠자리에 들었다. 그러나 한밤중이

되자 공주는 안개처럼 잿빛의 망토로 온몸을 감싼 후 직접 들어와 그의 곁에 앉았다. 그녀는 그가 곤히 자고 있다는 확신을 한 후, 많은 사람들이 그러하듯이 꿈을 꾸면서 그가 혹시 수수께끼에 대한 답을 말하지 않을까 기대하면서 그에게 질문을 던졌다. 그러나 그는 내내 깨어 있었기 때문에 모든 말을 똑똑히 들으면서 이해할 수 있었다.

"어느 누구도 살해하지 않았다가 무슨 뜻이지요?" 그녀가 물었다. 그러자 그가 대답했다. "독이 있는 말의 사체를 먹은 까마귀를 말하지요."

그녀는 계속해서 질문했다. "그런데도 열두 명이 죽었다는 또 무슨 뜻이에요?" "그것은 그 까마귀를 먹고 죽은 열두 명의 살인자들을 말합니다."

그녀는 수수께끼에 대한 답을 구하자 곧바로 빠져 나가려 했다. 그러나 그는 그녀의 망토를 꽉 쥐었고 결국 그녀는 옷을 두고 나갈 수밖에 없었다.

다음날 아침 공주는 수수께끼에 대한 답을 구했다고 발표하면서 열두 명의 판정자들을 불러들였다. 그러나 젊은이는 자기 말을 들어줄 것을 간청하며 말했다. "그녀는 밤을 틈타 내게로 와서 질문을 했습니다. 그렇지 않았더라면, 그녀는 결코 답을 알지 못했을 것입니다."

판정자들은 말했다. "우리에게 증거물을 제시하시오." 그러자 시종은 세 벌의 망토를 가져왔는데, 그 속에서 판정자들은 공주가 즐겨 입는 잿빛 망토를 보고는 다음과 같이 말했다. "이 망토를 황금과 은으로 장식하시오. 그것은 혼례용 망토가 될 것입니다."

독일

그림 Grimm

고슴도치 잭 Jack My Hedgehog

옛날에 아주 편안하게 살고 있는 농부가 있었다. 그는 땅과 돈이 많아 상당히 부유했음에도 완전한 행복을 누리기엔 한 가지 부족한 점이 있었다. 그것은 바로 아이들이 없다는 것이었다. 그는 집에서 가까이에 있는 읍내시장에서 다른 농부들을 자주 만나게 되었는데, 그럴 때마다 그들은 어떻게 하면 아이가 없을 수 있느냐면서 그를 놀려대었다. 마침내 그는 너무도 화가 나서 다음과 같이 외쳤다. "난 고슴도치일망정 어떻게든 내 아이를 갖고야 말겠어."

이 일이 있고 난 후 얼마 되지 않아 아내는 아이를 낳았다. 그러나 아이는 아래 부분은 건강한 사내아이였지만 허리부터 얼굴까지는 고슴도치의 모습이었다. 그래서 엄마는 처음 아들의 모습을 보고는 크게 놀라서 남편에게 말했다. "이것 봐요. 당신이 결국 아이에게 저주를 내린 꼴이 되었군요." 그러자 농부가 말했다. "공연히 소란 피울 일이 뭐 있겠소? 내 생각에 그 아이는 곧 세례를 받아야 할 것 같소. 허나 아이의 후견인으로 누구에게 어떻게 부탁할 것이며, 또 그를 어떻게 불러야 할지가 걱정이오."

"고슴도치 잭이라고 부르는 수밖에요." 아내가 대답했다.

그래서 부부는 아이의 세례를 받기 위해 그를 교회로 데려갔고, 그를 본 교구목사는 다음과 같이 말했다. "그 앤 뾰족한 가시 때문에 일반적인 침대엔 눕히지 못할 것 같소." 그것은 사실이었고, 그들은 그를 위해 난로

뒤에다가 짚을 깔아놓았으며, 그곳에서 그는 잠을 자면서 8년을 보냈다. 농부는 그를 키우는데 매우 지치게 되어 종종 그가 죽기를 바라기도 했지만, 그는 죽지 않았고 한해 한해가 지나감에도 그곳에서 누운 채 잘 지내고 있었다.

그런데 어느 날 읍내에서 큰 장이 열렸는데, 장을 보러가면서 아내에게 필요한 것이 있는지를 물었다. "고기 약간과 큰 빵 두덩어리를 사다줘요." 그녀가 말했다. 그 다음 그는 하녀에게 원하는 것이 있는지를 물었고, 그녀는 슬리퍼와 긴 양말이 필요하다고 대답했다. 마지막으로 그는 아들에게 물었다. "자, 나의 고슴도치 잭아, 아빠가 무엇을 사다줄까?"

"아빠, 백파이프를 사다주세요." 그가 말했다. 농부가 집에 돌아왔을 때, 그는 아내와 하녀들이 원하는 것을 각각 주었다. 그런 다음 난로 뒤로 가서 고슴도치 잭에게 백파이프를 주었다.

잭은 백파이프를 받자 아빠에게 말했다. "아빠, 대장간에 가서 수탉이 신을 수 있는 신발을 만들어다 주세요. 그러면 난 말을 타고 떠나 더이상 아빠를 귀찮게 하지 않을 게요." 그를 멀리 떠나보낼 생각에 흥이 난 아버지는 수탉의 신발을 한 켤레 주문했다. 신발이 완성되자 고슴도치 잭은 수탉의 등에 올라타고 숲을 향해 출발했는데, 그 뒤로는 그에게서 돌보아 주겠다는 약속을 받은 돼지와 당나귀들이 행렬을 이루며 따라가게 되었다.

인근 숲에 이르게 되자 그는 수탉에게 자기를 태우고 큰 나무꼭대기로 날아오르게 한 다음, 그곳에 자리를 잡고 앉아 돼지와 당나귀를 돌보며 그들이 큰 무리가 되기 전까지 몇 년을 더 보내게 되었다. 그러나 그 기간에 일어난 일에 대해선 농부는 아무것도 몰랐다.

그는 나무 위에 앉아서 파이프 연주로 아름다운 선율을 뽑아내었다. 어느 날 그가 연주를 하고 있을 때, 길을 잃은 왕이 그곳을 지나가다가 그 소리를 듣고는 깜짝 놀라면서 신하를 한 명 보내 소리의 진원지를 찾도록 시켰다. 신하는 주변을 살펴보았지만 등이 고슴도치처럼 생긴 사람이 타고 있는 수탉이 나무 위에 앉아 있는 모습만이 보일 뿐이었다. 왕은 신하에게 그 이상한 사람에게 왜 그곳에 앉아 있는지, 또 그가 자신에게 왕국으로 돌아가는 지름길을 알려줄 수 있는지를 물어보도록 했다.

그 질문을 받자 고슴도치 잭은 나무에서 내려와 만약 왕이 집으로 돌아가서 처음으로 만나는 것을 자기에게 준다는 약속을 문서로 작성해 준다면, 돌아가는 길을 알려주겠다고 말했다.

그러자 왕은 펜과 잉크를 가져다가 무언가를 썼고, 그것을 건네주자 고슴도치 잭은 왕이 안전하게 집으로 돌아갈 수 있는 길을 알려주었다.

공주는 아버지가 저 멀리서 오는 모습을 보고는 너무도 기쁜 나머지 그에게 뛰어가 와락 품에 안겼다. 그러자 왕은 고슴도치 잭을 기억하고는, 자기가 왕국으로 돌아오는 길을 알려준 이상하게 생긴 녀석에게 집에 도착해서 가장 먼저 본 것을 주겠다는 서약서를 써주게 된 경위를 딸에게 말했다. 그의 말에 따르면, 그 녀석은 마치 수탉을 말인 양 타고 있으면서 아름다운 음악을 연주했지만, 녀석이 글을 읽을 줄은 모르는 것 같아 서약서엔 실제로 아무것도 주지 않을 것이라고 써주었다는 것이었다. 그 말을 듣자 공주는 몹시 즐거워하며 자기를 고슴도치 잭에게 가도록 하는 어떤 계약도 체결하지 않은 것은 뛰어난 전략이라고 아버지에게 말했다.

한편 잭은 당나귀와 돼지치기에 열중하며 나무 위에 앉아 백파이프를 연주하면서 매일매일을 즐겁고 명랑하게 생활했다. 얼마간 시간이 지났을 때, 길을 잃은 또 다른 왕이 신하들과 호위대를 거느리고 넓은 숲에서 어떻게 하면 돌아가는 길을 찾을 수 있을까를 생각하면서 그곳을 지나가게 되었다. 그도 역시 연주소리를 듣게 되자 신하 중 한 사람을 보내 진원지를 찾도록 했다. 신하는 나무 아래로 와서 꼭대기에서 수탉을 타고 다리를 가로지르고 앉아 있는 고슴도치 잭을 올려다보았다.

신하는 잭에게 그 위에서 무엇을 하고 있느냐고 물었다. "난 돼지와 당나귀들을 돌보고 있는 중입니다. 그런데 무슨 일이시죠?" 그는 말했다. 그러자 그는 자신들은 길을 잃었다고 말하면서 돌아가는 길을 알려줄 사람을 찾고 있다고 대답했다. 잭은 수탉을 타고 아래로 내려와서는 나이 든 왕에게 궁전에 도착해서 첫 번째로 보는 것을 자기에게 준다는 서약을 엄숙히만 한다면 가는 길을 알려 주겠노라고 말했다.

왕은 "약속을 하겠다." 고 말하면서 그에게 그 같은 내용의 서약서를 써 주었다.

그러자 잭은 수탉을 타고 앞서 가면서 그에게 길을 안내해 주었고, 왕은 안전하게 자기 나라에 도착할 수 있었다.

그런데 그에게는 무척 아름다운 딸이 한 명 있었는데, 그녀는 아버지가 돌아오는 것을 보고 너무 기쁜 나머지 한걸음에 뛰어가서 그의 품에 안겼다. 그녀가 아버지에게 어디를 그렇게 오랫동안 다니셨느냐고 묻자, 그는 딸에게 길을 잃게 된 상황을 설명하면서 수탉을 타고 나무 위에 앉아 멋진 연주를 하던 기이한 고슴도치 인간이 길을 알려주지 않았다면 돌아오지 못했을 것이라는 말도 덧붙여 주었다. 그는 자기가 성문에 도착했을 때 처음으로 본 것을 그에게 주기로 하는 약속을 할 수밖에 없었고, 그 때문에 자기는 그녀가 자기를 맞으러 나온 첫 번째 사람이라는 것을 생각하자 마음이 너무 슬프다는 점도 말해주었다.

그러나 공주는 오히려 그를 위로하면서, 자기에게 가장 큰 사랑의 대상은 바로 아버지이기 때문에 자기는 언제라도 고슴도치 잭이 데리러 온다면 기꺼이 그를 따라갈 것이라고 말했다.

고슴도치 잭은 계속해서 돼지들을 돌보았는데, 점점 수가 불어나 결국은 숲 전체가 돼지들로 가득하게 되었다. 그래서 그는 숲에서 내려가기로 결심을 하고 아버지에게 전갈을 보내어 마을에 있는 모든 외양간과 헛간을 비우도록 요구하면서, 자기는 곧 엄청난 수의 돼지들을 몰고 갈 테니 마을사람들이 원하면 몇 마리든 상관없이 잡아도 된다고 말했다. 잭이 오래전에 죽었을 것이라고 확신하고 있던 아버지는 그 소식을 듣자 몹시 혼란스러웠다. 고슴도치 잭은 수탉을 타고 돼지를 몰면서 마을로 들어왔다. 그는 마을사람들에게 원하는 만큼의 돼지를 잡도록 허락했으며, 그렇게 해서 마련한 고기는 몇 킬로미터 밖에 있는 마을사람들에게까지 나눠주게 되었다.

얼마 후 잭은 아버지에게 말했다. "아빠, 대장장이에게 수탉의 신발을 한 번 더 만들어 달라고 해주세요. 그러면 전 그것을 타고 갈게요. 그리고 제가 살아 있는 동안엔 두 번 다시 집에 돌아오지 않겠다고 약속할 게요."

그래서 아버지는 아들을 제거할 수 있다는 생각에 기꺼이 수탉의 신발을 주문해 주었다.

그러자 고슴도치 잭은 첫 번째 왕국을 향해 길을 떠났는데, 그곳에서 왕은 누구든지 수탉을 타고 백파이프를 걸머지고 나타나는 자가 있으면 그를 추격하여 총으로 쏘고 어떤 경우라도 궁전으로 들어오는 것을 막으라는 명령을 내렸다. 그래서 고슴도치 잭이 수탉을 타고 들어오자 경비병들은 그에게 총을 쏘았다. 하지만 그는 수탉에게 박차를 가해 왕이 거처하는 방에 있는 오른쪽 창문으로 날아올라 문지방에 자리를 잡았다. 그리고 그는 왕이 약속한 것을 주지 않는다면 그와 공주는 자신들의 생명을 걸어야 할 것이라고 큰 소리로 외쳤다. 그러자 왕은 잭을 따라가도록 자기 딸을 구슬리며 자신의 생명만은 지키려 했다.

공주는 온통 흰색으로 옷을 입었고, 아버지는 그녀에게 여섯 마리의 말이 끄는 마차와 화려한 정복을 입은 하인들과 상당량의 돈을 주었다. 그녀가 마차에 오르자 고슴도치 잭은 수탉과 백파이프를 들고 그녀 옆에 자리를 잡고 앉았다. 그들은 함께 길을 떠났는데, 왕은 그들을 더 이상 보지 않게 되기를 바랐다. 하지만 상황은 그가 바랐던 반대로 진행되어서 그들이 도심지에서 얼마쯤 갔을 때, 잭은 공주의 멋진 드레스를 찢어서 벗긴 후 자신의 몸에 난 가시로 그녀의 몸을 찌르면서 말했다. "이건 당신이 날 속인 대가요. 지금 당장 돌아가요. 당신과는 할 얘기가 더 이상 없소." 그 말을 마치고 그는 그녀를 집으로 쫓아버렸는데, 그 때문에 그녀는 죽을 때까지 수치스러운 굴욕감을 떨쳐버리지 못했다.

그러고 나서 고슴도치 잭은 백파이프를 메고 수탉에 올라탄 다음 자신이 길을 알려준 두 번째 왕이 다스리는 나라를 향해 가기 시작했다. 그런데 그 왕은 잭이 오는 경우엔, 경비병들은 받들어총을 해야 하며 국민들은 환호성을 질러서 그가 궁전에 들어올 때는 승리의 개선식을 치르듯 해야 한다는 명령을 내렸다.

공주는 고슴도치 잭을 보았을 때, 그의 독특한 외모 때문에 적지 않게 놀랐다. 하지만 결국 그녀는 이미 약속을 했기 때문에 어쩔 수 없다는 생각을 하게 되었다. 그래서 그녀는 잭을 반갑게 맞아들이고 곧바로 약혼을 했다. 그리고 저녁 식사를 하는 동안 그는 그녀 옆에 있는 왕실 탁자에 앉아 그녀와 함께 음식을 먹고 음료수를 마셨다.

식사 후 휴식시간이 되자 공주는 가시가 있는 잭이 혹 그녀에게 키스를 하려고 하지 않을까 걱정을 했다. 그러나 그는 공주는 어떤 해도 당하지 않을 것이므로 걱정할 필요가 조금도 없다고 말했다. 그런 다음 그는 나이 든 왕에게 자신의 침실 문 밖에 네 명의 경비병을 배치하고, 큰 불을 피워 놓도록 하라는 부탁을 했다. 그리고 덧붙여 말하기를 자기는 침대에서 잠

을 잘 때 고슴도치 가죽에서 빠져나와 침대 옆에 두는데, 그 순간 경비병들이 들이닥쳐 벗어놓은 가죽을 가져가 태우고 다 탈 때까지 그 자리에서 지키게 해달라고 말했다.

모든 일은 그가 말한 대로 일사천리로 진행되었다. 열한 시가 되자 고슴도치 잭은 자기 방으로 가서 가죽을 벗은 다음 침대 아래쪽에다 두었다. 그 순간 경비병들은 재빨리 들어와서 그것을 가져다가 불 속에 던졌다. 그러자 곧바로 잭은 마법에서 풀려났고 침대 옆엔 머리끝부터 발끝까지 온전히 사람인 남자가 서 있었다. 하지만 그는 마치 불에 그슬리기라도 한 것처럼 온몸이 온통 검은색이었다.

왕은 외과 의사를 불러들였다. 의사가 여러 가지 향료와 연고를 몸에 바르면서 물로 씻어내자, 그는 피부가 희고 아주 잘생긴 젊은이가 되었다. 공주는 그의 모습을 보자 크게 만족했고, 다음날 결혼식이 거행되었다. 결혼식이 끝나자 나이 든 왕은 고슴도치 잭에게 자신의 왕국을 물려주었다.

몇 년이 지난 다음 잭과 아내는 아버지를 방문했지만, 그는 아들을 알아보지 못하면서 자기에게는 아들이 없다고 선언했다. 그는 오래 전 아들이 있기는 했으나 고슴도치처럼 가시가 달린 채 태어났는데, 그마저도 이젠 더 넓은 세상으로 떠나버렸다고 말했다. 그러자 잭은 자신의 과거를 말했고, 늙은 아버지는 그 이야기를 듣자 기뻐하면서 아들의 왕국으로 따라가 그와 함께 행복하게 살았다.

독일

그림 Grimm

쌍둥이 황금빛 젊은이 The Golden Lads

어느 가난한 부부가 작은 오두막집에서 살았다. 그들은 집 가까이 있는 강에서 물고기를 잡으면서 살아가고 있었는데, 아무리 노력을 해도 하루 벌어 하루 먹고 사는 것이 고작이었다. 그러던 어느 날 어부가 그물을 끌어올렸을 때, 온몸이 황금색인 특이한 물고기를 발견했다. 그가 놀라서 멍하니 바라보고 있자, 물고기가 입을 열고 말했다. "어부님, 제발 제 말 좀 들어보세요. 만약 저를 물속에 다시 돌려보내 주신다면, 어부님의 초라한 작은 오두막집을 화려한 성으로 바꾸어 드릴 게요."

어부가 대답했다. "이봐, 먹을 것이 없는데 아무리 좋은 성이면 무슨 소용이 있어?"

"오, 그것도 염려하지 마세요. 성 안에는 찬장이 준비되어 있을 텐데, 그곳엔 어부님께서 좋아하는 모든 음식이 마련되어 있을 겁니다." 황금물고기가 말했다.

"그 말이 사실이라면, 네 제안을 거부할 이유가 없지." 어부는 말했다.

"현명한 결정입니다. 하지만 제 제안엔 한 가지 조건이 있어요. 그것은 어부님이 어디서 그러한 행운을 얻었는지 누구에게도 말씀하시면 안 된다는 겁니다. 그것을 말하는 순간 모든 행운이 곧바로 사라지게 될 테니까요." 물고기는 말했다.

어부는 물고기를 물에다 놓아주고 집으로 돌아왔다. 그리고 그는 옛날

오두막집이 있던 바로 그 자리에 엄청나게 큰 성이 들어서 있는 것을 발견하게 되었다. 그는 눈이 휘둥그레져서 집 안으로 들어갔는데, 그곳에는 화려한 옷을 입은 아내가 휘황찬란하게 치장된 거실에 앉아 있었다. 그녀는 너무도 흥분한 나머지 큰 소리로 외쳤다. "여보! 이게 대체 어찌된 일이에요? 이런 일이 다 생기다니요!"

"다행이요. 당신이 기쁘면 나 역시 그러하오. 허나 난 지금 배가 몹시 고프다오. 지금 당장 뭣 좀 먹어야겠소." 남편이 말했다.

그러자 아내가 말했다. "찬거리가 아무것도 없는데요. 더욱이 이 집에서는 뭐가 어디에 있는지조차 아무것도 모르겠어요."

"걱정하지 말아요. 저기에 큰 찬장이 있을 텐데, 그 안엔 뭔가가 있을 거요." 남편이 말했다.

찬장을 열자 그곳에는 고기, 빵, 과일, 포도주가 구미를 당길 만큼 화려하게 진열되어 있었다. 아내는 기뻐서 손뼉을 치며 큰 소리로 말했다. "아, 여보. 더 이상 무얼 바라겠어요?" 그들은 나란히 앉아 음식을 먹고 마셨다.

식사를 마치자 아내가 남편에게 물었다. "그런데 여보, 도대체 이것들은 다 어디서 난 것이죠?"

"아! 그것은 내게 묻지 마시오. 말할 수 없소. 누군가에게 비밀을 누설하는 순간, 모든 것이 끝장나고 말 거요." 남편이 말했다.

"알았어요. 내가 듣지 않아야 한다면 말이죠, 물론 난 그것에 관해 아무것도 알고 싶지 않아요." 그녀가 대답했다.

하지만 그녀는 알고 싶어 좀이 쑤셨다. 그녀는 호기심으로 날이 갈수록 점점 더 마음의 평정을 잃게 되었고 끈질기게 남편을 조르기 시작했다. 그녀의 성화를 못 이긴 어부는 결국 인내심을 잃고 자기들이 얻은 행운은 잡았다가 놓아준 황금물고기가 준 것이라는 사실을 밝히게 되었다. 그 말을 하자마자 성 같은 집과 찬장이 한순간에 사라져버렸고, 그들은 다시 작은 움막집에 앉아 있게 되었다.

어부는 이전에 하던 일로 돌아가 다시 물고기를 잡기 시작했다. 운이 좋게도 그는 그 황금물고기를 다시 잡았다.

"제 말 좀 들어보세요. 절 다시 물속에 풀어준다면, 가구 일체가 다 갖춰진 큰 성과 찬장을 돌려 드릴게요. 하지만 명심해야 됩니다. 부인에게도 그것이 어디서 났는지 말하시면 안 돼요. 그렇지 않으면 이번에도 모든 걸 잃게 될 겁니다." 물고기가 말했다.

"명심할게." 어부는 약속하면서 물고기를 다시 놓아 주었다. 그가 집에 도착했을 때, 그는 이전의 온갖 화려한 것들이 복구되어 있음은 물론 아내 또한 굴러들어온 행운에 기뻐하고 있는 것을 보았다. 하지만 그녀의 호기심은 여전히 그녀를 편안히 있지 못하게 했다. 그녀는 며칠 동안은 애써 참으며 지냈지만, 결국 무슨 일이 있었고 또 어떻게 해서 그것들을 되찾을 수 있었는지 다시 묻게 되었다.

어부는 얼마동안 침묵으로 일관했지만, 그녀가 집요하게 캐묻자 어쩔 수 없이 그 비밀을 실토했다. 그 순간 성은 온데간데없이 사라졌고, 그들은 다시 한 번 누추한 낡은 오두막집에 앉아 있게 되었다.

"이것 봐요! 당신은 대답을 들었지만, 이제 우린 이전처럼 빈곤하게 지내야 되오." 남편은 소리를 질렀다.

"참내! 그것들이 어떻게 해서 생겨나게 되었는지를 몰라 한순간도 편안하지 않다면, 차라리 그 같은 행운은 누리지 않는 편이 더 나아요." 아내가 말했다.

어부는 고기 잡는 일을 다시 시작했는데, 어느 날 황금물고기가 세 번째로 걸려들게 되었다. "이런, 난 어쩔 수 없이 어부님의 손을 벗어날 수가 없는 운명인가 봅니다. 날 집으로 가져가서 여섯 토막을 내세요. 그 중 두 토막은 부인께 먹으라고 주고, 두 토막은 말에게 주고, 나머지 두 토막은 정원에다 심으세요. 그러면 행운이 찾아올 겁니다." 물고기는 말했다.

어부는 물고기를 집으로 가져와서 들은 대로 했다. 얼마간 시간이 지나자, 그가 정원에 심은 두 토막의 고기가 있던 자리에서 두 개의 황금빛 백합이 자라났고, 말은 두 마리의 황금빛 망아지를 낳았다. 그리고 아내 또한 피부가 황금빛인 쌍둥이 아들을 낳게 되었다.

그 아이들은 둘 다 키 크고 멋진 남자로 성장했고, 그와 더불어 망아지와 백합도 함께 성장했다.

어느 날 아이들은 아버지에게 와서 말했다. "아버지, 우리는 황금빛 말을 타고 세상을 둘러보고 싶어요."

그러자 아버지는 슬프게 말했다. "너희들이 멀리 떠나 소식이 없으면, 난 어떻게 견뎌야 하지?" 그러자 그들이 말했다. "황금빛 백합을 보시면 그 꽃이 아버지께 저희들 소식을 알려줄 거예요. 만약 꽃들이 축 시들게 되면 우리가 아프다는 증거이고, 잎이 떨어져 죽게 되면 우리가 죽었다는 증거일 거예요."

그렇게 말하고 그들은 말을 타고 길을 떠났다. 그들은 사람들이 몰려

있는 여인숙에 오게 되었는데, 사람들은 황금젊은이들을 보자 웃음을 터뜨리며 비웃기 시작했다. 형은 그들의 비웃음을 듣고 실의에 차서 세상구경을 포기하고 말을 돌려 아버지가 있는 고향으로 돌아왔다. 그러나 동생은 계속 말을 달려 거대한 숲의 가장자리까지 왔다. 이곳에서 그는 사람들로부터 다음과 같은 이야기를 들었다. "넌 결코 숲을 통과하지 못해. 그 숲은 도둑들이 우글거리는 곳이기 때문에, 넌 틀림없이 슬픈 운명을 맞게 될 거야. 무엇보다도 너와 네가 타고 있는 말이 황금인 것을 알면, 그들은 틀림없이 너희들을 공격할 거야." "그렇다고 해도, 난 반드시 말을 타고 그곳을 지나갈 것이오." 그는 겁먹지 않고 말했다.

그런 다음 그는 약간의 곰 가죽을 구해서 자신과 말에 둘러 황금이 전혀 보이지 않도록 하고는 용감하게 말을 몰아 숲의 한가운데로 나아갔다.

얼마쯤 갔을 때 그는 관목 숲에서 부스럭거리는 소리를 듣게 되었는데 가까이 다가가자 사람의 소리도 들렸다. 한쪽 숲에서 누군가가 속삭이는 소리였다. "저기 누가 지나가는데."라는 소리가 들리자 다른 누군가가 그 말을 받으며 대답했다. "그는 교회의 생쥐만큼이나 가진 것이 없는 곰 사육자에 지나지 않아." 그렇게 해서 황금빛 젊은이는 숲을 통과해 가면서도 아무런 해도 입지 않았다.

어느 날 그는 어느 마을에 오게 되었는데, 그곳에서 그는 세상에서 가장 예쁠 것 같은 아가씨를 보게 되었다. 그는 그녀에게 사랑을 느끼고 가까이 다가가 말을 건넸다. "당신을 진심으로 사랑합니다. 저와 결혼해 주시겠습니까?" 그러자 그녀도 그를 많이 좋아하게 되었고, 결국 그의 청혼을 받아들이면서 대답했다. "그래요, 기꺼이 당신의 아내가 되겠어요. 그리고 내가 살아있는 한 당신에게 충실하겠어요."

그렇게 해서 그들은 결혼을 하게 되었는데, 축하연이 열리고 모든 사람들이 기뻐하는 와중에 집으로 돌아온 신부의 아버지는 딸의 축하연을 보자 적지 않게 놀랐다. 그는 성급히 사람들에게 물었다. "그런데 도대체 신랑이 누구요?"

그러자 누군가가 그에게 여전히 곰 가죽으로 몸을 감싸고 있는 황금빛 젊은이를 가리켰다. 그 모습을 보고 아버지는 화가 나서 소리쳤다. "곰 사육자 녀석에게 내 딸을 줄 수 없어."라고 외치면서 그는 젊은이를 죽이려고 덤벼들었다. 그러자 신부는 아버지를 진정시키며 간절하게 말하였다. "어쨌든 그는 이제 저의 남편이에요. 그리고 저도 그를 진심으로 사랑하고 있고요." 그러자 결국 아버지도 그 사실을 받아들이는 수밖에 없었다.

그러나 그는 계속해서 사위의 정체가 궁금했다. 그래서 다음날 아침 그는 딸아이의 남편이 정말로 누더기를 입고 있는 거지에 불과한지를 직접 확인하기 위해 일찍 일어났다. 그는 사위의 방으로 갔는데, 그곳에는 황금빛의 눈부신 젊은이가 누워 있었고, 옆에는 거친 사슴가죽이 벗겨져 있었다. 그것을 보고 살며시 빠져나오며 그는 혼잣말을 했다. "화를 참은 것이 얼마나 잘 한 일인가! 큰 잘못을 저지를 뻔했구나!"

한편 황금빛 젊은이는 사냥을 나가 고고한 수사슴을 쫓아가는 꿈을 꾸었다. 잠에서 깨어난 그는 신부에게 말했다. "집을 떠나 사냥을 해야 할 것 같소." 그녀는 걱정이 많이 되어 그냥 집에 머물러 있으라고 간청하며 말했다. "불운이 닥칠지도 몰라요." 그러나 그는 대답했다. "난 가야 하고, 반드시 갈 것이오."

그렇게 말하고 그는 집을 떠나 숲으로 향했다. 그리고 얼마 안 있어 꿈속에서 본 것과 같은 멋진 수사슴이 그의 앞에 나타났다. 그가 총을 겨누고 방아쇠를 당기려는 찰나 수사슴은 펄쩍펄쩍 뛰며 달아났다. 그러자 그는 잡목 숲과 들장미 넝쿨을 지나 수사슴을 쫓기 시작했고 하루 종일 달리기를 멈추지 않았다. 하지만 저녁이 되자 수사슴은 완전히 사라져버렸고, 그는 녀석을 찾아 주변을 살피다가 맞은편에-있는 마녀의 오두막집을 발견하게 되었다. 그가 문을 두드리자 작은 노파는 문을 열어주면서 물었다. "이 깊은 숲속에서 이렇게 늦은 시간에 웬일이유?"

"혹 주변에서 수사슴을 본 적이 있나요?" 그는 물었다.

"봤지. 수사슴에 대해선 잘 알고 있지." 그녀는 대답했다. 그런데 그녀가 이렇게 말하는 사이 작은 강아지 한 마리가 집 밖으로 뛰어나오면서 컹컹 짖으며 달려들었다.

"조용히 해, 이 녀석아. 그렇지 않으면 널 총으로 쏴 죽이겠어." 그는 소리쳤다.

그러자 마녀는 갑자기 화를 내며 비명을 지르듯 큰 소리로 말했다. "뭐라고! 네 놈이 내 강아지를 죽이겠다고?" 그 순간 그는 돌로 변해 꼼짝하지 못하고 그 자리에 눕게 되었다. 그러는 동안 신부는 그를 기다렸지만 돌아오지 않자 마음속으로 생각했다. '이를 어째! 결국 그이에게 그 동안 내 마음을 무겁게 짓누르던 사악한 재앙이 내렸구나.'

한편, 그의 형은 집에서 백합을 보고 있었는데, 그 때 갑자기 꽃 한 송이가 시들해지면서 땅 위로 떨어졌다. "이를 어쩌나! 동생에게 불운이 닥쳤구나. 지금 곧바로 떠나야겠다. 어쩌면 그를 구할 시간이 있을지 몰라." 하고 그는 소리쳤다.

아버지는 그에게 간청했다. "제발 집을 떠나지 마라. 너까지 잃는다면, 내가 어떻게 살아갈 수 있겠니?"

그러나 아들은 대답했다. "전 가야 하고, 반드시 가겠어요."

그래서 그는 황금빛 말을 타고 동생이 돌로 변해 누워 있는 숲까지 왔다. 늙은 마녀는 그에게도 쉽게 마법을 걸을 수 있다고 생각하고는 집밖으로 나와 그를 불렀다. 하지만 그는 가까지 접근하지 않으려고 주의하면서 큰 소리로 말했다. "내 동생을 지금 당장 살려 놓아라, 그렇지 않으면 이 자리에서 너를 쏘아 죽이겠다."

그녀는 마지못해 손가락으로 돌을 만졌는데, 그 순간 돌은 다시 사람의 모습으로 돌아왔다. 그들은 기쁨에 겨워 서로 끌어안고 입맞춤을 나눈 후에 함께 말을 타고 숲의 가장자리로 빠져나왔다. 거기서 그들은 헤어졌는데, 한 사람은 아버지가 있는 쪽으로, 그리고 나머지 한 사람은 신부가 있는 쪽으로 향했다.

형이 집으로 돌아오자 아버지는 말했다. "네가 동생을 구한 것은 아미 알고 있다. 한 순간에 황금빛 백합이 생기를 되찾고는 꽃을 활짝 피우더구나."

그 후 그들은 죽을 때까지 행복하게 살았고, 사는 동안 모든 일은 순조로웠다.

독일

그림 Grimm

하얀 뱀 The White Snake

그리 멀리 않은 옛날에 지혜가 뛰어나다는 명성이 아주 멀리까지 퍼져 있는 왕이 살았다. 그가 모르는 것은 없는 듯했고, 실제로 가장 은밀한 일들조차도 그에겐 바람이 알려주는 것 같았다. 그런데 그에게는 한 가지 독특한 습관이 있었다. 매일 저녁식사가 끝나고, 모든 사람들이 물러나면 믿을 만한 시종이 접시를 들고 왔다. 접시는 뚜껑으로 덮여 있었는데, 왕은 혼자 남을 때까지는 뚜껑을 열거나 먹지 않았기 때문에, 시종을 비롯한 어느 누구도 접시 위에 무엇이 있는지를 알지 못했다.

이런 일은 한동안 계속되었는데, 그러던 어느 날 접시를 치우던 시종은 호기심에 사로잡혀 그 접시를 자기 방으로 가져갔다. 주의 깊게 문을 잠근 후 뚜껑을 열었을 때, 그는 접시 위에 흰 뱀 한 마리가 놓여 있는 것을 보았다. 그것을 보자 그는 먹고 싶은 욕망을 누를 길이 없어 작게 잘라서 입안으로 넣었다.

뱀을 맛보는 순간 그는 창문 밖에서 나는 이상한 속삭임의 소리를 들을 수 있었다. 그가 여닫이창으로 가서 귀를 기울이자 참새들이 내는 소리임을 알게 되었다. 참새들은 들판과 숲 속에서 자신들이 본 것에 관해 서로서로 이야기하면서 정보를 교환하고 있었다. 그가 먹은 흰 뱀 때문에 그는 동물들의 언어를 이해할 수 있게 된 것이었다.

바로 이 특별한 날에 왕비는 좋아하는 반지를 잃어버리게 되었는데, 그

녀는 궁전 곳곳을 다 돌아다닐 수 있는 충직한 시종을 의심했다. 왕은 그를 불러서 만약 그가 다음 날까지 도둑을 찾지 못하면, 그를 도둑으로 간주하여 처벌을 받게 할 것이라고 화를 내며 위협했다.

그가 아무리 무죄를 주장해도 소용없었다. 직위를 박탈당할지도 모르는 불안과 걱정에 휩싸인 그는 이 곤경에서 할 수 있는 일이 무엇일까를 고심하면서 넓은 뜰까지 나오게 되었다. 그곳에 있는 작은 개울가엔 한 떼의 오리들이 쉬고 있었는데, 그들은 부리로 깃털을 고르면서 마치 동화처럼 대화를 하고 있었다. 시종은 조용히 서서 그들이 하는 이야기를 엿들었다. 그들은 아침나절 어기적거리며 걸어 다닌 곳과 맛있는 먹이를 찾을 수 있는 장소에 대해 말하고 있었는데, 그 때 갑자기 그들 중 한 마리가 다소 침울하게 이야기를 꺼냈다. "지금 내 위엔 묵직한 것이 들어 있어. 서둘러 먹이를 먹다 왕비의 창문 바로 아래에 떨어져 있던 반지를 삼키고 말았지 뭐야."

시종은 그 말을 듣자마자 오리의 목을 잡고 부엌으로 가져가서 요리사에게 말했다. "이 오리를 잡을 때가 된 것 같지 않나? 통통하고 맛있을 것 같은데."

"예, 그런 것 같군요." 요리사는 손으로 오리의 무게를 가늠하면서 말했다. "뱃속을 채우는데 수고를 아끼지 않은 것을 보면, 마치 언젠가 쇠꼬챙이에 찔려 구워지기만을 기다린 것 같아요." 그렇게 말하고 요리사는 오리의 목을 잘랐다. 그리고 오리의 배를 갈랐을 때, 그 안에서 왕비의 반지가 나왔다.

시종은 자신의 결백을 쉽게 증명할 수 있었다. 왕은 그에게 부당한 의심을 한 것 같아 보상을 해주어야겠다고 생각했다. 왕은 그에게 바라는 게 있으면 무엇이든 요구하라고 하면서, 만약 그가 원하기만 하다면 궁정에서 가장 높은 직위까지도 주겠다고 약속했다.

그러나 시종은 모든 제의를 거부하면서, 세상을 알고 싶은 평소의 바람대로 여행에 필요한 한 필의 말과 약간의 경비만을 요청했다.

요청은 받아들여지고, 그는 여행길에 오르게 되었는데 가는 도중에 커다란 연못을 지나치게 되었다. 그런데 그는 연못의 가장자리에서 물고기 세 마리가 갈대 사이에 얽혀 헐떡이고 있는 것을 보게 되었다. 대개는 물고기가 말을 하지 못할 것이라고 여겨지지만, 그는 비참하게 죽어가는 자신들의 신세를 한탄하는 물고기들의 소리를 들을 수 있었다. 그는 친절한 마음을 갖고 있었기 때문에 말에서 내려 묶여있는 물고기들을 풀어주고는 다시 물속으로 돌려보냈다. 그들은 기쁨으로 퍼덕거리다 머리를 물 밖으로 내밀면서 큰 소리로 말했다. "우리를 구해준 것을 기억했다가 보답할 거예요."

그는 말을 타고 계속 갔는데, 얼마 후 그는 발아래 모래 속에서 무슨 소린가를 듣게 되었다. 그는 멈춰서 귀를 기울였고, 개미들의 왕이 불평하는 소리를 들었다. “분별없는 말을 탄 사람이 우리를 피해가길! 멍한 말이 거대한 말굽으로 우리 백성을 짓밟아 죽이고 있어.” 시종은 즉시 옆길로 접어들었는데, 개미 왕이 뒤에서 소리쳤다. “이 일을 기억할 거요. 보답도 할 것이오!”

그가 가는 길은 숲으로 이어져 있었는데, 그곳에서 그는 아빠 까마귀와 엄마 까마귀가 둥지 옆에 서서 어린 새끼들을 밀쳐내는 광경을 보게 되었다. “나가란 말이야, 이 녀석들아! 우린 더 이상 양식을 댈 수 없어. 너희들은 이제 혼자서도 먹이를 잡을 만큼 컸잖아.” 그들은 소리쳤다. 어린 새끼들은 땅바닥에서 날개를 퍼덕이며 날개를 치면서 비명을 질렀다. “우린 아직 무기력한 애들인데, 어떻게 먹이를 잡는다는 거예요! 아직 날 수도 없는데, 우리보고 굶어 죽으라는 거예요?” 친절한 젊은이는 말에서 내려 칼을 빼어 말을 죽이고는 그것을 어린 까마귀들의 양식으로 두고 떠났다. 그들은 깡충깡충 뛰면서 허기를 채우고는 기쁨에 겨워 말했다. “오늘 일을 기억하고 있겠어요. 언젠가 보답해 드리겠어요.”

그는 이제 걸어가야만 했는데, 한참을 걷다보니까 큰 도시에 도착하게

되었다. 그곳에서 그는 떼를 지어 소란스럽게 웅성거리는 사람들에게 말을 탄 전령이 포고하는 소리를 듣게 되었다. "왕의 따님이 남편감을 찾고 있소. 누구나가 청혼을 할 수는 있지만, 먼저 어려운 과제를 수행해야 하오. 만약 그 일을 수행하지 못한다면, 그 누구라도 생명을 바쳐야 할 것이오." 많은 사람들이 생명을 걸었지만, 모두 허사였다. 젊은이가 공주를 보았을 때, 그는 그녀의 아름다움에 현혹되어 생명이 위험하다는 사실은 까맣게 잊고 왕 앞에 나아가 자신이 청혼자가 되겠다는 공언을 하게 되었다.

그 말을 하자마자 그는 곧바로 커다란 호숫가로 안내되었는데, 그의 눈앞에서 황금반지가 물속에 던져졌다. 왕은 그가 물속에 뛰어들어 반지를 찾길 바랐다. 그러면서 그는 다음과 같이 말했다. "만약 네가 반지를 찾아오지 못한다면, 넌 빠져 죽을 때까지 깊은 곳으로 계속 들어가게 될 것이다."

사람들은 모두 그 젊은이에 대해 안타까움을 표하면서 그를 물가에 두고 떠났다. 그곳에 그는 우두커니 서서 어떻게 할까를 고심하고 있을 때, 갑자기 세 마리의 물고기가 헤엄쳐 오는 것을 보고는 그들이 자기가 생명을 구해준 바로 그 물고기들임을 알아보았다. 중간 크기의 물고기는 입에 홍합을 하나 물고 와서 그것을 그의 발밑에 내려놓았는데, 그가 그것을 집어 열자 그 안에는 황금반지가 있었다.

너무도 기쁜 그는 약속한 대가를 받길 기대하면서 공주에게 반지를 갖다 주었다. 그러나 거만한 공주는 태생이 자기와는 다르다 하여 그를 무시하면서, 두 번째 과제를 수행할 것을 요구했다.

그녀는 정원으로 가서 기장 열 자루를 손으로 직접 풀밭에 흩뿌려 놓았다. "내일 아침 해가 뜨기 전까지 그것들을 모두 다시 담아야 해요. 한 톨도 버려서는 안 돼요." 그녀는 말했다.

젊은이는 정원에 앉아 자기가 그런 임무를 수행한다는 것이 가능할까를 고심했지만, 아무리 해도 불가능할 것만 같았다. 그래서 그는 그곳에 앉아 동이 트면 맞이할 자신의 죽음을 비통한 심정으로 기다리고 있었다.

그러나 떠오르는 태양의 첫 번째 빛이 정원을 비추었을 때, 그는 열 개의 자루가 한 톨의 소실도 없이 완전하게 가득 채워져 일렬로 정렬되어 있는 모습을 보게 되었다. 개미 왕과 그를 따르는 수많은 개미들이 모여들었고, 그 개미들은 밤새 모든 기장을 부지런히 그러모아 그것들을 모두 자루에 담아둔 것이었다.

공주는 몸소 정원으로 나와 구혼자가 자기가 준 과제를 성취한 것을 보고는 크게 놀랐다. 그러나 그녀는 아직까지도 거만한 마음을 누그러뜨릴 수가 없어 다음과 같이 말했다. "비록 그가 두 개의 과제를 완성했을지라도, 생명나무에서 황금사과를 따서 가져다주지 못한다면, 그는 내 남편이 될 수 없어요."

젊은이는 생명나무가 어디에서 자라는지조차 몰랐지만, 그래도 길을 떠났다. 그는 비록 그 나무를 찾을 수 없을지라도 갈 수 있는 데까지는 가서 찾아보기로 결심했다.

세 개의 다른 왕국을 거쳐 여행을 한 후 어느 날 밤 그는 어떤 나무가 있는 곳으로 오게 되었는데, 그곳에서 그날 밤 잠잘 생각을 하고는 나무 아래에 누웠다. 그 때 갑자기 그는 나뭇가지에서 나는 소리를 듣게 되었는데, 그 순간 그의 손으로 황금사과가 떨어졌다. 그와 동시에 세 마리의 까마귀들이 그에게 날아와 그의 무릎에 내려앉은 후 말했다. "우린 당신이 굶주리는 것을 면하게 해준 바로 그 새끼 까마귀들이에요. 우리는 잘 성장하게 되었고, 당신이 황금사과를 찾아 헤맨다는 소문을 듣게 되었어요. 그래서 우리는 바다를 몇 개 건너 결국 세상에서 가장 외진 곳에서 사라고 있는 생명나무를 찾게 되었고 당신에게 줄 과일도 딸 수가 있었어요."

젊은이는 기쁨에 넘쳐 왔던 길을 되돌아가 사랑스런 공주에게 황금사과를 건네주었다. 그러자 이번에는 그녀도 더 이상 결혼식을 반대하지 않았다. 그들은 생명의 사과를 반으로 잘라 함께 그것을 먹었다. 그러자 그녀의 마음은 그에 대한 사랑으로 가득 차게 되었다. 그래서 그들은 더할 나위 없이 행복하게 오랫동안 살았다.

독일

그림 Grimm

영리한 재봉사 이야기 The Story of a Clever Tailor

옛날에 아주 거만한 공주가 살았다. 그녀는 구혼자가 청혼하면, 그에게 수수께끼나 아주 어려운 문제를 내서 그가 맞히지 못하면 그를 비웃거나 조롱해서 도시 밖으로 쫓아버리곤 했다. 그녀는 누구라도 자신의 재능을 시험해 볼 수 있다는 점과, 또 그녀가 낸 수수께끼를 풀 경우엔 누구라도 자신의 남편이 될 수 있다는 점을 공공연하게 선언했다.

그런데 세 명의 재봉사가 같은 목적으로 우연히 만나게 되었는데, 나이 든 두 명은 그동안 수없이 많은 바느질을 하면서도 한 번의 실수도 없이 훌륭하게 수행했기 때문에 이번 문제도 잘 풀 수 있으리라 생각했다. 세 번째 재봉사는 게으르고 어린 녀석으로 자기에게 맡겨진 일조차 제대로 못했지만, 이번에는 어쩐지 행운이 자기편이 되어줄 것만 같았고, "만약 이번에 행운을 잡지 못한다면 앞으로 자기는 어떤 사람이 될 것인가?"라고 그는 생각했다.

나머지 두 명은 그에게 말했다. "넌 집이나 지키고 있어. 너의 그 형편없는 머리로는 결코 성공할 수 없을 테니까." 그러나 어린 재봉사는 조금도 주눅 들지 않고 자기는 이미 마음을 정했으며 자기 일은 자기가 알아서 할 것이라고 말한 후 온 세상이 자기 것인 양 의기양양하게 길을 떠났다.

세 명의 재봉사는 궁정에 도착해서 공주에게 격식을 갖춰 자신들을 소개하면서 수수께끼를 내달라는 요청과 함께 다음과 같이 말했다. "저희는 가지고 다니는 바늘에 실을 정확히 뀔 수 있을 만큼 예리하고 훌륭한 재기를 갖추었기 때문에 문제를 푸는데 매우 적합한 사람들입니다."

그러자 공주가 말했다. "난 머리카락이 두 가지 색깔이오. 그 색이 무엇인지 말해보시오."

"머리카락의 색깔은, 희고 검은 점이 뒤섞인 천처럼 흰색과 검은 색일 확률이 높습니다." 첫 번째 재봉사가 말했다.

"틀렸어요." 공주는 말했다.

"그렇다면, 만약 머리카락이 희고 검은 색이 아니라면, 틀림없이 제 아버지의 예복처럼 적색과 갈색이겠군요." 두 번째 재봉사가 말했다.

"이번에도 틀렸어요. 이제 세 번째 사람이 말해 봐요. 이번 사람은 알고 있는 것 같군요." 공주는 말했다.

그러자 어린 재봉사는 대담하게 앞으로 걸어 나가 말했다. "공주님의 머리카락은 은빛과 금빛입니다. 그렇게 두 가지 색깔입니다."

공주는 그 말을 듣자 얼굴이 창백해졌다. 그녀는 어린 재봉사가 정답을 이야기하자 놀란 나머지 몸을 약간 비틀거리기까지 하였다. 그 이유는 이제까지 그녀는 어느 누구도 그것을 맞출 것이라고는 생각하지 않았기 때문이었다. 그녀는 정신을 차리고 다시 말했다. "아직은 그대가 날 이겼다고는 상상하지 말아요. 먼저 해결해야 할 일이 있소. 저 아래 우리에는 당신이 함께 밤을 보내야 할 곰이 한 마리 있어요. 아침에 일어나서 그곳에 가 보았을 때 그대가 아직 살아 있다면, 난 그대와 결혼을 할 것이오."

그녀는 이런 식으로 그 재봉사를 제거할 수 있으리라고 기대했다. 왜냐하면 그 곰은 자기의 발아래 들어온 사람을 여태껏 한 번도 살려둔 적이 없었기 때문이다. 그러나 재봉사는 전혀 겁먹지 않았을 뿐만 아니라 오히려 활기차게 답변했다. "용감하게 맞서면 절반은 승리한 셈이지요."

저녁이 되자 그는 우리로 갔다. 곰은 즉시 그에게 달려들었고, 따듯한 환영이라도 하려는 듯이 앞발을 들어올렸다. "진정해, 진정해." 재봉사는 말했다. "조용히 하는 법을 가르쳐 주지."라고 하면서 그는 태연하게 호주머니에서 호두를 한 줌 꺼내 깨뜨리고는 아무런 근심걱정이 없는 듯 먹기 시작했다. 곰이 그 모습을 보자 녀석은 자기도 호두를 먹고 싶은 생각이 들었다. 재봉사는 호주머니에 손을 집어넣고는 녀석에게 한 움큼 주었는데, 그것들은 호두가 아닌 조약돌이었다. 곰은 그것들을 주둥이에 쑤셔 넣고 깨뜨리려 했다. '이것 참, 난 바보임에 틀림없어, 그깟 호두 하나 깨뜨리지 못하다니.'하고 녀석은 생각했다. 그런 다음 그는 재봉사에게 말했다. "이것 봐, 호두 좀 깨뜨려 줄 수 있나?"

"넌 형편없는 녀석이구나. 그렇게 큰 턱을 가지고 있으면서도 그깟 호두 하나를 깨뜨리지 못하다니!" 재봉사는 말했다. 그렇게 말한 후 그는 받아든 조약돌을 재빨리 호두로 바꾼 다음 깨뜨렸다! 그러자 호두는 순식간에 반쪽이 났다.

"다시 한 번 해볼 테다. 그렇게 쉽게 쪼개지는 것을 보니, 나도 할 수 있을 같다." 곰이 말했다.

재봉사가 곰에게 조약돌을 몇 개 더 주자, 녀석은 그것을 있는 힘껏 이빨로 물어뜯고 갉아댔다. 하지만 어느 것도 깨뜨리지 못했다는 것을 구태여 설명할 필요는 없겠다.

이윽고 재봉사는 작은 바이올린을 꺼내서 연주를 하기 시작했다. 곰이 음악을 들었을 때, 녀석은 자신도 모르게 춤을 추었고 얼마간 춤을 춘 후에는 기분이 좋아져서 재봉사에게 말했다. "이것 봐, 바이올린 연주가 그렇게도 어려운가?" "누워서 떡먹기지. 자 이것 좀 봐! 왼쪽 손가락으로 현을 누르고, 오른쪽 손가락으로는 활을 현에 대고 가능한 편안하게 위아래로 움직이면 되는 거야. 트라 라 라 라." 재단사는 대답했다.

"오," 하고 곰은 소리쳤다. "내가 그렇게 연주할 수 있다면, 기분이 날 때마다 춤을 출 수 있을 텐데. 자네 생각은 어때? 연주하는 법 좀 가르쳐 줄 텐가?"

"기꺼이 그렇게 하지. 배울 재간만 있다면야. 헌데 앞발 좀 보여주게. 아, 이런. 자넨 발톱이 너무 길어. 발톱을 먼저 잘라야겠는걸." 재봉사는 말했다. 그러면서 그는 형틀로 쓰는 차꼬를 가져와 곰이 앞발을 끼우도록 한 다음 단단히 조였다. "자 이제 내가 가위를 가져 올 동안 기다리고 있게

나."라고 말한 다음, 그는 으르렁거리는 곰을 두고 흡족한 기분으로 구석으로 가서 누운 후 곧바로 잠이 들었다.

공주는 그날 밤 곰이 큰 소리로 으르렁거리는 소리를 듣자, 녀석이 으르렁 거리는 것은 재봉사를 괴롭히면서 기분이 좋아져 그러는 것이라고 확신했다.

다음 날 아침 그녀는 아무런 걱정 없이 상쾌한 기분으로 일어났다. 하지만 그녀가 우리 쪽을 바라보았을 때, 재봉사는 물속에 있는 물고기처럼 생생하고 활기차게 살아서 문 앞에 서 있었다.

그렇게 되자 아무리 그녀라도 만인 앞에서 공언한 약속을 깨뜨리는 것은 불가능했다. 그래서 왕은 왕립마차를 불러서 그녀와 재봉사를 결혼식이 진행될 교회로 태워가도록 했다.

그들이 막 출발하려던 찰나, 어린 재봉사의 다가올 행복을 시기하던 마음씨가 나쁜 나머지 두 명의 재봉사들은 몰래 우리로 가서 곰을 풀어 주었다. 녀석은 분노로 가득 차서 마차를 쫓으며 달렸다. 공주는 녀석의 씩씩거리며 으르렁 대는 소리를 듣자 겁에 질려 소리쳤다. "곰이 쫓아오고 있어요. 곧 잡힐 것 같아요!" 재봉사는 아무런 동요도 하지 않았다. 그는 조용하게 거꾸로 일어서서 마차의 창밖으로 두 다리를 쭉 뻗고는 곰을 보고 소리쳤다. "여기 차꼬가 보이지? 지금 즉시 네 집으로 돌아가지 않으면, 이 형틀에 널 다시 붙들어 매놓을 테다."

곰은 그것을 보면서 재봉사의 소리를 듣자 곧바로 몸을 돌려 걸음아 나 살려라 하며 도망쳐 버렸다. 재봉사는 더 이상 어떠한 방해도 받지 않고 교회로 향할 수 있었고, 그곳에서 그는 공주와 결혼을 했고 그녀와 함께 오랫동안 종달새처럼 행복하게 살았다. 이 이야기를 믿지 않는 사람은 누구라도 혹독한 대가를 지불해야 할 것이다.

독일
그림 Grimm

황금빛 인어 The Golden Mermaid

옛날 아주 강력한 왕은 수많은 보물 가운데 해마다 황금빛 사과가 열리는 놀라운 나무 한 그루를 정원에 두고 있었다. 그러나 왕은 그 보물을 한 번도 가질 수 없었는데, 그 이유는 그가 그 나무를 지켜보면서 아무리 경계를 강화해도 과일이 익을 때쯤이면 언제나 도둑을 맞았기 때문이었다. 마침내 절망에 빠진 그는 세 아들을 불러들여 그 중 위로 두 아들에게 말했다. "너희들은 여행을 떠날 준비를 해라. 금과 은은 물론 고귀한 왕자의 품위에 걸맞게 대규모의 수행원과 함께 세상에 나가 내 황금빛 사과를 훔쳐간 녀석을 찾아내어 그에게 합당한 처벌을 할 수 있도록 어떻게든 잡아 오거라." 오랫동안 세상에 나가 새로운 것들을 보고 싶어 했던 아들들은 이런 제안을 받자 몹시 기뻐하면서 서둘러 여행 준비를 마치고 아버지에게 작별 인사를 하고는 도시를 떠났다.

막내왕자는 형들과 함께 여행을 떠나지 못 한 것에 크게 실망했지만, 아버지는 평소 그를 가족 중에서 가장 어리석다고 생각하고 있었기 때문에 혹시 그에게 나쁜 일이 일어날까 하는 노파심으로 그의 청은 들을 생각도 하지 않았다. 그러나 그가 아주 긴 시간을 끈질기게 조르자, 아버지도 마침내 그가 떠나는 것을 허락하고는 그에게도 형들과 마찬가지로 금과 은을 여비로 주었다. 하지만 왕은 그에게는 마구간에서 가장 형편없는 말을 내어 주었는데, 그것은 바보 같은 막내가 그보다 더 좋은 말을 요구하지 않았기 때문이었다. 어쨌든 그도 온 궁정과 도시 사람들의 조롱과 비웃음을 받으며 도둑을 잡기 위한 여행길에 올랐다.

그는 길을 가다가 첫 번째로 숲을 통과하게 되었는데, 얼마쯤 가던 그는 자기의 접근을 아랑곳하지 않고 그대로 서 있는 비쩍 마른 늑대를 한 마리 만나게 되었다. 왕자는 늑대에게 혹시 배가 고프냐고 물었는데, 늑대가 그렇다고 말하자 그는 말에서 내리며 말했다. "네 말대로 그리고 네 비쩍 마른 모습이 부여주듯이 그렇게 배가 많이 고픈 상태라면, 내 말을 잡아먹어도 된다."

늑대는 그 제의에 망설임 없이 즉시 실행했고, 순식간에 가엾은 짐승을 잡아먹었다. 먹이를 다 먹고 난 후 늑대의 모습이 놀랍도록 달라진 것을 확인한 그가 말했다. "이보게 친구, 자네가 내 말을 다 먹어치웠는데, 난 아직도 걷기에는 너무 먼 길을 가야 한다네. 그러니 자네가 말 대신에 나를 자네의 등에다 태워주면 어떻겠나?"

"기꺼이 그렇게 하지."라고 늑대는 말하면서 왕자를 등에 오르도록 한 다음 흥겹게 숲 속을 달려갔다. 얼마쯤 간 후에 늑대는 뒤를 돌아보며 어디로 가길 원하느냐고 물었다. 그러자 왕자는 왕의 정원에서 잃어버린 황금빛 사과에 관한 이야기와 수많은 수행원들과 함께 여행길에 오르게 된 형들에 관한 이야기를 해주었다. 그가 이야기를 끝마치자 실제로는 강력한 마법사였던 늑대는 자기가 그 도둑이 있는 곳을 말해주거나 그를 잡도록 도와줄 수 있을 것 같다고 말했다. "이웃 나라의 황제는 새장에 아름다운 황금빛 새를 가지고 있는데, 바로 그 새가 황금빛 사과를 훔친 장본인이네. 하지만 그 새는 너무도 빨라 도둑질하고 있는 녀석을 붙잡기란 불가능해. 그러기에 녀석을 잡고자 한다면, 자네는 어두운 밤을 틈타 궁전에 몰래 들어가서 새장에 든 새를 훔쳐 나와야만 하네. 하지만 밖으로 나올 땐 사방에 있는 벽을 만지지 않도록 해야 하네." 그는 말했다.

다음 날 저녁 왕자는 황제의 궁전에 몰래 들어가서 늑대가 말해준 대로 새장에 든 새를 발견했다. 그는 새장을 조심스럽게 잡았지만, 세심한 주의에도 불구하고 그는 잠에 빠진 야경꾼들을 피해 나오는 도중에 벽을 건드

리게 되었다. 그러자 그들은 즉시 잠에서 깨어나 그를 잡아서는 흠씬 두들겨 팬 후 쇠사슬로 묶어 놓았다. 다음날 그는 황제의 앞으로 끌려가서 그 즉시 사형선고를 받고 처형일까지 어두운 지하 감옥에 갇히게 되었다.

왕자에게 어떤 일이 일어나고 있는지 마법을 통해 이미 다 알고 있던 늑대는 엄청난 수의 수행원을 거느린 강력한 왕으로 변신을 한 다음 황제가 살고 있는 궁전으로 향했고, 그곳에서 그는 극진한 예우를 받았다. 황제와 그는 여러 가지 주제를 놓고 대화를 나눴는데, 그러던 중에 그는 황제에게 혹시 거느리고 있는 노예가 많이 있느냐고 물었다. 황제는 그에게 어떻게 처리해야 할지 모를 만큼 많은 노예들이 있으며, 전날 밤만 하더라도 마법의 새를 훔치려 했던 자도 한 명 잡아놓았다고 말했다. 그러나 그는 그들을 먹이고 재워 줄 여유가 충분치 않아 마지막에 잡은 자는 다음 날 교수형에 처할 것이라는 말도 덧붙였다.

"그는 아마도 가장 대담한 도둑인 것 같습니다. 마법의 새를 훔치려 했을 정도니까요. 그 일로 미루어 보건데, 그는 철저한 경계를 받고 있겠지요. 난 그 거침없는 악당을 한 번 보고 싶습니다." 왕은 말했다. "그렇게 하시지요." 황제는 말했다. 그러고는 불행한 왕자가 죄인으로 잡혀있는 지하 감옥으로 그가 직접 손님을 안내했다. 황제가 왕과 함께 감옥에서 다시 밖으로 나왔을 때, 왕은 그를 보며 말했다. "가장 강력한 황제이시여, 난 실망이 이만저만이 아닙니다. 난 건장한 도둑을 볼 것이라 생각했는데, 내가 본 것은 더없이 초라한 인간에 불과했으니까요. 교수형은 그에겐 너무도 과분한 일입니다. 내가 만약 그를 처벌한다면, 난 그에게 죽음의 고통만큼이나 어려운 과제를 풀도록 할 것입니다. 만약 그가 그 과제를 푼다면 황제에게 득이 될 것이고, 그가 실패하더라도 밑져야 본전인 셈이고 그때 가서 목을 매달아도 늦지는 않을 것입니다." "당신의 제안은, 아주 훌륭하십니다. 그리고 마침 난 그에게 낼만 한 적합한 과제를 갖고 있습니다. 우리나라와 가까운 곳에 있는 강력한 이웃의 황제는 황금빛 말을 갖고 있는데, 그 말은 철저하게 보호받고 있습니다. 난 죄인에게 그 말을 훔쳐서 갖

고 오라고 할 작정입니다." 황제는 말했다.

그렇게 해서 왕자는 지하 감옥에서 석방되었고, 만약 그가 황제에게 황금빛 말을 가져온다면 목숨을 건질 것이라는 말도 들었다. 그렇지만 그는 그 일을 감당할 자신이 없었기 때문에 기분이 더 나아지지는 않았다. 그는 왜 자신이 아버지의 집과 왕국을 떠나왔는지 후회를 하며 비통하게 울면서 길을 떠났다. 하지만 그가 얼마 걷지도 않았을 때, 불현듯 나타난 늑대가 말했다. "이보게 왕자, 왜 그렇게 풀이 죽어 있나? 새를 잡는 데는 실패했지만, 그렇다고 낙담은 하지 말게. 좀 더 주의를 기울인다면, 이번엔 틀림없이 말을 잡을 수 있을 것이네." 이런저런 말로 늑대는 왕자를 달래면서, 이번에야말로 절대로 벽을 만지거나 혹시라도 말이 벽에 닿는 일이 없도록 각별히 주의해야 하며, 그렇지 않으면 새를 잡을 때와 마찬가지로 이번에도 실패할 수밖에 없다는 경고를 했다.

다소 긴 여행을 한 후에 왕자와 늑대는 황금빛 말을 소유한 황제가 다스리는 왕국에 도착했다. 어느 날 저녁 늦게 그들은 도시에 닿았는데, 늑대는 왕자에게 자신들의 존재가 경비병들의 주의를 끌기 전에 곧바로 일을 착수하도록 조언했다. 그들은 황제의 마구간과 그 중에서도 가장 경비병들이 많이 있는 장소로 은밀하게 들어갔는데, 그곳엔 늑대가 예상한 대로 그들이 찾던 말이 있었다. 그들이 어떤 문에 이르렀을 때 늑대는 왕자에게 자기가 들어갈 테니 밖에서 기다리고 있으라고 말했다. 얼마 후 그는 돌아와서 말했다. "이보게 친구, 말은 철저하게 보호되고 있네. 하지만 내가 모든 경비병들에게 마법을 걸어 놓았으니까, 자네가 데리고 나오는 말이 벽에 몸이 닿지 않도록 주의한다면 별다른 위험은 없을 것이고, 자넨 목표한 것을 얻을 것이네." 이번엔 좀더 주의를 기울이리라 결심을 단단히 한 왕자는 활기 있게 그 일을 했다. 그는 모든 경비병들이 잠들어 있는 것을 발견하고는 마구간으로 몰래 미끄러지듯 들어가서 말의 고삐를 움켜잡고 끌고 나왔다. 그러나 불행하게도 그들이 마구간을 완전히 다 빠져 나오기 직전에 등에가 말을 물자 꼬리를 흔들게 된 말은 벽을 치게 되었다. 순식간에 잠에서 깨어나게 된 경비병들은 왕자를 붙잡아 채찍으로 사정없이 때린 후 쇠사슬로 묶어서 지하 감옥에 던져 넣었다. 다음 날 아침 그들은 그를 황제 앞에 데려왔는데, 황제는 황금 빛 새를 가진 왕이 그랬던 것처럼 다음날 그의 목을 베라고 명령했다.

늑대 마법사는 이번에도 왕자가 실패한 것을 보고는 또 한 번 강력한 왕으로 변신한 후 처음보다도 훨씬 더 많은 수행원들을 이끌고서 황제의 궁전으로 갔다. 그는 예우를 받으며 영접을 받았는데, 저녁식사가 끝나자 그는 대화를 자연스럽게 노예에 관한 문제로 이끌었다. 그는 대화를 하는 도중 황제가 가장 귀중하게 여기는 물건을 훔치려고 겁도 없이 마구간을 침입한 대담한 도둑을 만나보길 청했다. 황제는 승낙했고 모든 상황은 황금빛 새를 가진 황제의 궁전에서와 동일하게 진행되었다. 결국 죄인의 목숨은 그가 3일 이내에 누구도 가까이 다가간 적이 없는 전설의 황금빛 인어를 데리고 온다는 조건에서 일시 유예가 되었다.

매우 위험하고 어려운 과제로 기가 단단히 죽은 왕자는 우중충한 감옥을 나와 길을 떠났다. 그러나 채 몇 킬로미터를 걷지 않아 그는 늑대친구를 만날 수 있었고, 그 때문에 기분이 한결 좋아졌다. 그 영리한 동물은 왕자에게 일어난 일에 대해선 짐짓 모르는 체 하면서 말은 어떻게 되었느냐고 물어보았다. 왕자는 자기가 당한 불운과 황제가 그의 목숨을 유예시켜주는 대신 그에게 내건 조건에 대해 이야기했다. 그러자 늑대는 자기가 그를 두 번이나 감옥에서 꺼내 주었다는 사실과 그가 자기를 믿고 시키는 대로만 한다면 마지막 과제 또한 성공할 수 있으리라는 말을 해주었다. 그들은 곧 바다 쪽으로 방향을 틀었는데, 그곳은 시야가 미치지 못할 만큼 끝없이 넓게 펼쳐져 있었고, 넘실넘실 춤추고 있는 물은 밝은 햇빛을 받아 반짝이고 있었다. "이제, 난 세상에서 가장 아름다운 보석이 가득 실린 작은 배로 변할 테니, 자넨 겁먹지 말고 그 배에 올라타 내 꼬리를 키로 삼아 넓은 바다로 나가게. 그러면 곧 황금빛 인어를 만나게 될 걸세. 명심할 것은 그녀가 자네를 부른다 해서 그녀를 따라가서는 안 되고 대신 이렇게 말하게. '물건을 사고 싶어 하는 사람이 물건을 파는 사람에게로 오는 것이지, 물건을 파는 사람이 물건을 사는 사람에게 가는 법은 아니랍니다.' 그 말을 마치고 자네는 육지로 배를 몰게나. 그러면 배에 실린 아름다운 물건에 대한 유혹을 뿌리치지 못하고 그녀가 자네를 따라갈 걸세." 하고 늑대는 말했다.

왕자는 자기가 들은 대로 충실히 따르겠다고 약속했고, 그와 동시에 늑대는 색상과 명암이 각기 다른 온갖 진귀한 보석이 가득 실린 배로 변했다. 깜짝 놀란 왕자는 배 안으로 뛰어올라 늑대의 꼬리를 잡고 태양이 황금빛 광선으로 푸른 물결을 도금하듯 물들이고 있는 넓은 바다를 향해 거침없이 나갔다. 곧 그는 황금빛 인어가 헤엄쳐 다가오는 것을 보았다. 그녀는 손짓과 목소리로 자기가 따라잡을 수 있게 해달라는 신호를 보냈지만, 늑대의 경고를 마음속에 떠올린 그는 만약 그녀가 물건을 사고 싶다면 자기를 따라와야 한다고 큰 소리로 말했다. 이 말을 남기고 그는 마법의 배를 반 바퀴 회전시켜 출발했던 육지 쪽으로 다시 항해를 지속했다. 인어는 그를 소리쳐 부른 후 그 자리에서 꼼짝 않고 있었으나, 그는 그녀의 부름에도 아랑곳하지 않고 계속 배를 몰아 모래 해안에 닿았다. 그곳에서 그는 멈추어 선 채로 자기를 따라 헤엄쳐오고 있는 인어를 기다렸다. 그녀가 가까이 왔을 때, 그는 이제까지 본 그 어떤 사람보다도 그녀가 아름답다는 것을 알았다. 그녀는 얼마쯤 배 주변을 헤엄치며 돌더니 아름다운 명주 천을 좀 더 가까이서 살펴보기 위해 배 위로 우아하게 올라왔다. 그러자 왕자는 그녀의 팔을 잡고는 뺨과 입술에 부드럽게 입맞춤을 하면서 그녀가 이제부터는 영원히 자신의 것이라고 말했다. 그러자 배는 다시 늑대의 모습으로 변했고, 그 모습에 겁을 먹은 인어는 왕자에게 꽉 달라붙으며 자신의 몸을 보호하려 했다.

그래서 황금빛 인어는 결국 붙잡히게 되었는데, 그녀는 왕자나 늑대를 더 이상 두려워할 필요가 없다는 것을 알게 되자 곧바로 새로운 삶의 방식에 행복해하면서 늑대의 등에 올라탔고 그 뒤엔 왕자가 바짝 붙어 앉았다. 그들이 황금빛 말을 가진 황제가 통치하는 나라에 도착하자, 왕자는 먼저 뛰어내려 인어가 내리는 것을 도와주었고 그녀를 황제에게 데려갔다. 이번엔 왕자 가까이에 서 있는 아름다운 인어와 험상궂은 늑대를 본 경비병들은 모두 예의를 갖춰 인사를 했고, 세 명은 곧 황제 앞에 모습을 드러냈다.

황제는 왕자로부터 그가 어떻게 아름다운 인어를 소유하게 되었는지에 관한 설명을 들었다. 그러자 그는 왕자가 틀림없이 어떤 마법의 도움을 받았으리라는 것을 확신하고는, 그 자리에서 곧바로 아름다운 인어에 대한 모든 주장을 철회하게 되었다. "젊은이여, 그대에게 요구한 나의 수치스러운 행동을 부디 용서해 주오. 그리고 날 용서한다는 표시로 이 황금빛 말을 선물로 받아주시오. 난 그대의 힘이 내가 생각하는 것보다 훨씬 더 크다는 점을 인정하오. 그대는 지금까지 사람들이 가까이 접근해보는 것조차 불가능했던 바로 황금빛 인어를 얻는데 성공했으니 말이오." 그는 말했다. 그런 후 그들 모두는 자리에 앉아서 큰 연회를 즐겼다. 연회에서 왕자가 지금까지의 모험을 다시 한 번 이야기해 주자, 그 자리에 참석한 사람들은 모두 다 신기해하면서 놀라워했다.

그러나 왕자는 이제 심신이 완전히 지쳤기 때문에 자기 나라로 돌아가고 싶었다. 그래서 그는 연회가 끝나는 즉시 황제에게 작별 인사를 하고는 고향이 있는 쪽으로 발길을 돌렸다. 그는 인어를 들어 먼저 말에 태우고 자신도 그 뒤에 올라타고 늑대를 뒤따르게 하면서 즐겁게 걷기 시작했다. 그리고 어느덧 그들은 황금빛 새를 가진 황제의 나라로 오게 되었다. 그런데 왕자의 명성과 그의 모험적인 행적은 그들이 도착하기에 앞서 벌써 황제에게 전달되었다. 그래서 황제는 자신의 왕좌에 앉아 왕자와 그의 동료들이 도착하기를 간절히 기다리고 있었다. 궁전의 안뜰로 들어오게 된 세 명은 그 안의 모든 것들이 자신들을 환영하기 위해 화려하게 꾸며졌고 장식되어 있는 것을 보자 놀라면서 기뻐했다. 왕자와 황금빛 인어 그리고 그 뒤를 따르는 늑대는 궁전의 계단을 올라갔는데, 황제는 친히 그들을 맞이하러 나와서 그들을 공식알현실로 직접 안내했다. 그 순간 신하 한 명이 황금새장에 들어 있는 황금빛 새를 가지고 들어왔고, 황제는 왕자에게 자신의 성의로 알고 받아주기를 간청하면서, 지금까지 저질렀던 무례를 용서해 달라고도 말했다. 그런 다음 황제는 아름다운 인어 앞에 허리를 낮게 숙이고 그녀에게 손을 청한 후 만찬이 마련된 곳으로 친히 안내를 했고 그 뒤를 왕자와 그의 친구인 늑대도 따랐다. 늑대는 안내를 받지는 못했지만 당황하지 않고 자기가 알아서 탁자에 있는 빈 자리를 차지하면서 편안하게 앉았다.

성대한 만찬이 끝나자 왕자와 인어는 황제에게 인사를 한 후 황금빛 말을 타고 고향으로의 길을 재촉했다. 가는 도중에 늑대는 고개를 돌려 왕자를 바라보고는 말했다. “친구들이여, 난 여기서 작별을 고해야 할 것 같네. 하지만 행복하게 떠나게 되어, 난 마음이 그다지 슬프지는 않다네.” 왕자는 그 말을 듣자 몹시 서운해 하면서, 그가 자신들과 함께 영원히 지냈으면 좋겠다고 말했다. 하지만 그는 그 청을 거절하며 어쨌든 그렇게 말해줘서 고맙다고 하면서 덤불 속으로 사라지며 큰 소리로 말했다. “만약 자네에게 안 좋은 일이 생기면, 친구여. 언제라도 난 자네와 함께 할 것이네.” 이것이 늑대가 남기고 간 말이었는데, 왕자는 자신의 친구가 저 멀리 사라져가자 흐르는 눈물을 억제할 수가 없었다. 하지만 그는 사랑스러운 인어를 보자 곧 다시 명랑해졌고 즐겁게 여행을 계속했다.

이들의 모험담은 그의 아버지가 있는 궁전에까지 이미 전해졌는데, 사람들은 모두가 한때 무시를 받던 왕자가 성공한 것을 알고는 크게 놀라워했다. 황금빛 사과의 도둑을 찾아 나섰지만 결국 아무런 성과도 올리지 못한 두 형들은 막내 동생이 얻은 행운에 크게 분개하면서 그를 죽일 음모를 꾸미기 시작했다. 그들은 왕자가 궁전으로 가는 숲 길목에 숨어 있다가 그곳에서 동생을 습격했고, 그를 때려서 죽인 후 황금빛 말과 황금빛 새를 가지고 돌아갔다. 하지만 온갖 노력에도 불구하고 그들은 황금빛 인어를 데려가는 데는 실패했는데, 그들은 그녀를 그야말로 한 걸음도 떼어놓게 할 수가 없었다. 그녀는 바다를 떠난 이래로 지금까지 한순간도 왕자와 떨어져 본 적이 없었기 때문에, 그녀의 바람은 오직 그와 함께 살거나 아니면 그와 함께 죽는 것뿐이었다.

여러 주일 동안 가엾은 인어는 그 자리에 그대로 앉아 애인의 시신만을 바라보면서 그를 잃은 상실감으로 그저 눈물만 뚝뚝 흘리고 있었다. 그런데 어느 날 그들의 오랜 친구인 늑대가 갑자기 나타나 다음과 같이 말했다. “숲에서 구할 수 있는 모든 잎과 꽃으로 왕자의 몸을 덮어요.” 시킨 대

로 인어가 하자, 늑대는 꽃 무덤에다가 숨결을 불어넣었다. 그러자, 오 보아라! 왕자가 그곳에서 마치 어린아이처럼 평화롭게 자고 있는 것이 아닌가. "자, 이젠 그를 깨워도 돼요." 늑대가 말했다. 그 말을 듣고 인어는 허리를 굽혀 형들이 그에게 입힌 이마에 난 상처에 부드럽게 입맞춤을 했다. 그러자 왕자는 잠에서 깨어나게 되었는데, 그는 아름다운 인어가 옆에 있는 것을 보자 말할 수 없이 기뻤다. 하지만 그는 황금빛 말과 황금빛 새를 잃은 생각에 다소 우울해했다. 왕자를 가까이서 바라보던 늑대는 그가 집으로 계속 여행할 것을 조언했다. 그렇게 해서 왕자와 그의 사랑스러운 신부는 다시 한 번 충직한 늑대의 등에 올라타게 되었다.

왕은 오랜 시간 절망 속에서 기다린 막내아들이 돌아오자, 그를 껴안고 기쁨을 나누었다. 그는 늑대와 아름다운 황금빛 인어 역시 진심으로 환영했다. 왕자는 그에게 그 동안 있었던 일들에 관해 처음부터 끝까지 자세하게 말해 주었다. 늙은 왕은 두 형들이 그에게 했던 수치스러운 행동을 듣고는 몹시 슬퍼하며 그들을 불러들였다. 그들은 자신들이 살해했다고 믿었던 동생이 건강하게 살아 있는 모습을 보자 죽은 사람처럼 얼굴이 하얗게 질렸다. 그들은 너무도 놀란 나머지 왕이 그렇게 사악한 짓을 동생에게 저지른 이유에 대해서 묻자 거짓말을 할 엄두조차 하지 못했다. 그들은 결국 황금빛 말과 황금빛 새를 가로채기 위해 막내를 죽였다는 실토를 하게 되었다. 아버지의 분노는 극에 달했고 그들을 당장 추방해 버리라는 명령을 내렸다. 하지만 그는 막내에겐 엄청난 영예를 주었다. 마침내 왕자와 아름다운 인어의 결혼식이 화려하고 웅장하게 진행 되었다. 결혼식이 끝나자 늑대는 그들 모두에게 작별을 고했고, 다시 숲속의 삶으로 되돌아갔다. 그것을 늙은 왕과 젊은 왕자 그리고 그의 아내는 매우 아쉬워했다.

이렇게 해서 왕자와 그의 친구인 늑대의 모험은 끝이 났다.

독일

그림 Grimm

늑대와 여우의 싸움 The War of the Wolf and the Fox

옛날에 늙은 암 고양이와 늙은 개를 키우는 남자와 그의 아내가 있었다. 어느 날 남편 사이몬은 아내 수전에게 말했다. "늙은 고양이를 계속 키워야 할 이유가 있소? 녀석은 요즘 들어 생쥐를 한 마리도 잡지 못하지 않소. 그래서 그 쓸모없는 고양이를 물에 빠트려버리기로 결정했소."

그러나 아내는 대답했다. "그러지 말아요. 내 장담하건데, 아직도 녀석은 쥐를 잡을 수 있어요."

"헛소리 작작해요. 녀석은 자기 앞에서 춤을 추는 생쥐조차 잡지 못할 거요. 다음 번에 녀석을 보면 잡아서 물속에다 집어 던질 생각이요." 사이몬은 말했다.

수전은 이 말을 듣자 마음이 언짢았고, 난로 뒤에서 이 말을 듣고 있던 고양이도 몹시 슬펐다. 사이몬이 일을 하러 나가자, 가엾은 고양이는 딱한 목소리로 야옹거리며 수전의 얼굴을 애처롭게 쳐다보았다. 그러자 그녀는 재빨리 문을 열고 말했다. "가엾은 것, 네 삶을 찾아 떠나거라. 주인이 오기 전에 이곳을 떠나 행복하게 살아라."

고양이는 그녀의 충고를 받아들여 힘이 빠진 늙은 다리로 부지런히 달려 숲 속으로 뛰어갔다. 그래서 사이몬이 돌아오자 아내는 고양이가 사라졌다고 말했다.

"운이 좋은 녀석이군. 지금쯤이면 우리가 없애 버렸을 텐데. 그건 그렇고 늙은 개도 처치해야 할 것 같소. 녀석은 이제 눈멀고 귀가 멀어 뜬금없이 짖어대다가도 정작 필요할 땐 찍소리도 내지 않으니 말이오. 내 생각엔 녀석을 목매다는 것이 최선일 것 같은데." 사이몬은 말했다.

그러나 마음씨 착한 수전은 대답했다. "그러지 말아요. 녀석이 아직 그렇게 쓸모없진 않아요."

"정신 차려요. 안마당엔 도둑들이 우글거리는데 녀석은 한 번도 그들을 발견한 적이 없잖소. 그대로 두지 않겠소. 녀석이 내 눈에 띄는 순간 마지막이 될 거요. 그렇게 알아요." 남편은 말했다.

수전은 그의 말을 듣고 많이 슬펐다. 그리고 방 한 구석에 누워 그들의 이야기를 듣고 있던 개도 고양이처럼 많이 슬퍼했다. 사이몬이 일하러 나가자, 그 순간 일어난 개가 애잔하게 울부짖자 수전은 마음이 너무 아파 재빨리 문을 열면서 말했다. "가엾은 것, 네 삶을 찾아 떠나라. 주인이 돌아오기전에 어서 빨리 떠나가거라." 그러자 개는 꼬리를 다리 사이에 집어넣고는 숲속으로 들어갔다.

남편이 돌아왔을 때, 아내는 개가 사라져버렸다고 말했다.

"기막히게 운이 좋은 녀석이군." 사이몬이 말했다. 하지만 수전은 자기가 좋아했던 그 가엾은 동물에 대한 생각에 한숨을 내쉬었다.

그런데 이리저리 떠돌아다니던 중 고양이와 개는 우연히 만나게 되었다. 비록 그들은 집에선 그렇게 다정한 사이는 아니었지만, 떠돌면서 만나게 되니까 너무나도 반가웠다. 그들은 호랑가시나무 아래 나란히 앉아서 자신들의 비통함을 토로했다.

그 때 여우가 지나가다가 그 둘이 우울하게 앉아 있는 모습을 보고는 왜 그곳에 앉아 투덜대고 있는 것인지를 물었다.

고양이가 대답했다. "한창시절엔 나도 많은 쥐를 잡았었는데, 나이가 들어 일을 하지 못하니까 주인이 물에 빠뜨려 죽이려고 해."

그러자 개도 거들며 말했다. "그동안 수많은 밤을 주인집을 지키면서 보냈는데, 늙고 귀가 머니까 주인이 목매어 죽이려고 해."

여우가 대답했다. "세상의 인심이란 원래 그런 거야. 하지만 너희들이 주인에게 다시 인정을 받을 수 있도록 내가 도와줄게. 물론 곤경에 처한 나를 먼저 너희들이 돕는다는 조건에서 말이야."

그들은 최선을 다해 돕겠다고 말했다. 그러자 여우는 자신이 처한 상황에 대해 말했다. "늑대가 내게 전쟁을 선포했어. 그리고 지금 녀석은 곰과 야생멧돼지와 함께 연대해서 이쪽으로 진군하고 있어. 내일이면 우리들 사이에 격렬한 전투가 있게 될 거야."

"알았어. 우리가 네 편이 되어줄게. 싸우다가 죽을지라도 전쟁터에서 죽는 것이 무시당하며 집에서 죽는 것보다야 낫겠지." 개와 고양이는 말했다. 그들은 앞발로 악수를 하면서 거래를 마쳤다. 여우는 늑대에게 어떤 장소에서 만나자는 전갈을 보내고는 그와 그의 동맹군과 맞서고자 셋은 출발을 했다.

늑대와 곰 그리고 야생멧돼지가 싸움 장소에 먼저 와 있었다. 그곳에서 그들은 여우와 개 그리고 고양이를 기다리고 있었는데, 그 때 곰이 먼저 말을 꺼냈다. "떡갈나무에 올라가서 그 녀석들이 오는지 봐야겠어."

곰은 주위를 둘러본 다음 말했다. "한 녀석도 안 보이네." 그리고 두 번째로 둘러본 다음에도 같은 말을 했다. "여전히 한 녀석도 보이지 않아." 그러나 세 번째는 달랐다. "저 멀리 막강한 군대가 보이는 걸. 전사 중 한 녀석은 이제껏 본 것보다 더 큰 창을 들고 오는군."

그가 말한 녀석은 꼬리를 곧추세우고 행군하던 고양이였다.

그렇게 그들은 조롱하는 태도로 비웃음을 보냈는데, 날씨가 매우 더웠기 때문에 곰은 여유를 갖고 말했다. "이 속도로는 적들이 이곳까지 오는데 족히 몇 시간은 걸릴 거야. 난 나뭇가지 사이에서 납작하게 누워 잠깐 눈이나 붙여야겠어."

곰을 보고 늑대는 떡갈나무 아래서 드러누웠고, 야생멧돼지도 짚더미로 들어갔다. 그러자 짚 속에 들어간 멧돼지는 한쪽 귀만 보일 뿐이었다.

그런데 녀석들이 누워서 쉬고 있는 동안 여우와 고양이 그리고 개가 그곳에 도착하였다. 고양이는 야생멧돼지의 귀를 보자 그것이 짚더미 속에 있는 생쥐라고 생각하고는 눈 깜짝할 사이에 공격했다.

그러자 야생멧돼지는 엄청난 겁에 질려 번개같이 일어난 다음 미친 듯 꿀꿀대며 숲속으로 사라졌다. 그러나 멧돼지보다 한층 더 놀란 고양이는 공포에 질려 소리를 지르고는 나뭇가지 사이로 뛰어 올라갔다. 그런데 하필 그곳은 곰의 얼굴이 있는 자리였다. 이번에 놀란 것은 곰이었는데, 녀석은 깜짝 놀라 으르렁거리면서 떡갈나무 아래로 내리뛰었다. 하지만 녀석은 내리뛰면서 늑대를 찍어 눌렀고, 그 결과 늑대는 그 자리에서 즉사를 했다.

싸움이 끝나고 집으로 돌아오는 길에 여우는 생쥐를 수십 마리나 잡았는데, 그들이 사이몬의 오두막집에 도착하자 여우는 그것들을 난로 위에 올려놓고 고양이에게 말했다. "이 생쥐들을 한 마리씩 가져다가 주인 앞에 하나하나 내려놔."

"알았어."라고 고양이는 말했고, 여우가 시킨 그대로 했다.

수전은 그들의 모습을 보고 남편에게 말했다. "저기 봐요, 우리 집 고양이가 돌아오고 있어요. 녀석이 잡은 저 많은 생쥐들을 좀 보세요."

"뜻밖의 일이군. 저 늙은 고양이가 쥐를 잡을 것이라고는 꿈에도 생각한 적이 없는데." 사이몬이 큰 소리로 말했다.

그러자 수전이 대답했다. "거 보세요. 내 항상 우리 집 고양이가 최고라고 하지 않던가요. 당신과 같은 남자들은 언제나 자기들만이 가장 잘 아는 듯 생각하지요."

한편 여우는 개에게도 말했다. "집주인인 사이몬이 방금 전 돼지를 한 마리 잡았어. 날이 곧 어두워지면 안뜰로 가서 목청껏 짖어대."

"알았어."라고 말한 후 날이 어두워지자 녀석은 큰 소리로 짖기 시작했다.

개 짖는 소리를 먼저 들은 수전은 남편에게 말했다. "맹렬히 짖는 소리를 보니 우리 집 개가 돌아온 것 같아요. 나가서 무슨 일인지 확인해 봐요. 도둑이 들어 소시지를 다 훔쳐 가는지 누가 알아요."

그러나 사이몬은 대답했다. "그 녀석은 나무기둥처럼 귀가 먹었소. 언제나 아무것도 아닌 일에만 짖어대잖소."라고 말할 뿐 그는 일어나지 않았다.

다음 날 아침 수전은 인근 마을에 있는 교회에 가기 위해 일찍 일어났다. 그녀는 그곳에 살고 있는 아주머니에게 소시지를 조금 가져다주려고 생각했다. 그러나 그녀가 고기저장고로 갔을 때, 그녀는 소시지가 다 없어졌고 저장고 바닥엔 구멍이 뚫려있는 것을 발견했다. 그녀는 소리를 질러 남편을 불렀다. "거봐요, 내 말이 맞잖아요. 지난밤 도둑이 들어와 소시지를 모두 훔쳐갔어요. 오! 내가 말했을 때, 당신이 일어났더라면!"

그러자 사이몬은 머리를 움켜쥐고 말했다. "이해할 수가 없구려. 늙은 개가 그처럼 귀가 밝을 거라고는 조금도 생각하질 않았소."

그러자 수전이 대답했다. "우리 집 늙은 개가 세상에서 가장 훌륭한 개라고 내 늘 당신에게 말했잖아요. 하지만 언제나처럼 당신은 잘난 체만 했잖아요. 이 세상 남자들은 다 똑같아요."

여우도 자기 몫은 충분히 챙겼다. 어쨌든 녀석은 소시지를 몽땅 가져갔으니까!

독일

그림 Grimm

어부와 그의 아내 이야기

The Story of the Fisherman and his Wife

옛날에 어부와 그의 아내가 바닷가 근처 작은 오두막집에서 살고 있었는데, 어부는 매일 고기를 잡으러 바다로 나갔다. 그는 낚싯대를 드리우고 햇빛에 반사되어 밝게 빛나는 바닷물을 줄곧 바라보았다.

그러던 중 낚싯줄이 물속으로 깊이 끌려갔고 어부가 낚싯줄을 들어 올리자 커다란 넙치가 한 마리 끌려나왔다. 끌려나온 넙치는 그에게 말했다.

"제 말 좀 들어보세요. 어부님. 절 살려 주세요. 저는 진짜 넙치가 아닙니다. 전 마법에 걸린 왕자랍니다. 저를 죽인다고 무슨 이득이 있겠습니까. 전 맛도 별로잖아요? 절 다시 물속에 놓아주어 헤엄쳐갈 수 있게 해 주세요."

"그래 알겠다. 시끄럽게 떠들건 없다. 말하는 넙치를 헤엄쳐가도록 놓아주면 더 좋은 일이 생기겠지." 어부는 말했다. 이 말을 하고 그는 물고기를 햇빛에 반짝이는 물속으로 놓아 주었는데, 넙치는 뒤에 긴 핏자국을 남기면서 바닥으로 들어갔다. 어부는 일어나 아내가 있는 오두막집으로 돌아왔다.

"여보. 오늘은 한 마리도 잡지 못하셨어요?" 아내가 말했다.

"못 잡았소. 넙치를 한 마리 잡긴 했는데, 자기가 마법에 걸린 왕자라고 하기에 그냥 놓아주었소." 그 남자가 말했다.

"그에게 아무 대가도 바라지 않았어요?" 아내가 말했다.

"아니, 그에게 뭘 바랄 게 있겠소?" 남자가 대답했다.

"아! 이처럼 작고 더러운 오두막집에서 한 평생 살아야 한다는 건 끔찍한 일이예요. 큰집 한 채 정도는 바랐어야죠. 지금 당장 나가 그를 불러내어 큰집 한 채만 달라고 해보세요. 틀림없이 얻을 수 있을 거예요." 그 여자가 대답했다.

"허 참! 내가 왜 그곳에 다시 가야 하지?" 남자가 말했다.

"왜라니요. 당신이 그를 잡았고 또 놓아 주었으니까, 그는 마땅히 당신이 원하는 것을 들어 주어야 해요. 지금 당장 가 보세요." 아내가 말했다.

남자는 가고 싶지 않았지만, 아내가 도무지 말을 들으려 하지 않았기 때문에 할 수 없이 바다로 나갔다.

그가 도착했을 때, 바다는 짙은 푸른색과 노란색을 띠고 있었으며, 더 이상 빛이 나진 않았다. 그는 해변에 서서 말했다.

"한때는 왕자였지만, 이젠 바다에서 넙치로 변한
물고기야. 이리 나와 봐!

내 아내가 말하기 곤란한 것을 부탁한단다."

그러자 넙치가 헤엄쳐 나오면서 말했다. "말해 보세요, 그녀가 원하는 게 뭐예요?"

"이것 참! 내 아낸 내가 널 잡았으니 너에게 뭔가를 바라야 한다고 생각해. 그녀는 더 이상 비좁은 오두막집에 살기를 원하지 않아. 큰집을 원해." 남자는 말했다.

"지금 당장 집으로 가 보세요. 부인께서 큰 집에 있을 거예요." 넙치가 말했다.

그 말을 듣고 남자는 집으로 갔는데, 아내는 더 이상 오두막집에 있지 않았고, 오두막집이 있던 자리엔 대신 근사한 큰집이 있었다. 그리고 아내는 문 앞에 있는 벤치에 앉아 있었다. 그녀는 그의 손을 잡으며 말했다. "안으로 들어와요. 훨씬 더 좋아 보일 테니까요." 그들이 안으로 들어서자, 큰집 안에는 작은 홀, 아름다운 거실, 침대가 놓인 침실, 가구가 최고급으로 설비된 부엌과 온갖 종류의 주석과 구리 주방용구가 갖춰진 식당이 보였다. 집밖에는 닭과 오리가 놀고 있는 안마당과 야채와 과일나무가 심어져 있는 작은 정원도 있었다.

"보세요. 근사하지 않나요?" 아내는 말했다.

"그렇군. 우리는 이곳에서 지내며 행복하게 살 것이요." 남편이 대답했다.

"그렇게 되겠지요." 아내가 말했다.

이런 말을 하면서 그들은 저녁을 먹고 잠자리에 들었다. 아무런 탈 없이 한두 주일이 지나갔다. 그런데 시간이 지나자 아내가 말했다.

"이봐요, 여보. 집이 좀 작아요. 안마당도 그렇고 정원도 작은 것 같아요. 넙치라면 우리에게 대저택 정도는 줘도 되지 않나요. 난 커다란 돌로 된 성에서 살고 싶어요. 지금 그에게 가서 성 한 채만 달라고 말하세요."

"아, 부인! 이 집만으로도 충분해요. 우리가 왜 성에서 살아야 하는 거요?" 어부가 말했다.

"왜라니요? 빨리 가 봐요. 넙치라면 그렇게 해줄 수 있어요." 아내가 말했다.

"이봐요, 부인, 넙치는 우리에게 큰집을 주었어요. 또다시 부탁하고 싶지 않아요. 그가 불쾌하게 생각할 것이오." 남자는 말했다.

"어서 가요. 그는 틀림없이 부탁을 들어줄 거고, 또 당연히 그렇게 해야 해요. 지금 당장 가보세요." 아내는 말했다.

어부의 마음은 아주 무거웠고, 정말로 그곳엔 다시 가고 싶지가 않았다. 그는 혼잣말을 했다. "이건 옳지 않아." 그럼에도 그는 계속 걸어갔다.

그가 바닷가에 도착했을 때, 바닷물은 온통 보라색과 짙은 청색에다 칙칙하고 두터워 보였고, 더 이상 초록색이나 노란색이 아니었다. 하지만 물 표면은 여전히 매끄러웠다.

그는 물가에 서서 말했다.

"한때는 왕자였지만, 이젠 바다에서 넙치로 변한
물고기야. 이리 나와 봐!
내 아내가 말하기 힘든 부탁을 하는구나."

"그녀가 원하는 것이 또 뭐예요?" 넙치가 말했다.

"그게! 그녀는 커다란 돌로 된 성에서 살기를 원해." 어부는 겸연쩍어 하면서 말했다.

"집으로 가 보세요. 그녀가 성문 앞에 서 있을 거예요." 넙치가 말했다.

어부는 돌아오면서 그런 집이 있을 리 없다고 생각했다. 하지만 그가 집 가까이 오자, 그곳에는 커다란 돌로 된 궁전이 세워져 있었고, 아내가 출입구 근처 계단 위에 서 있는 것이 보였다. 그녀는 그의 손을 잡으면서 말했다. "자 안으로 들어와 봐요."

그는 아내와 함께 안으로 들어갔는데, 성 안에는 대리석 바닥이 깔린 넓은 홀이 있었고, 그들을 위해 커다란 문을 열어준 하인들도 상당수가 되었다. 그리고 사방 벽면은 아름다운 벽걸이 융단이 걸려 있고 각각의 방에는 도금된 의자와 탁자들이 갖춰져 있었으며 천장에는 수정으로 된 샹들리에가 매달려 있었다. 그리고 모든 방에는 화려한 양탄자가 깔려 있었다. 그들이 식사를 원하자 최상의 음식과 음료수가 그들 앞에 차려졌다. 집 밖에는 마구간과 외양간 그리고 마차차고가 최고급으로 지어진 안마당과 아름다운 꽃과 과일나무가 있는 멋진 정원이 있었다. 거기에다 사슴과 노루 그리고 산토끼가 뛰노는 5평방 제곱킬로미터나 되는 공원도 있었다. 모두 더 이상 바랄 것이 없는 최상의 것들이었다.

"보세요. 너무도 멋지지 않나요?" 아내가 말했다.

"그래요, 정말로 멋지군. 우리가 살 보금자리요. 아름다운 이 성에서 행복하게 살아갑시다." 어부는 말했다.

"그렇게 해봐요." 아내는 말했다. 그리고 그들은 잠자리에 들었다.

다음 날 아침 아내는 동이 트자마자 곧바로 침대를 빠져나와 눈앞에 펼쳐진 아름다운 시골 전경을 바라보았다. 남편은 아직 자고 있었는데, 그녀는 팔꿈치로 남편의 옆구리를 찌르면서 말했다.

"여보, 일어나서 창밖을 내다봐요. 이 땅을 다스리는 왕이 될 수는 없을까요? 넙치에게 가서 왕이 되고 싶다고 말하세요."

"아, 여보, 우리가 왜 왕이 되어야 하지? 난 왕이 되고 싶지 않소." 남편은 대답했다.

"그렇다면 좋아요. 만약 당신이 원하지 않는다면, 내가 왕이 되겠어요. 넙치에게 가보세요. 내가 왕이 될 거라고요." 아내는 말했다.

"저런! 여보. 도대체 왜 왕이 되려는 거요? 그건 부탁할 수가 없는 일이요." 어부는 말했다.

"되지 말라는 법이라도 있어요? 지금 당장 넙치에게 가 봐요. 난 틀림없이 왕이 될 거예요." 아내는 말했다.

어부는 아내가 왕이 되길 원하는 것에 괴로워하며 바닷가로 갔다. "이건 옳지 않아! 옳지 않은 일이야!" 그는 생각했다. 그는 정말 가고 싶지 않았지만, 어쨌든 그는 바닷가로 갔다.

그가 바닷가에 왔을 때, 바닷물은 짙은 회색이었고 해변을 향해 몰려들고 있었다. 그 모습을 보며 그는 말했다.

"한때는 왕자였지만, 이젠 바다에서 넙치로 변한
물고기야. 이리 나와 봐!
내 아내가 말하기 힘든 부탁을 하는구나."

"그녀가 원하는 것이 또 뭐예요?" 넙치가 말했다.

"그게! 그녀는 왕이 되길 원한단다." 어부는 말했다.

"집으로 가보세요. 이미 왕이 되어 있을 거예요." 넙치는 말했다.

어부는 집으로 갔는데, 그가 전에 살던 궁전 가까이에 오자 그 집이 전보다 훨씬 더 커진 것을 알았다. 궁전엔 전에 없던 큰 탑들이 생겨났고, 그곳에는 화려한 장식이 조각되어 있었다. 정문에는 보초병이 서 있고 팀파니와 트럼펫을 들고 있는 수십 명의 병사들도 있었다. 그가 궁전에 도착했을 때, 모든 것이 순수한 대리석이나 순금으로 되어 있고 황금술이 달린 무늬를 놓아 짠 커튼도 있음을 알았다. 홀의 문들이 열리자 조정신하들이 황금과 다이아몬드로 된 왕좌에 앉아 있는 아내의 둘레에 서 있는 모습이 보였다. 그녀는 황금왕관을 쓰고 있었고 손에는 황금과 보석으로 된 왕권을 상징하는 홀을 들고 있었다. 그리고 그녀의 양 옆으로는 여섯 명의 시종들이 일렬로 서 있었는데, 그들은 차례로 전 사람보다 머리 하나만큼씩 키가 컸다. 주욱 둘러본 후 그는 아내에게 걸어가서 말했다.

"아, 여보! 왕이 된 것이요?"

"그래요, 이제 난 왕이에요." 아내는 말했다.

그는 서서 아내를 바라보았다. 그리고 한참을 바라보다 말을 이었다.

"더는 바라지 맙시다. 여보, 이젠 왕이 되지 않았소! 사실 이제 더 이상 부족한 것도 없어요."

"아니, 여보 내 욕망은 끝이 없어요. 더 이상 그것을 억제하지 않겠어요. 넙치에게 가서 말하세요. 이제 내가 왕이니, 황제가 되어야 한다고요." 아내는 노심초사하며 말했다.

"아니! 여보. 대체 왜 황제가 되려는 것이요?" 어부가 말했다.

"여보. 넙치에게 가세요. 난 황제가 될 거예요." 그녀는 말했다.

“아, 여보. 넙치는 당신을 황제로 만들 수 없어요. 그런 부탁은 하고 싶지도 않구려. 이 왕국에 황제는 오직 한 분뿐이오. 정말이지, 정말로 그가 당신을 황제로 만들진 못해요.” 그는 말했다.

“뭐라고요! 난 왕이고, 당신은 내 남편이에요. 지금 당장 가시지 않겠어요? 당장 가요! 그가 날 왕으로 만들었으니 황제도 만들 수 있을 거예요. 난 황제가 되어야 하고 반드시 될 거예요. 어서 가세요!” 아내는 소리쳤다.

그래서 그는 가야했다. 그러나 그는 가면서 무서움을 느끼며 마음속으로 생각했다. “이것은 옳지 않은 일이야. 황제가 된다는 건 너무도 큰 야심이야. 넙치도 결국 진저리를 치고 말거야.”

그러한 생각을 하던 차에 그는 해변에 도착했다. 바다는 완전히 검은색이었고 두터웠다. 바닷물은 해변을 세차게 강타했고, 물거품은 사방으로 튀었다. 거기다 바람은 세차게 불고 있었고, 그야말로 모든 것이 황량하게만 보였다. 어부는 두려움으로 치를 떨었다. 그는 가만히 서서 말했다.

> “한때는 왕자였지만, 이젠 바다에서 넙치로 변한
> 물고기야. 이리 나와 봐!
> 내 아내가 말하기 힘든 부탁을 하는구나.”

“그녀가 원하는 것이 또 뭐예요?” 넙치가 말했다.

“그게! 그녀는 황제가 되길 원한단다.” 어부는 말했다.

“집으로 가보세요. 이미 황제 되어 있을 거예요.” 넙치는 말했다.

그래서 어부는 집으로 돌아왔는데, 집에 도착한 그는 성 전체가 반짝이는 대리석으로 되어 있고, 곳곳이 설화석고로 만든 동상과 황금으로 장식되어 있는 것을 보게 되었다. 성문 앞에는 병사들이 트럼펫을 불며 북을 치면서 행진을 하고 있었다. 궁전 안에는 남작과 백작 그리고 후작들이 걸어 다니고 있었는데, 그들은 그가 들어가자 황금을 두드려 만든 문을 열어주면서 시중을 들었다. 그렇게 안으로 들어간 그는 커다란 금덩어리로 만든 왕좌에 앉아 있는 아내를 보았는데, 그것은 높이가 3미터쯤 되었다. 그녀는 황금으로 만든 왕관도 쓰고 있었는데, 그것도 높이가 3미터에 육박하고 찬란하고 눈부신 보석들로 치장되어 있었다. 그녀는 한 손에 황제를 상징하는 홀을 들고 있었고, 다른 한 손엔 황제의 금구를 들고 있었다. 그리고 그녀가 서 있는 곳을 기준으로 해서 양 옆으로는 미늘창을 가진 군사들이 키순서대로 이열종대를 이루면서 서 있었고, 그들의 키는 2미터 10센티의 장신으로부터 약지 손가락보다 크지 않은 난쟁이 중의 난쟁이들까지 크기가 다양했다. 많은 왕자와 공작들이 그녀 앞에 서 있었다. 어부는 그녀에게 다가가 조용히 말했다.

"부인, 이제 황제가 된 것이오?"

"그래요. 나는 이제 황제가 되었어요." 그녀는 대답했다.

그는 서서 그녀의 호사스러움을 바라보았다. 그는 얼마 동안 그녀를 바라본 후 말을 꺼냈다.

"아, 부인. 당신은 이제 황제가 되었으니, 이것으로 만족합시다."

"여보. 왜 거기 그렇게 서 있는 것이오? 이제 난 황제가 되었으니, 다음엔 교황이 되어보고 싶어요. 어서 넙치에게 가보세요." 그녀가 말했다.

"아아! 부인. 무엇을 또 바란단 말이오? 당신은 교황이 될 수 없어요. 기독교국의 교황은 오직 한 분뿐이오. 넙치라도 당신을 교황으로 만들진 못하오." 어부는 말했다.

"여보. 난 교황이 될 거에요. 어서 빨리 가보세요. 오늘 당장 교황이 되어야 해요." 그녀는 말했다.

"오, 부인. 그것은 부탁할 수 없소. 그건 옳지 않아요. 너무 무리한 부탁이오. 넙치라도 당신을 교황으로 만들 순 없소."

"이봐요. 여보, 쓸데없는 소리 말아요. 날 황제로 만들었으니, 틀림없이 교황으로도 만들 수 있을 거예요. 지금 당장 가보세요. 난 황제고 당신은 내 남편이에요. 지금 당장 내려가지 못하겠어요?" 아내는 말했다.

그래서 그는 겁에 질려 그곳으로 갔다. 그러나 그는 현기증을 느꼈고 몸이 심하게 떨리면서 무릎과 다리에 힘이 쭉 빠졌다. 바람은 대지 위를 사납게 불었고, 하늘을 가로질러 떠가는 구름은 마치 밤인 것처럼 침울했다. 나무에서는 나뭇잎들이 떨어져 내리고 있었고, 바닷물은 거품을 내며 펄펄 끓어오르듯 해안가에 강하게 부딪쳤다. 그는 저 멀리서 배들이 물결에 이리저리 춤을 추듯 떠밀리면서 상당한 곤궁에 처해 있음을 보았다. 하늘의 한 중간은 아직도 푸른빛을 띠고 있었지만, 그 주변으로는 커다란 폭풍이 이는 것처럼 분노한 빨간색을 띠었다. 그래서 그는 불안에 떨면서 그 자리에 선채로 말했다.

> "한때는 왕자였지만, 이젠 바다에서 넙치로 변한
> 물고기야. 이리 나와 봐!
> 내 아내가 말하기 힘든 부탁을 하는구나."

"그녀가 원하는 것이 이번엔 또 뭐예요?" 넙치가 물었다.

"아아! 그녀는 교황이 되길 원한단다." 어부는 말했다.

"집으로 가보세요. 이미 교황이 되어 있을 거예요." 넙치는 말했다.

그 말을 들은 후 그는 집으로 돌아왔다. 집으로 돌아온 그는 수많은 궁전으로 둘러싸인 커다란 성당을 보았다. 그는 사람들을 밀치며 앞으로 나아갔다. 성당의 내부는 수백만 개의 촛불이 밝혀져 있었고, 황금으로 된 옷을 입고 있는 아내는 이전보다도 훨씬 더 높은 왕좌에 앉아 커다란 세 개의 황금왕관을 쓰고 있었다. 고위 성직자들이 그녀를 둘러싸고 있었고, 양쪽 옆에는 촛대가 이열종대로 죽 늘어서 있었는데, 그것들 중 가장 큰 것은 뾰족탑 정도가 되었고 가장 작은 것은 크리스마스트리용의 양초만 하였다. 모든 황제와 왕들이 그녀 앞에 무릎을 꿇고서 그녀의 발에다가 키스를 하고 있었다.

"여보. 이제 교황이 된 것이요?" 어부는 그녀를 바라보며 말했다.

"그래요. 난 이제 교황이에요." 그녀는 말했다.

그는 잠시 그녀를 서서 바라보았는데, 그것은 마치 눈부신 태양을 바라보는 것 같은 느낌이었다. 그는 얼마간 그녀를 지켜본 다음 말을 이었다.

"아, 부인. 이제 교황이 된 것으로 충분히 만족합시다."

그러나 그녀는 나무처럼 꼿꼿이 앉아 허리를 굽힌다거나 하는 한 치의 움직임도 없었다. 그러자 그는 다시 한 번 말했다.

"여보, 교황으로 만족합시다. 이젠 더 이상 될 만한 것도 없잖소."

"그 점은 좀 더 생각해봐요." 아내는 말했다.

이 말을 마치고 그들은 잠자리에 들었다. 그러나 그 여인은 만족하지 않았다. 그녀는 탐욕 때문에 잠을 자지 못했다. 그녀는 앞으로 될 만한 것이 무엇이 있을까를 생각하고 또 생각했다. 하루 종일 많은 일을 한 어부는 잠을 곤하게 잤다. 반면에 그의 아내는 한숨도 잠을 자지 못했고 밤새

이리저리 몸을 뒤척이며 생각만 했다. 하지만 그녀는 아무리 생각해도 지금보다 더 나은 존재가 되는 것이 무엇일까에 대한 해답은 떠오르지 않았다. 그러는 사이 태양은 떠올랐는데, 그녀는 붉게 물든 새벽이 오자 침대의 끄트머리로 걸어가 그 모습을 바라보았다. 그리고 그녀는 태양이 떠오르는 모습을 보면서 한 가지 생각을 하게 되었다. "아하! 내가 태양을 떠오르게 하고 사람을 일어나게 할 수 있을까?"

"여보. 일어나요. 빨리 넙치에게 가보세요. 난 신이 될 거예요." 그녀는 팔꿈치로 그의 갈빗대를 찌르면서 말했다.

어부는 아직 잠에서 덜 깬 상태였지만, 그 말에 너무 놀라 침대에서 굴러 떨어졌다. 그는 자기가 잘못 들었다고 생각하고서 눈을 크게 뜨면서 말했다.

"뭐라고 했소, 여보?"

"여보. 만일 내가 태양을 떠오르게 하고 사람을 잠에서 깨우지 못한다면 난 견딜 수 없을 것 같아요. 난 태양을 떠오르게 하고, 인간을 일어나게 만들기 전까지 결코 한순간도 마음의 평정을 찾지 못할 거예요." 그녀는 말했다.

그는 공포에 질려 그녀를 바라보았고, 온몸이 부들부들 떨렸다.

"지금 당장 가세요. 난 신이 될 거예요."

"아아! 여보. 넙치라도 그것은 할 수 없는 일이요. 그가 당신을 황제로, 또 교황으로 만들어 주었지 않소. 제발 부탁이니 여기서 만족하고 그냥 교황으로 살아요." 어부는 그녀 앞에 무릎을 꿇으면서 말했다.

그러자 그녀는 몹시 격분했고 머리카락을 얼굴 위로 사납게 늘어뜨리고는 남편에게 발길질을 하면서 비명을 질렀다.

"난 만족할 수 없어. 절대로 만족할 수 없다고! 어서 가지 못해?"

그는 어쩔 수 없이 옷을 부랴부랴 챙겨 입고 미친 사람처럼 뛰어나왔다.

그러나 밖은 폭풍우가 사납게 광분하고 있어 제대로 서 있기조차 힘들었다. 집과 나무들은 바람에 날아가고 있었고, 산이 진동하면서 굴러 떨어진 돌덩이들은 바닷물로 쏟아지며 들어갔다. 하늘은 잉크를 풀어놓은 듯

온통 검은 색이었고, 천둥과 번개가 쉼 없이 쳐대고 있었다. 바다는 거대한 파도가 일어 성당의 첨탑이나 높은 산만큼이나 솟아올랐고 각각의 파도는 흰 거품의 물마루를 이루고 있었다.

그곳에서 그는 소리를 질렀으나 자신의 목소리조차 들리지가 않았다.

"한때는 왕자였지만, 이젠 바다에서 넙치로 변한
물고기야. 이리 나와 봐!
내 아내가 말하기 힘든 부탁을 하는구나."

"그녀가 원하는 것이 이번엔 또 뭐예요?" 넙치가 물었다.
"아아! 그녀는 신이 되길 원한단다." 어부는 말했다.
"집으로 가보세요. 그녀는 다시 오두막집에 앉아 있을 거예요."
그래서 그들은 그 오두막집에서 지금도 앉아 있다.

독일
그림 Grimm

세 명의 음악가 The Three Musicians

옛날 옛날에 세 명의 음악가가 집을 떠나 여행길에 올랐다. 그들은 모두 같은 스승에게 음악을 배웠다. 그들은 사이좋게 지내면서 다른 고장으로 가서 행운을 찾기로 결심했다. 그들은 이곳저곳을 즐겁게 떠돌면서 꽤 만족스러운 생활을 했는데, 그들의 연주를 들은 사람들은 모두 다 그들의 능력을 인정해 주었다. 어느 날 저녁 그들은 어떤 마을에 도착했고, 그곳에서 아름다운 연주로 사람들을 즐겁게 해 주었다. 마침내 연주가 끝나고 그들은 식사를 하면서 주위에 있는 사람들이 하는 말을 듣게 되었다. 그들은 그 고장에서 일어나고 있는 시시콜콜한 것들에 관해 모든 이야기를 듣게 되었는데, 그 중에는 정말로 신기한 것도 있었다. 그러다 결국 그들의 이야기는 인근에 있는 어떤 성에 관한 것으로까지 이어지게 되었고, 그에 관한 많은 신비하고 놀라운 얘기가 거론되었다. 누군가는 그곳에서 숨겨진 보물이 발견되었다 하고, 또 누군가는 그곳에는 언제나 온갖 산해진미가 마련되어 있다고도 했는데, 공통된 이야기는 그곳엔 아무도 살지 않는다는 것이었다. 그리고 세 번째로 말한 사람에 따르면, 그 성 안에는 사악한 정령이 살고 있어 그 성에 한 번 들어가면 살아서보다는 죽어서 나올 확률이 훨씬 더 높다는 것이었다.

세 명의 음악가는 침실에 자신들만 있게 되자, 그 신비한 성을 직접 찾아가서 숨겨진 보물이 있는지를 조사하고 만약 있다면 가지고 나오자는

데 의견을 모았다. 그들은 그러한 시도를 나이순에 따라 한 사람씩 해보자는 것과, 그것에 필요한 시간을 각자 하루씩 갖자는데 합의를 했다.

그렇게 해서 바이올린 연주자가 제일 먼저 모험을 떠났다. 그는 최상의 기분으로 용기백배하여 길을 떠났다. 성에 도착했을 때 그는 마치 자기를 기다리고 있기라도 하듯이 정문이 활짝 열려 있는 것을 발견했다. 하지만 그가 안으로 발을 들여놓기가 무섭게 육중한 문은 쾅 소리를 내며 닫힘과 동시에 거대한 쇠막대로 빗장이 채워졌다. 그것은 마치 보초병이 지켜보고 있다가 그렇게 하는 것처럼 보였는데, 어디를 둘러봐도 사람은 눈에 띄지 않았다. 끔찍한 공포감이 그에게 밀려들었다. 하지만 되돌아 나간다거나 그 자리에 가만히 서 있어봐야 희망이 없기는 마찬가지였다. 그리고 황금과 보물을 찾을 수 있다는 희망이 들자 그는 다시 성 안으로 계속 들어갈 수 있는 힘과 용기를 얻었다. 그는 위층과 아래층을 샅샅이 살펴보았으며, 천장이 아주 높은 홀을 가로질러 화려하게 장식된 여러 개의 방과 내실까지도 들어가 보았다. 그 안은 아름답게 정돈되어 있었고 크기에 따라 모든 것들이 완벽한 형태로 배열되어 있었다. 그러나 죽음과 같은 침묵이 곳곳에 배어 있었고, 파리 한 마리조차 보이지 않았다. 그럼에도 불구하고 그 젊은이는 지하실로 내려갔을 때 다시금 활기를 되찾을 수 있었는데, 그것은 그가 부엌으로 들어가자 그곳에 구미가 당기고 맛있는 음식이 훌륭하게 가득 차려져 있었고, 지장고엔 아주 비싼 포도주들이 가득했고, 광에는 생각할 수 있는 온갖 종류의 잼이 든 항아리로 꽉 채워져 있었기 때문이다. 부엌에는 불이 활기차게 타고 있었는데, 위에 고기는 어떤 보이지 않는 손에 의해 손질되고 있었고, 온갖 종류의 야채와 맛있는 요리도 그렇게 조리되고 있었다. 바이올린 연주자는 미처 생각해볼 틈도 없이 보이지 않는 손에 의해 작은 방으로 떠밀려 들어가게 되었는데, 그곳에는 그가 방금 부엌에서 본 조리되고 있던 맛있는 음식들이 식탁 위에 가득 차려져 있었다.

젊은이는 바이올린을 손에 쥐고 조용한 홀이 가득 울리도록 아름다운 곡조를 연주하기 시작했다. 그리고 나서 그는 자리에 앉아 그 많은 음식을 먹기 시작했다. 그러나 오래지 않아 문이 열리고 작은 사람이 방으로 들어왔는데, 그의 키가 90센티미터도 되지 않는데다가 실내복을 입은 얼굴엔 잔주름과 은으로 된 죔쇠가 달린 신발까지 내려오는 흰 수염이 있었다. 작은 사람은 바이올린 연주자 옆에 나란히 앉아 그와 함께 식사를 했다. 그들이 새 요리를 먹을 차례가 되자 바이올린 연주자는 난쟁이에게 나이프와 포크를 주고는 그에게 먼저 음식을 먹고 자기에게 전달해 달라는 동작을 취했다. 작은 사람은 고개를 끄덕이었지만, 그는 먹는 방식이 너무도 서툴러 칼로 썰어낸 고기조각을 바닥에 떨어뜨렸다.

성격이 좋은 바이올린 연주자는 그것을 줍기 위해 허리를 굽혔는데, 눈 깜짝할 사이에 작은 사람은 그의 등에 올라타서 있는 힘껏 때리기 시작해 곧 머리와 온몸을 멍들게 만들었다. 결국 그가 거의 죽을 지경에 이르게 되었을 때에야 작은 사람은 등에서 내려와 불과 몇 시간 전에 그가 그토록

고양된 기분으로 들어왔던 바로 그 쇠로 된 문 밖으로 쫓아냈다. 신선한 공기를 마신 뒤에야 그는 다시 정신이 들었는데, 그러고 나서도 얼마간의 시간이 더 지나서야 그는 아픈 팔다리로 비틀대면서 동료들이 기다리고 있는 여인숙으로 돌아올 수 있었다. 그가 도착했을 때는 밤이었기 때문에 다른 두 음악가는 깊은 잠에 빠져 있었다. 다음 날 아침 그들은 옆에서 잠들어 있는 바이올린 연주자를 발견하고는 몹시 놀랐다. 그들은 곧바로 그를 깨워 수많은 질문을 퍼부어댔다. 그러나 바이올린 연주자는 등과 얼굴을 감추고는 아주 짧게만 대답했다. "너희들이 가서 그곳에서의 일을 직접 살펴봐! 조심스럽게 처신해야 해."

이제 트럼펫 연주자인 두 번째 연주자가 갈 차례가 되었다. 그리고 모든 일은 바이올린 연주자에게 일어났던 바로 그대로 진행되었다. 그도 첫 번째 사람처럼 똑같이 환대를 받았고, 그 다음엔 잔인하게 두들겨 맞았다. 그래서 다음 날이 되자 그 역시 상처 입은 토끼처럼 침대에 누워 친구들에게 그 유령이 출몰하는 성에는 두 번 다시 갈 일이 아니라고 말했다. 그가 이처럼 경고를 했음에도 불구하고, 플루트를 연주하는 세 번째 음악가는 여전히 자신의 운을 시험해 보고 싶었다. 그리고 그는 잔뜩 용기를 내어 어떻게 해서든 숨겨진 보물을 찾아 낼 결심을 하고 길을 떠났다.

두려움 없이 그는 온 성안을 둘러보면서 화려하게 치장된 방들을 차례로 들여다보았는데, 무엇보다도 그는 고기를 저장하는 식료품실과 포도주가 가득 들어찬 저장고를 보면서 이런 곳에서 살 수 있다면 얼마나 좋을까를 생각했다. 그가 성안을 둘러보면서 노래를 부르고 플루트를 연주하는 동안에 그를 위한 음식이 식탁에 준비되었다. 그러자 그도 동료들이 그랬던 것처럼 자기 앞에 차려진 맛있는 음식을 먹으려고 의자에 앉았다. 그러자 턱수염이 달린 작은 사람이 이전처럼 또 들어와서 플루트 연주자 옆에 나란히 앉았다. 하지만 그는 낯선 사람의 등장에 전혀 놀라지 않고 마치 그를 알고 지냈던 사람처럼 스스럼없이 말을 걸었다. 하지만 그는 그 사람이 별로 말하는 것을 좋아하지 않는다고 느꼈다. 마침내 새 요리를 먹을 차례가 되자 작은 사람은 전에 그랬던 것처럼 바닥에다 고기를 한 조각 떨어뜨렸다. 성격이 좋은 플루트 연주자는 그것을 대신 줍기 위해 허리를 굽혔는데, 그때 그는 난쟁이가 자신의 등에 올라타려고 하는 것을 알아차렸다. 그는 순간 재빨리 몸을 뒤로 돌리면서 작은 사람의 수염을 잡아당겨 세게 흔들어대자 수염은 뽑혀 나왔고, 그 난쟁이는 고통에 몸부림치며 땅바닥에 나뒹굴었다.

그런데 젊은이는 손에 턱수염을 잡자마자 온몸이 강해지는 느낌이 들었고 무엇이든 다 할 수 있을 것만 같았다. 그리고 그는 지금까지 주목하지 못했던 성 안에 있는 온갖 종류의 것들을 새롭게 인식하기 시작했다. 이와는 반대로 작은 사람은 온몸에서 힘이 다 빠져 나간 것처럼 보였다. 그는 흐느껴 울면서 부탁했다. "제발, 내게 그 수염을 다시 돌려주시오. 그러면 이 성을 감싸고 있는 모든 마법에 대해 다 설명해 주리다. 거기다 당신을 영원히 부유하고 행복하게 만들어줄 숨겨진 보물을 찾을 수 있도록 도와주겠소."

그러나 영리한 플루트 연주자는 대답했다. "난 당신에게 수염은 돌려줄 것이오. 하지만 그보다 먼저 당신은 당신이 약속한 것을 먼저 해주어야겠소. 그렇게 하기 전까지 난 이 손에서 수염을 절대로 놓지 않을 작정이오."

그러자 오직 수염을 돌려받는 것만을 염두에 두고 한 말이었다 해도 늙은이는 자신이 한 약속을 이행하지 않을 수 없었다. 그는 젊은이를 뒤따르게 한 다음 어두운 비밀 통로와 지하실 그리고 회색 바위를 지나 마침내 넓은 들판으로 나오게 되었는데, 그곳은 일반인들이 사는 세상보다도 훨씬 더 아름다운 세상인 것처럼 보였다. 마침내 그들이 물살이 빠른 강물에 다다르게 되자 작은 사람은 마술지팡이를 꺼내어 물결 위에 닿게 했다. 그러자 강물은 양쪽으로 갈라지며 그대로 정지했고, 두 사람은 발에 물 한 방울 적시지 않고 건너갈 수 있었다. 강 건너편에 있는 것들은 맞은편에 있는 것에 비하면 훨씬 더 아름다운 것들이었다. 정감 있는 초록색 깊은 숲으로 이어졌고, 들판엔 온갖 꽃들로 가득했으며, 황금빛과 은빛 깃털을 지닌 새들은 나무 위에서 노래하고, 어여쁜 나비들과 빛나는 딱정벌레들은 하늘하늘 날거나 이리저리 기어 다니고 귀여운 작은 동물들은 잡목 숲이

나 산울타리에 숨어 있었다. 머리 위의 하늘은 푸른색이 아닌 맑은 황금빛을 띠었고, 별들은 흔히 보이는 것보다 두 배는 더 커보였고, 지상에서 보는 것보다 훨씬 더 밝아 보였다.

젊은이는 작은 늙은이가 성 안으로 자기를 이끌고 가는 동안 놀라움이 더욱 커지게 되었는데, 그 이유는 안으로 들어가면 갈수록 점점 더 공간이 넓어졌을 뿐만 아니라 더욱 화려해졌기 때문이다. 물론 이곳에서도 여전히 무거운 침묵은 흘렀다. 그들은 성을 이곳저곳 돌아서 마침내 어떤 방으로 들어오게 되었는데, 한 중간에는 사방이 두꺼운 커튼으로 드리워진 침대가 천장에 매달려 있었다. 침대 위에는 새장이 하나 걸려 있었고, 그 안에 있는 새는 매혹적인 노래를 조용한 공간으로 퍼트리고 있었다. 작은 늙은이는 침대 위로 커튼을 들추어낸 다음 손짓으로 젊은이를 가까이 오라고 불렀다. 황금으로 수놓아진 풍성한 비단 쿠션 위에는 사랑스러운 아가씨가 잠을 자고 있었다. 그녀는 천사처럼 아름다웠는데, 황금빛 머리칼은 고리

모양으로 말리면서 대리석 어깨까지 흘러내리고 이마에는 다이아몬드 왕관이 반짝이고 있었다. 그러나 죽음과도 같은 잠이 마법으로 그녀를 감싸고 있어서 어떤 소리도 그녀를 깨우는 것은 불가능해 보였다.

작은 남자는 어안이 벙벙해 있는 젊은이를 바라보면서 말했다. "자 보시오, 여기에 잠자는 아가씨가 있소! 그녀는 막강한 권력을 가진 공주라오. 이 화려한 성과 마법에 걸린 땅이 모두 다 그녀의 것이라오. 하지만 수 백 년 동안 그녀는 마술에 걸려 잠만 자고 있는데, 그동안 이곳까지 찾아온 사람은 아무도 없었소. 오직 나만 그녀를 바라보고 있는 중인데, 난 음식을 먹거나 황금을 찾기 위해 오는 탐욕스런 자들을 혼내주기 위해서만 내 성으로 건너간다오. 내가 줄곧 공주를 지켜보면서 가장 신경을 쓰는 일은 혹 누가 그녀에게 다가오지는 않을까 하는 것이었다오. 허나 나의 모든 마법은 수염에서 나오는 것인데, 그것을 지금 당신이 갖고 있으니, 난 그저 무기력할 뿐이오. 그 때문에 난 아름다운 그녀를 더 이상 마법의 잠 속에 빠져들게 할 수도 없고, 내 모든 비밀을 당신에게 알려 주어야 했소. 그러니 당신은 내가 말하는 대로 즉시 그 일을 처리하시오. 먼저 공주의 머리 위쪽에 걸려 있는 새를 잡으시오. 그 새는 자신의 노래로 공주를 마법의 잠에 빠뜨렸고 또 지금까지도 그렇게 하고 있는 중이오. 어서 그 새를 잡아서 죽이시오. 그런 다음 그 새의 작은 심장을 꺼내어 불에 태워 가루로 만들고, 그 가루를 공주의 입안에 털어 넣으시오. 그러면 그녀는 곧바로 깨어나게 될 것이고, 당신에게 마음을 주고 청혼을 하게 될 터이고, 그렇게 하면 그녀의 왕국과 성 그리고 그녀가 가진 모든 보물은 당신의 차지가 될 것이오.

난쟁이는 기력이 다 소진되어 하던 말을 멈추었다. 그러자 젊은이는 오래 기다릴 것도 없이 그가 말한 대로 행했다. 그는 작은 새의 심장을 꺼낸 다음 그것을 가루로 만드는 일을 신중하면서도 신속하게 처리했다. 그가 가루를 공주의 입에 대자 그녀는 그 즉시 사랑스런 눈을 뜨면서 젊은이의 얼굴을 행복하게 바라보았다. 그녀는 부드럽게 키스를 하면서 마법의 잠으로부터 자신을 자유롭게 해준 것에 대해 그에게 감사했다. 그리고 그녀는 앞으로 그의 아내가 되겠다는 약속도 했다. 그 순간 천둥소리가 성 전체에 울려 퍼졌는데, 그 소리는 성안의 계단이나 구석에 있는 작은방에까지 다 이르게 되었다. 그러자 수많은 하인과 하녀들이 행복한 한 쌍이 앉아 있는 방으로 몰려와서는 공주와 신랑을 축복한 다음 성 안의 곳곳으로 달려 나가 각자 맡은 바 임무를 담당하기 시작했다.

그러나 늙은 난쟁이는 젊은이에게 수염을 달라고 조르기 시작했는데, 그의 사악한 마음속에는 조만간 그들이 누리는 모든 행복을 끝장낼 결심이 자라나고 있었다. 그는 잃어버린 자기 수염이 턱에 다시 붙기만 한다면 자기가 원하는 것을 모두 다 할 수 있다는 것을 알고 있었다. 그러나 영리한 플루트 연주자는 작은 남자 못지않은 교활한 재간을 지니고 있어서 다음과 같이 말했다. "좋아요. 걱정할 것 없소. 우리가 헤어지기 전 당신은 수염을 돌려받게 될 거요. 하지만 당신은 먼저 내 신부와 나를 당신의 고향으로 잠시 데리고 가야겠소."

난쟁이는 그 요구를 거부할 수 없었고, 그들은 함께 아름다운 푸른 초원길을 지나고 꽃이 만발한 목초지를 지나 마침내 공주의 땅을 수 킬로미터나 돌며 흐르고 있는 왕국의 경계선이 되는 강까지 오게 되었다. 그곳에는 다리도 없었고 어느 곳에서도 한 척의 나룻배도 보이지가 않았다. 따라서 맞은편까지 건너가는 것은 불가능했다. 아무리 뛰어난 수영선수라도 감히 사납고 으르렁거리는 물속에는 뛰어들지 못할 것이다. 그러자 젊은이는 난쟁이에게 말했다. "내가 물결을 가를 수 있게 마술지팡이를 좀 주시오."

난쟁이는 젊은이가 여전히 자신의 수염을 가지고 있었기 때문에 그가 시키는 대로 할 수밖에 없었다. 그러나 그 사악한 작은 남자는 즐거운 마음에 씩 웃고는 속으로 생각했다. "그 바보 같은 녀석은 강을 건너자마자 수염을 돌려주겠지. 그러면 난 힘을 얼른 회복해서 재빨리 마술지팡이를 움켜잡고 그들이 다시는 아름다운 나라로 돌아가지 못하도록 해야지."

하지만 난쟁이의 사악한 의도는 결국 실패할 운명이었다. 행복한 젊은이가 마술지팡이로 물을 치자 물결이 갈라지며 움직이지 않게 되었고, 그 길을 따라 난쟁이는 앞서 걸어가 결국 강을 건너게 되었다. 그런데 그가

강을 건너는 순간 곧바로 뒤에서 강물이 다시 합쳐졌고, 젊은이와 사랑스런 신부는 그가 있는 반대편 강가에 그대로 서 있었다. 그들은 그의 수염을 강 건너에 있는 그에게로 던져 주었지만, 마술지팡이는 여전히 갖고 있었기 때문에 사악한 난쟁이는 두 번 다시 그들의 왕국으로 돌아올 수가 없었다. 그렇게 해서 행복한 한 쌍은 성으로 돌아온 다음 그곳에서 영원히 평화롭고 풍족한 삶을 살게 되었다. 그러나 나머지 두 명의 음악가는 자신들의 동료가 돌아오길 무의미하게 기다리고 있었다. 그리고 끝끝내 그가 돌아오지 않자 그들은 말했다. "아, 그는 플루트를 연주하기 위해 떠나버렸군." 그래서 그 말은 결국 돌아오지 못하는 일을 하기 위해 떠나간 사람들을 지칭하는 속담으로 굳어졌다.

독일

그림 Grimm

세 마리의 개 The Three Dogs

옛날에 아들 한 명과 딸 한 명을 둔 양치기가 있었다. 그는 임종이 가까워지자 그들을 보면서 말했다. "난 너희들에게 세 마리 양과 작은 집 한 채 말고는 아무것도 물려줄 것이 없다. 너희들이 원하는 대로 나눠 가져라. 하지만 절대로 나눈 결과에 대해 싸워서는 안 된다."

양치기가 죽자 오빠는 여동생에게 양과 집 중에서 어떤 것이 좋으냐고 물었다. 그녀가 집을 고르자 그는 말했다. "그렇다면 난 양을 가지고 넓은 세상으로 나가 행운을 찾아보련다. 나처럼 길을 떠난 사람들만큼 나도 행운을 잡지 말라는 법은 없으니까. 내가 태양의 날인 일요일에 태어난 것은 틀림없이 그럴 만한 이유가 있는 것이야."

그 말을 하고 그는 세 마리의 양을 앞세우고 여행길에 올랐다. 하지만 아주 오랫동안 행운의 여신은 그의 편이 아닌 듯했다. 그러던 어느 날 그가 교차로에서 쓸쓸하게 앉아 있을 때, 어떤 남자가 크기가 각기 다른 세 마리의 개를 데리고 나타났다.

"이보시우, 젊은 양반, 당신에겐 살찐 세 마리의 양이 있네요. 이러면 어떨까요. 그 양 세 마리를 내게 준다면, 난 당신에게 세 마리의 개를 주겠소." 그 남자는 말했다.

비록 침울해 있던 터이지만 젊은이는 미소를 지으며 대답했다. "내가 그 개를 무엇에 쓰겠습니까? 적어도 내 양들은 자기들이 알아서 풀을 뜯습니다. 하지만 개들은 내가 직접 먹이를 구해줘야 되잖아요."

"내 개들은 다른 개들과는 다르오. 그 개들은 오히려 당신을 벌어 먹일 것이고, 많은 돈도 벌어줄 것이오. 가장 작은 개는 '소금'이라 하는데, 당신이 원하면 언제든지 음식을 차려줄 거요. 두 번째 녀석은 '후추'라고 하는데, 당신을 해하려 드는 자가 있으면 누구라도 물어뜯을 거요. 그리고 마지막으로 가장 크고 강한 녀석은 '겨자'라고 하는데, 그 녀석은 힘이 어찌나 센지 쇠나 철도 이빨로 끊을 수 있다오." 낯선 이는 말했다.

마침내 그의 말에 설득당한 양치기는 낯선 이에게 양을 주었다. 그는 낯선 이가 한 말이 사실인지 알아보기 위해 시험을 해보기로 했다. "소금아, 난 배가 고파." 그런데 이 말이 떨어지기가 무섭게 그 개는 사라지더니 얼마 안 있어 맛있는 음식이 가득 담긴 커다란 바구니를 물고 돌아왔다. 그러자 젊은이는 자신이 한 거래를 자축하고 흥이 난 상태로 여행을 계속했다.

어느 날 그는 검은 색으로 치장한 마차 한 대와 한 쌍의 남녀를 만나게 되었는데, 심지어 말들도 검은 색의 마구를 하고 있었고, 마부 또한 머리끝에서 발끝까지 검은 색 상장을 하고 있었다. 마차 안에서 검은 색 드레스를 입고 있는 아름다운 아가씨는 비통하게 울고 있었다. 말들은 머리를 땅에다 박고 마치 애도라도 하는 듯 천천히 걸어가고 있었다.

"마부 양반, 무슨 일이 있기에 이렇듯 슬퍼하는 것이오?" 양치기가 물었다.

처음엔 마부도 아무 말도 하지 않으려 했지만, 젊은이가 계속 조르자 그도 할 수 없이 이웃마을엔 거대한 용이 한 마리 살고 있는데 해마다 아름다운 처녀를 한 명씩 제물로 요구하는 일 때문에 슬퍼하는 것이라고 말해 주었다. 올해는 마침 제물로 선택된 사람이 왕의 딸로 결정되었기 때문에 온 나라가 비통함과 애도의 분위기로 가득 차 있다는 것이었다.

양치기는 사랑스런 아가씨의 운명을 매우 안타깝게 여겨 그 마차를 뒤따라가기로 결심했다. 얼마쯤 가자 마차는 높은 산의 기슭에서 멈추었다. 아가씨는 밖으로 나와 끔찍한 운명을 맞게 되는 곳으로 슬픔에 차서 천천

H·J·Ford·

히 걸어갔다. 마부는 양치기가 그녀를 뒤따라갈 것이라는 것을 알고는 만약 그가 생명을 소중하게 여긴다면 그렇게 하지 말라는 경고를 했다. 그러나 양치기는 그의 충고를 들으려 하지 않았다. 그들이 언덕의 절반쯤 올라왔을 때, 그들은 뱀의 몸에 거대한 날개와 발톱이 달린 무시무시한 괴물이 화염을 쏟아내며 먹이를 잡기 위해 자기들 쪽으로 날아오는 모습을 볼 수 있었다. 그 순간 양치기는 큰 소리로 외쳤다. "후추야, 우리를 구해줘." 그러자 두 번째 크기의 개가 용의 등에 올라타 한참을 격렬하게 싸우다가 마침내 괴물의 목을 물어뜯게 되었다. 목에 큰 상처를 입은 괴물은 언덕 아래로 굴러 떨어졌고, 결국 더 이상 숨을 쉬지 않게 되었다. 괴물이 죽자 개는 앞니 두 개를 제외하고는 다 먹어치웠다. 양치기는 남은 두 개의 이빨을 주워 호주머니에 넣었다.

공주는 무서움과 기쁨이 교차되어 생명의 은인 앞에서 기절을 하고 쓰러졌다. 그녀는 정신이 들자 양치기에게 자기와 함께 왕에게 가자고 간청했다. 그러면 왕이 자기를 살려준 보상을 넉넉히 해줄 것이라고 말했다. 그러나 젊은이는 자기는 세상을 더 보기를 원하며 3년 후에 다시 돌아오겠으며, 자기의 결심은 변하지 않을 것이라고 말해주었다. 공주는 마차에 올라 자리에 앉았고, 그들은 서로에게 작별을 고했다. 그렇게 해서 공주는 집으로 향했고, 젊은이는 세상을 보기 위해 길을 떠났다.

그러나 공주가 다리 위를 건너는 동안 마차는 갑자기 멈추어 섰고, 마부는 고개를 돌려 그녀에게 말했다. "당신을 구해준 이는 당신의 호의도 무시한 채 떠나가 버렸소. 이제 가난한 자를 행복하게 만들어 주는 것이 당신에게도 이로울 거요. 그러니 당신 아버지께 용을 물리친 사람이 나라고 말해 주시오. 만약 내 말을 거부한다면, 난 당신을 강물로 던져 버리겠소. 누구도 알지 못할 거요. 모든 사람들은 용이 당신을 삼킨 것이라고 생각할 테니까."

공주가 이러한 협박을 받게 되었을 때는 잔뜩 겁에 질린 상태였기 때문에, 그녀는 마부에게 자신의 생명을 구해준 이가 바로 그 사람이라고 말하겠으며 어느 누구에게도 비밀을 누설하지 않겠다는 약속을 하게 되었다.

그렇게 해서 그들은 수도로 돌아왔는데, 모든 사람들은 공주가 아무런 해도 입지 않고 돌아온 것을 무척이나 기뻐했다. 그리고 모든 성탑에 달린 검은 깃발은 당장 내려졌고, 밝은 색상의 깃발들이 그 자리에 다시 게양되었다. 왕은 딸과 그녀를 구해주었다고 주장하는 그 남자를 기쁨의 눈물을 흘리며 껴안아 주었다. 그러면서 그는 마부를 바라보며 말했다. "그대는 내 딸의 생명을 구해주었을 뿐만 아니라, 끔찍한 재앙으로부터 나라도 구했다. 그러므로 그대는 그에 상응하는 풍족한 대가를 받아야 한다. 내 딸을 그대의 아내로 맞게나. 하지만 그녀가 아직 어리니 일 년만 기다리다가 결혼식을 올리세."

마부는 왕의 성은에 감사를 표했다. 그러고 나자 그는 다른 곳으로 안내되어 화려한 옷을 입게 되었고, 새로운 신분에 맞는 교양과 예법도 배우게 되었다. 그러나 가엾은 공주는 누구에게도 자신의 슬픔을 털어놓을 수 없어 단지 비통하게 울 뿐이었다. 일 년이 지나자 그녀는 일 년만 더 유예기간을 달라고 간절히 원했고, 그렇게 해서 일 년 더 미룰 수 있었다. 하지만 그 일 년도 지나가 버렸기 때문에 그녀는 아버지 앞에 엎드려 일 년만 더 미루어 달라고 또 다시 간청했다. 그녀의 간청은 너무도 절절해서 왕의 마음도 녹아내렸다. 마침내 그가 그녀의 청을 허락해 주자, 공주는 자기의 진정한 생명의 은인이 삼 년째엔 돌아온다는 것을 알고 있었던 터라 너무도 기뻤다. 그런데 그 해도 이전의 두 해처럼 쏜살같이 지나가 버렸고, 결혼식 일자가 정해지자 온 국민이 잔치준비로 떠들썩하게 되었다.

그런데 결혼식이 예정된 날에 낯선 사람이 세 마리의 검은 개와 함께 그 도시에 나타났다. 그가 사람들에게 잔치가 열리는 연유와 왜 다들 그렇게 들떠 있는가 하고 묻자, 그들은 왕의 딸이 곧 무시무시한 용을 퇴치한 사람과 결혼할 것이라는 이야기를 해주었다. 낯선 이는 곧바로 마부를 거짓말쟁이라고 비난했다. 하지만 어느 누구도 그의 말을 귀담아 들으려고 하지 않았고, 오히려 그는 사람들에게 붙잡혀 쇠창살이 있는 감옥에 갇히게 되었다.

그는 짚으로 만든 요에 누워 자신의 슬픈 운명을 회고하고 있었는데,

그 때 갑자기 그는 밖에서 개들이 낑낑거리는 소리를 들었다. 그는 한 가지 아이디어가 떠올라 목청껏 개를 불렀다. "겨자야, 이리 와서 나 좀 도와줘." 곧바로 그는 감옥에 나 있는 창에 자신의 가장 큰 개가 앞발을 걸치고 있는 것을 보았다. 그리고 그가 미처 둘을 세기도 전에, 개는 쇠창살을 물어뜯고 들어와 그의 옆에 서 있었다. 그래서 그들은 창문을 통해 밖으로 나올 수 있었다. 이제 가엾은 젊은이는 다시 한 번 자유를 얻게 되었다. 하지만 그는 자신이 받을 정당한 대가를 다른 사람이 누리려 한다는 생각에 마음이 너무도 슬펐다. 거기다 그는 배가 고프기까지 했다. 그는 '소금'을 불러 음식을 얼마간 달라고 부탁했다. 그러자 충실한 개는 빠른 걸음으로 뛰어간 다음 맛있어 보이는 음식을 냅킨에 가득 싸서 가지고 왔다. 그런데 그 냅킨에는 왕관이 수놓아져 있었다.

왕은 결혼식 축하연에 모든 대신들과 함께 자리를 잡고 앉아 있었는데, 바로 그 때 개가 나타나 부드럽게 공주의 손을 핥았다. 그녀는 그 개를 알아보고는 깜짝 놀라 기뻐하면서 목에다 냅킨을 둘러 주었다. 그러고 나서 그녀는 용기를 내어 아버지에게 그간에 있었던 모든 일들을 아뢰었다. 왕은 즉시 신하를 보내 그 개를 뒤쫓도록 했고, 곧바로 낯선 이는 안내를 받고 들어와 왕을 알현하게 되었다. 그 앞에 있던 마부는 양치기를 보자 얼굴이 백지장처럼 하얗게 변했고 무릎을 꿇고 용서해 달라고 빌었다. 공주는 생명의 은인을 곧바로 알아보았기 때문에, 그가 호주머니에서 꺼낸 두 개의 용이빨을 굳이 증거로 볼 필요는 없었다. 마부는 어두운 지하 감옥으로 보내졌고, 양치기는 그 사람을 대신해 공주 옆에 자리를 잡았다. 그리고 이번에는 공주가 결혼식을 연기해 달라고 부탁할 필요가 없었다.

젊은 부부는 얼마간 아주 평화롭고 행복하게 살았다. 그런데 어느 날 전에 양치기였던 바로 그 젊은이는 갑자기 가난한 여동생을 생각하고는 그녀를 만나 그녀에게 자신이 가지고 있는 행운을 나눠주고 싶다는 소망을 이야기했다. 그래서 왕가에서는 마차를 보내 그녀를 데려오도록 했고, 궁전에 도착한 그녀는 오빠의 품에 안기게 되었다. 그러자 개들 중 한 마리가 말했다. "우리의 임무는 끝이 났어요. 주인님은 더 이상 우리가 필요치 않을 겁니다. 우린 주인님이 잘 살게 되자 혹 누이동생을 잊지나 않을까 해서 기다리고 있었던 것입니다." 이 말을 남기고 세 마리의 개는 세 마리의 새가 되어 저 먼 하늘로 날아갔다.

독일

그림 Grimm

엮은이 앤드류 랭
옮긴이 박윤기
펴낸이 박문규
펴낸곳 KM 경문사
펴낸날 2010년 9월 1일 1판 1쇄
등 록 1979년 11월 9일 제9-9호
주 소 121-818, 서울특별시 마포구 동교동 184-17
전 화 (02)332-2004 팩스 (02)336-5193
이메일 kms2004@kyungmoon.com

값 18,000원

ISBN 978-89-6105-268-9

★ 경문사 홈페이지에 오시면 즐거운 일이 생깁니다.
http://www.kyungmoon.com